世界上最宽阔的是海洋，比海洋更宽阔的是天空，比天空更宽阔的是人的胸怀。

——雨果

世界散文八大家

柳鸣九 主编

雨 果

散 文 精 选

柳鸣九 编选

海天出版社（中国·深圳）

图书在版编目（CIP）数据

雨果散文精选 / 柳鸣九主编；柳鸣九编选. —深圳：
海天出版社，2014.5
（世界散文八大家）
ISBN 978-7-5507-0961-4

Ⅰ.①雨… Ⅱ.①柳… ②柳… Ⅲ.①散文集–法国–近代
Ⅳ.①I565.64

中国版本图书馆CIP数据核字（2013）第313408号

雨果散文精选
YUGUO SANWEN JINGXUAN

出 品 人　陈新亮
责任编辑　陈　嫣　林星海
责任技编　蔡梅琴
装帧设计　深圳斯迈德设计
　　　　　Smart 0755-83144228

出版发行　海天出版社
地　　址　深圳市彩田南路海天大厦（518033）
网　　址　www.htph.com.cn
订购电话　0755-83460137（批发）　83460397（邮购）
印　　刷　深圳市华信图文印务有限公司
开　　本　787mm×1092mm　1/16
印　　张　23.25
字　　数　340千
版　　次　2014年5月第1版
印　　次　2014年5月第1次
印　　数　1—4000册
定　　价　37.00元

目录
雨果散文精选

政论美文 丁世中／译

历史文物美文 李玉民／译

总序：散文的疆界在哪里

◎ 柳鸣九

"世界散文八大家"丛书是这些年来已经出版过的多种世界散文选中，较为别具一格、多少另有新意的一种。其新意就在于编选成集的角度不像过去一些选本那样是以国别分集，而是以作家个人成集。其作家总数，则不多不少，恰好是八位。显而易见，这是典型的中国传统数字文化：八仙过海、唐宋散文八大家、武学八大金刚，甚至烹调术中的八珍丸子……都是古已有之。正是出于这种沿用传统的意识，深圳海天出版社前几年请季羡林先生主编了一套"当代中国散文八大家"丛书，出版后颇获成功，现在余兴未尽，又约请我主编这套"世界散文八大家"丛书，以期构成他们散文出版中的"双璧"。这便是这一套书的来由。

世界散文的发展有其客观的历史，各国的散文文库也有其客观的存量，都不以人的主观意志与好恶为转移。如何选？选多少？是取其六，还是取其八？都不是一个绝对真理问题。而选这一些，不选那一些，也是一个仁者见仁、智者见智的问题。关于本套书所选的这八位，我只能说是根据我个人对世界散文历史的认知，选取了我心目中较有影响、较有广泛声誉者。而在思想艺术风格上，则选取了较大程度上投合更广泛读者的口味者——也就是说，力求避免过于保守或过于前卫。这种选法实不敢期望能获得所有行家知者一致赞同，至于这八位散文家的思想价值与艺术风格，已分别由各卷的编选者加以论述，就用不着我再赘述了。

倒是有一个问题，这里必须着重加以说明，那就是：散文的国土有多大？它的疆界在哪里？它的边缘如何划定？因为，凡读论散文者，凡编选散文集者，都不能回避这样一个地域学问题。

文艺理论家、批评家对散文如何下定义，如何作界说，文艺学讲义、博士学位论文对散文如何进行辨析，这只是学术象牙塔里的事、云端里的事，一般的阅读者往往是不大理睬的。我们知道，在社会现实生活里，经常流通、为人常见的那些文化成分，对于人们文化观念、文化模式的形成，总是起着至关重要作用的，至少也起着约定俗成的作用。正因为如此，不难理解，一般的阅读者的散文理念、散文模式，往往不是来自教科书与学位论文，而正是来自他们常见到的、常读到的那些散文作品。

在中国能识字读书的人群中，出身于书香之族、家学源远流长、自幼饱读经史的"上帝的选民"，乃极少数，多数人所受的教育都是"大众型"的。根据我自己以及我周围人群的经历，在一般人所受到的那种"大众型"的启蒙教育与中小学教育中，《唐诗三百首》与《古文观止》是两位重要的老师。而《古文观止》对这"大众型"的智识层在形成民族传统散文的概念上，正起了某种准绳式的规范作用。特别是其中像《陈情表》、《归去来兮辞》、《滕王阁序》、《陋室铭》、《进学解》、《岳阳楼记》、《醉翁亭记》、《赤壁赋》等这样一些为青年学子广为传诵的名篇，更成为人们心目中的散文典范。

"五四"以后，散文大为发展，于是在人们的文化生活里，又多了一些传诵的名篇：《背影》、《荷塘月色》、《寄小读者》、《我所知道的康桥》等等。中国散文中这个一脉相承的传统，实际上代表了整整一个族类，其特点是抒写的内容不超出自我的半径之内，或为自我的见闻与感受，或为自我的辨析与哲理。不外园林山水、花鸟鱼虫的景观，修身养性的道理，经历行止、身边琐事的感言。形式上则单独成篇，文章结构内敛凝聚，布局谋篇甚为讲究，遣词造句力求精练，通篇追求自我的性灵、雅美的意趣、闲适从容的情致。所以，只要一讲起散文，人们首先就想到了这个族类，就把这个族类当作散文的本体、散文的"王室"。

这就是一般人的散文观的由来，也是一般人心目里的散文范畴、散文领地。这种散文范畴观可以说是在历史过程中自然形成的，因为人们是出于愉悦的需要而向这种散文倾斜的——要知道愉悦的需要毕竟是芸芸众生在文学阅读中最原始自然，而又合情合理的需要。

现在，在散文的国土问题上，让我们把亚里士多德、文艺学讲义、辞源与博士学位论文放在一边，从简单的文学事实出发吧。

对于文学的发展来说，书面文字的产生无疑是至关重要的，文学史往往都把文学的起源上溯到书面文字的出现。文字产生之后，其用于人类各种活动中不外记事、论说与歌咏等各种形式，并由此自然而然地讲究到文字上的修辞与技巧。如果说文字的产生以及修辞学的运用，离诗歌、小说、戏剧还很远的话，那么它们离散文就只有一步之遥了。不要以为直接用于人类的祭祀鬼神、公文告示、记事备忘、奏启呈文等等各种实际活动的书面文字，是绝对与散文无关的——好像虫蛆怎么也变不成蝴蝶——恰巧相反，直接为这些实际活动服务的书面文字，只要说得头头是道、明晓透辟、情词并茂，就很容易可以上升到散文的范畴：辞职书写得恳切感人，便有了李密的《陈情表》；与朋友闹纠纷讲理头头是道，便有了嵇康的《与山巨源绝交书》；祭鬼神、慰亡灵之作写得悲怆苍凉，便有了《吊古战场文》。诸葛亮的《出师表》其实就是打上去的一份政策分析报告，骆宾王的《代徐敬业传檄天下文》便是一张写得很讲究的公文告示，而王安石的《答司马谏议书》也不过是写得义正词严的"党争"中短兵相接的争辩。而这些文章，都已经成为了中国散文中公认的精品。

众所周知，人类的社会实践活动早于文学活动，人类社会实践活动的需要也远远大于文学活动的需要，而各种社会实践活动中的实际文字语言，正是散文可能滋生也比较容易滋生的温床。如果笔者不是在歪着嘴巴说理的话，那么就可以下结论说，散文艺术是文学中最古老的艺术，它的资格比小说艺术与戏剧艺术都要早；而散文又是文学世界里疆界最大的王国，它的幅员比小说与戏剧要大得多。

其实，在文学世界的版图上，除了诗的王国外，剩下的就是散文的莽原了。戏剧与小说这两个王国，也基本上是在散文的莽原上建立起来的，而且是后来的事。没有散文做基础，小说与戏剧这两个王国的独立与发展是不可想象的。即使在小说与戏剧有了高度发展之后，我们仍经常在它们的殿堂里俯首可见由散文所构成的殿堂地面——雨果的《悲惨世界》中滑铁卢一章，实际上是法国人大制作的惨烈悲凉的《吊古战场文》；博马舍的名剧《费加罗的婚礼》中主人公那段在剧本里举足轻重的著名独白，本身就是可独立成篇的绝妙的散文自述；契诃夫的独幕剧《论烟草有害》，其实就是一篇幽默讽刺散文；夏多布里昂的小说《阿达拉》的"序幕"早已被公认为一篇写景的上好佳品。

从人类社会实践活动的需要与可能来看，产生散文的层面与途径远比诗歌、小说、戏剧来得广泛；同样，从写作者的条件与可能来看，产生散文的层面与途径也比诗歌、小说、戏剧来得广泛。因为不论是诗歌、小说、戏剧的创作，都需要一定的专门艺术技巧，而散文的写作则相对要简单一些。不论是出于政治、经济、宗教、社会人际关系及交往的需要，还是出于学术文化与哲学思辨的热情；不论是由于现实景观与见闻的引发，还是个人心绪与性灵的萌动，只要具有优良的语言修养以及谋篇布局的技艺，有意识地追求一定的艺术意境，或大则成书，或小则成篇。即使从简营造，短小精悍，皆可成为散文佳品。

因此，在文学发展的过程中，散文的创作量往往实际上要大于诗歌、小说与戏剧的创作量。由于性质与内容的不同，它又有着哲理散文、历史散文、记事散文、描述散文、抒情散文、政论散文、文化散文以及交往应酬散文等等各种门类，所有这些构成了一个幅员辽阔的散文帝国。如果只承认闲适性的散文才是散文，岂不就把其他种类数量庞大的散文拒于法门之外，让它们成为野鬼孤魂？如果只把散文的领域局限于闲适性的散文，那岂不是把散文王国的大片领土生割出去，弃之不顾？如果不把它们称为散文，又称为什么呢？照笔者的理解，那些广为传闻的闲适美文精品，可说是构成了散文王国的紫禁城，然而，在紫禁城之外，还有更大的京畿，还有辽阔的外省边陲。鲁迅在《南腔北调集》的《小品文的危机》一文里，就把这种闲适性的散文称为"散文小品"，甚至称为"小摆设"，显然就没有把它当做一个"泱泱大国"来看待。

本着以上的理解来规划这套散文选集，我们有意识地拓宽了选题的范围，将一些历史论著、哲理著作、政论演说、文艺评论、回忆录，以及日记书信中有文采、有一定形象性、堪称经典散文的佳篇选入。也许，在这里，散文的边界有时会显得有点模糊，但总比割舍了一大片领土要强。这就是我们的基本立意。

文化积累是一项社会性的、需要大家添砖加瓦的工程，对世界散文的研究、梳理、编选、译介的工作也是这样，但愿各种选本相得益彰，各自做出自己的贡献。如果读者认为我们这套选集也添加了一些自己的东西，我们将感到莫大的欣慰。

选本序：作为美文家的雨果

◎ 柳鸣九

在世界文学史上，雨果堪称全能巨匠，他是诗人，是小说家，是戏剧作家，也是散文家。其在诗歌、小说、戏剧与散文各个文学领域，都留下了丰硕厚重的劳绩，其各个单项业绩的成就之高，均足以与该领域中举世公认的顶尖级大师巨匠比肩而立。

作为散文家，我们不能把他列入世界散文八大家的行列之外，因为他的散文作品琳琅满目，气象万千，内容广博厚重，而其风格则兼具形象性与辞章之美。对此，我们不妨称之为美文，也把雨果称之为美文家。

何谓美文？

这不是文艺学理论上关于文学类别的一个概念，而是一个与审美阅读效果相关的一种称谓。说得直白一点，美文者，即写得漂亮、写得精彩，叫人一读就能感受到美感吸引力的文章也。

这也不是外国的标准与尺度。在外文中根本就没有"美文"这样一个名词，只有"散文"、"随笔"这种标明文学形式类别的中性词，不带有任何质地、品格的含义。虽然外国人也讲求把散文、随笔写得尽可能美、尽可能有魅力，但毕竟还没有把这作为一个"高人一头"的另类。中国人对文章的理想与追求，自古以来，就有"文章千古事"一说，达到千古传诵，是为最高境界，而其单位则往往是"篇"。这种理想实来自《醉翁亭记》《滕王阁序》《荷塘月色》这一类名篇所构成的传统，于是，古今凡是类似这些典范的文章，就聚合为我们文化生活中这个特定的族类，它是佼佼者的族类，是散文中的贵族。

以这个中国式的尺度与标准来衡量外国作家，堪称美文家者、算得上是美文者，恐怕会有不少人、会有不少作品要落选。且将专门从事诗歌、戏剧或小说的作家除外，仅以写有大量散文作品的作家而言，落选的就不乏声名显赫的大人物。上溯古希腊有亚里士多德，下至近现代，亦有巴尔扎克、托尔斯泰、萨特……因为外国作家往往以成部头的书论成败，而不像王勃那样靠单篇文章就称雄青史。当然，堪当此美称的作家作品也为数甚多，而在所有的美文家之中，成就最为突出的，劳绩最为丰厚的，也许就要算雨果了。

在雨果硕果累累的整个文学创作中，散文写作虽然只占据次要地位，但其数量亦甚为可观，计有散文游记三部，政论作品三部，文艺评论作品两部，大型文学纪实作品一部，见闻随笔集四大卷。一个作家具有这样广阔的创作面，具有如此丰厚的精神容量，就如同一个辽阔深邃的海洋，必然会不时卷起一个又一个壮观的波涛，激起一阵又一阵闪亮的浪花。

更为重要的原因是，雨果主要是诗人，基本上是诗人，诗人是他的本质，诗的才能是他与生俱来的素质，诗的色彩是他的底色，诗是他几乎所有文学创作的精髓与元素。请看，在雨果的浪漫剧中，人物大段大段的台词与独白，不论是爱尔那尼对爱情的向往与绝望，还是吕意·布拉斯的忧国忧民的思索，本身不都是一首首感人肺腑的诗？请看，他的《悲惨世界》中主人公的故事经历不就像一首人道主义的长篇颂歌？他笔下雄伟的海洋景观，古战场今昔的描述，硝烟弥漫的街垒情景，不都蕴含了诗情画意，怀古幽情与慷慨情怀，不都有诗的精气神在其内核？即使他的政论，他的历史事件纪实作品，也都充满激越与义愤，如同竖琴上的青钢之弦。总之，在他的非韵文的背后，总有着诗情诗韵，总有着一个隐隐约约的诗人身影。

　　这样说，倒不是认定诗比散文更高级。它们各有特征，各有优势。但是毫无疑问，于语言的推敲上，诗情的感受上，立意的凝练上，诗是讲究得更多的，在吟哦中深受历练的人，写起散文来当更为如鱼得水，轻松自如。精于诗韵的雨果为诗，已有如呼吸一般自然平常，难怪他在写非韵文作品时，就下笔如有神助，洋洋洒洒千言，毫不费劲，如他15岁时，三个星期就写成了一个中篇小说；举世公认的杰作《巴黎圣母院》也只用了六个月就完工。如果他在散文写作中有令自己欣然命笔的感受与目的，又启动自己的激情，投入他诗情画意（事实上他也的确是一个很出色的素描画家）的素质，运用他遣词造句的技艺，何愁美文源源不断？这便是美文家维克多·雨果。

　　在中国文学史上，韩愈的散文，主要是说理性散文，享有"文起八代之衰"的美誉，比较起来，雨果的《〈克伦威尔〉序》的作用与影响，似有过之而无不及。这是一篇洋洋洒洒、气势奔放、锐气十足、文采斐然的大文，虽仅为一文耳，在文学史上的分量足抵得上好几部杰作。它是勇者、革命者的为文，全为打破伪古典主义的独霸统治而发。古典主义此种封建色彩十分浓烈的意识形态，从17世纪起就统治法国的文坛舞台，到18世纪、19世纪更蜕变为"伪古典主义"，并得到当时复辟王朝的官方支持，使整个文学、戏剧领域死气沉沉，陈腐不堪。雨果挺身而出，振臂一呼，发出檄文，掷出投枪，给了伪古典主义毁灭性的打击。此一宏文，此一壮举在欧洲批评史上也就成为任何史家都不能不大书一笔的历史事件。这篇"序言"也是创新者的为文，它以丰富的形象例证、生动的语言全面阐述了新文学的主张、理想与典范，树起了新型浪漫主义文学的大旗，成为法国文学史上的一个新时代的标志。它也是美文家的为文，文气充沛，奔放恣肆，感情色彩浓厚，布局谋篇完善，行文灵动，辞章华美，这哪里像是说理文，简直就是抒情文了。它提供了甚至在文学史上也要占有一席地位的说理美文的范例：一篇文学论争文章，居然可以写得如此之美，连唯美主义的诗人戈蒂叶后来也这样赞道："《〈克伦威尔〉序》在我们眼里发出灿烂的光辉。"

　　的确，文学评论文章写得漂亮，这是雨果作为美文家的一个强项。《〈克伦威尔〉序》仅仅是最重要最有影响力的代表作，与此同一类的，还有他论司各特、拜伦的评论文章，悼念巴尔扎克、乔治·桑的演说词以及他的大部头专著《莎士比亚》，这些佳文力作见地独辟，颇有启迪性，情词并茂，甚富感染力，至今仍很耐读。

19世纪20年代至30年代初，是雨果散文写作的第一个丰收期，以《〈克伦威尔〉序》为代表的一些重要的文艺评论文章就是这时期的成果，此后一个时期他忙于写浪漫剧、小说与诗歌，直到1842年才又出版了一个散文集《莱茵河之游》，使他又多了一个新的创作品种：旅游散文。同属这一类型的是日后出版的另外两个文集《阿尔卑斯山与比利牛斯山之游》与《法兰西和比利时之游》，这些游记基本上都是记述他与自己的终身伴侣朱丽叶特·德鲁埃旅行途中的见闻与感受，反映了他优哉游哉的生活一面，自有一番潇洒神韵。

《莱茵河之游》是一部极为出色的游记，它以流畅的文笔，优美的记叙风格，生动而丰满地展现了莱茵河流域的壮阔风光。雨果在游记中，不仅有敏锐的自然审美情趣，而且还有广阔的历史视野，较之于景物美色，他似乎更注重莱茵河流域的人文风物。从古老的教堂与城堡到历史的博物馆与坟墓，他以此掘悠久历史的内涵，发追昔思古之幽情，成功地表现了莱茵河又一种悲壮的、惊心动魄的、史诗般的性格，从而使游记具有一种和谐而深邃、优美而雄浑的美。还值得注意的是，雨果在游记的最后加了一篇说理的洋洋大文：《结论》，他有意识地针对法、德两国的深刻民族矛盾，力证"莱茵河应该是团结两国之河"，并且提出了他自己的方案。其宏大的理想、浪漫的胸襟、深刻的思考与精彩的表述，颇具王者的豪气。《莱茵河之游》出版后深得广泛赞誉，巴尔扎克曾评它"是一部杰作"。

后两部游记虽然不如《莱茵河之游》那样具有历史内容的凝聚点，同样以完美的新闻报道风格与超凡脱俗的灵感灵性，展现了这些地区风光风物的五光十色。雨果是一位很出色的业余画家，他多次旅行的记事本上，充满了他随手作出的大量速写画，取景优美，角度不凡，笔触轻灵，情景醒目，颇有伦勃朗的遗风，但渲染的浓墨又如煤烟，并充满了幽深神秘的气氛与浪漫主义情调。这些画均随同散文出版，使雨果的游记成为文学史上少有的图文并茂并出自同一手笔的佳作。

1851 年波拿巴发动政变，雨果流亡国外，直到 1870 年才回到法国。在流亡时期，他除了不断有新的诗集、新的长篇小说出版问世外，还写出了揭露波拿巴的政论杰作《小拿破仑其人》与纪实作品《一桩罪行的始末》。

《小拿破仑其人》的写作为时不到一月，可谓一气呵成，一挥而就，实出自一种罕见的爆发力。这爆发力就是作者满腔急不可待、必喷发而出的仇恨与愤怒，这是被欺骗者、被侮辱者、被损害者、被镇压者长期郁积的仇恨与愤怒。它像滚烫、炙热的熔浆从"十二月事件"这个火山口喷发而出，其冲劲实具有雷霆万钧之力，其中挟带着像火石一样足以给对方锐利灼痛感的咒骂、讽刺。但这决非气急败坏之下而易于语塞或不中要害之作，它是强有力的檄文，是令人折服的起诉书。雨果的《小拿破仑其人》虽然没有达到马克思论析路易·波拿巴的著作《路易·波拿巴的雾月十八日》那样社会阶级分析的高度，但对波拿巴的人品、阴谋、伎俩作了深刻的揭露与俏皮辛辣的讽刺，是对当时已成为法国皇帝的窃国者的一次毁灭性的抨击。它义正词严，既充满了凛然正气，又是以崇高经典的风格与丰富多样的笔调写成的，在世界政论作品中实为非常精彩的杰作。法国著名作家、法兰西学院院士莫洛亚，就曾对此书作过这样礼赞式的评价："这是一部十分激动的即兴作品，一份有着伟大的拉丁传统的控诉状，里面有西塞罗的激情、塔西佗的气势与尤维纳利斯的诗意。这篇出自诗人手笔的散文作品，跌宕起伏，抑扬顿挫，洋溢着有节制的奔放激情，这正是诗歌美的所在，语气时而是预言家的厉声痛斥，时而是斯威夫特的幽默。"

《一桩罪行的始末》是《小拿破仑其人》的姊妹篇，就其性质而言，则是一部大型的纪实文学作品。它如实地记录了雨果在路易·波拿巴 1851 年政变中的亲身经历与见闻，从军事政变的突如其来，到反抗起义的失败乃至随之而来的大屠杀。在这里，参加了反政变斗争的斗士成了见证者与历史学家，他在愤怒中要把这桩罪行永远钉在耻辱柱上，不愿意有任何遗漏。整个事件在他笔下几乎每一小时的进程始末，每一个重要的场景画面，都被详细准确地记录了下来。使《一桩罪行的始末》成为历史事变的一轴时序长卷，一本极为真实并"流淌着当时实况的鲜血"的巨型证书，它也像《小拿破仑其人》一样，同时具有文学与历史的双重价值。

今天在谈到雨果的美文时，面对当前的文化现象，是否也有值得我们特别借鉴与思考的东西？也许不止一点两点，但我个人认为至少有一点是值得借鉴与思考的，那就是文章风格问题：是否应该把说理文，特别是文艺评论文，也写得有点文采、有点情趣，写得带点感染力、亲和力，至少是写得叫人明白，叫人不坠入云里雾里，叫人不望而却步，不至于不敢去花那份时间去拜读。

不能不看到，近些年来，在文学评论的领域里，流行着这样一种故作高深的文风，在这种文章里，只见满是西方现代主义批评方法的词汇、术语、视角、思维方式，以及转手而来的论说，而看不到一篇文章不可或缺的内容：实、意、理。实者，即所论作家作品的具体实际也；意者，即作家作品的意义，社会的、历史的、人文的、心理的意义也；理者，即笔者说明、论述的合理逻辑与线索程序也。至于为文者的个性与性灵、情趣与文采更是杳无踪影，而这些恰巧是文学评论文章应该有的。虽然这种文章令广大读者望而却步，见而生厌，虽然早在十几年前，就有不止一位德高望重的前辈学者对这种文章、对专营这种文章的刊物很不以为然，然而，这种文风却依然风行，专营这种文章的刊物不仅照常营业，还经营出了自己的强势，造成了自己就是标准，自己就是高级学术的既成事实，却大大苦了读者与文化界，他们经常要面对这种往往不知所云的新潮派洋八股玩意。

在 20 世纪 50 年代中期，钱锺书先生翻译发表了海涅的《〈堂·吉诃德〉精印本序言》，那是一篇写得极美的文学评论，可谓美文评论的典范，足以与雨果的美文评论媲美。众所周知，钱锺书先生一生几乎从不搞文学翻译（受命于政府参加"毛选"翻译除外），他自己主动译出海涅此文，并将它发表，实属破例，这除了海涅文章本身的珍贵价值外，恐怕就是出于要影响文学评论文风的用意了，因为，那时文学评论中的党八股、左八股正方兴未艾。从钱锺书先生的这个先例中，我们面对雨果的美文，正可以获得若干启迪并有所借鉴。

评论美文

柳鸣九/译

论司各特①

——关于《昆汀·杜渥德》

这个人的才能，肯定有某种奇特和奥妙的东西，他摆布他的读者，如同风播弄一片树叶；他随心所欲带领着读者在各个国度和不同时代里漫游，他在嬉戏之间向读者揭示心灵中最隐秘的皱纹，犹如揭示大自然中最神秘的现象、掀开历史发展中最秘密的篇章；他的想象掌握所有人的想象，并且迎合所有人的想象，它以同样令人惊奇的真实穿上乞丐的百结鹑衣和国王的锦绣衣袍，做出各种姿态，穿着各色服装，讲着各种语言；赋予各个世纪的形貌以明智的上帝所赐予的永恒不变的特点，以及癫狂的人群所造成的多变而短暂的因素；他不像某些拙劣的作家一样，强迫过去的人物抹上我们的脂粉，涂着我们的色彩；相反，他用奇异的力量使当代读者在几个钟头之内又恢复了在今天如此被轻视的古代精神，好像一位聪明能干的长者把浪子又劝得回心转意。不过，这位能干的幻术家首先要求精确。在他笔下，他从不拒绝任何真实，甚至也不拒绝那种来自描写谬误的真实，这种谬误是人类造成的，如果不是它那任性而多变的特性使人们放心，它绝不可能是永恒的，我们几乎会以为它将永世长存呢。很少历史学家像

---

① 司各特（Scott，1771～1832）：英国历史小说家，其作品富有浪漫传奇的色彩。《昆汀·杜渥德》是他的重要小说之一。

司各特这样忠实。我们觉得，他力图使他所作的肖像成为一幅幅的图画，而使他的图画成为一幅幅的肖像。他为我们描绘出我们的祖先，连同他们的情欲、恶行和过失。他通过反复无常的迷信思想和缺乏虔诚的宗教狂热进一步突出宗教的永恒和信仰的圣洁。我们喜欢看见我们的祖先带着他们那些既高尚又健全的成见而再现，如同喜欢看见他们戴着美丽的羽冠、披着坚实的盔甲一样。

华尔特·司各特懂得从大自然和现实的源泉里汲取某种不知名的东西，这种东西崭新崭新，它只不过装扮得如他所愿意的那样古老罢了。司各特把历史所具有的伟大灿烂、小说所具有的趣味和编年史所具有的那种严格的精确结合起来；他是一个奇特而强有力的天才，他想象出了过去时代究竟是什么样子；他是一支真正的画笔，这画笔根据一个模糊的影子画出了一个忠实的形象，并且使我们不得不承认我们甚至从未见过的那些东西；他也是一颗柔软而坚强的心灵，既像蜡一样柔软，上面印记着每个世纪、每个国家特殊的标记，又像青铜一样不可磨损，能把这些印记留存给后代子孙。

很少作家像司各特这样完满地完成了小说家对于自己的艺术和时代所负担的职责；因为，对于一个文学家来说，自以为超越共同利益和民族需要之上、避免使自己的精神对当代人有所影响、把个人的利己生活和全社会伟大的生活隔绝起来，这是一种错误，而且是犯罪性的错误。如果诗人不献身，那么谁献身呢？如果竖琴的声音不去平息风暴，那么什么声音会在风暴之上升起？如果既具有古代智慧所赋予的调和人民与国王的能力，又具有近代智慧所赋予的分化人民与国王的能力的那种人，不去触犯无政府主义的仇恨和专制主义的轻蔑，那么又有谁去呢？

司各特完全不把才能用于甜甜蜜蜜的风流韵事、卑鄙恶劣的阴谋诡计以及肮脏的奇遇。出于其光荣所赋予他的本能，他感到，对于刚刚用自己的血和泪写出了人类历史中最奇特一页的这一代人，必须给予更高尚的东西。我们骚乱的革命前后的那些日子，正像疟疾病人发冷发热心衰体弱的时候一样。那时的病态的社会把最平淡无奇以至难以忍受的书、最愚蠢无知以至背神叛道的书、最违反人伦以至淫邪无耻的书，都贪婪地吞噬了下去，这个社会败坏的口味和已经麻木的机能拒绝美味或有益于健康的食物。这便足以解释那些拙劣或猥亵的作家从当时沙龙里的平民和小店铺里的贵族那里所获得的无耻的胜利，我们不屑于指出这些作家的名姓，他们今天已堕落到乞讨仆役们的掌声和荡妇们的微笑的地步了。现在，民望不再由小民来分配，而是要靠在道德上代表了文明人民的那一小部分才智高超、心灵丰富、思想严肃的人士的推选，而这，才能够使民望得以不朽、得以普遍传扬。司各特向一些民族的历史借来了给一切民族阅读的作品，从几百年的历史记载中取得了供千秋万代享用的书籍，这样，他就获得了这种民望。没有一个小说家把这样多的教益包含在这样多可爱的情趣之中，把这样多的真实隐藏在这样多奇妙的幻想之下。在他所特有的形式和过去的、将来的所有一切文学形式之间，有一种清晰可见的联系，并且，人们可以把司各特的历史小说视为现在的文学向宏伟的小说和伟大的史诗的过渡，我们这个诗的世纪已向我们预告了这种小说和史诗的诞生，并且将来一定会把它们带给我们的。

　　小说家的意图应该是怎样的？应该通过有趣的故事阐明一个有用的真理。而根本的思想一经选定，表现主题的情节一经构思出来，作者为了阐发这一思想，难道不应该寻求一种使他的小说和生活相像的表现方式，也就是使复制品和模型完全相同的方式？生活难道不是一出奇异的戏剧，里面混杂着善与恶、美与丑、高尚与卑劣？这一法则的作用难道不是遍及一切造物？大自然既然到处都呈现出光明与黑暗的斗争，难道应该像某些佛兰德画家一样，只限于创造出完全阴暗的画面，或者像某些中国画家一样，创造出完全光亮的画面？然而，司各特以前的小说家一般都是运用两种相反的创作方法，而这两种方法正因为彼此相反所以都是有缺陷的。一部分小说家在作品的形式上采取分章叙述的方法，分得极其勉强而又使人不解其故，这也许完全是为了使读者的思想得到休息，一位西班牙老作家在他的小说章回①的开头加上"稍息"这个名称，不正是相当天真地承认了这一点吗？另一些作家则通过一系列书信来展开他们的故事，这些书信，人们常

---

　　① 《玛尔哥斯·奥公》——原注。
　　雨果所指出的这本小说是17世纪西班牙作家魏桑特·爱斯比奈尔（Vicente Espinel，1551～1634）的作品。

以为是小说中不同的人物所写的。在前一种叙述中，人物都消失不见了，而只有作者现身说法；在后一种书信中，作者隐退了，而只让读者看见他的人物。叙述体小说家不会给自然而然的对话、真实生动的情节留出一定的地位；他必然代之以某种单调的文体上的起承转合，这种起承转合好像是一个定型的模子，在那里面，各种最为相异的事件都只有同样的外表，在它下面，最高尚的创造、最深刻的意图都消失了，如像坎坷不平的场地在压路机下被碾平了一样。

在书信体小说中，同样单调，不过原因不同，每个人物轮流带着自己的书信上场，如同那些江湖艺人一样，只能一个跟着一个，并且，他们在露天舞台上是不许说话的，他们各人头上顶着一大块招牌陆续地出场，招牌上写着各人扮演的角色。大家也可以把书信体小说比之为聋哑人之间的艰苦的谈话，他们要互相把自己心里的话写出来、要表达出他们的欢乐与愤怒，就必须手里老拿着笔，口袋里老装着文具盒。然而，我要请问这种小说家，如果一句温柔的责备也必须付邮，那么它那恰到好处的分寸岂不是会丧失掉吗？如果一个出身良好的人所写的书信，前后都得加上客套话，那么，感情的猛烈爆发岂不是颇不容易吗？难道人们会以为接二连三的客气话和繁文缛礼倒能够增添小说的兴趣和促进情节的发展？最后，难道人们不应该以为，在这种创作中有某种甚至会使卢梭①的文采也黯然失色的根本而不可克服的缺陷？

叙述体小说的作者似乎把所有一切都考虑到了，而只没有考虑到情趣，并且在每章的开头都不合理地加上一个概说，有时甚至颇为详尽，像是小说之中的小说；而书信体小说，其形式本身就束缚了激情并妨碍了作品的流畅，既然如此，那么让我们作另外的设想：一个富有创造性的才子用一种戏剧式的小说代替以上两种小说，在这种新型的小说中，想象的情节开展为真实而多变的画面，如同实际生活中事件的发展一样；这种小说只分为各种栩栩如生的生活场景，归根结蒂，它是一出长戏，其中具体的描绘配合着环境的陈设与人物的服

---

① 卢梭（J. J. Rousseau, 1712～1778）：法国启蒙作家，他的著名小说《新爱洛伊丝》是用书信体写成的。

饰，而人物都是通过自己的言行来展示其性格，并且以纷纭复杂的冲突把作品中统一的思想表现得变化多端。这种新类型，你将会发现它兼备前两种体裁的优点而没有它们的缺陷。在这种新类型中，如果你能够自由运用那些多少有些神妙的戏剧描绘的技巧，你便能在舞台上把无数没有用处而只能供起承转合之用的细节抛在后面（这些细节是一般叙述体小说作者为了把故事讲得明白些而总要不厌其详地加以数说的，他们不得不一步步跟随着他的人物，就像小孩学步时抓着牵手带一样）；而且，在这种小说中，你还能够利用深刻而出人意料的神来之笔，这种笔触在思想方面，要比用来说明某个情节的长篇大论来得更为丰富，而这种长篇大论恰恰是明快的叙述所要排斥的。

在司各特的这种散文体的描绘小说之后，将来还有另一种小说有待创造，依我们设想，这种小说要更加美好，更加完整。这便是同时具有戏剧性和史诗性的小说，它真实而又伟大、生动逼真但又富于诗意、切合实际而又具有理想，它将把司各特镶嵌在荷马的身上。

像一切创造家一样，司各特直到今天还遭到猛烈的批评。开拓沼泽地的人就得按住性子听青蛙在周围聒噪。

至于我们，我们高度推崇司各特这位小说家，特别高度推崇《昆汀·杜渥德》这部小说，这不过是完成了一项良心上的责任。《昆汀·杜渥德》是一部美好的作品。很难找到一本小说比它编织得更好，比它把道德的效果和戏剧的效果结合得更好。

我们觉得，作者是想表现：忠诚老实即使是在一个默默无闻的穷青年身上，也比背信弃义更有把握达到自己的目的，尽管后者有种种权力、财富和经验来帮它的忙。作者让他的苏格兰人昆汀·杜渥德担任这两个角色之中的第一个，这个孤儿被扔在最复杂的困境中和最不露痕迹的陷阱里，他没有其他的向导，只有一种近乎发狂的爱情；但是，爱情往往在它近乎疯狂的时候才成为一种美德。他把第二个角色交给路易十一①来扮演，这位国王比任何最能干的朝臣更要能干，他是一只长着狮爪的老狐狸，有权有势而又狡猾，白天黑夜都有人为

---

① 路易十一（Louis XI，1423～1483）：1461 年至 1483 年的法国国王，他和地方大封建贵族进行斗争，巩固了王权，完成了法国的统一，是法国历史上第一个专制君王。

他效劳，卫队和刀斧手们卫护着他，跟随着他，就好像时刻不离他身边的盾牌和宝剑。这两个如此不同的人物互相抗争，以一种特别惊人的真实表现出上述的基本思想。这位忠诚老实的昆汀忠心耿耿地听命于国王，并不知道这正好对自己大有好处，路易十一这位国王想把昆汀当作工具和牺牲品，但这个阴谋倒反打乱了这个狡猾老人的奸计，而成全了那个单纯的青年。如果只是肤浅地进行观察，人们就会相信诗人的主要意图是将法国国王路易·德·洼勒瓦与布尔高涅公爵（大胆的查理）①进行历史性的对比，而这种对比是写得颇为出色的。这一漂亮的插笔也许倒是作品的一个缺点，因为它有喧宾夺主之势，会使人忽略掉作品的主题思想；但是即使这个缺点存在，也丝毫无损这两位王侯的对立所同时表现出来的威严和喜剧性的东西，他们之中一位是圆通而有野心的暴君，看不起他的敌手，也就是那位好战而残酷的专制者，而后者如果有勇气，也一定会看不起自己的对方。两人彼此憎恨；但是，路易敢于激起查理的仇恨，因为它残酷但却粗野，查理却害怕路易的仇恨，因为它是以怀柔的方式发泄出来的。布尔高涅公爵虽然是在自己的军营和辖境里，却因靠近没有防御的法国国王身边而惴惴不安，就像一条大猎犬害怕身边的猫一样。公爵的残酷来自他的欲望，国王的残酷则出自他的性格。这位布尔高涅人还算直率，因为他粗暴；他从没有想到要掩饰他的恶行；他没有悔恨，因为他事后便忘记了他的罪恶，就像忘记了自己的愤怒。路易则很迷信，也许这是因为他虚伪；对于他这样一个良心上受着折磨犹不知悔改的人，宗教也无济于事；他尽管相信实际上无补于事的赎罪，但在他心头，对自己所犯的罪恶的回忆却不断和要再去干坏事的念头交织在一起，因为一个人对蓄谋已久的事情总是记忆最深的，所以当罪恶一经成为一种欲求和企望的时候，必然也会变成一种回忆。这两位王侯都是信徒，但是查理在凭上帝起誓之前先凭宝剑起誓，而路易则努力以金钱和爵位争取圣者，在他的祈祷中夹杂着权术，甚至对上天也要要弄阴谋。在战争情况下，当路易还在考虑危险性的时候，查理已经以胜利

---

① 布尔高涅公爵（Duc de Bourgogne Charles le Téméraire, 1433~1477）：路易十一时期的大封建贵族，是当时反对中央集权的地方贵族同盟的首领，1477年战死于南锡。

自慰了。大胆的公爵的全部政治限于他的双臂所及的范围，但国王的眼睛比公爵的手臂达到更远的地方。最后，司各特让这两个敌手你争我夺来证明谨慎比大胆要有力量得多，来证明看起来什么也不怕的人，是多么害怕对什么都小心翼翼的人。

　　这位卓越的作家用了怎样的技巧给我们描绘出这位法国国王！他奸诈到如此地步，以至正当那个骄横的陪臣要向他开战的时候，他却突然御驾亲临布尔高涅表兄弟的家里要求款待①！正当这两位王侯坐在一张桌子面前的时候，像霹雳一样传来国王的手下在公爵辖境内煽起叛乱的消息，还有什么比这更富有戏剧性！伪诈败于伪诈，正是这位谨慎的路易毫无防备地送上门来，于是那正被激怒的敌人便向他复了仇。历史对这一切尽管谈到了一些；但在这里，我宁愿相信小说而不愿相信历史，因为较之于历史的真实，我更喜欢道德的真实。还有一幕，也许是更为杰出的，这两位王侯原来是任何贤明的劝谏也无法使之和好的，现在却在一次暴行中，通过一个出主意，另一个去执行而言归于好了。他们第一次在一起衷心愉快地笑着；这桩刑案所引起的这一笑，暂时勾销了他们的不和。这一可怕的构思真令人叫绝不止而又使人不寒而栗。

　　我们曾经听到有人批评说，狂饮那一场描绘使人讨厌和使人反感。在我们看来，这是全书中最美的篇章之一。司各特的确着力地描写了那个外号叫做"阿尔戴勒的野猪"的著名的强盗，如果他不引起可怕之感，那么对他的描绘就失败了。应该径直深入戏剧的真谛，并且追求一切事物的根本。激情与情趣只能由此而来。只有胆小的人，才不顾自己的观点多么有力而向对手低头服输，并且在自己所规定的道路上退却。

　　根据同样的原则，我们还要证明，还有两个片段在我们看来也同样值得研究和赞扬。第一个片段是汉内顿的处决，这个特别的人物，作者也许还可以更深入地加以发掘。第二个片段，是路易十一被布尔高涅公爵下令捉住了的那一章，路易十一在监狱里还指使特里斯旦去

---

　　① 历史事实是：1468年，路易十一为了解决与大胆查理的纠纷而前往大胆查理的驻地贝罗恩，后者得知自己辖境里的叛乱是路易十一支持的，便把他监禁起来，结果使路易十一签署了屈辱的条件。

惩罚那个欺骗了他的星相家。作者让我们看到这位残酷的国王在自己的囚室里居然还有心思想到复仇，要求刽子手做他最后的仆人，并且还要用一道行刑的命令来检验自己到底还剩多少权力；这实在是一个非常美妙的构思。

我们还可以作些更深入的研究，并且使人看到司各特先生的新型戏剧在某些方面，特别在结局上尚有缺点；但是小说家为了证明自己的正确，一定有比我们用来抨击他的理由更充足的理由，而我们根本不想用我们无力的武器来战胜这位可怕的对手。我们只想使他知道，他让布尔高涅公爵的宫廷小丑在路易十一到达贝罗恩时所说的那句话，其实是弗朗索瓦一世①的宫廷小丑在查理五世②1535年路过法国时所说的。这位可怜的小丑梯利布莱的不朽只在于这一句话，我们应该把它留给他。同样，我们还以为，星相家伽洛蒂逃脱路易十一所用的妙计早在千来年以前就被西拉库斯的戴尼斯③企图害死的一个哲学家发明出来了。我们并不想赋予这几点意见以一种它们并不具有的重要性；小说家并不是编年史家。我们感到奇怪的只是，国王在布尔高涅议会中发表演说时，有圣灵会骑士在场，其实这一品级是在一个世纪以后才由亨利三世④创建的。我们甚至认为，圣米歇尔品级也是在路易十一被俘以后才有的，我们高贵的作者却把它授给了他的勇敢的克劳福爵士。但愿司各特先生允许我们作这样一些微不足道的历史争讼。我们居然对这样一个著名的考古学家取得了一点微小的学究式的胜利，不禁感到一种天真的快乐，这种快乐也是他的昆汀·杜渥德在迫使奥尔良公爵落马并且抵挡住了杜诺瓦时也曾体验过的，我们要请他原谅我们的胜利，就像查理五世对教皇说：Sanctissime Pater，indulge victori⑤。

1823年6月

---

① 弗朗索瓦一世（François I，1494～1547）：1515年至1547年的法国国王。

② 查理五世（Charles-Quint，1500～1558）：西班牙国王，德意志皇帝。

③ 西拉库斯的戴尼斯（Denis de Syracus，公元前406～前367）：古希腊西拉库斯城邦的专制国王。

④ 亨利三世（Henri Ⅲ，1551～1589）：1574年至1589年的法国国王。

⑤ 拉丁文：至圣圣父，请宽恕胜利者吧！

论拜伦①

——纪念他的逝世

现在是 1824 年 6 月，拜伦爵士刚刚去世不久。

人们问我们对拜伦爵士以及对他逝世的想法。我们的想法有什么重要呢？何必把它写出来呢？除非人们认为，对这样一位伟大的诗人和这样一件巨大的事件，不论谁都非讲几句值得予以辑录的话不可。根据东方的奇妙传说，一滴眼泪落在海里，就会变成一粒珍珠。

在文学趣味给我们陶冶而成的特殊生活中，在对自由与诗歌之爱那个静谧的领域中，拜伦的死给我们的打击就像自己死了亲人那般沉重。它对我们，是一件切身的不幸。把自己的时光贡献给文学的人，感到自己的现实生活圈子在收缩，同时感到自己的精神生活的范围却扩大了。一小部分亲近的人霸占了他心头的温存，但所有已故和健在的诗人，不论是外国的还是本国的，却获得了他灵魂里的爱情。大自然给了他一个家庭，而他的诗又为他缔造了第二个家庭。他的同情心很少被身边的人所激起，却通过各种社会关系的旋风越过时间和空间的界线，去寻找一些他所了解的人和他认为值得被他们了解的人。习惯与俗务周而复始、陈陈相因，在这种单调的循环运转中，冷漠的人群挤压他、撞碰他，但并没有引起他的注意，他却在他自己与他根据

---

① 拜伦（Byron，1788～1824）：英国浪漫主义诗人。

自己的爱好所选择出来的分散在天南地北的人们之间，建立起亲密的关系和情感的交流，也可以说是一种感应的电流。一种温馨的思想上的共鸣，就像一条看不见然而拧不断的纽带，把他和这些出类拔萃的人们联系起来，这些人在自己的世界里孤高脱俗，正如他自己在他那个世界里一样；因此，当他偶然遇上了他们之中的任何一个，一道眼光便足以彼此肝胆相照；一句话便足以互相深入心灵深处，从而认出彼此的投合；并且，不要多久，这两个原来不相识的人在一起便好像亲兄弟，好像两个曾经同甘共苦的朋友。

请允许我们这样说，我们刚才所说明的那种同情心已把我们引向拜伦，而且，如果有必要，还请准许我们对此说法引以为荣。当然，这不能算是天才吸引天才；但至少这是一种真诚的赞赏、真诚的热情和真诚的感激，因为我们对于以其著作和行动来感化人心的人们是应该怀有感激之情的。当人们告诉我们这位诗人去世的消息时，我们好像觉得有人夺去了我们的一部分前途。我们只能怀着从未有过的悲伤，永远告别了和拜伦结成的最富有诗意的友情（我们和这时代的大部分杰出之士，也愉快而光荣地保持着这种友情），并且我们把和他同流派的一位诗人向安德列·谢尼叶①的英灵致敬的诗句献给他：

　　　　永别了，我不认识的青年朋友。

既然我们刚刚在拜伦爵士的特殊流派上透露了只言片语，那么，在这里考察考察这个流派在当前整个文学中所占的地位也许不算不合时宜。人们对当前的文学加以攻击，似乎它可以被摧毁，人们对它滥施诽谤，似乎它会遭到判决，那些假充有才智的人善于颠倒黑白，企图在我们之间散布一种十分奇怪的谬误，根据他们的想象，现实社会在法国是由两种绝对相反的文学来表现的，也就是说，同一株树上同时结出两种相反的果实，同一个原因平行产生两个互不相容的结果。但是，这些敌视革新的人却没有想到他们自己创造了一种顶新鲜的逻

---

　　① 安德列·谢尼叶（André Chénier, 1762~1794）：法国大革命时期的诗人，其诗歌虽具有较高的艺术性，但他的政治态度是反动的，后死于雅各宾专政。雨果称之为英灵，是与他自己当时落后的政治思想有关的。

辑。他们每天继续探讨他们名之为"古典主义"的文学，似乎这种文学今天仍然活着，他们也探讨他们叫做"浪漫主义"的文学，似乎这种文学即将完蛋。这些迂腐的修辞学家，他们总不停地叫别人用现在的东西去换取过去的东西，使我们不由自主想起阿利奥斯特①的傻子罗兰，他一本正经地要求一个过路人用一匹活马来换取他的一匹死马。罗兰的确承认他那匹牝马是死的，因而补充说，这是它唯一的缺点。但是，这些假古典主义的罗兰们在判断事物上和诚实无欺上还没有达到这个程度。因此，必须强迫他们承认他们不愿承认的东西，并且向他们宣告，今天只存在一种文学，正如只存在一个社会一样；还要向他们宣告，过去时代的文学虽留下了一些不朽的纪念碑，但早就应该隐退了，而且它们在表现了过去时代人的社会习俗和政治感情之后，也的确随着过去时代的人而一同隐退了。我们时代的天才也可以和那煊赫一时的古代天才媲美，但它并不和过去的天才一模一样，并且，复活过时的文学②之由不得当代的作家，正像园丁之不可能使秋天的树叶在春天的树枝上发绿一样。

希望大家不要误会，其实这一小撮井底之蛙企图把普遍的思想扭转到上个世纪可怜的文学体系中去，那完全是白费气力。这片天然寸草不生的平原，从很久以来就已经干枯贫瘠了。况且，人们在罗伯斯庇尔的断头台之后也不会再唱多拉③的情歌，而在拿破仑的时代，也不可能再去继承伏尔泰④。我们时代的真正的文学，是一种其作家遭到阿利斯第德⑤式的放逐的文学，是被一切笔杆所排斥而被一切竖琴所采纳的文学；是虽然遭受了多方面预谋的迫害但仍然有各种才华在它那充满风暴的领地里开放的文学，它像只在风吹雨打的土地上才生

---

① 阿利奥斯特（Arioste，1474～1533）：意大利文艺复兴时期的诗人，《愤怒的罗兰》的作者。

② 读到这里，有一点不能忽视，那就是对"一个世纪的文学"这几个字，不仅应理解为这一世纪中所产生的作品的总和，而且还要理解为在作家们构思时发生主导作用，但往往为作家自己不自觉的一整套的思想和感情。——原注

③ 多拉（Dorat，1508～1588）：法国16世纪七星派诗人。

④ 伏尔泰（Voltaire，1694～1778）：法国启蒙作家。

⑤ 阿利斯第德（Anstide，约公元前540～前468）：古希腊雅典的将军、政治家，于公元前484年被长期放逐。

长出来的百花；它虽然遭到那些生性莽撞的人的排斥，但得到那些用灵魂来思考、用智慧来判断、用心灵来感受的人们的保护；那位歌颂菊布瓦红衣主教①、谄谀庞巴杜尔夫人②并凌辱我们的贞德③的诗神，她所具有的那种软绵绵而厚颜无耻的姿态，我们时代的文学是根本没有的。它既不求助于无神派的烘炉，也不求助于唯物论者的解剖刀。它也不向怀疑派借用那笨重的天平，在这天平上，只有利害关系才能打破其平衡。它不会在酒神节的豪筵上为屠杀唱出颂歌。它不知谄谀和辱骂是什么，它也不为谎言涂脂抹粉。它毫不剥夺幻象的魅力。除了它自己真正的宗旨之外，其他一切它都视若陌路，它从真理的源泉里汲取诗歌。它的想象由于信仰而丰富。

它追随着时代而进步，但以一种庄重而合度的步伐。它的性格严肃认真，它的声音响亮悦耳。总之，它是伟大民族的大灾难之后的一种共同思想，忧郁、自豪而又富有宗教气息。如果必要，它会毫不犹疑地参与公开的纷争，或则为了主持公道，或则为了缓和矛盾。因为我们现在已经不再生活在牧歌的时代了，所以，19 世纪的诗神便不能这样唱道：

> Non me agitant prpuli fasces,
> aut purpura regum.④

然而，这种文学好像人类的任何事物一样，即使在它的统一性之中，也有它阴暗的方面和软弱的方面。在它的内部，形成两个流派，它们表现出人类的双重处境，在这里，我们的政治苦难分别留下了智慧、容忍和绝望。这两个流派都承认某一讽嘲哲学所否认的东西，即永恒的上帝、不朽的灵魂、古老的真理与天启的真理；但是对于这些

---

① 菊布瓦红衣主教（Cardinal Dubois，1656～1723）：奥尔良公爵统治时期的大臣，1722年曾任法国首相。

② 庞巴杜尔夫人（Mme de Pompadour，1721～1764）：路易十四的宠妃，当时颇有权势。

③ 贞德（Jeanne d'Arc，1412～1431）：英法百年战争中法国女民族英雄，她发动人民起来抗击侵略者，在战争中起了很大的作用，后被英军在里昂烧死。

④ 拉丁文：我对官吏的杖斧或君王的紫袍无动于衷。

东西，一个流派是赞美，另一个流派则是咒骂。一个从天空的高处俯视万物，一个则从地狱的深渊仰观一切。前者把天使放在人的摇篮里，直到最终的时候，天使还坐在他逝世的床头；后者则让魔鬼幽灵和不祥的征兆在人的周围逡巡。前者对人说，他要有信心，因为世界上不只有他孤单单一个人；后者却不断对人加以恐吓，使他孤独脱群。这两个流派同样都具有描绘优美的场景和可怕的形象的本领；但是，前者小心翼翼，从不伤害心灵，甚至给阴沉的画面也赋予一种我所说不出的神圣的回光，后者则刻意使画面悲愁黯淡，在最欢乐的形象上也散布一种地狱的幽光。一个好像以马内利①，温存而强壮，坐在一轮霹雳和光明的车上周游他的王国；另一个则像倨傲的撒旦②，当他从天国被谪贬的时候，拖带了一大群星星坠落而去。这两个孪生的流派，建立在同一个基础上，出生于同一个摇篮中，在我们看来，它们特别为欧洲文学中两个著名的天才所代表，那就是夏多布里昂③和拜伦。

在我们惊天动地的革命之后，在同一片土地上，有两种政治制度在斗争着。一个古老的社会终将崩溃；而一个新的社会正在兴起。东边是废墟，西边则是建筑工地。拜伦爵士在他阴沉的悲痛中，表现了濒死的社会最后的痉挛。夏多布里昂先生则用他高尚的灵感满足了苏醒了的社会最迫切的需要。前者的声音好像天鹅临死时的告别；后者的声音则像是凤凰在灰烬中再生时的歌唱。

拜伦爵士以他忧郁的天才、高傲的性格、充满风暴的生活，的确可说是他作为一个诗人所属的那种诗歌之典型。他所有的作品都深深印记着他的个性。读者像通过服丧的黑纱一样，在他每首诗里总看到有个阴沉而高傲的形象出现。像一切深刻的思想家一样，他有时也不免流于浮泛和晦涩，但他的话语反映了深沉的灵魂，他的叹息表述了整个的生涯。他的心扉，似乎每当一个思想从中喷射出来的时候，就

① 以马内利（Emmanuel）：《旧约》中对救世主的称呼，即"上帝与我们同在"。

② 这里仅仅是作一个简单的比喻，它不应成为某位才智之士把拜伦爵士定名为"恶魔派"的借口。——原注。撒旦，是《圣经》中的魔鬼，他因犯罪而被贬出天国。

③ 夏多布里昂（Chateaubriand，1768～1848）：法国浪漫主义作家，在19世纪初影响很大，雨果早年对他很崇拜。

要张开一下，犹如一座狂吐火焰的火山。痛苦、欢乐、情欲对他来说都没有什么神秘，而如果说他只让人通过一层纱幕看到真实的物体，那么，他却把理想的境界表现得一览无遗。人们可以责备他完全忽视了他诗歌中的法则，这是严重的缺点，因为一首缺少绳墨的诗就像一幢没有骨架的建筑或一幅没有远景的图画。他还把抒情诗人对起承转合的蔑视表现得有些过分；并且人们有时还希望这位忠实描绘内心情感的画家，在描绘有形事物的时候不涂上那么荒诞不经的光泽，不渲染那么虚无飘渺的色彩。他的天才往往太像一个漫无目的的散步者，他一面走路一面梦想，并且，因为他完全陷在一种深沉的直觉里，所以对他所经过的地方只能勾画出一个模糊的影子。不论他是什么，也不论他甚至写过一些不怎么好的作品，但他那狂放不羁的想象所达到的高度，却是没有翅膀是飞不上去的。雄鹰即使在把眼睛盯着大地的时候，那超群的目光仍然保持着凝视太阳的能力。有人以为，《唐璜》的作者在思想精神的某一个方面，属于《天真汉》的作者那个流派。这些人大错而特错了！在拜伦的笑和伏尔泰的笑之间，有着深刻的区别。因为伏尔泰没有受过痛苦。

现在本可以讲讲这位品格高尚的诗人在如此坎坷不平的生涯中的几件事情；但由于我们对于使他性格暴躁的家庭不幸的真正原因了解得不够确切，我们宁愿对此保持沉默，以免我们的笔不受控制地乱写。由于我们是根据拜伦的诗来认识他的，我们就很容易一厢情愿地根据他的灵魂和天才来想象他的生活。像所有一切高尚的人士一样，他肯定遭受过诬蔑和攻击。诗人的名字长期以来遭到流言蜚语的玷辱；我们则将这些流言蜚语完全归之于诬蔑。此外，即使是他的错误招致了一些攻击者，但他们面对着他的逝世，也首先抛弃了前嫌。我们希望那些攻击他的人已经原谅了他；因为我们并不以为，仇恨和报复有什么必要在墓碑上留下痕迹。

而我们，让我们也原谅他的缺点、错误，甚至他的某些作品，在那些作品里，他好像从他的性格和才能的双重的高度上坠落下来了；原谅他吧，他死得这样高尚①！他殒落得这样美好！在古代诗神的王

---

① 拜伦志愿参加了希腊人反对土耳其统治的解放战争，在战争中患病而死。

国里，他好像是近代诗神的一个生性好斗的代表。作为光荣、宗教和自由的了不起的信徒，他把自己的剑与竖琴交给了希腊古代伟大战士与伟大诗人的子孙；并且他的桂冠的重量早已使天平倾向不幸的希腊人那一边了。特别是我们，我们要对他深深表示感谢。他向欧洲证明了，新流派的诗人虽然不再膜拜多神教希腊的众神，但却永远赞美它的英雄；他们虽然抛弃了奥林匹斯山①，但至少没有和温泉关②告别。

　　拜伦的逝世在整个欧洲大陆引起了普遍的悲痛。希腊的礼炮长时间地向他的遗体致敬，在国难深重的时候，希腊人以国丧的仪式把这个外国人的逝世当作全民的灾难。威斯敏斯特③高傲的大门仿佛自动地开放，让诗人的灵位来给国王的陵墓增添光荣。我们在这隆重的举世志哀中，想看一看巴黎这个欧洲的首府对拜伦的英灵作了何种热烈庄严的表示，结果我们只看见一个怪脑袋在侮辱他的竖琴和几家戏班子在亵渎他的棺木④。

---

　　① 希腊神话中众神的居所。

　　② 温泉关（Thermophyles）：希腊历史上有名的隘道，300个斯巴达勇士曾在这里英勇抵御了数量庞大的敌军，形成一次著名的壮烈的战斗。

　　③ 威斯敏斯特（Westminster）：伦敦著名的教堂，英国的一些国王和著名的作家都埋葬在这里。

　　④ 拜伦爵士死后几天，不知道在哪条街道上演出了一出说不上什么名字的滑稽戏，其趣味庸俗、格调低下。在这戏里，我们这位高贵的诗人被人用"三星爵士"这个可笑的名字搬演在舞台上。——原注

《克伦威尔》序

　　大家即将读到的这个剧本，没有什么东西可引起读者的注意或同情。它一点没有沾官方检查机构对它加以否决的光，使政治舆论对它发生兴趣，甚至也没有得到被一个绝对错不了的审查委员会公开抛弃的荣幸，来首先赢得鉴赏家们在文学上的同情。

　　它孤零、贫乏而赤裸，呈现在诸君眼前，就像福音书上那位身罹瘰疾的人，Solus，Pauper，Nudus[①]。

　　并且本剧的作者在决定为它加上注释，冠以序文的时候，并非没有经过犹豫。注释与序文这些东西一向是读者极其不感兴趣的。他们关心作家的才能甚于作家的看法；并且只求知道作品是好还是坏，至于作品是建立在什么思想上，孕育于何种精神中，这对他们是无关紧要的。人们参观了一幢建筑物的厅堂，却决不会去察看它的地窖；当人们吃水果的时候，也很少想到果树的树根。

　　从另外一方面来讲，注释与序文有时是一种增加一本书的分量的好办法，也是——至少在表面上如此——一种扩大其重要性的方便法门；这种策略很像军事将领们所用的一样，他们为了在前沿阵地上虚张声势，不惜把辎重也列成阵势。其次，当批评家猛烈攻击序文、学者对注释吹毛求疵的时候，也许作品本身反而被他们放过，在他们交

---

　　① 拉丁文：孤独、贫穷、赤裸。《新约》中并无这样一个"孤独、贫穷、赤裸"的人，只在《使徒行传》第三章中，有一个孤独的残废者。

织的火力下，毫无损伤地通过，就像一支军队从前后被夹攻的险境中脱身一样。

这些缘由，不管有多么重要，并不是使作者决定写这篇序言的理由。这本书实在不需要再"膨胀"了，它已经够厚的了。而且，作者也不知道为什么，他过去那些坦率而朴实的序文，不但没有在批评家面前保卫他，反而往往使他受到连累①。这些序文远不能作为他坚实可靠的盾牌，倒会给他惹出祸来，因为在战场上，一个士兵穿着这样奇异的服装，就会显得突出，招来四面八方的打击，根本无法招架。

另外一种性质的考虑影响了作者，他觉得，如果事实上人们极少为了寻乐而去参观一座建筑物的地窖，但有时并不反对去考察建筑物的基础。于是，他再一次用一篇序言来触犯报纸副刊的众怒。Che Sara sara！②他从来没有为他作品的命运真正操过心，而且，他也不大怕文学界的"流言蜚语"。在这一次把各戏院和流派、把观众和各学院都卷入争吵的讨论中，大家也许会有些兴趣来倾听一个孤独的、自然和真理之"学徒"的意见，他因为热爱文艺而老早离开了文学界，并且，他带来的不是雅趣，而是善意，不是才华，而是信念，不是学问，而是探讨。

并且，他将只限于对艺术作一般的泛论，而决不会给自己的作品筑一道防御工事。不企图写出公诉状或辩护书来拥护或反对任何人。对他的作品横加攻击或加以袒护，在他看来都无关紧要。况且，纠缠于个人之争，也不符合他的本性。看到那些为着自尊心而拔剑相斗的场面，总是叫人感到可悲，因此，他预先抗议任何人解释他的思想，引用他的言论，同时借用西班牙寓言家的话说：

---

① 指雨果第一个诗集《短曲与民谣集》的序言。这个诗集曾经出版过三次，雨果每次都写了一篇序言。1827年1月8日，当时的《论争报》上，发表了一篇署名为J. V.的文章，对雨果在他序言中特别是1826年第三版序言中所表明的文艺思想加以攻击。该文要雨果和他的"患忧郁症的朋友们"去好好念念书，要他们学会区别崇高与粗大，要他们不要把狂乱当作热情，把惊叹号当作天才。并且建议雨果在他的"小序言"里提出"他所谓的原则和体系"要和气一些。最后，还这样奚落说："新诗神的年青信徒们，你们的诗学什么也不证明，先成为诗人吧，然后我们再来瞧瞧。"

② 意大利文：要来的事就来吧！

Quien haga aplicaciones
Con su pan se lo coma.①

　　事实上承蒙维护"纯正文学原则"的几位卫道者瞧得起，他们已经向默默无闻的作者挑战了，而他却完全是这种奇怪纷争的一个普普通通、不引人注意的旁观者罢了。他没有这股自负的傻劲去接受挑战。请看，下文就是他所能回敬给他们的；这就是他的抛石器和石弹；但是他们呢，如果他们愿意，就会把这些石弹抛到古典主义的哥莱亚斯②头上去。

　　说了上面这些话，我们言归正传。

　　我们从一个事实出发：支配世界的并不永远是同一种性质的文明，或者说得更精确然而更广义些，并不永远是同一种社会形式。整个人类如同我们每一个人一样，经历过生长、发展和成熟的阶段。他通过了孩提时代、成人时期；而现在到达了老迈之年。在近代社会名之曰"古代"的历史时期之前，还有另一个时代，古人称之为"神话时代"，而其正确的名称可能是"原始时代"。这就是文明从它最初的源泉发展到今天所经过的三大连续的程序。而由于诗总是建筑在社会之上，那么，根据社会发展的形式，我们来分析一下诗在原始时代、古代和近代这三大人类发展阶段中的特点究竟是怎样的。

　　在原始时代，当人在一个刚刚形成的世界中觉醒过来的时候，诗也随之觉醒了。面对着使他眼花缭乱，使他陶醉的大自然的奇迹，他最先的话语只是一首赞歌。那时，他离上帝还很近，因此，所有的沉思都出神入化，一切遐想都成为神的启示。他抒发内心之情，他歌唱有如呼吸，他的竖琴只有三根弦，上帝、心灵和创造；但是这三种奥妙包罗一切，这三位一体的思想蕴涵万象。土地差不多还是荒芜不毛的。已经有了家族，但还没有民族；有了父老，但还没有君主。每个种族都自由自在地生活着；没有私有财产，没有法律，没有冲突，也没有战争。一切东西都属于每个人，也属于集体。整个社会就是一

───────

　　① 这是18世纪西班牙作家托马斯·德·伊利雅尔德（Tomas de Yriarte）一首寓言诗中的两句，意为：他要这样做，这是他自己的事。

　　② 哥莱亚斯（Goliaths）：《圣经》中的巨人，被大卫用石子击死。

个共同体。没有任何东西约束人。人过着田园的游牧生活，这种生活是一切文明的起点，而且多么有利于孤独的幽思和奔放的梦想。他自由自在，听其自然。他的思想如同他的生活一样，像天空的云彩，随着风向而变幻，而飘荡。这就是最初的人，这就是最初的诗人。他年青，富有诗情。祈祷是他全部的宗教，颂歌是他仅有的诗章。

这种诗，原始时期的这种歌谣，就是《创世记》①。

但是，人类的青年时期渐渐过去。一切范围都扩大了；宗族变成部族，部族变成民族。每一个这样的人群又聚集在一个共同中心的周围，于是就形成了一些王国。群居的本能代替了游牧的本能。城池代替了营地，宫殿代替了帐篷，庙宇代替了牌坊。这些新生国家的首领固然还是牧人，但已是管理人民的"牧人"；他们的牧杖已经有了权杖的形状。一切都停顿下来，并且固定成形。宗教取得某一种形式；祈祷有了一定的仪式，信仰也有了固定的教义。就这样，祭司和国王分享了对于人民的父权；就这样，神权政治的社会继族长制的公社而来到。

然而，这些民族在地球上开始过于拥挤。他们彼此妨碍，彼此摩擦；由此便产生各国之间的冲突，产生战争②。他们互相侵犯；由此便产生民族的迁徙，产生流浪③。诗反映这些巨大的事件；它由抒情过渡到叙事。它歌唱这些世纪、人民和国家。它成为史诗性的，它产生了荷马。

的确，荷马在古代社会占极重要的地位。在这个社会中，一切都很单纯，一切都带有史诗色彩。诗便是宗教，宗教便是法律。继第一个时期的童贞之后，是第二个时期的贞洁。在家庭的习俗和公共的风尚中，到处都深深印记着一种非常的庄严，各民族从过去的游牧生活里，只保存下对异乡人和流浪者的尊敬。每一个家庭都有自己的乡土，一切都使它与乡土紧紧相连；于是，产生了对家庭的热爱和对祖辈的崇敬。

我们要再次指出，这种文化的表现，只可能是史诗。在这种文化

---

① 《圣经·旧约全书》第一卷。

② 从雨果的草稿中看出，这是指荷马的史诗《伊利亚特》。

③ 从雨果的草稿中看出，这是指荷马的史诗《奥德赛》。

之中，诗具有好几种形式，但又永不失其特征。品达^①与其说是属于族长制时代，不如说是属于司祭制时代，与其说属于抒情诗的，不如说属于史诗。如果编年史家这些在人类发展第二时期必不可少的人，去从事收集各种传说，并且开始按世纪纪年，那么，他们一定白费力气，纪年学不能把诗排斥掉；历史仍旧还是史诗。希罗多德^②就是一个荷马。

但尤其是在古代悲剧中，到处都散发史诗的气息。它登上希腊的舞台，丝毫没有失去它某些宏伟和过于夸张的气概。剧中人物仍是英雄、半神和神；它的题材仍是幻想、神谕和命运；它的场景仍是人物的排列上场以及丧礼和战斗。过去由行吟诗人所吟诵的，现在则由演员诵唱，如此而已。

还不仅如此。当史诗的情节和场面在舞台上都出现了，其余的任务就由合唱队来完成。合唱队解释悲剧，鼓励英雄，进行描写，交待时间的变化，表现欢乐或发出悲叹，有时也提供剧情的背景，解释主题的道德意义，还要恭维听众。如果说，合唱队不相当于在自己的史诗中进行详尽描绘的诗人，那么这一个介乎戏剧与观众之间的奇特人物又是什么呢？

古代人的剧场就像他们的戏剧一样伟大、庄严、雄伟。它可以容纳三万观众；演出是在露天，在阳光下进行的，而且长达一整天。演员高声诵唱，戴上假面具，穿上高靴；他们成了巨人，就像他们所扮演的角色一样。舞台非常宽阔，可以同时布置出一所庙宇、一幢宫殿、一个营地或一座城池里里外外的整个场景。在这种剧场里，可以展开浩大的场面。这里，我们只凭记忆举出几个场面来：普罗米修斯在他的山上^③；安第哥涅在一座塔顶上寻找他那在敌军中的兄弟波利里斯（见《斐尼希妇女》）^④；埃瓦德内从一块岩石上投身到烧加巴莱

---

① 品达（Pindare，公元前 552～前 442）：古希腊抒情诗人。

② 希罗多德（Herodote，公元前 484～前 425）：古希腊历史学家，被称为"历史之父"。

③ 见埃斯库罗斯的悲剧《被缚的普罗米修斯》，普罗米修斯因把火偷给了人类而被天神宙斯绑在荒山之巅。

④ 该剧中并无这一巨大场面，不过是安第哥涅这样唱道："他多么壮美，佩带着金色的武器，啊，在他身上闪闪发亮的，是太阳的光辉。"

的火焰中（见欧里庇得斯①的《请愿的妇女》）②；一只大船出现在港口，从船上下来50位公主和她们的仆从（见埃斯库罗斯③的《乞援人》）④。建筑术和诗，在这里，都具有一种雄伟的特征。古代再没有比这更庄严、更宏伟的了。它的宗教和历史都混在戏剧之中，那些最早的喜剧演员都是祭司；它舞台上的那些玩意就是宗教的仪式和国家的节庆。

最后，我们还看到了足以说明这个时代属于史诗的一点，那便是，悲剧只不过是在重复史诗，不论它所处理的主题或采用的形式都是如此。古代所有的悲剧作者都零星贩卖荷马。同样的传说，同样的浩劫，同样的英雄。所有一切都取之于荷马这一源泉。终究还是离不开《伊利亚特》和《奥德赛》。就像阿喀琉斯把海克托拖在马后一样⑤，希腊悲剧总是围着特洛伊做文章。

但是，史诗的时代已经日薄西山。同样，它所表现的社会也面临末日。这种诗也因自我循环时日已久而陈旧过时，罗马模仿希腊，维吉尔⑥临摹荷马；但似乎为了要有个体面的收场，史诗在最后的分娩中消亡了。

时候已到。世界和诗的另一个纪元即将开始。

一种精神的宗教，取代物质的、外在的多神教并潜入古代社会的心脏，将这个社会除灭，而在这种衰老文化的尸体上，播下近代文化的种子。这种宗教是完整的，因为它真实；它在教义与教仪之间，用道德深深地加以维系。它开宗明义就向人指出，生活有两种，一种是暂时的，一种是不朽的；一种是尘世的，一种是天国的。它还向人指出，就像他的命运一样，人也是二元的，在他身上，有兽性，也有灵性，有灵魂，也有肉体；总而言之，人就像两根线的交叉点，像连接两

---

① 欧里庇得斯（Euripide，公元前480～前406）：古希腊三大悲剧诗人之一。

② 见该剧的《退场》。

③ 埃斯库罗斯（Eschyle，公元前525～前456）：古希腊三大悲剧诗人之一。

④ 见该剧第一幕。实际上场面并不如雨果所说的那样浩大。

⑤ 阿喀琉斯与海克托都是史诗《伊利亚特》中的人物，前者是希腊联军中骁勇善战的将领，后者是特洛伊王子，阿喀琉斯战死海克托的故事见《伊利亚特》第22章。

⑥ 维吉尔（Virgile，公元前70～前19）：古罗马诗人，他著名的作品《伊尼特》是受了《伊利亚特》和《奥德赛》的启发和影响而写成的。

条锁链的一环，这两条锁链包罗万象，一条是有形物质的系统，一条是无形存在的系统，前者由石头一直到人，后者由人开始而到上帝。

这些真理的一部分或许很早以前就被古代某些哲人猜想到了，但是，它们之有充分、明白、全面的表述，还是在有了福音书以后。多神教的各种教派则在黑夜里摸索而行，它们在盲闯的道路上相信谎言就如同相信真理。它们之中的某些哲学家有时也在事物之上投射一些微弱的灵光，可惜只照亮了事物的一面，而使另一面的阴影显得更大。由此就产生了古代哲学家所创造的种种幻想。只有神的智慧才能用一种巨大而普照的光明，代替人的智慧中那些摇晃不定的灵光。毕达哥拉斯①、伊壁鸠鲁②、苏格拉底③、柏拉图④都是火炬，耶稣基督，才是日光。

此外，没有什么比古代的神话更世俗的了。它完全不像基督教那样把精神和肉体分开，而是赋予一切以形体和外貌，甚至对精神和灵性也不例外。在这里，一切都看得见，摸得着，具有可感性。那些神都需要一层云雾来掩盖自己。他们也吃、喝、睡觉。他们受了伤也要流血；他们被打折了腿就终身成为跛子。这种宗教有一些神，也有一些半神。它的霹雳是在铁砧上锤炼出来的，除了其他的成分以外，还有三道弯曲的雨线，Tres imbris torti radios⑤。它的天神朱庇特⑥把世界悬吊在一根黄金的链条上；它的太阳驾着四匹马拉的大车；它的地狱是一个万丈深渊，地理上还标志了它的出口，它的天国则是在一座巍峨的高山上。

这样，多神教用同一种黏土来塑造种种创造物，因而就缩小了神明而扩大了人类。荷马的英雄差不多和神同样高大，阿雅克斯⑦敢于冒犯朱庇特，阿喀琉斯比得上马尔斯⑧。我们刚才说过，基督教则相

---

① 毕达哥拉斯（Pythagore）：公元前6世纪古希腊哲学家、数学家。

② 伊壁鸠鲁（Epicure，公元前341～前270）：古希腊唯物主义哲学家。

③ 苏格拉底（Socrato，公元前469～前399）：古希腊哲学家、教育家。

④ 柏拉图（Platon，公元前427～前347）：古希腊唯心主义哲学家。

⑤ 拉丁文：三道曲线的雨线。见维吉尔的史诗《伊尼特》第八卷426节。

⑥ 朱庇特（Jupiter）：罗马神话中的天神。

⑦ 阿雅克斯（Ajax）：希腊传说中的英雄，性格暴躁，敢于触犯天神。

⑧ 马尔斯（Mars）：罗马神话中的战神。

反，它把灵气与物质彻底分开，它划了一道深渊在灵与肉之间、另一道深渊在人与神之间。

为了在我们大胆探讨的这个问题上不致有任何疏忽，我们要指出，在这个时代，由于有了基督教，也正因为有了基督教，各民族的精神之中，才产生了一种为古人所不知而在近代人身上特别发达的崭新的感情，它甚于沉郁而又轻于忧愁，这就是忧郁。而事实上，人的心灵一直到那时，都被纯粹等级制崇拜和纯粹祭司崇拜所麻痹，难道它在这种宗教的吹拂下还能不苏醒过来，并且感到在自身之中有某种意想不到的机能在萌生？这种宗教是神圣的因而也是人道的，它能够把穷人的祈祷变成富人的财富，它是一种平等、自由、慈爱的宗教。既然福音书启迪人的心灵，指出官能背后，还有灵魂，生命背后，还有永恒，难道能够不以新的眼光来看待种种事物？

并且，当时世界既然罹受了一次如此深刻的变革，那么，在精神领域里也不可能不发生类似的变化。在这个时期以前，每个帝国的覆灭很少波及人民中间；那不过是国王下位、王朝崩溃罢了，别无其他。霹雳只震响在上层阶级中，而且，正如我们在前面所指出的，这些事变似乎都是带着史诗所具有的那种庄严性而进行的。在古代社会中，个人的地位非常低微，如果要打击个人，必须先打击他的家族。因此，除了家族的不幸之外，他就不知道有其他的痛苦。社稷国家的普遍不幸竟会危及他的生活，这在当时可说是闻所未闻的。但是，到了基督教社会建立起来的时候，古老的大陆就天翻地覆了，一切都起了根本的变化。许许多多摧毁旧欧罗巴，再建新欧罗巴的事变，不停地撞击着、冲突着，使所有的民族乱成一团，有的民族得见天日，有的则沦入黑暗。既然天下大乱、闹得沸沸扬扬，那么，这动乱中的某些东西决不会不波及各民族的内心。它岂止是一种回声，简直就是一种反响了。人，在这巨大的变迁面前反省起来，开始对人类产生怜悯之心，开始思索生活中苦味的揶揄。对于多神教徒加图①来说，这种感情就是失望，而基督教则用它创造了忧郁。

---

① 加图（Catou，公元前 95～前 46）：罗马护民官，埃及国王多莱墨与国民不和前向马罗求援，为此召加图前来商量，加图却要求多莱墨前来见他，多莱墨来了，但加图并不迎上去，也不起身致敬。见普洛塔克：《小加图传》。

　　与此同时，又产生了考察的精神与好奇的精神。这种巨大的灾难也是宏伟壮阔的奇观、惊心动魄的变化。北方的部落向南方冲击，罗马的天下改变面貌，这是垂死的世界最后的痉挛。这个世界刚一断气，成群的修辞学家、语法学家、诡辩家就蝇攒蚁附一般朝那庞大的尸体一拥而上。人们看见他们在这腐臭的躯体上衍生繁殖，嗡嗡不休，乱成一团。他们抢着研究，注释，讨论，唯恐落人之后。这摊着的尸体上，每一个肢体、每一条筋肉、每一根纤维都被翻来覆去。对于这些思想解剖者来说，一开始就能够进行大规模的实验，并且有一个死去的社会作为第一个解剖对象，的确是一桩乐事。

　　于是，我们看见忧郁和沉思的天使与分析和争论的恶魔同时出现，彼此提携。在新旧交替的世纪里，一端是龙冉①，一端是圣奥古斯丁②。对于这个时代，我们切勿投射轻蔑的一瞥，因为在这个时代里萌生的一切，后来都结出了果实，连那时最小的作家也都为日后的庄稼——请允许我们用下面这个俗气然而直率的说法——上了粪、浇了肥。在罗马帝国末期之后，紧接着就是中世纪。

　　瞧！一种新的宗教、一个新的社会已在眼前；在这双重的基础上，我们应该看到一种新的诗学也在成长起来。请原谅我再重复一下读者自己从上文也能得出的结论，即，直到那时为止，古代的纯粹史诗性的诗歌艺术也像古代的多神教和古代哲学一样，对自然仅仅从一个方面去加以考察，而毫不怜惜地把世界中那些可供艺术模仿但与某种典型美无关的一切东西③，全都从艺术中抛弃掉。这种典型美在开始的时候是光彩夺目的，但就像一切已经秩序化的事物所常有的情形一样，到后来就变成虚伪、浅薄、陈腐了。基督教把诗引到真理。近代的诗神也如同基督教一样，以高瞻远瞩的目光来看事物。她会感到，万物中的一切并非都是合乎人情的美；她会发觉，丑就在美的旁边，畸形靠近着优美，丑怪藏在崇高的背后，美与恶并存，光明与黑暗相共。她还将探究，艺术家狭隘而相对的理性是否应该胜过造物者

---

　　① 龙冉（Longin，213～273）：希腊修辞学家。

　　② 圣奥古斯丁（Saint Augustin，354～430）：罗马帝国时期的宗教活动家。

　　③ 指下文所要论及的滑稽、丑怪的事物。

无穷而绝对的灵智；是否要人来矫正上帝；自然一经矫揉造作是否反而更美；艺术是否有权把人、生命与万物都割裂成两个方面；任何东西如果去掉了筋络和弹力是否会动得更好；还有，作品是否要不完整才能达到和谐一致。正是通过这些探讨，诗着眼于既可笑又可怕的事物，并且在我们刚才考察过的基督教的忧郁精神和哲学批判精神的影响下，将跨出决定性的一大步，这一步好比地震的震撼一样，将改变整个精神世界的面貌。它将开始像自然一样动作，在自己的作品里，把阴影掺入光明、把滑稽丑怪结合崇高优美而又不使它们相混，换而言之，就是把肉体赋予灵魂，把兽性赋予灵智；因为宗教的出发点也总是诗的出发点。两者相互关联。

这是古代未曾有过的原则，是进入到诗中来的新类型；既然增加了一种条件会改变整体，于是在艺术中也发展了一种新的形式。这种新的类型，就是滑稽丑怪。这种新的形式，就是喜剧。

请允许我们在这个问题上详加考究；因为我们刚才指出了一种不同的特征、一种根本的差别。在我们看来，这种差别把近代艺术与古代艺术、把现存的形式和死亡的形式区分了开来，或者用比较含糊但却流行的话来说，把"浪漫主义的"文学和"古典主义的"文学区分了开来。

在这里，那些早已看清我们来势的人一定会说："得！你们赖不掉了，你们被当场抓住了！既然你们把'丑'当作模仿的典型，把'滑稽丑怪'当作艺术的要素，那么，把'风度'与'雅趣'置于何地……难道你们不知道艺术应该矫正自然？应该美化自然？应该有所选择？古人几曾把滑稽丑怪写进作品里去？几曾把悲剧和喜剧混杂在一起？先生们！请向古人的榜样看齐！何况亚里士多德说过……还有布瓦洛[①]……拉·阿尔卜[②]也都说过……的确如此！"

毫无疑问，这些论据很有力量，而且特别新颖。但是，我们的任务不在于回答这个问题，我们在这里也不想建立体系，上帝保佑，我们不搞什么体系。我们是要证明一桩史实。我们是历史学家而非批评

①　布瓦洛（Boileau，1636～1711）：法国古典主义理论家，《诗的艺术》的作者。

②　拉·阿尔卜（La Harpe，1739～1803）：法国文艺批评家。

家。这桩史实别人中意不中意,那都无关紧要!它是客观存在的。我们把话说回来,我们试图让大家认识到,正是从滑稽丑怪的典型和崇高优美的典型这两者圆满的结合中,才产生出近代的天才,这种天才丰富多彩、形式富有变化,而其创造更是无穷无尽,恰巧和古代天才的单调一色形成对比;我们要指出,正应该由此出发以树立两种文学真正的、根本的区别。

要说古人对喜剧和滑稽丑怪完全无知,那也并不符合事实。而且这样的事也不可能。没有任何东西是来而无源的;后来的时代总是从前一个时代里萌生出来的。从《伊利亚特》算起,戴尔西德①和乌尔甘②是两个最早的喜剧性格,一个是喜剧性的人,另一个则是喜剧性的神。在希腊悲剧里,由于天然色彩过浓,标新立异过分,有时也反而带有喜剧气味。我们只举几个记忆所及的例子,如墨勒拿斯与宫闱司阍对话的一场(《海伦》第一幕);如腓尼基人的一场(《奥莱斯特》第五幕)。其中,海神、半人半羊的神、独眼巨人都是丑怪的形象;人鱼、罪罚女神、司命神、人面鹰身的三妖妇也都是丑怪的形象;波里菲墨③是一个可怕的怪物;西莱尼④则是一个怪诞的丑类。

但是,我们可以感到,在古人那里,描写滑稽丑怪的艺术还处于幼稚阶段。在那个时期,史诗在任何东西上面都刻印下自己的标记,它君临于这个时代之上,并且把这个时代压得喘不过气来。古代的丑怪还是怯生生的,并且总想躲躲闪闪。可以看出它还没有正式上台,因为它在当时还没有充分显示其本性。它对自己还一味加以掩饰。半人半羊的神、海神、人鱼都只稍稍有点畸形。司命神、人面鹰身的三妖妇只在外形上丑恶,其本性并不可怕,罪罚女神甚至还很美丽,人们称之为"欧美妮德",意即"温和"、"慈善"。而在其他的丑怪身上,也都披上了一层伟大而神圣的外衣。波里菲墨是巨人;米达斯⑤

———————

① 戴尔西德(Thersite):荷马史诗《伊利亚特》第二卷中的一个人物,跛足,饶舌,是出征特洛伊的希腊人中最丑陋的一个。

② 乌尔甘(Vulcain):希腊神话中的火神,貌丑,跛足。

③ 波里菲墨(Polyphème):希腊传说中的独眼巨人。

④ 西莱尼:(Silène):希腊神话中的一个小神,酒神的同伴。

⑤ 米达斯(Midas):希腊传说中的一个国王,能够指物成金。

是君主；西莱尼是神仙。

这样，喜剧便消失在古代史诗巨大的整体中，差不多毫不引人注意就过去了。在奥林匹克的神车旁，戴斯比①的小车算得上什么？在埃斯库罗斯、索福克勒斯②、欧里庇得斯这些荷马式的巨人旁边，阿里斯多芬③和普劳图斯④又何足道哉。荷马携带他们，就像赫尔古勒斯⑤把小人儿携带在他的狮皮里一样。

相反，在近代人的思想里，滑稽丑怪却具有广泛的作用。它无处不在；一方面，它创造了畸形与可怕；另一方面，创造了可笑与滑稽。它把千种古怪的迷信聚集在宗教的周围，把万般奇美的想象附丽于诗歌之上。是它，在水、火、空气、泥土中满把地播种下我们至今还觉得是活生生的、中世纪民间传说中无数的复合物；是它，使得魔法师在漆黑的午夜里跳起可怕的圆舞；也是它，使得撒旦长了两只头角、一双山羊蹄、一对蝙蝠翅膀。是它，总之都是它，它有时在基督教的地狱里投进一些奇丑的形象，有时则投进一些可笑的形象。前一类形象，但丁⑥和弥尔顿⑦严峻的天才后来曾加以笔诛，后一类形象，加洛⑧这个滑稽的米开朗琪罗曾拿来取乐自娱。从理想世界到真实世界，是要经过无数的人类的滑稽变形。斯嘉拉莫奚⑨式的人物、克利斯班⑩式的人物和阿尔勒甘⑪式的人物，都是它的奇想的创造，这都是人的怪象的侧影，是严肃的古代完全陌生的，而从意大利古典主义中脱胎出来的典型。最后，还是它把南北两方的想象的色彩轮流

---

① 戴斯比（Thespis）：古希腊诗人，是希腊悲剧的创造者。

② 索福克勒斯（Sophocles，公元前496～前406）：古希腊三大悲剧诗人之一。

③ 阿里斯多芬（Aristophane，公元前5世纪）：古希腊喜剧作家。

④ 普劳图斯（Plautus，公元前254～前184）：古罗马喜剧作家。

⑤ 赫尔古勒斯（Hercules）：希腊神话中的大力士。

⑥ 但丁（Dante，1265～1321）：意大利文艺复兴前的诗人。

⑦ 弥尔顿（Milton，1608～1674）：英国诗人、政论家。

⑧ 加洛（Callot，1592～1635）：法国画家和雕刻师，其风格富有奇想。

⑨ 意大利喜剧中常见的滑稽的角色。

⑩ 同上。

⑪ 同上。

涂在同一戏剧上，它使斯加纳莱勒在唐璜的周围蹦跳①，靡非斯特菲勒士在浮士德左右周旋②。

它的举止多么自如，多么大方！前一个时代好不难为情用襁褓裹起来的那些丑怪的形象，它都大胆地替他们解开了手脚，让他们跳将出来。古代的诗虽不得不给跛子乌尔甘安排一些同伴，但却竭力夸大他们的体格魁梧来掩饰他们的畸形。近代的天才把那些非凡的铁匠的传说保存了下来，但却一下子给这个传说加上了一个截然相反并使它更加突出的特性；它把巨人变成了侏儒，把独眼巨人变成了地下的小神。正是以这样的独创性，它用我们传说中一些土产的怪物来代替并不怎么奇怪的七头蛇，如鲁昂的加尔古叶、麦茨的克拉-乌易、特洛依的夏尔-沙内、蒙德勃利的特赫、塔拉斯贡的塔拉斯克③，这些怪物的外形如此多变，而它们这些古怪的名字又更增添了几分奇特。这些造物从它们自己的本性里就能得到一种深沉而有力的音调，在这音调前，古代有时似乎也要却步。的确，希腊传说中的妖怪远不及《麦克白》中的魔女④可怕，因而也更缺少真实性。希腊神话中，蒲留东⑤也并不是魔鬼。

照我们看来，就艺术中如何运用滑稽丑怪这个问题，足足可以写一本新颖的书出来。通过这本书，可以指出，近代人从这个丰富的典型里汲取了多么强烈的效果，但对于这一典型，今天还有一种狭隘的批评在激烈进行攻击。我们的主题可能马上就要引导我们来顺便指出这一幅广阔的图画中的某些特点。但在这里，我们只想说，根据我们的意见，滑稽丑怪作为崇高优美的配角和对照，要算是大自然给予艺术的最丰富的源泉。毫无疑问，鲁本斯⑥是了解这点的，因为他乐于在皇家的仪典中、在国王加冕典礼中、在荣耀的仪式里，也安插进几个

① 西班牙传说中的一对主仆，前者是一个滑稽的仆人，后者是一个好色的花花公子，唐璜的故事曾被莫里哀、拜伦等作家采用写成名剧或长诗。

② 根据德国中世纪的传说，浮士德博士把灵魂卖给魔鬼靡非斯特菲勒士以换取尘世的欢乐，这一题材曾被不少作家写成作品，其中以歌德《浮士德》最为重要。

③ 这些都是法国各地民间传说中极其丑怪可怕的怪物。

④ 见莎士比亚悲剧《麦克白》第一幕。

⑤ 蒲留东（Pluton）：希腊神话中的地狱之神。

⑥ 鲁本斯（Rubens，1577～1640）：佛兰德斯画家。

丑陋的宫廷小丑的形象。古代庄严地散布在一切之上的普遍的美，不无单调之感；同样的印象老是重复，时间一久也会使人生厌。崇高与崇高很难产生对照，人们需要任何东西都要有所变化，以便能够休息一下，甚至对美也是如此。相反，滑稽丑怪却似乎是一段稍息的时间，一种比较的对象，一个出发点，从这里我们带着一种更新鲜更敏锐的感受朝着美而上升。鲵鱼衬托出水仙；地底的小神使天仙显得更美。

并且，我们未尝不可以说，和滑稽丑怪的接触已经给予近代的崇高以一些比古代的美更纯净，更伟大，更高尚的东西；而且这也是理所当然的。当艺术本身合情合理的时候，就更有把握把各种事物表现得彻底。如果荷马式的仙境与这种天国的情趣、与弥尔顿天堂中仙使般的温馨相距甚远，那是因为在伊甸园的下面有一个和多神教地狱之底各有千秋的可怕的地狱。如果法朗塞斯伽·达，里米尼①和贝亚特丽②不是在但丁这个把读者关进饥饿之塔、迫使读者分享于哥利诺③的令人反胃的餐食的诗人之笔下写来，会有这样吸引人吗？但丁如果没有这样的笔力，就不可能这样动人。肌体丰腴的河中女神、强壮的人鱼、放荡的风神，哪里有我们的水仙和天神那种透明的流动性？难道不是因为现代人能够想象出在我们陵墓里有吸血鬼、吃人怪、妖精、玩蛇怪、大蝙蝠、僵尸和骷髅在荡来荡去，这种想象才能够赋予它的妖精以那种虚幻的形状，那种为多神教的仙女很少达到的精灵的纯度？古代的维纳斯姿容美艳，无疑地招人喜爱；但是，是什么在让·古容④所有的画面上都散布了那种轻盈、奇妙而空灵的风韵？是什么赋予它们以那种为过去所不认识的生动和伟大？如果不是因为接近中世纪雄劲遒健的雕刻，那又是什么呢？

对这些必要的议论，大可加以更透彻的阐述，如果在阐述过程中，我们的思想线索没有在读者的头脑里中断的话，他就一定会了解

---

① 但丁的《神曲》中的一个少妇，与夫弟保罗相爱，被丈夫杀死，其故事见《神曲·地狱篇》第五曲。

② 贝亚特丽是但丁青年时的爱人，但丁对她终身感念不忘，在《神曲》中把她写成美与善的化身。

③ 于哥利诺是《神曲》中的一个人物，被仇人关进饥饿之塔，自咬其肉而死，其故事见《地狱篇》第三十三曲。

④ 让·古容（Jean Goujon，1515～1572）：法国著名的雕刻家和建筑师。

到，滑稽丑怪这一被近代诗神所采纳的喜剧的萌芽，一旦移植到比偶像教和史诗更为有利的土壤上，就会以多么旺盛的生命力生长和发展起来。实际上，在新的诗歌中，崇高优美将表现灵魂经过基督教道德净化后的真实状态，而滑稽丑怪则将表现人类的兽性。第一种典型，在脱尽了不纯的杂质之后，将拥有一切魅力、风韵和美丽；总有一天它应能创造出朱丽叶、苔丝特蒙娜、莪菲丽亚①；第二种典型则将收揽一切可笑、畸形和丑陋。在人类和事物的这个分野中，一切情欲、缺点和罪恶，都将归之于它；它将是奢侈、卑贱、贪婪、吝啬、背信、混乱、伪善；它将轮流扮演埃古、答尔菊夫、巴西尔②；波罗纽斯、阿巴贡、巴尔特罗③；福尔斯塔夫、史嘉本、费加罗④。美只有一种典型；丑却千变万化。因为，从情理上说，美不过是一种形式，一种表现在它最简单的关系中，在它最严整的对称中，在与我们的结构最为亲近的和谐中的一种形式。因此，它总是呈现给我们一个完全的，但却和我们一样有限的整体。而我们称之为丑的那种东西则相反，它是我们所没有认识的那个庞然整体的一部分，它与整个万物协调和谐，而不是与人协调和谐。这就是为什么它经常不断向我们呈现出崭新的，然而不完整的面貌的道理。

研究滑稽丑怪在近代的运用和发展，这是一件有趣的事。首先，它侵入，涨溢，泛滥；终于像一道激流冲破堤防。它诞生之时，就贯串在垂死的拉丁文学之中，给柏尔斯⑤、佩特罗尼乌斯⑥、余维纳尔⑦

---

① 朱丽叶、苔丝特蒙娜、莪菲丽亚是莎士比亚著名戏剧《罗密欧与朱丽叶》、《奥赛罗》和《哈姆雷特》中的三个女主人公，都是貌美、善然而不幸的妇女。

② 埃古，莎士比亚的《奥赛罗》中的人物；答尔菊夫，莫里哀的《伪君子》中的主人公；巴西尔，博马舍的喜剧《费加罗的婚礼》中的人物。这三个人物分别具有阴险、伪善、贪婪的性格。

③ 波罗纽斯，《哈姆雷特》中的一个阿谀奉承的人物；阿巴贡，莫里哀名剧《悭吝人》中的吝啬鬼；巴尔特罗，博马舍喜剧《塞尔维亚的理发师》中一个好色的老头。

④ 福尔斯塔夫是莎士比亚历史剧《亨利四世》中的喜剧人物；史嘉本是莫里哀喜剧《史嘉本的诡计》中一个聪明、恶作剧的仆人；费加罗是《费加罗的婚礼》中的主人公，也是一个聪明机智的仆人。

⑤ 柏尔斯（Perse，34～62）：罗马讽刺诗人。

⑥ 佩特罗尼乌斯（Petronius，公元1世纪）：罗马作家。

⑦ 余维纳尔（Juvénal，42～120）：罗马讽刺诗人。

添加色彩，并留下了阿普列乌斯①的《金驴记》。然后，它就散布在那些改造欧洲的新兴民族的想象里，大量出现在故事作家、编年史家和小说家的作品里。它由南到北蔓延开来。它游戏在日耳曼民族的梦想里，并且，同时以它的灵气唤活那可赞美的西班牙《诗歌集》，这骑士时代真正的《伊利亚特》。举例来说，它在《玫瑰传奇》②中这样描写一个庄严的仪式，一个国王的选举：

> 于是他们选了一位大个子平民，
> 这是他们之中一个头号大块头。

它特别把自己的特点印记在代替了中世纪一切艺术的奇妙的建筑术上。它在大教堂的门额上打上自己的烙印，在尖形的门洞之上，嵌上地狱和炼狱的图景，使它们在花玻璃窗上红光灼灼，它把它的怪物、野兽、恶魔陈列在柱头的周围、饰带的边缘、屋檐的上面。在民房的木头门面上，宫堡的石头正门上，宫殿的大理石宫门上，都满布了千变万化的丑怪形象。它还从艺术的领域进入风俗的领域；它一方面使人民欢迎西班牙喜剧中的滑稽角色，另一方面又给予国王以滑稽的弄臣。稍后，在宫廷文明的时代里，它又使我们看到斯加龙③甚至在路易十四④的寝床旁边出现。在这期间，它又装饰在徽章上，它在骑士的盾牌上画下封建的象征性的字纹。它又从风俗的领域进入法律的领域，有千百种奇怪的习俗证明它进入了中世纪的组织机构。它曾使被酒糟玷污了的戴斯比在它的两轮车上蹦跳⑤，同样，它和法院人员在那张著名的大理石桌上舞蹈⑥，这桌子当时既是民间闹剧的舞台，也是皇家盛宴的台席。最后，在进入了艺术、风俗和法律之后，

---

① 阿普列乌斯（Apuleius，公元2世纪）：罗马诗人。

② 法国中世纪时期的一部诗体小说。

③ 斯加龙（Scarron，1610~1660）：路易十四时代的法国诗人。

④ 路易十四（Louis XIV，1638~1715）：法国17世纪君主专制最盛时期的国王。

⑤ 戴斯比被认为是古希腊悲剧的创造者。希腊悲剧起源于收获葡萄的节庆，收获者在两轮车上互相恶谑，这便是悲剧最初的形式。

⑥ 中世纪时期，法国的法院人员每年都要举行一些盛大的节庆，在巴黎大法院大厅中，有一张长达整个大厅的大理石桌子，它往往在节庆时被用作演出闹剧的舞台。

它又一直进入教堂。我们看见它在每一个天主教的城市里主宰着一些奇异的仪式和古怪的迎神行列，其中，宗教在各种迷信的伴随中进行，崇高在种种丑怪的围绕下出现。如果要把它一笔描绘下来，我们看看下面的事实就行了：在文学的这个黎明时期，滑稽丑怪的活力、朝气和创造力是那么丰富，以至它在近代诗歌的门口，一下就扔出三个逗人的荷马：意大利的阿里奥斯特、西班牙的塞万提斯^①和法国的拉伯雷^②。

要更加突出地说明滑稽丑怪在第三文明期的影响，那是多余的。在所谓浪漫主义时代里，一切都证明它与"美"之间的紧密的、创造性的结合。就以最为纯朴的民间传说而言，也无一不以一种可爱的本性表现了近代艺术的这种神秘。古代就不可能创造出《美女和野兽》这个作品。

的确，在我们刚才考察的那个时代里，滑稽丑怪在文学中比崇高优美更占优势，这是非常明显的。但是，这是反作用的狂热，一种转瞬即逝的对新颖的热情；这开初的一阵热潮终究要渐渐平复下去。美的典型不久又要恢复它的地位和权利，它并不排斥另一个原则，而是要胜过它。现在，已经是时候了，让滑稽丑怪在牟利罗^③巨大的壁画上，在维罗尼斯^④神圣的篇幅下只占有画幅的一角；让滑稽丑怪只渗入到艺术将引以为豪的两幅《最后的审判》中去，只渗入到米开朗琪罗^⑤用来装饰梵蒂冈的悦目而又可怕的图景中去，只渗入到卢本斯将描绘在安特卫普大教堂的穹隆屋顶上人类堕落的骇人的图景中去。在这两种原则之间建立平衡的时候现在已经到来。不久，就会有一个人，一个诗王，Poeta Sourano^⑥（但丁正是这样称呼荷马），出来确定这一平衡。这两种相互争雄的天才汇合成双料的火焰，而从这火焰之中，迸射出莎士比亚。

---

① 塞万提斯（Cervantes，1547～1616）：西班牙作家，《堂·吉诃德》的作者。

② 拉伯雷（Rabciais，1494～1553）：法国人文主义作家，《巨人传》的作者。

③ 牟利罗（Murillo，1617～1682）：西班牙画家。

④ 维罗尼斯（Véronèse）：意大利画家。

⑤ 米开朗琪罗（Michelangelo，1475～1564）：意大利文艺复兴时期画家、雕刻家。

⑥ 意大利文：至高无上的诗人。

　　这样，我们便达到了近代的诗的顶点。莎士比亚，这就是戏剧；而戏剧，它以同一种气息融合了滑稽丑怪和崇高优美、可怕与可笑、悲剧和喜剧，戏剧是第三阶段的诗，也就是当前文学固有的特性。

　　我们现在把上面所讨论的事实简要地概括一下，诗有抒情短歌、史诗和戏剧三个时期，每一个时期都和一个相应的社会时期有联系。原始时期是抒情性的，古代是史诗性的，而近代则是戏剧性的。抒情短歌歌唱永恒，史诗传颂历史，戏剧描绘人生。第一种诗的特征是纯朴，第二种是单纯，第三种是真实。行吟诗人是抒情诗人向史诗诗人的过渡，就好像小说家是史诗诗人向戏剧诗人的过渡。历史学家与第二个时期一道来临；编年史家、批评家则和第三时期同时产生。抒情短歌中的人物是伟人：亚当、该隐、诺亚①；史诗中的人物是巨人：阿喀琉斯、阿特柔斯、俄瑞斯特斯②；戏剧中的人物则是凡人：哈姆雷特、麦克白、奥赛罗。抒情短歌靠理想而生，史诗借雄伟而存在，戏剧则以真实来维持。总之，这三种诗是来自三个伟大的泉源，即《圣经》、荷马和莎士比亚。

　　以上就是人类和社会各时代不同的思想面貌，对此，我们仅限于指出其结果。这三种面貌就是青年时期、壮年时期和老年时期的面貌。无论是专门去研究某一种文学，或者是把所有的文学当作一个整体来研究，我们都会发现同样的事实：抒情诗人在史诗诗人之先，史诗诗人在戏剧诗人之先。在法兰西，马莱伯③在夏伯兰④之先，夏伯兰又在高乃依⑤之先；在古希腊，奥尔菲⑥在荷马之先，荷马又在埃斯库罗斯之先；在最初的典籍⑦中，《创世记》在《列王纪》之先，

---

　　① 均见《圣经》。亚当是人类的祖先。该隐是亚当和夏娃所生的长子。诺亚是《圣经》中使人类免遭洪水灭绝的圣者。

　　② 均是希腊传说中的人物。阿喀琉斯是荷马史诗中的英雄；阿特柔斯（Atreus）是希腊传说中一个残酷的报仇者，为了向自己的兄弟报仇而杀死了兄弟的两个儿子；俄瑞斯特斯（Orestes）是阿迦曼农王的儿子，为报父仇，杀死其母。

　　③ 马莱伯（Malherbe, 1555～1628）：法国抒情诗人。

　　④ 夏伯兰（Chapelain, 1595～1674）：法国诗人，其最著名的作品是史诗《巾帼英雄》。

　　⑤ 高乃依（Corneille, 1606～1684）：法国悲剧诗人。

　　⑥ 奥尔菲（Orphée）：希腊传说中的音乐家，其乐声能感动鸟兽。

　　⑦ 指《圣经》。

《列王纪》在《约伯记》之先；如果从以上我们所概述的诗的漫长发展过程来看，则《圣经》在《伊利亚特》之先，而《伊利亚特》又在莎士比亚之先。

事实上，社会始则歌唱它的梦想，继而叙述它的所为，而最后才描绘它的思想。我们顺便说一句，正是由于最后那种原因，戏剧糅合了一切最相反的特性，才能够同时既深刻而又突出，既富有哲理意味而又不乏诗情画意。

如果我们在这里补充说，自然和生活中的一切都经过这三个阶段，即抒情诗的、史诗的和戏剧的三个阶段，这也是合情合理的，因为万物都要经过生长、活动和死亡。如果把想象所作的奇妙比较和理智所进行的严肃演绎混在一起的做法并非可笑，那么，一个诗人就可以这样比喻说，朝阳初升像一首赞歌，艳阳当空像一篇光华灿烂的史诗，而夕阳西沉则像一出晦暗的戏剧，其中有着日与夜、生与死的斗争冲突。这样说也许大有诗意，也许就是胡闹；而"这又证明什么呢"？

让我们继续探讨以上所列举的事实；并且让我们再用一项重要的观察来加以补充。我们并不企图替诗的三个不同时代划定一个不能逾越的范围，而只是想确定它们主要的特性。正如我们刚才所指出的，《圣经》这一座抒情诗的神圣纪念碑，包含着一种萌芽状态的史诗和一种萌芽状态的戏剧，那就是《列王纪》和《约伯记》。我们在荷马的诗里常常感到一种抒情诗的余韵和一种戏剧诗的端倪。在史诗之中，抒情短歌和戏剧参错存在。任何事物之中都有别的任何事物；只不过在每一件事物里，都有一种根本的因素，其他一切因素则从属于它，而它将自己的本性强加于事物的整体之中。

戏剧是完备的诗。短歌和史诗中只具有戏剧的萌芽，而戏剧中却具有充分发展了的短歌和史诗，它概括了它们，包括了它们。诚然，有人说过"法国人缺乏史诗头脑"[1]，这话正确而精辟地道出了客观的事实；但要是他说的是近代人，那么他的话就更聪明而深刻了。不过，毋庸置疑，史诗的天才也表现在奇妙的《阿达莉》[2]中，这出戏

---

① 这句话出自伏尔泰的《论史诗》，是他转引的一句有名的话。

② 《阿达莉》（Atalie）：拉辛的五幕诗体悲剧，写反专制女王阿达莉的政治斗争。

如此高超，如此崇高，是王权时代所不可能了解的。还有，莎士比亚的一系列历史剧也的确表现了史诗的伟大气魄。但是最适合于戏剧的还是抒情诗；它不但不束缚戏剧，而且去迎合戏剧的癖好，在戏剧的各种形式下变化，有时在爱丽儿①身上变得崇高优美，有时在卡利班②身上则又滑稽丑怪。我们的时代首先是戏剧性的，正由于这一点也就具有卓越的抒情性。这是因为在开始与终结之间，不只有一种关系；西沉的夕阳具有东升的旭日的某些特点；老人也能返老还童。但是这种迟暮的童年和原来的童年有点不同，一个有着暮年的忧伤，另一个则有童年的欢乐。抒情诗的情况正是如此。在一个民族的黎明时期，抒情诗是光彩夺目、富有幻想的，而在一个民族的衰微年代，则又沉郁晦暗而惯于思考。《圣经》喜气洋洋地以《创世记》开篇，而语气逼人地用《启示录》结束。近代的短歌都是有所感而作的，但又不是茫然不知所云。它的沉思多于静观，连它的梦想也带有愁绪。我们从它的创作中就看到，这种诗已经和戏剧结合。

为了把上述想法说得更具体一些，我们想用形象来作比喻，原始的抒情诗可比喻为一泓平静的湖水，照映着天上的云彩和星星；史诗是一条从湖里流出去的江流，反照出两岸的景致——森林、田野和城市，最后奔流到海，这海就是戏剧。总起来说，戏剧既像是湖泊，照映着天空，又像是江流，反照出两岸。但只有戏剧才具有无底的深渊和凶猛的风暴。

在近代诗中，一切最后总要归结到戏剧。《失乐园》首先是一出戏剧，然后才是一篇史诗。我们都知道，它先是以戏剧的形式呈现在诗人的想象中，而后也是以戏剧的形式永远留在读者的记忆里，在弥尔顿这座史诗式的建筑物下面，戏剧的古老躯干仍然显得多么突出显眼！当但丁完成了他警世骇俗的《地狱篇》，关上了地狱的大门，大功告成而只要替作品命名的时候，他天才的本能使他看到，这部纷纭复杂的诗篇是戏剧的体现，而不是史诗的体现；于是，他就在这个雄伟的纪念碑的正面，用青铜的笔写下了：

① 爱丽儿（Ariel）：莎士比亚《风暴》中的精灵，性格善良。

② 卡利班（Caliban）：莎士比亚《风暴》中的精灵，性恶而貌丑。

Divina Commedia①

由此可见，近代只有这两位诗人可与莎士比亚并肩媲美而又和他完全一致。他们和他竞相把我们的诗渲染上戏剧的色彩；他们像他一样，把滑稽丑怪和崇高优美互相混合；他们并没有把支撑在莎士比亚身上的整个伟大的文学拖到自己身上去，他们是建筑物的两根弓形的支柱，而莎士比亚则是中央的支柱。

请允许我们在这里再谈一谈某些已经说明过但还需要加以强调的论点。我们既已提出了这些论点，现在就应作进一步的阐述。

基督教对人类这样说：你是双重的，你是由两种成分构成的，一种是易于毁灭的，一种是不朽的，一种是肉体的，一种是精神的，一种束缚于嗜好、需求和情欲之中，一种则寄托于热情和幻想的翅翼之上，前者始终俯身向着大地，他的母亲，后者则不断飞向天空，他的故国；自从基督教说了这些话的那天起，戏剧就创造出来了。在生活中，在从摇篮到坟墓的人生中，存在着两种敌对的原则之间无时无刻不有的对立和斗争，这实际上不就是戏剧吗？

从基督教中诞生出来的诗，我们时代的诗，就是戏剧。戏剧的特点就是真实；真实产生于两种典型，即崇高优美与滑稽丑怪的非常自然的结合，这两种典型交织在戏剧中就如同交织在生活中和造物中一样。因为真正的诗，完整的诗，都是处于对立面的和谐统一之中。所以现在可以大声疾呼说，存在于自然中的一切也存在于艺术之中，特别在这个问题上，甚至所有一切例外都证实了这一点。

只要以这个观点来评判那些约定俗成、微不足道的规则，来清理这些迷宫似的学派，来解决近200年来批评家辛辛苦苦在艺术周围制造出来的种种无聊的问题，我们就会感到惊奇：近代戏剧的问题竟这样迅速地明朗化了。戏剧只要再往前一步，就可以挣断利力普特②的军队趁它熟睡时把它缚住的一切蛛丝。

---

① 意大利文：《神曲》，直译应为《关于神的戏》。

② 利力普特（Lilliput）：英国18世纪作家斯威夫特著名的小说《格列佛游记》中的小人国。

　　这样，让那些没有头脑的学究们（他们并不相互排斥）去认为畸形、丑陋和怪诞永远也不应该成为艺术模仿的对象吧！人们会回答他们说，滑稽丑怪，这就是喜剧，而喜剧显然是艺术的一部分。答尔菊夫谈不上美，浦叟雅克①也并不高雅；但他们都是艺术上值得赞美的表现。

　　如果这些学究从这个壕沟被驱赶到第二道防线，那么，就让他们又去禁止滑稽丑怪和崇高优美的结合、禁止喜剧融于悲剧好了，人们会使他们看到，在基督教民族的诗里，这两个典型之中的前者表现了人类的兽性，后者则表现了人类灵魂。这是艺术的两个分支，如果有人禁止它们枝叶交复而要把它们截然分开，那么，将产生的全部后果，其一是恶习和可笑的抽象化，其二是罪恶、英雄主义和美德的抽象化。这两个典型，一旦被如此割裂而各行其素，它们就会各自片面地发展，结果把真实扔在中间，而它们则一个在左，一个在右。在这里，接着产生的问题是，虽然有了这种抽象化的东西，但人还没有表现出来；虽然有了这些悲剧和喜剧，但戏剧还有待创造。

　　在戏剧里，就如同在现实中一样，一切都互相关联，互相推演，这一点人们即使不能表现出来，至少也能设想。在戏剧里，形体和心灵都在起作用，人物和情节都被这双重的动因所推动，忽而滑稽突梯，忽而惊心动魄，有时则滑稽突梯与惊心动魄俱来并至，例如，法官说："处以死刑！嗨，我们现在吃饭去吧！"②例如，罗马元老院长篇大论地讨论图密善皇帝的比目鱼③。例如，苏格拉底一边喝毒药，一边谈论不朽的灵魂和唯一的上帝，中间还停下来吩咐宰只雄鸡去祭医药之神④。例如，伊丽莎白女皇连骂人和闲聊也非用拉丁文

---

　　① 浦叟雅克（Poueceaugnac）：莫里哀喜剧《浦叟雅克先生》中的主人公。

　　② 雨果在这里以伏尔泰的《苏格拉底》一剧为例，剧中一个法官建议把所有的几何学家都吊死；另外一个法官就回答："好的，好的，一开庭我们就把他们吊死，现在，我们吃饭去吧！"伏尔泰在一个注解里补充说："在16世纪，有一件与此很类似的事，有个法官干脆说道：'处以死刑！嗨，我们现在吃饭去吧！'"

　　③ 见罗马讽刺诗人余维纳尔《讽刺诗》。图密善（Domitien）是公元81年至96年的罗马皇帝，他专横跋扈，连年穷兵黩武导致众叛亲离。

　　④ 希腊哲学家苏格拉底从容就义的故事最初见柏拉图对话集《斐德篇》第66章，这故事后来成为作家常采用的题材，狄德罗曾写过《苏格拉底之死》，法国19世纪浪漫派诗人拉马丁（Lamartine）也写过一首诗，雨果这里是指哪一部作品，不能肯定。

不可①。例如，黎希留大主教对普通教士约瑟夫凡事服从，路易十一对理发匠奥利维叶这鬼东西低头驯服②。例如，克伦威尔说，"我提包里有议会，口袋里有国王"；或者用在查理一世死刑判决书上签字的手，在一个弑君者的脸上抹墨，而这个弑君者也笑嘻嘻回敬了他一下③。例如，恺撒大帝凯旋，坐在战车上唯恐覆车殒命④。因为一切雄才大略的伟人，不论怎样了不起，身上总有愚蠢之处足以蒙蔽他们的聪明。也正是由于这点，他们才打动人心，正是由于这点，他们才有戏剧意味。当拿破仑自信是大丈夫的时候，他常说："崇高与可笑，只有一步之差"⑤；这颗烈焰奔突的灵魂，微微开启一下，便迸出一道闪光，既照亮了艺术也照亮了历史，这一痛苦的呼声，正是戏剧与生活的概括。

事实上，所有这些矛盾也汇合在作为血肉之躯的诗人自己身上。由于他们对生活深思穷究，由此发出辛辣的讽刺，对人们的畸形加以百般讽嘲，便总是使得我们大笑，但他们自己内心里却是非常忧郁的。那些德谟克利特⑥也就是一些赫拉克利特⑦。博马舍苦闷，莫里哀消沉，莎士比亚忧郁。

因此，滑稽丑怪是戏剧的一种最高度的美。它不仅是戏剧中一种相宜的成分，而且每每是一种必需的要素。有时，它聚类成群地以各种完整的性格出现，如：党丹⑧、蒲吕西雅⑨、梯梭旦⑩、布里多瓦

---

① 此例并非引自文学作品，而是引自米肖（Michaud, 1767~1839）所编的《名人辞典》。

② 出处不详。

③ 有关的文学名著中，并没有以上的描述，魏勒曼（Villemain, 1790~1870）的《克伦威尔传》中却有此记载。

④ 出处不详。但在苏埃多勒（Suétone）所著的《恺撒传》中曾记载了与此相似的事件。

⑤ 此话是拿破仑1812年9月对当时驻华沙大使普拉德（Prads）所说的，1815年被普拉德记载在他的回忆录中。

⑥ 德谟克利特（Démocrites，约前460~前370）：古希腊哲学家，民主政体的思想代表。

⑦ 赫拉克利特（Héraclites，约公元前540~前480）：古希腊哲学家，政治思想与德谟克利特相反。

⑧ 党丹（Dandin）：莫里哀喜剧《乔治·党丹》中的主人公，出身资产阶级，娶一贵族女子为妻，结果被妻子欺骗。

⑨ 蒲吕西雅（Prusias）：高乃依悲剧《尼高墨德》中的一位国王。

⑩ 梯梭旦（Trissotin）：莫里哀喜剧《可笑的女才子》中一位可笑的拙劣的诗人。

松①、朱丽叶的乳母②；有时则染上恐怖的色彩，像理查三世③、贝日阿尔④、答尔菊夫、靡非斯特菲勒士；有时则又具有风度和雅致，如费加罗、阿斯里克⑤、墨库邱⑥、唐璜⑦。它无孔不入，因为，正如最可笑的东西也常常能达到崇高的境界一样，最高尚的事物也总免不了有凡俗和可笑的时候。它总是呈现在舞台上，虽然它常常不可捉摸，不可察觉，有时甚至沉默，隐蔽。有了它，就不会引起单调的印象。有时，它引人发笑，有时，它又在悲剧中制造恐怖。它使罗密欧碰到了卖药者，麦克白遇上了三女怪，哈姆雷特遇到了掘墓人。有时，它还能够把刺耳的声音和谐地混合在心灵的最高尚，最悲哀，最虚无飘渺的音乐中，如像李尔王和他的弄臣的那一幕。

在所有作家之中，只有莎士比亚做到了这一点；他有自己独到的手法，别人无从模仿，即使模仿，也毫无用处，因为这位戏剧之神把我们剧坛上高乃依、莫里哀、博马舍这三大戏剧家的天才特征，像三位一体一样早已结合在自己的身上了。

我们可以看到，把文学分门别类的武断做法，在理智和趣味之前崩溃得何其迅速。而要推翻所谓的"二一律"，也不见得是件难事。我们说"二一律"而不说"三一律"，是因为剧情或整体的一致是唯一正确而有根据的，很久以来就毋庸再议了。

当代一些杰出人物，不论是外国的还是法国的，都已经在实践上和理论上打击了伪亚里士多德法典的这条根本规则。并且，这战斗也没有花费多少时间，只摇撼了一下，它就摇摇欲坠了，可见这学院派破屋的梁木是多么腐朽不堪！

颇为奇妙的是，这些腐儒还认为他们的"二一律"是建立在"逼

---

① 布里多瓦松（Brid'Oison）：博马舍喜剧《费加罗的婚礼》中一个糊涂法官。

② 莎士比亚名剧《罗密欧与朱丽叶》中的人物，是个喜欢饶舌的可笑人物。

③ 理查三世（Richard Ⅲ）：1483～1485年的英国国王，莎士比亚在历史剧《理查三世》中，把这个人物表现为一个手段毒辣的奸雄。

④ 贝日阿尔（Bégears）：博马舍的戏剧《有罪的母亲》中的一个坏蛋。

⑤ 阿斯里克（Osrick）：《哈姆雷特》中的一个贵族阔少。

⑥ 墨库邱（Mercutio）：《罗密欧与朱丽叶》中一个热情、活泼、乐观的贵族青年。

⑦ 唐璜（Don Juan）：莫里哀同名喜剧中的主人公，一个贵族花花公子。

真"的基础上，但恰好就是真实否决了他们的规则。还有什么比下面这种情况更不伦不类，更不合情理的呢，那就是我们的悲剧总是乐于发生在过道、回廊和前厅这类公式化的场景里，也不知道是什么道理，密谋者出来朗诵一段反对暴君的台词，而暴君也出来回敬一段，双方轮流，就好像牧歌里所说的：

Alternis Cantemus；amant alterna Camenae.[1]

大家在什么地方见过这样的过道和回廊呢？还有什么比这更违反情理的呢？我们且不说违反真实，因为这些腐儒根本不把真实当一回事。因此，在这类悲剧中，凡是过于特殊、过于隐秘和太富有地方色彩而不便发生在前厅和市井中的一切，也就是说整个戏剧，都只好到后台去进行。在舞台上，我们只能看见戏剧情节之"肘"，而看不到戏剧情节之"手"。我们看不到场面，只听到叙述；看不到画面，只听到描写。一些一本正经的人物横隔在我们与戏剧之间，好像古代戏剧里的合唱队，他们出来向我们讲述在寺院，在宫殿，在广场发生了一些什么事，弄得我们常常想对他们喊道："你们讲得不错！不过请把我们带到那里去！那里一定很好玩，一定大有可看！"对此，他们会这样回答说："那样做很可能使你们高兴或者使你们感兴趣，不过问题不在这里；你们要知道，我们是法国悲剧之神的守卫者。"这就是回答！

但是，有人会说，你所排斥的这条规则是从希腊剧场里借来的。——希腊的剧场和戏剧与我们的剧场和戏剧有什么相同的地方呢？并且，我们已经指出，古代的舞台异乎寻常的宽阔，可以环抱整个一带地方，诗人可以根据剧情的需要，任意地从剧场的这一端转移到另一端去，这就差不多相当于现在的更换布景。真是古怪的矛盾！希腊的戏剧完全服从于宗教和国家的宗旨，但它比我们的戏剧却另有一番自由，它唯一的目的就是给人娱乐，或者说教育观众。所不同的是，希腊戏剧只服从对它适合的法则，而我们的戏剧则给自己加上一些和它本质毫不相干的清规戒律。前者是艺术的，后者是人工的。

---

① 拉丁文：让我们两人轮唱，诗歌女神喜欢轮唱的歌。见维吉尔：《牧歌》第三部第 59 行。

今天，我们开始懂得，准确的地方性是真实性的一个首要的因素。一出戏中，并不是只靠有台词、有动作的人物把事实的忠实印象铭刻在观众的脑海里。发生变故的地点也是事件的不可少的严格的见证人；如果没有这一不说话的人物，那么，戏剧中最伟大的历史场面也要为之减色。杀害黎吉奥的一场，诗人敢不把它放在玛丽·斯图亚特的房间里，而能安排在别个什么地方吗①？刺杀亨利四世②的一场，能够不在车辆拥塞的菲何勒利街而在别处吗？烧死贞德的一场能够在老市场以外的地方吗③？除了在布瓦堡以外，还有什么地方好杀死吉斯公爵④呢？正是在这个城堡里，他的野心引起了民众的骚动。查理一世⑤和路易十六⑥怎么能够不在那两个不祥的广场上被斩呢？从那两个地方分别可以看到白宫和菊勒里宫，似乎广场上的断头台是挂在宫前的装饰品。

时间一致的规则也不会比地点一致的规则更经得起一驳。把剧情勉强地纳入 24 小时之内，就好像把情节硬塞在过道里一样可笑。一切情节有它特定的过程，就像有它一定的地点一样。对不同的事件竟然规定同样长短的时间！对一切事物竟然用同一种尺度！如果一个鞋

---

① 玛丽·斯图亚特（Marie Stuart，1542～1587）：苏格兰女王，与法国国王弗朗索瓦二世联婚而为法国王后，1560年寡居后回苏格兰，她第二个丈夫达尼（Darnley）之被包斯威尔（Bothwell）谋杀以及她与包斯威尔的结婚引起了内乱，她逃到英格兰，被伊丽莎白女王囚禁，过了18年后被杀。黎吉奥（Riz-zio）是她的宠臣，1566年被达尼出于嫉妒而杀死在玛丽·斯图亚特的房间里。玛丽·斯图亚特的故事，英、德、法、意、西班牙的作家都采用过作为作品的题材。

② 亨利四世（Henri Ⅳ，1553～1610）：法国历史上一个重要的国王，他结束了长期的宗教战争，奠定国内和平，他在位期间法国专制主义有所巩固、工商业经济有所发展，后被反动的天主教势力所谋杀。

③ 贞德的题材，也曾多次为作家所采用。席勒的《奥尔良少女》就是以此为题材而写成的，不过，在席勒的剧本中，女英雄不是被烧死，而是受伤而死，雨果这句话可能是对此而发。早在雨果之前，斯达尔夫人在《德意志论》中也因此而批评席勒说："在本剧中，唯一可责备作者的，就是结局。"

④ 吉斯公爵（Le Duc de Guise）：系指法国三次亨利战争中的亨利一世（1550～1588），他发动了1572年8月的"圣巴托罗缪之夜"事变，对新教徒进行屠杀，又引起宗教战争，后来被国王亨利三世授意杀死在布瓦堡中国王的会客室里。

⑤ 查理一世（Charles I，1600～1649）：英国国王，资产阶级革命爆发后，被克伦威尔判处死刑，处决在白厅。

⑥ 路易十六（Louis ⅩⅥ，1754～1793）：法国国王，大革命后被国民议会判处死刑。

匠给大小不同的脚做同样大小的鞋，岂不好笑，但竟然有人把时间一致和地点一致的规则交错起来，成为鸟笼的方格，然后用亚里士多德的名义傻头傻脑地把一切事件、一切民族和各种形象都塞进去！而这些事件、民族和形象本来是散布在广阔的现实之中的。这样做就是对人对事进行摧残，就是丑化历史。说得更明白点，任何东西经过这种手术都会死亡；于是，这些迷信教条摧残艺术之徒，便得到了他们常得到的结果：凡是历史上活生生的东西一到悲剧中就都死了。因此，关在"一致"律笼子里的，常常是一具枯骨。

如果 24 小时能够压缩在两小时之内，照逻辑推理，四小时就能包括 48 小时了。那么，莎士比亚的一致律就不会是高乃依的一致律。谢天谢地！

这就是两世纪以来平庸、嫉妒和成见对天才所作的无理取闹！人们便是这样束缚了我们最伟大的诗人们展翅高飞。一致律像把剪刀剪断了他们的翅膀。但是，剪去高乃依和拉辛的鹰翅膀，换来的是什么呢？区区一个刚比斯通①。

我们知道，有人会说："布景变换得过于频繁，就会使观众感到混乱和疲劳，只觉得眼花缭乱；场景或时间变换过多，就必须向观众加以解释，但这正会使他们扫兴；此外，还得顾虑到，情节中间如果有了漏洞，那么，这出戏的各个部分就不能紧密衔接起来，会使观众感到莫明其妙，因为他们不明白空白的地方究竟是些什么。"但艺术之难，也正难在这里，这种障碍正是这种或那种题材都会碰到的，而且也根本不可能找出一劳永逸的办法来对付。这要天才来解决，不是诗学所能回避的。

最后，为了证明"二一律"的荒谬，只需再举最后一个理由，一个从艺术的内核抽引出来的理由。那就是，在"三一律"中，只有第三个一致，亦即情节的一致，才被人承认，因为它是建立在心无二用这一事实上的，也就是说人的眼睛或人的思想都不能同时把握一个以上的事物。情节的一致是必需的，就像其他两个一致是无用的一样。

---

① 刚比斯通（Campistron，1656～1728）：法国小说家，戏剧家，专事模仿古典作家，其作品苍白无力。

正是情节的一致，表明了戏剧的观点；由于这一点，它就排斥了其他两个一致。戏剧中不能有三个一致，正如在绘画中不能有三条地平线一样。此外，我们还要注意，不要把情节的一致和情节的单调混为一谈。整体的一致在任何意义上并不排斥那些烘托主要情节的次要情节。只要这些部分巧妙地从属于整体，始终归向中心情节，并且在不同阶段，或者不如说在戏剧的各个层次上，都围绕着中心情节。整体的一致，就是戏剧配景的法则。

但是，把守思想关的官吏一定会叫道："好些伟大的天才都遵守过这些法则，你们竟把它们抛弃了！"是的，不幸得很啊！要是让这些天才去自由创作，那么他们将会写出怎样的作品来呢？至少，他们接受你们的镣铐，并不是没有反抗。应该看到，高乃依初露头角时为了他那卓越的《熙德》而与墨莱①、克拉维莱、多比雅克②和斯居戴利③争论得精疲力竭！他以何等的笔力向后人揭露了这些人的蛮横霸道！照他所说，他们还用"亚里士多德来为自己帮腔"。我们还应该看到，当时那些人是怎样训他的，这里，我们且引一段当时的文字："年轻人，在指教之前必须学习！除非你成为了一个斯加里格④或一个韩西羽斯⑤，否则那是不容许的！"高乃依听了便反抗起来，他反问他们是不是想要贬低他，贬得"大大低于克洛埃海⑥"，于是，斯居戴利觉得他盛气凌人，不禁怒不可遏，他提醒"这位伟大得过分的《熙德》的作者……说话要谦虚，要像塔索⑦这一位当时最伟大的人物那样，即使他最优美的作品遭到人们最尖刻，最不公正的批评，他辩解的时候，也还是用谦虚的言词开始的"。他还说道："高乃依先生以他的答辩表明了，他的谦虚精神远不及这位卓越的作家，正

① 墨莱（Mairet，1604～1686）：法国戏剧家，最先响应古典主义理论家而在作品中运用"三一律"的作家，他曾激烈攻击高乃依的名剧《熙德》。

② 即多比雅克神父（Abbé d'Aubignac，1604～1676）：法国戏剧批评家，"三一律"就是他和夏伯兰借亚里士多德之名而提出的。

③ 斯居戴利（Scudéry，1601～1667）：法国诗人，戏剧家，高乃依当时的一个论敌。

④ 斯加里格（Scaliger，1484～1558）：意大利语言学家。

⑤ 韩西羽斯（Heinsius，1580～1665）：荷兰语言学家。

⑥ 克洛埃海（Claueret）：不详。

⑦ 塔索（Tasse，1544～1595）：意大利16世纪诗人。

像他的才能也远远不及一样。"一个青年受了"如此公正而又温和的批评"竟然还敢反抗；于是，斯居戴利再步步逼紧；他向"杰出的学士院"搬兵："啊！我的裁判官们，请你们宣布一道符合你们尊严的命令吧，让全欧罗巴都知道，《熙德》根本不是法兰西最伟大人物的杰作，只不过是高乃依先生自己最不得体的剧本。你们应该这样做，这既是为了你们自己的光荣，又是为了我们民族的荣誉，这确与我们民族攸关：因为产生过好些塔索和好些迦利尼①的国度的人士，看到这部妙不可言的杰作，便会以为我们民族最伟大的大师其实不过是区区学徒而已。"在这寥寥数行颇说明问题的文字里，包括了所有由于嫉妒而反对后起之秀的惯技，这种惯技如今仍沿用不衰，对拜伦爵士朝气蓬勃的篇章加以离奇古怪的攻击，便是一例。斯居戴利把这种惯技的精华都表演给我们看了。故意说某一天才作家的前期作品比他的新作更叫人喜爱，以证明这位作家是在退步而不是在进步，把《麦利特》和《皇宫画廊》②抬得比《熙德》高；然后，又把死人的名字扔在生者的头上：用塔索与迦利尼（好一个迦利尼！）之名来攻击高乃依，正像以后用高乃依攻击拉辛，用拉辛攻击伏尔泰，也正像今天用高乃依、拉辛、伏尔泰来攻击一切正在成长的人一样。如我们所看到的，这种手法已陈旧不堪，但是，既然它一直沿用不衰，可见一定是种妙法。它一直使高乃依这个可怜的伟人喘不过气来。这里，应该赞赏斯居戴利这个既可笑又可悲的冒充好汉的家伙，他被激怒到了极点，且看他是如何虐待和摧残高乃依吧，且看他是如何毫不留情地开动他古典主义的大炮吧。他使《熙德》的作者"懂得""根据亚里士多德在《诗学》第十章和第十六章的教导，插叙应该怎样写"，他利用亚里士多德来打击高乃依，说"他在《诗学》的第一章就惩罚了《熙德》这部作品"，他利用柏拉图的"《理想国》的第十卷"、利用马瑟兰③作品中众所周知的"第二十七卷"，利用"尼厄比④和杰菲

---

① 迦利尼（Guarinis，1538～1612）：意大利诗人，塔索的模仿者。

② 《麦利特》（Mélite）和《皇宫画廊》（Galerie du Palais）都是高乃依早期的喜剧。

③ 马瑟兰（Marcelin，？～304）：295年至304年的罗马教皇。

④ 尼厄比（Niobe）：希腊传说中一位不幸的母亲，她有七个儿女，因为嘲笑了阿波罗与狄安娜的母亲，七个儿女都被阿波罗和狄安娜杀死。

特①的悲剧"、"索福克勒斯的《阿雅克斯》"、"欧里庇得斯的榜样"、
"韩西羽斯《悲剧结构》的第六章和小斯加里格②的诗歌",最后,
还利用"宗教理论家和法学家,以婚姻的名义"来打击高乃依。前面
的那些论点是说给学士院听的,最后那个论点则是向大主教而发。针
刺之后是棒打。这个案子非得请位裁判官来决断。于是,夏伯兰作了
裁决,高乃依被判有罪。狮子被封上嘴巴,或者用当时的说法,小鸟
被拔去了羽毛③。现在,请看这出滑稽戏令人悲痛的一面:这位由中
世纪和西班牙所哺育的、完全属于近代的天才,自从他初露头角遭到
打击以后,也不得不欺骗自己,不得不钻进古代,给我们表现出一个
富有迦斯第尔④色彩的罗马,固然表现得很崇高,但是我们在其中既
不能看到真正的罗马,也不能看到真正的高乃依,也许只有《尼高墨
德》⑤是个例外,这部作品因为它高傲而纯朴的色彩而被上世纪大加
奚落。

　　拉辛也体验过同样的不愉快,不过却没有像高乃依那样反抗过。
不论在才能方面或性格方面,他都没有高乃依那种强烈的高傲。他无
言地屈服,把他动人的悲歌《爱斯兑》⑥和光辉的史诗《阿达莉》一
任当时的人鄙薄。我们应该相信,要是拉辛事实上没有受到当时偏见
的束缚,少碰上一些古典主义的鱼雷,那他就不会不在戏里把罗居斯
特放在纳西斯和尼罗之间⑦,就不会把西奈加⑧的学生在盛宴上劝酒

---

　　① 杰菲特(Jephté):《圣经》传说中的一位法官,为了战胜敌人,他许愿胜利后把第一个
向他招呼祝贺的人祭献给神,但胜利后第一个向他祝贺的恰巧是他的独生女儿。

　　② 小斯加里格(Scaliger le Fils, 1540~1609):意大利著名的语言学家。

　　③ 高乃依的法文拼法是Corneille,作为普通名词有"小鸟"之意,当时一个批评家在文
章中便玩弄文字游戏奚落高乃依,把他称为Corneille déplumée,意即"拔去了羽毛的小鸟"。

　　④ 迦斯第尔(Castille):西班牙中部的古王国。

　　⑤ 《尼高墨德》(Nicomède):高乃依1651年所写的悲剧。

　　⑥ 《爱斯兑》(Esther):拉辛1689年所写的悲剧,是他较重要的作品之一。

　　⑦ 指拉辛的历史悲剧《布里达尼库斯》(Britanicus),其题材采取自罗马最黑暗的时期即
尼罗的时代。布里达尼库斯是罗马皇帝克洛德(Claude)的嫡子,克洛德与寡妇阿格黎彬结婚
后,后者为了使自己的儿子尼罗即位,毒死了克洛德。尼罗即位后,也毒死了布里达尼库斯。
罗居斯特是当时有名的放毒的女人,这两次放毒都是利用她完成的。纳西斯是尼罗的亲信,毒
死布里达尼库斯就是他出的主意。

　　⑧ 西奈加(Sénèque, 3~65):罗马文学家,尼罗的教师,"西奈加的学生"即指尼罗。

毒死布里达尼库斯这一场好戏埋没在后台了。但是，我们难道能够要求鸟儿在真空的玻璃罩里飞翔吗？不过，上自斯居戴利下至拉·阿尔卜这些"风雅之士"使我们损失了多少美啊！那些在萌芽状态就被他们那股干燥的风吹死了的东西，本来是可以造就成为非常美好的作品的。幸好，我们的伟大诗人都会通过重重束缚来表现他们的天才。有人想用清规戒律来限制他们，总是枉费心机。他们像那个希伯来巨人一样，把牢门带到山上去了①。

有人还在重复不休，而且肯定还要重复一个时期，他们说："你们要遵守规则！要仿效典范！典范是从规则里产生出来的！"且慢！典范有两类，一类是根据规则产生的，但在这类典范之前还有一类典范，即人们据以总结出规则的典范。那么，天才在这两类典范之间应该选择哪一类作为立身之地呢？虽然和腐儒们打交道总是很不痛快的，但教训他们一顿，比受他们一顿教训不是要强上千倍吗？说到模仿，反光怎比得上光明？老在一条轨道上运行的卫星怎比得上居于中心的恒星呢？就以维吉尔全部的诗篇而论，他只不过是荷马的卫星而已。

我们再进一步研究：模仿谁？——模仿古人吗？我们刚才已证明了他们的戏剧和我们毫无共同之点。而且，伏尔泰既不愿意师法莎士比亚，也不愿意师法希腊。什么道理呢？他解释道："希腊冒冒失失写出来的一些场面，颇使我们反感。伊波利特②跌伤了，居然还数他身上的伤处，发出痛苦的呼喊。菲罗克戴特③痛苦到了极点，他的伤口里流出一股浓黑的血来。俄狄浦斯④挖自己的眼睛，但没有挖干净，眼里冒出来的血流得满脸都是，他在那里怨天尤人。人们可以听见被亲生儿子杀死的克利丹奈斯特拉⑤发出叫声，还有爱莱克特

① 指《圣经·旧约全书》中参孙将加沙城的门带走的故事。
② 伊波利特（Hippolyte）：欧里庇得斯同名悲剧中的主人公，他的后母引诱他不成，在其父面前进谗言，他父亲诅咒他，使他遇上海怪落马而死。
③ 菲罗克戴特（Philoctède）：索福克勒斯同名悲剧中的主人公，他是围攻特洛伊城的希腊有名的战将，在战斗中中箭受伤。
④ 俄狄浦斯（Oeidipe）：索福克勒斯同名悲剧中的主人公，由于命运的捉弄，他杀父娶母，最后因痛苦而挖去了自己的两眼。
⑤ 克利丹奈斯特拉（Clytemnestre）：埃斯库罗斯悲剧《阿迦曼农王》中的人物，围攻特洛伊城的希腊联军统帅阿迦曼农之妻，与奸夫谋害了丈夫，后被儿子杀死。

拉①也在舞台上厉声高叫：'杀死她，别放过她，她就没放过我们的父亲。'普罗米修斯的腹部和手臂都被钉子钉在一块岩石上。复仇女神对克利丹奈斯特拉血淋淋的阴魂答以语不成声的号叫……在埃斯库罗斯时代的希腊，就如同莎士比亚时代的伦敦一样，艺术还处于童年时期。"②模仿近代人吗？啊！那就成了模仿的模仿了！免了吧！

有人一定要非难我们说："照你们对待艺术的这种态度，你们好像只期待大诗人，总是把希望放在天才身上。"艺术对于庸才是不作指望的。艺术不向庸才命意立旨，而且根本就不认它的账，就像庸才并不存在似的。艺术赐给翅膀，而不是拐杖。不过，多比雅克遵守过规则呀，刚比斯通也效法过典范呀，但，这与艺术有何相干！艺术盖起自己的宫殿决不是为了蚂蚁。它让蚂蚁去造它们的蚁窝，根本不理会蚂蚁是否要把自己的仿造物建立在它的基础上。

学院派的批评家总是把他们的诗人置于左右为难的境地。一方面，他们老是对这些诗人喊道："都去模仿典范！"另一方面，他们又惯于宣布："典范是模仿不了的！"如果他们的匠人费了苦功，得以在那个行列中加进去件把苍白的仿制品，件把抄袭了巨匠、毫无光彩的模拟品，这些出尔反尔的家伙打量打量这新的 Refaccimiento③，又要叫喊起来，一时喊道："这东西不伦不类！"一时又喊道："这东西惟妙惟肖！"并且根据一种特别的逻辑，这两种喊声无论哪一种都算得上是一种批评。

现在，我们再来说些大胆的想法。时来运至，在这个时代，自由就好像光明一样到处风行，惟独没有进入思想界，而思想界本是世界上生来最为自由的，这种现象可说是太离奇了，我们要粉碎各种理论、诗学和体系。我们要剥下粉饰艺术的门面的旧石膏。什么规则、什么典范，都是不存在的。或者不如说，没有别的规则，只有翱翔于整个艺术之上的普遍的自然法则，只有从每部作品特定的主题中

---

① 爱莱克特拉（Electre）：阿迦曼农王的女儿，与她的兄弟奥莱斯特同报杀父之仇。埃斯库罗斯和索福克勒斯都写过同名的悲剧。

② 引自伏尔泰的《论波林勃洛克爵士的悲剧》一文。

③ 此字既不见于西班牙文字典，亦不见于意大利文字典，可能是 Rifacimento 之误，Rifacimento 有"修理"、"修补"之意。

产生出来的特殊法则。一种是永久的、内在的，会一直存在下去；另一种是可变的、外在的，只能运用一次。前者是支撑房屋的栋梁；后者是建造房屋用的鹰架，每造一幢房子就要搭一次。前者是戏剧的骨骼，后者是戏剧的服装。而且，这些规则都不见于任何诗学理论，黎希莱①也不怀疑这一点。天才预知先识多于学习师承，为了写一部作品，他从普遍的事理中抽出第一类规律，再把他所处理的题材作为一个独立的整体，从其中提取第二类规律；他不像化学家那样，燃起炉灶，扇旺炉火，烧热坩埚，进行分析和破坏；而是采取蜜蜂的方式，张开金色的翅膀，飞来飞去，停在花朵上，吸取蜜汁，既不使花萼失其光彩，也不让花冠去其芬芳。

让我们强调一下，诗人只应该从自然和真实以及既自然又真实的灵感中得到指点。洛卜·德·维加②说：

Quando he de escrivir una comedia
Encierro los preceptos con seis llaves③.

为了锁住各种清规戒律，用六把锁也不为多。但愿诗人们特别注意不要抄袭任何人，不论是莎士比亚还是莫里哀，不论是席勒还是高乃依。如果一个真正有才能的人，因模仿别人而丢了本色，把个人的特点扔在一边，那么就会失去一切而成为苏西④这样的角色。这简直是好好的天神不做，而甘心做下人。所以，应该从最根本的源泉里汲取滋养。森林中的树木，其形态、果实、叶子各不相同，却是吸取了同一种流遍了大地的汁液而生长起来的，世上各种各样的天才也是由同一种自然哺育面丰富起来的。真正的诗人像一株餐风饮露的大树，他产生作品就像树之结果，寓言家之产生寓言。死盯着一个师父，老抓

---

① 黎希莱（Richelet，1631～1698）：法国语法学家。

② 洛卜·德·维加（Lope de Vega，1562～1635）：西班牙著名的戏剧作家。

③ 西班牙文：我写了一部喜剧时，要用六把锁锁住一切清规戒律。

④ 苏西（Sosie）是喜剧《昂菲垂雍》中的一个仆人。在这个喜剧中，天神朱庇特爱上昂菲垂雍的妻子阿尔瑟墨勒，趁昂菲垂雍外出征战时，变成昂菲垂雍而占有了阿尔瑟墨勒，伴随他下凡猎色的是奥林匹斯神山上的信使墨尔菊尔（Mercure），他变成昂菲垂雍的仆人苏西。雨果借用这个降凡的典故来讽刺那些专事模仿的作家。

着一个范本，又有什么好处呢？宁可做荆棘或蓟草，跟杉木、棕榈吸收同样的土地滋养，而不做杉木、棕榈下面的苔藓或地衣。荆棘生机旺盛，苔藓苟活艰难。并且，不论杉木、棕榈如何伟大，以吸取它们的树液为生并不就能使自己也变得伟大。巨人身边的寄生者充其量也不过是个侏儒。不论橡树怎样庞大，被它养活的，只是槲寄生而已。

在这个问题上，大家也不要误解，如果我们过去有些诗人即使模仿了别人而仍能成其为伟大，那是因为他们在模仿古代形式的同时，还常听从了自然和自己的天才的指点，是因为他们在某一方面仍保持着自己的本色。他们的细枝攀附在邻近的树上，但根茎仍伸延在艺术的土壤里。他们是常春藤而非寄生树。下焉者就是那些末流的模仿者了，他们在地里既没有根茎，胸中又没有才气，就只得限于模仿。正如查理·诺底埃①所说："雅典派之后有亚历山大派②。"于是，庸才辈出，泛滥成灾；那些诗学理论也大量出笼了，这些理论只能束缚有才能的人，但对他们这些平庸之辈倒颇为相得。他们说，一切都完成了，不准上帝再创造其他的莫里哀、其他的高乃依。他们用回忆代替想象，像至高无上的权威一样安排一切。他们还有好些名言警句。拉·阿尔卜带着幼稚的自信说过："想象，根本上只不过是回忆而已。"

那么再说说自然吧，说说自然和真实。——这里，为了证明新的思想远非要毁坏艺术而仅仅是想把艺术重新缔造一番，使之更坚固、更稳实，我们姑且来试着根据自己的意见指出：艺术的真实和自然的真实这两者之间不可逾越的界线究竟是怎样的。如果像一些不长进的浪漫主义者那样把两者混淆起来，那真有些冒失。艺术的真实根本不能如有些人所说的那样，是绝对的现实。艺术不可能提供原物。我们且设想，一个主张不加考虑地模仿绝对自然，模仿艺术视野之外的自然的人，当他看到一出浪漫主义戏剧（譬如说《熙德》吧）的演出时，会作何表现。他首先一定会说："怎么？《熙德》的人物说话

---

① 查理·诺底埃（Charles Nodier，1780～1844）：法国作家，1823年前后，以他家的沙龙为中心，形成了浪漫主义第一文社，雨果也是其中的成员。

② 雅典派指公元前4世纪的一批著名的哲学家如柏拉图、亚里士多德等，而亚历山大派则是指公元3至4世纪的一批后起的哲学家如普洛丁、让布利克等人。诺底埃原话的意思是，在一个光辉的时代之后，必然有一个衰落的时期。

也用诗！用诗说话是不自然的。""那么，你要他怎么说呢？""要用散文。""好，就用散文。"如果他坚持自己的原则的话，过一会，他又要说了："怎么，《熙德》的人物讲的是法国话！""那么该讲什么话呢？""自然要求剧中人讲本国语言，只能讲他的西班牙语。""那我们就会一点也听不懂了；不过，还是依你的。"你以为挑剔就完了吗？不；西班牙话还没有讲上十句，他又该站起来了，并且质问这位在台上说话的熙德是不是真正的熙德本人？这位名叫彼得或雅克的演员有什么权利顶用熙德的名字？这都是假的。这样下去就没有任何理由可以拦住他不坚持要用太阳代替台灯，用"真正的树"和"真正的房屋"来代替那些骗人的舞台布景。因为，这样一开了头，逻辑就把我们逼下去，再也停煞不住。

因此，应该承认艺术的领域和自然的领域是很不相同的，否则就要陷于荒谬。自然和艺术是两件事，彼此相辅相成，缺一不可。艺术除了其理想部分以外，还有尘世的和实在的部分。不论它创作什么，它总是框在语法学和韵律学之间，在伏日拉①和黎希莱之间。对于最为自由的创作，它有各式各样的形式、各种不同的创作方法和要塑造的一大堆材料。对于天才来说，这些都是精巧的手段，对于庸才来说则是笨重的工具。

我们记得好像已经有人说过这样的话：戏剧是一面反映自然的镜子②。不过，如果这面镜子是一面普通的镜子，一块刻板的平面镜，那么它只能映照出事物暗淡、平板、忠实，但却毫无光彩的形象；大家知道，经过这样简单的映照，事物的色彩就失去了。戏剧应该是一面集聚物像的镜子，非但不减弱原来的颜色和光彩，而且把它们集中起来，凝聚起来，把微光变成光彩，把光彩变成光明。因此，只有戏剧才为艺术所承认。

舞台是一个视线的集中点。世界上，历史上，生活里和人类中的一切，都应该而且能够在舞台上得到反映，但是，必须是在艺术的魔棍作用之下才成。艺术历观各世纪和自然界，穷究历史，尽力再现

① 伏日拉（Vaugelas，1585~1650）：法国著名的语法家。

② 可能是指莎士比亚在《哈姆雷特》中关于戏剧的议论。

事物的真实，特别是再现风俗和性格的真实，使其比真正的事物更确凿，更少矛盾。艺术起用编年史家所节略的材料，调和他们剥除了的东西，发现他所遗漏的并加以修补，用富有时代色彩的想象填补他们的漏洞，把他们任其散乱的东西收集起来，把人类傀儡下面的神为的提线再接起来，给这一切都穿上既有诗意而又自然的外衣，赋予它们以真实、活跃而又引起幻想的生命；赋予它们以现实的魔力，这种魔力能激起观众的热情，而首先能激起诗人自己的热情，因为诗人是具有良知的。由此，艺术的目的差不多是神圣的，如果它写历史，就是起死回生，如果它写诗歌，就是创造。

在戏剧中，艺术应当有力地发展自然；情节应当坚定而又轻快地逐步导向结局，既不拖长又不缩短。最后，诗人应当充分地完成艺术的几重目的，那就是要向观众展示出两个意境，既要照亮人物的外部，也要照亮人物的内心，通过台词和动作表现他们的外部形貌，通过旁白和独语刻画内在的心理，总之一句话，就是把生活的戏和内心的戏交织在同一幅画面中。假如戏剧有了这样广阔的发展，那真是蔚为奇观了。

我们认为，要写这类作品，如果诗人在这些东西中应该有所选择的话（的确也应该有所选择），那他所选的不是美，而是特征。这也并不意味着要像人们现在所说的那样去渲染一些地方色彩，也就是说，不是要在完成了一部十分虚伪和一般化的作品之后，再在这作品上加上一些刺目的颜色。地方色彩不该在戏剧的表面，而该在作品的内部，甚至作品的中心，它生动而均匀，自然而然地由内而形之于外，可以说是流布到戏剧的各部分，正像树液从根部一直输送到树叶的尖端一样。戏剧应该弥漫着时代气息，像弥漫着空气一样，使人只要一进去或者一出来就感到时代和气氛都变了。要达到这种境地，就需要一些钻研和努力；钻研愈深，努力愈勤就愈好。艺术的大道上荆棘丛生，这也是件好事，常人都望而却步，只有意志坚强的人例外。正是这种为热烈的灵感所支持的钻研精神，才能使戏剧免于致命的缺陷，那就是一般化。一般化是视野短浅、才气缺乏的诗人的通病。从舞台的角度来讲，一切形象都应该表现得色彩鲜明，个性突出，精确恰当。甚至庸俗和平凡的东西也应有各自的特点。任何东西都不应放弃。真正的诗人像上帝一样，在他自己的作品中无时不在、无处不在。天才跟制币机一样，既能够在金币上也能够在铜钱上铸刻下国王的头像。

我们并不三心二意，而这正向有诚意的人们证明了我们是多么不想使艺术走样，我们毫不犹豫地把韵文看做是最适于防止戏剧遭受我们刚才所指出的那种灾难的一种方法，看做是阻挡"一般化"泛滥的最坚固的堤防，这种"一般化"与"民主"一样，在精神领域里到处流泛。年青的文学界已经拥有这样多的作家和作品，但在这里请允许我们向它指出一个错误，我们觉得它已经陷进去了。不过，这个错误和旧派那些令人难以置信的谬误相比，就太值得辩护了。新的世纪正处于苗壮成长的时期，在这时期里，人们能够很容易就把错误纠正过来。

在最近时期里，形成了一个特殊的戏剧诗流派，它好像是古典主义古老的树干上末尾第二个分枝，或者不如说，好像从腐朽之中繁殖出来的一种珊瑚，它是衰亡的先兆而非生命的征象。我们看来，这一个流派的大师和始祖似乎是那位标志着 18 世纪向 19 世纪过渡的诗人，也就是那个长于描写和比喻的戴利勒[①]；据说，他在晚年的时候常吹嘘说，他采用荷马那种列举的手法[②]，写过 12 头骆驼、4 条狗、3 匹马，其中包括约伯[③]的一匹，还有 6 只老虎、两只猫、一盘棋、一场赌博、一张棋盘、一局台球、好些冬季、很多夏天、不少春天、50 回落日以及他自己也数不清的许多个黎明。

然而，戴利勒却进入了悲剧的领域。他是最近盛行的一个所谓讲求风采、追求趣味的流派之父（上帝啊，是他而不是高乃依！）。这个流派所说的悲剧，并不是老好人吉尔斯·莎士比亚[④]所说的那样，比如，它就不认为悲剧是各种激情的一种源泉；而认为是一个方便的框架，专门用来解决这个流派在写作中所提出的一大堆关于描述的小

---

① 戴利勒（Delille，1738～1813）：法国诗人。

② 荷马在他的史诗《伊利亚特》中，描写到围攻特洛伊城的希腊联军时，曾把各城邦的队伍和其首领一一列举描述。

③ 《圣经·旧约全书》中的一个人物，上帝为了考验他，夺去了他的一切，他仍安之若素，最后，上帝又把他的一切都还给了他。

④ 即威廉·莎士比亚。

问题。这个流派的诗神不像真正的法国古典派那样摒弃生活中鄙俗卑劣的事物，它反而去追求它们，贪婪地把它们收集起来。滑稽丑怪，被路易十四时代的悲剧视为恶友而遭到回避，但在这个流派之前则不能平安地通过。"丑怪应该加以描写"！也就是说应该把它崇高化。卫队的场面、百姓的起义、鱼市场、关押苦役犯的监狱、小酒店、亨利四世的"炖鸡"①，对这个流派都是一大笔好财产。它据为己有，它把这个流氓坏蛋洗刷得干干净净，并且在他卑劣的行为之上加上金光闪闪的装饰品：

Purpureus assuitur pannus②.

它的目的似乎是要把一些高贵的标记加在这个戏剧的下人身上；而人物的一段段冗长累赘的台词，便是一个个证明其身份的了不起的标记。

在人们看来，这位诗神矫揉造作得出奇。它习惯于在转弯抹角的文字游戏中自得其乐，确切的词汇有时倒刺激了它，使它感到厌恶。把话讲得自然而然，它觉得会有失身份。它指责高乃依，因为他竟讲得这样直率：

……一大群人因债务和罪恶而身败名裂③。

……茜墨勒，谁会想到这个？罗德利克，谁会这样说④？

……当他们的佛朗米里忒斯为安里巴尔讲价钱的时候⑤。

……啊！你不要使我与共和国不融洽⑥。等等等等。

这位诗神的心上，自有它的"先生，多美啊"！我们那位值得

---

① 亨利四世统治时期，宗教战争所破坏的法国经济有了恢复和发展，相传他说过："我愿我的国家中最贫苦的农民，星期天至少也能吃上一只炖鸡。"

② 见贺拉斯《书简集》第一卷第二部分书简第三，原诗为 Purpreus late qnis-plendeat, wuus er alter assuiitur pannus. 意为：披上了一件又一件紫色的锦袍。

③ 见高乃依的悲剧《熙德》，文句中的着重号是雨果所加，以表示这些词汇在伪古典派看来是太不文雅、太粗野的。

④ 见高乃依的悲剧《西纳》。

⑤ 见高乃依的悲剧《尼高墨德》。

⑥ 同上。

赞美的拉辛因为用了"狗"这样的单音词①，还冒冒失失把那位克洛德放在阿克莉比勒的床上②，他得称多少声"阁下"，称多少声"夫人"，才能得到原谅啊！

这位名叫墨尔波墨尼③的诗神生怕触及历史。她让管演员服装的人去关心她所创作的戏是属于什么时代。历史在她眼中是下品和低级趣味。怎么，岂能让国王和王后也破口大骂？应该把他们王族的尊严提升为悲剧的尊严。正是通过这种提升，它使亨利四世崇高化了。这样，这位平民的国王被勒古维④先生洗刷得干干净净，他那句不文雅的话也羞惭地被两句格言从他嘴里赶跑了⑤，他被描写得像通俗叙事诗里的少女一样，从他国王之嘴里吐出来的，只有珍珠、红宝石和蓝宝石；事实上，这些描写都是虚假的。

总之，这种落于俗套的高贵和风雅是再平庸低劣不过的。在这种文体中，没有一点新发现的东西，没有一点想象的东西，也没有一点创造性的东西。只有雕琢、夸张、老生常谈、中学的佳文妙句、拉丁文的诗。思想全是抄袭来的，上面还装饰着一些劣等的形象。这个流派的诗人风度翩翩，犹如舞台上的王子和公主，他们在商店贴有标签的橱窗里，准能找到装银点金的服装和冠冕，这些行头只有一个不幸，那就是曾供一切人使用。如果这些诗人不翻《圣经》，但并非没有自己大部头的典籍，如《诗韵大全》就是。他们的诗的源泉，fontes aquarum⑥，就在这本书里。

---

① 根据法国学者莫里斯·苏里约（Maurice Souriau）的注释，雨果系指拉辛的作品中这样两句诗：

贪婪的饿狗争夺着

血淋淋的尸体和可怕的四肢。

② 根据法国学者莫里斯·苏里约的注释，这是指拉辛作品中的诗句：

参议院被引诱了：一部不甚严肃的法典

把克洛德放在我的床上，把罗马置于我的膝前。

克洛德系指公元41～54年罗马皇帝克洛德一世，阿克莉比勒是他第二个妻子。

③ 墨尔波墨尼（Melpomène）：希腊传说中的悲剧之神。

④ 勒古维（Legouvé，1764～1812）：法国诗人。

⑤ 勒古维在他的《亨利四世之死》中，没有用亨利四世所说的"炖鸡"一词，而用另外两句文雅的诗来代替，雨果便是指此而言。

⑥ 拉丁文：源泉。

谁都明白：按照这个流派的办法，自然和真实会成其为什么。在虚伪的艺术、虚伪的风格和虚伪的诗歌泛滥成灾的时候，能够漂浮起一些自然和真实的残渣碎片，那就是不幸之中的大幸了。这种情形使我们的好几个杰出的文学改革家①犯了一个错误。这种所谓的戏剧诗以它的僵硬、铺张和矫揉造作刺激了他们，他们便以为我们诗歌语言的要素和自然、真实是不相容的②。亚历山大诗体使他们厌烦极了，于是，他们便不愿加以了解就对它作了判决，并且，或许过于匆忙就得出结论说，戏剧应该用散文来写③。

他们弄错了。风格中的虚伪，也像某些法国悲剧中情节的虚伪一样，其责任不在于诗本身，而在于写诗的人。应该受处罚的不是被采用的形式，而是使用这种形式的人，是使用者，而不是工具。

为了弄明白我们的诗在本质上并不妨碍自由地表现一切真实，也许我们不应该到拉辛的作品中去研究我们的诗，而应该经常到高乃依的作品中、更应该永远到莫里哀的作品里去进行研究。拉辛这位神圣的诗人兼有悲歌性、抒情性和史诗性；莫里哀则是戏剧性的。上世纪的恶劣趣味对戏剧这可赞美的体裁曾横加许多批评，现在正是该翻案的时候了，应该高声宣告莫里哀高踞在我们戏剧的顶峰，不仅作为诗人，而且也作为作家。Palmas vere habet iste duas④。

在他的作品中，诗句蕴含着思想内容，紧密地和它结合在一起，既约束它又发展它，赋予它一个比较轻盈、比较严密和比较完整的形象，并且把这种思想内容作为一种强身剂送给我们。韵文是思想的可以看得见的形式，因此，它特别适合于舞台的场面。它是根据一定的方式创作而成的，它把自己的光彩赋予某些东西，缺了它，这些东西就庸俗而不足道了。韵文使得文体的组织更加坚固，更加细致。它像是纽结，把线索固定下来。它像是腰带，束着衣服，使衣上有一道道的褶纹。那么，把自然和真实纳入韵文之中会有什么损失呢？我们倒要问问我们的散文家本人，他们在莫里哀的诗里损失了什么？请让我们再举一个粗浅

① 指斯达尔夫人和司汤达。

② 斯达尔夫人在《德意志论》第二部分第九章中提出过类似的论点。

③ 司汤达在《拉辛与莎士比亚》一文中，表示过这样的思想。

④ 拉丁文：他得到两次光荣。

的例子加以说明，酒装进了瓶子难道就不成其为酒了吗？

要是我们可以按自己的心意来说说戏剧的风格应该是怎样的，那么我们希望有一种自由、明晓而忠实的韵文，它敢于毫不做作地直抒胸臆，毫不雕琢地表现一切；它以自然的步调由喜剧而到悲剧，由崇高而到滑稽；它有时质朴无华，有时富有诗意，就其总体而论，既有艺术加工也有灵感成分，既深邃悠远又出人意表，既宽宏大度又真实入微；它善于适当地断句和转移停顿以掩饰亚历山大体的单调；它爱用延长句子的跨行句而不用意思含糊的倒装句；它忠于韵律这一位受制约的王后，我们诗歌的至高无上的天恩，我们诗歌格律的母亲；这种韵文其表现方法是无穷无尽的，它的美妙和它结构的奥秘是无从掌握的；正如普罗透斯①一样，在形式上千变万化而又不改其典型和特性，它避免长篇大论的台词，而在对话中悠然自得；它总隐藏在人物的身后；它首先注意的是要适宜得体，并且当它成为"美"的时候，好像只不过是偶然的事，并非由它自己作主，甚至自己也并不自觉意识到这点；它成为抒情的，还是成为史诗性的或者戏剧性的，这得看需要而言；它能掠过诗的各个音阶，从高音到低音，从最高尚的思想到最平庸的思想，从最滑稽的到最庄重的，从最表面的到最抽象的，从来也不超出道白场面的界限；总之，这样韵文就像是一个从仙女那里既得到了高乃依的心灵，又得到了莫里哀的头脑的人所写出来的那样。我们觉得这种韵文会"像散文一样优美"。

在这种诗和我们刚才做过尸体解剖的那一种诗之间没有任何关系。如果本书作者应该向他致以个人谢意的那位才智之士②允许我们借用他那种一清二楚的划分办法，那么这两种诗之间的细微差别是很容易指出来的：那种诗是描写性的，这种诗是绘画性的。

我们特别要再三指出，舞台上的诗应该去掉一切自怜自爱的东西，一切过分的要求和一切取媚的卖弄。它只不过是一种形式，一种应该承受一切事物的形式，它没有要强加在戏剧之上的东西，相反，它应该接受戏剧的一切：法文、拉丁文、法律条文、王公贵族的辱

---

① 普罗透斯（Proteus）：希腊神话中的海神，善预言，其形状变幻无常。

② 指当时的批评家圣·佩韦。

骂、民间俗语、喜剧、悲剧、笑、眼泪、散文和诗，并且，把这一切都传达给观众。如果诗人的诗句故作艰深，那真是不幸！不过，这种形式是青铜的形式，它把思想嵌在它的格律中，在这种形式之下，戏剧是不可毁灭的。这种诗把戏深深印刻在演员的精神里，向他指点它所增减的东西，禁止他篡改他的角色，禁止他偷换作者的原意，它要使每一个字神圣化，并且使诗人所说过的东西在很久以后仍屹立在听众的记忆里。思想，在诗句中得到冶炼，立刻就具有某种更深刻、更光辉的东西。铁，变成了钢。

我们感到，散文必然是比较拘谨的，它不得不把戏剧从抒情诗或史诗那里分开而降为对白和实录，因而也就很难具有韵文的长处。散文的翅膀要狭窄得多，而且，掌握它也比较轻易；在散文里，平庸能够呆得挺惬意。从最近的一些著名的作品来看，艺术之宫很快就会充塞一些未成气候、尚未成形的东西。另外有一部分改革派，他们倾向于同时用诗与散文来写戏，就像莎士比亚那样。这种办法自有其好处。然而，由一种形式过渡到另一种形式也可能发生彼此不调和的情形，如果纺织品是由同一种质料织成的，那就结实得多了。而且，究竟是不是应该用散文来写，这只不过是次要的问题。决定一部作品地位的，不是它的形式，而是它的内在价值。碰到这类问题，解决办法只有一个；只有一个砝码可以左右艺术的天平，那就是天才。

总之，不论戏剧作者是散文家还是韵文家，其首要的、不可缺少的价值就在于准确。这里不是指那种表面的准确，那是注重描写的流派的特点或缺点，这个流派把罗蒙①和勒斯多②当作自己的贝加斯③身上的一对翅膀；我们指的是那种内在的、深刻的、合理的准确；它渗透着地方方言的精髓，它总是探其根，究其源；它总是自由自在，因为它对自己的所作所为很有把握，因为它和语言逻辑始终协调一致。语法这位圣母使这种准确有了保证，而语言的逻辑则又使语法就范。这种准确的语言敢作敢为，敢于冒险，敢于创造和发明自己的风格；

---

① 罗蒙（Lhomond, 1727～1794）：法国语法家，古典主义作家。

② 勒斯多（Restaut, 1694～1764）：法国语法家。

③ 贝加斯（Pégase）：希腊传说中生有双翅的飞马，是诗才高翔的象征。

它有权这样做，因为，虽然有一些自己也不知所云的人曾经谈论过它，而且其中也有本文的作者，但是法国语言一点也没有僵化，而且将来也不会僵化。语言是不会固定不变的。人类的智慧始终在向前发展，或者可以说始终在运动，而语言是跟着人类的智慧亦步亦趋的。事实正是如此。体格变了，衣裳岂有不变之理？19世纪的法文不再是18世纪那样的了，正如18世纪的不像17世纪的，17世纪的不像16世纪的。蒙田①的语言和拉伯雷的不一样，巴斯喀②的语言和蒙田的不同，而孟德斯鸠③的语言又和巴斯喀的不同。这四种语言中的每一种，从各自本身来说都是值得赞赏的，因为它们各有各的特色。每个时代有相应的思想，同样，也应该有与这些思想相应的词汇。语言好像大海，始终波动不停。在某些时候，它离开思想世界的此岸而飘到彼岸。被它的波涛遗留下来的一切，就枯萎了下去并且从这大地上消失了。也正是以这种同样的方式，一些思想寂灭了，一些词汇消逝了。对于人类的语言来说，其情形完全与万物相同。每个世纪总要带来一些东西，也要带走一些东西。有什么办法呢？这是势所必然的。要用某种形式把我们语言生动的形貌固定下来，那只是枉费心机而已。我们文学上的约索埃④要喝令语言停步，那也是白费气力；不论是语言还是太阳都不会停步不前的。一旦语言固定不变了，它的死期也到了。这个道理正说明了当代某个流派的语言就是死亡的语言。

本书作者目前对戏剧的全部看法大致上就是以上这些，只不过阐述得还不够透彻，不够深入而已。并且，他根本无意于把他的戏剧当作以上这些思想的体现而贡献出来，相反，这些思想本身，说得直率一些，也许只是创作中所得到的启发而已。把自己的作品放在自己的序言之上，让两者互相保护，这对他无疑是十分相宜的，巧妙不过的。不过，他不大喜欢卖弄聪明，而宁可表现更多的诚意。他愿意第一个来指出这篇序言与这个剧本之间微弱的联系。由于懒惰，他最初

---

① 蒙田（Montaigne，1533～1592）：法国散文作家。

② 巴斯喀（Pascal，1623～1662）：法国哲学家、散文作家，《思想集》的作者。

③ 孟德斯鸠（Montesquieu，1689～1755）：法国启蒙主义作家。

④ 约索埃（Josué）：摩西死后希伯来人的首领，根据《圣经》的传说，他曾喝令太阳停步以促使他获得战争的胜利。

的想法是只把这部作品呈献给公众；像伊利雅尔德①所说的：

el demonio sin las cuernas②.

在写完这部作品以后，经过几个也许眼力不明的朋友的要求，他才决定在这篇序文里作一番回顾，也可以说是画出他刚才所作的诗界旅行的地图，说明他从其中所得到的或好或坏的东西，说明艺术领域在他思想中所呈现出来的新面貌。

有人一定会利用作者的这个自白，来重复某个德国批评家过去对他的责难，说他创造了"一种适合于他自己诗作的诗学"。有什么关系呢？他本来倒是想破坏诗学，而不是想创造什么诗学。况且，根据诗作制定诗学，不是要比依照诗学去写诗更有价值吗？且慢，再说一遍，他既没有创造的雄才，也没有建立体系的大志。伏尔泰说得妙："体系好像一群老鼠，它们跑过 20 个洞穴，最后发现有两三个是进不去的。"③可见建立体系会白费气力，而且也是力不胜任的。相反，他所力争的是艺术自由，是反对体系、法典和规则的专制。他惯于盲目地听从灵感的驱使，根据创作去改变模型。在艺术中，他首先规避的是教条主义。他才不会希望成为某种古典主义或浪漫主义的作家哩，这种作家根据他们的体系写作，他们头脑里只有一种形式，他们总想论证某些东西，总是遵循他们本身和天性以外的法则，不论他们的才能如何，他们矫揉造作的作品在艺术里是没有立身之地的。那是一种理论，而不是诗。

我们对戏剧的起源、特点及其风格的看法，上文已经予以说明，作了这番尝试之后，现在应该从艺术共同的顶峰走下来，回到原来出发的特定地点。我们还需要和读者谈谈我们这部作品，也就是《克伦威尔》这个剧本；由于我们并不乐于谈这个题目，所以只打算用很少的篇幅简略地谈谈。

---

① 伊利雅尔德（Yriarte，1750～1791）：西班牙诗人。

② 西班牙文：没有角的魔鬼。

③ 见伏尔泰的《哲学辞典》，雨果系根据记忆所引，引文不准确。

　　奥列威·克伦威尔①属于那种声名显赫但却不为人了解的历史人物。他的传记作家，其中还有历史学家，大多数都没有把他伟大的形象完整地保留下来。似乎他们不敢把这位英国政治革命和宗教改革中奇特而伟大的模范人物身上的一切特点都集中起来。他们差不多都只限于把贝尼涅·博须埃②所勾画出来的简单而又凶险的侧面像加以放大复制而已，而博须埃是从君主主义和天主教的观点，从依靠着路易十四宝座的主教讲坛的观点来勾画这个人物的。

　　本书的作者也和大家一样知道得很少。奥列威·克伦威尔的名字过去也只给了他这样一个简略的概念："伟大的将领和狂热的弑君者"。当他怀着个人的喜好搜索着编年史、偶尔翻到英国17世纪的回忆录的时候，才惊奇地看到一个崭新的克伦威尔渐渐出现在他的眼前。这不再是博须埃笔下的作为军事家和政治家的克伦威尔；而是一个复杂的、混合的、多样化的个性，充满着矛盾，混杂着善与恶，兼有天才和渺小；是一个悲喜剧的人物，整个欧洲的暴君，自己家庭的玩偶；这个老弑君者凌辱各国君主的使臣，却被自己信仰王权的小女儿折磨；他习性谨严而沉郁，但常在身边豢养着四个弄臣；还要做几首歪诗；他有时简单、朴素、淡泊，但有时在礼仪方面则喜爱铺张；既是一个粗鲁的军人又是一个精明的政治家；善于作神学的论辩并且乐于此道；他的演说沉闷、冗长、隐晦，但却善于游说他想要引诱的人；既虚伪又狂热；他是一个被童年时代的幻想所支配的幻想家，相信星相家而又常放逐他们；他疑心病极重，总是令人恐惧不安，但残酷的时候很少；他严格遵守清教徒的一切戒律，但每天总要正正经经在滑稽取乐中打发几个钟头；他对亲近的人粗暴傲慢，对他所害怕的党徒则怀柔讨好；他巧妙地缓解自己的悔恨，向自己的良心玩弄狡计；他的妙策、暗算和手段层出不穷；他以明智来控制他的想象；既滑稽丑怪又崇高优美；总之，他是拿破仑所称为"方方正正的人物"中的一个，而拿破仑以他那些精确得像代数，富有色彩犹如诗歌的言词，是所有这些完人中的一个典范和首领。

---

　　① 克伦威尔（Oliver Cromwell, 1599～1658）：英国资产阶级革命的领袖。

　　② 贝尼涅·博须埃（Bossuet, 1627～1704）：法国主教，有名的诔词作家，他在《悼英国王后亨利叶德》中，对克伦威尔作了攻击。

本书的作者，在这个奇特而触目的人物面前，便感到博须埃所勾画出来的，带有个人情绪的侧面像不能使他感到满意了。他开始在这个高大的形象旁边转来转去，于是产生了一个热烈的愿望，想把这个巨人整个的面貌和形态都表现出来。材料是丰富的。除了要描绘出他军人和政治家的形象以外，还需要表现出他作为神学家、学究、蹩脚诗人、幻想者、滑稽家、父亲、丈夫、普洛透斯式的人物的特点，总而言之，就是双重人格的克伦威尔，homo et vir①。

在他一生中，特别有一个时期，他特殊的性格演化出种种形式。这并不如人们乍一看所认定的那样，是查理一世受审的那个阴沉恐怖、震撼人心的时期，而是这位野心家试图摘取查理一世之死的果实的时期。这时，克伦威尔达到了别人所认为可能达到的幸运之顶点，他统治着英国，成千的乱党在他脚下噤若寒蝉，他是苏格兰的主人，他把它变成了一块领地，他也是爱尔兰的主人，他把它变成了一座监狱，他以舰队、军队和外交统治着欧洲，但为了实现他童年时最初的梦想，也就是完成他一生最后的目的，他试图自立为主。历史从来没有在比这更崇高的悲剧下隐藏着一个比这更崇高的教训。这位摄政官先教人来向他请愿，这一出庄严的喜剧一开始就是各村镇、城市和爵爷们领地中请愿的场面；然后议会通过了一项决议。这场戏的匿名的导演克伦威尔还为此装出不高兴的样子：人们看见他把一只手伸向权杖但又立刻缩回；他迈着斜步走向他曾经把王朝从上面赶走的宝座。最后，他突然作出了决定；根据他的命令，威斯敏斯特悬旗挂彩，搭起高台，王冠已经交给金银匠去制作，加冕大典的日子也已确定。但结局却十分奇怪！正是大典那一天，克伦威尔在威斯敏斯特宽广的大厅里，面对着群众、民团和议员们，站在他原来准备一走下来就成为国王的那座高台上，突然好像受了一惊似的，在王冠面前清醒过来了，他自问是否在做梦，这一场大典意味着什么，于是，他在历时三个钟头的演说中拒绝了国王的尊号。是不是他的密探已经通知他，骑士派和清教徒联合筹划的阴谋就要在他犯错误的这一天发动呢？是不是百姓不高兴看见这个弑君者登上宝座而表现出来的沉默或窃窃私议

---

① 拉丁文：一个男子汉而且是一个真正的男子汉。

使他改变了主意呢？也许仅仅是一种天才的敏锐，一种即使有些放肆
然而还很谨慎的野心家之本能，使他懂得了一步之差将使自己的地位
和处境发生多大的变化，因而便不敢把他那以民众为基础的大厦置于
丧失民心的风险之中？这些原因也许都兼而有之？这都是当时的文献
没有说清楚的。这样更好；诗人自由的程度就更大了，历史留下来的
广大空间对戏剧大有好处。我们看到，戏剧在这里广阔无比，独一无
二；这正是克伦威尔一生中决定性的时刻，重大转折的关头。这时，
他的妄想消除了，现实扼杀了未来，换一个更为有力的通俗说法，就
是：他的一生报废了。整个克伦威尔都陷进了这一出发生在他与英国
之间的喜剧。

这就是作者试图在本书中加以描绘的时代和人物。

作者自耽于儿童的乐趣来弹拨这架大洋琴的键盘。当然，更高
明的人可以弹出崇高而深刻的和声，不是仅仅悦耳的乐声，而是使人
全身为之震颤的亲切的声音，听来似乎琴键上每一根弦与心灵里每一
根纤维都联结在一起。作者经不起诱惑，终于把某些时代都有的狂热
和迷信这些宗教的病态都描绘了出来，终于像哈姆雷特所说的那样，
"表演出各种各样的人"；并且以克伦威尔作为宫廷、民众、社会的
中心和轴承，使一切都和他连为一体，都受他的牵制，在他的周围上
下，写出两个彼此仇视的乱党共同策划阴谋，他们结成同盟是为了打
倒妨碍他们的克伦威尔，虽然他们联合了起来但并没有融合在一起；
清教徒这一派，狂热、变化多端、阴沉、没有私欲，他们的领袖是一
个最不称职、最为渺小的人物，那便是自私自利、胆小懦弱的兰伯
特①；骑士派一党，冒失、快活、粗心大意、无忧无虑、忠心耿耿，
它由正直而严厉的奥尔蒙②领导，此人除了其忠诚以外，最不能代表
这一派人；写出一群使节，他们在这位幸运的军人面前卑躬屈膝；写
出那个奇特的宫廷，那里面混杂着幸运儿和一个比一个更卑鄙的王公
大臣；还写出那四个宫廷小丑，正史轻蔑地遗忘了他们，正好让我们
对他们作些想象；还有克伦威尔的家庭，其中每个成员都给他带来痛

---

① 兰伯特（Lambert，1619～1683）：英国资产阶级革命时期的政治活动家。

② 奥尔蒙（Ormond，1610～1688）：英国资产阶级革命时期的政治活动家。

苦；还有那位瑟尔洛①，他是摄政官的阿夏特②；还有那位犹太教长伊斯雷尔·班 - 玛纳斯③，他是暗探、高利贷者、星相家，前两个身份卑劣，第三个身份崇高；还有那位罗契斯特④，奇特的罗契斯特，他滑稽而聪明，风雅而放荡，嘴里骂声不绝，总是谈情说爱，整天醉眼蒙眬，如他向伯奈特⑤大主教所吹嘘的那样，虽是蹩脚的诗人，但是好样的绅士，荒唐而又天真，肯拼性命而又不计成败，只要是他感兴趣的，什么都可以去干，总之，既狡狯又冒失，能贸然行事也精于打算，可以不顾廉耻又能仗义行侠；还有那个野蛮的卡尔⑥，历史对他只注了一笔，但的确个性分明，性格丰富；还有各种流品不同的狂热者：狂热的掠夺者阿里松⑦、狂热的商人巴尔波勒⑧、杀人犯山戴尔公⑨；爱流泪并且很虔诚的凶手奥古斯旦·加尔朗⑩、好心的队长、有知识但夸夸其谈的阿维尔东⑪；还有严谨刚毅的卢德洛⑫，他后来埋葬在洛桑；最后，用 1675 年一本小册子《政治家克伦威尔》中的话来说，还有 "弥尔顿和一些有头脑的人"，这本小册子使我们想起意大利历史中所记载的 Dantem quem dam⑬。

我们不用再举出许多次要人物，那些人物也都各有其真实的生命和突出的个性，并且，他们也加强了这广阔的历史场面对作者想象力的吸引。作者便是用这历史场面写成了这部戏。他是用韵文写成的，

---

① 瑟尔洛（Thurloo，1616～1668）：英国资产阶级革命时期的政治活动家。

② 阿夏特（Achates）：罗马诗人维吉尔的史诗《伊尼特》中的人物，是主人公伊尼特的忠实同伴。

③ 伊斯雷尔·班 - 玛纳斯（Israel Ben-Manassé，1604～1657）：犹太教长，生于法国，主要活动在荷兰，英国革命时，曾在英国活动。

④ 罗契斯特（Rochester，1647～1680）：英国诗人。

⑤ 伯奈特（Burnet，1643～1715）：英国主教。

⑥ 卡尔（Carr，1599～1674）：英国天主教牧师。

⑦ 这些都不是真实的历史人物，而是雨果在《克伦威尔》一剧中所创造的人物。

⑧ 同上。

⑨ 同上。

⑩ 同上。

⑪ 阿维尔东：雨果在剧中虚构的人物。

⑫ 卢德洛（Ludlow，1617～1692）：英国资产阶级革命时期的政治活动家。

⑬ 意大利文：某一个但丁。

因为他高兴这样做。此外，大家读到这部作品，就会看出作者在写这篇序言的时候对他的作品是多么漠不关心，例如，他是多么毫无私心地攻击了"三一律"的教条。他这出戏的地点不出伦敦，时间开始于1695年6月25日早晨3点钟，结束在26日的中午。可以看出，他几乎在严格遵守诗学教授现今所制定的古典主义条例。但愿他们不要因此就对他满意了。作者把戏这样集中起来，并非通过亚里士多德的批准，而是根据历史的允许，因为，即使两者利弊相等，他也爱集中的题材甚于分散的题材。

很明显，这部戏剧以它现有的规模是不可能在我们舞台上演出的，它太长了。不过大家也许会看到，它的各部分都是为舞台演出而写的。在作者为研究这个题材而接近它的时候，他便已经认识到了或自以为认识到了，这个剧本处于特殊的境地，也就是说，处于学士院的旋风和官厅的暗礁之间，处于文学监察和政治审查之间，在这种情况下，它要在舞台上忠实地演出，是不可能的。必须加以选择：是要逢迎讨好，阴阳怪气，虚伪做作而能得到演出的悲剧呢？还是要非常真实但被排出舞台的戏剧？前者不值得写，后者才是作者乐于尝试的。既然没有希望在舞台上演出，因此，他便放纵自由，在行文结构上随兴之所至，全凭自己的高兴使剧情起伏波动，根据题材的容量尽情发挥，这样做的结果，即使使剧本脱离了舞台，至少也有一个好处，那就是，从历史的角度来说，剧本几乎是完整的。书籍委员会只不过是次要的障碍。如果有一天，戏剧审查机构理解到，该剧对克伦威尔及其时代所作的无可指责、忠实准确并充满良知的描绘是取自我们时代之外，从而允许剧本上演，只有在这种情况下，作者才能把这部戏剧简化成一出戏，让它到舞台上去闯闯，但也许它会被人喝倒彩的。

他将继续远离舞台，直到那一天为止。如果因为新世界中的动荡而离开他所珍贵的洁净无瑕的退隐生活，这在任何时候都不合时宜。愿上帝使他永不后悔他曾经把自己默默无闻的名字和人身拿到暗礁上、疾风里和剧院的风暴中，特别是拿到（失败一次有什么关系呢？）后台那些卑劣的喧闹中去冒险；使他永不后悔走进了这个风云变幻、烟雾迷茫、狂风怒号的环境，这里，无知在专断，嫉妒在呼号，党徒到处横行，正直之士时常怀才不遇，具有高贵纯真的天才每每被人歪曲，庸俗之辈把自己所讨厌的、比自己高明的人拉下来，拉到自己的水平上，以此作为取胜之道。人们在这么多渺小人物中只看到一位伟人，在这么多无能之辈中只看到一位达尔玛①，在这么多凡人之中只看到一位阿喀琉斯！这一幅速写看来很阴暗，而且会令人不快；但它不正好说明了我们的舞台是个阴谋和骚乱的场所，与古代庄严宁静的剧场大有区别吗？

不论怎样，他认为应该事先告诉那一小部分被这一部戏剧吸引了的人们说，经过删节的《克伦威尔》，其演出时间决不会超过一个晚上。要浪漫主义的戏剧成为另一个样子，那是困难的。如果大家愿意要点别的东西，而不要像下面这样的悲剧：人物有那么一两个，都是纯粹形而上学思想抽象的典型，他们在毫无层次的背景上高视阔步，那里只有几个配角在活动，他们都是陪衬主角的苍白无力的东西，是用来填补单调情节中的空隙的；如果大家对这种悲剧厌烦了，那么用整整一个晚上的时间来比较广泛地看看一个杰出的人物、一个动荡不安的时代，这也不为过分；这个人物有自己的性格，有与其性格协调的天才，有驾驭这两者的信仰，有常来扰乱他的信仰、性格和天才的情欲，有冲淡其情欲的趣味，有控制他的趣味和压抑他的情欲的习惯，还有一大群随从，他们形形色色，各式各样，受克伦威尔各种性格的作用而在他身边团团打转；至于那个时代，也有自己的习俗、法律、风气、精神、光明、迷信、事变，还有像一块柔软的蜡一样被这些基本的因素轮流揉捏的人民。可以料想，这样一幅画面其规模是异常庞大的。我们不会像老一派的抽象戏剧那样，满足于一个人物而要写出 20 个、40 个、50 个深浅不同、大小不一的人物，究竟多少，我也很难说，反正戏里会有一大群人物。要把这样的戏限制在两小时之内，而把其余的时间拿去演滑稽歌剧或闹剧，要莎士比亚去迁就波伯须②，这岂非无聊？如果情节安排得好，你们便无需顾虑被情节指使的一大群人物会使观众感到厌倦，或者会使戏变得纷乱。莎士比亚作品里的细节很多，但同时，也正因为这点，他巨大的整体

---

① 达尔玛（Talma，1763～1826）：法国著名的悲剧演员。

② 波伯须（Bobeche）：帝国时期和复辟时期法国著名的滑稽演员。

就更威严。这好像是一株橡树，它用无数细小纤美的叶子投射出一片广大的浓荫。

我们希望：在法国，大家不久就习惯于整整一个晚上只看一出戏的演出。在英国和德国，有些戏要演出六个小时。这里，我们且用斯居戴利的办法，引用一下古典主义者达西埃①的《诗学》第七章的讲述，里面说，希腊人，也就是人们经常向我们谈起的希腊人，有时竟在一天之内演出十二三场戏。在一个爱好戏剧的国家里，观众的注意力之活跃是想象不到的。博马舍伟大三部曲②的枢纽《费加罗的婚礼》，就占用了整整一个晚上，但几曾使人感到厌倦和疲乏？博马舍有资格向近代艺术的目标迈出第一步，但对这个目标来说，只用两个钟头就从广阔、真实和多样化的情节中引起一种深沉而不可抑制的兴趣，那也是不可能的。但是有人说，这场演出因为只包括一场戏，所以会显得冗长、单调。他真是大错特错了！那样做恰巧会使演出不再显得冗长、单调。现在一般人是怎样做的呢？他们把观众的享受划为两个截然不同的部分。他们先让观众得到两个钟头严肃的乐趣，然后得到一个钟头取闹的乐趣，此外，还有不算在乐趣之内的幕间休息时间，加起来一共四个钟头。浪漫主义戏剧又会怎样做呢？它要把这两种乐趣加以捣碎并混合在一起。它要使观众每时每刻从严肃到发笑、从滑稽的冲动到痛苦的激情，从庄重到温柔，从嬉笑到严肃。因为我们已经说过，戏剧就是滑稽丑怪与崇高优美的结合、灵魂与肉体的结合、悲剧与喜剧的结合。难道大家看不出，这种戏以一种印象代替另一种印象因而不使人感到疲劳，把喜剧与悲剧、欢乐与恐怖轮流转换从而使人得到娱乐？并且，它还根据需要吸取了歌剧的魔力，纵使演出的只是一个剧本，但在实际上却能抵得上好几个！浪漫主义的舞台把古典主义剧院中那一味被分为两部分的药，变成了一道美味丰富、引起食欲的精致的菜肴。

本书的作者要对读者说的话快要完了。他不知批评家会怎样对待这个剧本和他这些简略的思想，这些思想没有结论，没有枝叶，是

---

① 达西埃（Dacier，1651~1722）：法国语言学家。

② 博马舍的《塞尔维亚的理发师》、《费加罗的婚礼》、《有罪的母亲》是三部在故事情节上有关联的作品，统称为三部曲，其中以《费加罗的婚礼》最为杰出。

他急于向前赶路时信手拈来的。毫无疑问，在"拉·阿尔卜的信徒看来"，它们既大胆又古怪。不论这些想法如何朴素，如何微不足道，但如果它幸而多少有助于使那些受过先进教育，从书报上读过不少佳作和评论文，说明在艺术鉴赏上成熟了的读者走上真理之路，那么，就希望这些读者顺从这种推动，而不在乎它是来自一个默默无闻的人物，来自一种毫无权威的声音和一部价值不高的作品。这是一具铜钟，它召唤着民众走向真正的庙宇和上帝。

今天，仍然存在着像旧政治制度一样的旧文学规则。上个世纪差不多在各方面还压在这新时代的身上。特别是在批评界压迫着它。例如，你会发现一些活人，他们老对你重复伏尔泰脱口而出的关于趣味的定义："趣味对于诗，犹如装饰之对于妇女①。"这么说来，趣味就是卖俏了。这的确是绝妙好辞，它出色地描绘了18世纪脂粉气的诗歌、女性化的文学。它对那个即使是最高超的天才与之接触也至少会在某一方面变得渺小的时代，作了一个很好的概括，在那时，孟德斯鸠写《葛尼德神庙》②、伏尔泰写《大雅之堂》③、卢梭写《乡村卜师》④，是可能的而且也是必然的。

趣味，就是天才所具有的理智。这是另外一个批评派别即将建立的理论，这个派别坚强、坦率、博学，它属于这个时代，它开始在旧流派老干枯枝下冒出生气蓬勃的新芽来。这个年青的流派，它的庄重与旧流派的浅薄相对，它的博学和旧流派的无知相对，它已经创办了一些引人注意的刊物，读者还会经常意想不到地在那些最无足轻重的书报上，发现一些溯源于它的绝妙文章。正是这种批评和文学中一切高尚和勇敢的东西结合起来，把我们从两个枷锁里解放出来了，一个枷锁是老朽的古典主义，另一个是敢于在真实脚下萌芽的假浪漫主义。因为近代的天才已经有了自己的影子、赝品、寄生物和"古典

① 这并不是伏尔泰的原话，而是雨果对伏尔泰的《论史诗》第一章的大意所作的概括。

② 《葛尼德神庙》(Le Temple de Gnide)是孟德斯鸠继《波斯人信札》之后所写的一部小说，在他的作品中，是较次要的一部。

③ 《大雅之堂》(Le Temple du Gout)：伏尔泰所写的一篇批评作品，是采取文艺性的笔法写出来的，雨果在这里可能是以艺术品来要求这篇文章。

④ 《乡村卜师》(Le Devin de village)：卢梭所写的一个歌舞短剧。

主义者"，它们冒充它，涂上它的颜色，穿上它的衣服，收集它掉下来的碎屑，好像"魔术师的徒弟"，全凭死记住几道口咒而不了解其中的奥妙就把它们振振有词地念将起来。这样，他们便于做出好些傻事，要师傅大费手脚才能挽救过来。但是必须最先打倒的，是陈旧的假趣味。应该把现代文学上面的这种铁锈去掉。这种假趣味要腐蚀和抹黑现代文学是枉然的。它向年青、严肃、有力量的一代人发言，他们却并不理解它。18世纪的尾巴拖到19世纪来了；但是，我们这一代曾经见识过拿破仑的青年，决不会把这条尾巴捧起来献给19世纪。

我们面临着这样的时刻：眼见新的批评就要在一个广大、坚实和深刻的基础上取得优势。不久，人们会普遍地理解到，评判一个作家，不应该根据规则和类别这样一些在自然和艺术之外的东西，而应该根据艺术的不可动摇的原则和作家个人创作的特殊法则。所有人的理性都会对上世纪那种批评感到羞耻，它曾把高乃依活活碾死，把拉辛的嘴堵上，它仅仅因为勒·波须神父①关于史诗的法则，才可笑地替弥尔顿恢复了名誉。为了理解一部作品，大家将同意站在作者的立场上，用他的眼光来看待作品的题材。人们将抛弃——这儿用夏多布里昂先生的话来说——"对丑的无意义的批评，而从事伟大而丰富的对美的评论"。现在是时候了，一切富有学识的人应该抓住那一条总是把我们称之为美的东西和我们根据偏见称之为丑的东西联结了起来的纽带。缺陷——至少我们是这样称呼的——往往是品格的一个命定的、必然的、天赋的条件。

Scit genius，natale comes qni tem per at astrum②.

我们在什么地方看到过没有背面的奖章？哪一种才能不随着它的光明也带来阴影，随着它的火炬也带来烟雾？某一种污点只可能是某一种美所具有的不可分割的后果。这种不协调的笔法，虽然对人有些刺激，但它使效果更完全，并且使整体更突出。如果删掉了丑，也

---

① 勒·波须神父（Le Père Bossu, 1631~1689）：法国作家，著有《史诗论》，布瓦洛对它评价颇高。

② 拉丁文：掌握我本命星的天神知道这点。

就是删掉了美。独创性就是由两个方面所组成的。天才必定是不平衡的。有高山必有深谷。如果用山峰来填平山谷，那么就只会剩下荒原和旷野，没有阿尔卑斯山了，只有沙布龙平原①，没有雄鹰了，只有百灵鸟。

时代、气候和地方的影响也应该算进去。《圣经》和荷马的作品，有时正以它们的崇高刺伤我们。谁愿意删去它们一个字？我们的羸弱往往对天才的豪迈感到畏惧，因为它没有力量以如此了不起的智慧来对待事物，并且，我们再说一遍，有的错误，其根源正是来自杰出的作品；有些缺点只有某些天才才有。有人责备莎士比亚滥用抽象的概念，滥用机智，滥用过分的场面和猥亵的东西，责备他使用了当时流行的古旧的神话，责备他放肆、晦涩、低级趣味、夸张、风格粗糙。我们刚才把莎士比亚比喻为橡树，他与橡树相似之处颇多，橡树有奇特的姿态、扭结的枝干、浓黑的叶丛、硬涩而粗糙的树皮；然而，它是橡树。

正因为如此，它才成其为橡树。如果你要柔滑的树干、笔直的枝条、纤细的树叶，那么请你去找苍白的枫树、空心的接骨木和低垂的杨柳吧；但请你不要去打扰橡树。不要把荫蔽着你的树砍倒了。

本书作者比任何人都清楚他的作品有许多粗疏的缺点。他之所以没有去改正这些缺点，是因为他不愿意事后又回到已经完成的作品上去。那种把美补贴在污点上的艺术，他是一窍不通的。而且对一部已经完成了的作品，他从来也唤不起灵感。何况，他并没有犯多大的过错而值得那样去劳神。与其花费劳动去弥补他作品中的缺点，他情愿把力气用来使自己的思想从谬误中解脱出来。他的方法就是用另一部作品纠正这一部作品。

总之，不论别人如何对待他的作品，他在这里保证既不作全面的防卫，也不作局部的抵御。如果他的剧本不好，保卫又有什么用？如果它好，又何需加以保卫？时间会对作品加以处罚或者给它主持公道。一时的成功只是书商的事情。如果批评界对这篇试作发起火来，他将听之任之。他会对批评界做些什么回答呢？他决不是迦斯第尔诗

---

① 沙布龙平原（Sablos）：巴黎东北部平原的旧称。

人①所说的那种人，他们是通过"他们的伤口"来讲话的：

　　　　Por la boca de su herida②.

　　最后还有几句话。大家可以看出，在这篇讨论了这样多问题、稍嫌冗长的序言里，作者总避免利用别人的文字、论据和权威来支持他本人的意见。但他并非找不到支持自己的东西。——"如果诗人根据艺术法则创造了一些不可能的东西，不用说，他是犯了错误；但是，当他用这个方法达到预期的目的时，就不再成其为错误了；因为他得到了他所追求的东西"③。——"他们把自己微弱的智力所不能理解的一切视为胡说八道。他们把诗人对理智的那种应该说是欲擒故纵的妙处视为滑稽可笑。这种以有时不拘成规为其规律的原则是艺术的一种奥妙，要使那些没有审美观的人懂得它是不容易的……一种奇怪的思想使得这些人对一般能打动人心的东西也无动于衷"④。前面那一段话是谁说的？亚里士多德。后面那一段呢？是布瓦洛。大家根据以上的例子就可以看出，本剧的作者本来可以像别人那样，用一些赫赫大名来保护自己，躲藏在这些名人之后。但是，他情愿把这种论证的方式让给那些相信这种方式颠扑不破到处适用、至高无上的人。至于他，他爱理性甚于爱权威；而过去则一直是爱武器甚于爱徽章的。

　　　　　　　　　　　　　　　　　　　　1827 年 10 月

---

　　① 指西班牙戏剧作家居朗·德·加斯特罗（Guillen de Gastro，1567～1631）。

　　② 西班牙文：通过创伤的裂口。

　　③ 见亚里士多德《诗学》第二十五章。

　　④ 见布瓦洛《论短歌》。

莎士比亚的天才

一

　　福伯斯①说过："莎士比亚既无悲剧才能又无喜剧才能。他的悲剧是做作的，他的喜剧不过是本能的。"约翰逊②证实了这个判决："他的悲剧是技巧的产物，他的喜剧则是本能的产物。"在福伯斯和约翰逊否定了莎士比亚的戏剧以后，格林③又否定了他的独创性：莎士比亚是一个"抄袭者"；莎士比亚是"一个模仿者"；莎士比亚"什么也没有创造"；这是一只"披着别人的羽毛的乌鸦"；他剽窃了埃斯库罗斯、薄伽丘、邦戴罗、贝莱福莱斯特、别诺瓦斯特·德·圣慕尔；他剽窃拉雅蒙、罗贝特·德·格罗赛斯特、罗贝特·威斯、彼埃尔·德·兰多夫特、罗贝特·曼宁、约翰·德·曼德威尔、萨克威尔、斯宾塞；他剽窃了锡德尼的《阿迦狄》；他剽窃了《李尔王本纪》的无名作者，他从劳莱的《约翰王朝动乱记》中剽窃了私生子福公勃里及的性格。莎士比亚剽窃托马斯·格林；莎士比亚剽窃戴克和契特尔。哈姆雷特不是他创造的，奥赛罗也不属于他，雅典的泰蒙也不是他的，没有什么是他自己的东西。对于格林来说，莎士比亚只不

---

① 福伯斯（Forbes，1685～1747）：苏格兰律师和政治活动家。

② 约翰逊（Johnson，1709～1784）：英国批评家。

③ 格林（Green，1558～1592）：英国戏剧作家。

过是"一个自由诗的夸张者"、"Shake-Scene"①、"打杂的人",莎士比亚是一只不驯的野兽。叫他乌鸦已经不够了,就把他升级叫做老虎好了。请看这句话:Tiger's heart wrapt in a players hyde②。演员的皮裹着一颗老虎的心。(*A Groatsworth of Wit 1592*)③

托马斯·利墨评价《奥赛罗》说:"这个故事的道德意义当然是富有教益的。它教导贤良的主妇要好好保管自己的手绢。"但是这同一位利墨马上收敛起笑容,而认真地来对待莎士比亚了:"观众能从这样一种诗歌里,得到什么有启迪性的有益的印象呢?这种诗除了使我们良知迷途、思想混乱、头脑不安、本性堕落、想象分裂、口味败坏,并且使我们头脑里塞满虚荣、混乱、喧嚣和暧昧之外,还有什么用处呢?"这些话是在莎士比亚死后将近 80 年,于 1693 年付印的。所有的批评家和所有的行家都无不同意。

以下是对莎士比亚众口一词的指责:胡思乱想,文字游戏,无聊的双关语;不真实,没有条理,违反情理;猥亵;幼稚;铺张,浮夸,过分;装假,矫饰;故作深奥,文体颇为做作;滥用对照和比喻;烦琐;不道德;写给群氓看的;甘愿讨好流氓;以恐怖为乐;没有一点风度;毫无动人之处;超出了目标;才智过分;没有才智;冒充"伟大无比";装模作样。

莎夫奇布莱伯爵说过:"这位莎士比亚粗俗而不文明。"德莱顿加上说:"莎士比亚是令人不知所云的。"莱诺斯夫人也给莎士比亚打一记手心:"这位诗人歪曲了历史的真实。"一位 1680 年的德国批评家邦丹自以为受了感动,他这样说:"莎士比亚是一个装满了粗俗笑料的脑袋。"本·琼森④这位依赖莎士比亚的人这样叙述说:"我记

---

① Shake-Scene 是从莎士比亚的名字(Shakespeare)引申出来的双关语,"莎士比亚"原来由两个单字组成,有"摇晃"和"长矛"的意思,据说,这是要说明他祖先的职业的特点:善战。格林嘲笑莎士比亚时取其名的第一个单字"摇晃"(Shake),后面加上"Scene"("场景")一字,表明莎士比亚是一个在舞台上胡乱地凑出场景的人。

② 英文:老虎的心裹在演员的皮里。

③ 这是英国文艺复兴时期作家罗伯特·格林所写的一本自传性的散文:《一文钱的聪明》(*A Groatsworth of Wit*)。

④ 本·琼森(Ben Jonson,1572~1637):英国戏剧作家,传说他初次成名得莎士比亚之助很大,因此雨果说他是依赖莎士比亚的人。

得演员们常称赞莎士比亚说，他的手稿一行也不涂改；我这就回答说，上帝保佑他涂改千百次就好了！"而且，本·琼森这个愿望终于被 1623 年的两个诚实的出版商勃朗特和加格德所采纳了。他们仅仅在《哈姆雷特》中，就删掉了 200 行；在《李尔王》中，也砍掉了 220 行。加李克①在德锐里—兰尔剧院只演出拿休姆·达特②的《李尔王》。我们再听听利墨所说的："《奥赛罗》是一出残忍而没有机智的闹剧。"约翰逊补充说："《恺撒大帝》是一出冷冰冰的悲剧，谈不上什么动人。"瓦尔布登在他致圣阿沙弗长老的信中说："我以为斯威夫特③的才智胜过莎士比亚的才智，莎士比亚的喜剧风格是低下的，远远不及沙德威尔④的喜剧。"至于《麦克白》中的三妖妇，福伯斯这位 17 世纪的批评家这样评论说："再没有比这样一场戏更可笑的东西了。"这一说法并为 19 世纪一位批评家所重复。《年青的伪君子》的作者莎缪尔·富特这样宣称过："莎士比亚的喜剧过于粗俗，并且不能引入发笑。全都是些插科打诨，毫无才智可言。"最后，蒲伯⑤在 1725 年发现了莎士比亚写作剧本的原因，他这样大声叫道："原来是为了糊口！"

在蒲伯这些话之后，人们就不大理解被莎士比亚吓坏的伏尔泰何以这样写道："被英国人当作索福克勒斯的莎士比亚，大概就是在洛贝士·德·维迦（对不起，伏尔泰，应当是洛普·德·维迦⑥）的时代声名显赫起来的。"伏尔泰又补充说："你不会不知道，在《哈姆雷特》中，有几个掘墓人一边挖墓穴，一边喝酒，唱小调，在死人头上开玩笑只有干这一行的人才开得出来。"而且，末了，他竟这样来形容这场戏："蠢玩意儿。"他还用这样一句话来概括莎士比亚的剧本："人们称之为悲剧的古怪的笑剧。"并且宣告莎士比亚"断送了英国的戏剧"，以此来使他的判决完整无缺。

---

① 加李克（Garrik，1717～1779）：英国戏剧演员。

② 拿休姆·达特（Nahum Tate，1652～1715）：英国戏剧作家，曾改写莎士比亚的作品。

③ 斯威夫特（Swift，1667～1745）：英国作家，《格列佛游记》的作者。

④ 沙德威尔（Shadwell，1642～1692）：英国戏剧作家。

⑤ 蒲伯（Pope，1688～1744）：英国诗人。

⑥ 洛普·德·维迦（Lope de vega，1562～1635）：西班牙戏剧作家。

马尔蒙戴勒到菲尔奈①去拜访伏尔泰。伏尔泰正躺在床上，手里拿着一本书，见他来了就突然坐起来扔了书，把他那双瘦腿伸下床来，对他叫道："你的莎士比亚是个野蛮人。"马尔蒙戴勒回答说：根本不是什么"我的莎士比亚"。

莎士比亚对于伏尔泰来说，只是一个表现其枪法的好靶子，伏尔泰击不中的时候很少。他瞄准莎士比亚就好像农民瞄准了鹅一样。在法国，向着这个野蛮人发第一枪的正是伏尔泰。他给了他一个这样的外号："悲剧的圣克利斯多夫"②。他曾对格拉菲尼夫人③说过："莎士比亚只足以取笑。"他又对贝尔尼斯主教④说："请写些好诗吧，大人，让我们摆脱那些害人精、外国话、普鲁士国王的学士院、立法委员、害痉挛病的人以及莎士比亚这个傻家伙吧！主啊，解救我们吧。"在后世人看来，弗内洪⑤对伏尔泰的蛮横态度是相当值得原谅的，因为伏尔泰曾经以同样的态度对待莎士比亚，而且，在整个18世纪，一切都唯伏尔泰是听。自从伏尔泰嘲笑了莎士比亚以后，有才智的英国人，如元帅大人⑥，也跟在后面嘲笑。约翰逊认为莎士比亚无知、粗俗。腓德烈二世⑦也参与讨论。他写信给伏尔泰谈到《恺撒大帝》说："您根据戏剧规律重写这英国人的那个不成形的剧本，这是完全正确的。"这便是莎士比亚在上个世纪的处境。伏尔泰侮辱他；拉·阿尔卜⑧则这样保卫他："莎士比亚本人不论怎样粗俗，总还算是读过书，有知识的。"

在我们今天，大家刚才已经见识几个标本的那类批评，其勇气仍然不减当年。科瑞莱奇谈到《量罪记》时，他讽刺说："暗淡的喜

---

① 菲尔奈在法国和瑞士边境上，伏尔泰曾在此定居。

② "悲剧的圣克利斯多夫"，意即盗窃者。

③ 格拉菲尼夫人（Mme de Graffigny，1695～1758）：法国女作家。

④ 贝尔尼斯（Bernis，1715～1794）：法国诗人，也是当时宗教、政治上的显要人物，曾任路易十五的外交大臣。

⑤ 弗内洪（Fréron，1719～1776）：法国文艺批评家。

⑥ 所指不明确。

⑦ 腓德烈二世（Frédéric Ⅱ，1712～1786）：普鲁士国王，伏尔泰曾被聘请到他的宫廷作为上宾。

⑧ 拉·阿尔卜（La Harpe，1739～1803）：法国诗人兼批评家。

剧。"奈特先生说:"令人反感。"亨特先生也说:"令人作呕。"

在 1804 年,有位作者写了一本《名人传记》之类的书,在这类无知的书里,作者可以有办法叙述卡拉①事件而不提到伏尔泰的名字,历届政府心里很明白,总是保护这类书的出版并心甘情愿给予资助。这本书的作者名叫德朗丁,他感到需要做到不偏不倚,公正地评价莎士比亚,于是首先说,这位应该念成"雪克斯比尔"的莎士比亚,年轻时曾经"在一位贵族的树林里偷猎过",然后又补充说:"大自然把人们所能想象到的最巨大的东西,集中到这位诗人的头脑里,同时也夹杂着粗俗无文所能具有的最低劣的东西。"最近,我们还读到一位如今仍然健在的大学究不久前所写的这种话:"二流作家与低劣的诗人,像莎士比亚。"等等。

二

谁要是提到"诗人"这两个字,他也就必然是在谈论历史学家与哲学家。荷马包含了希罗多德②和达莱斯③。莎士比亚也是这种三位一体的人。他还是一位画家,而且是怎样的一个画家啊!一个伟大的画家。事实上,诗人不仅是在叙述,而且是在表现。任何诗人身上都有一个反映镜,这就是观察,还有一个蓄存器,这便是热情;由此便从他们的脑海里产生那些巨大的发光的身影,这些身影永恒地照彻黑暗的人类长城。这些幻象都是活的。要像阿喀琉斯那样赫赫一生,这就是亚历山大④的奢望。莎士比亚具有悲剧、喜剧、仙境、颂歌、闹剧、神的开怀大笑、恐怖和惊骇,而所有这一切用一个词概括,那便是"戏剧"。他达到了两极。他既属于奥林匹斯神界,又属于市场上的剧院。任何可能性他都不缺少。

---

① 卡拉(Calas):法国普鲁斯地方一新教徒,被教会诬告而遭处死,伏尔泰愤怒地揭发了这一罪行,使政府不得不事后宣告卡拉无罪。

② 希罗多德(Hérodote,约公元前 484 ~ 前 425):古希腊历史学家。

③ 达莱斯(Thales,公元前 640 ~ 前 548):古希腊哲学家。

④ 亚历山大是希腊历史上有名的雄才大略的国王,他曾自比阿喀琉斯,说只可惜没有一个像荷马那样的诗人来歌唱他自己。

当他攫住了你，你便被他俘虏了。你不要期待他有什么慈悲之心。他总要用残酷的方式来感动你。他给你表现出一个母亲，亚瑟的母亲康斯丹斯①，而当他把你引导到这样激动的程度以至你的思想情感完全和这母亲一致的时候，他就把她的儿子杀死；在恐怖可怕的程度上，他甚至要超过历史，要做到这点是很难的；他不满足于杀死鲁特和使约克绝望②；他把父亲用来拭眼睛的手帕浸在儿子的血泊中。他用戏剧窒息了悲剧，用奥赛罗窒息了苔丝特蒙娜。他使人痛苦得没有片刻喘息。天才是不可抗拒的，他有自己的规律并遵守这条规律。才智之士也有他的倾斜面，而这些倾斜面便决定他的方向。莎士比亚滑向"可怕"。莎士比亚、埃斯库罗斯、但丁都是人类热情之巨流，这些巨流在它们的发源地倒翻了装满了眼泪的容器。

诗人除了自己的目的以外别无其他限制，他只考虑有待实现的思想；除了观念以外，他就不承认有其他至高无上、不可缺少的东西；因为，艺术从绝对之中演绎而出，在艺术中就像在绝对中一样，只要目的正确，手段也无可非议。我们顺便说一句，在艺术里正有一种对于世俗的普通法则的违抗，而这一类违抗足以使崇高的批评界去深思和研究，并且也向它揭示出艺术的神秘的一方面。在艺术中，quid divinum③是最显而易见的。诗人在他的作品里活动就像上帝在他的作品里活动一样；他使人感动，使人惊奇，对人加以鞭挞，或则把你扶起来，或则把你击倒，经常出乎你的期待一下子把你整个灵魂都掏出来。现在，请你思考一下。艺术就像无垠一样，对所有一切"为什么"来说，都有一个至高无上的"因为"。请你去问问大海这位伟大的抒情诗人它为什么掀起了某一阵风暴。有些东西你觉得讨厌或觉得古怪，但它们都有一种内在的存在理由。请你去问问约伯为什么他用一块破瓦刮他的脓疮；问问但丁为什么用一根铁丝去缝洁净界中那些

---

① 莎士比亚戏剧《约翰王》中的人物，她的儿子亚瑟是合法的王位继承者，但被其叔约翰王杀死。

② 见莎士比亚早期历史剧《亨利六世》，约克的儿子鲁特在与国王派的战斗中被杀，约克亦被俘，敌人把浸渍了他儿子的血的手帕给他擦眼泪。

③ 拉丁文：某种神圣的作用。

幽灵的眼皮①，让不知多么可怕的泪水通过这种缝制而涌出来。约伯在他的藁床上继续用瓦片刮他的疮口，而但丁仍然在地狱里继续他的行程。莎士比亚也是如此。

他以至高无上的恐怖主宰着一切，强加于一切之上。在他认为适当的时候，他在恐怖之中掺进一种魅力，一种强者才有的威严的魅力，这种魅力比荏弱的柔情、细致的情趣以及奥维德或第比尔②的魅力更为优越，就如同米洛的维纳斯③比墨第西的维纳斯④更为优越一样。不可知的东西、永不能确知其深度的形而上学问题、灵魂与大自然（它也是一个灵魂）之谜、对于命运中不测事件的那种朦胧而又带有必然性的直觉、思想与事件之混合物，所有这一切都可以成为曲尽其妙的形象，并且使诗歌里充满神秘而美妙的典型，唯其因为这些典型略带痛苦的色彩，唯其因为它们或隐或现但又千真万确，既笼罩在自己背后的阴影里又力图使读者感到愉快，所以它们就格外具有迷人的魅力。深刻的风度便是这样的。

精致而又伟大完全可能；在荷马的作品中就有。阿斯第纳斯⑤就是这样一个典型；但是我们所谈到的深刻的风度，却是一种更甚于这种史诗般的雅致的东西。它因某种混乱而尤其显得复杂，并且含蓄着无限。这是一种明暗交织的光辉。只有近代天才具有这种风度，他的微笑既是一种风雅，又使人从其中看到一个深渊。

莎士比亚具有这种风度，这种风度虽然因来自坟墓，而与病态的风度多少有些相像，但这两者是根本相反的。

戏剧中伟大的悲哀，只不过是人类的处境在艺术中的体现。这种悲哀笼罩着这种风度和这种恐怖。

哈姆雷特这象征着犹豫的人物，居于他整个创作的中心，而在两端则有象征着爱情的罗密欧与奥赛罗，一个是黎明的爱，一个是黄昏

---

① 见但丁：《神曲·地狱篇》

② 第比尔（Tibulle，公元前54？～前197）：拉丁诗人。

③ 米洛，希腊地名，米洛的维纳斯雕像发现于1820年，是古希腊雕刻的杰作。

④ 这里是指佛罗伦萨著名的墨第西陵墓所藏的维纳斯雕像。

⑤ 阿斯第纳斯（Astynax）：特洛伊英雄海克托的儿子，城陷时被希腊人从城上扔下，但这个人的故事并不见于荷马的史诗。

的爱。在朱丽叶的丧衣的褶纹中有着光明，但在被轻侮的莪菲丽亚和被猜忌的苔丝特蒙娜的尸衣里，则只有愁恨，爱情对这两个无辜者严厉无情，她们永远得不到安慰。苔丝特蒙娜唱着柳之歌，正是在那株柳树下，河水卷走了莪菲丽亚。她俩是彼此不相识的姊妹，虽然各自的悲剧不相关联，但在灵魂上却是息息相通的。同一株柳树在她们头上拂荡。在这个蒙冤含屈而即将死去的妇女的神秘歌声中，已经浮荡着头发散乱、若隐若现的溺死者的形象。

莎士比亚在哲学方面有时更走在荷马的前面。超出普立安，他创造出李尔王；为忘恩负义而哭①比为死亡而哭②更痛心。荷马遇见野心家，便用权杖敲击他，莎士比亚则把权杖交给野心家，在戴尔西德③的基础上，他创造了理查三世④；野心穿上了红袍便暴露得格外赤裸裸；于是它本身就更昭然若揭；野心勃勃的王冠，还有什么比这更震动人心！

专制者的畸形还不能满足这位哲学家；他还需要奴仆的畸形，于是他创造了福尔斯塔夫。良知这一世系，开始于巴诺日⑤，为桑科·判扎所继承，而到福尔斯塔夫这里，则朝坏的方面变化并有了恶果。的确，良知的暗礁，就是卑鄙。桑科·判扎同他的驴子和无知融为一体，完全傻里傻气；福尔斯塔夫则贪吃，怯懦，凶恶，淫邪，长着人的面孔和肚子，下身却是个禽兽，用四只不干不净的爪子爬行；福尔斯塔夫简直就是半人半兽的猪猡。

莎士比亚首先是一种想象。然而，想象就是深度，这正是我们已经指出的，并且为思想家们所共知的一个真理。没有一种精神机能比想象更能自我深化，更能深入对象，这是伟大的潜水者。科学到了最后阶段，便遇上了想象。在圆锥曲线中，在对数中，在微分法与积分法中，在或然率计算中，在微积分的计算中，在有声波的计算中，

① 指李尔王受到女儿虐待的遭遇。

② 指普立安国王在战争中丧失儿女的遭遇。

③ 戴尔西德（Therside）：希腊史诗中的人物，跛足，性格卑劣。

④ 理查三世（Richard Ⅲ）：1483～1485年的英国国王，莎士比亚同名历史剧的主人公，跛足，性格阴险，残酷。

⑤ 巴诺日（Panurge）：拉伯雷《巨人传》中的一个主要人物，聪明、诙谐，善于恶作剧。

在运用于几何学的代数中，想象都是计算的系数，于是，数学也成了诗。对于思想呆板的科学家的科学，我是不大相信的。

诗人是哲学家，因为他想象。这便是为什么莎士比亚能如此随心所欲地操纵现实并使他自己的主观偏好和现实并行不悖的原因。这种主观的偏好本身就是"真"的一种变种。对这种变种是需要深思熟虑的。命运如果不像随心所欲的幻想还像什么呢？再没有什么比它在表面上更不连贯，更结合得不好，更不合逻辑。为什么给约翰①这个怪物戴上王冠？为什么杀掉亚瑟这个孩子②？为什么贞德被烧死？为什么孟克③能成功？为什么路易十五④幸福而路易十六⑤受罚，不要追究上帝的逻辑吧，诗人的幻想正是从这逻辑中汲取的。喜剧在眼泪中发光，呜咽从笑声里产生，形象混杂在一起，互相碰撞，一些巨大的形象几乎如牲畜那样踏着沉重的步伐走过；一些也许是妇女也许是幻影的幽灵起伏隐现；一些或为阴影中的蜻蜓或为昏暗里的苍蝇的灵魂，在所有那些我们称之为情欲与事件的黑色芦苇上战栗。一个极端是麦克白夫人⑥，而另一个极端则是狄达尼亚⑦。创造她们的是同一个庞大的思想，同一种无穷的偏情。

《暴风雨》、《特洛埃勒斯与克蕾西达》、《威尼斯商人》、《温莎的风流娘儿们》、《仲夏夜之梦》、《冬天的故事》是些什么？是虚构，是图案。图案在艺术中就如植物在大自然中一样。图案在一切幻想之上扩张，生长，互相衔接，落叶脱皮，繁殖变绿，开花生枝。图案永无穷尽；它有一种不可思议的生机；它充塞着地平线，并且还开拓出另一个地平线；它以无数的交叉形遮住它内部的光辉，而如果你把人类的形貌附在这枝桠上，这整体就会使人眼花缭乱；这便是给读者的一

---

① 约翰（John，1167～1216）：英国国王，又名失土约翰，莎士比亚以此为题材的历史剧《约翰王》的主人公。

② 见《约翰王》。

③ 孟克（Monk，1608～1670）：英国将军。

④ 路易十五（Louis XV，1710～1774）：1715～1774年的法国国王。

⑤ 路易十六（Louis XVI，1754～1793）：法国国王，大革命时被处决。

⑥ 莎士比亚悲剧《麦克白》中的人物，因羡慕权威富贵，怂恿其夫进行谋杀。

⑦ 莎士比亚喜剧《仲夏夜之梦》中的仙后。

种感动。人们透过一重疏栏，在图案之后辨识出整个的哲学。植物生长，人与自然同化，他在有限之中把自己变成一种无限的结合，在这既有"不可能"又有"千真万确"两种成分的作品面前，人类的灵魂为一种暗淡而又高尚的热情而战栗。

尽管如此，就像不应该让植物侵入房舍中一样，也不应该让图案侵入戏剧。

天才的特征之一，就是把相距最远的一些才能结合在一起。先像阿利奥斯特一样描绘出一个环形雕饰，然后像巴斯喀一样掏出人们的心灵，诗人就是这样的。人的良心是属于莎士比亚的。他每时每刻都给你造成意外，他从理智中抽引出它所固有的意外的因素。在灵魂探索这方面，很少有人超过他。人类灵魂好些奇特的私衷都被他表现出来了。他巧妙地使人广泛地在戏剧事实的复杂性之下感觉到形而上学事实的简单性。人们自己所不承认的东西，就是他们最初害怕而最后希求的东西，这便是朱丽叶的灵魂与麦克白的灵魂、一切处女的心与一切凶手的心的衔接点和意外的会合处；纯洁无邪的少女害怕爱情但又渴望爱情，就像恶棍害怕但又渴望野心一样。暗中施给幽灵的危险之吻，在朱丽叶这里是有声有色的，而在麦克白那里则是野蛮残酷的。

请你在这些纷乱的分析、综合、有血有肉的创作、梦想、奇癖、科学、形而上学之上，再加上历史，或则加上历史学家的历史，或则加上编造杜撰的历史；这样便可得到各种类型的标本；有从弑主凶手麦克白到叛国元凶科利奥兰纳斯①各式各样的叛徒；有从专制的首脑恺撒到专制的肚腹亨利八世②各式各样的暴君；有从狮子到高利贷者的各式各样的食肉者。人们可以对夏洛克说："犹太人，咬得好！"而在那奇异的剧本里，在那荒凉的灌木林旁边，为了预允给弑君者以王冠，暝色中出现了三个黑影③，也许赫西俄德④越过好些世纪又在

---

① 科利奥兰纳斯（Coriolanus）：公元前5世纪有名的罗马将军，莎士比亚同名戏剧的主人公。

② 亨利八世（Henry VIII，1491~1547）：英国国王，莎士比亚同名历史剧的主人公。

③ 见《麦克白》第一幕。

④ 赫西俄德（Hèsiode）：约公元前8世纪古希腊诗人。

这黑影里认出了是复仇女神。过剩的力量、美妙的愉快、史诗般的粗犷、怜悯心、创造力、欢乐、狭隘的头脑所不能理解的欢乐、讽刺、对恶人的无情鞭挞、苍穹般的伟大、需要显微镜来视察的精细、既具一个最高点又具有一个最低点的没有止境的诗、庞大的整体、深沉的细节，以上所有这些，这位作家都不缺少。当人们接触到他的作品时，就感到有一阵巨大的风从一个世界的开口吹刮过来。在各方面都闪耀着天才的光辉，这便是莎士比亚。约纳丹·福布斯①说过：

Totus in antithesi②.

三

天才与凡人不同的一点，便是一切天才都具有双重的反光，这正如杰洛墨·卡尔当③所说的，红宝石与水晶和玻璃不同，就在于它有着双重折射。

天才与红宝石同样都具有双重的反光或双重的折射，这是在精神方面和物质方面彼此相同的现象。

红宝石这种钻石中的钻石果真存在吗？这是一个问题。炼金术肯定它是存在的，于是，化学就去寻求。至于天才，它的确存在。只需读到埃斯库罗斯和余维纳尔的第一行诗，就可以发现人脑创造的这种红宝石了。

在一切天才身上，这种双重反光的现象把修辞学家称之为对称法的那种东西提升到最高的境界，也就是说，成为从正反两个方面去观察一切事物的那种至高无上的才能。

我不喜欢奥维德这个被放逐的懦夫④，这个专舔血手的饕餮者，这条被赶跑的走狗，这个为暴君所轻弃的诌媚者，并且，我憎恶充满在他作品中的那种美妙的灵智；但是，我不会把这种美妙的灵智和莎

---

① 约纳丹·福布斯（Jonathan Forbes）：不详，可能是误写。

② 拉丁文：由对立面构成的整体。

③ 杰洛墨·卡尔当（Jerome Cardan, 1501～1576）：意大利哲学家、数学家。

④ 奥维德先受奥古斯都皇帝的宠爱，后来因不甚明确的原因被流放。

士比亚的有力的对偶混淆起来。

任何完整的才智都无所不包，莎士比亚包括龚哥拉①就好像米开朗琪罗包括了贝尔南②一样；并且，在这方面，已经有过一些现成的臆断："米开朗琪罗矫揉造作，莎士比亚喜用对称。"这都是学校课本上的用语；是从一个渺小的角度对艺术中巨大的对偶问题的看法。

Totus in antithesi。莎士比亚倾其力于对偶之中。然而，只通过他的某个特点来看他整个的人，而且是像他这样的一个人，那是不公平的。但是，除了这种保留意见以外，我们还要说，Totus in antithesi 这句本来企图成为一句评语的话，可能只会成为一项证明了。事实上，莎士比亚就像一切真正伟大的诗人一样，的确应该赢得"酷似创造"这样的赞词。什么是创造呢？这是善与恶、欢乐与忧伤、男人与妇女、怒吼与歌唱、雄鹰与秃鹫、闪电与光辉、蜜蜂与黄蜂、高山与深谷、爱情与仇恨、勋章与它的反面、光明与畸形、星辰与俗物、高尚与卑下。大自然，就是永恒的双面像。而这一种从其中产生反语的对称，满布在人的所有一切活动中；它既存在于寓言和历史中，也存在于哲学和语言里。你成为复仇女神，人们便会称你为欧墨尼德③；你弑杀自己的父亲，人们便称你为费罗巴多④；你杀死自己的兄弟，人们便称你为费拉德耳弗⑤；你当上一个伟大的将军，人们便称你为小小的班长。莎士比亚的对称，是一种普遍的对称；无时不有，无处不有；这是一种普遍存在的对照，生与死、冷与热、公正与偏倚、天使与魔鬼、天与地、花与雷电、音乐与和声、灵与肉、伟大与渺小、大洋与狭隘、浪花与涎沫、风暴与口哨、自我与非我、客观与主观、怪事与奇迹、典型与怪物、灵魂与阴影。正是以这种现存的不明显的冲突，这种永无止境的反复，这种永远存在的正反，这种最为基本的对

---

① 龚哥拉（Gongora，1561～1627）：西班牙诗人。

② 贝尔南（Bernin，1598～1680）：意大利画家、雕刻家、建筑家。

③ 欧墨尼德（Euménides）：希腊人对复仇女神的善称。

④ 费罗巴多（Philopator）：意即"爱父亲"、"孝子"，古代许多国王都有过此号。

⑤ 费拉德耳弗（Philadelphe）：公元前 285～前 246 年埃及国王普多内墨二世的外号，该字的原意是"爱兄弟"，但普多内墨二世为了争夺权位，曾杀死了他的两个兄弟。

照，这种永恒而普遍的矛盾，伦勃朗构成他的明暗、比拉奈斯①构成他的曲线。

要把这种对称从艺术中剥除，请你就先把它从大自然中剥除吧。

四

——"他是小心谨慎的。你可以放心和他在一起。他没有任何越轨的行为。尤其他有一个很难得的特点，那就是他'自甘淡泊'。"

这是什么，是推荐一个仆人吗？不是的。这是对一个作家的赞词。某一个所谓"严肃的"流派，在我们今天树立了"淡泊"这一诗的纲领。似乎全部问题就在于防止文学消化不良。

从前，人们常说："丰盛、有力"；今天人们则说："清水淡茶"。你瞧，你处身在诗神的光辉灿烂的花园里，在这里，希腊人称之为"比喻"的精神之花在枝头上成团成簇地开放，到处都是观念的形象，到处都是思想之花，到处果实累累，气象万千，苹果金黄，香气扑鼻，色彩斑斓，光辉焕发，音调美好，一切都美妙无比，但你什么也不要去碰，你一定要控制自己。任何东西都不采集，凭这一点诗人才能得到承认。去参加禁酒会吧。一部好的批评作品就是要论述饮酒的危险。你想要创作《伊利亚特》吗？那么请你节食吧。啊，拉伯雷老头儿，你瞪着眼发愣也白费！

抒情，会使人不能控制自己，美会使人心醉，伟大会使人晕眩，理想也会使人受到诱惑，从其中走出来的人不知所措。如果你在星辰上行走过，你便能拒绝一个县长的职位，你便不会再持有一般人的见识；如果献给你一个图密善②的参议院的席位，你会表示不屑一顾，你不会把恺撒的东西还给恺撒，你会糊涂到那种程度，甚至不向安西达菊斯③这位马执政致敬。你因为在最高的天界这个坏地方饮了酒，所以变成了这个样子，骄傲自大，野心勃勃，超脱漠然。由此看来，

---

① 比拉奈斯（Piranèse，1720～1778）：意大利建筑家、雕刻家。

② 图密善（Domitien，51～96）：罗马皇帝。

③ 安西达菊斯（Incltatus）：罗马皇帝加里居达的马的名字，此马曾被封为执政。

还是节饮为妙，不许出入"崇高"酒店。

自由就是一种放肆。谨慎克制固然好，把自己阉割了就更好。

你要克制着自己度过一生。

清心寡欲，方正稳重，尊重权威，仪表端庄。只有写得四平八稳的才是诗。野草不梳理自己，狮子不修饰指爪，水流没有经过筛滤，大海任意展现它的漩涡，云彩提起自己的霓裳一直露出巴尔德巴兰①，这些都不成体统。在英文中，就是 Shocking。波浪在礁石上吐沫，瀑布在深渊中喷射，余维纳尔朝暴君唾吐。呸！

我们宁愿不足而不喜爱过分。千万不要过分。以后，玫瑰花树必须数数它的玫瑰花。草地要受叮嘱少生长一些雏菊。命令春天要自知撙节。鸟巢坠落是由于过分盈满。小树林，谢谢你，不要这样多秀眼鸟。愿银河也给它的星星编编号，它们太多了。

请你以植物园中高大的仙人掌作为修身的榜样吧，它每50年才开一次花。这真是一种值得尊敬的花。

一个真正的淡泊派的批评家，就是花园里的园丁，若有人问他："是否有夜莺停栖在你的枝头？"他总是回答说："唉，别和我谈它们啦，整个五月间，这些讨厌的家伙老是聒噪不休。"

休阿德②先生给玛利 - 约瑟夫·谢尼叶③作了如此的论断："他的文体的巨大价值在于没有比喻。"我们今天又看到这种奇特的赞词复活了，这使我们回想起复辟时期的一位高明的教授，他对充满在《旧约》中的比喻和形象感到愤然，便以下面这样一句含意深长的格言否定了以赛亚④、但以理⑤和耶利米⑥，他说，整部《圣经》都可以归结为"好像"一词。还有一位，其更称得上教授了，他说过这样一句在师范学校里传诵不已的话："我把余维纳尔扔到浪漫主义的粪土上

---

① 金牛星座。

② 休阿德（Suard，1733～1817）：法国批评家。

③ 玛利 - 约瑟夫·谢尼叶（Marie-Joseph Chénier，1764～1811）：法国戏剧作家。

④ 以赛亚：公元前8世纪希伯来的一位先知，《旧约》中《以赛亚书》的作者。

⑤ 但以理（Daniel）：公元前7世纪希伯来的一位先知，《旧约》中《但以理书》的作者。

⑥ 耶利米（Jérémie，约公元前650～前590）：希伯来先知，《旧约》中《耶利米书》和《耶利米哀歌》的作者。

去。"余维纳尔有什么罪过？和以赛亚的罪过一样。那便是情愿用形象来表现思想。照此说来，在文史领域里，我们是否要逐渐倒退到化学的术语上去？倒退到布拉东①关于比喻问题的意见上去？

听到卫道派的反对和詈骂，人们会以为诗人们创作形象和比喻的全部开销，都是由它这个学派在承担，并且，它与感到自己被吕达、阿里斯多芬、爱日雪尔、普劳图斯和塞万提斯这班挥霍无度的家伙连累得陷于破产了。于是它便把激情、情感、人类的心灵、对现实的理想和整个生活统统锁在保险柜里。它慌慌张张盯着这些天才而把所有的东西都掩藏起来，口里还咕噜咕噜说："这群贪吃的饿鬼！"因此，它便为作家想出了这样一个最高级的赞词：合乎中庸之道。

在这些方面，护教派的批评与卫道派的批评沆瀣一气。假正经与假虔诚总是互相帮忙的。

现在有一种奇怪的羞羞答答的流派在渐渐占优势；人们为掷弹兵殉国的那种野蛮的方式感到羞惭；修辞学把人们所称呼的譬喻法当作美化英雄人物的遮羞布；大家认为军营里说话必须如同在修道院里一样，而近卫兵的谈吐简直就是诽谤；一个退伍的老兵回忆起滑铁卢战役时就难为情地垂下自己的眼睑，人们为此就把十字奖章赏给那下垂的眼睑；某些在历史上出现过的话，其中有一部分在史册上没有应有的地位，例如那个在市政厅朝罗伯斯庇尔开了一枪的女杰，就自称为"死不投降的卫士"②。

由于这两种守卫着公共秩序的批评的共同努力，出现了一种健康的反应。这种反应已经产生出几个典型的有条不紊、方方正正的诗人，他们都很贤明，其文体总是未放即敛，他们把思想当作疯疯癫癫的女人，决不同她们在一起大吃大喝，人们从来也不会遇见他们在树林的角落里，Solus Cum sola③，同梦想这个荡妇在一起，他们不会与想象这个危险的游手好闲的女人发生关系，与酗酒的灵感、美妙的奇想也完全无缘，他们一生也没有和诗神这个赤足的女子接过一次吻；

---

① 布拉东（Pradon，1632～1698）：法国悲剧诗人，他的作品都是模仿拉辛之作。

② 这是拿破仑的近卫军在滑铁卢战役中的口号，雨果在这里讥笑有人张冠李戴，把这话移在刺客的嘴里。

③ 拉丁文：男女私会。

而且，他们从不在外面过夜，从无越轨的行为，他们的守门者尼占拉斯·布瓦洛对此甚为满意。如果波南里①走过，头发有点散乱，这成何体统！快，他们招来一个理发师。于是，拉·阿尔卜先生跑来了。这两种姊妹批评——卫道派批评与护教派批评——施行教化。它们陪养幼稚的作家，刚一断奶就收留过来，真是年青名士的教养所。

由此便产生一套守则，便有了一派文学，一派艺术。向右看齐！目的在于拯救社会，要在文学中去拯救它，就像在政治里拯救它一样。每个人都知道，诗是一种轻佻的无足轻重的东西，儿戏般地忙于追求韵脚，徒劳无益，白费力气；因此，再没有任何比这更可怕的东西了。赶紧把思想家好好捆绑起来，把他们关到木笼里去！多么危险啊！一个诗人是什么呢？如果要恭维他，那他就什么也谈不上，如果要迫害他，那他就代表一切。

这类以写作为业的下流胚自找苦吃，对他们加以世俗的制裁，颇为有效。当然，方式可以灵活多样。不时来这么一次流放是个好办法。作家被流放始于埃斯库罗斯而关非止于伏尔泰。在这条铁链中，每个世纪都有自己的一环。但是，流放也罢，驱逐也罢，判流徒刑也罢，总得找些借口才行。当然，这个办法也不是在任何时候都适用，这还有点不大好操纵；必须要有一种不那么笨重的武器来进行日常的小战争。一种通过了合法的宣誓程序并经适当授权的官方批评当然完全能够帮忙。组织作家来迫害作家的确不坏，使笔杆追捕笔杆尤为巧妙。为什么不可以有文学的巡逻队呢？

所谓"高雅趣味"是现存秩序为保卫自己而采取的预防性措施。有节制的作家是贤明的选民的附属品。灵感被怀疑有自由思想，诗歌被说成是不守法规。于是，就有了一种官方的艺术，它是官方批评的产儿。

整整一套特别的修辞学便是从这些前提中引申出来的。在这种艺术里，大自然只有一个狭窄的入口。它从旁门而入。大自然沾上了煽惑民众的污点。大自然的元素都被排斥了，因为它被视为吵吵闹闹的酒肉朋友。春分或秋分的风雨犯了破篱穿户之罪；阵阵狂风被指责

---

① 波南里：抒情诗神。

夜间喧闹。有一天，在艺术学校里，一个学画的学生画出一阵风在衣服上吹起了皱纹，一位在场的教授对此颇为反感，说："在艺术里是没有风的。"

不过，这种波动并不使人绝望。我们仍然在向前走，终于也有了局部的进步。看忏悔书的面子，学士院才好容易接纳了几个人。茹勒·雅南①、戴阿菲勒·戈蒂叶②、保罗·德·圣 - 维克多③、李特雷④、勒南⑤，请你们背诵一下你们的经文吧。

但这还不够。病根太深。古代的天主教社会和古代的合法文学都遭到威胁。黑暗势力在危险中。向新一代宣战！向新精神宣战！人们都追迫着民主这哲学之女。

这种癫狂之例，也就是说天才的作品，都是可怕的。人们又重新开出了新的调理药方。公共道路显然防护得不够周到，似乎还有很多流浪诗人。警察总监麻痹大意，听任这批才子浪荡逍遥。当局在考虑什么呢？我们要提高警惕。人们的头脑是可能被咬一口的。确乎如此，这事已经证实，有人仿佛遇见了没有戴嘴套的莎士比亚了。

这个没有嘴套的莎士比亚，便是现在的译本⑥。

五

倘若有这么一个人最不配获得"真有节制"的好评，那么这人肯定就是威廉·莎士比亚。在"严肃的"美学统治下的臣民之中，莎士比亚是少见的刁民中的一个。

莎士比亚丰富，有力，繁茂，是丰满的乳房、泡沫满溢的酒杯、盛满了的酒桶、充沛的汁液、汹涌的岩浆、成簇的嫩芽、如滂沱大雨一般浩大的生命力，他的一切都以千计，以百万计，毫不吞吞吐

---

① 茹勒·雅南（Jules Janin，1804～1874）：法国文学批评家。

② 戴阿菲勒·戈蒂叶（Théophile Gautier，1811～1872）：法国诗人，批评家。

③ 保罗·德·圣 - 维克多（Paul de Saint-Victor，1825～1881）：法国文学批评家。

④ 李特雷（Littré，1801～1881）：法国语言学家、哲学家。

⑤ 勒南（Renan，1823～1892）：法国作家、历史学家。

⑥ 指雨果的儿子弗朗索瓦 - 维克多·雨果于1860～1864年所译出的《莎士比亚全集》。

吐，毫不拘束，毫不吝啬，而像创造主那样坦然自若而又挥霍无度。对于那些要摸摸口袋底的人而言，这种取之不尽好像就是精神错乱。他已经用完了吗？早着呢！莎士比亚是播种"眩晕"的人。在他的作品中，字字都是形象；字字都是对照；字字都像白昼和黑夜那样对照鲜明。

我们已经说过，诗人就是自然。如同自然一样敏锐、微妙、细致，同时又广大无垠。他无所隐晦，无所保留，无所吝啬，他单纯得如灿烂光辉。让我们来对"单纯"一词加以解释。

在诗歌中，淡泊就是贫乏；而单纯则是伟大。赋予每件事物以它所应具有的空间，既不多，也不少，这便是单纯。单纯，就是公正。趣味的整个法则全在其中。每件事物都各得其所，表达恰当。只要维持某一种内部的平衡，保持某一种奥妙的比例，那么，不论是在文体中或是在整体中，最不可思议的复杂就能成为单纯。这是伟大艺术的巧妙的规律。只有那种以热情为出发点的高超的批评，才能看透并且理解这些深刻的规律。丰富、充沛、光辉四射都可能属于单纯。太阳就是单纯的。

显而易见，这种单纯完全不像勒·巴戴①、多比雅克院长和布乌尔斯长老②所推荐的那种简单。

不论怎样丰富，怎样复杂，甚至纷繁、杂乱、难以清理，只要是真实的，便也是单纯的。

这种很深刻的单纯是艺术所认识到的唯一的一种单纯。

单纯，由于是真实的，因而也就是朴素的。真实的面貌就是朴素。莎士比亚的单纯，就是伟大的单纯，甚至还因为这种伟大的单纯而显得有些笨拙。他根本就不知道什么渺小的单纯。

简单而无力，简单而赢弱，简单而气短，这都是一种病态。这种简单性与诗毫无共同之处。对于它来说，一张医疗证书比跨上神马更为合适。

---

① 勒·巴戴（Le Batteux，1713～1780）：法国文学家。

② 布乌尔斯长老（Le Père Bouhours，1628～1702）：法国语法学家、批评家。

我承认戴尔西德①的头骨是简单的，但是赫古勒斯②的胸襟也是简单的。而我喜爱后一种单纯胜于前一种。

适合于诗的单纯也可以像橡树一样纷繁。难道没有过这样的时候：橡树曾给你造成既繁琐又纤细的印象吗？它有无数的对称、巨大的躯干和细小的叶子、坚硬的树皮和柔软的青苔，它接受阳光的照射而又投射出自己的浓荫，它为英雄装饰冠盖，也为猪猡提供果实。它那许多对偶难道是矫饰、败坏、繁琐、低级趣味的标志吗？橡树可能会才情过多吗？它会属于朗布依埃爵邸③吗？它会是一个可笑的学究吗？它会带着矫揉造作的装饰吗？他会凋零败落吗？它全部的单纯，Sancta simpli citas④会限于白菜那样简单吗？

纤细、才情过度、虚假、矫饰，这都是人们扔在莎士比亚头上的指责。人们宣称这些都是渺小人物的缺陷，并且立即用以责备巨人。

不仅如此，而且这位莎士比亚对什么都不尊重，他勇往直前，他使得愿意跟随他的人喘不过气来，他跨过一切法度规矩，他推翻亚里士多德；他在耶稣会、美以美会、修辞癖和清教徒当中闹得天翻地覆；他把洛约拉⑤置于混乱中，把韦斯莱⑥搅得上下折腾；他勇敢、大胆、冒险、英武、直率，他的文具箱像一个火山口一样冒烟，他总是辛勤劳作、坚守岗位、兴致勃勃、永远前进。他手里握着笔，额上发出光辉，身上附着魔鬼。这匹公马太嚣张了，过路的驴子看了心中不快。多产便是挑衅。一个像以赛亚，像余维纳尔或者像莎士比亚这样的诗人，把一切都据为己有，的确太过分了，总应该照顾照顾别人呀。一个人怎能把一切全都占去。永不衰竭的精力、俯拾即是的灵感、像草地一样丰富的比喻、像橡树一样的对称、像宇宙一样充满了对照和深沉，不断的繁殖、开花、结蕾、分娩，庞然巨大的整体、秀

---

① 希腊史诗中的一个其貌不扬、性格卑劣的人物。

② 希腊神话中一个半人半神的英雄。

③ 指法国17世纪朗布依埃侯爵夫人（1588～1665）的沙龙，当时它聚集了一批文人学士，在1620年至1665年之间，对当时的文学界很有影响。

④ 拉丁文：神圣的单纯。

⑤ 洛约拉（Loyola，1491～1556）：西班牙宗教改革家。

⑥ 韦斯莱（Wesley，1703～1791）：英国宗教改革家。

逸坚实的枝节、生动而有力的感染，富饶、充实、繁荣，这真是太过分了；这简直侵犯了中立派的权利。

300年来，淡泊派的批评家一直用后宫中那些旁观者所特有的不满的眼光，来看待莎士比亚这位最为热血沸腾的诗人。

莎士比亚根本没有保留，没有节制，没有止境，没有空白。他所缺少的，就是"不足"。他没有储金库，他也不吃斋。他就像生物的成长、种子的萌芽，就像光明与火光向四面八方发散。但这并没有妨碍他来关心你们这些观众或读者，来向你们灌输道德，提供意见，就像第一个好人拉·封丹一样成为你们的朋友，并且为你们略效微劳。你们可以在他的火上暖暖双手。

奥赛罗、罗密欧、埃古、麦克白、夏洛克、理查三世、尤里斯·恺撒、奥白龙、波克、莪菲丽亚、苔丝特蒙娜、朱丽叶、蒂妲妮霞、男人、女人、妖妇、仙女、精灵，莎士比亚就是这样大开方便之门，请你取你们所需要的东西吧，取吧，取吧，你们还要什么吗？这里有阿利尔、巴洛尔、麦克达弗、蒲罗斯贝罗、微奥拉、米兰达、加里本，你还想要什么呢？这里还有哲西加、科第丽亚、克雷西达、波霞、布拉邦第奥、波乐纽斯、霍拉修、莫库邱、伊姆珍、特洛伊的邦达鲁斯、波东、迪修斯①。Ecce Deus②，他就是诗人。他把自己贡献出来，谁愿意要他，他就献出自己，他扩张，他挥霍，但他不会涸尽枯竭。为什么？因为不可能。他自我充实，但又自我耗费，然后再充实，再耗费。这是一个挥霍无度的天才。

在语言的放肆和大胆上，莎士比亚与拉伯雷是不相上下的，而拉伯雷在不久之前还曾被一位天鹅般的批评家骂为猪猡。

就像一切神通广大、才智高超的人一样，莎士比亚把整个自然都斟在自己的酒杯里，他不仅自己喝，而且还让你也来喝。伏尔泰责备过他好酒贪杯，这的确恰中要害。你们不妨再问一问，为什么莎士比亚有这种性格呢？他从不停止，从不厌倦，他不怜悯那些想要进学士院的胃口很小的人。人们称之为"纯正趣味"的那种胃炎，他是没有

① 以上都是莎士比亚作品中的人物。

② 拉丁文：这就是上帝。

的。他是健康强壮的。他用响彻史章的歌喉所歌唱的这支丰富而放肆的歌曲究竟是什么呢？这是一支战歌、饮酒歌、情歌，它从李尔王到麦布女王①，从哈姆雷特到福尔斯塔夫，有时悲伤得像是一声呜咽，有时雄伟得如同《伊利亚特》！奥杰②先生竟会这样说：我读莎士比亚读得浑身发僵。

他的诗有一种由无巢的蜜蜂在漫游中酿成的蜜汁的浓烈香气。这里是散文，那里是诗；一切形式都不过是盛着思想的花盆，它们对他都很适合。这种诗有悲有喜。英文是一种不定型的语言，有时对他有帮助，有时对他有妨碍。但是，在任何字里行间，他那深沉的灵魂都是表露得清晰透明的。莎士比亚的戏剧伴随着一种狂乱的韵律进行；它如此庞大，以至有些蹒跚不稳。它自己眩晕而且使观众也眩晕，但是又没有任何东西像这种动人的伟大这样坚固有力。在莎士比亚身上，有才气，有灵智，有媚药，有颤动，有荡漾的微风，有使人看不见的感化力，还有不知名的高贵的营养汁。这一切形成他的动乱，但在这动乱深处却是宁静。这种动乱正是歌德所缺少的，有人错误地颂扬歌德心平气和，其实这种心平气和是低劣的表现。而动乱，却是所有第一流的作家都具有的。在约伯、埃斯库罗斯、阿里杰埃里③的作品中都可以找到它。这种动乱，就是人性。在地球上，神明应该是合乎人情的。必须让他向自己提出谜语，让他自己为此烦恼。灵感是不可思议的东西，其中掺杂着一种神圣的痴愚。某种精神威严好像是遁世独立的，是使人惊奇的。莎士比亚像一切伟大的诗人和伟大的事物一样，充满了一种梦想。他自己的成长使他自己也惊愕，他自己的风暴使他自己也骇怕。人们简直可以说，有时莎士比亚吓唬了莎士比亚。他对自己的深沉也有点害怕。这是最高智慧的标志。正是他的广度震撼着他自己，并且使他发生一种难以形容的巨大的摆动。世界上没有不起波澜的天才。醉醺醺的野蛮人，好，就这样称呼吧。他是野蛮的，好像原始森林；他是醉醺醺的，好像滔滔的大海。

---

① 麦布女王是英国民间传说中的仙后，在莎士比亚的剧本中并未作为人物出场过，仅在《罗密欧与朱丽叶》第一幕第四场提及。

② 奥杰（Auger，1772～1829）：法国批评家，当时颇有权威，长期掌管法兰西学院。

③ 阿里杰埃里（Alighieri）：但丁的家族的名称，以此代称但丁。

　　唯有雄鹰才能稍稍使人对这种辽阔的姿态有一个概念，莎士比亚他展翅高翔，他高踞、俯冲、沉落、疾飞，一时向下界倾泻，一时隐没于苍穹。他是这样一个天才，上帝故意没有紧紧地加以羁勒，使他得以勇往直前，并在无限之中自由地展翅翱翔。

　　每隔一个时候，世界上就要产生一个这样的天才。我们已经说过，这种天才的降临使艺术、科学、哲学或者整个社会焕然一新。

　　他们充实了一个世纪，然后又消失退隐了。但他们的光辉并不只照耀着一个世纪，而是照耀着全人类，从时代的这一个尽头到那一个尽头，而且，人们看出来，这些天才中的每一个人都是包含在一个脑袋里的整个人类精神，他在某个特定的时代降临到这世界上来以实现进步。

　　这些崇高的天才，一旦生命结束，作品完成，便在死亡中和那神秘的一群结合，并且可能在永恒之中结成一个家族。

　　　　　　　　　　　（本文为《莎士比亚论》第二部分第一卷）

美为真服务

一

啊，才智之士，做有用的人吧！对人生有点用处吧！当需要你成为有用的和善良的人的时候，你绝不要摆出不耐烦的嘴脸。为艺术而艺术固然美，但为进步而艺术则更加美。幻想空中楼阁当然好，但幻想乌托邦则更好。你需要想象吗？请你想象美好的人吧！你想要梦想吗？那么去梦想理想吧。先知追求孤独，而不是遁世独立。他把自己心灵中与人类维系着的纷乱交缠的线加以清理和引申；他并不切断它们，他来到荒野里思考，他想到谁呢？想到人群。他不是对荒林发言，而是对城市。他所注视的不是随风而倒的小草，而是人；他并不朝向狮子发出怒吼，而是朝向暴君。诅咒你，阿卡布①！诅咒你，奥瑟②！诅咒你们，君王们！诅咒你们，法老们！这便是伟大的孤独者的声音。接着，他哭了。

为什么哭泣？为永恒的"巴比伦囚禁"而哭。以色列、波兰、罗马尼亚、匈牙利和今天的威尼斯，都受过或正受着这样的囚禁。他这位善良但阴沉的思想家在观察；他侦察、窥测、探听、注视，在寂静中张着耳朵，在黑夜里睁着眼睛，对坏人准备好利爪。你去对这位信

① 阿卡布（Achab，公元前 875~前 853）：古以色列国王。
② 奥瑟（Osée）：公元前 730 年至前 722 年在位的古以色列国王。

奉理想的隐士去谈谈为艺术而艺术吧。他有自己的目的，并且向它直奔而去，这目的，便是至善。他为这个目的而尽自己的力量。

他不属于他自己，他属于他作为使徒而应尽的职责。他负担着促进人类进步这伟大的责任。天才不是为天才而生，而是为人类而生。天才在大地上就是上帝的自我呈献。每一部杰作的出现，都是自我创造的上帝的一次显灵。杰作就是奇迹中的一种。由此，在一切宗教和一切民族那里，便产生了对圣者的信仰。如果有人以为我们否认基督的圣像，那便错了。

在社会问题目前所达到的阶段，一切都应该成为共同的行动。孤立的力量互相抵消，理想与现实休戚相关。艺术应该帮助科学。进步之车的这两个轮子应该同时转动。

新的有才能的一代，诗人与作家的高贵之群，青年人的队伍啊，我们国家活生生的未来，你们的长辈爱护你们，并且在向你们致敬。勇敢些！让我们来献身。献身给善、献身给真、献身给正义。这样做才是好的。

有一些纯粹热爱艺术的人，他们热衷于一种也还高贵也还有尊严的成见，他们撇开"为进步而艺术"这一公式，也就是离弃"有用之美"，因为他们担心，实用便会破坏美。他们战战栗栗看到诗神的臂膀接上了女仆的双手。照他们看来，理想一与现实接触过多就会变样。如果崇高下降到人世，他们便要为它担忧。唉！他们真是弄错了。

实用不仅不会限制崇高，而且会加强它。崇高运用于人类的事物便会产生意想不到的杰作。实用，从其本身来考察以及把它视为一种与崇高相配合的因素，它也具有好几个种类，有温和的实用，也有愤怒的实用。如果它是温和的，便能抚慰不幸的人，并创造出社会的史诗；如果它是愤怒的，便能鞭挞恶者，而创造出神圣的讽刺诗。摩西把神杖递交给耶稣，而这同一支威严的神杖在使岩石里涌出泉水以后，又把商人从圣殿里驱逐出去①。

什么！艺术由于扩大了自己难道反而会缩小吗！不，愈是多一种用处，艺术就愈增添一种美。

---

① 摩西用神杖点出泉水的故事，见于《旧约》；耶稣把商人赶走的故事，见于《新约》。

　　但是，人们会对此不同意。医治社会的创伤，修改法典，以权利的名义谴责法律，把监狱、狱吏、苦役犯、妓女都作为丑恶的字眼，对警察的登记本进行检查，和药房订立合同，调查人们的失业状况，尝尝穷人的黑面包，为女工寻找出路，把戴单眼镜的游手好闲人士和穿破衣的懒汉加以对比，排除无知的障碍，开设学校，提倡识字，对耻辱、丑行、过错、罪恶、丧尽天良加以鞭挞，宣扬文化的普及，宣告自然权利的平等，改善精神和心灵的营养，给人以饮食，为社会问题要求解决办法，为赤脚的穷人要求鞋子等等，所有这些都不是蔚蓝的天空上的东西，而艺术却是蔚蓝的天空。

　　是的，艺术是脱离尘嚣的蓝天；但是从高高的蓝天上投射下来的光，使小麦灌浆，使玉蜀黍发黄，使苹果长圆，使葡萄发甜，使橘子镀上金黄的颜色。我再重复一遍，愈是多一种用处，就愈增添一种美。无论如何，于艺术又有何损？使甜萝卜成熟，为马铃薯浇水，使苜蓿和干草长得更加茂盛，还有和农夫、葡萄种植者、蔬菜种植者互相合作，这都不会使天空失去一颗星星啊！广泛性并不排斥有用性，并且，它又会因此而失去什么呢？我们所称为磁力或电力的那种巨大的活流，是不是会因为它能使磁针总是指向北方，能指引航船的方向，因而就不会在密云层中发出那样强烈夺目的光芒呢？朝阳是否因为预料到了苍蝇的干渴，有意地把蜜蜂所需要的露珠藏在花朵里，因而就会不那么光辉灿烂，就会缺少紫红与澄碧，就会少一些庄严、风度和光彩呢？

　　我们坚持创作社会的诗、人类的诗、为人民的诗，这种诗赞成善而反对恶，表白公众的愤怒，辱骂暴君，使坏蛋绝望，使不自由的人解放，使灵魂前进，使黑暗退缩，它知道世界上有窃贼和暴君，它扫除囚笼，倒掉装公共垃圾的脏桶，波南里，把你的双袖卷起来，来完成这些粗活吧，呸！这算什么。

　　为什么不愿意？

　　荷马是他那个时代的地理家和历史学家，摩西是他那个时代的立法者，余维纳尔是他那个时代的法官，但丁是他那个时代的神学家，莎士比亚是他那个时代的道德家，伏尔泰是他那个时代的哲学家。以事实而论或从推理而言，任何领域都不会对有才智的人关上大门。既然眼前有广阔的天地，身上又有一对翅膀，那么就有飞翔的权利。

对于某些高尚的人来说，飞翔就是服务。在沙漠里，一滴水也没有，干渴得可怕，朝圣者的行列艰难地向前行走，突然在沙丘起伏的地平线上出现了一头翱翔的老鹰，于是，这一队人都叫了起来："那里有水泉！"

埃斯库罗斯对"为艺术而艺术"有何感想？可以说，如果曾经有过一位真正称得上诗人的诗人，那便是埃斯库罗斯。请听听他的回答吧。那是在阿里斯多芬的剧本《蛙》里，第 1039 行。埃斯库罗斯说："从古以来，有名的诗人都为人群服务。奥尔菲向人指出谋杀之可怕，缪斯把神意与医学教给人，赫西俄德传授了农业，神圣的荷马则给人以英雄主义。而我追随荷马，我歌唱像狮子一样勇敢的巴托克勒和戴西，为了使每一个公民都努力效法伟人。"

正像整个大海都是盐一样，整部《圣经》都是诗。这部诗谈论当时的政治。请打开《撒母耳记》第八章。犹太人要一个国王。"……耶和华对撒母耳说，他们要一个国王，他们要把我抛弃，使我根本管不了他们。让他们去吧，不过，你要告诉他们国王将来会用什么办法来对付他们。于是，撒母耳以神的名义对这群要求一个国王的百姓说：将来，国王会把你们的儿子捉去，把他们套在自己的车上，把你们的女儿抢去，将她们变成奴婢；他会掠夺你们的田地、葡萄和好的橄榄树，而把它们赐给自己的家臣；你们收获农作物，收获葡萄，他都要收什一税，而把这些税分给他的官人；他还要把你们的仆役和驴子占去，用来替他去工作；有这样骑在你们头上的国王，你们将来会抢天呼地，但是，因为，这是你们自己要求的，耶和华一点也不会可怜你们。你们将沦为奴隶。"[1]大家可以看出，神权是断送在撒母耳那里。《申命记》把祭坛毁了，应当说这是假祭坛；但是旁边另外那个祭坛难道不也是假的吗？"你们要把假神的祭坛破坏掉，而在上帝居住的地方寻找上帝。"[2]这简直就是泛神论了。这本书为了要参与人世间的事，为了有时主张民主，有时主张破坏偶像，因而就不够光辉、

---

[1] 雨果的引文与《圣经·撒母耳记》上卷第八章的原文有出入。

[2] 见《圣经·申命记》第十二章，雨果的引文与原文有一些出入。

不够高超了吗？如果说，《圣经》里没有诗，那么，诗又在哪里呢？

你们说，诗神是为了歌唱，为了爱、为了信仰和祈求而生的。这话也对，也不对。让我们来讲讲这个道理。歌唱什么？歌唱虚无吗？爱什么？爱自己吗？信仰什么？信仰教条吗？祈求什么？祈求偶像吗？这样说就不对。应该是这样的：歌唱理想，热爱人类，信仰进步，祈求永恒。

请注意，你们在诗人的周围划出一个个圈子，便会把他置于人群之外。是的，我们一方面要诗人置身于人群之中，并且具有翅膀能够上下飞翔，不时消失在远渺之中，这不仅是好事，而且也应该如此；但是，另一方面又必须以飞回来为条件。让他去吧，但要使他回来。让他张开翅膀飞到无限中去，但他必须又有双足好在地上行走。要使他从人群中走出以后又再回到人群中去。要使别人在把他当天神看待以后，又发现他像兄弟一样亲切。要这颗含在他眼里的星星流出一滴滴的眼泪，而这眼泪又是属于人类的。因此，诗人既是人，也是超人。但是，完全置身于人群之外，这就是取消了生存。天才，把你的脚伸过来，让我们瞧瞧你是不是和我一样，在脚踵上有着大地的尘土。

如果你没有这样的尘土，如果你从来没有走过我的道路，你便不会认识我，我也不会认识你。走开吧，你自以为是一个天使，其实只是一只小鸟。

强者扶助弱者，伟人帮助小人，自由的人解放被奴役的人，思想家教育无知者，孤高之士指导群众，这便是从以赛亚到伏尔泰的法则。不遵守这法则的人也可以成为一个天才，但只是作为奢侈品的天才。这种人完全不参与世事，自以为纯洁净化了，其实是自暴自弃。这种天才纤细、优雅、精美，但却不伟大。任何一个有用的粗人，只要他有用，在看到这种没有用处的天才的时候，都有权这样发问：这个游手好闲的家伙是什么？双耳壶不愿到水泉去盛水，便该遭到瓮子的轻蔑。

献身的人是伟大的！即使他处境艰困，但也能平静处之，并且，他的不幸也是幸福的。对于诗人来说，面向职责并不是件坏事。职责与理想有一种严肃的相似之处。为了完成自己的职责而遇上险阻也是值得的。不，不要避免与加图手肘相撞。不，不，不，真理、正直、对人类的教导、人类的自由、有力的美德、良心，所有这些都是不可加以轻蔑的东西。愤怒与温情，是对于人类不自由状况两个方面的不同反应，并且，能够发怒的人就能够爱。把专制君主和奴隶平等加以看待，这是多么了不起！现在的社会，一方面是专制君主，另一方面全是奴隶。对此即将有一次可怕的清算，将来它一定会完成。一切思想家对这个目标都负有责任。他们在完成这职责的时候会成长起来。在进步的事业中做上帝的仆人、在人民群众里充当上帝的使徒，这便是天才成长的法则。

二

有两种诗人，一种是感情用事的诗人，一种是逻辑的诗人；此外，还有结合着以上两者特点的第三种诗人，这两种诗人以两种特点相互克制，互相补充，并且把它们概括在一种更高的本质中。这是用同一块材料塑成的双重塑像。这第三种诗人居于首位。他具有主观的偏情，他听从神灵的默启，他也有逻辑，他执行着自己的义务。第一种诗人写出了《雅歌》，第二种诗人写出了《利未记》，第三种诗人写出了《颂歌》与《预言》。①在罗马作家中，贺拉斯是第一种诗人，吕甘②是第二种诗人，余维纳尔是第三种诗人。而在希腊作家中，品达是第一种，爱西埃德是第二种，荷马是第三种。

任何美都不会因为"善"而遭损失。狮子因为有温良的特性就不及老虎美吗？这温良的动物因为从它所捕攫的小孩身边走开，让他回到自己母亲的怀抱，它的鬣毛就会因此而缺乏威严了吗？因为它舐了昂托克勒斯③而从它嘴里发出的可怕的吼声就不存在吗？天才如果袖手旁观，即使他优美出众，也仍然是畸形的天才。没有爱的天才是种

---

① 《雅歌》、《利未记》、《颂歌》皆为《圣经》中的一卷，《预言》是对于《圣经》中诸先知所写的书的总称。

② 吕甘（Lucain，39～95）：拉丁诗人。

③ 昂托克勒斯（Androclès）：传说中的罗马奴隶。当时罗马奴隶主往往令奴隶与野兽相斗以取乐，昂托克勒斯能够与狮相处而不为其所伤。

怪物。爱吧！让我们爱吧。

爱，从来也不会妨碍你使得人们高兴。你在哪儿见过一种善的形式排斥另一种善的形式？相反，一切善都是彼此相通的。让我们对此再作进一步的理解。一个人具有某种特点，并不必然就具有另外一种，但是，认为在一种特点之上再加另一种特点就是损失，这倒的确使人奇怪。有用的，不过就是有用的，美的，不过就是美的；有用而又美，这就是崇高了。圣保罗在 1 世纪，塔西佗和余维纳尔在 2 世纪，但丁在 13 世纪，莎士比亚在 16 世纪，弥尔顿和莫里哀在 17 世纪的情形便是如此。

我们刚才谈到一句很著名的口号：为艺术而艺术。让我们对此作一番一劳永逸的说明。说老实话，如果相信了这个普遍为大家重复过多次的说法，那么本书的作者也许会写下"为艺术而艺术"这句话。但是，他却从来没有写过。大家可以从我发表过的作品的第一行读到最后一行，也根本不会发现这句话。在我的全部作品中，甚至在整个一生中，写得明明白白的，恰巧是与这句话完全相反的那种思想。但是这句话本身难道真的没有在本书作者的作品里出现过吗？我们同时代的有些人和我们一样，也许还会记得下面这样一件事。35 年前的一天，在批评家与诗人争论伏尔泰的悲剧的时候，本书的作者曾经这样说过："这种悲剧根本不是悲剧。这不是人在生活，而是格言在喋喋不休。宁可一百次'为艺术而艺术'！"这种话语由于舌战的需要而被别人歪曲得违反他的原意了！它居然成了一句格言，就连说出它的人也没有料想到。这句针对《阿勒意尔》和《中国孤儿》①的话，严格运用于这两个剧本是完全恰如其分的，但有人竟把它宣告为原则和公式而写在艺术的大旗上。

澄清了这一点，我们再继续谈下去。

在我们面前是两种诗，一种是品达的，它神化一个车夫，或者颂扬一辆大车车轮上的铁钉，另一种是阿奚洛克②的，它写得很可怕，

---

① 这两个都是伏尔泰的悲剧作品，后者是以我国的《赵氏孤儿》的故事为题材的。

② 阿奚洛克（Archiloque）：公元前 7 世纪的希腊诗人，他的讽刺诗尖锐有力。

甚至杰弗莱①在读过以后就不再作恶了，并且走到他给良民准备的绞架上自缢，这两种诗同样都具有美，但我却偏爱阿奚洛克的。

在史前时期，那时的诗歌是寓言式的、传奇式的，它具有一种普罗米修斯式的伟大。这种伟大从何而来呢？从其有用而来，奥尔菲使野兽驯服；昂菲永②建造城池。这种使人驯服的诗人也是建筑师。李留斯③帮助爱尔克勒，缪斯救助兑达尔④，诗具有感化的力量，这便是它之所以美的根由。传统总符合理智，在这一点上，人民的良知是不会弄错的。这种良知总是创造出一些有真理意义的故事。时间距离一遥远，一切便都显得伟大了。你所赞美的奥尔菲这种驯服野兽的诗人，同样也体现在余维纳尔身上。我们来谈谈余维纳尔，很少有诗人比他受过更多的侮辱，更为人所否认和污蔑。对余维纳尔的污蔑是如此无穷无尽，直到今天还有加无已。这种污蔑从一个文丐的笔下到另一个文丐的笔下，毫无止境。世上一切伟大的嫉恶如仇的人，总是被那些崇拜权力和羡慕荣光的人所憎恨。那群诡辩的家伙、脖子上套着颈圈的作家、粗暴的史官、受人雇佣和豢养的学者、宫廷里的显贵和学派中的权威，都给一切伸张正义，嫉恶如仇者设下种种障碍，防止他们获得光荣。这群家伙在这些雄鹰的周围聒噪不休。他们对于主持公道的人往往不愿意公平地对待。因为这些人既使主子不便，又使奴才生气。世上那些低劣庸俗之辈毕竟也有他们的激愤。

而且，这些小人不能不互相勾结，君王便不能不依靠暴君。村学究为了总督大人几乎把教鞭都打断了。干这种差事，一方面要颇有文才的宫人，另一方面则要官方的学究。文学中可怜的恶习，都是那些开明的，了不起而又罪大恶极的王侯高价买来的，如卢凡⑤殿下、

---

① 杰弗莱（Jeffreys, 1648～1689）：英国大贵族，其刑法残酷。

② 昂菲永（Anphion）：希腊神话中朱庇特之子，诗人、音乐家，他的音乐感动了顽石，使它们自动堆建成一座城池。

③ 李留斯（Linus）：希腊神话中的人物，赫古勒斯少年时，曾由他教授弹琴，有一次，赫古勒斯学得不好，李留斯加以惩罚，赫古勒斯便把琴扔在他头上打死了他。

④ 兑达尔（Dédale）：希腊传说中一个有名的建筑师，他为克里特的国王米罗斯设计和建造了克里特的著名的迷宫，后来失宠，被国王连同他的儿子投入监狱，他在狱中用蜡为自己和儿子粘上翅膀飞越出狱。雨果说他受缪斯的救助，纯系引申。

⑤ 卢凡（Rufin）：公元4世纪罗马帝国的大臣。

克洛德①陛下，还有可敬的墨莎里纳②夫人，她常举行豪华的宴会，从她的金库开支一笔又一笔年金，并经年累月地维持着这种派头，因而诗人们总给她加上冠冕，这些王侯还包括戴阿多拉③，此外，还有菲莱戴龚德④、阿叶斯⑤、布高涅的玛尔格利特⑥、巴伐利亚的伊萨波⑦、墨第西的喀德琳娜⑧、俄罗斯的卡特琳娜⑨、那不勒斯的卡罗里纳⑩，这些罪行累累的王公大人，丑闻成堆的贵妇，我们是否能使他们伤心地去赞同余维纳尔的成功呢？不可能。以王权的名义向鞭子宣战！以商店的名义向棍棒宣战！这都很好。侍臣、顾客、文丐，请便！明目张胆的犯罪者与伪善者，请便！这不会使共和国不感谢余维纳尔，也不会使圣殿不赞同耶稣。

以赛亚、余维纳尔、但丁，这都是一些圣人。请你注意我们低垂的眼睛，从他们严厉的眉毛下发出一道道光彩。在他们以正义反对非正义的愤怒里，有一种神圣的感情。诅咒也可以像赞美歌一样圣洁，而愤怒，正当的愤怒也具有美德的纯洁。以洁白的程度而言，泡沫用不着羡慕白雪。

三

整个历史都证明了艺术与进步事业的合作。诗韵是一种力量。

---

① 克洛德（Claude）：此处所指系克洛德一世（公元前 10～公元 54），罗马皇帝。

② 墨莎里纳（Messaline, 15～48）：罗马皇帝克洛德一世的第一个皇后，以放纵而著名。

③ 戴阿多拉（Théodora, 527～547）：东罗马帝国王后，很有才干，在当时很有影响。

④ 菲莱戴龚德（Frédégonde，约 545～597）：东法兰克王国国王西尔贝里克一世的妻子，后来以其子的名义听政。

⑤ 阿叶斯（Agnès）：路易七世的女儿，嫁给拜占庭皇帝安特洛利克一世（1171～1220）。

⑥ 玛尔格利特（Marguente, 1290～1315）：法国国王路易十世的王后。

⑦ 伊萨波（Isabeau, 1371～1435）：法国王后，查理六世之妻，当查理六世生病时，曾数度代理执政。

⑧ 墨第西的喀德琳娜（Cathérine de Médiciz, 1519～1589）：法国国王亨利二世的王后。

⑨ 俄罗斯的卡特琳娜（Cathérine de Russie）：俄国历史上有卡特琳娜一世（1682～1727）与卡特琳娜女皇（1729～1796），此处所指不明确。

⑩ 卡罗里纳（Caroline, 1782～1800）：拿破仑的妹妹，与缪拉结婚后被封为那不勒斯王后。

Dictus ob hoc lenire Tigres①。中世纪对这种力量的认识和体验并不次于古代。第二时期中的野蛮，即封建时期中的野蛮，也害怕诗韵这种力量。那个时代的爵爷们什么都不怕，但在诗人面前却有所收敛；这位诗人怎样？他"唱出雄壮的歌曲"而使封建主害怕。并且这位面生的诗人总是和文明的精神同在。充满了屠杀的古城楼张开它野性的眼睛，监视黑暗中的动静；它们感到忧虑了。封建主在战栗，洞穴里也发生了混乱。龙和多头兽也不敢畅所欲为了。这一切是因为什么原因呢？这是因为有一个看不见的神存在。

我们来看看诗的这种力量在最为野蛮的国家、特别是在英国这封建势力最为浓厚的国家中的作用，的确是很奇特的。Penitus toto divisos orbe britannos②。如果我们相信传说——这种历史形式的真假程度和其他任何历史形式是相等的——的话，那么就会知道，哥尔格兰被布利东人围困在约克后得到他的兄弟撒克逊人巴尔多夫的援救，便是由于诗歌的作用；此外，阿洛夫深入阿戴勒斯坦的营帐、乐登布里亚王子魏尔布格被威尔士人解救出来（据说由此便有了王太子纹章上盖尔特式的警句：Ich dien③）、英国国王阿夫锐特战胜了丹麦人的国王日特洛、狮心王查理从罗生斯当监狱里逃脱出来、西斯特的公爵哈诺尔夫在他的何德兰城堡里遭到攻击但得到行吟诗人的解救、直到伊丽莎白④治下达尔东的贵族还赋予行吟诗人以特权等等，所有这一切都能证明诗歌的力量。

诗人有谴责人和威吓人的权力。在1316年庞各特节日，爱德华二世⑤与英国公卿们坐在威斯敏斯特大厅的席桌旁，一个女行吟诗人骑马而入，在大厅里绕行一周，向爱德华致敬后就高声向佞臣斯宾塞预言他将被刽子手吊在绞架上阉割，向国王预言他将被一块烧红的铁块刺入体内，说完，在国王桌前留下一封信便扬长而去了；而当时没有任何人对她加以呵斥。

---

① 拉丁文：据说老虎也因它而变得温驯了。见贺拉斯《诗艺》第393行。

② 拉丁文：与整个世界全然隔绝的不列颠人。见维吉尔《牧歌》第一篇第66行。

③ 威尔士文：看准你的人。

④ 伊丽莎白（Elisabeth，1533～1603）：英国历史上著名的女王。

⑤ 爱德华二世（Edward Ⅱ，1284～1327）：英国国王。

在节日的时候，行吟诗人走在神父之前，并且得到更光荣的礼遇。在阿宾东①地方的圣十字架节日上，每个神父可以得到四个便士，而每个行吟诗人则能得到两个先令。在玛克斯多克②的修道院里，有着这样的惯例，人们把行吟诗人请到彩漆的房间里用餐，还给他们点上八支大蜡烛。

愈是往北，雾就愈来愈浓，而诗人也似乎愈来愈显得伟大。在苏格兰，诗人在人们眼里便到了无比伟大的程度。如果说有某种东西超越了古希腊行吟诗人的传说，那便是古斯干的那维亚诗人的传奇。当英王爱德华逼近的时候，诗人们保卫了斯第尔灵，像三百勇士保卫斯巴达一样，并且，他们也有他们自己的温泉关之战，完全不下于李奥尼达所指挥的温泉关之战。奥西安③这位诗人的的确确是存在的，而且还有人抄袭他的作品，抄袭算不了什么；但这位抄袭者做得比小偷更过分，他把奥西安偷得一干二净因而使之索然无味了。仅仅通过麦克菲逊④来认识《范卡尔》⑤，就像仅仅通过特莱桑⑥来认识《阿玛第斯》⑦一样。人们指出，在斯塔法岛⑧上的诗人之石，根据很多古物研究者的判断，早在司各特拜访爱布利德⑨之前就已经名为 "Clachan an bairdh" ⑩。这个诗人之石是一块巨大的空心岩石，它坐落在山洞的入口，使人产生当椅子坐的企望。在这座位的周围环绕着水波和云彩。在它的后面，棱形的火山化石堆积成神奇的几何形，林立的廊柱树在水波里，形成神秘的令人害怕的建筑。范卡尔⑪的走廊就伸延在诗人

---

① 英国地名。

② 同上。

③ 奥西安（Ossian）：传说中的一位古苏格兰诗人。

④ 麦克菲逊（Macpherson，1736～1796）：苏格兰文学家，于1760年发表《奥西安诗集》，以此而著名，但根据1807年所发表的奥西安诗的原文来看，麦克菲逊只是奥西安的一个模仿者。

⑤ 《范卡尔》：麦克菲逊的一部散文诗，据说是模仿奥西安的作品。

⑥ 特莱桑（Tressan，1705～1783）：法国文学家，发现了很多中世纪的小说。

⑦ 《阿玛第斯》（Amadis）：中世纪时期西班牙的一部骑士小说。

⑧ 斯塔法岛（Staffa）：苏格兰一个岛屿，爱布利德群岛中的一个。

⑨ 爱布利德（Hébrides）：苏格兰东部的群岛。

⑩ "诗人之石"的原文名。

⑪ 范卡尔（Fingal）：斯塔法岛上有名的洞穴。

之石的旁侧；大海在流进这个可怕的地方的入口处汹涌澎湃。在夜间，玛基龙族的渔人好像看见在这座位上有一个曲肘而倚的影子；他们说，这是幽灵；而且，甚至在白天，也没有人敢爬上这个可怕的座位；因为石头的概念总是和坟墓的概念相连，而在这花岗石的座位之上，也只可能坐着幽灵。

四

思想就是力量。

一切力量都来自完成职责。在我们这个世纪，这种力量应该休息吗？这种职责应该闭上自己的眼睛吗？艺术解除武装的时候到了吗？现在尤其不能这样。由于 1789 年，人类的队伍来到了更高的境界，天地也更为广阔了，艺术有更多的事可做，这便是实际的情形；地平线大大开阔了，理智也要大大地开拓。

我们还没有达到目的。亲善产生幸福，文明带来和谐，但我们离此还远着呢。在 18 世纪，这种幸福与和谐的梦想还是那么遥远，甚至看来是不应该加以梦想的；人们把圣彼埃尔①修道院院长从学士院驱逐出去，便是因为他居然作这样的梦想。在这样一个牧歌一直影响到封德奈尔②，而圣朗贝③也根据贵族的旧习写起田园诗的时代，驱逐，的确显得有点过于严厉。圣彼埃尔修道院院长身后留下了一句话和一个思想；这句话只对他自己适用：慈悲为怀；这个思想却对我们大家有用：相亲相爱。这个思想使得波里雅克大主教④激怒，却使伏尔泰发出微笑，它不再是那样远渺，像在未可知的浓雾里一样；它已经比较近了，不过我们还不能触及它。民众，这些寻找自己母亲的孤儿，现在还没有抓到和平的衣襟。

在我们周围，还有相当多的不合理现象：奴役、谎言、战争和死亡，文明的精神还不能解决自己的任何武装。王权神授的思想还没有

---

① 圣彼埃尔（Saint-Pierre, 1658～1743）：法国作家，著有《持久和平的计划》。

② 封德奈尔（Fontenelle, 1657～1757）：法国文学家。

③ 圣朗贝（Saint-Lambert, 1716～1803）：法国诗人，写有《四季诗》。

④ 波里雅克大主教（Le Cardinal de Polignac, 1661～1742）：法国政治家、作家。

完全消失。斐迪南七世①在西班牙，斐迪南二世②在那不勒斯，乔治四世③在英国，尼古拉④在俄罗斯，所有这些都是。残余的幽灵仍然在游荡。从那不祥的云层里，灵感降落下来，正落在戴着桂冠、陷入阴沉的默想的人身上。

文明还没有同那些宪法的赐给者、民族的占有者、合法的正宗疯子算完账哩。他们这些人自以为领有上帝的特殊恩惠、自以为有任意处置人类的权力。重要的是要给这些人造成一些阻力，揭发豪强称霸的过去，对以上那些人以及他们的教义、他们固执的妄想加以约束。智慧、思想、科学、严肃的艺术和哲学，都应该特别注意和防止人们的误解，不正当的权益能驱使真刀真枪的军队开上战场。于是，地平线上就有好些国家被扼杀了，像波兰那样。不久以前死去的一位当代诗人常这样说："我全部的忧虑，就是我的雪茄所吐出来的轻烟。"我的忧虑也是一阵烟，但是，是燃烧着的城市所冒出来的烟。那么，让我们去使那些掌权者忧虑发愁吧，如果可能的话。

让我们尽最大的可能来重新创造正义与非正义的教训、正当权利和非法抢夺的教训、神圣誓言与背誓寒盟的教训、善与恶、fas 和 nefas⑤的教训；让我们把那些自古以来的对照都摆出来。让我们把应该那样的东西和已经如此的东西加以对比。在所有这些东西之上加上光明。有光明的人，你把光明带来吧。让我们以信条反对教条，以原则反对戒律，以坚毅反对固执，以真实反对虚伪，以理想反对梦想，以对将来的梦想反对过去的梦想，以自由反对专制。当有一天，国王的权威与普通人的自由两者平等的时候，那么，我们便可以把身子舒展一下，享受富有奇想的诗歌，对薄伽丘的《十日谈》发笑，而在我们头上则是蓝色的宁静的天空。但是，在这之前，是不能打瞌睡的。我已经想到了这一点。

请你在每个地方都设下岗哨。不要期待专制者赐给自由。一切被

---

① 斐迪南七世（Ferdinand VII，1784～1833）：西班牙国王。

② 斐迪南二世（Ferdinand Ⅱ，1815～1859）：那不勒斯国王。

③ 乔治四世（George Ⅳ，1762～1830）：英国国王。

④ 尼古拉（Nicolas，1796～1855）：俄国沙皇。

⑤ 拉丁文："合法"与"非法"。

奴役的国家，你们自己解放自己吧。用你们自己的手去争取未来吧，不要妄想你们的锁链会自动变成自由的钥匙。前进，祖国的儿女们。啊，大草原上的收刈者，站起来吧，你们要拿起武器，这才是对正教沙皇的善心有了足够的认识。假仁假义与虚伪的颂扬都是陷阱，是危险之上加危险。

我们生活在这样一个时代，可以看到有些演说家在颂扬白熊的宽宏大量和虎豹的温柔敦厚。说什么大赦、仁慈、心灵的伟大呀，说什么一个幸福的时代开始了呀，说他们都像父亲一样慈爱呀，请看看现在所获得的成果吧；要相信谁都是随着时代在前进呀；强权的手臂不是敞开怀抱了吗？大家更紧密地聚集在帝国周围吧，莫斯科是仁慈的呀。请你看看农奴是多么幸福！牛奶变得像泉水一样丰富了，到处都是自由与繁荣，你们的王侯也像你们一样为过去而感到不安，他们都再好不过了，人们啊，来吧，来吧，什么也不要害怕！至于我们，我们对鳄鱼的眼泪是不存任何希望的。

公众中普遍存在的丑恶，会给思想家、哲学家或诗人的理智添加一些艰巨的任务。腐化败坏一定要用纯洁清廉来加以抵制，现在比任何时候更需要向人们指出理想这面镜子，这面反映上帝面貌的镜子。

五

在文学和哲学中，有一些哭笑无常的人物，一些装扮成为德谟克利特①的赫拉克利特②，这些人往往都是很伟大的，就像伏尔泰一样。

他们本身就是一种讽嘲，但他们仍保持着他们的严肃性，有时还带有悲剧性。

这些人在他们时代的强权和成见的压力下，常常言不由衷，指桑

---

① 德谟克利特（Démocrite，约公元前460～前370）：古希腊哲学家，一般认为他是当时民主政体的思想家。

② 赫拉克利特（Héraclite，约公元前540～前470）：古希腊哲学家，是奴隶主阶级利益的代表。

骂槐。其中最深沉的一个就是贝尔①，这个出生于鹿特丹地方的人，这个强有力的思想家。贝尔（请不要误写为拜尔）冷静地写下了"宁可不露思想的锋芒，也不要得罪暴君"这句格言，我读到它便微笑起来了，因为我知道他这个人，我知道他遭受过迫害，几乎还被人谋杀，我很清楚，他说这样一句反话，仅仅是为了使我产生与此相反的思想。但是，当一个诗人发言的时候，当一个完全自由、丰富、幸运、坚强而不可触犯的诗人发言的时候，人们总要期待一课清晰、坦率、有益的教训；人们决不会相信诗人说话也会违背自己的良心的情形，因而，当人们读到以下这些文字时，双颊也会发红的："在世界上，和平时各人自扫门前雪，战争时败者必须向敌人投降"……"天真的热心肠人，在 30 岁就该都上十字架，因为他们一旦认清了这个世界，便会从被骗者变成骗子"……"言论自由能带给你什么好处？你不是已经看到了它的后果：对公众舆论的极端轻蔑"……"有些人专好非难一切伟大的事物，攻击神圣同盟的正是这种人；然而，世上没有什么比神圣同盟更威严、更对人类有益"……这些话是歌德写的，当然，它们使得这位作者变得渺小了。歌德写这些话的时候已经60 岁。他的头脑对善与恶都抱中立旁观的态度，因此，就迷失了方向，而写出这样的东西。这是一个可悲的教训，是一种黯然的现象。在这里，才智之士也成了庸人。

也许，引用本身就意味着责备。在大庭广众之中举出这些不光彩的句子，这是我们的职责。这些话的确是歌德写下来的，但愿大家都引以为训，但愿诗人之中任何一个都不再重犯这种错误。

对于真、善和正义具有热情；在受苦的大众之中体验痛苦；灵魂感受刽子手加于人类肌体上的打击；和耶稣一同受难，和黑人一道挨鞭子；坚强振奋或悲伤痛苦，像巨人一样登上彼得②和恺撒在上面言归于好的山巅，gladium gladio copulemus③；为了便于攀登而把理

---

① 贝尔（Bayle，1647～1706）：法国作家，著有《历史辞典》，被认为是伏尔泰和百科全书派的先驱。

② 彼得是耶稣的第一个门徒，掌管天国的钥匙，恺撒是罗马历史上有名的皇帝，雨果以彼得象征天国的权威、以恺撒象征尘世的权威。

③ 拉丁文：让我们把宝剑和宝剑交搭起来。

想的阿萨①堆叠在真实的贝里翁②之上；广泛地传播希望；利用书籍的广泛存在而在同一时间内给不同地方的人们以慰藉的思想；把混杂的人群，男人、妇女、小孩、白人、黑人、各民族人民、刽子手、暴君、殉难者、骗子、无知的人、无产者、农奴、奴隶和主人，全都推向将来，这对于某些人来说是深渊，而对另一些人来说则是解放；向前进步，唤醒人民，催促人民前进、奔驰、思索、发挥意志力，所有这些都再好不过了。诗人作这样一些努力完全是值得的。请注意，你要发脾气了，是的，但我是产生了义愤。风暴啊，请你来鼓励我的翅膀吧！

在近几年里有一段时间，人们把超然物外当作圣洁化的条件而推荐给诗人。而无动于衷，被当作奥林匹斯山上的神仙。我们在哪里见过这样的奥林匹斯神？奥林匹斯完全不像这样。请去读读荷马的作品。奥林匹斯的神都是充满了激情的。充满人性，这便是他们的神性。他们老是互相争斗。这个有弓，那个有矛，这个有剑，那个有棍棒，另外一个有雷电。他们之中的一个把虎豹降伏了，驱使它们拉车，另一位有智慧的神则把毒蛇遍地的黑夜截断，把它钉在自己的盾甲上。这便是奥林匹斯神的平静。他们的愤怒使《伊利亚特》和《奥德赛》自始至终都响彻了雷声。

这些怒气，如果发泄得理所应当，便都是好的。有这种愤怒的诗人，便是真正的奥林匹斯神。余维纳尔、但丁、阿格利巴·多比叶和弥尔顿都有这种愤怒。莫里哀也是如此。阿尔赛斯特③的心灵到处发出"强烈的仇恨"的光辉。耶稣说："我来到这里把战争带给你们"，也正是指嫉恶如仇的意思。

我喜爱愤怒的斯第西须尔④，他阻止希腊人与法拉利人结盟，并且用竖琴去和铁牛相斗。

当路易十四卧病的时候，他觉得有拉辛在他病房里陪伴着很有好处，于是便把这位诗人当作了他的第二医官，这可说是对文学的了

---

① 阿萨（Ossa）：希腊神话中有名的大山。

② 贝里翁（Pélion）：希腊神话中有名的大山。

③ 莫里哀《愤世嫉俗》中的主人公。

④ 斯第西须尔（Stésichore）：公元前6世纪的希腊抒情诗人。

不起的恩赐；但是，除此而外，他就不要那些才智之士做别的事了，他觉得他那病榻上的空间完全能够满足他们了。有一天，拉辛受到曼德农夫人①的怂恿，走出了国王的房间而去拜访人民的破屋子。由此，便产生了关于民众的不幸的记载。路易十四便对拉辛瞧了致命的一眼。诗人成为宫廷中的人物并按国王的情妇的要求办事总得倒霉。拉辛根据曼德农夫人的示意，冒险奏上一本，这一本使他被逐于宫廷之外，他便因此而死去；伏尔泰根据庞巴杜尔夫人的婉言建议写了一首情诗，这显然很不适宜，这诗便使他被赶出法兰西国土，不过，他并没有因此而死去。路易十五在读到这首情诗（《保住你这两个战利品》）的时候，叫了起来："这伏尔泰真是畜生！"

　　几年以前，"一个很有权威的作家"——且按学士院和官方的通用的术语这样来称呼——这样写道："诗人对我们所能尽的最大义务，便是对任何事物都没有益处。我们对他们别无其他要求。"请你注意"诗人"这个字所包括的范围，它包括李留斯、缪斯、奥尔菲、荷马、约伯、赫西俄德、摩西、但以理、阿摩司、爱日雪尔、以赛亚、尼希米、伊索、达维德、所罗门、埃斯库罗斯、索福克勒斯、欧里庇得斯、品达、阿奚洛克、第尔戴、斯第西须尔、米兰德、柏拉图、阿斯克雷比亚德、毕达哥拉斯、阿纳克翁、戴阿克利特、卢克莱斯、普劳图斯、泰伦斯、维吉尔、贺拉斯、加菊尔、余维纳尔、阿普留斯、吕甘、贝尔斯、第必尔、瑟莱克、佩脱拉克、奥西安、萨蒂、菲尔都西、但丁、塞万提斯、卡尔德龙、洛普·德·维加、乔叟、莎士比亚、卡姆安、莫洛、龙沙、弥尔顿、高乃依、莫里哀、拉辛、布瓦洛、拉·封丹、封德莱尔、勒·萨日、斯威夫特、伏尔泰、狄德罗、博马舍、赛戴尔、卢梭、安德烈·谢尼叶、克洛卜斯多克、莱辛、魏兰、席勒、歌德、霍夫曼、阿尔菲埃利、夏多布里昂、拜伦、雪莱、华兹华斯、彭斯、司各特、巴尔扎克、缪塞、贝朗瑞、贝里奥、维尼、大仲马、乔治·桑、拉马丁等等，所有这些诗人竟被神谶宣告为"对任何事物都没有用处"，而没有用处就意味着最为杰出。这句讲得"很成功"的话，看来已经广泛地被人加以引用了。我们也

---

　　① 曼德农夫人（Mme Maintenon，1635～1719）：法国国王路易十四的宠妇。

引用它。当一个白痴的假想有了这样大的影响时，也就值得登录记载了。有人向我们保证说，写这句格言的作家，是当代最为崇高的人物之一。我们对此不加任何反对。尊贵的地位毫不妨碍他长着一双驴耳朵。

渥大维 - 奥古斯都[1]在阿克第昂战役的那天早晨，遇见一个驴夫把自己的驴子叫做"胜利"，这头驴子叫起来声音洪亮，这在渥大维看来是一个吉兆；他取得了战争的胜利，后来，他回想到这头"胜利"，便命令把它塑成铜像，树立在卡比多[2]。这便是卡比多的驴子，但终归是一头驴子。

大家都能理解国王们为什么要对诗人说："你应该超然无为"；但如果人民也对诗人这样说，大家就难以理解了。诗人本来就是为了人民而存在的。Pro populo poeta[3]，阿格利巴·多比叶就这样写过。"一切归大家"，圣保罗也这样呼喊过。一个有才智的人是什么？就是哺育众生的人。诗人生来既是为了威吓也是为了给予。他使压迫者产生恐惧心理，使被压迫者心情安稳，得到慰藉，使刽子手们在他们血红的床上坐卧不宁，这便是诗人的光荣。经常总是由于诗人，暴君才惊醒过来这样说："我又做了一场噩梦。"所有的奴隶、被压迫者、受苦者、被骗者、不幸者、不得温饱者，都有权向诗人提出要求；诗人有一个债主，那便是人类。

成为一个伟大的仆人，这肯定不会对诗人有任何损害。因为他的职责便是要为人民发出呼声。在必要的时候，他内心里会充满人类的呜咽，而这又并不妨碍一切神秘奥妙的声音在他的心灵里歌唱。他讲起话来声调这样高，但这并不妨碍他也有声音低沉的时候，不妨碍他成为人们的知己，甚至成为听取他们忏悔的人，也不妨碍他在暗中把头伸到两个相亲相爱的灵魂之间，以第三者的身份和那些爱着、思考着、叹息着的人们同在。安德烈·谢尼叶的爱情诗和他愤怒的讽刺诗《哭吧，美德啊，如果我真的死去了》两者并立不悖。诗人是唯一

---

[1] 渥大维 - 奥古斯都（Octave-Auguste，公元前 63～公元 14）：罗马皇帝。阿克第昂是希腊的一个海岬，公元前 31 年，奥古斯都在这里击败了安东尼奥。

[2] 罗马有名的山丘，上面有天神庙。

[3] 拉丁文：诗人是为人民的。

既赋有雷鸣也赋有细语的人，就像大自然既有雷电轰隆，也有树叶颤动。他具有双重的职责，个人的职责和公众的职责，正是因为这个原因，他需要有两个灵魂。

昂尼尤斯①说过："我有三个灵魂。一个是古意大利的，另一个是古希腊的，还有一个是拉丁的。"当然，他只不过以此指出他出生于何处，在哪里受的教育，是什么地方的公民，并且，昂尼尤斯只不过是一个处于雏形的诗人，虽然颇有气派，却尚未定型。

没有一个诗人不具有这种作为理性结果的灵魂活动。古老的道德法则要求证明，新的道德法则要求宣扬；要使这两者统一吻合起来不能不经过一些努力。而这努力便要诗人来完成。诗人每时每刻都要完成哲学家的职责。他要视受攻击者的情况，时而捍卫人类的精神自由，时而捍卫人类的心灵自由。爱情，也和思想同样神圣。所有这一切都不是为艺术而艺术。

诗人来到大家名之为生灵的熙熙攘攘的人群之中，是为了像古代的奥尔菲一样驯服人身上为非作歹的本能和野性，是为了像传说中的昂菲永一样捣坏一切顽石、成见和迷信，并且，运来新的石头，打下地基，重新建造起城市，也就是说，建立新的社会。

因完成了与文明合作这一职责而居然会损害诗歌之美和诗的尊贵。我们谈到这种思想，不能不感到好笑。诗歌所有的风采、所有的动人之处和魅力，有用的艺术都保持了，并且还有所增加。事实上，埃斯库罗斯并没有因为替普罗米修斯这个被暴君缚在高加索山上、活活地被仇恨啮咬的进步形象辩护就降低了自己的身份。卢克莱修②解开偶像崇拜对人的束缚，使人类的思想从加在它身上的宗教桎梏中解脱出来，这对他也没有丝毫的损失；用预言的红铁来给暴君烧下烙印也并没有损害以赛亚，而保卫祖国也丝毫没有败坏第尔戴。美并不因服务于广大人群的自由和进步而降低了自己。如果诗导致一个民族的解放，这决不是诗的一个坏的终曲。不，有用于祖国或革命不会给诗

---

① 昂尼尤斯（Ennius，公元前240～前169）：拉丁诗人。

② 卢克莱修（Lucretius，约公元前99～前55）：古罗马诗人，唯物主义哲学家。

歌带来任何损失。吕特利①悬岩隐藏过三个农民的誓言（而自由的瑞士正是诞生于这震撼人心的誓言的），这件事并不妨碍这块庞然大石在黑夜降临的时候成为笼罩在宁静黑暗中的一块巨岩，它上面还遍布着羊群，在那里，人们可以听见无数看不见的小铃铛在黄昏时清朗的天空下发出悦耳的声响。

（本文为《莎士比亚论》第二部分第六卷）

---

① 吕特利（Grutli）：瑞士一地名，14 世纪瑞士什维兹、乌里、林间三州人民反对奥地利公爵的统治而起义的三位领袖梅尔西达尔（Melchthal）、史塔姆发赫（Stamffacher）、弗尔斯特（Furst）最初便是在这里宣誓起义的。

游记美文

刘华/译

从巴黎到茹阿尔堡

朋友，正如我已写给您的那样，前天上午大约 11 点，我离开了巴黎。我出城走上通往漠市的路，左边是圣德尼，蒙莫朗西；山丘的尽头，是 S-P 葡萄坡。当时，我满怀柔情默默地向你们道别；我凝视着平原深处隐约可见的巴黎城，直到拐弯看不见。

您知道，我喜欢旅行，每天赶路太多，毫不疲惫，没有行李，独自一人带着我童年的老朋友维吉尔和塔西佗[①]，悠闲地坐在轻便马车中。于是，您便知道我的随身物品了。

我选择了通往夏龙的路，因为我几年以前已经走过去向苏瓦松的路了。由于破坏者所为，现在这条路已无诱人之处。南特伊·勒奥杜安已失去了弗朗索瓦一世时期建造的城堡。维勒尔-科特莱将瓦洛瓦公爵那漂亮的庄园变成了行乞的场所。这里几乎同所有的地方一样，雕塑与绘画，文艺复兴时期的创作，16 世纪的优雅都在刮刀与石灰浆下不体面地消失了。达玛尔丹摧毁了它高大的塔楼，从塔楼上，原可清楚地眺到九法里以外的蒙玛特尔高地，它那从上至下的大裂缝产生了一条谚语，我从未搞明白："这就像正开怀大笑的达玛尔丹城堡一样。"当年，漠市的主教同尚贝里伯爵发生争执时，曾带着其手下七人避难于这个古老的城堡。今天，达玛尔丹像一个失去老伴的鳏夫，它再也不能引发谚语，而只能产生以下的文学记载，这是我从那

---

① 塔西佗（Tarcite）：拉丁史学家。

里经过时，逐字逐句抄下来的，我也记不清是在旅馆的哪一本小书，一本展开的地方志上抄下来的了：

"达玛尔丹（塞纳—马恩省），建在山丘上的小城。盛产花边。旅馆：圣安娜。名胜：堂区教堂，大市场，一千六百居民[①]。"由于当时那个被称作驿车"司机"的专横之人给我们吃晚饭的时间太短，我无法证实，说达玛尔丹的"一千六百居民"都属名胜范畴，这有较大的可信程度。因此，我选择了通往漠市的路。

从克莱市至漠市的途中，晴空万里，一路坦途，然而我的马车轮子却坏了。您知道，我是属于"勇往直前"之类的人，马车抛弃了我，我也放弃了马车。正好，这时一辆驿车经过，是杜萨尔驿车。车上只有一个空位，我坐上了。就这样，在弃车之后十分钟，我又"继续赶路"了，栖身在驿车顶层，一个驼背和一个宪兵之间。

我来到了茹阿尔堡，这是个美丽的小城，我很高兴第四次来到这里。小城有三座桥，有漂亮的岛屿，河中央有座古老的磨坊，一座石拱桥将它与陆地连接，还有一座路易十三时代的漂亮楼阁，这楼阁据说曾属于圣西蒙公爵，而今天却落入了一个杂货商之手，完全变了模样。

如果圣西蒙公爵确曾拥有这座古老的住宅，我怀疑他在维达姆堡的出生地庄园是否能够更加显示其领主的气势，对于体现他伯爵与贵族的高贵面貌来说，那座庄园建得并不比茹阿尔堡这个迷人而庄重的小城堡更好。

现在正是旅行的最佳时节。田野上到处是收获的人群。收割刚刚结束。这儿，那儿，到处可见大堆的麦垛，堆积了一半的麦垛就像在叙利亚见到的已开封的金字塔一样。割下的麦捆堆放在山丘坡地上，如同斑马的背部花纹。

您知道，我的朋友，我旅行中所寻觅的，并非什么惊人事件，而是某些思想和感受；为此，事物的新鲜感就足以了。另外，我很容易满足，只要有树，有草，有空气，眼前有道，身后有路，我的感觉就很好。如果处在平原地带，我喜欢宽阔的视野。如果处在丘陵地带，

---

① 作者把"一千六百居民"也算入"名胜"范畴之列。

我喜欢意想不到的风景，而在每个山丘上，都有这样的风景。刚才，我看到了一个迷人的山谷。山谷的左右两侧，是高大的山丘，丘陵上种植着农作物，分割成许多方块地，看起来很有趣。这儿，那儿，可见一些低矮的茅草屋，屋顶好似连着地面。在山谷深处，有一条河流；映入眼帘的是一条长长的绿色带，一座锈蚀虫蛀的古老石桥飞架水流之上，将大路两端连在一起。——当我在那里时，一个运货马车夫正在过桥。这是一个高大粗壮的德国马车夫，衣服鼓胀胀，裹得紧紧的，显得邋里邋遢，就好像是凸肚的高康大①被一辆八匹马牵引的四轮车拖拉着。在我眼前，阳光明媚，道路随对面山峦的起伏蜿蜒向前，路上，成排的树影好似一把缺了几根齿的大黑梳子。

这些树木，这把树影梳子（您可能感到好笑吧），这个马车夫，这条白色的道路，这座古老的小桥，这些矮茅屋，这一切都在向我微笑，使我愉快。一条这样的山谷，加上头顶的苍穹，就足以使我满足了。我是车中唯一观赏这种风景的人。其他的旅客们不停地打着呵欠。

换驿马时，我感到很有趣。我们停在旅馆门前，随着铁器相撞的哗哗声，马来到我们面前。大路上有一只白母鸡，乱草丛中有一只黑母鸡，一个钉齿耙或一个废车轮躺在角落里，一群弄脏了的孩子在沙滩上嬉戏。在我的头顶上，卡尔五世、约瑟夫二世和拿破仑的肖像吊装在一块陈旧的 T 字形铁支架上作招牌，这些伟大的皇帝们今天只能用来为旅馆招徕顾客了，旅馆里到处传出发号施令之声。马夫和厨娘在门口打情骂俏，而厩肥在爱抚着涮锅水。我利用我的高位——在马车顶层上——聆听着驼背与宪兵聊天，或欣赏着一座旧屋顶上的绿洲——那小巧漂亮的虞美人花丛。

而且，我的宪兵和驼背都是哲人，"毫无傲气"，充满人情味儿地交谈着，宪兵不轻视驼背，驼背也不蔑视宪兵。驼背在茹阿尔——古老的朱庇特殿所在地——付了 600 法郎的捐税，他对宪兵如是说。另外，他还有一个父亲，他父亲在巴黎付了 900 磅的税。驼背对政府感到气愤的是，每次他经过漠市与茹阿尔堡之间的马恩桥时，都要缴过桥费。宪兵不缴税，但他天真地叙述了自己的故事。1814 年，在蒙米

---

① 文艺复兴时期法国作家拉伯雷小说中食量惊人的巨人。

拉伊，他像一头雄狮一样地战斗过，那时，他是一个新兵。1830 年 7 月革命时期，他害怕了，逃跑了，那时他是一个宪兵。这使驼背感到很奇怪，而我却毫不吃惊。当新兵时，他才 20 岁，很勇敢。当宪兵后，他有了妻室儿女，而且，他补充说，还拥有一匹骏马，于是，他胆怯了。同一个男人，却经历了不同的生活。生活是一道菜，要靠调料来烹制。没有什么人能比苦役犯更无所畏惧。在这个世界上，人们珍视的并不是他的心灵，而是他的外表，他的包装。一个一无所有的人对一切都无所谓。

我们也要承认，两个时代是完全不同的。大环境的气氛左右着每一个人，也同样影响着士兵。流行着的观念可以使他冷漠，也可使他充满激情。1830 年刮起革命风。他感到那些强大的思想观念就如同事物力量的灵魂，压垮了他。而且，为那些奇怪的命令而战，为那些闪现在不清醒头脑中的空想而战，为了一个梦想，一种疯狂，兄弟与兄弟相残，士兵与工人相拼，法国人与巴黎人相战！还有什么能比这更令人感到悲哀和不能忍受的呢！1814 年则相反，那个新兵是同外国人作战，同敌人作战，目的明确而单纯，是为他自己而战，为所有的人，为他的父母兄弟姐妹而战，为他刚刚放下的铧犁而战，为家乡茅屋顶上的袅袅炊烟而战，为他皮靴下的土地而战，为正在流血而充满活力的祖国而战。1830 年，士兵不知为什么而战。1814 年，他不但知道，而且理解；他不但理解，而且参与，他感受到了，他不但感受到了，而且亲眼看到了。

在漠市，我被三物所吸引。在入城口的右侧，一个文艺复兴时期漂亮的小门，连着一座被拆毁的古老教堂，一个大教堂。在教堂的后面有一个琢石材料的好看的旧屋，这是一个半设防的旧屋，侧边是个大墙角落。有一个院子。我勇敢地走了进去，尽管我已发现有一个老妇人正在那里编织毛线。老妇人没有阻拦我。在那里，我很想研究一下那个非常漂亮的外部楼梯，踏板是石制的，构架为木制的，一直通向一座古屋，楼梯倚在两个扁圆拱上，带有篮柄式遮雨篷拱廊。我没有时间把它画下来，我感到很遗憾。这种楼梯我还是第一次见到。我觉得好像是 15 世纪的建筑。

大教堂非常典雅，始建于 14 世纪，延续至 15 世纪。人们刚刚以令人发指的方法对其进行了整修。而且，这座教堂还未彻底完工。建筑师设计的两座塔楼只建起了一座。另一座，只粗粗加了工，其残垣隐匿在石砌板岩下。中门和右门是 14 世纪的建筑，左门是 15 世纪的。这三个门都极为美观，尽管石头已被月光和雨水所损蚀。

我很想看清楚上面的浮雕。左门三角楣上表现的是圣让·巴蒂斯特的故事；可是，直射到门面上的阳光使我眼花，无法看得更远。教堂内部的构造非常精美。镂花三叶形大尖顶祭祀室效果极好。在半圆形后殿，只剩下了一块极为美观的彩绘大玻璃窗，这使人们极为遗憾那些已经消失了的。现在，在祭祀室门口，安放着两个极为精致的细木祭坛，是 15 世纪的产物；但人们却用油漆将它乱漆成木头色。这是当地人的品位。在祭祀室的左边，一个带楣窗的扁圆门旁，我看到了一座漂亮的大理石雕像，这是一个呈跪式的 16 世纪军人，上面既无纹章，又无铭文。我未能猜出雕像的名字。您什么都知道，您也许能猜出来。在另一侧也有一座雕像。这一座上有铭文，幸好上面有铭文，因为您自己无论如何不会猜到这块颜色黯淡、坚硬的大理石代表的是贝尼涅·博须埃严肃的面孔。至于博须埃，我很怕大彩绘玻璃的损坏是他所为。我曾见过他的主教宝座，是路易十四风格的相当漂亮的细木板座，上面还带有华盖。由于缺少时间，我那时未去参观他在主教府中著名的工作室。

一件奇怪的事是，漠市早于巴黎拥有一家剧院。这是一个真正的演出大厅，始建于 1574 年，——当地图书馆的资料上记载着——它将古老的马戏场演变成了带顶篷的剧场，将现代的剧院弄成这种“周围有许多锁着门的包厢，这些包厢租给漠市居民”的大演出厅。人们曾在那里上演神秘剧。一个叫做帕斯卡鲁斯的人曾扮演魔鬼，并由此保留了这一绰号。1562 年，他将城市交给了胡格诺派①，一年以后，天主教徒们吊死了他，部分原因是他将城市交了出去，主要的原因是他的名字为“魔鬼”。——今天，巴黎已有 20 家剧院了，香槟市却还只有一家。人们说香槟市为此而大肆吹嘘，正如漠市夸耀自己有别于巴黎一样。

---

① 16 世纪至 18 世纪法国天主教徒对加尔文派教徒的称呼，含贬义。

另外，这个地区有许多路易十四时代的杰出人物。这里，有圣西蒙公爵；在漠市，有博须埃；在米隆堡，有拉辛；在蒂埃里堡，有拉封丹。这一切的光环辐照方圆 12 法里。大庄园主与大主教为邻，悲剧与寓言相伴。

从教堂出来，我觉得阳光有些朦胧，于是，我便仔细观看了教堂正门。中门的大三角楣是最让人感到惊奇的。下边框内展示的是美男子菲利普的妻子珍妮，教堂就是在她死后，用她所捐的钱建起来的。法国王后手上托着她的教堂，来到天堂门前。圣彼得为她打开了双扉门。王后的身后站着美男子菲利普国王，脸上有一种难以言状的羞怯可怜相。王后雕塑得十分神化，她斜视着国王这可怜的家伙，侧肩指着国王，好像在对圣彼得说："唔！捎带着让他进去吧！"

1838 年 7 月于茹阿尔堡

夏龙——圣梅努——瓦雷恩

昨天，日落时分，我的带篷双轮轻便马车驶过了圣梅努。那时，我刚刚重读了这令人赞叹的永恒诗句：

> 小河畅流，岩洞漆黑。
> ......
> 牛群哞哞地叫，树下睡意暖融融①。

我双肘倚在翻开的旧书上，肘弯将书页揉得皱巴巴的。此时我浮想联翩，头脑中充满了各种念头，朦胧、柔情、悲哀；每当夕阳西下时，这种感觉通常就会渗入我的脑海。还是车轮滚滚的响声使我从沉思中清醒过来。我们进入了一座城市。"这城市是哪儿？"我的车夫回答说："是瓦雷恩。"车子驶入了两排房屋之间的一条下行道，这些房屋给人以凝重、沉思之感。门和百叶窗都关闭着；院子里长着草。在通过了一座路易十三时代的古老大门——由黑色石块筑成，边上有一口大井，井上盖着厚木板——之后，马车突然进入了一个三角形小广场，广场周围是刷了白石灰的二层小楼，广场的角落里有两棵生长不良的小树守卫着一扇大门。三角形路口的宽阔面一边有一座难看的警钟楼，屋顶上零星散布着板岩瓦片。1791 年 6 月 21 日，路易十六在出逃时正是在这个小广场上被抓获的。他是被圣梅努的驿站长德鲁

---

① 这是拉丁诗人维吉尔的诗句。

埃抓住的（当时瓦雷恩还未设驿站），就在警钟楼后广场角落的黄屋前面。国王的车子是沿广场三角形的斜边行驶的。我们的马车走的也是同一条路。我走下马车，久久地观看着这个小广场。这个广场变化得真快啊！在几个月内，它就变得如此之大，成为了大革命之地。

当地的传说是这样的：国王坚决否认自己是国王（顺便说一下，查理一世恐怕不会这样做），由于不能确定他就是国王，人们正准备放过他，这时出现了一个叫什么埃泰的先生，不知他与王室有着怎样的深仇大恨。这个埃泰先生（我不知他的名字书写得是否准确，不过，对于一个叛徒，这样写也就足以了），这个人像犹大一样走向国王，对他说："您好，陛下。"这就足够了，人们抓住了国王。车子上当时有五个王室成员；这无耻之徒仅用一个词就击败了这五个人，这句"您好，陛下"将路易十六、玛丽·安托瓦内特和伊丽莎白夫人送上了断头台；将王太子送进圣殿隐修院去受煎熬，使鲁瓦雅尔夫人被废除王族特权，流放在外。

不知此事件的人觉得瓦雷恩小广场显得悲伤忧郁，了解此事件的人会觉得小广场阴森恐怖。

我想，我已不止一次地向您说过，物质自然界有时具有奇特的象征意义。那时，路易十六曾冲下过一个危险的陡坡，我的马车夫在那儿差点翻了车。五天前，我在蒙米拉伊战场上觉得它很像一个巨大的国际跳棋棋盘。今天，我又经过瓦雷恩这个致命的三角形小广场，这个小广场的形状就像是断头台的刀片。

帮助德鲁埃抓住路易十六的人叫比约（Billaud）。——为什么不叫另一个比约（Billot）[1]呢？

瓦雷恩位于兰斯市 15 法里外。而实际上，1 月 21 日事件广场[2]距杜伊勒里王宫仅两步之遥。相距这样近应该使可怜的国王忍受着怎样的折磨啊！在兰斯和瓦雷恩之间，在这加冕地与被黜地之间，对于我的马车夫来说只有 15 法里路程，而在精神上，却是一道深

---

[1] 比约（Billaud, Billot），这两个词读音相同，后一个词 billot 本意为砧板，还可指执行斩刑用的木砧。

[2] 1 月 21 日事件广场指巴黎协和广场。1793 年 1 月 21 日法国国王路易十六在协和广场被处决。

渊：革命。

我投宿在一家古老的客栈，它的招牌是：大帝王旅馆，上面有路易·菲利普的肖像。也许，一个世纪以来，人们在那里轮番看见的肖像是路易十五，波拿巴和查理十世。48 年前，这个城市拦截王家马车的那一天，这个门上方那个现在仍固定在墙上的旧铁板上悬挂的恐怕应该是路易十六的肖像。

路易十六也许正是在"大帝王"客栈被抓获的，他在那儿看到了招牌上自己的肖像。——可怜的"大帝王"！

今日清晨，我漫步在市区，看到这个小城极为优雅地坐落在一条清粼粼小河的两岸。城市下方的教堂却毫无可取之处。教堂正对着我的旅馆。从我写作的桌旁就可以看到它。钟楼上刻着日期：1776。它比鲁瓦雅尔夫人大两岁。

这一凄惨事件在这里留下了痕迹，这在法国倒是少有的事。本地居民现在还在谈论此事。客栈老板对我说，一位城里的先生曾为此写了一本喜剧。——这使我回忆起，在逃跑前夕，人们将王太子打扮成女孩模样，王太子问鲁瓦雅尔夫人是否要出演一部喜剧。这位"城里的先生"撰写的就是这部喜剧。

我刚刚参观过了教堂，我应该向教堂谢罪。在教堂的右侧有一座迷人小巧的三叶形正门。

如果您对我有关教堂的叙述还不感到厌倦的话，我想告诉您，夏龙并不完全符合我的设想；至少大教堂是这样。为了今后再也不走回头路，我同时要补充说，从厄贝尔内到夏龙的沿路所见也不是我所期待的。路上隐约可见的只有马恩河；不过，在河岸边，我注意到，村庄里有两三座钟楼顶不太尖的罗曼风格教堂，钟楼外形类似于费康的钟楼。整个地区是一望无际的平原；不过，无边无际的平原似乎美得太平静了。另外，田园风光中可见许多羊群和许多香槟人。

大教堂的厅堂很典雅，轮廓美观；至今还存留着几块华丽的彩绘玻璃窗，其中有一块圆花窗；在教堂里，我看到了一个文艺复兴时期漂亮的偏祭台，上面刻着字母 F 和蝾螈[1]。除了教堂，还有一座罗曼

---

[1] 蝾螈：传说中它能穿越火海而不受其害，弗朗西斯一世将其作为国王的徽记。

风格塔楼，完美而朴实无华，正门为 14 世纪的宝贵建筑。但这一切都已破败不堪，难以入目；教堂显得很脏；弗朗西斯一世的雕刻物被人用黄涂料抹去了；所有的拱肋都涂成五颜六色；教堂正面是我们圣日尔维教堂的拙劣仿造；而且那些尖塔！——人们曾向我证实，说是塔尖直冲云天。我曾对这些尖塔寄予很大期望。我看到两个尖尖的便帽样的东西，确实是直冲云天，而且外貌总的来说还很奇特，但是石头雕刻却显得很笨拙，还将尖形穹隆装饰成涡形！我极为失望地走开了。

反之，如果说我未找到我所期待的，却找到了我所意外的，这就是漂亮非凡的夏龙圣母院。考古学家们都在想些什么呢？他们谈到了圣蒂安大教堂，可他们却只字不提圣母院！夏龙圣母院是一座罗曼风格教堂，拱穹粗壮，半圆拱腹非常结实，极为庄严、完整。一个木结构尖塔，上面覆着一层铅片，煞是美观。这个尖塔建于 14 世纪，尖塔铅片上绘着菱形图案和鳞饰，恰似蛇皮花纹。尖塔正中建有一个漂亮的灯笼式塔层，塔层上方为人字墙结构。我登上了这个塔层，在这儿，城市、马恩河以及丘陵都尽收眼底，令人赏心悦目。

旅游者还可观赏圣母院漂亮的彩绘大玻璃窗，以及一个美观的 13 世纪大门。不过，在九三年，当地居民打裂了彩绘玻璃，毁掉了大门上的雕像。他们像刮胡萝卜一样地刮平了拱形门的丰满曲线。教堂侧门以及他们在城内看到的所有雕像也都遭此厄运。圣母院曾有四座尖塔：两座高塔，两座低塔；他们毁掉了三座。这是一种愚蠢的疯狂，其他任何地方都未达到过这种程度。法国大革命是恐怖的；而香槟革命是愚蠢的。

在我登上的塔层里，我看到了铅片上的手记，是 16 世纪的文体：1580 年 8 月 28 日，和平协议发表在夏……

这排文字已被涂抹得只剩下了一半，而且隐匿在阴影里，没有人寻觅它，没有人阅读它，这便是今天保留下来的有关这个伟大政治契约的记载，有关这个大事件的记载。这就是由昂儒公爵，即从前的阿朗松公爵从中斡旋，亨利三世与胡格诺派签订的和平协议。昂儒公爵是国王的兄弟，他当时正在打荷兰的主意，并试图与英国的伊丽莎白结婚。宗教内战妨碍了他实行计划。因此，便产生了这个和平协议，这个 1580 年 8 月 28 日发表在夏龙，而 1839 年 7 月 22 日全世界都遗忘了的著名文件。

帮助我一级一级地登上塔层的人是城市的警戒人，正如他称自己为：报警员。这个人生活在瞭望塔里，这是一个四面各有一个老虎窗的小房。这个小房以及梯子，便是他的天地。他不再是一个凡人，而是城市的眼睛，双目圆睁，永不瞌睡。为了确保他不睡觉，人们在每个钟点敲钟时，在最后的两下钟声之间留下一点空隙时间，让他重复钟点。这种永久的警醒是不可能的；于是，他的妻子来帮助他。每天子夜时分，她登上瞭望塔，他便去睡觉；然后，中午，他再回来，他的妻子下塔回家。这两种生活方式就如同昼夜时钟，他们互不干扰地相依相伴着完成各自的旋转圈，仅仅在中午和子夜时各相聚一分钟。一个相貌奇特的小家伙——他们这样称呼他们的孩子——出自旋转圈的正切时分。

夏龙另外还有三座教堂：圣阿尔班教堂、圣让教堂和圣鲁教堂。圣阿尔班教堂有漂亮的彩绘玻璃窗。至于市政厅，其杰出之处仅在于四只巨大的石狮，优雅地蹲在正门前。我看到了香槟狮子，这使我兴奋不已。

在离夏龙两法里的地方，在通向圣梅努的路上，在只有平原，只有一望无际的茅屋以及路边灰蒙蒙大树的地方，一个美妙的建筑突然出现在眼前，这便是埃比恩圣母修道院。这里有一个真正的 15 世纪尖塔，装饰成花边状，奇妙无比，尽管尖塔上安装了电报接收机，而尖塔确如一个贵妇轻蔑地注视着它，仍魅力不减。看到在这片只零星生长着几朵发黄虞美人花的田野上盛开着这朵耀眼的哥特式建筑之花，真使人惊喜不已。我在这座教堂里停留了两个小时；我在狂风中绕着教堂漫步；狂风将小钟楼吹得摇摇晃晃。我用双手抓牢帽子，不顾吹入眼中的灰尘，观赏着教堂。时而有石块从尖塔上落下，掉在我身边的墓地里。这里有数以千计的东西可向您细细描述。饰有动物像的檐槽喷口非常复杂，极为有趣。一般说来，檐槽喷口都由两个怪物构成，其中一个把另一个驮在肩上。半圆形后殿的檐槽喷口我觉得代表着七种主要罪恶。荡妇——裙衫撩起过高的漂亮农妇——可能会让可怜的修道士们浮想联翩。

那里至多不过有三四座破房子。如果人们没有发现，在一个锁着的偏祭堂里有一口小小的深井，可以说，会很难解释这个大教堂为什么位于这个地方，既无城镇，又无村寨。这是一口显示圣迹之井，不过，却很简陋、朴素，同小村中的井一模一样，似乎这样才适合于这口显示圣迹之井。奇妙的教堂就建在上面，这口井促生了这座教堂就好像从球茎中长出了郁金香。

我继续赶路。一法里以外，我们来到了一个村庄，当时那里正在过节，庆祝节日的音乐极为刺耳。出村时，我发现在山丘顶上有一座白色的破房子，房顶上有一只黑色的昆虫摇头晃脑地指指点点。这是一个远距离信号机，它正在同埃比恩圣母院友好地谈天。

夜色降临，太阳落山，天穹极为壮观。我望着平原尽头的山丘：大片的紫色欧石南覆盖了半边山，就像是教士的披肩。忽然，我看到一个养路工拿起了躺在地上的柳条筐，好像要在筐下藏身一样。随后，马车又从鹅群边上经过，那些鹅正愉快地絮絮低语。

"马上要下雨了。"马车夫说。确实如此，我转过头，看到身后的天空已经布满了大片乌云，狂风呼啸，鲜花盛开的毒芹深深地弯下了腰，树木好像在惊恐地你呼我应，干枯的蓟草在路上与马车赛跑，大块的乌云在我们的头顶上飞驶。一会儿，便爆发了我所见过的最壮观的狂风暴雨。倾盆大雨哗哗地下，但乌云并未独占整个天空。夕阳中透出一个巨大的光环。乌云的黑光同太阳的金光交织在一起。

田野上没有任何生物，路上无行人，天上无飞鸟；巨雷轰鸣，闪电霹雳。树叶蜷缩成各种姿态。这场暴风雨持续了一刻钟，然后一股风带走了倾盆大雨，乌云变成弥漫的雾气降临于东方的山丘，天空重新变得纯净而安宁。只是在这期间，黄昏降临了。太阳光好像三四根大红铁条熔向西方，在天边慢慢熄灭于夜色中。

当我到达圣梅努时，已是星光闪烁了。

圣梅努是一个风景相当秀丽的小城，随意地散落在一座郁郁葱葱的山坡上，匿身于参天大树之下。我在圣梅努看到了一个漂亮的地方，这便是梅斯旅馆的厨房。

这是一个真正的厨房。一个大厅，一面墙上挂满了铜器，另一面墙上挂满了陶器。正中央对着窗户的地方是壁炉，大炉口里燃着耀眼的火。天花板上，黑梁成网，烟雾缭绕，梁上挂着各种各样的怡人之物，有筐，有灯，有一个食品柜，正中是一个罗网，里面晾着硕大的梯形猪膘。在壁炉下，除了烤肉用的旋转铁叉、挂锅铁钩和锅炉外，还有一小捆大约12个形状大小各异的铲子和钳子，闪闪发光。火红的炉膛照亮了各个角落，天花板上映出了大大的剪影，鲜艳的玫瑰色染在蓝色的陶器上，使神奇汇合在一起的锅子闪闪发亮，就好像一堵燃烧着的火炭墙。如果我是荷马或拉伯雷，我恐怕会这样说：这个厨房是一个世界，壁炉是太阳。

这确实是一个世界。在这个世界里，男男女女、家禽动物来来往往，穿梭不停。有男侍，有女仆，有厨房小学徒，有就餐的马车夫。炉子上坐着长柄平锅，烧锅在哧哧地响，油炸物在吱吱地叫；有烟斗，有纸牌，有正在玩耍的孩子；有猫，有狗，有注视着一切的主人。

一个大摆钟伫立在角落里，严肃地向所有忙碌的人们指点着时间。

我初到的那个晚上，尤其欣赏天花板上吊着的诸多东西中的一件。这是一个鸟笼，里边睡着一只小鸟。我觉得这只鸟真令人赞叹，它是只信任鸟。这骇人的厨房是个龙潭虎穴，是个消化不良的锻铁炉，它日夜都充满了嘈杂声；小鸟却在睡觉。人们徒劳地在它周围大喊大叫，男人说着粗话，女人争吵不休，孩子们欢声笑语；狗儿汪汪，猫儿喵喵，钟声当当；大切肉刀使劲地敲，滴油盘吱吱地叫；烤肉的旋转铁叉呻吟着，喷泉泣诉着，酒瓶呜咽着，玻璃窗战栗着，马车隆隆地从拱穹下经过；可小小的羽毛团一动也不动。——上帝真让人崇拜。他让小鸟充满了信任感。

对了。我认为人们通常过多地指责客栈，而我自己，首先第一个就曾过于苛刻地议论过它。毕竟，有一家客栈是件好事，人们往往很高兴能找到客栈。而且，我还注意到，几乎在所有的客栈，都有一个值得赞美的女人：客栈老板娘。我将老板留给那些情绪不好的旅客，但他们要把老板娘让给我。老板是个令人乏味的家伙，老板娘却是和蔼可亲的。可怜的女人！有的年事已高，有的疾病缠身，又常常是个胖子；她来来往往，计划着一切，指挥着一切，完善着一切，指点着女仆，给孩子擦着鼻子，轰赶着狗，奉承着旅客，激励着厨房领班，对着某一个微笑，呵斥着另一个，爱护着炉灶，搬动着旅行包，迎接了这个，送别了那个，就像灵魂一样在各处闪光。确实，如果说客栈是一个躯体，她就是灵魂。老板只是在角落里陪马车夫们一道喝酒。

总之，多亏了老板娘，住宿客栈失去了某种金钱交易的丑陋。老板娘那女人特有的无微不至给客栈接待的唯利是图披上了一层面纱。这有点俗，但却令人满意。

圣梅努那家"梅斯城"客栈的老板娘是一个十五六岁的女孩儿，她无所不在，出色地操纵着旅馆这个巨大的机器；而且还有闲暇时而弹奏一下钢琴。老板是她的父亲，——难道是个例外？——这是一个非常正直的人。总之，这是一家一流的客栈。

正像我在信中一开始就告诉您的，我昨天离开了圣梅努。从圣梅努到克莱蒙，路上风光极为迷人。沿路都是果园。路两边的果树多姿多彩，绿绿地朝着太阳欢笑，果树在路上洒下一片菊苣状的树影。村庄似乎是瑞士或德国风格。白色的石头房屋，半镶着木板，简简瓦的大房顶突出墙壁两三法尺，差不多是瑞士山区木屋式的。人们感觉到了山的存在。确实，阿登山脉就在那里。

在到达大镇克莱蒙之前，我们穿过了美妙的山谷，这里是马恩河和马斯河的分界点。马车驶下山谷的路途真是神奇。道路夹在两座山丘之间，开始看到的只是身下那树叶的深渊。随后，转了一个弯，一下子整个山谷都出现在眼前。一座座山谷构成了一个大竞技场，中央有一个可算作意大利风格的村庄，屋顶平坦坦的。而右边和左边绿树葱茏的圆形山顶上还有几个其他的村庄，薄雾中可见一座钟楼，向您揭示那些隐匿在绿天鹅绒般的山谷皱褶中的小村，无边无际的平原上到处放牧着牛群；活泼欢快的小河哗哗地从中流过。我花了一个小时才走出这个山谷。而此时，山谷尽头的一个信号机上显示出下列三个标记：

$$\sqcap \text{S} \triangle$$

当机器上显示着这一切时，树林飒飒作响，小河哗哗流淌，牛儿哞哞，羊儿咩咩，太阳也喜气洋洋，而我呢，我在想人类真像上帝一样神奇。

克莱蒙是一个美丽的村镇，坐落在绿树的碧海之上，头顶上耸立着教堂，就像特波尔镇①坐落在海浪上一样。

在克莱蒙村中心，我们拐向左边，行驶在平原、山丘、河流的美景中，两个小时之后，到达了瓦雷恩。路易十六曾走过这条美丽的路。我的朋友，重读这封信，我发现，我在两三处都使用了"香槟人"这个词，就好像是无意渗入脑海中的，而且有着某种格言词义的讽刺味道②。不过，我亲爱的朋友，请不要误解我所指的真正含义。格言，与其说是合适，倒不如说是通俗地讲到香槟，就好像拉萨布莱尔夫人谈论拉封丹一样③。拉封丹是一个天才的高级动物，因此，他适合于作一个香槟的天才。这并不妨碍拉封丹在莫里哀和雷尼埃之间成为两个人们推崇的诗人，而香槟在莱茵河与塞纳河之间，也不失为一个高贵而著名的地方。维吉尔恐怕会像谈论意大利一样谈到香槟：

"致敬！丰收的农神土地！滋养英雄的伟大母亲！"

香槟曾培育了许多名人：正像拉封丹受到了伊索的启发，得到了灵感，阿米奥传播了普鲁塔克的思想；蒂博四世，诗人国王，一心想做圣路易的神甫；罗贝尔·德·索邦是索邦大学的创始人；查理·德·热尔松是巴黎大学的训导长；维莱加农的指挥官从 16 世纪起，就差点将阿尔及尔并入法兰西，还有阿马蒂·雅南，科尔贝尔和狄德罗；两位画家：朗达拉和勒瓦朗坦；两位雕塑家：吉拉尔东和布夏东；两位史学家：弗洛多阿尔和马比荣；两位才气横溢的红衣主教：亨利·德洛林和保尔·德贡迪；两位有德行的教皇：马丁四世和乌尔班四世；一位业绩辉煌的国王：菲利普·奥古斯都。

那些珍爱这些格言的人们，那些通过《十六头驴》翻译塞扎尔的人们，正如 30 年前通过《装驴之人》翻译丰塔内的人们一样，他们感到洋洋自得的是，香槟产生了"兰斯词典"的作者黎世莱，以及波安西奈，这个在伏尔泰愚弄世界的那个时代里最被迷惑的人。您喜

---

① 特波尔镇：法国塞纳滨海省的一个小镇，位于英吉利海峡布雷斯尔（Bresl）河口上。

② 有格言说："九十九头羊加上一个香槟人共一百只动物。"蒂博·德香槟曾对一百头以上的羊群征税，香槟人为了不赋税，便放牧九十九头羊的羊群。他于是又决定将牧羊人也计算在内。

③ 拉萨布莱尔夫人（M. De La Sabliere）：传闻说，她在不得不裁减仆人时说："我只要留下我的动物，我的狗，我的猫和我的《拉封丹》。"

欢和谐，您希望一个人的性格、作品和精神都是他所在地区的自然产物，您感到惊叹的是波拿巴是科西嘉人，马扎然是意大利人，而亨利四世是加斯科尼人。请听我告诉您：米拉波差不多算个香槟人，而丹东是十足的香槟人。请不要坚持已见。

噢，我的上帝，为什么丹东不应是香槟人呢？沃热拉确确实实是萨瓦人！

伟大的法贝尔也差不多算是个香槟人。这个法国元帅是一个书商的儿子，他做事从不愿过于跌宕起伏；他纯洁而沉稳，一直视自身命运的大起大落为身外之物；命运使他首先享受了富贵人生，然后又让他经受了简朴生活的考验，他在人们向他推荐的卑贱之位与荣华富贵面前始终如一，他并非出于傲气而推卸卑贱之位，也非出于谦恭而拒绝荣华富贵，他抛弃这一切都是为着洁身自好；他拒绝做马扎然的密探，又不接受做路易十四的侍臣。他对路易十四说："我是一名士兵，我不是宫内侍从。"他对马扎然说："我是一只臂膀，不是一只眼睛。"

香槟省是个强大而坚固的省份。香槟伯爵是布里子爵的领主；布里本身，更确切地说，只是一个小香槟，就如同比利时是小法国一样。香槟伯爵曾是法国贵族院议员，在国王加冕时由他执掌有百合花图案的王旗。他自己则威严地让被命名为香槟贵族议员的七位伯爵来管理着他的领地，这七位是：茹阿尼伯爵，勒戴尔伯爵，博莱纳伯爵，鲁西伯爵，布里埃纳伯爵，格朗普伯爵和巴尔絮塞纳伯爵。

香槟的每一座城市和村镇都有其新颖之处。大市镇都与我们的历史相关；小村镇都在诉说着某个奇遇。兰斯，教堂之最的所在地，曾继托尔比阿克之后为克罗维斯行过洗礼。圣鲁曾从阿提拉手中解放了特鲁瓦；早在 878 年，教皇就在法国的特鲁瓦为一位大帝加冕；即教皇约翰八世为结巴路易加冕，而巴黎直到 1804 年才得以见到这一盛况；宫相丕平正是在阿第尼召开了宫廷全会，使阿基坦公爵加弗尔惊惶不安；正是在安德洛，勃艮第王贡特朗和奥斯特拉西王西尔德贝尔，由他们各自的近臣陪同进行了会晤；安克马尔避难在埃尔贝奈；阿贝拉尔避难在普罗万；埃洛伊斯逃往帕拉克莱；在菲斯曾召开过主教会议；在后期罗马帝国，两位戈尔第安在朗格勒大获全胜；而在中世纪，朗格勒的市民曾摧毁了他们周围七座漂亮之极的城堡，这便是：尚热城堡，圣布鲁安城堡，纳伊·科东城堡，科邦城堡，布尔城堡，玉姆城堡和白依城堡；1584 年在儒安维尔签订了神圣联盟；1591 年夏龙市曾保卫了亨利四世，在圣第依埃杀了德奥伦治王子；杜勒旺曾保护过莫莱伯爵；布尔蒙曾是兰贡人古老的堡垒之城；塞扎尔曾是勃艮第公爵们的阅兵场；林尼修道院是圣贝尔纳创建在夏蒂荣领主领地上的，圣人以经过公证的文件向领主保证；领主在地球上献给他多少土地，就将在天堂获得多少面积；穆荣是修道院院长圣于贝尔的封地，他每年都给法国国王送去"六条飞奔的猎狗和六只猛禽"；肖蒙是个朴实自然之地，这里的人们希望在圣让节这天成为魔鬼以付清债款，夏多·波尔西昂是夏蒂永的要塞司令给奥尔良公爵的赠地；巴尔—絮奥博是国王既不能出售又无法奴役的城市；克莱尔沃有像海德堡一样的大酒桶；维尔诺克斯有贝多克女王的雕像；阿尔贡维尔现在还有朗格诺派的石堆，因为每个经过的农民都随手扔一块石头在上面；埃吉山的信号灯与爱梅山的信号灯相距 20 法里，遥相呼应；瓦希曾被烧毁过两次，一次是 211 年罗马人所为，另一次是 1544 年神圣罗马帝国士兵所为，正如朗格勒在 351 年被匈奴人，407 年被汪达尔人烧毁，维特里于 12 世纪被路易七世，16 世纪被卡尔五世烧毁一样；圣梅努是阿尔高恩的高贵首府，阿尔高恩曾被叛徒查理二世卖给了洛林公爵，但却没有投降；卡里南就是原来的伊弗瓦；阿提拉在蓬勒鲁瓦树起了一座祭坛；伏尔泰在罗米伊拥有一座坟墓。

您看到了，所有这些香槟城市的地方史，就构成了法国史。确实，这都是些零碎的事件，不过，还都是些大事件呢。

香槟保留着我们古老国王的足迹。国王的加冕礼都是在兰斯进行的。天真汉查理正是在阿蒂尼建立了波旁领地，神圣的国王圣路易和伟大的国王路易十四两人都是在香槟打的第一仗：圣路易在 1228 年解除了特鲁瓦的包围；路易十四在 1652 年从圣梅努的城墙缺口进入了城市。惊人的巧合，两人当时都是十四岁。

香槟也保留了拿破仑的足迹。他神奇诗章的最后几页正是用香槟的城市名书写的：阿尔西—絮奥博，夏龙，兰斯，尚博贝尔，塞扎恩，维尔杜，梅伊，拉费尔，蒙米哈依，每战必胜。菲斯姆，维特伊和杜勒旺都曾有幸做过他的司令部，比耐—卢森堡曾两次，特鲁瓦曾三次成为其司令部。塞纳河上的诺让在五天里见到了皇帝的五次大捷，看到他用英雄的手腕，在马恩河上调兵遣将。圣第日安先前已在两天内见到了两次胜利。还有布里恩，他曾在这里由一个本笃会修士抚养过，也曾在这里险些被一个哥萨克人杀掉。

香槟省——这个原来的比利时高卢城——的古代史同现代史一样充满诗意。片片田野到处是古代遗迹：墨洛维与法兰克人，阿埃提乌斯与罗马人，提奥多里克与西哥特人；汝拉山脉，茹维努斯的墓穴；瑟浦附近的阿提拉兵营；夏龙·格鲁艾尔和沃尔克的军事要道；弗罗马鲁斯，卡哈卡拉；埃波尼恩与萨比努斯；在朗格勒的高尔第安父子俩的弓箭，兰斯的战神之门；所有这些幽灵笼罩着的古迹都在诉说着，生存着，跳动着，从黑暗中对每个过路人喊着：游客，请留步。克尔特人古迹在历史最黑暗之夜断断续续地泣诉着。奥西里斯在特鲁瓦曾有众多的崇拜者，偶像博尔沃·多蒙纳曾把他的名字留在了波旁恩—勒班；而在瓦西附近，在戴尔森林——上波恩今天仍像德洛伊教祭司的亡灵一样矗立在那里——骇人的枝干间，在落维奥马格一瓦第卡西姆神秘的废墟中，高高耸立着香槟的设防建筑。

从罗马时代到今天，香槟省曾轮番被困于阿兰人，斯威夫人，汪达尔人，勃艮第人和德国人，建在平原上的香槟各城宁愿被烧毁也没有投降敌人。建在岩石上的香槟各城有着自己的座右铭：坚持到岩石挪动。今天流在香槟农民英雄血管中的血是古老的长发高卢人的血，是卡特人的血，是兰贡人的血，是特里卡斯人的血，是战胜了汪达尔人的卡达洛尼安人的血，是打败了西雅格里乌斯人的奈尔维安人的血。战士贝尔代什就是香槟人，他在热马坡亲手杀死了七条奥地利龙。451 年，香槟平原吞噬了匈奴人；而 1814 年，如果上帝相助的话，他们本应再消灭俄国人。

因此，提到这个省，我们就应充满敬仰之情，这个省份在敌人侵入时曾为法国牺牲了半数的子孙。仅马恩区的居民，在 1812 年便有31.1 万人，而到了 1830 年，还只是 30.9 万人。15 年的和平都不足以使它复原。

好，再重新回到开始时的话题上来吧。当人们谈到香槟省时，

"bête"①这个词改变了含义。其意仅仅是天真的，纯朴的，粗犷的，原始的，必要时，意味着令人生畏。动物完全可以是雄鹰或雄狮。1814年的香槟省就是如此。

7月25日于瓦雷恩

---

① 此词作名词用时，表示"动物、兽类"；作形容词用时表示"愚蠢的，傻的"。

爱克斯·拉沙贝尔①

——查理大帝之墓

　　爱克斯·拉沙贝尔，对于病人来说，是矿泉水源：有温泉，有冷泉，既含铁，且含硫；对于旅游者来说，是舞宴与音乐会之乡；对于朝圣者来说，是每七年才得一见的伟人圣骨的遗骸保存地，这里有圣母的长裙，有圣儿耶稣的鲜血，有将圣徒让·巴蒂斯特斩首时用过的台布；对于考古、编年史作者来说，是一座贵族女子修道院，修道院女院长直接继承了拜占庭帝国皇帝尼塞福尔的儿子——圣徒格里哥利创建的那所男修院；对于爱好狩猎的人，是古老的野猪谷，人们将拉丁词 porcctum（野猪）变成了 Borcctte（野猪谷）；对于工厂主，是洗涤羊毛的专用洗涤液来源；对于商人，是生产呢绒和克什米尔呢绒大衣呢的地方，是制造缝女针和饰针的地方；对于那些既非商人、工厂主，又非猎人、考古学者，也不是朝圣者、旅游者或病人的人来说，爱克斯·拉沙贝尔便是查理大帝之城。

　　确实，查理大帝生在这里，也死在这里。他生在法兰克王的半罗马式古老宫殿中。这座宫殿今日残留下来的，只有围在市政厅中的格拉努斯塔楼了。查理大帝葬在他生前亲自建起的一座教堂中。这座教堂是他在他的妻子法丝特拉达死后两年，即公元 796 年建成的。教皇

―――――――――

　　① 即德国城市亚琛。

利奥三世在 804 年曾主持了献堂仪式。据传说，在这一天，马爱斯特什的两个已去世埋葬的主教从坟墓中走出来，以便使参加仪式的主教们总数达到 365 人，代表着一年的 365 日。

这座教堂充满了历史与传说，它所在的城市也由此得名。近千年来，它已大大改观。

抵达爱克斯·拉沙贝尔，我便立即向教堂走去。

如果从正面走向教堂，它的面貌是这样的：

教堂正门为路易十五时代风格，用灰蓝色的花岗岩制成，教堂的入口处青铜门为 8 世纪的风格。正门倚加洛林朝城墙而建，城墙上面的一层是罗曼式半圆拱腹。这些拱门饰的上方，是一层漂亮的精雕细琢而成的哥特式建筑——从中可看到一个 14 世纪朴实无华的尖拱。教堂的顶饰是板岩房顶砖砌成的，是近 20 来年的东西，非常难看。教堂正门的右侧，有一块花岗岩石座，上面放置着一个极大的罗马青铜松果；教堂的另一侧也有一块石座，上面是一座青铜母狼塑像，也是古代罗马风格。这只母狼微张着嘴巴，紧咬着牙齿，侧身注视着过路人。

（对不起，我的朋友，请允许我在这里画上个括号来加以说明。这个松果是有含义的，母狼也一样。噢，也许是公狼，因为我实在无法清楚地辨认青铜兽的性别。关于这两个塑像，当地年老的纺纱工叙述了如下的故事：

在很久很久以前，爱克斯·拉沙贝尔的人们想建一座教堂。他们凑了钱，便开始行动了。人们挖了地基，筑起了城墙，粗制了构架。在六个月中，拉锯声，锤子敲击声及斧头砍木声震耳欲聋，喧闹不息。六个月后，财源告罄。人们号召朝圣者捐款，并在教堂门口安放了一个锡盆。但募来的只有几文小钱和一些铜币。怎么办呢？元老院集会，想办法，谈情况，通消息，讨论协商。工人们拒绝工作。野草、荆棘、常春藤以及废墟中长出来的野生植物已经蔓上了教堂的新基石。难道就这样半途而废吗？市长会议陷入了窘境。

就在开会磋商的时候，进来了一个人，是一个外国人，一个陌生人。他身材高大，满面春风。

"你们好，市民们。问题出在哪里啊？你们看起来神情沮丧。你们牵挂着教堂吗？你们不知道如何把它建成吗？听说，你们缺的是钱？"

"过路人，快走开吧！我们需要 100 万金币呢！"议员们说。

"这里有。"绅士说，他开窗户，让市长们向外看。在市政厅门外的广场上，停着一辆四轮运货车。这辆车子套着 10 头牛，由 20 个武装到牙齿的非洲黑人押车。

市长同绅士一起走到院子里，随意拿了一袋车上的货包，然后，外地人和市长又一起回到房中。他们在议员们面前倒空了包裹：里面确实装满了金币。议员们傻乎乎地睁圆了双眼，问陌生人：

"您是谁，大人？"

"我亲爱的居民们，我是有钱的人。你们还想知道什么？我住在黑林山，在维尔德西湖附近，离海登斯达德废墟不远的异教徒城里。我有金矿和银矿。到了晚上，我用手搅动着一堆堆光彩夺目的深红色宝石。但我的嗜好太单调，我感到厌倦，我是一个伤感的人。我每天到湖边去看清澈的水面下螺蛳和蝌蚪戏水，看岩石间生长的水旱双生植物，以此来消磨时光。就这样，不要再提问题了，也不要再说废话了。我掏了腰包，你们拿去用就是了。这是你们的百万金币。你们想不想要啊？"

"当然要。"议员们答道，"我们将建成我们的教堂。"

"那么，请拿好。但有一个条件。"

"什么条件，大人？"

"建成你们的教堂，市民们。把这些铜子儿都拿去。但你们要起誓，在教堂献堂日大钟及排钟齐鸣的时刻，将第一个进入教堂，第一个迈入门槛的那个灵魂给我，作为交换。"

"你是魔鬼！"议员们叫起来。

"你们是笨蛋！"乌利昂回答说。

开始，市长们吓了一跳，恐惧袭来，他们画着十字，祈祷上帝。不过，乌利昂是个不坏的魔鬼。他笑得前仰后合，同时将崭新的金币晃得叮当响。于是，市长们定了神，并开始与魔鬼谈判：魔鬼将得到灵魂，正是为此，他才成为魔鬼。"不管怎么说，"魔鬼说道，"吃亏的是我。你们得到了百万金币和教堂。而我呢？我将只得到一个灵魂。而且，请问，是个什么样的灵魂？第一个来者。一个完全偶然的灵魂。是某个假装笃信宗教，装作虔诚而第一个进入教堂的伪君子的灵魂。我的市民朋友们，你们的教堂有个好开端。我喜欢你们的教堂图样。我想，教堂一定很漂亮。……停止不建是令人遗憾的。必须要建成这个教堂。好吧，同伙们，百万金币属于你们，那个灵魂是我的。一言为定？"

绅士乌利昂就是这样说的。而市长们想道：不管怎么说，我们都应感到高兴的是，他只要一个灵魂。如果他斤斤计较的话，他恐怕可以把全城的灵魂都拿去的。

生意成交了。百万金币入了库。乌利昂变作一缕蓝色火焰从天花板的活门处一闪即逝。两年后，教堂建好了。

当然，议员们都曾发誓不将此事告诉任何人；而理所当然，每个人都在当天晚上把这件事告诉了自己的妻子。这是一条法则。这条法则并非议员们制定，但他们却都在遵守执行。多亏议员们的妻子，全城都知晓了这一秘密，以致在教堂建好后，谁都不想进去。

一个新的难题，比第一次遇到的难题毫不逊色。教堂建好了，但没人愿意迈入；教堂完工了，但却空空荡荡。然而，一个空荡无人的教堂有什么用呢？议院又重新集会。什么主意也没想出。人们请来了东格尔的主教，他无能为力。人们唤来了教务会的议事司铎，也是一无所获。于是，人们又找来了修道院的教士们。一个教士说："大人们，应该承认，你们伤脑筋的只是小事一桩。你们欠了乌利昂，要把第一个进入教堂的灵魂给他。但他并未规定是什么种类的灵魂。我告诉你们，乌利昂只是个笨蛋。大人们，今天上午，在经过长时间的围猎之后，我们在波尔塞特山谷活捉了一只狼。你们把它赶进教堂就是了。乌利昂应该对此满足。这是一只狼的灵魂，但却是乌利昂所要求的'一个随意的灵魂'。"

"太好了！"议员们欢呼起来，"您真是一个有才智的教士。"

第二天一大早，教堂的钟声响起来了。"怎么？"市民们说道，"今天是教堂献堂日。但谁敢第一个进去啊？肯定不是我。不是我。也不是我，更不是我。"于是，他们成群地涌向教堂，议院与教务会的人都站在教堂正门前。突然，人们弄来了笼子中关着的狼。随着一个手势，人们同时打开了笼门和教堂门。被人群吓坏了的狼看到空荡荡的教堂，立即冲了进去。乌利昂正惬意地闭着双眼，大张着嘴巴等待着。当他感觉到是吞吃了一只狼时，您能想象到他的愤怒吧！他发出一声骇人的怒吼，如狂风暴雨来临一般在教堂穹拱下狂飞了一会儿。然后，他终于飞出教堂，气得发疯。出教堂时，他向大青铜门狠狠地踹了一脚。铜门从上到下裂开一条缝隙。——人们今天仍能指点出这条裂缝来。

那些年老的纺纱工还补充说，正是为了这个，在教堂左侧设置了母狼铜像，而在右侧放置了一个松果，代表被乌利昂愚蠢地吞吃掉的可怜的灵魂。

传说就讲到这儿，我们还是回到教堂来。不过，我要告诉你们，我曾在门上寻找那被魔鬼脚后跟踹出来的著名裂缝，但却什么也没找到。好，括号到此为止。）

因此，当人们从正门走近教堂时，便看到了各种各样的建筑风格混淆、重叠在一起：有罗马式，罗曼式，哥特式，洛可可式，还有现代风格，但这些建筑风格之间既无相似之处，又无内在联系，也没有顺序可依。结果是，毫无宏伟壮观可言。

不过，如果从教堂后部的圆室走近，效果可就完全不同了。14世纪的半圆形后殿有着精巧的顶角，做工细腻的栏杆，多姿多彩的檐槽排水口，色彩深暗的石块，透明玻璃的巨型尖拱。尖拱脚下，墙垛之间，藏匿着一座三层小楼若隐若现。这一切都显示出后殿的大胆独创与美丽壮观。

然而，从这边看，教堂的面貌尽管很雄伟，却仍然显得混杂不协调。在半圆形后殿与正门之间，有一个凹下去的地方，整个教堂的线条似乎都向这里倾注的这凹下去的地方，隐藏着一个拜占庭式三角楣圆屋顶，仅仅用一座漂亮的14世纪雕刻而成的小桥同教堂正门相连。这个圆屋顶便是奥托三世在10世纪时让人在查理大帝的陵墓之上建成的。

镶贴的正门，隐匿的圆屋顶，独立的半圆形后殿，这便是爱克斯教堂。1353年，建筑师想把被诺曼底人在882年破坏的查理大帝教堂和1236年烧毁的奥托三世圆顶教堂连入他那神奇的主教堂，于是，便需建一系列较低的偏祭台与中心主教堂的地基相连，在大门以外形成它的关节。其中两个在1366年火灾之前已建好了。这两个小偏祭台至今还存在，极为壮观。不过，这一建筑计划只实现了这么一点儿。真奇怪，15 世纪和 16 世纪这个教堂什么变化都没有。18 世纪和 19 世纪时，教堂遭到了破坏。

不过，应该说，从整体来看，爱克斯教堂的外观还是显得高大雄伟的。观赏一阵儿后，你会感到这超乎寻常的建筑显示了一种特有的尊严。这教堂至今仍未最后完成，就像查理大帝的事业未竟一样；这教堂由各种建筑风格组成，就像查理大帝的帝国由讲各种语言的民族构成一样。

对于从外部观赏教堂的思想者来说，在这伟大人物与庞大墓穴之间毕竟有一种神奇而深邃的和谐。

我急于进入教堂。

迈入大门，将那中间饰有狮头像的古代铜门留在了身后。首先映入眼帘的，是一座三层白色圆亭，上方有灯照明。在圆亭中，到处都展示着各种各样的菊苣饰案洛可可式建筑的俏丽与神奇。随后，视线移向地面，在白色玻璃窗透入的微弱光线下，我发现在圆亭地面中央有一大块黑色大理石板，它已被游客踩出印迹了。上面嵌着铜字：

　　　伟大的查理

这个洛可可式教堂围绕这一加洛林王朝的伟大姓氏散发出一种名妓的优雅。没有什么能比这显得更加放肆无礼，令人不快的了！

如爱神的天使，如翎饰的棕榈枝，花环，饰带结，这便是出在奥托三世圆屋顶之下和查理大帝陵墓之上的蓬巴杜夫人①式风格。

在这异乎寻常的教堂里，唯一能与这里的伟人和这一圣地相匹配的是一盏带有 48 个喷嘴的圆形巨灯。灯的直径大约有 12 法尺，是 12 世纪时巴尔波卢斯赠与查理大帝的。这盏灯是用铜和镀金银制成的，形状如同一顶皇冠。这盏灯由一根 90 法尺长的铁链吊在拱穹上，正好在黑色大理石板的上方。

石板大约有 9 法尺长，7 法尺宽。

---

① 蓬巴杜夫人（1721～1764）：法国国王路易十五的情妇。

　　显然，在这同一位置上，查理大帝曾有过另一个墓碑。石板的四周包着细细的一圈铜条，边缘是白色大理石。没有一点迹象可以表明它是古代的东西。至于铜字"伟大的查理"，其历史也不会超过百年。

　　查理大帝已不再长眠于这块石板下了。弗里德里克·巴尔波卢斯在1166年让人将大帝从这里掘走了。而他送给查理大帝的皇冠形吊灯，无论多么漂亮，都不能赎回他的渎圣罪。教堂收取了大帝的骨骼，便像圣徒一样，将其骨分成碎块，每块骸骨都成为一个圣物。在旁边的圣器室里，一个堂区助理司铎向游客出示查理大帝的手臂。我花了3法郎75生丁——这是固定价格——观赏了它。这令人敬仰的手臂曾掌握过世界，其皱干的皮肤上面有这样的拉丁文字迹：圣查理大帝之臂。这是12世纪时人们用几文钱雇佣了一个司书写上去的。看过手臂后，我又看了颅骨。这颅骨中曾装着整个新欧洲的蓝图，而现在，一个教堂执事用手指敲打着让人观看。

　　这些骸骨都装在一个柜子里。

　　这柜子漆成灰色，带有金边，上面饰有几个我刚刚讲过的"如爱神般的小天使"。这便是今日的查理之墓。查理大帝的形象光彩夺目，已历经十个世纪了。他离世时，其姓氏已被冠上了这双重不朽的两个字：Sanctus，magnus，神圣和伟大。这难道不是天地所能赋予人类的两个最为尊严的修饰词吗？

　　令人惊奇的是，这颅骨和手臂的体积都很大。确实，查理大帝是身材也高大的少数伟人之一。矮子丕平的儿子无论是身体，还是智力都堪称巨人。他的身高是他脚长的七倍，于是，他的脚长成为一种长度单位。我们刚刚平淡无奇地用"米"取代了法尺，正是这只帝王的脚——查理大帝之脚的尺寸。这种取代将历史、诗歌和语言一下子都牺牲让位于人们今天称作"十进制"的东西。我不知道这是一种什么样的发明，人类6000年来从未使用过。

　　再有，柜门一打开，便会引起一阵目眩。里面的金银器闪闪发光。柜扇里面为金底的绘画。其中，我注意到了八幅极为漂亮的壁板。这无疑是阿贝尔·丢勒[①]的作品。除了颅骨和手臂外，柜中还

---

　　① 阿贝尔·丢勒（1471～1528）：德国画家与雕刻家。

有：查理大帝的号角——一只巨大的象牙，在粗的一端很奇怪地加以雕镂和挖空；查理大帝的十字架——是件珍宝，中间镶进一块耶稣受难时用过的真正的十字架，大帝在棺材中时还戴在脖子上；一个迷人的文艺复兴时代的圣体显供台，由卡尔五世赠与，但在上个世纪，人们往上增添了一些毫无欣赏价值的装饰，因而被破坏；14块雕着拜占庭风格塑像的金片，曾用于装饰大帝的大理石座椅；一个由菲利普二世赠与的圣体显供台——它是米兰圆屋顶教堂的翻版；一根耶稣受鞭笞时绑过他的绳子；一块浸满了胆汁的海绵，曾用来给钉在十字架上受苦的耶稣送水解渴；最后，还有圣母玛利亚的针织腰带和耶稣的皮腰带。这根像小学生的鞭子一样扭扭弯弯卷成一团的小皮带曾被三个皇帝所拥有。君士坦丁曾将这根皮带放在他的印玺之上。这个印玺现在还保存在那儿，我曾见过。这根皮带从君士坦丁手中落入了哈卢恩·阿勒·哈西德之手，他后来又把它赠给了查理大帝。

所有这些令人敬仰的物件都装在那些金光闪烁的哥特式和拜占庭式圣物盒中。这些圣物盒是用整块金子制成的微型教堂、尖顶钟楼及主教大教堂，并用蓝宝石、纯绿宝石和钻石取代教堂的彩绘玻璃。

在柜子的两层隔板上堆积着的数不尽的珍宝中间，有两个圣人遗骸盒，犹如两座金银珠宝山，其价值连城，美妙绝伦。第一个比较古老，属拜占庭风格，盒的周围是一些壁龛，里面坐着头戴皇冠的16个帝王。这个盒里装的是查理大帝的其余骨骼，从不打开。第二个盒子是12世纪的，是弗里德里克·巴尔波卢斯赠与教堂的：里面装的是著名的圣骨，每七年开启一次。这我在信的开头已对您说过了。

仅1496年一次开启遗骸盒就吸引了14.2万朝圣者。在15天内为教堂募捐了8万金弗罗林。

这个圣人遗骸盒只有一把钥匙。这把钥匙一分为二，一半由教务会保管，另一半由法官掌握。有时，人们也例外开启，但只为那些帝王们。现在的普鲁士王在做王储时，曾要求打开看看，但被拒绝了。

在大柜的旁边，还有一个小柜。在小柜中我看到了查理大帝的镀金银日耳曼皇冠的原形复制品。这个加洛林王朝的日耳曼皇冠上面，镶有一个十字架，嵌着宝石及浮雕玉石，形状仅为一个饰有花叶的圆圈，正好绕头部一周，还有一个从面部到颈部连接的半圆，微微有点弯曲。这个样子是模仿了威尼斯王的角状王冠。十个世纪以前，查理大帝曾戴过三顶王冠：德皇皇冠，法王王冠以及意大利伦巴第王王冠。第一个现存维也纳；第二个在兰斯；第三个是铁的，在米兰①。

走出圣器室，教堂执事将我托付给一个教堂侍卫。他走在我的前面，在教堂里绕了起来，时不时地给我打开一些灰暗的柜橱，在柜门后面会突然出现一些豪华的东西。

就这样，那外表看起来像是乡村之物的讲道台从它那近乎橙红棕木的丑陋蛹壳中脱颖而出，使你好像突然看到了一个闪闪发光的红宝石塔楼。这个讲道台是 11 世纪一个神奇的雕镂金银制品，由亨利二世皇帝赠与教堂。一个正以上帝的名义布道的神父身穿金护胸甲，护胸甲上镶嵌着一个深深挖空的拜占庭象牙，一个带茶托的天然水晶杯和一个 9 法寸长的奇形怪状的绛玛瑙。护胸甲的前片显示的是查理大帝用手臂支撑着爱克斯教堂。

讲道台放在祭坛的角上，祭坛占据着 1353 年建的那奇妙的半圆形后殿。所有的彩绘大玻璃窗都已荡然无存。尖拱从上到下都是白色的。圆屋顶教堂的创建人奥托三世的漂亮墓穴在 1794 年被毁，如今在祭坛的入口处有一块扁平石标明了原地点。约瑟芬皇后赠与的管风琴放在令人赞叹的 14 世纪拱穹附近，它在那里炫示着 1804 年那种不堪入目的风格。拱顶、柱头、小圆柱、塑像，整个祭坛都粉刷一新。

在这遭破坏的半圆形后殿的中央，有一个奥托三世的青铜雄鹰雕像。它张着嘴巴，眼神激怒，半舒展着翅膀，惊愕得微微颤抖：这雄鹰已被用作斜面经桌，它气愤地托着素歌的歌谱。要知道，它曾将整个地球踩在脚下。

不过，人们还是应该对这只雄鹰怀有敬意的。当拿破仑前来参观教堂时，人们在奥托的雄鹰爪下抓着的地球上增加了闪电。我们今天仍能见到固定在帝国版图两侧的霹雳。

教堂侍卫在好奇者的请求下，旋下了这个雷电。

好像有着某种悲伤而具讽刺意味的预感，10 世纪的雕塑家们在雄鹰的背上塑了一个展翅的青铜人面蝙蝠，好似钉在上面避邪一样。

---

① 在米兰附近的蒙札（Monza）。——原注

现在的歌谱就放在这上边。

祭坛的右边密封着安托瓦·贝尔多莱的心脏。他是爱克斯·拉沙贝尔的第一个，也是最后一个主教。因为这个教堂自建成以后就只有过一个主教，他是拿破仑任命的。其墓志铭上写着：阿基斯格拉人的第一个主教。同从前一样，教堂现在由教务会管理，并由一个以会长名义的长老主持教堂事物。

在一个光线很暗的房厅里，教堂侍卫又给我打开了一个箱柜，这里是查理大帝的石棺，这是一个漂亮的白色大理石罗马棺材。在前棺面上，用最出色的凿子雕出了普洛塞耳皮娜被掠的故事。我长久地注视着这已有两千年历史的浮雕。在构图的一端，是由果丘利神驾驶的四匹狂马，这些马是来自地狱的神马。它们拖着一辆马车冲向柱脚下半开着的深渊，车上坐着普洛塞耳皮娜，她被冥王普路托抓着，在那里绝望地叫喊，挣扎，扭动。粗壮的神之手压在半裸年轻姑娘的喉咙上，姑娘向后仰着，头发蓬乱的脑袋碰到了戴盔的密涅瓦毫无表情的右颊。普路托掠走了普洛塞耳皮娜，而出谋划策的密涅瓦正在普洛塞耳皮娜耳边低语着。微笑的爱神坐在车上，普路托的两条巨腿之间，在普洛塞耳皮娜的身后，以最大胆的线条，最优美的形态描绘着一群半裸仙女们同复仇三女神的搏斗。普洛塞耳皮娜的伙伴们正尽力想勒住由两条插翅喷火龙套拉的车子。这辆车子是作为随行车辆跟在后面的。一个仙女勇敢地抓住了龙的翅膀，使它发出痛苦的叫声。这幅浮雕简直就是一首诗。它显得强劲有力，生气勃勃，线条突出，富丽堂皇而又稍有夸张。既像异教罗马之作，又属鲁本斯[①]风格。

最后，我的向导又将我引上了另一侧楼梯，这楼梯又窄又暗。六个世纪以来，有多少国王、皇帝及杰出人物都曾走过。从楼梯出来，是一条长廊，这便是圆亭的第二层，如今人们称为大礼拜堂。在这里，我的向导将一个框架拿开一半——只有帝王们来访时才会全部拿开——让我看了查理大帝的石头座椅。这个座椅既矮且宽，靠背为圆形。由四块光面大理石板组成，上面没有雕琢，用铁方子安装在一起。座位上是一块橡木板，上面铺着一块红色金丝绒坐垫。这把座椅

---

① 鲁本斯（1577～1640）：17世纪佛兰德斯的伟大画家。

高高放置在六级石阶上，其中有两级是花岗岩的，四级为白色大理石的。这座椅曾贴过十四块拜占庭式的金片，这我刚才曾讲到过。在四级白色大理石阶梯通往的石台上面，查理大帝曾坐在墓穴的座椅上，他头戴皇冠，一手托着地球，一手握着权杖，日耳曼宝剑斜挎腰间，皇帝大氅披在肩上，耶稣的十字架挂在胸前，双脚伸向奥古斯都的石棺。他的亡灵曾以这样的姿态在王位上坐了352年，从814年到1166年。

1166年，弗里德里克·巴尔波卢斯想为他的加冕找一把椅子。于是，他进入了这个墓穴。任何关于墓穴的传说都未能将那不朽的外观形状记录下来。现在用在正门上的两扇青铜圣门就曾是墓穴的大门。巴尔波卢斯本人也曾是一个卓越的王子，勇猛的骑士。当这一戴冕的人和那一个同样戴冕的尸体面对面相处时，应是一个奇怪而可怕的时刻。一个，有着帝王的威严，另一个，有着亡灵的庄重。骑士战胜了亡灵，活人剥夺了死者。教堂留下了遗骨，巴尔波卢斯取走了大理石座椅。他将查理大帝亡灵曾占有的椅子用作王位。在4个世纪中，这把椅子一直显示着帝王们的尊贵。

确实，包括巴尔波卢斯在内的36个皇帝曾在爱克斯·拉沙贝尔大礼拜堂里的这把椅子上祝圣加冕。费迪南一世是最后一个，卡尔五世是倒数第二个。从此以后，德国皇帝的加冕便在法兰克福进行了。

我真是难以从这如此纯朴，如此伟大的座椅旁走开，我注视着被36个恺撒王踏出印迹的四级大理石台阶：这些帝王曾在这里看到他们的显赫声望光芒四射。随后，他们也都一个个地熄灭消失了。数不尽的念头与记忆一起涌入我的脑海。我记得，弗里德里克·巴尔波卢斯这个侵入墓穴者，在年老时，曾想参加第二次或第三次十字军东征。一天，他遇到一条极美的河流，这便是昔得努斯河。他感到热，便突发奇想，要下水洗澡。这个亵渎了查理大帝的人可能忘记了亚历山大。他下了水，刺骨的冰水把他冻僵了。年轻的亚历山大差一点死在水中，而年老的巴尔波卢斯一去未回[1]。

---

[1] 历史学家们讲述的故事多种多样，其他的编年史家们说，在渡过水流湍急的昔得努斯河或昔洛卡德努斯河时，杰出的弗里德里克二世皇帝在江中被撒克逊人一箭射中，淹没在河里。传奇中又说，他并未淹死，而是不见。有些人说是被牧人救了上来，另一些人说是被神灵救了起来，并奇迹般地从叙利亚回到了德国。莱茵河畔的传说是他后来在著名的凯泽斯劳腾山洞中以苦修赎罪。而在符腾堡地区的传说中，他是在基夫泽的岩洞中苦行。——原注

我毫不怀疑，总有一天，某个国王或皇帝会产生一种虔诚而神圣的意愿，将查理大帝从圣器室管理人放置的柜中请出，重新安置在他的墓穴中。人们将以宗教仪式把现存的所有伟人骸骨接合起来。人们将把一切都还给他：他的拜占庭地下墓穴，他的青铜门，他的罗马石棺以及他那高高位于石台之上，并有 14 块金片装饰的大理石座椅。人们将把加洛林王朝的皇冠重新戴在这个颅骨上，将帝国疆域之球重新放到他的手臂上，将金丝绒大氅重新披在骸骨上。青铜雄鹰将骄傲地回到他原来的位置上——这个主宰世界人的脚边。人们将把所有的金银珠宝、圣人遗骸盒摆放在石台的周围，作为他最后一个皇家居室的家具和银箱。还有，——既然教堂想让人们观赏其圣徒们临终时的神态——在墙上凿上个窄窄的小窗，交叉地安上铁栅，在墓穴的拱顶吊上一盏灯。在烛光下，跪着的游人将能在四级白色台阶的上面——任何人的脚都将不再接触这四级白色台阶——看到一个帝王幽灵坐在饰有金片的大理石座椅上，头上戴着皇冠，手里握着地球，在黑暗中隐约发亮。这便是查理大帝。

对于任何一个敢于将他的目光望向地下墓穴的人，这都将是一次伟大的幽灵显圣。每个人都将从这一墓穴带走伟大的思想。人们将从世界的尽头赶到这里，所有流派的思想家都将慕名前来。确实，丕平的儿子查理是全面看待人类的完人之一。在历史上，他是一个像奥古斯都和塞索斯特样的伟人；在传说中，是罗兰式的勇士，梅兰般的魔法师；在宗教上，是像热罗姆和皮埃尔一样的圣人；在哲学上，是人格化的文明本身，是每千年才出现一个的巨人：他能越过深渊，内战，野蛮，革命。这个巨人的名字时而叫做恺撒，时而叫做查理大帝，时而叫做拿破仑。

1804 年，当波拿巴成为拿破仑时，他参观了爱克斯·拉沙贝尔。当时，约瑟芬陪着他，并心血来潮地坐在大理石座椅上。出于敬仰而穿着军礼服的皇帝任她去坐，未加制止。他自己则一动不动地脱帽站在查理大帝的座椅前，一言不发。

我顺带想起一件非凡之事。814 年，查理大帝去世。千年之后，1814 年，几乎是在同一时刻，拿破仑倒下了。

在这同一注定倒霉的年代，1814 年，盟国的君主们拜访了查理大帝的幽灵。俄国的亚历山大像拿破仑一样穿着军礼服；普鲁士的腓特烈·威廉穿着军大衣，戴着军便帽；奥地利的弗朗索瓦穿着礼服，戴着圆帽。普鲁士王走上两级大理石台阶，让教务会的长老详细地介绍了德国皇帝加冕的细节。另两个皇帝默默地听着。

如今，拿破仑，约瑟芬，亚历山大，腓特烈·威廉和弗朗索瓦都已不在人世了。

向我叙述了这些细节的向导曾经是参加过奥斯特里茨战役和耶拿战役的法国老兵。后来，他定居在爱克斯·拉沙贝尔，并在 1815 年的议会特赦之后入了普鲁士籍。现在，他在宗教仪式中，身挎肩带，手拿战戟，站在教务会堂前。我欣赏上帝在微不足道的小事上的显圣。这个向游客讲述查理大帝的人一心念着拿破仑，甚至连他自己也不知道，为此，他的话语中有着某种我说不清的庄严。当他向我讲述他经历过的战役，他过去的战友，过去的上校时，泪水涌上了他的眼眶。他就以这样的声调向我讲起了苏尔特元帅、格兰多尔热上校和雨果将军——他不知我对这个姓氏有多么感兴趣。他认出我是一个法国人。我永远不会忘记他离开我时，极为纯朴深情地郑重对我说："先生，您可以告诉别人，您在爱克斯·拉沙贝尔教堂见到了第三十六瑞士军团的一个士兵。"

在另一时刻，他还曾对我说过："正像您看到的那样，先生，我属于三个民族：我偶然成为普鲁士人，职业上为瑞士民族，可心是法国心。"

另外，我还要承认，在参观过程中，他对教会事务的军人的无知曾多次使我发笑。尤其是在参观祭坛时，他指着神职祷告席庄重地对我说："这里是 chamoines①的位置，您不认为应该写作 chats-moines（猫—教士）吗？"

在离开教堂时，我完全被刚才的想法所吸引，使我差一点错过了教堂附近的另一面壁。它的门面非常漂亮，是 14 世纪的建筑，上面装饰着七个神气十足的皇帝雕像。这扇门现在通往一个什么垃圾堆。

----

① 应为 chanoines（议事司铎），这属于向导的拼词错误。后面，他又将拼错的词分开读，以示幽默。

正在这时，发生了一件有意思的事情。两个像我一样的参观者走出了教堂。大概我的向导老兵也刚刚为他们导游了一会儿。由于他们大声地笑着，我转过身来。我认出了这两个游客，其中年长的那一个在当天上午曾在我前面在帝宫簿上签了名：德·阿……伯爵先生。这是阿图瓦最古老、最高贵的姓氏之一。他们大声地谈笑着。

"就是这些姓氏！"他们说道，"这是大革命才产生的姓氏。拉苏波上尉！格兰多尔热上校！这都是哪儿来的呀？"这是我那可怜的老朋友——教堂侍卫对我讲过的上尉和上校的姓氏。显然，他也像对我一样对他们讲述过了。我情不自禁地回答他们："这都是哪儿来的？我告诉你们，先生们，格兰多尔热上校是洛尔日元帅的远房堂孙，圣西蒙公爵的岳父；至于拉苏波上尉，我猜测他同德国选帝侯的叔父布永公爵有点亲戚关系。"

稍后，我来到了一直急于想见的市政厅广场。

像教堂一样，爱克斯市政厅是由五六个其他建筑构成的一个大厦。建筑物的正面显得很暗，上面的窗户又长又窄，间隔很近，是卡尔五世时代的建筑。在正门两侧，耸立着两座警钟楼；一座矮、圆、宽、扁；另一座高大挺拔，为四边形，第二个警钟楼是14世纪的漂亮建筑。第一个便是著名的格拉努斯塔楼。人们很难认出它，因为塔顶上装有一个歪歪扭扭的奇怪钟楼。这个钟楼又以较小的规格出现在另一座塔楼上，就像是用巨型头帕绕成的金字塔。这些头帕形状各异，尺寸不同，重重叠叠，以一个尖角为中心逐渐下滑。在正门下方，一个宽大的楼梯向前展开，与枫丹白露的白马庭院楼梯相仿。与正门相对，广场的中央有一座文艺复兴时代的大理石喷泉，它仅在18世纪时稍稍做过一点修饰。喷泉中有一个很大的青铜托座，上面是全副武装、头戴皇冠的查理大帝青铜塑像。喷池的左右还有两个稍小一点的喷泉，顶上有两只凶而吓人的黑色雄鹰，半侧着朝向庄重、沉静的皇帝。

可能就是在这儿，在这块地方，在这座罗马塔楼里，诞生了查理大帝。

喷水池，市政厅正门，警钟楼，这一切构成了一个整体，显得那样高贵、忧郁、肃穆。查理大帝还完完全全地活在那里。他自身的强大统一将这建筑物的不和谐全部概括其中。格拉努斯塔楼使人联想起罗马——他的前辈；正门和喷泉使人忆起卡尔五世——他的继任者中最伟大的一个；更不用说警钟楼的东方面貌会使你隐约想到他神奇的朋友——伊斯兰国家的领袖哈卢恩，阿勒，哈西德。

　　夜色临近，我已在这些伟大而严肃的回忆中度过了一整天，觉得身上好像沾满了十个世纪的灰尘。我感到需要走出城去，去呼吸，去看看那些田野，树木，小鸟。于是，我走出爱克斯·拉沙贝尔城，在清爽的绿荫小路上，沿着古城墙一直闲逛到天黑。爱克斯·拉沙贝尔现在还有护城墙，沃邦①几乎从未来过这里。只是，那从市政厅矮屋和教堂地下墓穴直通到波尔塞特修道院——甚至可通到林堡——的地下通道如今已被填平消失了。

　　夜幕降临，我坐在草坪坡上。爱克斯·拉沙贝尔整个展现在我面前。它在山谷中就像是一座优美的喷泉承水盘。渐渐地，夜色笼罩了古老街道那锯齿状的屋顶，抹去了两座警钟楼的轮廓。这两座警钟楼同城市的其他钟楼混杂在一起，使人隐约记起那具有亚洲风格的莫斯科克里姆林宫。全城中唯有两个分明的物体还依稀可见：市政厅与教堂。于是，这一整天来，我的激情，我的思想，我的所见所闻都一齐重新涌入脑海。这个光辉而具有象征意义的城市本身在我心中和我的眼中都改变了模样。我尚可辨认的两个黑色建筑中的第一个，对于我来说，已不再仅仅是一个孩子的诞生地；第二个，也不再仅仅是一个亡灵的栖身处。时而，在我深深陷入的冥想中，我好像看到巨人查理大帝的幽灵冉冉升起在这伟大摇篮与这伟大墓穴之间的淡白色地平线上。

8月6日于爱克斯·拉沙贝尔

---

　　① 沃邦（1633～1707）：法国元帅，曾任防御工事修筑特派员。

科　隆①

　　亲爱的朋友，我真生自己的气。我如同一个野蛮人一样逛完了
科隆。我在那里仅仅逗留了 48 个小时。我原打算呆半个月的；可是
在经过了几乎整整一周的雨雾天气之后，如此灿烂的阳光照耀在莱茵
河上，诱我利用这好天气去看看莱茵河风景的瑰丽多彩和欢欣愉悦。
因此，我今天清晨乘"柯克里尔"号汽船离开了科隆。我就这样告别
了阿格尔巴的家乡，而我既未欣赏圣玛丽·卡皮托利大教堂的古画，
也未观看圣热雷昂大教堂地下室的地面镶嵌画；还有：鲁本斯的耶稣
受难像，这是他专门为他曾受过洗礼的古老半罗马式圣彼得教堂所画
的；圣于尔絮勒隐修院的一万一千名修女的骸骨；殉教者阿尔比努斯
的抗腐圣体；圣库尼贝尔的银棺；米诺里特教堂的邓斯·斯柯特之
墓；圣旁塔雷翁教堂里奥托二世的妻子泰奥法妮皇后的墓茔；里索尔
弗教堂里内部砌成拱形的大墓穴；圣于尔絮勒修道院和大教堂那两间
珍贵的镶金卧室；昔日的帝国议会大厅，今日的贸易仓库；古老的军
火库，今天的小麦储存地；这一切我全部都未观赏。真是荒谬之极，
但确实如此。

　　那么，我在科隆参观了些什么呢？大教堂和市政厅，仅此而已。
身处科隆这样美丽的城市，所见实在太少。不过，这确实是两座少有的
出色建筑。

---

　　① 科隆（Köln）：德国中西部莱茵河畔的河港城市，公元前 38 年初建为古罗马要塞，古
迹众多，其中科隆大教堂最为著名。

　　我在暮色中到达科隆。我立即向大教堂方向走去。我的旅行袋由一个称职的搬运工驮着，他穿着橘黄色衣领的蓝制服。在这个国家里，他们是为普鲁士王而工作的（我向您保证，这是赚钱的好工作。旅客们都纳了很重的税，由搬运工和国王平分）。这里，我要说明一下：在离开搬运工之前，我没有让他把我的行李送到科隆的旅馆中去，而是送到多伊茨的一家旅馆去，这使他很惊奇。多伊茨是莱茵河对岸的一个小城，由一座浮桥与科隆相连。我的理由是：我要在旅馆里住上好几天，我要尽可能地选择从窗口可以看到更多景色、视野更为宽阔的地方。然而，从科隆的窗口看到的是多伊茨，而从多伊茨的窗口看到的才是科隆；正为此，我选择了多伊茨的旅馆。因为，无可争辩的是：与其住在科隆，眼观多伊茨，倒不如住在多伊茨，眺望科隆。

　　独自一人，我漫步向前，寻找着教堂，在每个街角处都满怀希望能看到它。但我不识这个复杂的城市，狭窄的街道上，夜色渐浓。我不喜欢问路，于是，便随意地闲逛着。

　　最后，我闯进了一个可通行车辆的大门，进入一个院落，向左走向一个长廊式的地方，突然，我置身于一个幽暗而荒凉的大广场上。

　　在这儿，我看到了美妙的场景。眼前，在暮色苍穹的幻影下，在一大片各式人字墙结构的矮房中间，矗立着一堆硕大的黑色物体，顶上可见尖塔和小钟楼；再远一点儿，也就是一弩之距的地方，孤零零地耸立着另一个大黑团，没有那个宽，却比那个更高，好似一个大大的方形堡垒，四个角上有四座高高的塔楼，在这个大黑团的顶上，显出一个奇怪地倾斜着的构架轮廓，它置于古老的城堡主塔正面，看起来如同插在盔甲上的一根巨大的羽毛翎。这个小圆豆，是教堂的半圆形后殿；这个城堡主塔，是钟楼的基部，这个半圆形后殿和这个钟楼的基部就构成了科隆大教堂。

　　我原以为斜置在黑色建筑物盔顶上的那根黑色羽毛翎，我第二天看到，原来是一个巨大的象征物——鹤。鹤身上披挂着铅片，从塔顶上向每一个过客诉说着：这个未完工的大教堂①将继续建下去，现

------

① 科隆大教堂于 1248 年开始动工兴建，直到 1880 年才全部建完。

在，这个钟楼和这个教堂中间相距着阔地，总有一天它们会合一，同甘共苦；恩格尔贝尔·德贝尔的梦想，在康拉德·德奥斯特丹统治时期付诸实施，建成了教堂，而且在一两个世纪后将成为世界上最大的大教堂；现在，这个不完整的伊利亚特史诗正在盼望荷马的出现。

教堂关着门。我走近钟楼，还真是颇为壮观。四个角上被我看作塔楼的建筑，原来只是墙垛的凸出部分。钟楼还只建好三层，第三层为尖形拱肋建筑，而已经建成的部分几乎达到巴黎圣母院塔楼的高度了。如果有一天计划中的尖塔矗立在这个巨大的石丘上，斯特拉斯堡将会显得微不足道。我想，马里恩①那个未完工的塔楼，恐怕不会以这样的宏伟气魄坐落在大地上。

我曾说过，未完工的建筑是最像废墟的。荆棘、虎耳草、墙草，以及所有喜欢啃噬水泥的草，喜欢将它们的触角伸进石缝的草，都开始攀缘令人敬仰的大门了。人类还在建设，而大自然已经在破坏了。

广场上一直是寂静无声，阒无一人。我尽可能地走近大门——一扇15世纪的铁栅门保护着它——我静静地倾听着那些茂盛生长，探头于屋顶之上的小树林在夜风中喃喃细语。一个邻近的窗子透出一线亮光，照亮了拱形曲线下一排精致的坐姿小雕像，那些天使和圣人有的正在阅读膝头上展开的大书，有的竖起手指，正在谈话或布道。就这样，有的学习，有的授课。这是教堂奇妙的导言，它不是别的，正是用大理石、青铜和石头制成的圣书。而挂在各处的软砌体燕窝使这个严肃的建筑更加迷人。

灯光熄灭了，我只能看到80多法尺高的宽大尖形穹隆敞开胸怀，既没有框架，也没有挡风板，它从中央将塔楼由上至下分开，使我看到了钟楼昏暗的五脏六腑。在这个窗子里，还可看到前面相对的另一扇窗，由于远而略显小，同样也敞开着，其圆花窗和中立梃就好像是用黑笔勾勒出来的，以一种无法形容的清纯显现在明亮而呈金属光泽的暮霭中。一个巨大的黑色尖顶穹隆，中间套着优雅的白色小尖顶穹隆，没有什么能比这更显忧郁，更觉奇特的了。

这便是我第一次观赏科隆大教堂。

―――――――――

① 马里恩是比利时的一个城市。

　　我还没给您讲讲从亚琛到科隆途中的所见所闻呢。没有什么太新奇，太重要的事。沿途都是地道的庇卡底风景或都兰风景，绿色或金黄色的平原，时而可看到扭扭弯弯的榆树，以及远处成排的白杨。我并不讨厌这种宁静，但也不会有太多的热情。在村庄里，年老的农妇像幽灵一样闪过，她们身上裹着灰色或浅玫瑰色的印第安长披风，风帽一直垂到眼眉上方；年轻姑娘们身着短裙，头戴缀着金属片与玻璃珠子的软帽，软帽下隐约可见她们漂亮的头发在脖子上方用一个宽宽的银箭卡别在一起，她们快乐地洗刷着房屋正墙，弯腰时，将迷人的腿弯露给行人，就像古代的荷兰画师所绘的那样。至于那些男人，他们穿着蓝色的工作服，戴着喇叭形高帽子，宛如立宪国的农民。

　　至于道路，刚下过雨，泥泞不堪。我没有碰到什么人，只是有一阵子，遇到某个年轻的音乐家：金色的头发，消瘦的身材，灰白的脸色。他要去参加亚琛或斯巴的舞会。背包挎在身上，用绿色旧布包裹着的低音提琴背在背上，一手拿根棍，一手拿短号，身着蓝色的衣服，带花的背心，白色的领带，一条贴身的裤子，由于道路泥泞而将裤腿卷至靴子上面；可怜的小伙子，上半身是参加舞会的装束，而下半身却是旅行者的打扮。在路旁野地里，我还看到一个当地的猎户，这样的穿着：头顶苹果绿圆帽，帽上有一个用褪色锦缎制成的大大的丁香花帽徽，灰色的上衣，高大的鼻子，带着枪。

　　半路上，有一个我不知名的美丽小城，周围是一片已成废墟的砖墙和塔楼。在这儿，我极为欣赏四个令人惊异的旅客。在一个大敞着窗户的小客栈底层，他们围坐在一张巨大的桌子前，桌上摆满了肉、鱼、酒、馅饼和水果；喝酒，切肉，大咬大嚼；用手拧，拿手撕，狼吞虎咽；脸色红紫如猪肝，一个赛一个，就好似饕餮的四个活化身。我好似看到暴饮暴食之神古吕、格鲁东、古安弗尔和古里亚夫围坐在食物山前大吃大喝一样。

　　另外，这里的客栈都非常好。不过，我在亚琛居住的那家却不行，那一家（帝王旅馆）仅仅是过得去而已。在那里，为了暖脚，我的房间地板上铺着一块非常华丽的绘制地毯，也许正是由于这华丽的地毯，旅馆价格才非常昂贵。

　　关于亚琛，最后还要说的是，这里的赝造风像在比利时一样盛行。在一条通往市政厅的大街上，我看到一个小店橱窗里并排摆放着我的画像和拉马丁——杰出的亲爱同胞——的画像。普鲁士翻版"赝造"的肖像之丑陋比那些可怕的漫画稍好一些。那些漫画是肖像商和书商——包括我的巴黎出版商——出售给那些轻信的公众的，他们惊悸地把这作为我真正的模样；令人发指的诽谤，我在这里庄严地宣布反对这种做法，"我请老天与星球作证"。

另外，我活得像一个真正的德国人。我吃饭用手绢一样大的餐巾；我睡觉用餐巾一样大的床单。我吃樱桃烧野味和李子干烧兔肉，我喝莱茵美酒和口味清醇的摩泽尔葡萄酒。昨天，在我旁边吃晚饭的一个机敏的法国人称之为"小姐酒"。正是这个法国人在品尝了他的一大瓶酒之后，得出这样一个自明之理：莱茵河水不如莱茵美酒值钱。

在旅馆里，老板、老板娘、男侍和女仆都只讲德语；不过，总有一个侍者讲法语，这种法语，事实上也被他所处的日耳曼环境所影响，有点变味儿，但这种变化也并非没有魅力。昨天，我听到我的同伴——那个旅客——指着刚刚上桌的菜问这侍者："这是什么？"侍者严肃地告诉他："是小狮子狗。"其实是鸽子①。

另外，一个像我这样不懂德语的法国人，如果向这个"第一侍者"——这里的人都这样称呼他——询问的问题超出了《旅客导游》中事先印好的范畴时，那你等于白费力。这个侍者只是虚有其表地粉饰了一层法语的色彩，稍稍深入一下，看到的便是德语，纯粹的德语，低沉的德语。现在，我又一次来到了科隆大教堂前。我一大早就来到了这里。到达这个成为杰作的教堂，需从一座旧屋的院落经过。在那儿，一大群穷妇将您团团围住。分发给她们一些当地的钱币时，我回忆起，在法国占领以前，科隆原有一万二千乞丐。这些乞丐有一个特权，那就是将他们占据的固定乞讨位置传给他们的后代，这条法律已废除了。贵族也垮台了。我们这个世纪既不尊重乞丐的继位权，也不尊重贵族的爵位继承权。现在，叫花子们再也不知能将什么留给他们的后代了。

越过这些穷妇之后，便进入了教堂。

---

① 这两个字 bichons（狮子狗）和 pigeons（鸽子）只是轻浊辅音不同，故侍者分辨不清。

教堂里柱体成林，柱基围在木栅中，柱顶抵在错综复杂的扁圆拱穹间，这些拱穹由板条构成，拱度曲线各异，高度不同；教堂里的光线幽暗；所有的拱穹都不高，看上去超不出40法尺；左边有四五扇光彩夺目的彩绘大玻璃窗，从木制天花板直到石砌地面上，就好像是缀满了黄玉以及红、绿宝石的大窗帘。右边，是一堆杂乱的梯子，滑轮，缆绳，起重吊杆，绞车和复滑车；从教堂深处传出了素歌，唱经班成员和受俸教士低沉的嗓音，圣诗那美妙的拉丁文，夹杂着缕缕焚香，断断续续地穿过了拱穹，一架漂亮的管风琴妙不可言地泣诉着；听得出有锯子的吱嘎声，山羊与仙鹤的呻吟声，以及锤子打在木板上震耳欲聋的敲击声。展现在我面前的科隆大教堂其内部就是如此。

这是个与木匠工场相结合的哥特式大教堂，这是个被泥瓦匠粗暴迎娶的高贵修女，这是个被迫耐心地将她那沉静的习惯，她尊严而谨慎的生活，她的歌，她的祈祷，她的沉思冥想同这些工具，这种嘈杂，这些粗野的对话，这个拙劣公司的工作结合在一起的贵夫人；这种不恰当的结合起先产生了一种奇特的印象，使我们希望再也不要看到哥特式教堂的修建；可是，过了一会儿，我们想到，毕竟得这样做，这是显而易见的，这时，这种奇特的印象又消失了。钟楼上的仙鹤具有象征意义。1499年，人们又继续了教堂的修建。这种木匠们的嘈杂，石匠们的喧嚣都是必要的。人们正继续着科隆大教堂的建造；如果上天保佑，人们将完成这项工作。如果能够完工，那真是再好不过了。

这些撑着穹木的支柱，便是草图上的大殿，有一天，它将把半圆形后殿和钟楼连在一起。

我仔细察看着这些彩绘大玻璃窗，它们都出自马克西米利安时代，画技显示了德国文艺复兴时期结实而美妙的夸张风格。上面满是国王和骑士们，他们面色严肃，身姿优美，翎饰奇异，纹章布边饰显出一种野性，头戴夸张的高顶盔，身佩长剑，武装得像屠夫，胸挺得像弓箭手，头部装饰得像战马。他们的旁边是他们的女人，或更准确地说，是他们的雌性伙伴，她们跪在彩绘玻璃窗的角落里，显出母狮或母狼的侧影。阳光透过这些面孔，燃烧起他们的瞳孔，使他们栩栩如生。

其中有一块彩绘大玻璃窗再现了圣母家谱这一美好的主题，这我已见过多次了。画的下部是巨人亚当，身着帝服，仰卧着。从他的腹部长出一棵大树，占满了整块大玻璃窗；树枝上有玛丽亚所有的皇家祖先，大卫弹着竖琴，所罗门正在沉思；在树的顶部一个深蓝色的格子中，最后的一朵花刚刚绽开，花心里是抱着耶稣的圣母。

再过去几步，我在一根粗柱上读到了这个伤感而认命的墓志铭：

> 我，爱德蒙伯爵，生前曾闻名于世。我遭暗杀，安息于此。圣彼得，我将我的弗里斯姆公爵头衔带给你，请让我在上天占一席之地。这个石堆中安葬着公爵的骨骸。

我按照竖立石面上的排列形式抄下了这个墓志铭。它像是散文诗，没有标明是由略显粗糙的六音步诗和五音步诗组成的二行诗体。结束时，顿挫押韵的诗句上有一个数量错误，这使我很惊奇，因为，在中世纪人们已经会写拉丁文诗歌了。

耳堂左臂还刚刚显出轮廓，其顶头是一个大礼拜堂。除了几个神工架外，大礼拜堂里显得冷漠、丑陋、烦躁，布置凌乱。于是，我急忙抽身返回教堂。从礼拜堂出来时，有三件东西几乎同时引起了我的注意：在我的左边，有一个迷人的 16 世纪小讲道台，构思极为巧妙，黑橡树的制作极为精细；再远一点，是祭坛的围栏，是 15 世纪精美铁栅制作的稀少而完整的样式；在我的对面，是一个非常漂亮的圣楼，壁柱短粗，拱廊低矮，属后文艺复兴时期风格，我猜想这是为逃难中的悲伤皇后玛丽·德·美第奇建造的。

在祭坛的入口处，一个精美的洛可可式柜子中，有一个身上披着闪光片和金属箔的真正的意大利圣母像，她和她怀中的孩子都在闪闪发光。在这个戴着手镯和珍珠项链的丰满的圣母下方，显然是为了形成反衬，人们放置了一个为穷人募捐的捐款箱，它制作于 12 世纪，上面盘绕着链条和铁锁；捐款箱的一半嵌在一大块粗糙雕凿的花岗岩中，看起来好似石砌地面上的一堆浇铸泥浆。

我抬眼向上望，看到在我头顶上的尖形拱肋下有一些金色的小棒，并排吊在三角横架上。在小棒的旁边，有这样的题字："您看到的这些小棒的数目是他作为主教在阿格里比恩教堂执教的准确年份。"——我喜欢这样以严肃的方式来计算年代，并时时刻刻使大主教可以看到他已利用或虚度了多少时光。现在穹拱下挂着三根小棒。

主祭室位于著名的半圆形后殿内侧，目前，这个后殿可以说仍然代表着整个科隆大教堂，因为钟楼上没有尖塔，中殿没有穹顶，教堂缺少耳堂。

主祭室里到处是宝。有满是精美细木护壁板的圣器室，有饰满严谨雕塑的偏祭台；有各个时代的名画，各种各样的坟墓；有躺在要塞中的花岗岩主教，有躺在床上由一排满面哀伤的小雕像抬着的试金石主教，有躺在铁网纱下的大理石主教，有躺在地上的青铜主教，有跪在祭坛前的木制主教；有路易十四时代的司法长官正凭倚其墓，有卧着的十字军远征的骑士们，他们的狗正靠在他们的钢脚边友好地抓挠着；有穿着金袍的使徒塑像；有带扭曲柱的橡木神工架；有高贵的议事司铎神职祷告席，有形状似棺的哥特式洗礼缸；有刻着小雕像的祭坛装饰屏；有漂亮的彩绘玻璃窗碎片；有 15 世纪的天神报喜图，底为金色，天使丰满的翅膀上面为彩色，下边为白色，天使正爱慕地注视着圣母；有绘着鲁本斯画的地毯；有好像是麦茨·康坦时期的铁栅，还有好像是弗朗·弗洛里时代的金色绘制板柜子。

必须说明的是，这一切都被可耻地损坏了。如果说有人在建造科隆大教堂的外形，我却不知是谁在摧毁它的内部。没有一座坟墓的小雕像不被剥落或缺头断臂，没有一排栅栏本应金黄色的地方不是锈迹斑斑。到处是灰尘，灰烬和垃圾。苍蝇在菲利普·德·海因斯贝格大主教令人尊敬的脸上飞来飞去。躺在石板上的那座青铜人雕，名叫康拉德·德奥斯特丹，他生前能够建造这座大教堂，今天却无力压死那些蜘蛛，它们正用难以计数的蛛丝把他同地面连在一起，就像格列佛在小人国的遭遇一样。可惜！青铜臂膀不如肌肉臂膀有力。

在一个昏暗的角落里，躺卧着一个大胡子老人的雕像，已是肢残臂断了，我深信这是米开朗琪罗的雕像。这使我回想起，在亚琛，我曾看到那些拿破仑搞来、又被布鲁克①弄去的著名的大理石古柱，这些古柱躺在陈旧的隐修院—墓地的一个角落里，就像是待劈的树段。这些古

---

① 布鲁克（Blücher，1742～1819）：普鲁士元帅。

柱拿破仑是为罗浮宫搞来的，而布鲁克又把它们放进了公墓藏骸所。

在这世上我常说的一句话便是：早知今日，何必当初？

在这些毁坏的坟墓中，我只看到两座墓还比较像样，有时还扫去了墓上的灰尘，这便是绍恩堡两个伯爵的衣冠冢。绍恩堡这两个伯爵似乎是维吉尔曾描述过的一对。这两人是亲兄弟，两人都曾是科隆的主教，两人都葬在同一个主祭室里，两人的 17 世纪坟墓都非常漂亮，两墓相对而置：阿道夫望着安托尼。

直到现在，我有意漏而不谈，准备向您详细讲一讲的便是，科隆大教堂里最令人敬仰的建筑：著名的三王之墓。这是一个相当大的彩色大理石室，用厚厚的铜栅关闭着；其建筑风格混杂而奇特，路易十三风格的俏丽和路易十五风格的凝重交融在一起。这座墓位于半圆形后殿最高礼拜堂的主祭坛后面。首先映入眼帘的是混于主栅栏图形的三条男式头巾。抬眼望去，可以看到三王朝圣的浮雕；低头下看，可读到这平庸的两行诗：

> 这里安葬着神圣三王的遗体。
> 一切囊括，别处无存。

这里，滑稽与严肃的感觉同时闪现在脑海中。那么，就在这儿，躺卧着三个诗意满怀的国王，他们跟随着星辰，自东方而来，仰慕一个生在牛栏中的孩子：他们跪在那里，仰慕着他。现在该轮到我来仰慕了。我承认，世上没有什么能比这个插入福音书中有关一千零一夜的传说故事更使我着迷的了。我靠近坟墓，透过让人嫉妒的密栅，在一块昏暗的玻璃后面，我发现在阴影中有一个奇妙的拜占庭大圣骨盒，用金子制成，上面的珍珠和钻石晶莹闪烁，辉映着阿拉伯风格。绝对像是人们透过了 20 个世纪的黑暗，才在宗教那忧郁、严谨的传说故事中，隐约见到三王那东方耀眼的历史传说。

在众人敬仰的栅栏两边，从大理石上伸出两只金黄色的铜手，每只手上都拿着一个敞开一半的腰包钱袋，下方刻着隐晦的挑衅语言："然后，他们打开钱袋，把礼物送给了孩子。"

在墓的正对面，燃烧着三盏铜制灯，一盏上有"迦斯帕尔"这个名字，另一盏上是"墨尔斯奥"，第三盏上的名字是"巴尔达扎尔"。这真是一种天才的主意，在墓前，可以说是燃烧着三王的名字。

当我准备离开时，不知一个什么尖形物刺穿了我的靴底。我低头看去，是一个铜钉头，它是嵌在我踏着的一块黑色大理石板上的。在察看这块石头时，我想起来了，玛丽·德·美第奇曾希望她的心脏安置在科隆大教堂三王墓前的石板下。我踏在脚下的石板恐怕正覆盖着这颗心。从前，在这块石板上，有一个铜片或金色青铜片，按照德国的习俗，这铜片上带有亡者的徽章和墓志铭，今天，我们仍可辨出痕迹来。撕坏了我靴子的钉子正是用来嵌入铜片的。当法国人占领科隆时，出于革命的念头，大概也是某个投机锅匠，把这块印有百合花图案的铜片取走了，其周围的铜片也遭此命运，因为有许多铜钉从周围的石板上冒出，这证实与揭露了曾发生过许多同样的掠取。可怜的王后！她先是看到自己在路易十三——她的女儿心中失去了地位，然后又从她的创造物黎塞留的记忆中消失，而现在，她又被从大地上抹去了。

命运是多么奇怪地随心所欲啊！这个王后玛丽·德·美第奇，这个亨利四世的遗孀，被流放，被抛弃，处于贫困之中，而几年之后，她的女儿昂里埃特，查理一世的寡妇又于1642年来到科隆，死在伊巴赫，在施泰恩加斯街十号的住所中；而在这同一所房屋中，65年以前，即1577年。她的画师鲁本斯诞生于此。

白天重见科隆大教堂，它失去了夜晚赋予物体的、我称之为"黄昏壮景"的神奇色彩。我不得不说，我觉得，它不如夜晚显得那样雄伟壮丽，轮廓总是很美，但显得有点干巴巴的。这可能是由于现代的建筑师们狂热地用油灰等重新填合这个大教堂的缘故。不应过分地整修古老的教堂。在整修中，由于想要固定其位，而减少了线条，于是，轮廓的神秘波消失了。目前，作为整体，我更喜欢未完工的钟楼，而不是完美的半圆形后殿。无论如何，尽管某些雅士不乐意——他们想将科隆大教堂建成基督建筑业的巴特农神庙①——对我来说，我找不到任何理由来喜爱这个大教堂更胜过喜爱亚眠、兰斯、夏特勒

---

① 巴特农神庙（Le Parthénon）：希腊著名建筑，建于公元前447至前431年。

和巴黎那些完整而古老的圣母院。

我甚至要说，博韦大教堂也只完成了半圆形后殿，不大被人知，极少为人吹嘘，在我眼中也并不比科隆大教堂差，无论是在整体上，还是在具体部位上。

科隆市政厅位于大教堂附近，是极美的拼凑式建筑。它是人们能在古老的村镇中遇到的各个时代、各种风俗的集合体，这些村镇都以同一方式建成，无论是法律，还是风俗习惯。这些建筑和这些村镇的组成方式很奇特，值得研究。与其说它是建筑，倒不如说是堆砌，是接连不断的增大，是心血来潮的扩展，是蚕食邻近的地带；没有哪一部分是按照事先画好的规律图纸进行的，一切都是根据不断出现的需要，逐渐修筑的。

因此，基础大概是某个罗马酒窖的科隆市政厅，在 1250 年左右还仅仅是一个朴实无华的尖拱住所；后来，人们明白了应该有一个警钟楼，以便敲响警钟，号召人民拿起武器，或是为守夜人而设，于是，在 14 世纪，建成了一座既是资产阶级，又是封建主义风格的漂亮塔楼。随后，在马克西米利安时代，文艺复兴愉悦的气息开始摇动了大教堂深暗的石头树叶，对优雅与装饰的爱好到处传播，科隆市政长官们感到有必要为他们的市政厅梳洗打扮一下，他们从意大利请来了某个建筑师，是米开朗琪罗的学生，从法国请来了某个雕塑家，是年轻的让·古戎①的朋友，而他们在 13 世纪建筑那黑色的正面配上了一个成功而美妙的门廊。过了几年，他们又想要在书记室旁修建一个室内散步场，于是，他们又修建了一个迷人的拱廊后院，豪华地修饰上了徽章和浮雕。这些，我今天都看到了，而再过两三年将无人得以观赏了，因为人们任凭这一切变为废墟，无人理睬。最后，在卡尔五世时代，他们认识到需要一个大厅来进行拍卖和叫卖，来召开资产阶级议会。于是，他们在警钟楼和门廊对面，用砖头和石头建起了一座主体建筑，其品味高雅，极为协调。今天，13 世纪的大殿，14 世纪的警钟楼，马克西米利安时代的门廊和后院，卡尔五世时代的大厅，由于时间的流逝都已显得陈旧，它们代表着传统和对事件的记忆，偶

---

① 让·古戎（Jean Goujon，1510～1566）：法国雕塑家与建筑师。

然以最独特、最优美的方式组合在一起，这就构成了科隆的市政厅。

顺便提一下，我的朋友，作为艺术品，作为历史的表现形式，它比那冰冷、灰白的建筑物还稍微有些价值。这个建筑物显得杂乱无章，因为它的三个正面堆砌着拱门饰，因为它的装饰苍啬而单调，趣味不高，一切都是简单的重复，没有丝毫新颖的闪光，还因为它那不完整的房顶既无屋脊又无烟囱，今天，某些泥瓦匠们正用这种方式在我们巴黎城面上淹没着博卡多尔的迷人杰作。我们人类真是奇怪，我们任凭特穆伊市政厅被摧毁，却又建起了这样的东西！看到那些自以为是、自称是建筑师的人暗暗地将建筑物降低了两三法尺，也就是说，完全改变了多米尼克 - 博卡多尔的可爱的尖屋顶，以便能够同他们发明的难看的平屋顶相配套，真遗憾！我们难道一成不变地始终是这样的民族？她欣赏高乃依，却又让安德里厄先生来修改删节，改变高乃依作品的风格！——好吧，还是回到科隆来。

我登上警钟楼。天色阴沉，这倒与建筑群以及我的心绪非常协调，我从这儿观赏了脚下这令人赞美的整座城市。

莱茵河畔的科隆，就像塞纳河畔的鲁昂，埃斯考河畔的安特卫普，就像所有依傍一条天堑般的大河的城市一样，其形状好似一个绷紧了的弓架，河流是弓弦。

房顶上的石板瓦层层叠叠，顶部为尖状，正好似摞成两叠的纸牌；狭窄的街道，结实对称的人字墙。在房顶上方可见一条城墙和砖石城壕的暗红曲线，紧压着城市，如同一条系住河流的皮带，下游是图尔姆森塔楼，上游是漂亮的拜恩杜姆塔楼，在其雉堞上，矗立着一个大理石神父像，正在为莱茵河祝福。从图尔姆森到拜恩杜姆的莱茵河沿岸延伸着一法里长的房屋建筑。在这一长溜建筑群中间，有一座大浮桥，优雅地迎浪拱曲着，飞架在宽宽的河流上，直达对岸，将多伊茨这座白色房屋的小城同科隆的黑色大建筑群连成一片。

在片片房屋，座座塔楼和长满鲜花的复折屋顶中央，在科隆高地上，矗立着 27 座教堂的各式塔顶，除了科隆大教堂，这其中还有四座庄严的罗曼风格教堂，形式各异，瑰丽壮观，实为真正的大教堂；北面是圣马丁大教堂，西边是圣热雷昂大教堂，南边是圣阿波特尔大教堂，东边是圣玛丽·卡皮托利大教堂，它们圆圆的就好像是半圆形后殿、塔楼和钟楼的巨大纽结。

如果仔细观察城市，真是热闹非凡，生机勃勃；桥上满是行人、车辆，河流上到处船帆点点，沙滩上围满了桅杆。所有的街道都挤满了人，所有的路口都在诉说，所有的屋顶都在歌唱。这儿，那儿，绿色的树丛温柔地抚摸着黑色的房屋；在单调的石板瓦屋顶和砖石建筑群中，时而可以看到15世纪老式旅馆那雕有鲜花饰、水果饰或树叶饰的长长屋檐，檐壁上逗留着兴高采烈的鸽子。

这个大镇，发达的工业使它成为商业重地，重要的地理位置使它成为军事要塞，而流淌的河流又使它成为沿海城市。它的周围是广袤富饶的平原，一直延至荷兰一边；莱茵河从中穿过；在其东北部有历史上著名的七座小圆丘，这个由于传统和传说而变得神秘的地方，就是人们所说的七座山。

由此，荷兰和她的商业，德国和她的诗歌，作为人类思想的两大面貌：实利与理想，就矗立在科隆的地平线上，而科隆本身就是交易与梦想的城市。

从警钟楼上下来，我驻足于院内，文艺复兴时期迷人的门廊前。刚刚我把它称作"凯旋门廊"，其实，我应该说是"辉煌门廊"，因为，这个精美建筑的二层由一排小凯旋门组成了拱廊，上面的题献，按照年代，第一个献给恺撒，第二个献给奥古斯都，第三个给阿格尔巴——科隆的创建人；第四个给君士坦丁，基督教皇；第五个给朱斯第尼安，立法皇帝；第六个献给马克西米利安，在世的皇帝。在门廊正面上，富有诗意的雕刻家雕出了三幅浮雕，代表着三个驯狮师：米龙·德克多，矮子丕平和达尼埃尔。两边，是米龙·德克多用身躯的力量将狮子打翻在地，以及达尼埃尔用精神的力量征服了狮子。在达尼埃尔和米龙中间，就好像是把两者自然连接的矮子丕平，他用士兵那强有力的身躯的力量和精神的力量来共同对付这些凶残的野兽。在纯力量与纯精神之间，是勇气，在竞技者和先知之间，是英雄。

丕平手握宝剑，裹着大衣的左手伸入狮子的嘴中；狮子张牙舞爪，后脚直立，这种奇妙的姿势在徽章上称之为"跃立雄狮"。丕平勇敢地面对着它，他在战斗。达尼埃尔纹丝不动地站立着，垂着手，双目仰望天空，而狮子柔情蜜意地在他脚下蜷缩着；精神不用战斗，精神本身就是胜利。至于米龙·德克多，他双臂困在树丛中，奋力地挣扎，狮子正无情地吞噬着他；这是盲目而愚笨的驯狮法之灭亡，他们曾相信，肌肉和拳头足以对付一切，纯力量失败了。这三幅浮雕都有着深刻的意义。最后一个是可怕的结果。我不知从这忧郁的诗歌中能得出什么样的可怕而宿命的结论，也许雕塑者本人也不知道。这是大自然对人类的报复，植物与动物有着共同的利益，橡树来为狮子帮忙。

不幸的是，拱门饰，浮雕，柱顶盘，拱墩。柱顶盘的上楣，以及柱子，整个漂亮的拱门廊都经过修复，刮去了原来的，重嵌了灰缝，油漆得极为干净，干净得让人伤心。

当我正要走出市政厅时，一个男人，与其说是年岁大，倒不如说是苍老，与其说是背有些驼，倒不如说是失去了尊严；看起来穷困潦倒，举止中却又透出些傲气。他走进了院子。带我上警钟楼的门房示意我注意看他。这个人是个诗人，他靠自己的年金生活在陋室中写史诗。他的名字倒是绝对的默默无闻。我的向导对他极为崇拜，他对我说，这个诗人写的史诗反对拿破仑，反对1830年革命，反对浪漫主义，反对法国人，可是，他的另一首诗却在呼吁科隆现今的建筑师们按照巴黎先贤祠的样子，继续大教堂的建筑。好吧，就算他写的是史诗吧！但这个人却是少有的邋遢。我一生中还未曾见过如此不修边幅的怪人。我想，在法国是难得找到能与之相比较的史诗诗人的。

过了一会儿，在我经过一条不知名的又窄又暗的街道时，一个眼睛放光的老人突然从一个剃须匠那里跑了出来，喊叫着来到了我跟前："先生！先生！疯狂的法国人，噢！法国人！咚，咚，咚！咚，咚，咚！向世人宣战！真勇敢！真勇敢！拿破仑，对吧！向全欧洲宣战！噢！法国人！太勇敢了！先生！刺刀对准所有的普鲁士人！在耶拿战役①中打了一个漂亮仗！好啊！法国人！咚，咚，咚！"②

我承认这种夸夸其谈使我感到有趣。在这些高贵民族的记忆与希望中，法国是伟大的，整个莱茵河畔都热爱着我们——我几乎要说是

---

① 耶拿为原东德的一个城市，1806年10月14日，拿破仑在耶拿战役中大胜普鲁士人。

② 这一段话中的全部清浊辅音及圆唇音与扁唇音都混淆不清，所以显得有些滑稽。其中的咚咚声为模仿古代作战时的鼓点声。

在期待着我们。

晚上，星光闪烁，我漫步在河流的另一岸，与科隆遥相对应的沙滩上。在我的面前，是整座城市：数不胜数的人字墙房屋和黑色的钟楼在已是黄昏却还有些泛白的天空中看得清清楚楚。在我的左边，就像是一位科隆的巨人，耸立着高大的圣马丁教堂剑塔，其两个小塔直冲云天。几乎是在我对面，可见昏暗的大教堂半圆形后殿，大教堂的上千个尖顶小钟塔好像是一个巨大的刺猬，蜷缩在河边，尖顶上的仙鹤好似它的尾巴，钟塔下方挂着的两盏路灯，如同刺猬闪光的眼睛。在这一片黑暗中，我只听到浪花小心翼翼地轻抚我的脚面；只听到一匹马在浮桥板上沉闷的脚步声。远处，在隐约可见的铁匠铺里，还可听见铁锤打在铁砧上清脆的敲击声。城市里的其他声响都未能穿过莱茵河。几扇玻璃窗在对岸忽隐忽现地闪动着；铁匠铺下，燃烧着的大炉子倒映在河流中，形成一条长长的光束，就好像是个装满了火的大口袋正将火焰倒入水中。

在这美丽的黄昏景色中，我又萌发了忧郁的幻想。我暗忖：日耳曼城已消亡，阿格里巴的城市也已消亡；圣恩格贝尔的城市仍然屹立着，但它又将维持多久呢？圣埃莱娜建造的庙宇已于 1000 年以前倒塌了；大主教阿诺建造的教堂也将变成废墟。河流侵蚀了这座城市。每天，都有一些古老的石块，远古的回忆，以及某些古老的风俗习惯随着二十几艘蒸汽船的接触剥离而去。坐落在欧洲大动脉上的城市是不可能毫不受损的。尽管没有最古老的两个大陆城镇特里尔和索勒尔历史悠久，科隆城却曾在迅疾猛烈的思潮影响下变革了三次：不断徘徊于沉默者威廉①的城市以及威廉·泰勒②的山城之间，并接受了来自美因兹的德国思潮以及来自斯特拉斯堡的法国思潮。现在，科隆好像又面临第四个厄运时代。实证主义和功利主义的思潮，正如今日之野蛮人所说，来到并侵袭了科隆。新鲜事物从各个方面渗入它古老建筑的迷宫中；新建街道在这个哥特式建筑群中打开一个个大缺口；"高雅的现代趣味"在这里落了户，建起了里伏利式建筑，并愚蠢地

---

① 沉默者威廉（WilliamI the Silent，1533～1584）：德国王子，荷兰各省总督。

② 威廉·泰勒：13 世纪时传说中的英雄。

享受着小商贩们赞叹；一些醉醺醺的拙劣诗人向康拉德的城市推荐着苏弗洛的先贤祠。教士们的墓穴在这个大教堂中变成废墟，大教堂今天是由虚荣而不是由信仰在继续支撑着修建。穿着猩红色外衣，头戴金银饰的漂亮村姑们不见了，轻佻的巴黎式女郎漫步在河畔；我今天看到的罗曼风格圣马丁隐修院的砖墙也颓败了，人们将在这里建起一个托尔托尼咖啡屋；一排排的白色房屋使玛第尔·德戴博这个封建天主教的村镇有某种说不清的巴蒂诺尔城假象。一辆公共马车从古老的浮桥上经过，花 6 个苏就可从阿格里比那直达图伊第安。——遗憾！古老的城市远去了！

8 月 11 日于莱茵河畔安德纳赫

瓦尔拉弗博物馆

　　除了大教堂、市政厅和伊巴赫博物馆外，我还在科隆附近的沙伊—科腾参观了地下渡槽遗迹。在罗马时代，它从科隆一直通达至特里尔，今天，在 33 个村庄仍可找到它的痕迹。在科隆市中心，我参观了瓦尔拉弗博物馆。我极想向您介绍一番，但我还是决定算了。您只需知道，如果说，由于德胡伯森男爵的掠夺，我没有找到古罗马人的战车，没有看到著名的埃及木乃伊，以及 1400 年铸造于科隆的长四古尺①的轻型长炮，那么，我却在这里观看了一个漂亮的罗马石棺，还有贝尔纳·德加朗主教的甲胄。人们还让我看了一副巨大的护胸甲，据称，这是属于帝国将军让·德威尔的；不过，我徒劳地寻找着他那长八法尺半的长剑和同波吕斐摩斯②的松树一样的长矛，以及他那传奇般的头盔，据说，这头盔两个壮男人都很难抬起呢。

　　不过，参观博物馆，教堂，市政厅这些壮景所带来的愉悦，却由于严重的强求小费而大打折扣。在莱茵河畔，正像在所有的旅游胜地一样，小费是一只令人极其厌恶的蚊子，它时时刻刻都在伺机咬您一口，不是咬您的皮肤，而是咬您的钱包。对它来说，游客的钱包，这珍贵的钱包就是一切，而您在门口享受到的满面春风的微笑和热情而诚恳的接待中，并无神圣的好客成分。您将会看到，这个

---

　　① 合 1.20 米。

　　② 波吕斐摩斯（Polyphemus）：希腊神话中的独眼巨神。

地区的聪明人将小费已提高到了何等程度。我只是陈述事实。我毫未夸张。——您来到某个地方；在城门口，一位武装侍从询问您想下榻在哪家旅馆，向您索要护照，收起您的护照。马车停在驿站院落里；在路上从未看过您一眼的赶车人来为您打开车门，怡然自得地向您伸出了手：小费。过了一会儿，驿站马车夫也来了，由于警察局的条令禁止他这样做，他嘟嘟囔囔地说着莫名其妙的话，意思是：小费。人们取下了车顶遮雨布；一个奇怪的人上了车，将您的箱子和旅行袋放到地上：小费。另一个奇怪的人将行李放在手推车上，问您去哪家旅店，推着车跑在您的前面。到了旅馆，老板出来了，同您开始了以下的对话，人们真应该将它用各种语言写在旅馆的门上。"您好，先生。""先生，我想要一个房间。""很好，先生。"（对台后边叫道：）"带先生去四号房。""先生，我想吃晚饭了。""马上就好，先生。"等等，等等。——您上楼来到了四号房，您的行李已在那里了。一个人出现了，是将您的行李拉到旅馆来的那个推车人。小费。又来了第二个人。他想干什么？是将您的东西拿到房间里的那位。您对他说："好的，我临走前给您，像给其他的仆人们一样。"那位回答说："先生，我不是旅馆里的人。"——小费。您走了出去。看到一座教堂，一座美观的教堂。应该进去看看。您在周围转着，您观看着，您寻找着，门是关着的。耶稣说：请进入教堂。教士们本应将大门敞开着，可教堂执事们将大门紧闭，以便挣 30 个苏的钱。这时，一位老妇人看到了您的窘态，她走过来，指给您一个小窗口旁的门铃。您明白了。您按响了铃，小窗子打开了，教堂执事出现了，您要求观看教堂，教堂执事拿起一串钥匙，走向大门。当您正要踏进教堂门槛时，您感到袖子被人拉住了：是乐于助人的老妇人，您忘恩负义，已经把她忘记了，而她却一直跟随着您。小费。您进入了教堂；您观看着，您欣赏着，您啧啧称赞着。"这幅画上怎么遮着绿帷幕？""因为这是教堂中最漂亮的一幅。"教堂执事说。"好吧，"您说道，"这里遮盖着最漂亮的画，其他的地方会将它们展出的。这幅画是谁的？""是鲁本斯的。""我想看看。"——教堂执事转身而去，几分钟后又同另一个极为沉闷、悲哀的人一起回来了。是主管帷幕的人，此人按了一下弹簧，帷幕打开了，您看到了名画。看过后，帷幕又关闭了。帷幕主管人向您致以意味深长的敬意。小费。您继续在教堂中漫步，一直跟随着教堂执事。您来到了主祭室的铁栅门前，栅门紧锁着，门前站着一个穿戴华丽的人，这是教堂侍卫，他得到了您要由此而过的通知，正在等候您的到来。主祭室是由侍卫负责的。您在里边转了一圈，在您走出时，您那装扮过分的导游和士官威严地向您告别。小费。侍卫将您还给了教堂执事。您从圣器室前走过。噢，真是奇迹，门开着。您走了进去，里面有一个管理员。教堂执事知趣地离开了，因为，最好是将猎物留给圣器室管理员。管理员将您抢在手里，向您指点着圣体盒，祭披，彩绘玻璃，没有他，您也一样会看得很清楚，还有主教冠，在一块玻璃下，一个盖着褪色白锦缎的盒子里，有几块曾穿戴如行吟诗人的圣人的遗骨。圣器室看过了，管理人还留在那里。小费。教堂执事又来了。这里是塔楼的楼梯，从大钟楼上观望，视野一定不错，您想上去看看。教堂执事静静地为您推开了门，您爬了三十几级台阶，随后，通道突然被阻。这里有一扇紧闭的门。您返身回来，只剩下您一人，教堂执事已不在那儿了。您敲门，窥视孔里出现一张面孔。这是打钟人。他打开了门，对您说："请上吧，先生。"小费。您上去了，打钟人未跟着您；太好了，您心里想。您自由地呼吸，您享受着独自一人的乐趣，您愉快地来到了塔楼高高的平台上。您在那里踱着方步，天空蔚蓝，风景优美，天际辽阔。突然，您发现，这会儿，有一个讨厌的人紧跟着您，与您并肩行走，在您耳边低声诉说着含糊不清的话。这是解说人，他负责向外国人评说钟楼、教堂和风景的壮美。平常，这是位口吃的人，有时，他是既口吃又耳聋。您并未听他的，您让他随意地诉说，您把他遗忘在一边，自己观赏着教堂巨大的四坡屋顶的端部层面，其拱扶垛好似剖面一般从中引出，石头剑塔的上千个石块，屋顶，街道，山墙；道路好似车轮的轮辐射往各个方向，天边是它的轮缘，城市是它的轴心，还有平原，树木，河流，山丘。您看过这一切，想下去了，您向楼梯的墙角塔走去。那个人站立在您面前。小费。"很好，先生，"他将钱放入口袋，对您说，"现在，您愿意给我点小费吗？""怎么！我刚刚给您的不是小费？""这是给教堂财产管理委员会的，先生，每来一个人，我就要付两个法郎给他们；不过，现在先生明白了，应该给我点什么了吧。"——小费。

您往下走，突然，一个活门在您旁边打开了。这是安置大钟的小屋。应该看看这漂亮钟楼上的大钟。一个年轻人给您指点，为您命名这些大钟。小费。在钟楼下边，您又找到了教堂执事，他一直在耐心地等待着您，并恭敬地将您一直送回到教堂门前。小费。您返回旅馆，您小心注意着不向过路人问路，因为这是讨小费的机会。您刚迈进旅馆，就看到一张陌生的面孔友好地向您走来。这是城门口的武装侍卫，他为您拿回了护照。小费。您吃晚饭；出发的时刻来到了，仆人为您拿来了付款单。小费。马厩的养马人将您的行李拿到马车旁。小费。一个送货人将行李放到了带篷马车上。小费。您上了马车，您出发了，夜色降临了；您明天将重新开始。

让我们回顾一下：赶车人的小费，驿站马车夫的小费，摘除遮雨布人的小费，推行李车人的小费，"不是旅馆中的人"的小费，老妇人的小费，鲁本斯的小费，教堂侍卫的小费，圣器室管理人的小费，打钟人的小费，低声解说人的小费，教堂财产管理委员会的小费，承管大钟人的小费，教堂执事的小费，城门口武装侍卫的小费，旅店仆人们的小费，养马人的小费，送货人的小费；一天内付了18次小费，除去花费很大的教堂，还有9次。现在，按照至少50生丁，最多两个法郎——有时小费是必须付这么多的[1]——来计算一下这些小费，于是，您付了一笔不小的款子。不要忘了，任何一次小费都应是一个银币。几个苏和一些铜币零钱都属碎屑与垃圾，连最低级的仆役都会不屑一顾的。

对于这些机敏的人，游客仅是一只装满金钱的口袋，要尽快地掏空。每个人都抢着来掏。政府有时也来参与；它拿了您的箱子和旅行包，将这些东西扛在肩上，然后向您伸出手来。在大城市里，行李搬运工每接待一位游客，就需付给皇家金库12个苏和2个里亚[2]。我到亚琛还不到一刻钟，就已经给普鲁士王付过小费了。

① 在亚琛，为了看圣物，付给教堂财产管理委员会的小费定为一个塔勒（3法郎75生丁）。——原注

② 里亚（un liard）：法国古铜币名，相当于四分之一苏。

莱茵河

　　您知道，我常对您说，我喜爱江河。江河既可载运货物，也能传播思想。在天地万物中，任何东西都自有其神奇妙用。江河，就像是巨大的喇叭，向着海洋唱颂着大地的美景，田野的耕耘，城市的壮丽以及人类的光荣。

　　我也曾对您说过，在所有的江河中，我最喜欢莱茵河。我第一次见到这条河，是在一年前，在凯尔经过浮桥的时候。夜幕降临，车子缓缓地移动。当我通过这条古老河流的时候，我感受到了某种敬仰之情。这，我至今不曾忘怀。很久以来，我一直想看看这条河。每当我与这些大自然中的伟物相接触——我几乎要说是与其心心相印时，我都被深深地感动。这些大自然中的伟物在历史上也起着重大作用。我不知道为什么，那些极不协调的东西，在我眼中，往往显示出一种奇特的相似与和谐。我的朋友，您还记得瓦尔斯里纳城的罗纳河吗？1825 年，在那次愉快的瑞士旅行中，我们曾共同观赏过它。那次瑞士之行是我一生中印象最为深刻的一次。那时，我们都还只有 20 岁！当时，罗纳河是以怎样的狂啸，怎样的怒号翻卷着冲入漩涡的啊！而那柔弱的木桥却在我们的脚下战栗发抖，摇摇欲坠。这一切您还记得吗？从那时起，罗纳河在我的脑海中便是一只老虎，而莱茵河却是一只狮子。

　　那天晚上，当我第一次看到莱茵河时，我觉得它确实是一只狮子。我长久地注视着这骄傲而高贵的河流：凶猛而不疯狂，原始中却显出威严。当我过河时，正值它水涨河满，极为壮观。它那浅黄褐色的浪花如同雄狮的浓发——布瓦洛称之为"黄泥色的胡须"——拍打着桥面。它的两岸隐没在黄昏中。它的声音是一种有力而沉着的咆哮。在它身上，我感受到了大海的力量。

是的，我的朋友，这是一条高贵的河流。它目睹了封建社会，共和体制和皇家帝国。它当之无愧，既是法国的骄傲，也是德国的自豪。这条河流既是战争者，也是思想家的见证，因为它概括了整个欧洲历史的这两大面貌。在那使法国前进的壮丽波涛中，在那使德国思索的深沉的潺潺水流中，我们都能找到历史的痕迹。

莱茵河集中了河流的万般面貌于一身。它像罗纳河一样迅速敏捷，像卢瓦尔河一样雄浑宽阔，像缪斯河一样峭壁夹岸，像塞纳河一样迂回曲折，像索姆河一样绿水滢滢，像台伯河一样历史悠久，像多瑙河一样庄严高贵，像尼罗河一样神秘莫测，像美洲的河流一样金光闪闪，像亚洲的河流一样蕴涵着寓言与幽灵。

在史前，也许在人类存在之前，在今日莱茵河的地域上，曾有两条火山脉在冒烟，在燃烧；火山熄灭了，在大地上留下了两大堆熔岩和玄武岩，像两座长城一样平行排列。同时，巨大的结晶凝聚了，形成了今日的原始山脉，大量的冲击层干涸了，成了今日的从属山脉。那慢慢冷却下来的巨大熔岩堆，就是我们今日所称的阿尔卑斯山。山顶上堆积了厚厚的雪。这些雪化成水后形成两条大河流淌在大地上。一条顺北坡流去，穿过平原，流经死火山的两条沟壑，再从这里投入大西洋；另一条沿西坡而流，从座座高山上直落而下，沿着死火山的另一堆熔岩——我们今日称作阿尔代什山——流入地中海。这第一条河流就是莱茵河，第二条是罗纳河。

据历史记载，最早出现在莱茵河岸边的人类是被称作凯尔特人的半开化民族。罗马称他们为高卢人。恺撒曾说过："在他们的语言中，称作凯尔特人，而在我们的语言中，叫做高卢人。"候哈克人定居在靠近源头的地方，而阿尔让多哈克人和毛坎田人定居在靠近河口的地方。随后，时机来临，罗马出现了。恺撒征战了莱茵河。德律絮斯建立了 50 个城堡。执政官米纳蒂乌斯·布朗古斯在汝拉山的北山顶上开始建立城市。马尔蒂斯·维萨缪斯·阿格里巴在美因河疏水口上建了一座堡垒。然后，他又在与杜蒂奥姆城相望的地方建了一个殖民地。在内隆统治时期，参议员安托瓦在靠巴达维海的地方创建了一个自治市。此时，整个莱茵河都落入了罗马人的手中。古罗马的第二十二军团曾扎营在耶稣受难时的橄榄树下。当这个军团从耶路撒冷驻地撤回时，蒂杜斯便把它派到了莱茵河畔。罗马军团继续着马尔蒂斯·阿格里巴的事业。征服者们认为有必要建立一座城市将莫利波库斯和托纽斯连接在一起。于是，由马尔蒂斯设计的莫干蒂阿库姆城便由军团士兵们建起来了。然后，特拉让又将其扩大，阿德里安将其美化。——还有一件惊人的事情，必须顺带提一下。这个第二十二军团带回了克雷桑蒂斯，他是莱茵河畔的第一个耶稣代言人，并在这里建立了新的宗教。上帝的意愿，要这些拆毁了约旦河流域庙宇最后一块石头的有眼无珠的人们在莱茵河流域铺下庙宇的第一块基石。在特拉让和阿德里安之后，又来了于连，他在莱茵河与摩泽尔河的汇合处建立了一座要塞；在于连之后，又出现了瓦朗蒂尼安，他在我们叫做洛旺堡和斯特洪堡的两座死火山上建了一些城堡。就这样，在短短的几个世纪中，这条长而牢固的罗马殖民线便如同链条一样连接、加固在河流上。这条罗马殖民线包括：维尼塞拉，阿尔达维拉，洛尔加，特拉维尼·加斯特奥姆，韦尔萨利亚，莫拉·罗马诺鲁姆，杜利·阿尔巴，维多利亚，波多布里加，安托尼亚库姆，桑蒂亚库姆，里科杜洛姆，里科马圭姆，杜尔波杜姆，布鲁瓦洛姆；它从科尔尼、罗马诺卢姆直到康斯坦茨湖，从莱茵河顺流而下，沿途还以一些重点城市为基础：奥古斯塔，即今日的马塞尔；阿尔让蒂纳，即今日的斯特拉斯堡；莫于蒂阿库姆，即今日的美因兹；孔弗卢昂蒂阿，即科布伦茨；科隆尼加·阿格里比纳，即今日的科隆；并在靠近大西洋的地方，同特拉泽克杜姆·莫桑——即马爱斯特里茨，特拉泽克杜姆·雷努姆——即乌德勒支相连。

从此，莱茵河便非罗马莫属了。这时，它只是一条灌溉日后的瑞士省份和两个日耳曼尼亚及比利时和巴达维省份的河流，仅此而已。北部的长发高卢人曾英勇善战，米兰的穿长袍高卢人和里昂的穿长裤高卢人都要好奇地跑去观看。而这时，他们都被征服了。左岸的罗马城堡使右岸敬畏，古罗马军团的士兵穿着特里尔呢军服，拿着东格尔的槊，只需站在悬崖上监视日耳曼人那古老的战车——一种庞大的活动塔楼。这种战车的轮子上装备着镰枪，车辕上竖着梭镖，由牛拉着移动，上面筑有可供十个弓箭手使用的雉堞。有时，这种战车会在莱茵河的另一侧冒险来到德律絮斯的要害弩炮射程之下。

北方种族向南方地区的可怕涌入，在民族生活的某些灾难时期不可避免地反复重演，人们将它称作蛮族入侵。它吞没了整个罗马，正值罗马帝国应改革的时期，莱茵河上城堡的花岗岩军事屏障被这股浪潮所摧毁。而在六世纪左右，曾出现过这样的时刻：莱茵河的浪峰冲击着罗马废墟，就像今天冲击着封建遗址一样。

查理大帝修复了这些瓦砾，重建了堡垒，用来对抗以其他名字再生的古老的日耳曼游牧部落，同波艾曼人对抗，同阿波德里特人对抗，同维尔巴特人对抗，同萨哈伯人对抗。他还在他妻子法斯特拉达长眠着的美因兹建了一座石头墩桥。据说，人们今天仍能在水下看到遗迹。他重建了波恩的引水渠；修复了维多利亚，即今日的纽维艾得罗马大道，巴克希尔拉，即今日的巴查拉克大道，维尼塞拉，即今日的温凯尔大道，和特洛努斯·巴克希，即今日的特拉尔巴克大道；并在尼艾德·安日莱姆，用于连的一个大浴室的断砖残瓦为自己建了一座宫殿——萨阿尔宫。但是，尽管查理大帝才华横溢，毅力超群，他的所作所为也仅仅是刺激了一下残骸枯骨。古老的罗马帝国早已寿终正寝，莱茵河的面貌已今非昔比了。

正如我上面已提到的，在罗马统治下，一根看不见的胚芽已经播种在莱茵河地区。基督教，这只刚刚展翅的神鹰在这些峭壁上产下了一只蛋，蛋中包含着一个世界。克雷桑蒂斯在公元70年就已为托纽斯传过教。以他为榜样，圣阿波利奈尔观光了里科马圭姆；圣高阿尔在巴克希尔拉布道；土尔的主教圣马尔丁在孔弗卢昂蒂阿讲授教理；圣马代尔纳在去东格尔之前，曾在科隆居住过。圣厄沙利尤斯在特里尔附近的树林中为自己建造了一座隐修院。而在这同一片树林中，圣热泽兰曾在一根柱子上站立了三年，同狄安娜女神雕像短兵相接，最后他终于用盯视的方法使雕像崩溃了。在特里尔，甚至许多无名的基督徒在高卢省府大院里做了殉教者，人们将他们的骨灰扬洒在风中，但这些骨灰是飘扬各地的种子。

种子已播在犁沟中，但只要蛮族过渡期持续，便不会生根发芽。

相反地，这个时期出现了深刻的崩溃，文明似乎瓦解了，牢固的传统之链断开了，历史好像变得没有痕迹了。这一灰暗时期的人类与事件像幽灵一样通过了莱茵河，给河流留下的仅仅是一种幻象，刚一闪现马上就无影无踪了。

由此，莱茵河在经过了一个历史时期之后，进入了一个神奇的阶段。

人的想象力同大自然一样，不接受空白的存在。在没有人烟的地方，大自然便使鸟儿们啁啾不休，使树叶沙沙作响，使成千上万的声音窃窃私语。而在历史朦胧的地方，想象力便使幽灵出现，使幻想和表象共存。寓言在消失的历史空白区生存，成长，结合，开花，就像英国山楂树和龙胆树生长在倒塌的宫殿裂缝中一样。

文明犹如太阳，有黑夜，有白昼，有圆满，有环食；时而落下，时而升起。

当文明复兴的曙光在托纽斯出现时，立即在莱茵河畔悦人地传诵着一些传奇与寓言。凡是被文明复兴的光明照亮的地方，便有上千个超自然而可爱迷人的形象闪耀着光辉；而在那些未被照到的阴暗角落，便会有一些丑陋的形象，骇人的鬼魂在张牙舞爪。于是，当今日已被拆毁的撒克逊城堡和哥特式城堡用漂亮崭新的玄武岩建立在今日已不复存在的罗马废墟边上时，一大批虚拟的生命，直接以妙龄女郎和英俊骑士的形象出现，在莱茵河畔广为流传：掌管着树林的山林女神，控制着水域的水神，守护着地下宝藏的地精，悬岩神灵，敲击东西以示来临的鬼魂，骑着长有 16 支鹿角侧枝的梅花鹿穿过荆棘丛的黑衣猎神，黑沼泽地的少女之神，红沼泽地的六女之神，巫当是十手之神，12 个黑衣神，给人猜谜的椋鸟，呱呱叫的乌鸦，讲述祖母故事的喜鹊，泽德尔摩斯的古怪滑稽小塑像，为狩猎迷途王子们指路的大胡子埃瓦拉尔，在洞穴中杀死恶龙的西热弗瓦·勒科尔尼。魔鬼将他的讲道台石建在了特弗瓦斯坦，将攀梯架在特弗瓦斯莱特；他甚至敢于公开去黑林山附近的热尔斯巴克钓鱼；幸亏上帝在河的另一岸，在魔鬼讲道坛的对面，建起了天使讲道坛。当七山脉——这个宽广的死火山上住满了妖怪、七头蛇和巨大的鬼魂时，在河的另一头，莱茵河地区的入口处，威斯拜尔的烈风将一大批如蝈蝈儿一般大小的古老的小仙女们一直带到了班让地区。在这些山谷里，神话也融入圣人们的传奇中，产生了奇妙的结果，这是人类想象的神奇之花。在特拉尚弗尔，便有异名同类的自己的塔哈斯克和圣女马大；回声女神厄科与许拉斯两个寓言在鲁尔莱令人生畏的岩石上安了家；美女蛇在奥古斯都的地道中爬行；讨厌的主教阿多在他的教堂中被他变做老鼠的臣民们吃掉了。朱安堡那爱嘲弄人的七姊妹被变成了岩石；莱茵河有它自然的女侍，就像缪斯河有它自己的女官一样。魔鬼乌利昂在杜塞尔多渡过莱茵河，当时他背上背着一个像面粉袋一样弯成两折的一个大沙丘，这是他在莱德海边弄来的，用来淹没亚琛地区。由于筋疲力尽，又受到了一个老妇人的欺骗，他愚蠢地将沙丘留在了皇城的门口，这座沙丘就是今日的洛斯堡。对于我们来说，这个时期是在微光中笼罩，神奇的亮光如星光闪烁的时期；在那些树林中，在那些悬岩上，在那些幽谷中，活跃着的只有幽灵的幻影，上帝的显圣，神奇的相会，魔鬼的追踪，地狱的城堡，矮林中的竖琴声，随身女歌手的悦耳歌声以及由神秘的过路人发出的可怕狂笑声。人类中的英雄，几乎同超自然的人物一样神奇，如：古农·德塞安，西伯·德洛尔什，"强者之剑"，异教徒格利索，阿尔萨斯公爵阿蒂什，巴伐利亚公爵塔西罗，法兰克公爵安蒂兹，旺德王萨莫，他们惊慌失措地游荡在令人眩晕的大树群中，寻找着，哭泣着他们那漂亮、高挑、苗条的白衣公主们。公主们都有着迷人的名字：热拉，卡尔兰德，丽芭，维丽丝婉德，肖娜塔。所有这些冒险家都是半怪诞的，仅仅是用脚后跟接触了实际生活。他们在传奇中来来往往，晚上便消失在盘根错节的森林之中。就像阿贝尔·丢勒的"死亡骑士"一样，荆棘在他们健壮的马蹄下踏开，后面跟着瘦骨嶙峋的猎兔狗，亡灵在两根树枝间窥视着他们。在黑暗中，他们时而和某个坐在火边的黑衣烧炭人攀谈，这便是撒旦，它正将死魂灵堆积在一个小锅中；时而又同裸体仙女搭讪，仙女们送给他们盛满了珍珠的珠宝盒；时而又同一些小个子老人交谈，老人们告知他们的姐妹、女儿或未婚妻的下落，他们会在山上见到她们正在青苔床上安睡，或是在一个铺满珊瑚、贝壳和水晶的美丽亭阁深处找到她们；时而，他们又同某个强有力的小矮人聊天，据古老诗歌中说，这些小矮人是"巨人的代言人"。

在这些虚幻的英雄中，时而会出现一些有血有肉的形象。首先是查理大帝和罗兰；各个年龄层的查理大帝，孩童、青年、老年；传说中说查理大帝诞生在黑林山的一个磨坊主家里。而罗兰，在传说中他并非在龙斯沃死于整个军队的攻击，而是出于对莱茵河的爱恋，死在龙南斯威尔特修道院前。再晚些时候，又出现了奥托皇帝，弗里德里克·巴贝鲁斯和阿道夫·德纳索。这些掺杂在神奇人物故事中的历史人物，是在大量的幻想与想象下坚持存在的有关真人实事的传说，是通过寓言泛泛面世的历史，是在花朵下星星点点现出的废墟。

但阴影散去，传说消失，天色大亮，文明重现，历史恢复了形象。

这里有四个人，来自四个不同的方位，他们时常聚集在莱茵河左岸边的一块石头旁，在朗斯和喀贝朗之间，离一条林荫小道不远。这四个人坐在石头上，他们选举又废黜德国的皇帝们。这些人便是莱茵河的四个选帝侯，这块石头，便是王位。

他们所选择的地方——朗斯，几乎是在莱茵河谷的中间地带；朗斯属于科隆选帝侯。从这里，向西可以看到属于特里尔选帝侯的左岸的喀贝朗，向北可以眺到属于美因兹选帝侯的右岸的奥贝尔朗斯坦，还可以望到属于莱茵伯爵领地的布朗巴克。在一个小时以内，每个选帝侯都能从家中到达朗斯。

每年在圣灵降临节的第二天，科布伦茨和朗斯的显贵们便以节日为幌子在这里集中，一起商议某些疑难事情。这是公社与资产阶级的崭露，它在已完全建好的极壮观的日耳曼大厦的基础上秘密地挖着洞穴，在王宫附近大胆地进行着以小克大的有生气而不朽的谋反，甚至就在封建主义巨石王位的阴影之下进行着。

几乎是在同一个地方，斯托尔桑弗尔斯选举城堡俯视着小城喀贝朗，它今日已成了绝妙的遗址。科隆的大主教威尔内1380年至1418年在城堡里居住并供养着炼金术士。他们并未炼出金子来。但却在通向点金石的路上发现了化学的好几种重要规律。因此，在一段不长的时间里，在我们今日几乎不注意的朗恩河口的对面，我们在莱茵河的同一位置上看到了德意志帝国的出现以及民主和科学的诞生。

从此，莱茵河便有着军事与宗教的双重面貌。修道院与女修院成倍增长，半山腰的教堂使河畔村庄与山上的城堡发生了联系。这一惊人画面，在莱茵河的每个转弯处都重新出现，使得教士能够立足于人类社会。那些有神职的王侯们在莱茵河畔不断增加教堂的数量，就像一千年前罗马的省长们所做的那样。特里尔的大主教博杜安建了乌拜威塞尔大教堂，亨利·得威坦让在摩泽尔河上建了科布伦茨大桥。瓦尔拉姆·德于利埃用一个在石头上雕刻精美的十字架，使罗马遗址和哥德斯堡的火山巅神圣化了，这个火山巅被认为是有着魔法的丘陵废墟。就像教皇一样，神权与俗权都集中在这些有神职的王侯们身上。因此，他们对精神与肉体有着双重审判权，并且由于神职人员的特权，不会像纯世俗的情况一样停止这种权力。圣高阿尔教堂的神甫让·德巴尔尼克用圣酒毒死了自己的太太喀热内朗鲍让伯爵夫人；于是，科隆的选帝侯，以他的主教身份将他逐出教会，并以他的亲王身份将他活活地烧死了。

而有王权的莱茵伯爵一方，他感到需要进行长期的对抗活动来反对科隆、特里尔和美因兹的三个大主教对这三个地区可能进行的侵吞。作为君权的表示，那些有王权的公爵夫人们到建在莱茵河中间的帝王行宫——科博城前的塔楼中去分娩。

同时，在与这些主教和选帝侯并行或相继的发展中，各个等级的骑士队伍也在莱茵河畔占有了一席之地。条顿人的骑士队伍驻扎在美因兹，与托纽斯相望；而在特里尔附近，七山脉的对面，罗得人的骑士队伍驻扎在马尔丁瑟夫。条顿人的军队从美因兹一直扩展到科布伦茨，它的一个指挥部在那里立稳了脚跟。已经在巴塞尔主教管辖区的库尔热内和波朗特瑞占主导地位的圣殿骑士团的骑士们在莱茵河畔掌握着波帕尔特和圣高阿尔地区，在莱茵河与摩泽尔河之间控制着特拉尔巴克地区。正是这同一个特拉尔巴克——美酒之乡，罗马人的Thronus Bacchi（酒神的天堂）——不久便归属了皮埃尔·弗拉特。教皇卜尼法称他为"身体上的独眼，精神上的瞎子"。

当王侯们、主教们和骑士们忙于为自己建功立业时，商业也占有了自己的地盘。仿照摩泽尔河上的科布伦茨和美因河边的美因兹，一大批商业小城建立在所有的激流河水汇合处，而汉德斯鲁克山，奥昂鲁克山，哈麦尔斯坦山巅和七山脉上那数不清的河谷将这些河流泻入莱茵河中。班让城建在那赫河畔，尼德尔拉斯坦市建在朗恩河畔，恩泽尔市建在塞恩河的对面，伊尔利克城建在威艾得河边，林茨市建在阿尔河的对面，汉多尔夫市建在马尔巴克河边，而贝尔让市建在西艾哥河边。

　　然而，在这些主教和封建王侯领地的分割交界点，在骑士与僧侣指挥部和市镇大法官裁判所管辖地的分界处，时代精神与地域的自然状况使一些奇怪的领主出现并发展壮大了。从康斯坦茨湖到七山脉，莱茵河的每个河脊上都有一个城堡和它的指挥官。这些神奇的莱茵河大贵族们，是艰苦而野蛮的大自然条件所造就的，他们强壮，并栖身在玄武岩和灌木丛中，他们在洞中筑有雉堞，像皇帝一样，由官员们跪着服侍他们。他们是贪婪凶狠的人，兼有雄鹰与猫头鹰的双重性格。他们的权力仅仅局限在他们的周围，然而却是至高无上的权力。他们控制着沟壑与河谷，招兵买马，设置路障，强行收取通行税，敲诈勒索商人们，不管他们是来自圣加勒还是来自杜塞尔多夫，无一例外。他们用一连串的堡垒将莱茵河封锁住，如果邻城斗胆冒犯他们，便傲慢地送去决斗书。就这样，奥康菲尔的城堡指挥官向大市镇林茨挑起了决斗，而骑士奥斯内·德河冈向皇城康弗波艾尔挑衅。有时，在这奇怪的决斗中，一些城市自感不够强大，临阵恐惧，便向皇帝求救。于是，城堡指挥官放声大笑，而在下一次主保瞻礼上，他便盛气凌人地骑在磨坊主的驴背上，绕城市巡视一周。在阿道夫·得纳索和迪迪埃 - 德伊桑贝尔进行的可怕战争中，好几个在托纽斯有自己的要塞的骑士们胆大妄为到在两个争夺城市的觊觎者眼皮下掠夺了美因兹的一个市郊城。这便是他们保持中立的方法。城堡指挥官既不支持德伊桑贝尔，也不支持得纳索。他们一切只为自己。直到在马克西米利安统治时期，圣皇城的一个伟大船长，乔治·德弗汉斯贝尔摧毁了最后一个堡垒城奥霍亨卡拉昂，这种可怕类型的野蛮绅士们才消失。他们以英雄式的城堡指挥官始于 10 世纪，又以强盗式的城堡指挥官亡于 16 世纪。

　　但在莱茵河上，那些其结果在很多年后才具体呈现的无形的东西也开始成熟了。与商业同时发展，也可以说是同船而行的是异端邪说，研究精神与自由的信仰。它们在这条河流上上溯下流，似乎概括了人类所有的思想与意识。据说，12 世纪时，公开在安特卫普大教堂前传道反对教皇的唐克兰的灵魂，在三千武装信徒的簇拥下，有着国王的豪华与装备，在他死后逆莱茵河而上，到他在康斯坦茨湖上的房屋中去启示让·鲁斯，然后又去了阿尔卑斯山，顺罗纳河而下，使杜塞出现在阿维翁伯爵领地。让·鲁斯被烧死了，杜塞受到了磔刑。不过，鲁特尔的末日却未来临。在神路上，有人吃到了青果子，其他人摘到了熟果子。

不过，这时已接近 16 世纪了。莱茵河在 14 世纪时已看到大炮诞生于离它不远的纽伦堡城，而在 15 世纪，在它岸边的斯特拉斯堡又看到了印刷业的出现。1400 年，科隆熔化了它那著名的有 14 法尺长的轻型号炮。1472 年，万德兰·斯德庇尔印刷了他的圣经。一个新的世界将要诞生。值得人们注意的卓越之举是，正是在莱茵河畔，那两件神秘的工具刚刚找到并形成了一种新的形式：投石器与书籍，战争与思想。上帝正是用这两件工具在不断地努力创造人类的文明。

莱茵河，在欧洲的命运中，意味着天意。正是这条横向大沟将南北一分为二。神意将它作为一条边界河流，堡垒要塞使这条河成为城墙河流。莱茵河目睹了几乎所有的战争伟人的面貌，并体现了他们的魂灵。三个世纪以来，正是这些人用人们称作"剑"的犁铧耕耘了这片古老的大陆。恺撒曾通过莱茵河由南溯流而上；阿提拉由北顺流而下；克罗维斯在这里取得了托尔比阿克战役的胜利。查理大帝和拿破仑曾在这里统治，腓特烈·巴尔波卢斯皇帝、罗道尔夫，德哈伯斯贝尔皇帝和莱茵伯爵腓特烈一世曾在这里显示了其伟大、胜利而光辉的形象。居斯塔夫·阿道尔夫曾在科博城的哨所上指挥着他的军队。路易十世也曾到过莱茵河。昂甘和孔代也曾通过这条河。可惜的是，蒂雷纳也到过这条河。德律絮斯的墓碑在美因兹，马尔索的墓碑在科布伦茨，奥什的在安德纳克。对于那些重现历史的思想家们来说，有两只雄鹰长久地在莱茵河上空盘旋：一只是罗马军团之鹰，一只是法国军团之鹰。

莱茵河曾被罗马人称作 Rhenus superbus[①]。它时而架住浮桥，桥上竖起梭镖、槊或刺刀，意大利军队、西班牙军队或法国军队从这里潮水般涌向德国；而那些始终结为一帮的古老的蛮族之众，也从这里冲向在地理上一直不可分割的古罗马帝国。它时而又和平地运载着林格和圣加勒的枞树，巴塞尔的斑岩和蛇纹岩，班让城的钾碱，喀尔沙

---

① 拉丁语，高贵的莱茵河。

尔的食盐，斯特洪堡的皮革，朗斯堡的水银，约哈尼斯堡和巴什哈克的果酒，科博的板岩，奥博尔威塞尔的鲑鱼，萨尔齐格的樱桃，鲍巴尔的木炭，科布伦茨的白铁餐具，摩泽尔的玻璃器皿，班多尔夫的锻铁，安代尔纳克的凝灰岩和石磨，纽维德的石板，安托尼乌斯坦的矿泉水，瓦朗达尔的床单和陶器，阿尔的红酒，林茨的铜和铅，柯尼希万代尔的琢石，科隆的羊毛与丝绸。这条河按照上帝的意愿，庄严地在欧洲完成了它的战争之江与和平之江的双重职责，并在河流两岸占地广阔的丘陵地带，一边种植橡树，另一边是葡萄园，也就是说一边是北方，一边是南方，一边是力量，一边是享乐。

对于荷马来说，莱茵河并不存在。它只是可能存在，但却不被人知的河流之一，是属于辛梅里安人这一灰暗之国的。在这里雨水连绵，太阳从不露脸。对于维吉尔来说，这不是一条不被人知的江河，而是一条冰河。对于莎士比亚来说，是美丽的莱茵河。对于我们来说，直到莱茵河成为欧洲一个问题的那一天，这是时髦的风景如画的旅游地，是埃姆斯、巴登和斯帕的无所事事者的散步圣地。

彼特拉克曾到过亚琛地区，但我不认为他曾谈论过莱茵河。

莱茵河的山坡、河谷和谷壁具有不屈不挠的意志，世界上所有人为的会议都不能长久地分割、阻挠它。地理上莱茵河的左岸属法国所有。神圣的天意曾三次将莱茵河的两岸都归属法国，这便是在矮子丕平时代，查理大帝时代和拿破仑时代。

矮子丕平的帝国曾横跨在莱茵河上。这个帝国当时包括除阿基坦地区和加斯科涅地区以外的法国本土和除巴瓦洛瓦地区以外的直到巴瓦洛瓦地区的德国本土。

查理大帝的帝国是拿破仑帝国的两倍。

确实，应该注意的是，拿破仑曾统治着三个帝国，或换句话说，是三种方式的皇帝：直接统治的法帝国的皇帝；间接地由他的兄弟们掌管的西班牙、意大利、威斯特伐利亚和荷兰地区的皇帝，他将这些王国作为中央帝国的墙垛；他又从道义上通过霸权成为欧洲的皇帝。欧洲仅仅是一个基地，日复一日地被他的神奇建筑所侵吞。

以这种方式看待问题，拿破仑的帝国至少同查理大帝的帝国一样大。

查理大帝的帝国同拿破仑的帝国有着同样的中心和产生方式。他在矮子丕平的帝国周围占据并麇集人口，从撒克森直到易北河地区，从日耳曼尼亚直到萨尔河地区，从埃斯克拉沃尼直到多瑙河地区，从达尔马西直到加泰罗河口，从意大利直到加艾特地区，从西班牙直到埃布罗河地区。

他直到意大利的贝奈旺丹人和希腊人的边界上才休战，到西班牙萨拉森人的边界线上止了步。

当这个大帝国在 843 年第一次解体时，路易·戴博奈尔去世了。这时，撒克森人夺回了他们自己的土地，也就是说西班牙境内的易北河和劳博喀特之间的地区。帝国分裂为三个部分，并有理由再造一个皇帝：罗泰尔，他获得了意大利和高卢地区一个大三角部分，而另两个国王，路易得到了德国，查理得到了法国。随后，在 855 年，当三块领地中的第一块又一次分裂时，在查理大帝帝国的残地中，还能够再造一个皇帝：路易，他占据着意大利；一个国王：查理，他据有普罗旺斯和勃艮第，另一个国王罗泰尔占有奥斯特拉西。从那时起，这个地方就叫做罗泰莱希，后来又称作洛林。当第二块分地，路易·日耳曼尼克的王国分裂时刻到来时，最大的一块成为德意志帝国，而在那些零星小块地盘上，却定居了众多麇集的公爵领地、伯爵领地、公国及自由城市，由总督们看守着边界。最后，当第三块领地，秃头查理的国家在年代的压迫和诸侯的威胁下屈服并解体时，这最后一块废墟上便产生了一个国王和五个独立自主的公爵：法国国王和勃艮第公爵，诺曼底公爵，布列塔尼公爵，阿基坦公爵，加斯科涅公爵。还有三个大伯爵：香槟伯爵，图卢兹伯爵和佛兰德尔伯爵。

这些皇帝都是巨人泰坦①。他们在某一时刻将世界掌握在手中，然后死神使他们松开手指，一切都从手中失去了。

人们可以说，莱茵河右岸曾经属于拿破仑，也曾属于查理大帝。

拿破仑从未梦想过建立一个莱茵河公国，而在法国王室和奥地利王室的长期战争中，某些平庸的政客们却为之奋斗过。他知道一个不是由岛屿构成的纵向长条形王国是不可能长久的，因为一遇到猛烈的

---

① 希腊神话中的巨神族。天神乌拉纽斯和地神格伊阿所生的子女，共十二人，六男六女。

打击，它便会立即屈服并一分为二。一个公国不应只是体现出一种单纯的秩序，国家要想维持并有抵抗能力，必须要十分安定，除了几个残缺不全的居民区外，拿破仑曾掌握着莱茵联邦，就像地理和历史所记载的那样，并满足于使这一联邦系统化。莱茵联邦必须同北方或南方相抗衡，并成为其障碍。这一联邦曾为反对法国而建，皇帝将它转了向。他的政治是一只巨手，用巨人的力量和棋手的精明远见将帝国放置或挪动。在扩大莱茵河诸侯权力的同时，皇帝明白他在增大法帝国的权力，而缩小德帝国的权力。确实，这些成为王侯的选帝侯们，那些成为大公爵的总督和诸侯们，在奥地利和俄国方面获得了他们在法国一边所失去的东西。一面显得伟大，另一面显得渺小，这些王侯们是北方的皇帝拿破仑的手下官员。

由此，莱茵河经历了四个明显的阶段，四种截然不同的风貌。第一阶段为挪亚时代，也可能是亚当以前的时代；第二阶段为古代史阶段，日耳曼尼亚与罗马的斗争时代，恺撒在这一时代光彩照人；第三阶段是查理大帝出现的神奇时代；第四阶段为现代历史阶段，是拿破仑占统治地位的德法之战时代。因为不管作家们怎样千方百计以避免这些伟大业绩的单调性，当人们从欧洲历史的一端走向另一端时，恺撒、查理大帝和拿破仑都是三个巨大的里程碑，或者可以说是千年以上才有的一个里程碑，人们总能在道路上找到他们的痕迹。

最后要说的是，莱茵河这条天意之江，似乎也是一条具有象征意义的江。在它的坡道上，流域中和它所通过的地方，可以说，它都是文明的象征。它为文明已做出了众多贡献，并将继续做出更多贡献。它从康斯坦茨湖流向鹿特丹，从雄鹰之乡流到鲑鱼之城；从教皇住地、主教住地及皇帝住地流到商人与资产者的发展地，从阿尔卑斯山流到大西洋。就像人类本身从高尚的，永恒的，无法达到的，宁静的，光辉的思想滑向广博的，变化不定的，暴风骤雨般的，忧郁的，有益的，可破浪远航的，危险的和深奥的思想。这些思想管理着一切，承受着一切，孕育着一切，淹没着一切。人类还从神权政治回到了民主政治，这便是从一个伟大之举，过渡到了另一个伟大业绩。

8月17日于圣高阿尔

圣高阿尔

即使在圣高阿尔呆上一个星期，日程也会排得满满当当。住进舒适的"莉莉"旅馆，朝向莱茵河的窗扇，景色便一览无遗。这旅馆正处在"猫"与"鼠"之间。左边是笼罩在远处莱茵河雾气中隐约可见的"鼠"，右前方，是"猫"；"猫"是一座环绕着小塔楼的坚固主塔，傲立于山丘之上，占据着一个三角形的顶角，风景秀丽的村庄圣高阿尔豪森在莱茵河畔形成底边，小村的两座古塔楼——一座方形，一座圆形——构成其两个底角。两座敌对城堡透过美景互相监视，互投犀利骇人的目光；因为当一座城堡毁作废墟时，其窗扇依然观望，而且射出的目光深邃可怖。

在对面的莱茵河右岸，好似为了制止两个敌手间的争端，莱茵费尔斯正注视着黑森诸侯宫殿式城堡的巨大幽灵。

在圣高阿尔，莱茵河不再是一条江，而是一个湖，一个真正的汝拉山之湖，群山环抱，峭壁夹岸，碧波粼粼，水声及耳。

如果呆在房中，便可整日观赏莱茵河：大木筏，长帆船，小快艇以及穿梭不停的八至十艘汽渡船，或溯流而上，或顺水而下，好似一只只游水的巨犬，冒着轻烟，挂着彩旗，一刻不停，啪啪作响地驶向远方。远处，在河彼岸一片粗壮胡桃林荫下的草坪上，德纳索先生那些身着绿衣白裤的士兵正在操练，还可听到这个主权伯爵的（喧闹）击鼓声。近看，窗棂下，圣高阿尔女人们来来往往，她们头上戴着天蓝色软帽，颇像罗马教皇的三重冕，只需一拳便可使其改变形状；一

群孩子在莱茵河畔戏水，传来阵阵欢声笑语。为什么不呢？特雷波①
与雷特塔英吉利海峡的海滨城市的孩子们也与海洋嬉戏玩耍。此外，
莱茵河的孩子们非常可爱，全然没有英国儿童那样的目空一切，严肃
有余。德国儿童如老神甫般宽容大度。

　　如果想出去，可付六个苏——巴黎公共马车的价格——乘船渡
河，去登"猫"堡②。正是在卡岑埃尔恩博根的这个男爵庄园里，教
堂神甫让·德巴尔尼克于 1471 年实现了他的谋害冒险。今天，这里
是一处壮观的遗址，其用益权被德纳索公爵以年金四五弗罗林的价格
租给了一个普鲁士军官。有三四个来访者付了利钱。我翻阅了外来人
签名册，30 页中——大约一年光景——我未见到一个法国姓氏。有
许多德国名，有几个英国名，有两三个意大利名，这便是整个签名册
的署名情况。此外，猫堡的内部已满目疮痍。塔楼的矮室，就是教堂
神甫为伯爵夫人准备毒药的那个地方，今天已用作食物贮藏室。几棵
瘦小的葡萄藤在原肖像室的地方绕着支架曲曲弯弯地攀缘。在唯一一
间尚存门窗的小屋里，墙上钉着一幅版画，刻的是博当·克米尔尼
齐③的肖像，版画下方可读到："战争贩子，煽动了奴隶战争，哥萨
克叛乱及乌凯恩庶民暴乱。"这神奇的首领。身着具有莫斯科人与土
耳其人双重式样的可笑服饰，好似在睨视着——也许是版画本身的问
题——摆放于他周围的两三幅在位亲王肖像。

　　从猫堡上，目光可直视莱茵河那被称作"邦克"的著名漩涡。
在"邦克"漩涡与圣高阿尔豪森的方形塔楼之间，只有一条狭窄的通
道，一边是漩涡，另一边是暗礁。莱茵河上什么都有，甚至有海怪④
与六头女妖⑤。为了通过这恐怖的峡口，人们用一根相当长的绳索在
木筏左侧绑上一段木头，这木头段称作"狗"。当木筏从漩涡与塔楼
之间通过时，他们将木头扔向漩涡。漩涡疯狂地抓紧木头，卷向深
渊。这种方法使木筏与塔楼保持着一段距离。危险过后人们砍断绳

---

① 诺曼底地区濒临英吉利海峡的海滨城市。

② 猫城堡于 1806 年就已成为废墟，随后，几易其主。

③ 1819 年，克米尔尼齐是猫城堡主人，墙上的版画肖像应该是他的后代所挂。

④ 希腊神话中的海怪也指意大利墨西拿海峡的大漩涡。

⑤ 六头女妖在希腊神话中居于意大利墨西拿海峡的岩礁上，也可指海峡上的岩礁。

索，于是漩涡吞噬了"狗"，这是塞伯拉斯①的点心。

当人们站在猫堡平台上时，便会询问导游："邦克漩涡在哪儿？"他为您指点着您脚下莱茵河中的一个小褶纹。这小褶纹，便是漩涡。

判断深渊可不能凭其表面。

离邦克漩涡稍远些的地方，有一个急转弯，著名的卢尔勒峭壁在那里笔直地沉入莱茵河，峭壁上的千层大理石看起来颇像塌陷的楼梯。那里的回声遐迩闻名，据说，可将人们之所说、所唱重复七次。

如果我不怕被人认为是想要损坏回音的声望，我恐怕会承认，对于我来说，回声的重复从未超过五次。

也许，卢尔勒峭壁的山林女神从前听够了神话中亲王、伯爵们的阿谀奉承，现在嗓子已开始嘶哑，有些厌倦了。这可怜的仙女现在只有一个仰慕者，他在她的对面，莱茵河彼岸的岩石上，为自己挖出两间卧房，每天给她吹奏狩猎的号角，为她射上几枪。这个使回声响亮，与回声为伴的人，是一个年迈正直的法国轻骑兵。

此外，对于一个事先不晓的旅游者来说，回声效果是神奇超凡的。于此通过莱茵河的双桨小船能造出神奇的巨响。闭目聆听，人们会以为是有五十支桨，而且每桨都由四个戴镣的苦役犯划动的帆桨战船驶过呢。

从猫堡下来，在离开圣高阿尔豪森之前，应该到与莱茵河平行的一条老街上去看看那座德国文艺复兴时期的漂亮宝屋，当然，这宝屋当地居民是不屑一顾的。随后，右转弯，过小桥，迎着水磨声，人们走进了"瑞士山谷"，这几乎可算是阿尔卑斯山风格的美丽山谷，形成于高大的彼得斯贝格丘陵和卢尔勒的一个圆形山丘之间。

"瑞士山谷"是一处绝妙的游览地。人来人往，参观了高处的村庄，又进入幽暗荒漠的峡口；我在其中的一个峡口处看到新翻动的土地及刚踏乱的草坪，那是野猪拱的。或者，可沿溪涧底部漫步在岩石间的柳树与桤木下，那些岩石像极了独眼巨人们所建的蛮石墙壁。在那儿，独自一人深深地淹没在树叶花草的幽谷中，人们可游览遐想整

---

① 希腊神话中生有三个头的恶狗，负责看守地狱之门。古希腊人在死者下葬时要把甜饼放在棺材里，作为投给恶狗的食物。

整一天，并像一个被接纳的第三者朋友，侧耳聆听急流与小路的神秘交谈。而后，如果走近压满车辙的道路，走近农场，走近磨坊，人们会觉得所遇之物都像是经过事先的和谐安排，用以装点普森①风景画的每个角落。一个半裸的牧羊人，独自一人陪伴着黄褐色田地上的羊群，吹奏着一个古罗马军队长筒号样的东西，旋律极为奇特。一辆牛车，极像童年时期我在维吉尔—赫尔汉的书中插图上见过的那样；在牛轭与牛面之间有一块皮垫，上面绣着鲜艳的红花与阿拉伯图案。姑娘们赤脚走过，发型好似后期罗马帝国的雕像。我看到其中一个少女很迷人。她当时坐在炉旁烘烤着微微冒气的水果；她仰目望天，蓝色的大眼睛里充满忧伤，好似两颗杏仁嵌在她那被阳光晒黑的脸庞上。她的脖子上戴着玻璃珠子项链，艺术地遮住了一块与生俱来的甲状腺肿。她集美丑于一身，就好似蹲在祭坛前的印度偶像。

突然，人们来到一片草原，细谷张开朱唇，现出岭顶上葱茏树木中的遗址，这便是赖兴贝格。在中世纪的劳动权战争中，那些自称为"地区灾星"的强盗骑士中最令人胆寒者之一就曾居住在此。邻城徒劳地哀叹，皇帝徒劳地传唤贵族强盗，铁人紧闭其大理石门户，继续大胆地狂欢，放肆地抢劫，尽管被教会逐出教门，被议会判处死刑，被皇帝围截追捕，他一直活到白胡子长至腰间。我进入了赖兴贝格。在这个传奇强盗的洞穴中，残存下来的只有野生萝卜属植物，游荡于废墟上的残窗阴影，两三头正在吃草的母牛，大门上方已被锤头敲得支离破碎的纹章，以及时而被爬行动物碰动的游客脚下的石块。

在赖兴贝格山丘后面，我还参观了一个消亡村庄那今日已难以辨认的破屋，这地方叫"剃须匠之村"。下面便是关于剃须匠之村的传说。

腓特烈·巴尔波卢斯多次参加十字军远征，魔鬼因而忌恨他，于是，在某一天打主意要割掉他的胡须。这是一个真正的恶作剧，正适合于魔鬼戏弄皇帝。魔鬼与当地的一个巫婆一起策划了某种难以置信的阴谋，使巴尔波卢斯皇帝在经过巴哈拉赫时熟睡不醒，并由城中众多的剃须匠之一为其剃须。然而，当巴尔波卢斯还只是苏阿博

---

① 普森（1594～1665）：法国古典画派的代表。

公爵，与漂亮的热拉恋爱时，曾迫使维斯贝尔的一个老仙女答应与魔鬼作对。这个身小如蚱蜢的仙女找到她朋友中最实在的巨人，请求他将包袋借给她。巨人满口答应并自告奋勇好心陪伴她，仙女同意了。小仙女大概变大了一些，然后便在巴尔波卢斯经过巴哈拉赫的前夜先去了那里，将城中正在酣睡的剃须匠一个个拿住，装进了巨人的包袋。随后，她让巨人将这包袋背到远方随便的一个什么地方。由于夜晚黑魆魆的，也由于巨人过于实在，他未看到老仙女城中之所为，便服从了她，背起包袋大跨步地越过了沉睡的城市。然而，巴哈拉赫的剃须匠们在包袋中你挤我碰，渐渐清醒过来，并开始乱蹿乱动。巨人惊悸，加快了脚步。当他经过赖兴贝格时，碰到一座大塔楼，便抬高了脚步。包中的一个剃须匠带着他的剃须刀，此时，他将刀片从口袋中取出，在包上划开了一个大口子，所有的剃须匠都惊叫着掉在了荆棘丛中，几乎摔得衣衫破烂，鼻青脸肿。巨人以为背上有一窝魔鬼，飞跑着逃走了。第二天，当皇帝经过巴哈拉赫时，城中没有一个剃须匠；而当魔鬼贝尔泽布特也来到时，一只栖息在城门楼上的乌鸦嘲讽地对魔鬼大人说："朋友，你的脸部正中有个很大的东西，只有在最明亮的镜子中才能看到，也就是说，有一只拇指顶着鼻尖而摇动其余四指①。"从此，巴哈拉赫城中便无一剃须匠了。铁的事实是，甚至今天，也不可能在此找到一家理发店。至于那些被仙女劫持的剃须匠们，他们就地安了家，创建了一个村庄，人们称作"剃须匠之村"。就这样，被称作巴巴罗萨（红胡子）②的腓特烈一世皇帝保留了他的胡须与绰号。

除了鼠堡与猫堡，卢尔勒，瑞士山谷和赖兴贝格外，在圣高阿尔附近还有莱茵费尔斯，我刚刚已对您提了一句。

一整座山被从内部挖空，头顶上顶着废墟的羽冠；三四层的套房以及好似由巨大鼹鼠掏空的地下长廊；到处是一片瓦砾；其尖形穹隆有50法尺开度的巨厅；七间单人囚室，其地牢中填满了腐水，死水撞击着石头发出阵阵响声；城堡后面的小山谷中传来水磨声，而从这

① 表示轻蔑、嘲弄的手势。

② "巴巴罗萨"意为：红棕色的胡须。

山头城堡的缝隙俯视，莱茵河好似一条碧绿的大鱼，汽船宛如黄色的鱼目在水面上缓缓移动，大鱼拱起背脊，托浮着人群与车辆；一座已变成大破屋的黑森诸侯封建城堡；好似古罗马竞技场上猛兽圈的炮眼中长着野草；圣西尔城堡的古墙壁从中裂开，那半嵌入颓垣断壁的螺旋式楼梯已遭破坏，填没，其已被剥蚀的螺旋线看起来好似一只远古时代的巨大贝壳；未经雕琢的板岩与玄武岩使拱门饰显出锯齿状，好似大张着的颌；大腹便便的城壕整个躺倒，更准确地说，是侧卧，就好像疲于站立。——这便是莱茵费尔斯。花两苏钱，便可观赏这一切。

这遗址的大地好似发生过震动，那不是一般的地震，而是拿破仑曾经过此地。1807 年，皇帝派人炸掉了莱茵费尔斯。

真是奇怪！一切都坍塌了，只有小教堂的四面墙壁幸免。当人们踏进这可怕的暴乱堡垒中间唯一幸存的和平之地时，会不无忧伤地有些动情。在窗扇上，可看到这些严肃的说明，每扇窗上两条：圣弗兰西斯·德波鲁斯，卒于 1500 年。圣弗兰西斯卒于 1526 年。——圣多米尼库斯，卒于……（被抹掉）。圣阿尔贝杜斯，卒于 1292 年。——圣诺贝杜斯，1150 年。圣波纳尔杜斯，1139 年。——圣布鲁诺，1115 年。圣波恩迪克杜斯，1140 年。——还有一个姓氏被擦掉了；就这样从一个名人到另一个名人追溯了基本历史后，人们又看到这三行庄严的说明："伟大的圣巴希尔，恺撒派往卡巴多斯的主教，东方修士的首领，卒于公元 372 年。"在小教堂的同一扇门下，伟大的圣巴希尔旁边，还有两个词：伟大的圣安托姆斯。隐士圣波鲁斯。——这些便是炮弹与炸药未曾触及而留下来的一切。

这座在拿破仑时代被炸毁的城堡曾在路易十四面前战栗过。在罗浮宫中二楼的请愿室中印刷的《法兰西报》于 1693 年 1 月 23 日宣布："黑森的腓特烈大公决定到科隆去度过余生，将封地让与黑森 - 卡塞尔王侯，让其掌握圣高阿尔市与莱茵费尔斯。"在随后的一期于 2 月 5 日出版的报纸上，又告知国人"五百农民同士兵一起修建莱茵费尔斯要塞堡垒"。15 天后，报纸又宣布："廷根伯爵派人在莱茵河上架起了铁索，修建了棱堡。"为什么那个大公会逃遁？为什么五百农民同士兵一起奋战？为什么匆匆在莱茵河畔建起棱堡，架起铁索？

这是因为，伟大的路易皱起了眉头。德国战争将重新爆发。

今天，仍在门边墙上保留着红砂岩镂成之大公冠冕的莱茵费尔斯已隶属于一处租田。那儿生长着几根不壮的葡萄藤，三四只山羊啃着青草嫩叶。夜色中，整个废墟连同其高大的窗扇清晰地显现于高空，颇为壮观。

溯莱茵河而上，距圣高阿尔一普里的地方（普鲁士的里，如同西班牙的里卡，以及土耳其的行进小时，都相当于法国的两法里），人们突然发现两山之间有一座封建小城，这小城从半山腰一直延伸至莱茵河畔，依山傍水，那古老的街景我们只在巴黎歌剧院旁见过，十四座筑有雉堞的塔楼爬满青藤，两座高大的教堂代表着最地道的哥特式风格。这是上韦瑟尔市，是莱茵河畔受过最多次战争洗礼的城市之一。上韦瑟尔市的古老城墙布满了炮洞与枪孔。人们在墙上，就如同阅读隐迹纸本一样，可辨认出特里尔大主教的铁制大圆炮弹，路易十四的远程大口径火铳炮弹，以及革命的枪弹。今天，上韦瑟尔市这个老兵已变成葡萄种植者，其红葡萄酒香醇可口。

正如莱茵河畔绝大多数城市一样，上韦瑟尔的山头上也有一座夷为废墟的城堡：舍恩贝格，这是欧洲最令人惊叹的遗迹之一。正是在舍恩贝格，10世纪时，居住着那七位爱开玩笑的残酷"女郎"，今天，透过城堡缺口，可看到她们已变作七块岩石，伫立于河中央。

从圣高阿尔到上韦瑟尔的徒步旅行极有情趣。道路与莱茵河并行，在那儿突然变窄，夹在高大的山丘间。没有房屋，也几乎没有过客。大地一片荒野，寂静无声。它遭侵蚀的板岩层露出水面，像巨大的贝壳层覆盖着河岸。时而可瞥见一个形似蜘蛛的大家伙，宛如埋伏在莱茵河畔，半隐半现于荆棘柳枝下，模样好似平面交叉在一起的两根柔软弯曲的杠杆，中间鼓起一个粗大的结，杠杆的四端浸在水中。这确实是只蜘蛛。

有时，在一片孤寂中，神秘的结摆动起来，于是便可看到丑陋的动物慢慢抬起身来，腿间张着它的罗网，网中跳动蜷缩着一条漂亮的银色鲑鱼。

晚上，兴致勃勃地远足之后已饥肠辘辘的人们回到圣高阿尔，看到在一张长桌的一端已稀疏地坐着几个安静的吸烟人，桌上摆着丰盛而实在的德国晚餐，其小山鹑竟比仔鸡大。在餐桌上，人们又恢复了体力。而如果您能像旅行者乌利西斯①一样入乡随俗，如果您在见到某些奇事时不会大惊小怪，比如，在同一份菜肴中，烤鸭与苹果酱同吃，或野猪头与果酱同食，那您的感觉便会更好。晚餐快结束时，夹杂着枪弹齐射的军号声突然在窗外响了起来。人们急忙奔向窗边观看。是那个法国轻骑兵在唤响圣高阿尔的回音，圣高阿尔的回音比卢尔勒的回音毫不逊色。确实令人惊叹。在这大山中，每一声枪响都演变为大炮的轰鸣，每一声军乐都在昏昏的山谷深处清晰地重复回响。这种交响乐柔和，动听，朦胧，逐渐减弱，稍带嘲讽，就好像在爱抚您的同时又嘲弄了您。由于无法相信这沉重黝黑的大山竟有如此的灵性，人们很快便误入幻觉，最富幻想者发誓说，在那幽暗神奇的小树林中，有一个超自然的孤独者，一位仙女或一位女神，正戏谑地模仿人类的音乐，并且随着每一声枪响，将半座山推向地面。这真是既恐怖又迷人。而如果人们暂时忘却身在旅馆窗棂旁，并把这种奇妙感觉当作餐桌上增加的一道好菜，那效果就更佳了。但一切都极其自然；演奏结束后，旅馆男侍手持锡盘，为那个轻骑兵转圈收钱，而那个轻骑兵却不失尊严地站在角落。一切都结束了，每个人都在付了欣赏回音的钱后离开了餐桌。

8月于圣高阿尔

---

① 即希腊神话中的奥德修斯，《荷马史诗》中的英雄，曾献木马计，使希腊联军取得特洛伊战争的决定性胜利。回国途中历经艰险，十年后终于回到故乡。

救火！救火！

在巴哈拉赫，午夜时分，人们上了床，闭上了眼睛，松弛了在脑子中活动了一整天的各种念头，人们已进入了似睡非睡的状态，此时疲惫的身躯已休息，可执拗的思想还在活动。似乎睡眠还醒着，生命却已入眠。突然，某种声音穿透黑暗，直入耳中。这声音奇特、可怕而又难以言喻，像野兽威胁而抱怨的吼叫，掺杂在夜晚的风声中；这声音好像来自城市高处的墓地，您当天早晨刚刚在那里观看了已倒塌的圣韦尔讷教堂，其 11 个石头的动物形檐槽喷口一齐张着大嘴，似乎已做好了吼叫的准备。您突然惊醒，一下子坐起来，侧耳倾听。"怎么回事？""是打更人用喇叭通告全城：一切都很正常，可以安心睡觉。"好吧；不过，我以为用这种吓人的方式是不能使人们安心的。

在洛尔希，被惊醒的方式更具戏剧性。

不过，我的朋友，首先，请让我向您讲讲洛尔希。

洛尔希是一个大约有 1800 个居民的大镇，位于莱茵河右岸，沿维斯珀阿成直角延伸，形成了一个河口。这里是神话与寓言之谷；这里是小蝈蝈女神之乡。洛尔希位于"魔鬼之梯"山脚下，这是一个非常陡峭的高耸悬岩，勇敢的吉尔森为了寻找其被地精隐匿在山顶上的未婚妻，曾骑马攀峰。传说，正是在洛尔希，仙女爱娃发明了被单制造艺术，用以覆盖她的情人——怕冷的罗马骑士黑比乌斯，今天的黑彭海姆市就得名于他。顺便提一下，值得注意的是：在所有的民族以及所有的神话传说中，织布艺术都是由一位女人发明的；埃及人认为是伊西斯；吕底亚人认为是阿拉什内；希腊人认为是密涅瓦；秘鲁人认为是马科 - 卡巴克的妻子梅娜塞拉；在莱茵河畔的村庄里，盛传的是仙女爱娃。只有中国人把这一发明赋予了一个男人：炎帝；而且，对于中国人来说，炎帝不是一个凡人，而是一个神话人物，在人们授予他的各种奇怪头衔下，他已不是真实的了。他们不知道他的自然属性，因为他们称他为"龙"；他们不知道他的年龄，因为他们称他为"万岁"；他们不知道他的性别，因为他们称他为"母亲"，但我到中国去干什么呢？还是回到洛尔希来吧。请原谅我一下子转过来。

莱茵河最早的红葡萄酒产于洛尔希。早在查理大帝之前，洛尔希就已存在，并在 732 年宪章中留下了痕迹。美因兹大主教亨利三世非常喜爱这里，并于 1343 年曾在这里居住过。今天，在洛尔希既没有罗马骑士，没有仙女，也没有大主教；但小城生活幸福美满，风光旖旎秀丽，居民热情好客。莱茵河畔有一座文艺复兴时期的漂亮房屋，其正面新颖而华丽，完全可与我们梅朗的法国庄园相比拟。古老的传奇性堡垒希波保护着城镇，而菲尔斯腾贝格的历史古堡有一个大塔楼，外看为圆形，内部却呈六角形，它巍然屹立在河的另一岸恐吓着城镇。更为迷人的是，有一小群农民快乐而充满生机地在这两座堡垒的可怕骨骼之间蓬勃发展。

现在来讲讲我在洛尔希的一个夜晚是怎样被惊醒的。

某个星期的一天，大约凌晨一点钟，整个城镇都沉浸在梦乡，我在房间里写作。突然，我发现我的纸张在我的笔下变成了红色。我抬起眼睛，发现照亮我眼前的不是我的灯，而是我的窗子。我的两扇窗户已变成两块浅粉色的板面，一种奇怪的反光透过窗子洒满我的周围。我打开窗子，向外望去。一个巨大的烟火层笼罩在我头顶上空十多米高的地方，并发出可怕的响声。这是我们旁边的 P 旅馆失火了，正在燃烧。

顷刻间，整个旅馆醒来了，整座城镇起来了，"救火！救火！"的喊声响彻河岸和街道，警钟敲响了。我关上窗子，打开了门。这里又是另一番场景。我们旅馆宽大的木头楼梯与失火的房屋几乎相通，大窗户将它照得通亮，好像它也着了火似的；在这个楼梯上，从上至下，混乱而重负荷的奇怪人影互相碰撞着，拥挤着，践踏着。整座旅馆的人都在搬家，这个穿着短裤，那个穿着衬衣，旅客们搬着箱子，仆人们搬着家具。这些逃亡者都还处在半睡眠状态。没有人叫喊，也没有人说话。情景正如蚂蚁搬家。

可怕的火光在人头之间闪闪发光。

至于我——因为，在这种时候，每个人都只考虑自己——我的行李极少，又住在二层，我唯一面临的危险便是不得不从窗户跳出房间。

然而，风暴突然来临，下起了瓢泼大雨。暴风雨总是在人们忙乱的时候到来，而此时旅馆已慢慢地空了；于是，一时间便乱作一团。一些人想进来，另一些人想出去；大件家具从窗户吊着绳子笨拙地下降；床垫，旅行袋，衣服包裹从房顶高处落到石砌地面上；女人们惊恐不安，孩子们哭泣叫喊；被警钟声惊醒的农民从山中跑来，头上戴着淌水的大帽子，手里拿着皮桶子。火势已蔓上了房屋顶楼，人们互相传说有人故意在P旅馆纵火；而在每一次火灾中，通常都会掺入这种阴郁的兴致以及戏剧性的后台故事。

水泵很快便弄来了，救火工作线也组织起来了；我登上了顶楼，顶楼有几层，精美的屋架错综复杂，同莱茵河畔所有的板岩大屋顶一样。邻近房屋的屋架燃烧成一片。这个巨大的炭火金字塔，顶上冠以一个红色的大翎饰，正迎风摆动，它带着沉闷的噼啪声俯向我们这个已有几处着了火，也在噼噼啪啪响着的房顶。问题已经很严重了；如果我们的房顶也着起火来，肯定会有十座房屋起火，也许火借风势，全城的三分之一都会烧掉。救火工作极为艰巨。必须冒着烈火的漩涡，将房顶的一部分板岩瓦揭掉，并切断楼顶天窗的风标墙。水泵发挥了极大的作用。

在顶楼天窗处，我仿佛置身于一个大火炉前，可以说，我就在火灾现场。置身火海观看火灾，这真是一件可怕而奇妙的事情。我从未经历过这种场面——既然我已经在这儿了，我便接受了它。

最初，当人们看到已被围困在这个可怕的火窟里，而这里的一切都在熊熊燃烧，闪闪发光，噼啪作响，喊叫不绝，痛苦煎熬，爆炸声脆，倒塌轰鸣，人们不能不感到忧虑，似乎一切都完了，好像任何力量都无法同人们称作火的可怕力量相抗衡；不过，水泵一到，人们又重新鼓起了勇气。

人们是无法想象水是怎样猛烈地打击敌人的。水泵，这个在楼下阴影中喘着粗气的长蛇将它的长脖子以及它在火焰中闪闪发光的铜头伸过墙头，便立刻疯狂地将液体钢柱喷向骇人的千头吐火怪物。突然受到攻击的炽热炭火吼叫着立起来，可怕地跳跃着，张开了满是红宝石的血盆大嘴，让无数条火舌同时舔抹着所有的门窗。蒸汽与烟雾混为一团；白色的漩涡和黑色的漩涡随狂风一起远去，扭搂着消失在大块的乌云下。水的呼啸同火的吼叫相互呼应。没有什么能比七头蛇和龙之间这场古老永恒的战斗更可怕，更壮观的了！

水泵喷出的水柱力大无比。它触到的板岩和砖头都碎成鳞片状四处飞散。当屋架终于倒塌时，真是一个奇妙的时刻：在一声巨响中，火灾的鲜红翎饰被一片高大的羽毛火花取代；一个烟囱还立在屋顶上，如同一个小石头塔楼：水泵喷出一股水柱，将它打入了深渊。

莱茵河，村庄，山岗，废墟，大自然所有血腥的幽灵都显现在这火光中：在烟雾中，火焰中，不间断的警报声中，就像在沉闷的斧头砍击声中放下的吊桥一样整个墙面倒塌的轰隆声中，暴风雨的怒吼声，以及城市的喧闹之中，到处可见它们的身影。确实，这很可憎，但却很美。

如果仔细观察这场大火，真是再奇特不过了。在火的漩涡和烟的漩涡之间，出现在梯子顶上的是人的脑袋。人们看到这些人几乎是在面对面地扑灭烈焰，烈焰在水柱下挣扎着，飞舞着，顽强地坚持着。在这可怕的混乱中，点点微火正在一些寂静破屋的墙隅里轻轻地噼啪响着，就像是寡妇的炉火。已无法近身的窗子在风中时而打开，时而关上。漂亮的蓝火苗在梁木端头微微抖动着。沉重的屋架从房顶边上脱落，吊在一根钉子上，伸着长长的火舌，在街道上空随着飓风来回晃动。其他的梁木掉在狭窄的两房空当上，构成了一座炭火桥。在套房里边，大宽边的巴黎稿纸在红色的灰烬中消失，又重新出现，在四楼上有一幅可怜的挂画，属路易十五时代风格，上面画着洛可可式的树木以及让蒂尔—贝力纳的牧羊人，这幅画抵抗了许久。我钦佩地注视着它。我从未见过如此泰然自若的田园诗篇。终于，一条长长的火舌扑进了房间，抓住了不走运的淡绿色风景画。于是，拥抱着村姑的村民和爱抚着格丽塞尔的蒂尔西斯都化作一股烟一齐消失了。同样，一座可怜的小园子，可怕地撒满了烧红的炭火，正在屋下燃烧。一颗小刺槐傍在燃烧的栅栏上，坚持着不引火上身，在四个小时内丝毫无损，在火花雨下摇动着它那漂亮的绿枝头。

另外，还有几个脸色惨白半裸的英国金发女郎，带着她们的手提箱，呆在离旅馆几步远的暴风雨中；而孩子们，每当水柱喷向他们时，他们都高兴得拍手大笑。您对洛尔希 P 旅馆的火灾应该有一个比较全面的印象了吧。

一座失火的房屋，仅仅是一座失了火的房屋，而真正悲惨的是：一个可怜人在这场火灾中丧生。

大约凌晨四点，人们终于"控制了火势"；P 旅馆的房顶，天花板，楼梯和地板都塌了，余火还在内部燃烧着，而我们成功地挽救了我们的旅馆。

于是，几乎没有间歇，随之而来的是水。一群仆人占据了各个房间，刷呀，擦呀，揩干呀，抹净呀，不到一个小时，整座旅馆从上至下全部洗刷了一遍。

非凡的是，什么东西都没有丢失。所有在雨中于半夜匆匆忙忙搬出去的财产，又都由可怜的洛尔希农民认真地搬了回来。

另外，这类事故在莱茵河畔并不少见。任何木头房屋都蕴含着火灾的危险，而这里，木头房屋极多。仅在圣高阿尔，在城市各处，现在就有四五座遭了火灾的破房子。

第二天早晨，我有些惊奇地注意到，在遭火灾房屋的底层，有两三间关闭着的房间完好无损。而在其上面，火苗曾熊熊燃烧，却丝毫未触及它们。当地流传着这样一个与此有关的小故事。我不能保证其真实性。——几年以前，一个英国人很晚才来到布劳巴赫的一家旅馆，吃过晚饭后就睡觉了。半夜，旅馆失火。人们急忙跑进英国人的房间。他正熟睡着，人们将他唤醒，向他解释说火已烧起来了，必须立即撤离。"见鬼！"英国人说道，"你们为这事叫醒我！请让我安静。我很累，我不起来。这些人真是发疯了，以为我会在深夜穿着衬衣在田野上奔跑！我要舒服自在地睡够我的九个小时。如果你们愿意，就去把火扑灭，我不阻止你们。至于我，我呆在我的床上很舒服，我就睡在这里。晚安，朋友们，明天见。"说完，他又重新躺了下去。没有任何办法能使他听从道理，而且，火势渐大，人们便急忙逃离了，把酣睡的英国人关在房间里。火灾极为可怕，人们费了很大的劲儿才将它扑灭。第二天早晨，清扫废墟的人们来到了英国人的房间前，打开门，发现这位睡眼惺忪的旅客正在床上揉着眼睛，看到他们，便打着呵欠嚷道："你们能否告诉我这里有没有提靴钩？"他起了床，早餐吃了很多，然后，精神饱满地走了，让当地的男人们极为不快，他们原已打算好了英国人木乃伊的用途，在莱茵河谷，人们称之为"干尸市长"，也就是说将经过烟熏并保存极好的死尸向外国人展示，以换取几个小钱。

8月于洛尔希

美因河①畔的法兰克福②

在一个星期六，我来到了法兰克福。我有意无意地在极其丑陋的新房子与极其漂亮的花园之迷宫中寻找了很久，寻找我熟悉的那个法兰克福。突然，我发现来到了一条奇特的街口上。长长的两排房屋平行向前伸展，这些房屋昏暗无光，高大阴沉，千篇一律。不过，在它们之间也还有一些细微的差别，显示了那些建筑的时代特征；这些房屋挤挤挨挨的，就好像由于恐怖而紧紧地靠在一起。中间是一条笔直的人行道，窄小，昏暗；只有装了乱糟糟铁栅的独扇大门；所有的大门都紧闭着；底层的窗子都装配了厚厚的铁制百叶窗；所有的百叶窗都紧关着；楼上的木制门面几乎全都上了铁条；到处一片死气沉沉，没有歌唱，没有人声，甚至屏住了呼吸；时而从房屋里传出压低了的脚步声。门边上一个用栅栏围起来的窥视孔半开着，朝向阴暗的小径；到处是灰尘，烟烬，蜘蛛网，虫蛀的倒塌处，一片活生生的惨境；建筑物上散发着忧郁、恐惧的气息，在街上偶遇的一两个行人以一种说不出的恐惧不信任地看着我；在二层楼的窗户上，一些褐色皮肤，线条优美，装扮漂亮的年轻姑娘悄悄出现；或者在模糊的玻璃后

---

① 美因河（Main）：德国境内的莱茵河右岸支流，由红美因河与白美因河汇流而成，在美因兹注入莱茵河。美因兹（Mainz），德国西南部城市，位于莱茵河畔、美因河口，市内的大教堂为著名古迹。

② 法兰克福（Frankfurt）：德国南部城市，在莱茵河右支流美因河下游两岸，历史悠久，古罗马时代建为要塞。

面，可见到一些鹰钩鼻子，发式古怪的苍白的老妇人一动不动的身影。在底层的小径上，堆积着小包和货物；这与其说是房屋，倒不如说是堡垒；说是堡垒，倒更像是匪窟，行人犹如幽灵。——我来到了犹太人的街道上，而且是在安息日。

在法兰克福，同时居住着犹太人和基督徒；这是一些蔑视犹太人的真正的基督徒和仇恨基督徒的真正的犹太人。双方彼此憎恨，避之唯恐不及。我们的文明调和所有的思想主张于平衡状态，并尽力从中消除愤恨，因而无法理解这种陌生人之间相互投去的憎恨的目光。法兰克福的犹太人生活在他们凄凉的房屋中，躲进后院以避免基督徒的气息。这条犹太街于1662年重修并稍稍拓宽了一些，而12年前，在街的两头还装有大铁门，门里门外都装有铁栅。夜幕降临，犹太人返回，两扇大门关闭。人们像防鼠疫病人一样把他们从外面关住，而他们自己则像被围困的人一样从里面紧锁大门。

犹太街不是一条街道，而是城中之城。

从犹太街出来，我便来到了老城，我刚刚进入了法兰克福。

法兰克福是人体像柱之城。除法兰克福外，我在任何地方都未曾见过如此多、如此巨大的驮物雕群。大理石的，石头的，青铜的，木头的，全都在劳作，呻吟，呼叫，其想象之丰富，残酷之多样简直到了登峰造极的地步。不论您转向哪里，映入眼帘的都是一些可怜的面孔，出自各个时代，各种风格，各种性别，各种年龄，各种幻影，它们在巨重的压迫下悲惨地扭曲着，呻吟着。生着羊角的森林之神，有着佛来米胸脯的仙女，小矮人，大巨人，人面狮身斯芬克司，蛟龙，天使，魔鬼，所有这些超自然的不幸的人们，由某个厚颜无耻地在所有的神话中同时捕捞的魔术师抓住，禁闭在石面上，用铁链锁在柱顶盘、额枋和拱墩下，半边身子固定在围墙上。一些像柱高举着阳台，一些支撑着房屋上最为沉重的墙角塔；另一些用臂膀扛着某个身着镀金锡裙的傲慢的青铜黑人，或抬着一个巨大的石刻罗马王——他穿着路易十四式的豪华盛装，戴着浓密的假发，穿着宽松的大氅，坐在带有扶手的椅上，还有他的祭器桌，桌上放着他的王冠，以及他的带有荷叶边帐檐和宽大帷幔的华盖；还有一个代表奥德朗雕刻艺术的巨作，是在一块20法尺高的整石上原样复制成的圆雕。这些奇迹般的建筑都是旅店的招牌。在这些巨大的重负下，人体像柱扭曲成各种姿态，有的愤怒，有的痛苦，有的疲惫不堪。一些像柱低着头，另一些半扭着身；一些用它们蜷缩的手叉着腰，或压紧它们那快要爆炸的胸膛；有高傲的赫丘利用一只臂膀支撑着一座七层楼房，并向众人挥舞着拳头；也有用膝盖支撑着的悲伤的火神驼背休尔甘，还有不幸的美人鱼，其分叉的尾巴在墙角石之间可怕地蜷缩着；还有激怒的狮头、羊身、龙尾的吐火怪物愤怒地相互撕咬着；一些哭泣着，一些苦笑着，另一些向过路人扮着恐怖的鬼脸。我注意到许多厅中回响着摔杯子声的小酒馆都悬建在人体像柱上。似乎这是法兰克福古老的自由资产者的品位；让受难的雕像来支撑他们丰盛的酒席。

在法兰克福，最可怕的噩梦既不是俄罗斯人的侵犯，也不是法国人的入侵；既不是穿越国土的欧洲战争，也不是再一次分裂城市十四个区的内战；既不是斑疹伤寒，也不是天花；而是这些人体像柱的觉醒，挣脱铁链和复仇。

法兰克福的名胜之一，我担心它会很快消失，便是屠宰场。它占据了两条老街，一大堆漂亮的鲜肉摆放在不能再黑再旧的房屋前，这种情景恐怕是难得再见了。饕餮快活的神情印在这些雕刻得古怪的板岩色房屋上；房屋底层好像是一只大张着的深不见底的嘴巴，吞食着无以数计的牛羊。沾染鲜血的男屠夫和玫瑰色的肉店女老板在火腿的花环旗下优雅地聊着天。一条红色的小溪，被两股泉水稍稍淡化了一点颜色，在街中央流淌着，冒着气。在我经过的时候，街上充满了骇人的叫声。无情的杀手们在这里屠杀着乳猪。挎着篮子的女佣们在嘈杂声中大声地说笑着。这里有一种无形的滑稽的激情；不过，我承认，如果我早知道人们将怎样处置一只可怜的小乳猪——一个屠夫抓着它的两条后腿从我面前经过，小猪一声也不叫，全然不知自己的命运，毫不谙世事——我就会把它买下来，救它一命。一个四岁的漂亮小女孩像我一样同情地注视着它，好像在用目光鼓励我去做似的。我没有按美丽的眼睛的暗示去做，我没有服从这温柔的目光，我自责。一个漂亮而巨大的金色招牌悬挂在一块T字形铁架上，这是世界上最漂亮，最华丽的，招牌上是所有屠夫的象征物，上面架着皇冠；这个招牌高居城上，使这个可与中世纪巴黎相媲美的惊人的剥皮场更加完整。在它面前，15世纪的卡拉达吉罗恩和16世纪的拉伯雷都会惊得目瞪口呆的。

从屠宰场，可到达一个不太大的广场，它正适合于弗朗德勒，即便不如布鲁塞尔的古市场，也是值得赞美与欣赏的。这是一个梯形广场，在广场的周围，矗立着中世纪和文艺复兴时期资产阶级建筑的所有风格和变化多端的典型房屋，按照时代与喜好，装饰得总是奇迹般的适宜，无论是板岩的，还是石头的，无论是铅制的还是木头的。每个门面都有其自身的价值，同时又都适合广场整体的构成与协调。在法兰克福如同在布鲁塞尔，有那么两三幢新房，看起来很笨，就好像是才华横溢的人群中出现了两三个蠢材，破坏了广场整体的美观，但却使毗邻的古老建筑显得更加壮观。一幢15世纪出色的旧建筑，我也不知其用途，由一座教堂大殿和一座市府钟塔构成，矗立在广场的一边，看起来高贵而优雅。在广场中央的一个地方，就像两株多年生灌木丛一样，显然是毫不对称地冒出两股喷泉，一处是文艺复兴时期的，另一处是18世纪的。在这两处喷泉之上，真是奇特的巧合，两女神相对而立于柱顶之上：密涅瓦[①]和朱底特[②]，一个是荷马风格的凶悍女神，一个是《圣经》中的泼辣女神，一个手握以蛇发女怪墨杜萨[③]的脑袋为饰物的神盾，一个提着奥罗菲尔的头。

朱底特，漂亮、高傲、迷人，四条有名的美人鱼围在她脚下吹奏着喇叭，这是文艺复兴时期的一个英勇女神。她曾用左手高高举起奥罗菲尔的头，现在，她的手中已空无一物了，不过，她的右手还握着宝剑，她的裙角迎风飘起，撩到了大理石膝盖的上方，露出了修长结实的双腿，裙褶折叠得极为美观。

一些人解释说，这个塑像代表着正义，他们认为，她以前手中握着的不是奥罗菲尔的头，而是一座天平。我根本不相信。

---

① 密涅瓦（Minerve）：罗马智慧女神，即希腊神话中的雅典娜。

② 朱底特（Judith）：传说中的犹太女英雄。为了解救贝杜里城（Béthulie），她迷惑了亚述王奥罗菲尔（Holopherne），并趁其酒醉时割下了他的头。

③ 墨杜萨（Méduse）：据说原来是美女，因触犯雅典娜，头发变成毒蛇，面貌也变得奇丑无比，谁只要看她一眼，就会变成石头。后来被英雄珀耳修斯杀死，并割下她的头献给雅典娜作为饰物。

左手持天平，右手握宝剑的正义之神代表的恐怕是非正义。另外，正义女神既不应该这么漂亮，也不应该穿着撩起如此高的裙子。

在塑像的对面，是罗马式大教堂三面平行的人字墙，黑色的墙表以及五扇高低不同的大窗子。

从前，正是在罗马式大教堂里选举皇帝，也正是在这个地方宣布选举结果。

也正是在这个场所，以前和现在都开放着法兰克福两个有名的集市。一个是九月集市，1240年由腓特烈二世下诏建立，另一个是复活节集市，于1330年由路易·德巴维尔创立。集市的寿命长于皇帝和帝国。

我走进了罗马式大教堂。

我在里面随意地逛着，没有遇到一个人。我先进入一个低矮不成型的尖形拱肋结构大厅，地上堆满了集市的棚屋；随后，我又来到一座扶手为路易十三风格的宽大楼梯旁，墙上挂着没有框架的难看的画像，然后，我穿行在众多狭长、昏暗的通道中；在敲了所有的门之后，我终于找到了一个女管理人，她听我说了"皇室"这个词后，便从厨房的钉子上拿起一把钥匙，将我领进了皇家厅堂。

善良的姑娘微笑着首先将我引入选帝侯大厅。我想，这大厅今天应该是法兰克福城上议院的议会大厅。正是在这里，选帝侯或议员们宣布皇帝为罗马王。美因兹大主教曾坐在两扇窗户之间的一个扶手椅上主持会议。其他人按顺序围坐在一张铺着兽皮的大桌子边。在美因兹大主教的右边，是特里尔、波希米亚和撒克森的大主教；他的左边是科隆、巴拉丁和勃兰登堡的大主教；在他的对面是布伦瑞克和拜恩的大主教，每个人的座位上方天花板上都绘有各自的徽章。游人们在亲眼见到和亲手摸到桌子上那满是灰尘的红棕色皮桌布，想到正是在这儿确定德国皇帝时，会有一种伟大出自于平凡之中的感觉。另外，除桌子已搬到邻室去了外，选帝侯大厅还保留着17世纪的原状。天花板上的九个徽章围绕住一幅难看的壁画，一个红锦缎的帷幔，绘着名人肖像的银铜烛架饰物，一面带框的大镜子，在镜子的对面，人们在上个世纪对称地摆放着约瑟夫二世的全身像。在门的上方有一个窗间墙，上面有查理大帝孙辈中最小一个的肖像，他死于910年执政期间，德国人称他为"圣子"。厅中物品就这些。整体看起来庄严，肃穆，宁静，令人幻想，引人深思。

看过选帝侯大厅之后，我来到了皇家厅堂。

14 世纪时，留名于罗马式大教堂的伦巴第商人在那里开小店，他们想出了在大厅周围建立壁龛的主意，以便将他们的货物在那里摊开。一个未留名的建筑师测量了大厅四周，并建起了 45 个壁龛。1564 年，马克西米利安二世在法兰克福当选为皇帝，并在此大厅的阳台向人民致意。从他开始，这个大厅便被称作皇室，并用作皇帝的就职场所。于是，人们想到要对大厅进行装饰。首先想到的是在皇室周围的壁龛里放置自查理大帝家族灭亡后所有当选与加冕的德国皇帝的肖像，并将空着的壁龛留给未来的皇帝们。仅从 911 年的康拉德一世到 1556 年的费迪南一世，就有 36 个皇帝已经在亚琛加冕过了。再加上新的罗马王，就只剩下八个空位。实在太少了。不过，事情还是这样进行了，人们计划在需要的时候再扩展大厅。壁龛慢慢地填满了，差不多是每个世纪四位皇帝。1764 年，当约瑟夫二世登基时，只剩下一个空位了。人们又一次认真地考虑要扩建皇家厅堂，并将 5 个世纪前伦巴第商人建造的房屋添上新的壁龛。1794 年，弗朗西斯二世，第四十五位罗马王占据了第四十五个壁龛。这是最后一个壁龛，这也是最后一个皇帝。大厅装满了，日耳曼帝国垮台了。

这个未留名的建筑师，便是天命；这个有 45 个壁龛的神秘大厅便是德国历史，在查理大帝家族消亡后，只应产生 45 个皇帝。

在这宽敞、冰冷、相当昏暗的长方形大厅里，一个角落堆放着废弃的家具——在里面，我看到了选帝侯们的桌子——从大厅东头五个大小不一的窄小窗棂射进了微弱的光，那些窗扇按窗外人字墙的结构叠成金字塔形，四面高墙围住了大厅，墙上的壁画已模糊不清，在一个从前涂成金色的横肋木拱顶下，皇帝们的塑像处在半明半暗之中，似乎已开始被人遗忘，所有的青铜半身像都雕塑得很粗糙，底座上有两个日期，即统治开始与结束的日期；一些像罗马恺撒帝一样戴着桂冠，另一些则头顶日耳曼冠冕形发饰，大家在那里静静地互相注视着，每个人都在自己昏暗的壁顶下：三个康拉德，七个亨利，四个奥托，一个罗泰尔，四个腓特烈，一个菲利普，两个罗道夫，一个阿道夫，两个阿尔贝，一个路易，四个查理，一个瓦茨拉夫，一个罗贝尔，一个西吉斯孟德，两个马克西米利安，三个费迪南，一个马蒂亚斯，两个莱奥波德，两个约瑟夫，两个弗朗西斯。在从911年至1806年的九个世纪中，这45个幽灵贯穿了世界历史，他们一手握着圣彼得的宝剑，一手持着查理大帝的地球。

在与五扇窗相对的另一头，靠近拱穹的地方，一幅很平常的画上表现了所罗门的审判，画已变得黑黑的，并开始剥落。

当选帝侯们终于选出皇帝之后，法兰克福议院便在这个大厅中集会；按14城区分为14个组的资产者们便会集在外面的广场上。于是，皇家厅堂的五扇窗便向着人民敞开了。中间的大窗上围着帷幔，空在那里。右边中等大小的窗户外配有黑铁阳台，从阳台上，我注意到了美因兹的轮子，于是，皇帝出现了，单独一人，身着皇服，头戴王冠。在他右边的小窗里，聚集着三个选帝侯，他们是：美因兹大主教，特里尔大主教和科隆大主教。大窗左边的另外两扇窗户，中等大小的窗子里站着波希米亚的大主教、拜恩的大主教和莱茵河选帝侯。小窗户里，是撒克森大主教、布伦瑞克大主教和勃兰登堡大主教。在罗马式大教堂正面前的操场上，一个四周站满卫兵的空旷、宽大的四方院中间，有一大堆燕麦，一个装满了金银钱财的罐子，一张桌子上放着一个银盆和一个朱红色的短颈大口瓶，另一张桌子上放着一头烤全牛。皇帝驾临，喇叭与铙钹齐奏，于是，神圣帝国的大元帅，司法大臣，司酒大臣，财务大臣和司厨大臣列队进入广场。在欢呼与军号声中，大元帅骑马登上燕麦堆，一直陷到马鞍肚带，装满一银器；司法大臣拿起桌子上的银盆；司酒大臣把朱红色的短颈大口瓶装满酒和水；财务大臣取走罐中的银钱，大把大把地撒向人群；司厨大臣从烤全牛上切下一块肉。这时，帝国的掌玺大臣出现了，他高声宣布新的恺撒帝即位，并宣读誓词。读毕，大厅里的议员们和广场上的资产者严肃地回答："是。"在宣读誓词时，出色的新皇帝摘下皇冠，握住利刃剑。

这个今日被人遗忘的广场，这个今日已荒芜的大厅，从1564年到1794年共经历了九次这样的盛典。

选帝侯们世袭得来的帝国职责，由议员们来行使。在中世纪，从属王朝看重非凡的荣誉并坚持在取代了罗马帝国的两大帝国中担当重要职务的政策。每个王子都向最邻近他的帝国中心靠拢，波希米亚王是德帝国的司酒大臣，威尼斯总督也在东方帝国中任职。

在罗马式大教堂里宣告即位之后，便到教会去加冕了。

我按照礼仪程序，从皇家厅堂出来，便去了教堂。

法兰克福的教会教堂是给圣巴托罗缪的献物，由14世纪风格的殿堂和交叉甬道构成，上面是一个漂亮的15世纪塔楼，可惜未完工，教堂和塔楼的建筑材料都是漂亮的朱红色砂岩，由于年久失修而锈蚀斑斑，只有里面进行了粉刷。

这仍然是一座比利时风格教堂，白色的墙无彩绘玻璃窗，华丽的雕刻祭台，五彩的坟墓，绘画与浮雕。在大殿中，有严肃的大理石骑士，有居斯塔夫·阿道夫时代的美髯大主教，他们的头像却是德国雇佣步兵的；有令人赞叹的由仙女般手巧之人镂空的石制小尖塔，有华丽的铜灯烛，它使人想起热拉尔·东的"炼金术士"上的灯盏，一幅绘于14世纪的"墓穴中的耶稣"，一个雕于15世纪的"濒死的圣母"。在祭室里，有一些奇怪的壁画；可怕的圣巴托罗缪之夜，迷人的玛达肋纳，以及1400年左右制成的一个原始粗野的细木护壁板；护壁板和壁画都是英格莱姆骑士赠予的，他让人画了一张他跪在角落里的画像，并在纹章的红色人字形条纹上镶上金箔。墙上，完整地收集着日耳曼骑士所特有的古怪的高顶盔以及吓人的鸡冠状盔顶饰，它们都像有柄砂锅和漏勺等厨房金属用具一样挂在钉子上。门边上有一座三层楼高的巨大的座钟，一套分为三册的书，一本有20首歌的诗集，一个世界。上面一个宽大的佛拉芒三角楣上，有一个形状如盛开花朵般的日晷，下边有一个洞穴样的地方，其底部有一堆好似魔虫触角的粗丝，在黑暗中乱糟糟地移动着；这是神秘地辐射着的年晷。在上面转动的是小时，在下面移动的是季节。金光闪闪的太阳，黑白相间的月亮，以及蓝天上的繁星，都在复杂地运转着；而天体的运转又将一系列的小画面展示在大钟的另一头，画面上有小学生在溜冰，有老年人在烤火，有农民在割麦，有牧羊女在采花。油漆有点脱落的格言与警句在天空那失去镀金层的星光下闪闪发光。每当指针指向一个数字，三角楣上的门便会自动打开，自动关闭，拿着铁锤的金属小人突然转出又转回，跳着奇怪的祝捷舞，敲响时钟的金属铃。这一切就在教堂内部生存着，跳动着，隆隆地响着，发出只有困在海德堡的大木桶中的抹香鲸才可能发出的声音。

这个教会教堂拥有万狄克①的名画"耶稣受难图"；阿尔贝·杜雷斯和鲁本斯在这儿各有一幅画，"圣母膝上的耶稣"。从表面上看，这是同一个主题，但两幅画的表现形式却迥然不同。鲁本斯将孩童耶稣画在圣母膝上，而杜雷尔却画了一个垂死的耶稣在受难。第一幅画的优雅与第二幅画的痛苦都表现得淋漓尽致。两个画家都发挥了他们的天才，鲁本斯选择了生，阿尔贝·杜雷尔选择了死。

另一幅画，将优雅与痛苦完美结合在一起，这便是 16 世纪的一幅绘在皮画布上的宝贵绘画，它画的是圣女塞西尔在坟墓中的场景。框饰上画的是圣女一生中各主要生活片断。中间，在一个昏暗的地下室中，圣女全身俯卧，穿着金袍，脖子上带着斧砍的伤口，是粉红色的精巧伤口，就好似迷人的嘴唇，使人们有跪吻的愿望。从圣女的伤口中，人们好像能听到传出优美的歌声。在敞开的棺木上方写着金色的大字："这便是圣女塞西尔躺在棺木中的形象，表现的是其原样。"确实，在 16 世纪，有一个教皇，我想是莱昂十世吧，让人打开了圣女塞西尔的坟墓，而据说这幅绝妙的画确是神奇的尸体的肖像画。

自马克西米利安二世以来，正是在教堂中央，祭室入口处，耳堂与大殿的交叉甬道上，人们为皇帝加冕。我在耳堂的一个角落里看到，在一个好像儿童防跌软垫帽样的灰纸袋中，包裹着巨大的镀金皇冠构架，在加冕仪式上吊在他们的头顶上方。我记起，一年前，我曾见过查理十世加冕时用过的有百合花图案的地毯，卷在一起，用绳捆着被遗忘在兰斯大教堂顶楼上的一辆两轮车上。在祭室大门的右边，准确地说正是在皇帝加冕处的旁边，哥特式细木护壁板得意地展示着刻在橡木上不同题材的对照；被剥了皮的圣巴托罗缪将他的皮挂在手臂上，蔑视地注视着他左侧的魔鬼，魔鬼骑在漂亮的金字塔上，这金字塔由主教冠，王冠，盾形纹章，罗马教皇的三重冕，君主的权杖，宝剑和皇冠组成。再远一点儿，在人们可能藏起他的壁毯下，有时，

---

① 万狄克（Van Dych，1599～1641）：佛拉芒画家。

新的恺撒隐约可以看到，不幸的假皇帝贡戴尔·德·施瓦茨贝尔的石制鬼魂在黑暗中靠墙站着，就好似幽灵显像；他的眼中充满了宿命与仇恨，一手握着他的跃狮盾牌，另一只手拿着他皇帝的高顶盔。这骄傲而可怕的坟墓，在 230 年间，曾数次观看了皇帝们的登基仪式，而他冷酷的忧伤比所有这些纸醉金迷的庆典活动都存在得更持久。

我想登上钟楼，带我来到教堂的那个不懂法语的敲钟人在楼梯口停住了脚步，于是我便自己登了上去。到了上边，我看到楼梯被一根包铁栏杆挡住了，我叫了一声，没人回答，于是，我决定跨过去。越过障碍之后，我便站到了楼顶平台上，在这儿，我看到了迷人的景观。在我的头上，是金色的太阳，我的脚下是整座城市；我的左边是罗马教堂广场，右边是犹太人街道。这条街在白色房屋群中好似一条长长的笔直的山脊。这儿，那儿，可以看到几个还没有完全破坏掉的古代教堂的圆屋顶，矗立在小塔楼中的两三座警钟楼，上面塑着法兰克福雄鹰。而在地平线上，相应的有三四座古老的船员瞭望岗，这在从前是用来标记自由王国的限界的；在我的身后，是美因河，船只在银色的河床上划出条条金色的波纹；一座古桥，撒克森豪森城的屋顶，古老的条顿人房屋的红色墙壁；城的周围，是一排排繁茂的大树，树的外层，是一大片平原与耕田，最后是陶劳斯山那蓝色的圆形山顶。正当我倚着 1509 年建成的钟楼的颓垣残壁胡思乱想时，云彩悄然而至，在天空中飘游，风吹云动，天空忽明忽暗，在大地上到处投下大片的阴影与阳光。这座城市以及其广阔的视野是如此的令人惊叹。一团团云彩遮住阳光，使大地好像穿上了虎斑皮衣；这样的风景真是赏心悦目，美不胜收。我以为自己是独自一人站在塔顶上，那样的话，我会在这里呆上一整天的。突然，我听到旁边有点动静；我转过头，看见一个 14 岁左右的少女，从天窗中探出身子，笑眯眯地望着我。我向前走了几步，转过一个角落，便来到了钟楼的居民中间。

这里生活着一个温柔而幸福的人家。年轻姑娘正在织毛衣，一个老妇人，显然是她的母亲，正在摇纺车；鸽子栖在钟塔檐槽喷口上咕咕地叫着；一只好客的猴子从它的小屋中向您伸出手来；大钟的钟槌上上下下，发出沉闷的声音，并带动了教堂中皇帝加冕室里的木偶。除了这一切，还有这种高处的宁静，宁静中只有风的呢喃，阳光的照耀和风景的美丽。——这难道不是一个纯朴而迷人的整体吗？少女将古钟的小屋布置成自己的卧室，她将床放在暗处，她的歌声宛如钟声，只是声音更加温柔，她只为自己和上帝歌唱。在一个未建完的小钟楼里，母亲烧着孤儿寡母的饭食。

这便是法兰克福钟楼上边的情形。这些人和动物是怎样，又是为什么在那儿的？他们在那儿做什么？我不知道，但我欣赏。这个骄傲的皇城，曾参与了如此多的战争，遭受了如此多的炮弹，加冕了如此多的皇帝，其城墙就好像是一副甲胄，苍鹰在两爪中抓着王冠，这王冠是奥地利之鹰旋转在它头上的；可今天，这里却冠以一个老妇人的简陋家庭，从那里还飘出了袅袅的炊烟。

9 月于美因兹

斯特拉斯堡①

　　我的朋友，我现在到了斯特拉斯堡。我的窗子朝向阿尔姆广场敞开着。我的右边是树丛，左边是大教堂，此时，其大钟正起劲地敲着；我的正前方，在广场的尽头，有一座 16 世纪的房屋，极其美观，尽管已刷成黄色，并装有绿色的外板窗；房屋的后面，是一座古旧大殿高大的人字墙，那里是市图书馆；广场中央，有一座临时搭成的木板屋，据说，这里将竖起一座克莱贝尔②纪念碑；广场周围，有一排相当漂亮的旧房屋；离我窗子几步远的地方，有一座灯笼式小塔，塔脚下，几个德国金发胖小伙儿正叽里咕噜地交谈着。时而，一辆轻巧的英国驿站快车——敞篷四轮马车或双篷四轮马车——停在我下榻的"红房子"旅馆门前，马车夫为巴登人。这个巴登马车夫非常迷人；他身着浅黄色外衣，头戴有宽银线饰带的黑帽子，一个狩猎小号角斜挎在肩上，号角上挂着一大束红色的流苏。我们的驿站马车夫很丑，而隆儒莫的马车夫却如同神话；一件溅满泥浆的旧外衣，加上一顶难看的棉便帽，这便是法国马车夫的形象。所有这一切：巴登马车夫、驿站快车、德国小伙儿、古旧的房屋、树丛、木板房和钟楼，再衬托上漂亮的蓝天白云，置身其中，您真好似在图画里。

　　此外，没有什么奇遇；我在邮车中度过了两个夜晚，这使我深深

---

　　① 斯特拉斯堡（Strasbourg）：法国东部重要的河港城市，是一座拥有多处名胜古迹的文化名城。

　　② 克莱贝尔（Kléber，1753～1800）：法国将军，斯特拉斯堡人。

感受到人体这部机器有多么强壮。

在邮车中过夜真是一件可怕的事。出发时，一切顺利。马车夫甩响长鞭，马铃儿快乐地欢唱，氛围奇特而温馨，马车的飞奔使精神愉悦，使黄昏忧郁。夜色渐浓，邻座间的谈话渐无生气，人们困倦得睁不开眼睛；邮车的灯笼亮了，换了驿马后，它又一阵风似的上路了；夜幕完全笼罩了大地，人们睡着了。正是此时，路变得极其可怕；道路崎岖不平，邮车跳起了舞蹈。这不再是一条路，而是一条充满湖泊与山脊的冈峦，是只有蚂蚁才觉得视野广阔的地带。于是，马车好似被两只巨手紧紧地抓牢，向着两个完全相反的方向剧烈地摇晃；前仰后合，后合前仰，左倾右覆，右覆左倾——前后颠簸，左右摇摆。这极为复杂的运动使车轴剧烈摆动，然后又影响到车厢内部，达到令人难忍的程度。就这样，一块拳头大的石头会让您的头连续八次撞在同一部位，如同钉钉子一样。真够劲儿！从这时起，人们就不再置身于车身里了，而是处在漩涡中，邮车好似发了狂一般。由贡特先生发明的舒适的邮车变成了可怕的简陋公共马车，伏尔泰座椅也只能算是一个令人厌恶的不加马镫的坐骑。人们跳着，舞着，冲起撞向邻座——在睡梦中。美妙之处就在于此，人们熟睡着。一边是抓住你不放的睡意，另一边是掌握着你的地狱般的车子。独一无二的噩梦也正在于此。颠簸睡意中的梦是无与伦比的，人们似睡非睡，游移于现实与梦幻之中。这是具有双重性的梦想，人们时不时地抬抬眼皮。一切都好像变了形，尤其是下雨时，就像另一个晚上那样。天空漆黑一片，更准确地说，根本没有夜空，人们好似正疯狂地冲向一个深渊；马车灯笼射出微弱的光，使马的臀部显得很大；每隔一段距离，小榆树粗乱的枝叶便会突然出现在亮光里，随后又慢慢消失；雨点儿打在水洼中噼啪作响，就好似油锅中的油炸物在呻吟；灌木丛虎视眈眈地蹲在路旁；石堆的形状好似卧着的尸体；人们漫无目的地观望着；平原上的树已非树的模样，而是丑陋的巨人，正慢慢地走向路边；古旧的墙好似掉了牙齿的巨颌。突然，一个幽灵伸着手臂过来了。白天，路标是实实在在的，它会告诉您：库洛米埃路，通往塞扎尔。夜晚，路标却是诅咒旅客的可怕恶鬼。而且，我不知为什么，满脑子都是蛇的形象；您会觉得好似游蛇在脑海中爬行，长在斜坡边上的荆棘好像眼镜蛇一样咝咝作响，马车夫的皮鞭像飞舞着的蝰蛇紧追不舍，并伺机透过玻璃咬您一口；远处的雾霭中，山丘的轮廓好似吃得饱饱的蟒蛇肚子那样蜿蜒不平，又好似熟睡中的神龙围住了地平线。狂风怒号，犹如疲惫的独眼巨人，使您想起在黑暗中痛苦劳作的劳工。万物生灵都生存在这暴风雨之夜带来的可怕生活中。

途经的城市也跳起了舞，街道陡直，忽上忽下，房屋乱糟糟地倾身望着马车，其中的几座用火炭般的眼睛直视马车。那是一些房屋，窗棂还透着亮光。

早晨五点左右，人们感觉好似已散了架；旭日高升，人们不再思考。

这便是在邮车中过夜的情景，而且，我说的还是新式邮车，白天，当路况好时，这是一些极为出色的马车。不过，路况好的道路在法国是罕见的。

亲爱的朋友，您完全可以想到，以这样的方式经过的地区，我难得给您一个大致的介绍。我经过了塞扎尔，留存下来的印象是：一条长长的破路，低矮的房屋，一个有喷泉的广场，一个开着门的小店，里面有个男人在烛光下刨木板。我经过了法尔斯堡，留在记忆中的是：链条与吊桥的声响，手提灯笼观望的士兵，马车冲进了黑色的要塞大门。

从维特里·絮马恩到南锡的路途，我是白天度过的。没有什么太引人注意的东西，确实，从邮车中也看不到什么。

代表维特里·絮马恩的是一个洛可可式战争广场，圣迪齐埃的印象是一条长长的宽阔街道，两边时而可看到一些漂亮的路易十五式方石房屋。巴尔迪克的景色相当优美；一条小河从中潺潺流过。我猜测这是奥尔南河①，但我并不肯定；因为我曾由于将维莱尔河与库阿农河混为一谈而激怒了整个布列塔尼。水神总是可疑的，我并不想同绿头发的江河纠缠不清。好吧，就算我什么都没说。

对了，我整个旅途都与一个正直的外省公证人为邻，我已记不清他的事务所在南方的哪个小城，他是去巴特度假的，"因为，所有的人都去巴特。"他说道。当然，我们之间是话不投机。这位公证人身

---

① 奥尔南河（l'Ornain）：马恩河的小支流，长120公里。

上散发着一种印花公文纸的味道，就像满身白菜味儿的兔子一样。

不过，旅途总是使人健谈，我千方百计想挑起他的话头，以便看看他是否像狄德罗曾说过的那样，"可以啃动"。我从各个方面试着打开缺口，但毫无结果。有不少人总是这样的，我就像那些使尽全身力气咬一块假糖的孩子一样，寻找的是糖，找到的却是石膏。

一大片葡萄坡俯瞰着巴尔市。八月的葡萄园绿茵茵的，我从那里经过时，它正依傍着湛蓝的天空。阳光暖暖地拥抱着它们，在这湛蓝与翠绿中，一切都显得那么自然和谐。在巴尔迪克的周围，风行着这样的房屋：方石门廊取代了独扇大门，在台阶上方的是方形屋顶，相当漂亮。您知道，当建筑显得自然，建筑师们未使它造作时，我喜欢评论地方建筑业的特色，这我已经对您说过许多次了。地方气候也反映在建筑上。尖屋顶说明雨水充足；平屋顶证明阳光灿烂；石砌屋顶表明经常刮风。

此外，巴尔迪克没有什么值得我注意的东西，只是邮车的驿夫在这里订购了四百罐果酱，用以年度销售；而我出城时，一匹老瘸马进了城，恐怕是去屠宰场的。您还记得我们可爱的女儿，我们亲爱的小D的那个"萨瓦尔"吗？这只小玩具马在王家广场的一个阳台角落里被搁置了如此之久，遭受着日晒雨淋，它的鼻子是灰色纸张制成的，缺耳少尾，只有三个小轮子。巴尔迪克可怜的瘸马就是这样。

比维特里到圣迪齐埃，景色很一般。山丘上种了小麦，已收割完毕，一片枯黄，在这个季节里，一切都显得乏味。没有耕耘者，没有收割人，没有赤脚走在田间低头捡麦的拾穗人。到处是一片荒凉。时而可见一个猎人带着他的狗，一动不动地站在山丘高处，身影印在明亮的天色之中。

看不到村庄，村庄都蜷缩在山丘间通常都畅流着一条小溪的绿色山谷中。此时，可看到一个钟楼顶。

有一次，钟楼顶呈现在我面前的是一幅奇特的景象。山丘绿茵茵的，那是草地。在山丘上方，绝对只能看到教堂塔楼的锡制帽，它似乎正好戴在高地上面。这帽子的形状为佛兰德斯式（在佛兰德斯，村庄里教堂钟楼的形状为一只大钟）。在这儿，您可以看到，一片辽阔的绿地毯，上面竖立着一个好似巨人高康大遗忘的大铃铛。

　　过了圣迪齐埃，路途就很惬意了。散于各处的鲜翠树木，幽幽的深谷，变得瘦削的小山丘一时倒好像是座座高山。这给人造成了错觉，因为，尽管景色秀丽，有时土地却很贫瘠，山丘高处一副病态，光秃秃的。人们感到大地没有力量将它的元气一直传到这里，它只是在表面上使山丘显得高大，不过，最终，这还是放大了山丘。

　　一座漂亮的城市，是利涅。三四座山丘汇集形成一个星状山谷。利涅的房屋全都堆在山谷中，就好像是从山丘上滑下的一样。这使城市很迷人，令人陶醉；而且，这里还有一条欢快的小溪以及两座变为废墟的塔楼。其山坡极为漂亮。邮车缓缓地爬坡，使我能够下车步行尾随马车，边走，边观赏城市风景。

　　在杜尔大教堂前我有些疑虑。我怀疑它与奥尔良大教堂有些相似之处，那座难看的教堂，从远处看，使您充满希望，而从近处看，却毫无特色。不过，我对杜尔大教堂的印象倒还不至于那么坏；的确，我也没有近前去仔细观赏。杜尔大教堂坐落在一个山谷中，邮车飞奔着驰过那里；太阳正下山，将一缕灿烂的夕阳映在大教堂正面上；教堂显出一种奇特的破旧相，看起来很壮观，真的很美。临近教堂时，我觉得映入眼帘的建筑既破败又陈旧，塔楼是八角形的，这使我不悦；教堂顶上还设了栏杆，正如奥尔良塔楼一样，这使我反感。不过，我并不想说它的坏话。从半圆形后殿这边看去，教堂还是相当漂亮的。在我们经过杜尔桥时，我的旅伴问我，洛林旧居是否与美第奇旧居有什么不同。

　　南锡，像杜尔一样，也位于一座山谷中，但这是个美丽、宽阔、富饶的山谷。城市没有太多景致。教堂钟楼为蓬巴杜夫人式的圆锥形。不过，我不谴责南锡。首先，因为我曾在这里吃过晚饭，当时，我非常饿；其次，市政厅广场是我所见过的最漂亮、最活泼、最完整的洛可可式广场之一。这一背景极为完美，一切物体都圆满地结合在一起，相互衬托出极好的效果；用石块建造的假山，修剪整齐成形的树丛，精工细作的厚厚的金色铁栅，一座斯塔尼斯拉国王①的塑像，

――――――
　　① 斯塔尼斯拉（Stanislas，1677~1766）：波兰国王。曾为南锡市的建设起过很大作用，使之成为科学与文学的中心。

一座风格矫饰而有趣的凯旋门，几座显得高贵、雅致的建筑，相互紧密连接，排列的角度机智灵活。路面本身用尖形石子铺成，好似镶嵌瓷砖一样，分成一格一格的，这是一个漂亮高贵的广场。

我深感遗憾，我没有足够的时间来随心所欲地细细观赏这个整体上为路易十五风格的城市。18世纪的建筑，如果造得富丽堂皇，足以弥补其平庸的风格。其想象的花丛在建筑物顶上生长怒放，如此的怪诞，如此的茂盛，不但不使人反感，反而使人为此着迷。在热带地区，例如，在里斯本，这也是一座洛可可风格的城市，就像对其他植物一样，太阳也作用到了这石头植物上，就好似植物的汁液流入了花岗岩；在岩石中膨胀，破石而出，从各处伸出神奇的阿拉伯风格枝条，骄傲地刺向苍穹。修道院、宫殿、教堂，随时随地，无处不见装饰物。在里斯本，没有一条三角楣的线条是宁静无饰的。

最为引人注意，并使18世纪的建筑相似于植物的是，在南锡，我在绕教堂观赏时也注意到，正如树干为悲哀的黑色，蓬巴杜夫人风格建筑的下部也是光秃、阴郁、沉重而凄凉。洛可可风格有一双难看的脚。

我于星期日晚上七点到达南锡；八点，邮车又出发了。这一晚比昨晚稍好些。是我太累了？还是路况好些了？事实是，我抓紧了马车上的带子，睡着了。就这样，我见到了法尔斯堡。

大约早晨四点钟，我醒来了。凉风习习吹拂着我的面孔，马车飞奔着，车身前倾，我们正冲下著名的萨韦尔纳山丘。

正是这里给我留下了难忘的美好印象。雨停了，雾散了，月牙儿时而飞快地穿过云层，时而游荡在碧蓝的天空，好似小船荡漾于湖面。来自莱茵河的微风吹动了路旁的树林，忽而，树木倒向两边，使我看到前方模糊而奇妙的深渊；近景是树林遮掩着高山，下边，万里无垠的平原上蜿蜒流淌着小河，好似明亮的闪电一般；远景是一片昏暗，模糊，浓重——黑森林，这便是月光下隐约可见的一幅神奇景色。这朦胧的景色恐怕比其他的更具魅力。这是可用手摸，可用眼瞧的梦境。我知道，在我的眼中有法国，有德国，有瑞士，有斯特拉斯堡和她的剑塔，有黑森林和她的高山，有莱茵河和她的弯道；我寻找着，我想象着，我什么也没看到。我从未有过这么奇特的感觉。再加上当时的时辰及旅行，下坡时刹不住脚的马匹，车轮滚动的巨大声响，放低了的窗子咯咯地响，时而闪过的树影，清晨的山风，已开始有了活气的平原，以及苍天的美妙，您会明白我当时的感受。白天，这座山谷是神奇的，晚上，她是迷人的。

一法里多长的下坡足足用了一刻钟。——半个小时后，晨曦初照，曙光将我左侧的天际镀上了一层银灰色；在一座山丘上，可清晰地看到一排覆盖着黑瓦的白房子；天大亮了，淡蓝色的光冲出地平线，一些农民起身去葡萄园；明亮、寒冷、紫色的光逐渐取代了灰蒙蒙的月色，星座失去了光芒，昴星团七颗星中的两颗已无影无踪。马车的三匹马奔向马厩的蓝大门；天很冷，我感到快冻僵了，得把窗子打开了。过了一会儿，旭日高照，而我见到的第一件事，是一位乡村公证人在窗边的红布窗帘下整理胡须，鼻子印在一面破镜中。

一法里开外，农民变得生动，运货马车夫变得出色；我数了其中一辆马车，有13匹骡子松松地套在链条上。我们感到已靠近斯特拉斯堡，这座过去的德国城市了。

我们飞奔着越过了瓦斯洛恩，这是挤在斯特拉斯堡一侧，孚日山脉最后一个山口中的一长溜房屋。我在这里只隐约看到一个奇特的教堂正面，上面叠置着三个圆而尖的钟楼；车子的运动突然把这一景物带到了我的窗前，而后，又立即颠簸着把它带走，好似剧场背景一样。

突然，在路的转角处，雾气散尽，我看到了大教堂。此时是清晨六点钟。巨大的教堂，这是继金字塔之后，人类手工建造的最高大的建筑物，教堂清晰地呈现在形状秀美的山脉之暗色背景上。太阳沐浴着山中的座座幽谷。上帝为人类而创的杰作，人类为上帝而造的杰作，高山与大教堂，竞显其雄伟秀丽。

我从未见过比这更壮观的了。

8 月于斯特拉斯堡

昨天，我参观了大教堂。这教堂真是个奇观。正面的几扇大门非常漂亮，尤其是那扇罗曼风格大门，上面雕着精美的塑像；圆花窗颇为高雅，线条明快；整个教堂正面宛如一首优美的诗章。不过，这座大教堂真正的成功之作，还是她的剑塔。那是一个戴着皇冠和十字架的真正的石头三重冕。这是雄伟与精致之完美结合的奇迹。我已参观过夏特勒大教堂和安特卫普大教堂，我还得观赏一下斯特拉斯堡大教堂。

教堂还未竣工。半圆形后殿残缺不全，一副惨状，它是按照红衣主教罗安①这个蠢家伙，这个牵涉"项链诈骗案"之人的情趣建造的，很丑陋。里面的彩绘玻璃采用的是平常的地毯式图案，极为难看。其他的彩绘玻璃窗，除去几块后来仿制的，尤其是大圆花窗以外，都很漂亮。整座教堂都被可耻地粉刷破坏；不过，雕塑的某些部位修复得还有点风格。这座教堂是经许多人之手而建起来的。祭台是15世纪的产物，带饰花图案的哥特式，绘画与风格都极为雅致。不幸的是，人们愚蠢地将它涂成了金色。洗礼盆也是同一时代的东西，修复得极好。盆的周围雕满了世上最奇妙的塑像。旁边一个昏暗的偏祭室里有两座坟墓。一座是路易五世时代一个主教的，这座坟墓显示了哥特艺术以各种形式表达出的可怕思维：床铺与坟墓，沉睡与死亡，人体与尸首，消亡与永恒，全在这里合而为一。棺椁分为两层。身着主教服，头戴主教冠的大主教躺在床上，上方覆着华盖；他正在沉睡。下方昏暗处的床脚下，可隐约看到一块巨石，上面固定着两个大铁环；这像是坟墓的盖子。其他再看不到什么了。16世纪的建筑师们将尸体展示出来（您还记得布鲁的墓吧）；而14世纪的建筑师们将它掩盖起来，这更加让人恐惧。没有什么东西比这两个大铁环更阴森可怖了。

我深深陷入沉思中，这时，一个英国人打断了我的思路，他在询问有关"项链事件"以及拉莫特夫人②的事，以为这里是红衣主教罗安的坟墓。如果是在其他地方，我恐怕会禁不住笑出声来。不过，那就是我的错了；谁又没有其无知的一隅呢？我认识，您也认识的一个学识渊博的医生曾将牙粉说成 poudre Dentrifce③，这证明他既不懂

---

① 罗安（1734~1803）：红衣主教。在法国大革命前夕发生的那桩影响极大的"项链诈骗案"中起了中间人的作用。

② 拉莫特夫人（Lamatte，1756~1791）："项链诈骗案"的主要人物。

③ 原词应为 Dentifrice，这里是一个拼写错误。

拉丁语，也不懂法语。我记不清了是哪位律师，在众议院反对文学作品著作权，他说过"Réaumur 先生，Fahrenheit 先生，Centigrade 先生"。一个从不犯错误的哲学家，我们的同代人，曾臆想出了过去式"recollexit"①。罗兰，15 世纪巴黎大学博学的校长，对学生们写的"mater tuus，pater tua"感到气愤，他说："Marmouseti"。这是在用不规范的语言训诫句法错误。

还是回到我的教堂上来吧。我刚刚对您讲过的那座墓在十字架的左侧，其右侧有一个偏祭台，可是，一个脚手架妨碍了我，使我看不到里面。偏祭台旁绕墙有一排 15 世纪的栏杆。一具涂了漆的雕像靠在栏杆上，好似在欣赏对面的一根柱子，柱子上层层叠叠雕满了塑像，颇为神奇。按传统，这个雕像代表的是大教堂的第一个建筑师：伊尔文·德·斯丹巴赫。

雕像总能向我表述许多东西；因此，我喜欢询问它们，而当我见到一个使我喜爱的雕像时，我便会久久地陪伴它。于是，我同伟大的伊尔文面对面地相视，沉思了足有一个小时，这时一个无赖反跑来打扰了我。这是教堂里的侍卫，他为能挣上 30 苏，向我提议为我讲解他的大教堂。您想象一下，一个半似德国人，半似阿尔萨斯人的吓人的侍卫，用充满错误的法语提议为我导游，他说："先生，您还没参观教堂吧？"我相当粗鲁地打发了这个讲蹩脚法语的商人。

我未能看到大殿中的天文钟，这是 16 世纪一个迷人的小建筑，人们正在修复它，外面围着木板。

看过教堂之后，我便登上了钟楼。您知道我喜欢俯瞰城市，我不能错过这世界上最高大的钟楼剑顶。斯特拉斯堡大教堂差不多高 500 法尺②。钟楼的楼梯建在边上，开满了窗洞。在这个巨大的石头建筑中行走真让人惬意。空气新鲜，光线充足，像第厄普市的小玩意儿一样镂空，一阵风吹过，灯笼式天窗和金字塔形尖顶上到处都颤动、跳跃起来。我一直登上楼梯最高处。我在途中碰到一个游客，他面色苍白浑身颤抖，被他的向导半扶半抱着走下楼梯。然而，并没有什么

---

① 正确的形式应为 recollegit。

② 大约合 162.5 米。

危险啊！危险也许是从到达剑塔时开始的，我停住脚步，观看着。四座带窗洞的螺旋式楼梯，通往四座垂直竖立的小塔，错综复杂地盘绕在薄薄的精加工石块中，按其角度倚靠着剑塔顶端，一直上升到人们称作冠顶的地方，大约距灯笼式天窗有30法尺高，天窗上竖立着一个十字架，作为钟楼的顶。这些楼梯的梯极高而陡，越往上走变得越狭窄，到了顶上，梯级刚好可站稳脚跟。必须这样攀爬百来法尺，此时，离地面已有400法尺了。没有栏杆，或者说少得不值一提。楼梯的入口处有一个铁栅门封闭着，只有获得斯特拉斯堡市长的特别批准才能将此门打开，并且要有两个屋面工人陪同。他们将一根绳子系在您的身上，然后将绳子的另一头隔段捆绑住，使您能够抓住连接中梃的铁棍攀登。一个星期前，三个女人，三个德国女人，一位母亲和她的两个女儿就曾这样攀上去了。另外，除了必须修复钟楼的屋面工人外，没有人一直爬到过灯笼式天窗上。从那里便没有楼梯了，而只有简单的铁条作为登高的梯级。

这里的视野真是棒极了，整个斯特拉斯堡都在您的脚下。这是一座古老的城市，锯齿状的山墙，带天窗的大屋顶，掺杂着塔楼与教堂，其风景秀丽，不同于弗朗德勒地区的任何一座城市。伊尔河和莱茵河，这两条优美的河流用其清澈、碧绿的河水润色着这座暗色的建筑物。城墙周围是一望无际的田野，绿树成荫，点缀着村庄。莱茵河在距城市一法里的地方流过，在田野中奔流不息。在钟楼上转一圈，可看到三条山脉，北边是黑森林的圆山丘，西边是孚日山脉，南边是阿尔卑斯山。

置身于如此高的地方，景色已不再是风景了；正如我在海德堡的高山上所见，这是一张地图，是一张充满生气的地图，有雾，有烟，有阴影，有亮光，有河水潺潺，有树叶摇摆，有云彩，有雨水，有阳光。

太阳热烈地欢迎着攀上高峰的人。我在大教堂顶上时，太阳突然驱散了一整天都布满天空的云彩，将金色的光芒洒向城市的炊烟、平原的雾气，洒向萨韦尔纳，我透过耀眼的薄纱看到了12法里外地平线上那壮美的山坡。在我的身后，一片乌云笼罩在莱茵河上空；我的脚下，城市正在轻声诉说，一阵阵轻风给我捎来了城市的呢喃；百座村庄的钟声同时敲响；那些看似棕红色或白色蚜虫样的东西，是一群牛，正在右侧的草地上哞哞叫着；另一些蓝色或红色的，是一些炮手，正在左边的试炮场上训练炮击；一只黑色的金龟子，其实是一辆轻便马车，跑在通往梅斯的大路上；北边的一座小山丘上，巴德大公爵的城堡像一颗宝石一样在阳光下闪闪发光。我呢，我漫步于一个个小塔楼间，轮番观赏着同一片阳光下的法国、瑞士和德国。

每个小塔楼都朝向一个不同的民族。

下楼梯时，我在塔楼楼梯的一个高大门扇旁停留了一阵，这门的两边有大教堂两个建筑师的石像。这两个伟大的诗人蹲在那里，脸和背向后仰着，好像正赞叹着他们自己的作品高大壮观。我模仿着他们的姿势，于是，我也像他们一样，做了几分钟的石像。在平台上，人们让我在一本簿子上签了名；随后，我便离开了，大钟本身没有多少意思。

从大教堂出来后，我去了圣托马教堂。这是城市中最古老的一座教堂，撒克森元帅就葬在那里。他的墓在斯特拉斯堡，正如布里当的圣母升天图在夏特勒，非常闻名，被大肆吹嘘，然而，却极为平庸。这是一座大理石作品，属枯燥的皮加尔①风格，墓碑上路易十五以碑铭体吹嘘说，他是撒克森元帅胜利的设计者和引导者。人们为您打开一个柜子，里面有一个戴着假发的石膏头像，这是皮加尔的半身像。——幸好，在圣托马教堂还有其他的东西可看。首先，教堂本身属罗曼风格，其短粗的暗色钟楼就很有特色；其次，彩绘玻璃窗很美，尽管人们愚蠢地将其下部涂成了白色；而且，这座教堂里坟墓与棺椁也很多。其中一个坟墓为 14 世纪的产物；这里镶嵌在墙上的一块方方正正的石板，上面雕刻着一个姿态极为优雅的德国骑士。骑士的心脏装在一个镀金的银盒中，放置在雕像肚子上挖空的一个小方洞中。九三年，本地的布鲁杜斯们，由于憎恨骑士，也由于喜爱镀金的银盒，将这颗心脏从雕像上取走了。现在，只有那个小方洞空荡荡地留在那里。在另一块石板上，雕着一个波兰上校，头上戴着钢盔和翎饰，身着直到 17 世纪士兵们仍穿戴着的漂亮甲胄。这很像是个骑士，不过，这却是一个上校。另外还有两座奇妙的石棺；一个体积很

---

① 皮加尔（Pigalle，1714～1785）：法国雕塑家。

大，上面刻着徽章，为16世纪的丰满风格，这是一个丹麦贵族的棺椁，也不知他为什么安葬在这座教堂里；另一座更加奇特，或者说更加美观，藏于一个大柜中，好像皮加尔的半身像一样。这里的一般规则是：圣器室管理人将他们能藏起来的都藏了起来，因此，他们可以让人付钱观赏。就这样，人们为这可怜的花岗岩石棺付了50生丁，而它对此无能为力。这个石棺是9世纪的，极为稀少。这是一个主教的石棺，按他的棺匣估算，他的身高不应超过4法尺。这座石棺非常精美，上面布满拜占庭式雕塑，有头像，也有鲜花，由三只石狮支撑着，一只在头部，两只在脚下。由于这石棺放在靠墙的柜子中，人们只能看到其正面。对于艺术来说，这真让人气愤；石棺本应放在教堂中央的。教堂，石棺以及游客都会觉得这样更好。不过，圣器室的管理怎么办呢？圣器室管理员优先，这是各个教堂的规则。

不用说，圣托马大教堂的罗曼风格大殿也被涂成了浅黄色。

我正要离去，那个新教徒圣器管理员，一个30来岁，满面红光，胖胖的瑞士人拉住了我的手臂。"您想看看木乃伊吗？"我同意了。这是又一隐藏物，上着锁。我进入了一个小地下室。这些木乃伊同埃及的完全不同。这是拿骚伯爵和他的女儿，是人们在发掘教堂地下室时发现的，尸体当时用香料保存着，后来便把他们用玻璃罩了起来。这两个可怜的死者躺在开盖棺木中，暴露无遗。拿骚公爵的棺椁周围绘着纹章。老王子穿着亨利四世风格的朴素服装。他戴着黄色的皮革大手套，黑色的高跟皮鞋，镂空花边衣领，一顶带花边的棉便帽。面部是浅褐色的，双目紧闭，上唇仍可看到几根胡须。他的女儿穿着华丽的伊丽莎白式服装。头部已变形了，这是一个死尸的头；没有毛发，只有一束粉红色的丝带还留在光秃的头顶上。死者脖子上戴着项链，手指上套着戒指，脚上穿着高跟拖鞋，袖子上有许多丝带和花边，胸前佩戴着装饰华丽的修女小十字架。她那灰色干枯的小手盘在一起，睡在一张铺着床单的床上，就好像孩子们为他们的洋娃娃准备的一样。的确，我看到的好像是个可怕的死亡娃娃。人们被告知不能摇动棺材。如果触摸从前的拿骚公主，她恐怕会变成一堆灰烬。

我转过头来看伯爵，我对他脸上一层闪亮的黄油色感到惊奇。圣器室管理员——总是圣器室管理员——对我解释说，8年前，当人们找到这具木乃伊时，人们觉得似乎应该给他上些油彩。您怎样看待这个问题？曾是拿骚的伯爵又怎么样呢？200年后，还不是被法国粉刷工上了油彩？

《圣经》中曾断言，让人的尸体变形，受辱，遭受各种各样的命运，但却未曾想到这一着。《圣经》中说："活着的人将把你像尘土一样撒播，像泥巴一样踩在脚下，像肥料一样烧掉"；不过，却未曾说过："他们最终会像擦皮鞋一样，将你打光涂亮。"

9月

巴塞尔①

　　亲爱的朋友，我于昨天凌晨五点离开了弗莱堡。正午，我进入巴塞尔。沿途风景秀丽，美不胜收。我观赏了日出。六点左右，太阳刺破云层，光芒四射，现出远处汝拉山巨大的秀峰。这是些极美的山岭，是被人们称作阿尔卑斯山的那巨大花岗岩峰峦的最后起伏。

　　巴登公共马车的前厢已满员，中厢坐着这么几个人：一个德国图书管理员，他满面悲伤，因为他将上衣忘在了里日山上的客栈中；一个穿戴如路易十五时代的小老头，正在讥笑另一个穿戴奇特如督政府时代年轻人的老头，这老头给我的印象就好似旅行中的埃尔维奥②，那个小老头正问这个老头，他"是否去过格里松斯"；还有一个商业推销员——布匹流动商贩，他大笑着宣称，由于未能将货样装上车，他是"醉酒"（徒劳地）③旅行；另外，他的脸上留有颊髯，正好似被剃了毛的卷毛狗。——看到这一切，我登上了顶层。

　　天气很冷，我孤独一人。

　　上莱茵河地区的年轻姑娘衣裙漂亮；头扎饰结，身着一条大褶棕色超短裙和一件黑布男式上装，衣上饰有红绸，用以仿造古代衣袖装饰缝与袖衩。有些少女头上未戴饰结，而是拿一块红手绢像头巾一样

---

　　① 巴塞尔（Basel）：瑞士西北部莱茵河畔的河港城市，为瑞士第二大城。

　　② 埃尔维奥（1769～1842）：法国男高音歌手，常扮作花花公子或年轻士兵。

　　③ 醉酒（en vins）与徒劳地（en vain）发音完全相同。

系在颏下。这样的女孩显得妩媚动人。不过，这并不妨碍她们用手指擤鼻涕。

上午八点左右，在一片适于幻想的野地里，我看到一位年事已高的先生，他身穿黄色背心，灰色长裤，灰色礼服，头戴大圆帽，左臂下夹着一把雨伞，右手里拿着一本书。他正在专心致志地读书，不过，他左手里却拿着一根鞭子。而且，我还听到路边荆棘丛中发出了奇特的呼噜声。突然，荆棘稀疏，于是，我注意到了，这位哲学家正在放牧群猪。

从弗莱堡到巴塞尔，沿途是绵延不断的丘陵，这些丘陵都相当高，足以遮云蔽日。时不时地，在路上可遇到一辆牛车，赶车的农民戴着一顶大帽子，其可笑的服饰使人想起下布列塔尼地区；或是一根枞树大梁，人们把它像连接符一样放在两副轮子上运往巴塞尔；或是一位跪在陈旧十字架前的老妪。到达巴塞尔的两小时前，道路从一座森林的角落穿过：到处是浓密的荆棘丛，松树、柏树、落叶松；时而出现一片林中空地，一棵大橡树孤零零地高耸入云，就好似七枝形大烛台一般；随后，又见一些沟壑，沟中急流哗哗流淌。

我将在下封信中给您详述巴塞尔。我下榻在"白鹳"旅馆，从我给您写信的这扇窗子望去，我看到一个小广场上并排有两座美丽的喷泉，一座是15世纪的产物，一座是16世纪的。那座大喷泉，即15世纪的那座，水流洒入一个石头池，池中装满清澈晶莹、闪闪发光的碧水，就好似阳光在水面碎成数不胜数的金针，填满了水池。

此外，这些喷泉是极为惹人注目的。我在弗莱堡见到了八座；在巴塞尔，每个街角处都有一座。在卢塞恩，在苏黎世，在伯尔尼，在索勒尔，喷泉都很丰富。这是山区的特色。高山孕育激流，激流产生小溪，小溪制造喷泉；由此证明，瑞士城市中迷人的哥特式喷泉应该算作阿尔卑斯山的朵朵奇葩。

我在大教堂里看到了非常漂亮的东西，我还见到了许多令人好奇的东西；其中有伊拉斯谟①之墓。这墓碑只是一块立放着的咖啡色大理石薄板，上面用拉丁文写着长长的墓志铭。墓志铭的上方有一幅肖

---

① 伊拉斯谟（1466~1536）：荷兰学者、道德家、讽刺作家，曾编辑希腊文的《新约全书》。

像，看起来很有些像霍尔拜因①画笔下的伊拉斯谟，在墓志铭的下方有一个神秘的词：终结。这里还有罗道夫·德·哈布斯堡的妻子安娜皇后的石棺，她的孩子就睡在她的旁边；而在交叉甬道的侧室中，还有一座 14 世纪的坟墓，上面安眠着忧郁的石制侯爵夫人：霍赫贝尔夫人。——我不想赘述，我将在下封信中向您讲述巴塞尔。

明天清晨五点，我将出发去苏黎世，那里刚刚爆发了一件小事，这里的人们称之为革命。就让平静的湖面迎来一场暴雨吧，那么，景色就完美无缺了。

9 月 7 日于巴塞尔

亲爱的朋友，我的笔真烦人，我等着拿把小刀来修一修。正如您所见，这并未妨碍我给您写信。我目前所在的地方叫做弗里克，这里呈现给我的只有比较秀丽的风景和我刚刚狼吞虎咽吃下的可口午餐。我当时腹内空空。——啊！人们给我拿来了小刀和墨水。而在此之前，我只能用我盛水的长颈大肚玻璃瓶当墨水瓶用。现在，既然我有了好墨水，我来给您讲讲巴塞尔，这是我曾向您许诺过的。

乍一看来，巴塞尔大教堂显得刺眼，使人不快。首先，已见不到一块彩绘玻璃；其次，它已被刷成了深红色，不仅是教堂内部刷成了深红色，这还说得过去，而且教堂外部也不例外，这样做就是无耻了；况且，还从广场的路面一直刷到钟楼顶尖；这样，15 世纪建筑师建起的如此壮美的两个尖塔，现在却如两个刺向青天的胡萝卜。——然而，最初的愤怒消散后，人们开始观赏教堂，竟感到有些喜欢它了；它还有许多迷人之处。彩色瓦片的房顶独特而雅致（内部结构倒无多少特色）。侧边那带灯笼式楼梯的两座尖塔很美。教堂正面墙壁上塑有四座奇特的女雕像：两位圣妇正在读书思索；两位衣不遮体的荡妇显露着她们那瑞士女人结实而丰腴的漂亮臂膀，正在哥特式大门的两侧狂笑着互讥互詈。这种表现魔鬼的方式真是新颖风趣。两位骑士圣人：圣乔治和圣马丁，他们骑在骏马上的雕像比真人还

① 霍尔拜因（1497～1543）：德国肖像画家。

大，这使教堂显得更加和谐。圣马丁将他的大衣与一个穷人分享，这大衣在当时恐怕只是一床破旧的毛毯，而现在，由于施舍善举变得美观，已成为大理石的，花岗岩的，碧玉的，斑岩的，金丝绒的，锦缎的，大红色的，银绸的，金缎的，绣上了钻石与珍珠，邦弗吕多镌，让·古戎刻，拉斐尔画。——圣乔治的头顶上，有两个天使正在给他戴高顶盔，他将利剑深深地刺入毒龙的口中，毒龙在野生植物构成的踏脚板上痛苦地扭动蜷曲。

左侧大门是一首优美的罗曼艺术诗篇。拱门饰下是四个福音传教士；左右两边展示的是发生在一个个神职祷告席中的各种善举，两侧是两根支柱，上面架着一根额枋。这便构成了两根壁柱，柱顶上，一个歌颂天使正在吹奏喇叭。诗篇的结尾是一首颂歌。

这大门上还有一个拜占庭式蔷薇花饰；在阳光明媚之日，这是一幅带精美画框的迷人画面。

右门不那么新颖，但却可通向一座15世纪典雅的隐修院，里面铺了地面，砌了护壁，天花板上吊装着幕石，同那座曾令人赞叹不已，却不知被哪个荒谬的手工厂厂主极为愚蠢地毁掉的圣旺德里尔隐修院有些相似。在火焰式中梃的尖形穹隆下，墓碑在各处或悬或立；这是些精工制作的薄板，有的为石料，有的为大理石，还有几块为钢材；全都荒芜了；苔藓吞噬了花岗岩，氧化物腐蚀了青铜。此外，这里是500年来各种风格的大汇集，它显示了建筑业的衰败。这一伟大艺术曾风行一时的所有风格都杂乱无章地堆在那里，碰撞着墙角，后来的摧毁了先前的，就好似被埋葬在这些坟墓中；卡尔五世时代的尖形穹隆，半圆拱与扁圆拱，查理三世时代的新月形三角楣，路易十三时代的螺旋形柱子，路易十五时代的菊苣形风格，无所不有。人类思想上这种连续的突发奇想，就像挂在客厅墙壁上的绘画一般，将这些墓碑框在中间。在这艺术的炫目发明中，唯一萦绕着的主题是——死亡。建筑业这种类繁多、栩栩如生的植物，围绕这个主题鲜花盛开。

隐修院中有一个小方院，长满了美丽茂盛的死神之草。

教堂里除了我上封信中提到的棺墓外，我还看到了一些15世纪和16世纪的细木工神职祷告席。对于我来说，这些雕木小建筑正是可以饶有兴致阅读的书籍；每个席位都是一个篇章。亚眠大教堂的大细木护壁板是这些史诗中的伊利亚特史诗。

　　讲道台是 15 世纪的产物，它就像一棵钻出地面的石制大郁金香，怒放在错综复杂的横肋下。就像在弗莱堡一样，这美艳花朵上方戴有一个荒谬的顶冠。——总之，是没有恶意的加尔文教派虐待了这可怜的教堂；他们把它重新粉饰，他们刷白了窗棂，他们用栏杆遮住了大殿高跨度漂亮的罗曼风格圆柱，然后，他们又在这天主教美观穹隆下营造了某种让人厌倦的清教徒气氛。那位在黑色权杖上绘上银条的巴塞尔亲王—主教的古老大教堂，现在却是新教徒的卧室模样了。

　　然而，他们却未损坏祭祀室的罗曼风格柱头，这是些最神秘、最出色的柱头；他们也未损坏祭坛下的地下室，那里有 12 世纪的支柱和 13 世纪的绘画。几个不知是从哪座旧教堂弄来的畸形离奇的罗曼怪兽卧在地下室的阴森地面上，就像是正在沉睡的守门犬，它们的样子极为骇人，当人们走近时，总有些怕把它们惊醒。

　　为我引路的老妪自告奋勇要带我去看看大教堂的档案室，我同意了。下面便是这档案室的情况：一个 15 世纪的木雕大箱子，很美观，却空荡荡。——当人们进入档案室时，便可听到一个吓人的哈欠声，这是正在开箱门。——我继续谈下去。档案室里还有一个宽大的千屉柜，与大箱子是同一个时代的产物。我打开了其中的几个抽屉，全是空的。在一两个抽屉中，我找到了几幅小版画，描绘的是苏黎世、伯尔尼和里日山；在最大的抽屉中，有一幅画，上面表现的是几个男人围蹲在篝火旁边，在这幅最地道的瑞士风格绘画下方，我看到了说明：波希米亚人露营地。除此之外，窗台上还有几个古旧的铁制炮弹，许多武器，两支瑞士农民的长矛，长矛上那排列成鲨鱼颌状的四排铁钉也许曾锤打过鲁莽者查理；还有让·克洛贝尔的壁画"死亡之舞"①的平庸仿造，这壁画已于 1805 年同多明教会的修士墓地一起毁掉了；一张桌子上摆放着黑森林的化石；两块 16 世纪很奇特的彩釉陶砖；一本列日 1837 年的年鉴，这便是巴塞尔大教堂档案室的全部。进入档案室需经过一扇漂亮的黑色栅栏门，扭扭弯弯的，虽陈

---

　　① 这是为纪念一次鼠疫流行病而于 15 世纪中叶绘制的壁画。克洛贝尔并非原作者，他于 1568 年修复了此画，因此而留名。

旧，却显得协调，它已有 400 年的历史。在这阴暗的铁枝叶上，这儿，那儿，到处栖息着鸟儿与幻梦中的离奇怪物。

登钟楼俯瞰，视野美妙迷人。在我脚下 350 法尺的深处，是宽阔碧绿的莱茵河；我的周围是大巴塞尔区，我的面前是小巴塞尔区；因为，莱茵河将城市一分为二，而正如所有那些河流穿城而过的城市一样，一岸发展迅速，另一岸受到损害。在巴黎，繁华的是右岸，在巴塞尔，是左岸。巴塞尔两岸由一座长长的木桥相连，这桥常遭到莱茵河水的冲击，只有一侧还有石墩，桥的中间有一座壮观的 15 世纪哨塔。这两座城市使莱茵河两岸成为一幅优美的绣品，上面满是精心修凿的人字墙，哥特式正面墙，带风标的房顶，小塔与塔楼。这些旧房屋的侧影倒映在莱茵河面上。映入水中的桥影形状怪异，好似卧于两岸的长梯。房屋前的树丛与座座花园也混在这蜿蜒的古旧建筑带中。教堂的端部屋面和旧城墙的哨塔形成了一个个大黑结，随意地将那些任性的线条从钟楼连上人字墙，又从人字墙连上灯笼式天窗。所有这一切都在层峦叠嶂中欢笑，歌唱，述说，饶舌，攀登，流淌，行走，舞蹈，闪光。那高高的山脉在天边只微微闪身，让莱茵河流过。

我又回到城中，这城市充满美丽的幻想，新颖的大门，怪诞的铁饰以及各个朝代的奇特建筑。其中有一座大宅院今天已用作停车库，这宅院的每个门窗洞都保留着窗口与门窗，以及常由建筑师斩断的世界上最古怪的横肋死结。我在其他任何地方都未再见。那里的石块像柳枝一样扭扭弯弯，编织在一起。您可以在诺曼底看到篮柄；不过，要想见到整个篮子，就得来巴塞尔。在停车库附近，我参观了古老的军械库，这是 16 世纪的漂亮建筑，露天正面墙上的画面表现的是巧妙地结合在一起的维纳斯与圣母。

市政厅也是同一时代的建筑。其正墙上方立着一个头戴羽饰，手握城市盾形纹章的士兵，如果不是被粉刷过（总是红色的！），这建筑应该是很美观的；尤其让人不能容忍的是，正墙上还绘制了 1810 年哥特风格的一幅画，上面有几个丑陋的人物倚在阳台上。其内院也遭到了同样的破坏。主楼梯可通达两座雕像；下方的一座是个极其英俊的文艺复兴时期的战士，他自信能代表罗马执政官穆纳蒂乌斯·普朗库斯；另一个在上方，立在一个低门的角落里，这是个市府听差，手里拿着一封信；他穿着黑白各半的服装，因为这是城市的徽章色，折叠齐整的信件上盖着一个大红印章。这城市听差幸存于欧洲所有的革命，今日仍存在。我在同日上午经过健康而活泼的城市，观赏持剑士兵之前，曾在"三五"旅馆附近见过他，几个商人见到他后大笑不止，这些人正在一个小咖啡馆门边读着"立宪党人报"。

一个清纯的女仆从矮门走出来，她用德语对我说了几句。我一点没懂，但我随她去了。幸好我这样做了。她把我带进了一个房间，里面有最精美的旋梯，然后，又来到了一个橡木厅，窗子上有漂亮的彩绘玻璃，而在我们通常放置壁炉的地方有一扇文艺复兴时期的漂亮门；在这里也是炉火取暖，正如在阿尔萨斯，正如在德国。看到这些奇景，我给了清纯少女一枚法国银币，少女高兴地笑了。

在市政厅的楼梯旁，有一幅奇怪的壁画："最后的审判"，这是16世纪的作品。

在离开巴塞尔之前，我不能不参观藏书馆。我知道，巴塞尔对于霍尔拜因，巴塞尔的作用正如法兰克福对于阿尔贝·丢勒。事实上，这藏书馆像个窝巢，是个堆垛，到处拥挤不堪；不管转向何方，入目的都是霍尔拜因的作品。他的肖像画中有路德，有伊拉斯谟，有梅兰希通，有卡特琳·德博拉，有霍尔拜因本人，还有霍尔拜因夫人，她是位40来岁，仍很妩媚的漂亮女人，她流着眼泪，正在她那两个沉思着的孩子中间幻想，像受苦女人一样地注视着您，然而，这却使您冲动地想去亲吻她的美颈。还有一幅画的是托马·莫鲁斯和他的全家，有他的父亲和孩子，以及他的猴子，因为庄重的首相喜爱猴子。此外，还有两幅"激情图"，一幅是油画，一幅是素描；以及两幅"殉难的耶稣"，那令人仰慕的尸体使人震颤。所有这些都是霍尔拜因的作品，所有作品都绝妙超凡，贴近现实，充满诗意，富有创造性。我始终喜爱霍尔拜因，他的绘画中有两点使我感动：忧伤与柔情。

除了绘画外，藏书馆中还有家具：有许多奥格斯特的罗马青铜制品，有一个中国箱柜，有一床威尼斯挂毯门帘，一个16世纪的壁橱（我的导游书上说，有人出资一万二千法郎想要买下），最后，还有一张会议桌，上面划分了13个区域。这是一张16世纪的漂亮桌子，由抬着巴塞尔市徽的吞婴蛇、雄狮和生着羊角羊蹄的半人半兽林神做支柱，上面镌有各个区的纹章，镶嵌着锡箔、珍珠层和象牙；在桌子的周围，正在沉思的是那些惧怯帝王的首席法官及州长们；桌子上展示着这样一条庄严的题铭，教诲着那些地方长官："在大自然的上空，有上帝，他无所不在。"——不过，这会议桌已很陈旧。巴塞尔藏书馆保养得相当差，馆里的物品像牡蛎壳一样堆砌着。我在一个箱柜上看到一幅鲁本斯的绘画，靠着一堆旧书立在那里，这幅画恐怕已多次摔落地上，因为画柜已残破不堪。——您看，这藏书馆里几乎什么都有，有绘画，有家具，有珍稀绸缎，还有一些书籍。

朋友，我就此停笔。您能看到，此信字迹潦草，因为信笺也不知是哪种埃及纸莎草纸，比海绵还吸水，我希望此类事情不要发生，哪怕是对我的仇敌，那就是：用漏水的笔在浸水的纸上写作。

9月8日于弗里克

苏黎世①

　　我在苏黎世，市府警钟刚刚敲响凌晨四时，便传来了阵阵喇叭声。我觉得这应该是军队起床号。我打开窗子。天色漆黑，却无人安眠。苏黎世城如同被激怒的蜂群一般沸沸扬扬。隐约可见部队在黑暗中过桥，座座木桥在士兵的整齐步伐下摇摇颤颤。山丘上传来击鼓声。从街角通亮的小酒馆门前传来具有阿尔卑斯山特色的"马赛曲"。苏黎世城国民卫队的便衣警察正在我下榻的"宝剑旅馆"附近的小广场上操练，我听到了法语口令：枪上肩！持枪！——从我隔壁的房间里，传出一位少女柔情、壮烈而单调的歌声，应和着口令。从歌声的曲调中，我能明白歌词大意。警钟楼与大教堂高高剑塔上各有一个通亮的天窗。我的烛光模模糊糊地照到了岸边一面白底蓝星旗，还可听到笑声、叫声、关门声以及奇怪的叮当声。人影来来去去，川流不息。兴奋的人们笼罩在一片愉悦的战争喧嚣之中。然而，星光闪烁下的湖水也威严地将它们的呢喃直传到我的窗下，湖水叙述着宁静，宽容与和平，这正是大自然对人类的劝告。我注视着夜幕下时合时分的人潮。雄鸡高唱。我左边的上方，在大教堂那两座黑魆魆的邻楼之间，金星眨着闪亮的眼睛，好似雉堞间的矛尖。

　　这是因为在苏黎世发生了一场革命。小城镇也想像大城市那样行

---

　　① 苏黎世（Zülrich）：瑞士北部城市，位于苏黎世湖畔。为瑞士最大的城市。

动起来，甚至侯爵也想雇用侍从①。苏黎世刚刚处决了他们的市长，更换了市府。

我嘛，既然他们吵醒了我，我便借机给您写信，我的朋友。这便是您受益于这场革命之处。

昨天拂晓时分，我离开了巴塞尔，通往苏黎世的道路沿途一里地都是旧塔楼。我还没对您讲过巴塞尔的塔楼。这些塔楼极为出色，形状高度各异，筑有雉堞的城墙将其分割成块，这城墙建在一条壕沟旁，壕沟里成功地种植了土豆。在弓箭时代，这城墙曾是骇人的要塞；而现在，却只能算是（城市的）一件衣饰。

城门为14世纪漂亮的狼牙闸门，门的上方装备有钩形牙，当人们从塔楼中走出时，竟有虎口脱险之感。对了，前天，在巴塞尔剑塔的最高处，一只猛兽死盯着我看。我弯下腰，坚决地将手伸进它的口中，它却是檐槽喷口上的一个动物饰像。您可以将此事讲给那些迷恋驯兽师万·昂布尔格②的人们听。

几乎巴塞尔所有的入城口都有具有特色的堡垒式大门，尤其是通往射击场的那个大大的尖顶主塔，主塔侧边还有小塔楼，上面镂有雕像，就像万森公园大门和古罗浮宫原来的宫门一样。毫无疑问，这个城门也被刮净，刨平，嵌上油灰，刷成红色。雕在雉堞上的两个弓箭手很独特，他们尖长的翘头鞋紧抵墙壁，看似使足力气支撑着那如此沉重的市徽。这时，从门下走过一队200人左右的队伍，他们拉着大炮刚从射击场归来。我觉得这像是巴塞尔的军队。

这城门旁边有一座文艺复兴时期的美丽喷水池。喷池周围镂满大炮，臼炮和圆炮弹，喷水时伴随着鸟儿的啁啾鸣叫。这可怜的喷水池被无耻地损坏，弄得支离破碎；中心柱体上那精美的雕像只剩下了身子，这儿有一只臂，那儿残留一条腿。可怜的文艺杰作就这样被粗野的士兵们强暴了！——好了，我还是回过头来谈谈从巴塞尔到苏黎世

---

① 这差不多是拉封丹寓言诗《要和牛比大小的蛤蟆》中的最后一句。这里的侍从是指由少年贵族充当，古代帝王、王子、公爵才有权雇用的。侯爵没有资格用这种侍从。

② 万·昂布尔格在1839年8月曾在巴黎作了驯兽表演。他将自己的手、臂及头都伸入了狮子口中，引起人们极大的兴趣。戈蒂埃曾写了一篇文章，讲到了人们的热情，并说，即便是上演雨果的戏剧，人们也会让他让位于万·昂布尔格。

的沿途经过吧。

直到莱茵费尔登的四个小时中，我们一直沿莱茵河前行在一条晨曦笼罩的幽谷中。我们路过了左侧的克勒兹纳克市，它那带白色钟面的高大塔楼与巴塞尔钟楼遥相对望；后来，我们又从奥格斯特经过。奥格斯特，这是个蛮族名称。其实就是奥古斯塔。奥格斯特是一座罗马城市，是古罗拉高鲁姆人的首府，由执政官穆纳蒂乌斯·普朗库斯创建，为此，巴塞尔人在自己的市政厅上雕了他的一个塑像，一个名叫博阿杜斯·贺纳努斯的正直的教书先生为他写了题铭。我觉得，这真是巨大的荣誉，渺小的城市。实际上，罗拉高鲁姆人的奥格斯特，现在仅成为瑞士滑稽歌舞剧的背景而已。巨岩上一组别致的木屋，由两座古堡城门连接在一起，两座长了霉的小桥，桥下欢快地流淌着从山上冲开树丛直泻而下的艾尔高尔兹河；一阵磨坊转动声，几座长满葡萄藤的木制阳台，一片古老的坟茔，我经过坟茔时，看到一座四世纪的奇怪古墓，这墓地依着莱茵河，看起来像要坍入河中；这就是奥格斯特，这就是罗拉高鲁姆人的奥古斯塔。地面被翻挖得凹凸不平。巴塞尔藏书馆从那里拿走了不少小铜像展示在馆中，为此它颇有些像"小敦刻尔克"商店①了。

再行半个小时，在莱茵河的另一岸，可见一排古老的木屋，好似一条漂亮的丝带，一条瀑布直流而下，拦腰将丝带截作两段。这就是瓦尔姆巴赫。再经过大约半法里沿途的树木、沟壑与草原，莱茵河变得宽阔了；河中卧着一块覆盖着废墟的大岩石，一座形状奇特的木桥将岩石与两岸相连。一座哥特式小城，竖起座座塔楼、雉堞与钟楼，毫无秩序地伸向这木桥；这是莱茵费尔登，一个军事要地，一座宗教城市，四座森林城市之一，一个闻名而迷人的地方。莱茵河中央的废墟遗迹，是座古老的城堡，人们称之为"莱茵费尔登石堡"。在这座只有一个桥跨的木桥下，在岩石的另一侧，莱茵河已不再是条江河，而是一个深渊。每天都有许多船只在这里失事。

我在莱茵费尔登停留了足足一刻钟。客栈招牌悬挂在许多巨型铁

---

① 这是当时一家著名的小饰物商店，伏尔泰和法国王后玛丽·安托瓦内特都曾光顾此店。据说，此店已于1913年被毁。

条上，这是世界上最有趣的招牌。主街道上有座漂亮的喷泉，中心柱上塑着一个高贵的士兵，他手握市徽，骄傲地将其高高地举过头顶。

从莱茵费尔登到布鲁克，风光旖旎秀丽；但考古学家们却没有什么可取的，除非他们像我一样，好奇胜过考古，闲逛胜过旅行。我是一个事物的大观赏家，仅此而已，不过，我认为我做得有理；任何事物都蕴含着某种思想；我尽力想从事物中提炼出思想。这也是一种化学过程。

9月9日

旅行于平原，景色之美在路边，途经山区，诱人之处在天边。而我嘛，即使眼前便是汝拉山脉层峦叠嶂的美景，却想将一切尽收眼底。于是，我既观赏天边，也不忘欣赏路边。这一地区的金秋景色真是美不胜收。草原上盛开着各种鲜花：蓝色的，白色的，黄色的，紫色的，就好似在春天；路边荆棘在过往车辆上划出道道擦痕；这儿，那儿，个个陡坡好似座座大山，条条拇指般粗的细流滑稽地模仿着急流直泻而下；到处可见秋蜘蛛将其吊床编织于千万根荆棘尖上，颗颗露珠好似硕大的珍珠在上面滚来滚去。

而且，还随处可见那些具有地区特色的生活场景。在莱茵费尔登附近，三个男人正在给奶牛钉蹄铁，奶牛一副傻乎乎、局促不安的样子。在奥格斯特，一棵长得扭扭弯弯、靠一枝桠杈支撑着的可怜树木，被村里的小男孩当马骑，这些小调皮都是罗马人的后代。在巴塞尔门附近，一个男人正在打老婆，这正是国王上行，农民们下效之事。白金汉不是曾对德谢弗勒兹夫人说过吗，他曾爱过三位王后，可他不得已而痛打过所有三位。在离弗里克大约百步远的地方，我看到一个蜂箱放置在一间木屋大门上方的木板上。农民们从木屋门出出进进，蜜蜂从蜂箱口飞进飞出；人类与蜂群都在忙碌着上帝分派的工作。

这一切使我心旷神怡。在弗里堡，我坐在一片草地上，久久观赏身边美景，忘却了远处的大好风光。那是在一座山丘的原始山头上。那儿同样存在着一个世界。金龟子慢慢地爬行在植物丛下；毒芹的伞状花好似意大利五针松；一片长长的绿叶，好似一个张了口的豆荚，叶中成串的晶莹雨滴宛如绿缎珠宝盒中的钻石项链；一只黑黄相间、毛茸茸的熊蜂被淋得透湿，正艰难地沿着一枝带刺的树枝攀登；成群的小飞虫遮住了它眼前的亮光；一朵蓝色的钟状花在风中摇摆，一大群蚜虫躲避于这大伞下；在一个盛不满一盆水的小水洼旁，我看到一条蚯蚓从洼底探出头来，扭曲着伸向天空，呼吸新鲜空气，就好似远古时代的巨蟒；也许，在微型世界，也有一个赫丘利①杀死它，也有一个居维叶②颂扬它。总之，这一世界与另一世界同样伟大。我想象着自己是微型世界的主宰；我的金龟子是大懒兽，我的熊蜂是飞象，我的小飞虫是雄鹰，我的小水洼是湖泊，而这三簇高高的草是原始森林。——朋友，您在那儿认出了我，对吧？——在莱茵费尔登，丰富的客栈招牌像大教堂一样吸引着我；村庄的池塘如铜镜般明亮，塘边围满茅屋，水面上游荡着成群的鸭队；身处此塘边，我有时真觉得好似在日内瓦湖畔一样心醉。

在莱茵费尔登，道路远离莱茵河，只在途经塞金根市时才又重见河流；难看的教堂，遮顶的木桥，这是幽谷深处一座微不足道的小城。随后，沿路穿过了几座快乐的小村庄，马车行驶在一座宽阔的高岭上，山岭周围可见巨大的峰峦在远处跳跃着。

突然，人们来到了一家客栈的树丛旁，同时听到车轮的刹车声，于是，道路向美妙的阿尔山谷延伸。

目光首先仰望天穹，看到最远处的是粗糙的山脊，陡峭而凹凸不平，我觉得那应该是格里峰；随后，目光又俯视谷底寻觅布鲁格——一座囿于美观围墙与雉堞间，并在阿尔河上架了小桥的美丽小城；而后，目光又沿着暗色林木往上察看，并停留在一座高高的废墟上。这是哈布斯堡的城堡，奥地利皇室的摇篮。我久久地注视着这座城堡，从那里曾飞出双头雄鹰。岩石阻流的阿尔河将谷底分成个个岬角。这美景是历史的伟大古迹之一。罗马曾在这里受挫，维特利乌斯③的

---

① 即希腊神话中的赫拉克勒斯（Heracles），伟大的英雄。曾扼死两条毒蛇，并完成了 12 项英雄业绩。

② 居维叶（G·Cuvier，1769~1832）：法国动物学家，古生物学家。

③ 维特利乌斯（15~69）：罗马皇帝，公元 69 年在位。

好运在这里压倒了伽尔巴①的厄运，奥地利诞生于此。这座坍塌的城堡，是阿尔萨斯一个名为拉德博的普通贵族于 11 世纪修建的，从这里流出了整个现代欧洲史上大公与皇帝的漫漫长河。

北面，山谷隐匿于薄雾中。阿尔河、霍斯河与利马河就在那里汇集。利马河源自苏黎世湖，并带来了多迪山上的融雪；阿尔河源于通湖与布里昂兹湖，并引来了格林塞尔大瀑布之水；霍斯河源于卡特冈东湖，并汇入了里日山急流，温德加尔山急流及比拉特山急流，莱茵河将所有这些一齐汇入大西洋。

我刚给您叙述的一切：那三条河流，那座废墟以及阿尔河冲刷而成的奇岬怪石，占满了我的脑海，使我陷入冥想，而此时，马车正飞奔着冲向布鲁格。突然，我从冥思默想中清醒过来，因为，我们已靠近城市，小城的构造奇特迷人，引人注目。房顶、塔楼和钟楼错落有致，是我所见过的最美的景观之一。我总是对自己说，如果有一天到了布鲁格，一定要好好看看桥边嵌在城墙上的古老浮雕，那上面再现了一个匈奴人的头颅。正好这天是星期日，桥上挤满了美丽的姑娘，她们兴致勃勃，笑容灿烂，盛装打扮，以致我将匈奴人的头颅抛到了脑后。

当我想起时，离开小城已有一法里远了。

饰结扎在额前——没有弗莱堡那里那样夸张显眼——黑丝绒胸甲上缝着银链；排列着纽扣，绣着金线边的丝绒领饰紧系颈部，就好似骑士的盔甲护颈，身着棕色大褶短裙，神态机灵活泼，布鲁格的女人个个妩媚，极其漂亮。男人们的穿戴则像身着节日盛装的泥瓦匠，非常丑陋。我开始明白了，在布鲁格，有不少钟情的男人，我无法想象这里有多情的女人。

小城看起来干净整洁，快乐幸福，漂亮的宅屋几乎都是精心建造，屋里屋外都很美观。一件奇特的事：两种性别在星期日集会时，却玩着阿尔斐俄斯和阿瑞托萨②的游戏。当我从城中经过时，我看到所有的女人在桥畔门楼下，而所有的男人在大街另一头的苏黎世门

---

① 伽尔巴（约公元前 3～公元 69）：罗马皇帝，公元 68～69 年在位。

② 河神阿尔斐俄斯爱恋山林水泽女神阿瑞托萨。一日她在河水中沐浴，被他发现、追逐。女神阿耳忒弥斯把阿瑞托萨变成海底之泉，河神于是和她混合在一起。

旁。田野中，男女两性也并不混于一起；这儿是一群男人，那儿是一帮女人。这种连孩子们都受了影响的习俗是这一地区特有的，并一直蔓延至苏黎世。这是奇怪之举，而正如许多奇怪之举一样，这也是一个明智之举。这个地区生机盎然，景色旖旎，人们生性多情，服饰美丽，多情的生性使男人胆大妄为，美丽的服饰使女人俏丽迷人；于是习俗来进行干预，它将男女分开，划上了界限。

此外，这山谷不仅仅是河流的汇集地，也是服饰的展示地。越过霍斯河，黑丝绒胸甲变成了花缎紧身背心，正中缝着一条宽宽的金线饰带。越过利马河，棕色短裙变成了红裙以及一条绣花平纹细布围裙。发型也同样变化多端：在十分钟内，您能看到那些漂亮的姑娘像利玛女人一样戴着很大的压发梳，像佛罗伦萨女人一样顶着高高的黑草帽，像马德里女人一样眼睛上方围着花边饰带。每个姑娘都在侧边戴着一束鲜花，精致之极。

夜幕完全降临，我平躺在车中昏昏欲睡，这时，马蹄踏响木板的声音惊醒了我。我睁开双眼，发现自己正处在一种颇为奇特的构架、洞穴中。在我的头顶上，错综复杂的粗大扁圆拱腹与拱扶垛支撑着一个黑暗的穹隆；左右两侧，由粗短小梁构成的低矮拱廊让我隐约看到两条细长窄小、光线昏暗的长廊，时而可见一些方形洞，由此吹来了夜风，传来了河水的流淌声。在这奇特地下室的尽头，我隐约看到刺刀在闪闪发光。马车慢慢地行驶于板木上，从缝隙中传来震耳欲聋的嘈杂声。远处的一支火把在风中摇曳，将掺杂着暗影的亮光洒向粗大的木桥拱。我正在经过苏黎世的遮篷木桥。巡逻队在周围宿营。在这一时刻如此观察的桥难于给人留下具体印象。请想象一座柱体林立的大教堂，斜置于河流上，在四轮公共马车的轮缘下像要坍塌下去。

正当我向您赘述这一切时，天亮了。我有些失望。白天的苏黎世失去了她的魅力；我留恋其夜色中的朦胧。大教堂的钟楼是非常难看的圆锥顶。几乎所有的墙面都被刮净，涂上了白石灰。我左侧的建筑，好似一座盖内戈旅馆。不过，湖色很美；阿尔卑斯山的险峰令人赞叹，它校正了湖畔周围白屋绿树的景色带给我的过于喜气洋洋的感觉。我总觉得山脉好似巨大的墓茔；矮丘上是黑色的落叶松裹尸布，高峰上是皑皑的白雪裹尸单。

下午四点

　　我刚刚乘着一叶威尼斯轻舟漫游了湖泊，租金是每小时30个苏。我大方地为苏黎世湖付了3个法郎；我有点儿心疼。景色很美，而且人很殷勤。他们骄傲地将诺伊大教堂指给您看，这教堂与庞丹市的教堂极为相似。苏黎世参议员们住在新粉刷的别墅中，这些别墅有别于沃吉拉尔的村舍。上帝原谅我！我看到一辆公共马车经过，就像在帕西一样。如果这些勇者干起革命，我丝毫不会惊奇。

　　幸好，湛蓝的湖水清澈透明。我看到，山峰叠着森林倒映水中，将湖山树影融为晶莹的一体。岩石与藻类为我再现了洪水淹没的大地，而当我俯身于我的双桨轻舟边时，我感受到了挪亚于方舟窗前的那种激情。时而可见到如老虎纹身般的黑色条纹大鱼。我用我的手杖端部救起了两三只落入水中的飞虫。

　　仰慕圣絮尔皮斯神学院建筑风格的人会非常欣赏这座城市。这里目前正在修建华美的建筑物，其建筑风格使人想起玛德莱大教堂和唐普尔林荫大道上的哨所。至于我，除了大教堂的罗曼风格大门，淹没在新建筑群中的几座古宅，教堂的两座尖塔以及城墙间的三四座塔楼——其中的一座极为壮观，好似一位市长的庞大格吕埃巨腹——除了这些以外，苏黎世没什么值得我观赏的了。我徒劳地寻找闻名遐迩的韦伦贝尔塔楼，这塔楼位于利马河中游地带，曾用作监狱关押过哈布斯堡伯爵和1488年被斩首的参议员瓦尔德曼。难道这塔楼被拆毁了？

　　当我心情愉快时，老天！谈谈客栈吧！在"宝剑旅馆"，旅客并未被敲竹杠，这种感觉被巧妙地消除。旅馆老板以每窗位每天8法郎的价格，将观湖的视野卖给您。"宝剑旅馆"的菜肴使我想起了龙沙的诗句，他好像总是吃得糟糕：

　　　　生活套拉于
　　　　两匹劣马：喝与吃。

　　这两匹劣马在任何地方都不会比"宝剑旅馆"的更差劲儿。

　　发型如此丰富多彩，使我做好思想准备随时可遇到任何一种。过了霍斯河小桥后，有一座山丘，我徒步攀登。我看到迎面来了一位老妇，头上好似戴着一种西班牙式黑皮阔边毡帽，帽顶上装饰着一对靴子和一把雨伞。我正想描绘下这奇特的发型，却发现，原来老妇的头上是顶着一位旅客的箱子。旅客跟在她身后几步远的地方；这位好先生大概想炫耀他会讲法语，走近我，同我谈起了苏黎世革命。在他的喋喋不休中，我只听明白了一点，即苏黎世的市长发表了一个声明，声明的开头是"正直的易洛魁①公民们！"——我猜想，市长说的是："正直的苏黎世公民们。"

　　阿尔山谷有两条漂亮的手镯：入口处的布鲁格与出口处的巴登，巴登是建在利马河上的小城。人们已沿利马河畔行走了半个小时，利马河冲开一条细谷，发出巨大的声响，细谷边的坡地上种植着葡萄藤。突然，一座有四小塔的门楼挡住了去路；门楼下，杂乱无章的小木屋俯向细谷深处，其复折屋顶看起来挤挤挨挨；头顶上，树木间，竖立着一座坍塌的古城堡，其雉堞在山上形成鸡冠状。山谷深处的一座小桥下，利马河水流湍急冲向一堆礁石，激起一个个汹涌的浪花。随后，可见到一座瓦顶钟楼，看起来好像覆盖着一层蛇皮。这便是巴登。

　　巴登的景色包罗万象：有哥特式建筑遗迹，有罗马废墟，有温泉，有一座爱西丝神②雕像，有找到许多骰子的考古发掘地，有一座市政厅，欧仁王子与维拉尔元帅曾在那里互换署名协议，等等。我想在天黑前到达苏黎世，因此，我只是在换驿马时，就地观赏了文艺复兴时期的一座漂亮喷泉，像莱茵费尔登的那座一样，这喷泉柱顶上矗立着一位气势轩昂，表情严肃的士兵形象。水流从一个可怕的青铜吞婴蛇口中喷出，蛇尾在喷水池的金属饰物中翻动着。两只家鸽伫立在吞婴蛇上，其中一只将喙浸入水流中饮水解渴，水流从水管滴入盛水盘，细细的好似一根银发。

　　罗马人曾将巴登的温泉水称作"饶舌水"。当我给您写信时，朋

---

　　① 易洛魁人是北美的印第安人。雨果此处讽刺那位旅客发音不清，将 Zuriquois 和 Iroquois 混为一谈。

　　② 古埃及神话中司婚姻、农业的女神。

友，我觉得自己正好似喝过这种水。

太阳落山，山峰变大，驿马奔驰在远离利马的坦途上；我们正经过一片荒野；脚下方有一座带红色钟楼的白色修道院，看起来好似儿童玩具，眼前是一座山丘样的大山，大山如此之高，顶上的森林竟好似一片荆棘丛；在修道院严肃的花园里，一个白脸修道士正与一个黑脸修道士漫步交谈；山顶上现出一座半遮半露的古城堡，被夕阳染得通红。这破屋是什么？我不知道。康拉德·德·塔热费尔登，这个阿尔贝皇帝的谋杀者之一，曾在这一片孤寂中建了城堡。——是那座废墟吗？——我只是一位过客，我什么都不了解；我将秘密留给这不祥之地，但我却无法不隐约想起1308年阴森可怖的谋杀以及阿涅斯的复仇。此时，那血腥的塔楼渐渐地匿身于山峦，慢慢地回归了高山。

道路转了个弯；夕阳穿过一条未曾料到的缝隙洒满山谷；村庄，炊烟，羊群，农人又都重新出现，美丽的利马山谷重又露出了笑脸。苏黎世这一地区的村庄确实不凡。这些绝妙的茅屋都分为三部分。一头是人类的住房，为木结构与泥瓦结构，有三层圆形小块玻璃矮窗；另一头是畜房，为板条结构的牛棚、马厩；中间是停放马车与农具的工具棚，一扇大门紧紧关闭。巨大的顶层是草房与谷仓。三座房屋共一个屋顶，三个脑袋戴一顶便帽。这便是苏黎世茅屋。正如您所见，这是一座宫殿。

对了，我还未告诉您，苏黎世从前曾叫"杜海乌姆"。利马河流经市区，将其分为大苏黎世和小苏黎世两座城市，由三孔漂亮的小桥将其相连为一体，"市民们常在桥上悠闲散步"，科隆的乔治·布鲁安如是说。葡萄藤享有充足的阳光。苏黎世的葡萄酒和苏黎世的大米都很有名。

紧紧拥抱您，尽管我离您有1320法尺之遥。

9 月

莱茵河瀑布

我的朋友，与您讲些什么呢？我刚刚目睹了这一奇观。我现在离它只有几步远，我能听到它的呼啸。我给您写信，却不知脑子里在想什么。思潮与影像在我头脑中混杂地堆砌在一起，相互冲击，相互碰撞，碰成碎片，再化作烟雾、泡沫、喧哗、乌云，飘然而去。我的内心思绪翻腾，就好似莱茵河瀑布在我的脑海里。

我信笔写来，如果您能够，请理解我。

我们来到劳芬。这是一座13世纪的城堡，整体壮丽，式样美观。其门上饰有两条张着大口的吞婴蛇纹章。它们正在号叫，好像人们听到的神秘呼啸声正是它们发出的。

我们走进城堡。

我们来到院中，这里已不再是城堡了，而是农场：母鸡，母鹅，火鸡，厩肥，角落里的大车；一个石灰池。一扇门缓缓打开，出现了瀑布。

绝妙的奇景！

骇人的喧嚣！这便是第一感觉。随后，人们注意观看。瀑布勾勒出一个个盛满白色大鳞片的海湾。正如火灾时，在恐怖的大火中总有一些静静燃烧的小火苗一样，泡沫中长着小树林；苔藓中流动着可爱的小溪；普桑①的阿卡地亚②牧羊人喷泉蔽荫于轻轻摇动的枝杈

---

① 普桑（1594～1665）：法国古典画家。

② 古希腊地区名。

下。——随之，这些具体的东西又都消失了，回到您脑海中的又是对瀑布的整体印象。永不停息的暴雨，活跃狂怒的喷雪。

浪花晶莹剔透，奇特非凡。黑色的岩石在水下显出忧郁的面孔。它们似乎触到了水面，然而却在 10 法尺的深处。在瀑布的两股主喷柱下方河中，有两大朵怒放的泡沫花柱，化作绿色的云朵四散开去。在莱茵河彼岸，我看到一排祥和的小屋，主妇们进进出出。

在我观赏的同时，我的向导向我解说着。——康斯坦茨湖在 1829 年至 1830 年的冬季结了冰。此湖已有 104 年未冻了。人们都乘车渡湖。沙夫豪森可怜的人们冻得要死。

我稍稍向深潭靠近了些，天色灰蒙蒙的，瀑布发出阵阵呼啸声。骇人的呼啸，可怕的速度。水雾腾腾，如烟似雨。透过水雾，瀑布的泄流尽收眼底。五块巨岩将它切分成五幅面貌各异、大小不等的水晶帘，让人们以为看到了巨桥的五根桥墩。冬天，冰帘的蓝虹好似横跨在黑色的桥台上。

离得最近的一块巨石奇形怪状；就像是从狂怒的水柱中伸出的一个丑陋而无动于衷、长着象鼻子的巨头，岩顶上的树木与荆棘杂生，好似它竖立的可怕毛发。

在飞瀑最壮观的地方，有一块巨岩在泡沫中时隐时现，好似一个被淹没的巨人颅盖，6000 年来一直忍受着骇人的飞浪冲击。

向导继续着他的独白——莱茵河瀑布离沙夫豪森市有一法里远，整个河体下泻达 70 法尺高。

一条陡峭的小路从劳芬城堡直通深潭，途经一座花园。当我经过时，觉得轰鸣的瀑布震耳欲聋，而一个已习惯于同这个世界奇景和睦相处的小孩正在花丛中玩耍，唱着儿歌采撷粉红色的金鱼草。

这条小路有几个中途站，人们时而要付点钱。可怜的瀑布倾泻而下，不能一文不值。看她付出了多大的努力啊！她在将浪花飞溅到树木、岩石、河流、云雾之上时，也应将一些银毫子倾向某人的腰包。这是最起码的了。

沿着这条小路，我来到了一个摇摇晃晃的观瀑台，它就建在深潭边，甚至伸向了深潭。

在那儿，您觉得山摇地动。人们感到头晕眼花，惊叹恐怖，却又陶醉其中。人们倚在一根晃动的木栏杆边观看。树木已变黄了——现在正是秋天——红色的花楸布满了一个土耳其咖啡屋风格的小亭子周围。从这儿可观赏到瀑布的壮观。女人们包着油布颈圈（一人一个法郎）。人们笼罩在骇人的雷轰暴雨之中。

漂亮的黄色小蜗牛在水珠下快意地漫步在观瀑台边缘上。悬于观瀑台之上的岩石将滴滴泪珠洒进瀑布。在瀑布中央的一块岩石上，屹立着一位漆木制成的行吟诗人骑士，由一块带白十字的红色盾牌支撑着。这是有人曾冒着生命危险把昂比居剧院①的布景放置在了耶和华②那伟大而不朽的自然诗章中。

两个昂着头颅的巨人，我是指两块巨大的悬岩，好像正在聊天。轰鸣的巨雷便是它们的言语。在骇人的水花山上方，我看到了一座带小菜园的宁静小屋。好似这丑恶的七头蛇注定要永远驮着这个温馨幸福的小窝。

我一直走到观瀑台的尽头，背倚峭岩。

这里更加骇人，这是可怕的天崩。惧人而绚丽的深潭狂怒地飞珠溅玉，直扑那些敢于近观其容的人们，真令人惊叹不已。瀑布的四根巨柱永不停息地倾泻而下，反弹升空，复又落下，宛如暴雨战车的那四个风驰电掣的车轮在您面前转动不息。

木台板已完全浸湿了，很滑，落叶在我脚下微微抖动。在岩石的一个凹处，我看到一小丛干枯的野草。干枯在沙夫豪森的瀑布之下！在这洪暴中，唯独缺少它的一滴水。有些人的心灵也类似这丛草呢。他们枯萎在人类蓬勃发展的漩涡中。唉！他们缺少的那滴水不是来自地面，而是来自天空：爱情！

土耳其凉亭装有彩绘大玻璃窗，多么漂亮啊！亭子里有一个本子，请参观者留名。我注意到了这个签名：亨利，还有一个字母，看起来颇像个 V。

我呆在那里，沉浸于这壮观奇景究竟有多久？我无法告诉您。在观赏中，头脑中的时间流逝正如深潭中的波浪，未留痕迹与记忆。

---

① 建于 1827 年。在 1830 年至 1900 年间为上演音乐戏剧的中心。毁于 1966 年。

② 即上帝。据称上帝创造了天、地、万物和人类，是一切的主宰。他无所不知，无所不在，无所不能。

　　然而，有人来告诉我说天色已晚。我回到城堡里，又从那儿下到沙滩上，我们要从这里渡过莱茵河去右岸。这沙滩在瀑布的下方，人们要在离瀑布几法寻①的地方渡河。我们乘小船开始了这一段的冒险强渡。小船美观、精致、轻巧，装扮得就像是野人的独木舟；制船的软木如同鲸鱼皮，结实而富有弹性；小船时而碰撞峭壁，却仅仅擦上点轻伤；像所有的莱茵河与马斯河渡船一样，小船用钩子与桨叶操纵。在这种小船中感受水的深邃与激烈的动荡，真是再奇特不过了！

　　小船驶离岸边时，我注视着头顶上那俯视瀑布的城堡，以及其覆盖着瓦片的雉堞与山墙。渔民们在河边石子上晾晒渔网。难道人们在这漩涡中捕鱼？是的，恐怕是的。由于鱼儿无法渡过瀑布，在那儿可捕到许多鲑鱼。此外，哪有人类不捕鱼的漩涡呢？

　　现在，我想概括一下所有这些如此强烈、几乎令人心碎的感觉。第一印象：不知说什么好，人们被所有那些伟大诗章压垮。随后，整体印象清晰了。美感从水雾中脱颖而出。总之，壮观、幽深、骇人、可怕、宏伟，难于言表。

　　在莱茵河的另一岸，转动着磨坊。

　　河畔一边是城堡，另一边是一个叫做诺伊豪森的小村庄。

　　任凭小船摇来荡去，我欣赏着河水的美丽颜色。人们好像是在蜿蜒的河水中游泳。

　　非凡的是，阿尔卑斯山的两大江河在流下高山后，每一条的颜色都与它去汇合的大海相吻合。罗纳河流出日内瓦湖后，蔚蓝如同地中海；莱茵河流出康斯坦茨湖后，碧绿好似大西洋。

　　可惜，天阴沉沉的。为此，我不能说我看到的劳芬瀑布是她最壮丽的景观。我向您讲过的，那远处瀑布飞溅的珍珠雨，其绚丽与神奇无与伦比，不过，当阳光使珍珠化作钻石，彩虹如同神鸟饮水一样，将她的纯绿宝石脖颈浸入耀眼的浪花中时，其景色应该更加宏伟壮观，令人惊叹！

　　从莱茵河的另一岸看——我现在正在这里给您写信——瀑布整个分为清晰的五大块，其面貌各异，构成了一种渐强的音乐。第一部

---

　　① 法寻：旧水深单位，1 个法寻约合 1.624 米。

分好似磨坊的倾注；第二部分差不多是波浪与时光共造的凡尔赛式喷泉；第三部分是个瀑布；第四部分如同雪崩；第五部分杂乱无章。

　　再写两句结束我的信件。我离瀑布几步远的地方，人们正在开采极为美观的钙质岩。在其中的一个采石场里，一个苦役犯正注视着瀑布，他身着灰色与黑色条纹相间的囚服，手握镐头，脚上铐着双镣。偶然这东西有时好似热衷于将大自然的杰作同社会的创造物进行反衬对照，时而忧郁伤感，时而令人惊恐不安。

9 月于劳芬

政论美文

丁世中/译

小拿破仑其人

一、1848年12月20日

1848年12月20日，星期四，立宪议会正在举行会议；就在此时，它被大规模部署的军队所包围。在此之前，议会刚刚听取了瓦德克·卢梭代表的报告，而该报告是由负责总统选举检票事宜的专门委员会委托草拟的。报告中有这样一句话，概括了它的全部思想："通过此次对根本大法的出色执行，整个国家自行将其不容侵犯权力之印记，烙刻于宪法之上，从而赋予该宪法以神圣和不可侵犯之性质。"900名立宪议员济济一堂，差不多全部出席；在庄严肃穆的气氛中，立宪国民议会的议长阿芒·马拉斯特站起身来宣告：

"以法兰西人民的名义，

有鉴于出生在巴黎的夏尔-路易-拿破仑·波拿巴公民符合宪法第四十四条规定的当选条件；

有鉴于在共和国全境领土上进行的总统公开选举中，他获得绝对多数选票；

根据宪法第四十七、四十八条规定，国民议会兹特宣布该公民为共和国总统，任期自即日起，至1852年5月的第二个星期日止。"

在包厢式议席和大厅议席上，出现一阵骚动，于是立宪议会议长补充道：

"根据法令的规定，本议长特邀请共和国总统公民登上主席台，以便宣誓就职。"

本来挤满右侧走廊的代表们回到自己的坐席，空开了一条通道。时间已是下午四时，夜色正在降临。议会宽敞的大厅已一半沉浸在黑暗中，玻璃吊灯已从天顶放下，执达员刚把几盏灯送上主席台。议长做了一个手势，于是右侧的门打开了。

这时人们看见走进大厅，并且登上主席台的是一名还算年轻的男子。身穿黑色礼服，佩戴着荣誉军团勋章的标志和大肩带。

所有的人都把头转向这个人物。他的脸色灰白，带着灯罩的灯光更突出了他消瘦面庞上的突出骨骼，鼻子又粗又长，蓄着一撮小胡子，狭窄的前额上挂着一绺曲卷的头发，眼睛很小，目光不甚明亮，态度踌躇不安，同老皇帝可绝无相像之处：这便是夏尔 - 路易 - 拿破仑·波拿巴公民了。

他进入大厅后响起了某种叽叽喳喳的声响。在这当儿他把右手插在紧扣扣子的礼服中，一动也不动地站在讲坛上，那讲坛的正面标明会议日期是 2 月 22、23、24 日；在这上方是"自由、平等、博爱"六个大字。

在担任共和国总统之前，夏尔 - 路易 - 拿破仑·波拿巴是人民代表。他在国民议会拥有一席之地已达数月之久。虽然很少参加整场整场的会议，人们还是经常看见他坐在自己所选定的席位上，即左翼高层的坐次上，位于第五排，通称为"山岳派"的地域，就在他的启蒙老师魏耶雅代表的后座。这个人物对于国民议会来说并不是一副新面孔；但他进入大厅却仍然引起深沉的激动。因为对于所有的人，不论是他的朋辈还是他的对手，这都意味着"未来"闯入了大厅：那是一种未能测知的"未来"。所有的人你一言我一语，形成一片嗡嗡声，在这当中，他的大名不胫而走，混杂着褒贬不一的评语。他的对手们津津乐道于他的种种轶闻，他的突然袭击、斯特拉斯堡、布劳涅、驯服山鹰记，以及如何把一块肉放在小帽子里，等等。他的好友们则提到他如何遭流放，遭禁忌，被监禁；他写过一部关于炮兵的佳作；他在汉姆写下文章，而那些文章多少有一些自由、民主、社会主义的思想；他已到了成熟郑重的年纪；针对别人说他如何狂放，朋友们则大谈他多么不幸。

卡劳那克将军没有被任命为总统，便在此前一刻向国民议会交了权：他言简意赅，心平气和，完全与共和国的性质相吻合；他仍坐在惯常的位置上，即主席台左侧部长席的第一个位置，紧靠司法部长玛理，不声不响，紧抱双臂，旁观这位新人登场。

终于，会场安静了下来。议长用木槌在桌上敲了几下，最后的嗡嗡声渐渐消逝，于是议长宣布：

"我来宣读誓词。"

这个瞬间有些像宗教仪式那么庄严。议会也不再是议会，而变成了寺庙。这段誓词的意义尤为重大，还因为它是在共和国全境宣读的唯一誓词。二月事件正确地宣布取消了政治誓词；宪法也正确地仅仅保存了总统誓词。这段誓词具有必要和伟大这两重性质；它象征着行政权力，即较低一级的权力，向立法权力，即最高权力宣誓。比这还要更进一层的是：在君主制的幻觉中，是人民向被赋予强大权力的个人宣誓：而与这种幻觉相反，现在却正是被赋予强大权力的个人在向人民宣誓。总统作为公务人员和一名公仆，向拥有主权的人民宣誓效忠。独揽大权的国民议会体现着国家尊严，总统应在这国家尊严面前俯首，从议会手中接过宪法，并向宪法宣誓效忠。人民代表不可侵犯，但总统并非不可侵犯。我们再说一遍：总统是在所有公民面前负责的一位公民，也是全国受到上述约束的唯一一个人。有鉴于此，在这独一无二，又是至高无上的宣誓中，有一种激动心灵的庄严肃穆。在进行这一宣誓的那一天，笔者正坐在他自己在国民议会的席位上。面对着整个文明世界，并且以这个世界作为见证人，笔者同其他代表一起，以人民的名义接受了这篇宣誓的誓词，并且也像其他代表一样迄今仍然予以保存。这誓词是：

"面对上帝，面对国民议会所代表的法国人民，我宣誓效忠于统一而不可分割的民主共和国，并履行宪法加诸于我的一切义务。"

议长笔直地挺立着，宣读了这庄严的誓词词文。接着，整个国民议会肃立、静穆，夏尔-路易-拿破仑·波拿巴高举右臂，以坚定响亮的声音宣告：

"我作如是宣誓！"

来自谬尔特省的布莱代表此后成了共和国副总统，他从童年就认识拿破仑·波拿巴；他情不自禁地嚷道："他是个正派人，是会信守誓言的！"

议长仍然肃立着，又说了几句话，笔者谨按《箴言报》所载原文照录如下："我们请上帝和人类作上述誓言的见证者。国民议会予以记录，命令将此誓言载入正式记录，刊载于《箴言报》，并按立法文书形式发表、张贴。"

看起来好像已经仪式完毕；人们以为夏尔-路易-拿破仑·波拿巴公民，即从现时直至 1852 年 5 月第二个星期日担任总统的这个人，将从讲坛上走下来。他却不往下走；他觉得有一种崇高的必要性，在可能的情况下进一步约束自己，对宪法要求他读的誓言作一点补充，使人们看到：这誓词对他来说是多么自由、多么自发；于是他要求发言。"现在请您发言。"议长说。

会场里更加聚精会神，也更加静默了。

路易-拿破仑·波拿巴公民展开一张纸片，宣读一篇演讲词。在这篇演讲里，他宣布并建立由他任命的内阁，又说道：

"代表公民们，我同你们一样，想把社会重新建立在它自身的基础上，重新确立民主体制，并寻求足以减轻智勇双全的我国人民之痛苦；而人民刚刚如此彰明昭著地向我表示了充分信任。"[1]

他对前行政首脑表示感谢；这同一位前行政首脑后来得以说出很体面的话来："我不是从掌权地位跌落下来的，我是自己走下来的。"他对这位前行政首脑赞扬备至：

"新政府在主持事务之际，应感谢前一届政府，因为前政府作出了努力，以完好无缺地转交权力，并维持了社会安宁。"[2]

"可敬的卡芬雅克将军的行为无愧于他那正直的品格，无愧于他所表现的责任感；此种责任感乃是国家元首最基本的品质。"[3]

议会欢迎此番言论；但震动所有人的人心、在人人记忆中留下深刻印象、在所有具备崇高良知者心中引起反响的，乃是他的声明。这

---

[1] 原文后有"（好呀，真好呀！）"，《箴言报》记者所加。

[2] 原文后有"（场内表示赞同。）"，见《箴言报》。

[3] 原文后有"（再次表示同感。）"，见《箴言报》。

一声明是完全自发的，我们要予以重申；声明是这样开头的：

"全国的投票和我方才进行的宣誓，指导我未来的行动。"

"我的责任业已载明。我将作为守信者而恪尽此责。"

"凡企图以非法途径改变整个法兰西所确立事项者。我一律视之为祖国的敌人。"

他讲完后，立宪议会全体起立，同声高呼："共和国万岁！"

路易-拿破仑·波拿巴从讲坛走下，径直向卡芬雅克①将军走去，并向他伸出手来。将军犹豫了片刻，没有立即接受这握手。刚才路易·波拿巴的话讲得极其诚恳，所有听到这番话的人，无不怪罪卡芬雅克将军。

1848 年 12 月 20 日，"面对着上帝和人类"，路易-拿破仑·波拿巴宣誓效忠于宪法，而该宪法主要包括以下条款：

第三十六条　人民代表是不可侵犯的。

第三十七条　人民代表不得以刑事罪被逮捕，除非出现当场缉获的情况；他们也不得被起诉，除非事先已由国民议会准许该项起诉。

第六十八条　共和国总统解散或延长国民议会，或阻挠其行使职权的一切措施，均属叛国罪行。

仅以此一项事实，总统即得被解除其职务，公民即必须拒绝服从该总统；行政权力即全权转至国民议会。高等法院法官即应为审议重罪而立刻举行会议；他们得召集陪审法官至指定地点，以便对总统及其同谋犯进行审判；他们将自行任命履行检察部门职能之司法官员。

在这难忘的日子以后不足三年，即 1851 年 12 月 2 日，在日出时分，可以在巴黎所有街道的街角看到如下布告：

以法国人民的名义，

---

① 卡芬雅克（L. E. Caviaignac，1802～1857）：法国将军。

共和国总统

发布以下法令：

第一条　国民议会予以解散。

第二条　恢复普遍选举制。5 月 31 日法律宣布废除。

第三条　法国人民被召集举行公民会议。

第四条　在第一军区全境宣布戒严。

第五条　国务会议予以解散。

第六条　内政部长负责执行本法令。

路易 - 拿破仑·波拿巴

1851 年 12 月 2 日，于爱丽舍宫

与此同时，巴黎全城获悉：根据路易 - 拿破仑·波拿巴的命令，15 位不可侵犯的人民代表，当夜在自己家中遭到逮捕。

二、代表们的权力

作为人民代表，他们以人民的名义接受并保存 1848 年 12 月 20 日的誓词；特别是那些两次获得国民信任，作为立宪议会议员亲眼看见了他宣誓，又作为立法议会议员亲眼看见他违背这誓词；这些人在接受议员权力时，同时承诺了两方面的义务：第一项义务就是，当这一誓词遭到破坏的日子来到时，要挺身而出、要以自己的胸膛投入战斗，而不能考虑敌人如何众多，如何强大；要以自己的血肉之躯保护人民主权；为了反对和打倒篡权者，要拿起各种武器，从法典里有案可查的法律，到街上可以挖取的石板。第二项义务，就是在接受斗争和由斗争而产生的种种风险之后，也要接受流放及由流放产生的种种苦难；并且要手持那叛贼的誓言，永远屹立在他的面前；还要忘却私人的痛苦、自家的悲伤，忘记离散的妻子儿女、忍受家室遭到的摧残，不顾财富的损失、感情的波折、心灵的创伤。总之就是要忘我，只想着一个伤疤，就是法兰西的伤疤；就是要伸张正义！永远不要被招安，不要屈服，要不屈不挠、坚定不移！要揪住那戴上了王冠的卑

鄙无耻的伪誓者，如果不能以法律的巨掌，那就至少要用真理的利爪将他揪住！要借助历史的熔炉，将他那誓言的一字一句都燃烧得通红，再将它们无情地烙在那奸贼的脸面上！

本书的作者属于那些 12 月 2 日毫不退让者之列，以便履行这两项伟大义务中的第一项；当作者发表本书时，他正在履行那第二项义务。

三、快快觉醒！

是人类的良知觉醒的时候了。

自从 1851 年 12 月 2 日以来，一次成功的陷阱、一桩罪行——如果考虑到犯下罪行的时代，则是一桩卑鄙无耻、令人发指、臭名昭著的罪行——得手了，占据了上风，自封成为一种理论，面对日月居然眉开眼笑；犯罪者在制定法律，发布法令，将社会、宗教和家庭置于其"庇护"之下，将手伸向欧洲的帝王，并为帝王所接受，对这些帝王称兄道弟，结缘攀亲。这桩罪行包括了其他各式各样的罪行——谁也不能否认这一点，甚至从中获利、赖以为生者也不能否认，他们只是说这罪行"是必要的"；犯下罪行的人也不否认，他，这个罪犯，只是说罪行"已被宽恕"，——它包括了设计过程中的叛卖、执行过程中的伪誓、较量过程中的谋杀和暗害、得手之后的巧取豪夺、欺诈盗骗；这桩罪行自身的组成部分便是它拖带的种种现象——废除法律，侵犯宪法的神圣性质，随意囚禁，没收财产、夜间屠城，秘密枪杀，委员会擅代法庭，一万公民被流放，四万公民被排斥出境，六万家庭被毁灭并因而陷于绝望。这些现象触目惊心啊。可是，说起来令人痛心呀：对这一罪行，各方噤若寒蝉；这罪行在这儿，可感，可见，跑不掉，但人们视若无睹地走过，照样去办自己的事；店铺照样开门，证券交易所照样搞投机；商人们坐在货包上，搓着自己的双手。我们差不多要面临这样的时刻，即人们会觉得这合乎常情！正在丈量布匹的店员，却听不见他手里的那把米尺正对他说："现在判断一切的是错误的尺子！"正在秤某种粮食的伙计，却不闻他的天平发出悲鸣，正对他抱怨："现在人们用的全是假砝码。"这是一种奇特的秩序，它的基础正是在最高一级的无序，是对一切法制的否定！是在不公平基础上的平衡！

让我们再说一句——而且这是不言而喻的——犯下这一罪行的罪犯是最无耻、最低级的恶棍。

在目前情况下，所有穿着法官大袍、穿着制服或佩戴横绶带的人，所有为这名独夫效劳的人都应当知道：如果他们自以为是一个政权的职员，他们就应当改正这种错觉。他们是一名海盗的同伙。自12月2日以来，法国就不复有公务员，有的只是同谋犯。现在已是这样的时刻：每个人都应当清楚地了解，自己做了些什么，正在做什么。宪兵逮捕了一些人，这些人被那斯特拉斯堡和布劳涅的独夫称为"造反者"；其实他们所逮捕的是宪法的守护者。审判了巴黎或外省战士们的法官，其实是将法律的支持者置于被告席位上。将"被判处者"看守于轮船底舱的军官，其实是扣押了共和国的捍卫者和国家的捍卫者。在非洲的那位将军把被流放者监禁于朗贝沙，使他们在炎日之下弯腰弓背，令他们因热证而战栗，叫他们在灼热的土地上挖掘沟壑，亦即他们来日的墓穴；这位将军其实是在幽禁、折磨和谋杀执法的人物。所有这些人——将军们、军官们、宪兵们、法官们都正在犯着重罪。他们眼前不光是无辜者，而且是英雄！不光是受害者，而且是烈士！

让人们知道这一切，让人们赶快行动；至少，要让人们砸碎锁链，拔掉门栓，去除浮桥上入狱的人流，打开牢狱大门，既然大家还没有勇气夺过刀剑！起来吧，人类的良知啊，赶快奋起啊！快快觉醒啊，是时候了！

如果法律、法理、责任、理智、理性、公平、正义都还不够，那么就要想一想未来。假如悔恨无言，那就让责任放开喉咙讲话！

有些人作为私有者正在握着一位法官的手；有些人作为银行家正在招待一位将军；有些人作为农民正在跟一名宪兵打招呼；有些人并不远避部长公馆或省长宅第，有若远避一所检疫站；有的人作为普通公民，而非公务人员，参加路易·波拿巴的舞会宴会，而不见爱丽舍宫上已扯起黑旗；但愿这些人全都明白：这类耻辱是会传染的。即使他们躲掉物质上的共谋，也逃不脱精神上的共通。12月2日的罪行玷污了他们。

当前形势对不思索者来说是平静的，其实却很激烈，可万万别弄错啊。当公共道德隐退时，便在社会秩序里形成一个令人害怕的阴影。

一切保证都在消失，一切支撑点都变得不见踪影。

从今以后，法国任何一个法庭，任何一家法院，任何一位法官，都不再能主持公道，不再能宣判刑罚，不管是关于什么事情，针对什么人，或以任何一种名义进行。

若将任何坏人带进审判大厅，那盗贼就会对法官们说：国家元首盗窃了银行 2500 万法郎；一名伪证者可以驳斥法官大人：国家元首曾对天、对地起誓，可这誓言已被他食言而肥；任意扣押公民的罪犯不妨推托说：国家元首便曾违背所有的法律，逮捕和拘留了享有最高权力的人民之代表；诈骗犯有了借口：国家元首就曾骗取到权力、骗取到权力机构、骗取到土伊勒里宫①；伪造证件者可以揭露：国家元首伪造了一次选举；绿林的剪径大侠难免举例引证：国家元首就曾割破奥尔良王公的钱包；杀人犯便会振振有词：国家元首也曾无端枪杀过路行人，对他们施以连射、刀砍和斩首之虐；而所有这些坏人：诈骗犯啦、伪造文件者啦、假证人啦、大盗小偷啦、杀人刺客啦……还很可以异口同声地教训法官们：正是在座的衮衮诸公，你们前去晋见了这罪大恶极者，称赞他的伪誓做得绝妙，祝贺他制造赝品才干出众，推崇他诈骗有术，恭喜他把钱偷到了手，还对他滥杀无辜表示感恩不尽！现在你们又能把我们这些小角色怎样？

毫无疑问：这局面是非常严重的。面对这样的局势而高枕无忧，就更是罪加一等。

让我们再说一遍：这良知酣睡的可怕事态应当终结。现在已经有一桩可怕的丑闻，就是那桩罪行居然顺利得手；在此以后，就不应当向世人表演另一桩更骇人听闻的丑事：文明世界竟会漠然视之！

倘若果真如此，历史就总会有一天显示为复仇女神；而从此时此刻起，犹如遍体鳞伤的雄狮之深藏静卧，正义人士也会在这普世沉沦

---

① 土伊勒里宫（Tuileries）：法国旧王宫，始建于 1564 年，1871 年焚毁。

中暂以面纱遮没自己的脸面，韬晦于无尽的轻蔑之中。

四、世人必定会觉醒

然而事情不会是这样的。人们必将觉醒。

本书的宗旨，也就仅仅在于振聋发聩，唤醒世人。法国甚至不应以接受麻木不仁，来体现对这个政府的认可。在某些时候、某些地点、某些阴影下，沉睡就意味着死亡。

让我们补充一句：在眼下——说来也很古怪，但却是千真万确——法国全国还不知道 12 月 2 日及其后发生的事情，或者知之甚少，而这便是情有可原的地方了。不过，由于有这么几份高尚而勇敢的出版物，事实正逐渐透露出来。本书就是要将其中几件曝光，并且如果上帝允许，还要原原本本地将它们展示于光天化日之下。应当知道一下波拿巴其人。眼下，议会的讲坛被取消，言论自由被取消，一般自由和真理荡然无存，其结果是波拿巴得以为所欲为；但同时也产生一个效应，就是使他的种种行动绝无例外地成为非法，其中也包括 12 月 2 日那次不足挂齿的投票选举。可以这样说：由于用这样的手法窒息了任何不满，阻碍着应有的明晰，任何事物、任何人士、任何实情，都已变得面目全非，都落得个名实不符。波拿巴先生的罪行不是罪行，那叫法是"必要行动"；波拿巴先生设下的陷阱不叫陷阱，那叫做"保卫秩序"；波拿巴先生的偷盗并非偷盗，却美其名曰"国务措施"；波拿巴先生的血腥屠杀何妨易名，姑称之为"救国行为"。波拿巴先生的同谋犯不是坏人，他们被叫做法官、上议员和国务委员；波拿巴先生的对手不是捍卫法律或法治的战士，而被称为痞子、蛊惑分子或想均富的穷光蛋。在法国的眼中，在欧洲的眼中，12 月 2 日仍然戴着假面具。本书也仅仅是从暗处伸出一只手，旨在揭开这 12 月 2 日的假面具。

好嘛，我们就来叙述一番这秩序是如何得手的；我们将描绘一番这政府：强大、稳定、充实、有力的政府！这政府依靠许多毛头小伙子，他们壮志凌云，唯嫌脚力不足，纨袴子弟兼赖皮化子而已；在证券交易所，它有富尔德这犹太人的支持，在教堂则有天主信徒蒙达朗贝尔相助；受到一些女人的敬重，因为她们想做娼妇；也颇得一些男人的景仰，因为他们要做省长；于是在卖身者联盟的基础上撑起了门面；掌管千百万法郎的财产；举办节庆活动；任命红衣主教；戴着白色领带，挥金如土；像莫尔尼一样戴奶油色手套，像莫帕斯那样着贼亮皮鞋，也像帕尔西尼那样衣着刷得一尘不染，有钱、风雅、干净、潇洒、开心，刷得齐整，总之是从血泊中生长。

是的，人们必将觉醒！

是的，人们将走出这沉睡——它对这样的一国人民乃是奇耻大辱；当法国觉醒之后，当它睁开两眼之后，当它能分辨是非，看清它面前和身边的事物之时，它将带着可怕的战栗，从这面目狰狞的重罪面前大步后退——原来它竟在漆黑一片之中嫁给了这怪物，并且还曾与之同床共席！

那时，最后时刻将会敲响它的钟声！

怀疑派在悄悄微笑，并且固执己见。他们宣称："别抱任何希望。按照你们的看法，这个政权是法国的奇耻大辱。就算如此罢；这奇耻大辱在证券交易所是定了牌价的，就别抱任何希望啦。如果你们还抱着希望，你们就是吟风弄月的诗人和幻想家。请放眼看一看罢：议会讲坛、新闻报刊、聪明才智、言论思想，总之，过去的一切自由，都已丧失殆尽。昨天这一切还在悸动，这一切还栩栩如生；如今这一切都已化作木雕顽石。是呀！人们感到满足，人们在适应这种僵化，人们加以利用。人们从中获益；人们在这个政权下过日子，与往昔完全一样。社会仍在继续，而许许多多正派人物觉得事情这样也很妥帖。为什么非要加以变动呢？为什么要勉强了结此种局面呢？别存任何幻想了：这政权是坚固的，它是稳定的，它既反映现实又代表未来。"

我们似乎生活在俄罗斯。涅瓦河冻结了，人们在河上建筑了房屋；沉重的大车在它脊背上行走。它已不再是河水，它已冻结得如岩石般坚硬。行人在这花岗石上来来去去，而它确曾是一条河流。人们临时建造一座城市，人们规划出大街小巷，人们为店铺开张剪彩，人们有买有卖、有吃有喝，人们就寝安息、点火照明，一切都在这水上进行。人们可以为所欲为。不必担惊受怕，想干什么就干什么罢；笑吧，跳吧，载歌载舞吧，这比坚固的陆地还更可靠。确实，这地方踏在脚下发出的声响就如花岗石一样坚硬。冬季万岁！冰冻万岁！这将传诸万世。请举目向着天空，是白昼吗？是黑夜吗？一缕灰暗苍白的亮光在雪地上拖着长影；真可以说，太阳也已泯灭。

不，你是不死的，自由啊！有朝一日，恰恰在你最意想不到的时刻，恰恰在人们把你完全置诸脑后的时刻，你会昂然挺立！哦，耀眼的光明啊！人们将突然看到你那日月星辰般的容颜，从大地下脱颖而出，并在天边挥洒无尽的辉煌。向着这茫茫雪原，向着这晶莹冰块，向着这坚硬洁白的平川，向着这已凝成一整块的河水，向着这极其可恶的冬天，你将射出你金黄色的箭矢，你那热烈光辉的火焰、那光明、那热量、那活力！"到这时刻，请听一听罢！你们听见这沉重的声音了么？你们听见这深沉而震撼人心的炸裂声么？这便是崩陷，便是涅瓦河在坍塌！是那条河流复又畅通！是生龙活虎、兴致勃勃、所向无敌的河水，正在掀翻那丑恶的、坏死的冰块，将它们打得粉碎！"你们这些怀疑派却曾说过："这就像花岗石！"我现在却要正告你们："请看！这像玻璃片一般碎裂了！这就是崩陷，是真理在杀回来；是进步又重整旗鼓，是人类重新迈步，并且将路易·波拿巴匆匆拼凑的帝国，连同古老而长久的专制主义，及其种种花招和产物，一股脑儿冲洗，带走，拔除，卷入，撞击，搅拌，粉碎，淹没于它那浩浩荡荡、排山倒海的洪流中！请看看这污泥浊水如何滚滚流逝！它们正在一去而永不复返！你们也永无重见这浊流的日子了。这被浸泡了一半的大书么？那是历尽沧桑的古老公平法典哟！这被完全淹没的破木架么，是王位哟！那另一副随大潮而去的烂木头么，那便是绞刑架呀！"

而为了形成这横扫一切的巨流，为了夺得这生对死的最后胜利，需要的是什么呢？需要你壮丽的目光来一次顾盼，你骄阳哟！还需要你热烈的光芒作一回照耀，你自由之神哟！

五、其经历

夏尔-路易-拿破仑·波拿巴 1808 年 4 月 20 日生于巴黎，系贺吞斯·德·波哈尔内之子；后者由拿破仑皇帝做主嫁给荷兰国王路易-拿破仑。1831 年，路易·波拿巴卷入意大利起义（他的兄长即在意大利起义中身亡），试图推翻教皇。1836 年 10 月 30 日，他试图推翻路易·菲利普。他在斯特拉斯堡失败；国王对他赐旨赦免，他便乘船前往美洲，留下他那些同伙遭受审判。11 月 11 日，他写道："国王宽大为怀，下令将我解往美洲。"他宣称自己"对国王的慷慨大度深为感动"，并且进一步表示"我们对政府都是有罪之人，因为我们拿起武器来反对它；但罪行最严重的是我自己"，最后他写道："我之于政府乃是有罪者，而政府之于我却极为宽容。"他自美洲返回，到了瑞士，设法在伯尔尼当上了炮兵上尉，并在土尔戈维亚做了萨仑士坦的市民。由于他的到来而造成外交上的许多麻烦，他便避免宣称自己是法国人，也拒不承认自己是瑞士人；为了叫法国政府放心，他仅限于在 1838 年 8 月 20 日写了一封信，内中声称"他几乎是独自一人过活"，"住在母亲过世时的那座房屋里"，表白他"坚定的意志"便是"安分守己地待着"。1840 年 8 月 6 日，他在布劳涅登陆，那做法是对夏纳登陆作可笑的模拟。他头戴一顶小帽，在一面旗帜顶端置放了一只镀金山鹰，同时将一只活山鹰装在笼子里带来，强迫人家发表宣言；60 名男仆、厨师和马夫，伪装成法军士兵，他们穿的军服是从寺院路买来，军服上的纽扣则是在伦敦制造的第四十二战列团军需品。他向布劳涅街头的行人施舍金钱，用自己的佩剑顶着帽子，自拉自唱地高呼"皇帝万岁"；又朝一位军官放了一枪，结果只打掉一位士兵的 3 颗大牙，便逃之夭夭。后来他被抓获，从他身上搜出 50 万金法郎及纸币法郎。检察长弗朗克 - 加莱当着贵族法庭向他宣布："你擅自招兵，并散发金钱，企图收买叛徒。"贵族们判处他终身监禁。人家将他关押在汉姆。在那里，他的身心似乎找到了养息之地，并且趋于成熟；他写下并发表了一些著作，其中虽反映出对法国和本世纪的某种无知，但却带有民主思想和对进步的信仰，这些书是：《贫困现象的消亡》、《食糖问题浅析》、《拿破仑思想》；在这第三本书中，他把老皇帝描绘成"人道主义者"。在另一本题名为《历史片断》的书里，他写道："我首先是公民，其次才是波拿巴。"早在 1832 年，他就在《政治幻想录》中宣布自己是"共和派人士"。经过 6 年囚禁后，他在汉姆越狱逃跑，当时化装成一名泥瓦匠，逃到英国栖身。二月事件发生，他欢呼共和，以人民代表资格出席立宪议会，并于 1848 年 9 月 21 日登上主席台陈词："我将以毕生精力，以求共和愈益巩固。"他发表一项宣言，要旨略谓：自由、进步、民主、大赦、废除流放与放逐法令；遂以550万票当选共和国总统，于1848年12月20日庄严宣誓效忠宪法，但却于1851年12月2日悍然破坏之。在前后两事之间，他摧毁了罗马共和国。并于1849年恢复了他曾欲于1831年推翻的教皇制度。此外，他还以天知道什么方式参与了那桩不明不白的所谓"金条彩票事件"；就在政变前夕的那几个星期，这肮脏的口袋已变得若暗若明，人们瞥见袋里有一只可于当场拿获的手：这只手很像就是他的手。12月2日及其后数日，他作为行政权力的代表，竟侵犯立法权，逮捕不容侵犯的人民代表，驱逐全体议员，解散国务会议，赶走高等法院，废除诸多法律，从银行提出2500万法郎巨款，给军人塞足金银财宝，以连射屠城，使整个法国闻之丧胆，让尸体横陈于大街小巷，使无辜者血流如注。从那时候起，他流放了84位人民代表，从奥尔良亲王那里盗走其父路易·菲利普的财产；这位路易·菲利普原是他的救命恩人。还宣布实行专制主义，这专制主义竟以"宪法"为名，化为五十八项条款；他把军队用于丧尽廉耻之举，给共和国上了枷锁，将法兰西的利剑变做堵塞自由开口的棉球，做铁路买卖交易，搜刮民财，以强迫命令来制定预算，将一万民主人士流放非洲和凯恩，又将四万共和人士驱赶到比利时、西班牙、皮埃蒙特、瑞士和英国，使所有心灵充满无限悲哀，又在所有人前额上烙下耻辱印记。

路易·波拿巴自以为登上王座，却不曾发现：他登上的实在是绞架。

六、为其人画像

路易·波拿巴是一名中等身材的男人，表情冷酷，面色苍白，举止迟缓，看上去好像没怎么睡醒。我们在前文已经提到：他写过一本论炮兵的专著，颇得好评，并且深谙火炮之操作。他的马术也颇精到。说起话来稍带点儿德国口音。他身上的丑角成分在艾格林顿的比赛中显露出来。他的胡须很浓，像达尔伯公爵一样遮住了他的笑容；他的目光如查理九世那样毫无神采。

撇开他所谓的"必要行动"或"伟大行动"不谈，从其他表现看，他实在是一个庸俗、幼稚、造作和虚荣的人物。夏天收到他的请帖，被邀请去圣 - 克鲁的人，同时收到一纸要求：应自备早晨服装和夜间服装各一套。他喜爱浮华、排场、羽冠、刺绣、金叶银片、豪言壮语、滚球游戏、官衔爵号，总之是喜欢响亮的、闪光的东西，也就是权力熠熠生辉之表面。作为奥斯特里茨战役统帅的亲戚，他身穿将军戎装。

对于被轻蔑他并不在乎，他只要有表面的尊重便称心如意。

这个人物会使历史的中景黯然失色，但他必定要玷污历史的近景。欧洲曾把美洲当做笑料，因为它在观察海地时，发现有了这么一位白人的苏鲁克①。现在，在欧洲所有知识界人士的内心深处，甚至在法国境外，有一种深刻的震惊、某种个人受到侮辱之感；因为无论是否自愿，欧洲大陆是同情法国的；凡是降低法国的事情，也会令欧洲感到屈辱。

在 12 月 2 日之前，右翼领袖提到路易·波拿巴时，乐于称之为"一名白痴"。其实他们错了。确实，此人的脑子是糊涂的，这脑子有许多漏洞；然而，从它的某些地方也还能辨认出若干连续的、相当一贯的思想。它好比一部被撕去一些页码的书本。路易·波拿巴有一种偏执的想法，但偏执并不等于白痴。他知道自己想做的是什么事情，并且径直朝那方向走。不顾正义，不顾法律，不顾理智，不顾正直与否，不顾人道，确实如此；但他径直走去。

他不是一个白痴。他是属于跟我们不同时代的一个人物。他看起来荒唐、毫无理智，那是因为他乖僻。如果把他移植到 16 世纪的西班牙，那么菲利普二世是认得他的；若在那时的英国，亨利八世会冲着他颔首微笑；在意大利，恺撒·博吉亚会搂着他的脖子亲吻。或者假如将他置于欧洲文明之外，比如把他置身于 1817 年的耶尼纳，阿里 - 台佩里尼会向他伸出手来。

他身上有点儿中世纪和下帝国②的成分。他所做的事情，若在米歇尔·杜卡、罗曼·第欧根尼、尼赛浮尔·波托尼亚特，若在太监纳

---

① 海地暴君。

② 指罗马帝国衰败时期，约自公元 3～6 世纪。后文的人名、地名与此相关。意指不开化。

尔赛斯，在古物破坏者斯提利康，在穆罕默德二世，在亚历山大二世，在帕度亚的艾兹林，都是合乎自然的。只是他忘记了，或者他根本不知道：在当今这个时代，他的行动必须经过人类道德的巨流：那是源于我们三个世纪的文明，源于法国大革命的产物；因此，在这样的环境下，他的行动必将显露原形，表现出它们原来的样子，即极其丑恶。

他的拥护者——他是有拥护者的——很愿意将他与他的伯父，即老波拿巴作一比较。他们说："一位制造了雾月政变、一位制造了12月2日：这是两个雄心勃勃的人物。"老波拿巴企图重建西罗马帝国，把欧洲变成它的封疆，以它的强大来统治欧洲，以它的雄伟来迷惑欧洲，他自己坐在舒服的软椅上，然后给诸国王木头板凳坐，让历史将他与伟人并列：奈姆洛、居鲁士、亚历山大大帝、阿尼巴尔、恺撒、查理曼、拿破仑①，总之是做全世界的霸主。他也是一名霸主。正因为如此，他制造了雾月十八日。后面这一位呢，他收藏骏马和美女，想让人家称他为"皇太子殿下"，还要过花天酒地的日子。正因为如此，他制造了12月2日事件。这是两类不同的"雄心"，这比较倒是恰如其分。

让我们补充一句：像老的那一位一样，后面这一位也想当皇帝。然而使此种类比黯然失色的一点，也许是征服一个帝国与窃取一个帝国是颇不相同的。

无论如何，有一点是可以肯定的，也是任何东西都无从遮盖的——即使用那块上面写着洛底、阿尔柯尔、金字塔、艾罗、弗里德蓝、圣 - 赫勒拿字样、标明兴衰历程而又令人目不暇接的宏伟幕帷，也无法加以遮盖——那就是：雾月十八日本已是一桩罪行，而12月2日又把拿破仑英名上的污点倍加扩展。

路易·波拿巴先生很愿意让人觉得他大约是社会主义者。他感觉到这里有一个泛泛的地域，可以拿来为野心所用。我们已提及：他将坐牢的时间，用来为自己制造了几乎是一位民主派的盛名。有一件事情足以描绘他的真相。当他在汉姆发表他的论著《贫困现象的消除》时，那本书表面上只有一个单纯的、独一无二的宗旨，就是调查平民

---

① 所举均为开创性历史人物，或传奇人物。如：奈姆洛是《圣经》中的伟大猎手兼君王。

贫困现象的创伤，并找到根治办法；但当他将此书寄给一位友人时，却附了一张纸条，我曾有机会一读："请看一看这论述贫困现象的拙作，然后告诉我：您是否认为该书可以给我带来好处。"

路易·波拿巴先生的奇才，在于一言不发。

12月2日之前，他下面有一个部长会议，那机构因为要担负一定责任，便自以为相当重要。内阁总理主持会议。他从来，或者几乎是从来也不参与讨论。在奥迪龙·巴罗、帕西、托克维尔、杜弗尔或优舍诸先生发言的当儿，他却聚精会神地在做纸折母鸡，或者在文件上画小人儿玩。这是他的一位部长亲口告诉笔者的。

装死躺下，这便是他的窍门。他待着一言不发，一动不动，瞧着与他的乱涂乱写相反的方向，直到时来运转。这时他才转过头来，向着他的猎获物猛扑过去。在意想不到的转折点，他会向你显示他的政策，这时他手里端着手枪，像一个盗匪。在此之前，尽可能不要有什么动作。在过去三年中，他有时同尚加尔涅并肩而立，而尚加尔涅方面，也在想做成一番事业，正如维吉尔所说：法国怀着某种忧虑凝视着这两个人物。他们在暗暗想着什么呢？其中有一位不是在想当克伦威尔么？还有一位是在想着蒙克罢？大家在思索，在观望他们。两人都保持一种神秘态度，并且采取同样静观的战术。波拿巴一言不发，尚加尔涅一动不动；一位是呆若木鸡，另一位是不喘粗气，两人似乎在比赛：看谁更像一尊雕像。

不过这种沉默，路易·波拿巴有时也予以打破的。那就不是说说一般的话，而是有心撒谎，这个人撒起谎来就像别人呼气吸气那样顺乎自然。他宣布一种正派的意向，那可得提防啊；他断言一桩事情，您可别上当；他赌咒发誓啦，您就不停地打哆嗦罢。

马基雅弗利生了一帮小崽子。路易·波拿巴即其之一。

宣布一件荒谬之至的决定，引起举世的抗议；又不胜愤慨地加以否认；指天起誓死不认账；说自己是正人君子；然后乘人不备，就在人人松一口气并嘲笑那荒谬的当儿，将它付诸实施。他在搞政变时是这么办的，在下达流放令时是这么干的，在剥夺奥尔良亲王财产时也是这么干的；后来他入侵比利时，入侵瑞士也会这么干，如此等等。这便是他的手段；您爱怎么着便怎么着罢；他用这种手段，觉得这手段妙不可言，那是他的事情。他得跟历史去弄清这件事。

　　你若是他贴近的人物，他就让你模模糊糊瞥见某一种方案，这方案倒不见得缺德——反正你也不会看得那么仔细——但却缺乏理智，而且危险，对他自己也很危险；于是你提出异议；他仔细倾听，避不作答，有时在两至三天之内做些让步，然后又故态复萌，自行其是。在他爱丽舍宫的办公室里，办公桌有一只抽屉经常半开半关。他从那里面摸出一张纸来，对某位部长宣读一番，便是一道法令了。部长或顺从，或抵制。假如他抵制，路易·波拿巴便将那张纸抛进抽屉，抽屉里还有许多其他文牍，都是强人的种种梦想；然后他更关上这抽屉，取下钥匙，一声不吭地走了。部长向他敬礼，对他礼贤下士的态度至为欣喜，接着便告退。第二天上午，那道法令在《箴言报》上照登不误。

　　有时那上面还有那位部长的签字。

　　由于此种行事的作风，他始终有"出奇制胜"来为他帮忙，这助力可非同一般；而在他的内心深处，由于碰不到别人称之为"良心"的这一类阻碍，他就执意按自己的意图办，像我们提到过的：不顾一切，也不论关于什么样的事情，并且总是如愿以偿。

　　他有时也后退，不是畏缩于他的行动造成的精神后果，而是其物质后果。1月9日的《箴言报》发表了驱逐84名人民代表的那项法令，却引起了社会上的公愤。虽然法国已被捆缚住了手脚，但人们仍感觉到了震栗。人们离12月2日还太近了，任何激情都可能产生危险。路易·波拿巴了解这一点。次日，即1月10日应发表第二道驱逐令，开列的名单多至800人，路易·波拿巴叫人送来了《箴言报》的校样，那名单竟占了这份官方公报十四栏之多。他把校样揉成了纸团，扔进了火炉，于是那法令就未曾发表。驱逐继续进行，只是不用法令罢了。

　　在此类勾当中，他需要助手和合作者；他需要他所谓的"人手"。第欧根尼是手里提着灯笼找人；他则是手里拿着一张银行支票找人。他找到了。从人性的某种方面可以产生一种类型的人物，他便成为这类人物的自然中心，而且他们必然会聚集在他的周围，因为这符合那条神秘的重心定律，那定律不仅管宇宙原子，而且也管有头脑的生物。为了进行"12月2日的行动"，为了将之付诸实施并使之完善，他需要此种人手；他搜罗此种人手。如今他的周围布满这类人物。这些人对他阿谀奉承，前呼后拥；他们将自己的荣耀与他的辉煌交融在一起。在某些历史时期，有伟大人物的群星环绕；在另一些历史时期，也有无赖泼皮的沆瀣一气。

然而，不应当将某一时期、将路易·波拿巴的瞬间，同整个的19世纪混为一谈；毒蘑菇生长在橡树下，但毒蘑菇并不就是橡树。

路易·波拿巴先生得手了。他从今以后有钱，有贴水，有银行，有证券交易所，有柜台，有保险柜，还有所有这些人物：当需要对羞耻视而不见、由此岸跨向彼岸时，这些人一步就能跨过去。他把尚加尔涅先生当作玩物，把梯也尔先生一口吞没，将蒙达朗贝尔先生变成了同谋，把政权化为贼窝，将预算据为私产。他用他的尖刀刺伤了共和国；但共和国却像荷马史诗中的女神，仅仅流血而不会倒下。人家在制币厂刻制一枚纪念章，弥之为"12月2日纪念章"，以纪念路易·波拿巴如何之忠于他的誓言。"宪法号"战船取消了原有命名，改称为"爱丽舍宫号"。他在愿意的时候，可以叫西布尔先生为他加冕，并且把爱丽舍宫的小床换成土伊勒里宫的皇寝。目前，就是说这七个月以来，他在炫耀自己；他到处发表演说、训词，他得意洋洋，主持某些宴会，窃取了千百万法郎，举办各色舞会；他翩翩起舞，主持朝政，阅兵游行，有若孔雀开屏；他在歌剧院的一座包厢里居然以其丑陋的相貌而喜笑颜开；他让人家管他叫"太子总统"，他给军队颁授了军旗，给某些警长发了荣誉十字章。当需要为自己选定一个象征物时，他退居幕后；结果是选中了山鹰：此所谓雀鹰之谦逊也。

七、歌功颂德之后续

他得手啦。因是之故，他并不缺乏天花乱坠的吹捧。奉承他的人，数目较图拉真[①]有过之而无不及。但却有一点令我印象至深，就是在12月2日以来人们承认他所具备的种种素质之中，在人们赠给他的种种誉词之中，没有一条是超出以下说法的：能干、冷静、大

---

① 图拉真（Marcus Ulpius Trajanus，53～117）：古罗马皇帝，在位时期为98～117年，他恢复了罗马宪法，让民会主持选举。

胆、巧妙、准备充分并且进展顺利的大事、时机得当、保密有方、措施高超……都是些假钥匙，但制造精巧。全都在这儿啦。当这些都说完之后，就不再有新意，除了少数几句关于"宽容大度"的恭维话之外。何况，芒德林有时不把钱抢光，杀人魔王让也不把行商旅客斩尽杀光；不是也有人称赞他们"宽大为怀"么？

上议院批准给波拿巴先生 1200 万法郎，另加 400 万法郎维修古堡，恭维此公"拯救了社会"，而波拿巴先生则赐予上议院 100 万法郎。这情形有点像两位人物在同出喜剧中登台，一位祝贺另一位"拯救了票房收入"！

至于我呢，我仍在他那些狂热吹捧者的颂词中，寻找一句在卡杜什和普拉叶①干完一桩得手勾当之后，不同样可以适用的称赞；我有时真为法国语言和拿破仑的令名深感抱愧，因为有些用词实在太露骨，太缺乏修饰，却又同事实异常契合——法官和教士们正是这样来颂扬这窃国大盗的，而该大盗在作案时还砸毁了宪法，并趁着漆黑一片从他本人的誓词下逃之夭夭。

当构成其政策的种种破坏和偷盗均告得手之后，他恢复了他真实的称呼；于是所有的人都承认这个人物是"太子殿下"。正是伏图尔先生——我们提及此点时，应当对他给以称道——首先发现了应如此称呼。

当人们丈量这个人物而发现他是如此矮小时，然后又去掂掂他的成果并认为它实在伟大时，你的头脑不可能不觉得颇有几分意外。人们自问：他怎么干成了的？于是人们来分析这场冒险和这个冒险家：如果撇开他对自己姓氏的利用，以及他在上升过程中对某些外在因素的借助，那么，在这个人物及其手段的内里，就只有两个东西：诡计和金钱。

诡计：我们已经报述过路易·波拿巴的这一主要方面，所以毋庸赘言。1848 年 11 月 27 日他在其宣言中，对本国同胞表示：

"我觉得有责任让你们了解我的感情和我的原则。在你们与我之间不应当有误会。我不是一个野心家……我是在自由的国家被教养成

---

① 均为盗匪。

人的，经历过种种不幸；我将永远忠于你们的选票和议会意志加诸我的责任。

"我以自己的名誉保证：四年之后，我交到后继者手中的将会是：巩固了的政权，毫毛未损的自由，并取得切切实实的进步。"

1849年12月31日，他在致国民议会的首次咨文中写道：

"我将维护我宣誓效忠的宪法，以求无愧于举国的信赖。" 1850年11月12日，在他致国会的第二份年度国情咨文中，他又表示：

"假如宪法包含一些缺陷和危险，你们是有自由向全国指明这些缺陷和危险的；只有我一人，由于受自己的誓词约束，我将把自己严格限制于宪法规定的界限之内。"同年9月4日，他在冈城还说过："当到处繁荣似乎业已恢复之际，谁如果试图改变现存的一切而阻止繁荣达到高峰，谁就犯下滔天大罪。"稍早一些时候，即1849年7月22日，在通往圣-冈丹的铁路线通车典礼上，他亲往汉姆，在回顾布劳涅那段往事时他竟捶胸顿足，发表了这样庄严的声明：

"如今我经全法国投票选举，已成为这一伟大国家的合法之首；对于那次由于进犯合法政府而导致的囚禁，我是没有什么可以引以为荣的。"

"我们可以看到：最正当的革命也带来许多灾难性后果；当人们看到此点时，人们难以理解，那企图变更的做法使当事者承担可怕的责任，这种行为实属胆大包天；因而我已无悔无恨：在此被监禁的六年，乃是对我反祖国法律的冒失之举的赎罪；同样，我至感幸福的是，恰恰是在这我曾经受苦受难的地点，我能举杯痛饮，祝福这样的人们——他们能抛开自身的政治信念，义无反顾地遵守本国的各项制度。"

说这番话时，他却在内心深处保留着自己的思想，那是他在同一所汉姆监狱里写下的："伟大的事业极少一举告成。"[①]后来，他以其独特方式，证实了此言不虚。

约在1851年11月中，议员弗某某，作为爱丽舍宫人士，在波拿巴家里进晚餐：

---

① 见《历史片断》。

"城内和议会里都有何传闻？"总统垂询议员。

"嗨，亲王殿下！"

"说什么？"

"一直有传闻说……"

"说什么？"

"说要发生政变。"

"国民议会里信这传闻么？"

"有点信呢，回亲王殿下。"

"你本人信吗？"

"我可一点儿也不信咧！"

路易·波拿巴紧握弗先生两只手，感情激动地说：

"谢谢你，弗先生；至少有你这么一位先生，还不相信我是个恶棍！"

这件事发生在 12 月 2 日之前两周。

在这个时期、正好在这个时候，按照同谋犯莫帕斯的供认，他们正在准备马扎斯监狱。

金钱：这是波拿巴先生的另一支力量。

让我们谈一谈业已在斯特拉斯堡和布劳涅审判中从法律上确认的若干事实。

1836 年 10 月 30 日在斯特拉斯堡，波拿巴先生的同伙伏德莱上校，授权第四炮兵团的上士们"在每个炮兵阵地炮手间，分发两枚金币"。

1840 年 8 月 5 日，他包租了客轮"爱丁堡城市号"；当该船驶入公海之后，波拿巴先生把他的仆人，那 60 名可怜虫——他欺骗了这些人，让他们相信：他是驶往汉堡，进行一次海上旅游——召集到自己身边，从挂在甲板上的一辆私人马车上训话，向他们宣布了自己的计划，把交给他们使用的士兵装扔了过去，发给每名参与者 100 法郎，然后让他们痛饮至酩酊大醉。稍有点儿不干净是无关伟大事业之宏旨的。证明人霍布斯在贵族法庭作了证，他是舵舱的一名男仆；他说道："我看见，看见在房间里有许许多多的钱。旅客似乎在阅读一些印刷品……旅客整夜吃吃喝喝。我只有一件工作：就是开酒瓶和上食品。"在这名男仆之后,出庭作证的是船长。主审法官问克劳船长:"您看见旅客们在喝酒吗?"克劳答:"喝得烂醉如泥;我还从未见过这么喝酒的。"他们下了船,碰上了维麦娄的海关检查站。路易·波拿巴先生开头要给海关中尉一份价值 1200 法郎的年金。主审法官:"您不是要给海关站长一份钱么,假如他愿意跟您搞到一起?"亲王答:"我白白让人向他作了表示。"他们到了布劳涅。他的几位副官(从那时起他就有了副官)脖子上吊着白铁卷儿,里面装满了金币。后面还跟着几位,手里提着钱袋。他们请渔夫、农民高喊:"皇帝万岁!"同时向他们散发金钱。"只要有 300 名大喊大叫的人就够了!"有一位谋叛者说。路易·波拿巴接触了驻扎在布劳涅的第四十二团。他对轻步兵乔治·柯赫利说:"我便是拿破仑;你们会得到军阶和勋章。"复对轻步兵安东·冉德尔:"我是拿破仑的儿子;我们将到北方旅馆去为我和您二人订一份晚餐。"对轻步兵让·梅耶说:"你们将有很好的薪俸。"对轻步兵约瑟夫·梅尼说:"你们将到巴黎来,你们会有好报酬。"他身旁就站着一名军官,手里拿着一顶帽子,里面装满五法郎的硬币,随手散给好奇的看客,并道:"请呼喊'皇帝万岁'!"①榴弹兵乔弗洛瓦在作证时,用这样的话语描述了一位军官和一名上士企图对他同屋士兵搞阴谋:"那上士手里拿着酒瓶,军官则举着马刀。"这两行字,便代表了整个 12 月 2 日。

让我们看下去:

"第二天,即 6 月 17 日,我原以为业已离开的梅佐南少校,却走进我的办公室,事先按例由我的副官作了通报。我对他说:'少校,我以为您已经走了。''不,将军,我还没有走,我得交给您一封信。''一封信!谁写来的?''请您自己看罢。'

"我请他坐下,接过了那封信;但在拆封时,我发现收件人姓名是'致梅佐南少校',便对他说:'可我亲爱的少校,这封信是给您的,不是给我的。''就请您看吧,将军!'我拆了信读道:

'亲爱的少校,您非常有必要立刻去见见那位有关的将军;您了解这是一位敢作敢为的人物,是可以信赖的。您当然也知道,这是我

---

① 贵族法庭《证词》,第 142 页。

已注意到的一个人物，有一天会擢升法兰西元帅的。您可以用我的名义向他提供 10 万法郎，并且问明：我应当把 30 万法郎发往哪个银行或哪位公证人的账户，假如他失去少校司令官职位的话。'

"我停下了，一腔愤怒顿时涌向我的心头；我把这一页纸翻转过来，发现信尾的署名竟是：路易·拿破仑。"

"……我把这封信交给了司令官，告诉他这是一场可笑的、已输掉了的赌博。"

这是谁在说话啊？原来是马南将军。在什么地方呢？就在贵族法庭上。在谁的面前？谁坐在被告席上，即被马南认为"可笑之至"，马南向之转过"极其愤慨"的面容者？就是路易·波拿巴啊。

金钱，以及随着金钱而来的寻欢作乐，这便是他在斯特拉斯堡、布劳涅和巴黎三个地方的行动手段。两次破产，一次得手。马南在布劳涅是顶住了的，在巴黎却卖身投靠了。假定路易·波拿巴在 12 月 2 日被挫败，正如在布劳涅从他身上搜出了来自伦敦的 50 万法郎，同样在爱丽舍宫也会搜出那 2500 万法郎。

应当不惜冷漠无情地揭发这样的事情：在法国，在这利剑出鞘的国度，在这以骑士著称的地方，在这贺什①、德鲁俄和巴雅尔的乡土，居然有这么一天，某个人物周围环绕五至六名希腊政客，无一不是设置陷阱的专家、搞政变的经纪人。他们在一间金碧辉煌的办公室内手撑桌面，脚跷在柴薪堆上，口叼雪茄，正对军人荣誉出价；把它当商品在小天平上过秤，视其为可以交易的物件；对将军出价 100 万，士兵一路易；对于法军的良知，也忙着估个价钱：该值若干若干！

这周围呼拥着的，便是拿破仑皇帝的老侄。

何况，这老侄并不高明。他会迁就冒险进程的不时之需，并常常轻易而不作丝毫反抗地对命运之安排随波逐流。如其人在伦敦，需要取悦英国政府以谋私利，他就会不费任何踌躇地提起警棍：便是用那只妄图执掌查理曼大帝王笏之手。当不了拿破仑，就不妨做个维托克嘛②。

---

① 所引为法国历史上的名将。

② 指 19 世纪法国一名亦警亦匪的无耻人物。

此刻思想伫立不前了。

请看法国正在由什么人治理！我说错了：哪儿是治理？是一位君主式人物在奸污着她！

这个流亡入境的人，还要每一天，每个上午，通过法令、文告、演说，以及他在《箴言报》里表现的闻所未闻的狂妄，来给法国上课，而他自己并不了解法国！这无赖告诉法国：是他拯救了法国！从谁的手里拯救了它呢？从它自己手里！在他路易·波拿巴之前，上帝做的全是蠢事；慈悲的上帝等待他的来临，再把一切重新安排就绪；而他终于降临了。36 年来，在法国有种种有害的东西：那"响声"，便是议会讲坛了；那鼓噪，便是报刊；那无礼的东西，是思想；那大喊大叫的过分行为，便是自由。他降临了，于是他用上院代替了议会讲坛；用新闻检查取代了原有报刊；用愚蠢取代了思想；取代自由的，是军力；据说通过军刀，通过新闻检查，通过愚蠢和上院，法国就已得救了！得救了，太好啦！我再说一遍：从谁手里得救？从它自己手里：因为，请问原来的法国是个什么样儿？是一群乌合之众，其中有强盗，有窃贼，有痞子，有杀人犯，有政治骗子。得将它捆绑起来，这疯子，这法国，正是路易·波拿巴给它戴上拇指铐的。现在它被关进黑牢，在挨饿，不给面包吃，不给水喝，遭到惩罚、受尽屈辱，戴上枷锁，被严密看守着；你们都放心吧，那位波拿巴老爷，当上了家住爱丽舍宫的宪兵，他为此而对欧洲承诺；他将这视为己任：这该死的法国已穿上囚犯的紧身衣，假如它想乱说乱动！……噢，这是什么场面啊？这是一场什么梦幻啊？这是一场什么噩梦啊？一方面是整个国家，位居世界民族之林首位的国家！而这个独夫对国家竟干着这样的事情！什么！这独夫将它踩在脚下！他对它嗤之以鼻，他在讥笑它，嘲弄它，否定它，侮辱它，讽刺它！他宣布：只有我才算数！怎么着？在这不允许对个人掴耳光的法兰西国度，却可以作践整个国家的人民！哦，多么可怕的耻辱！波拿巴先生每吐一口唾沫，所有人的面孔都要自行擦拭！而此种情况可能持续！您竟说这必定会持续！不！不！以我们血管里流淌的全部鲜血起誓，不会的！啊，假如真是要持续下去，那就意味着苍天里没了上帝或者大地上没了法兰西！

历史文物美文

李玉民/译

巴黎圣母院，石头的交响乐

　　自不待言，巴黎圣母院至今仍不失为巍峨壮美的建筑。然而，尽管她年事已高而风韵不减，但是目睹时光和人公然藐视奠定第一块基石的查理大帝①，藐视放上最后一块石材的菲利普·奥古斯都②，从两方面肆意毁损和肢解这座古老的丰碑，我们怎能不痛心疾首，义愤填膺。

　　在我国教堂的年迈王后的脸上，每一条皱纹都伴随一道伤痕。"时光贪婪，人更贪婪。"这句拉丁文我想释为：时光盲目，人则愚昧。

　　我们若是有闲暇，同读者一道拜谒这座古老教堂，一一察视她所受创伤的种种痕迹，就不难发现时间的破坏还算小的，最恶劣的是人为破坏，尤其是艺术家的破坏。我不能不称其为"艺术家"，因为近200年来，那些人取得了建筑艺术家的称号。

　　这里只能举几个最突出的例子，当然首先要谈谈圣母院的门脸儿，建筑史上再也没有比这更为绚丽的篇章了。从正面望去，只见三座并排的尖顶拱门，上面有一层锯齿状雕花飞檐，一溜儿排着28尊列王塑像的神龛，飞檐上居中是花棂的巨型圆窗，左右护拥着两扇侧窗，好像祭师身边的两名助手：执事和副执事；再往上看，便是那亭亭玉立的修长的三叶形拱廊，那一根根纤细的圆柱支撑着沉重的平

---

　　① 即法王查理曼一世（742～814），771年至814年为法兰克国王。
　　② 即法王菲利普二世（1165～1223），1180年至1223年在位。

台，还有那赫然矗立带有青石瓦披檐的两座黑沉沉的钟楼；纵观整个门脸儿，雄伟的五个层次，上下重叠，在恢宏的整体中布局和谐，一齐展现在眼前。又丝毫不给人以紊乱之感，甚至那难以计数的细部，诸如雕塑、浮雕、镂刻，无不强有力地凝聚在宁静而伟大的整体上；可以说这是石头谱成的波澜壮阔的交响乐，是一个人和一个民族的硕大无朋的作品，整个儿既浑然一体，又繁复庞杂，如同她的姊妹《伊利亚特》和罗曼司罗①；这也是一个时代所有力量凝结的神奇产物，每一块石头都千姿百态，鲜明地显示由艺术天才所统摄的工匠的奇思异想；一言以蔽之，这是人的创造，伟壮而丰腴，赛似神的创造，似乎窃来神的创造的双重物质：繁丰和永恒。

我们对这座建筑门面的描述，同样适用于整个这座教堂；我们对巴黎这座大教堂的描述，也同样适用于中世纪基督教的所有教堂。一切都容涵在这源于自身、逻辑严谨而又比例匀称的艺术之中。量一量足趾，也就等于量了巨人的全身。

扯回话题。还是谈圣母院的正面，如今我们去虔诚地瞻仰这座庄严雄伟的大教堂；所见的正面仍然是这个样子。这座大教堂令人敬畏，正如她的编年史家所称：庞然大物，见者无不震悚②。

如今我们见到的这个门面，已经少了三件重要东西。首先是以往将其抬离地面的 11 级台阶；其次是三座拱门上的神龛里的雕像，这是下层一排；上层还有一排，即法国更久远的 28 尊国王雕像，陈列在二楼的走廊上，从希德贝尔③起始，直到手执"皇杖"的菲利普·奥古斯都。

石阶，是时间令其消失的，这是一个不可抗拒的缓慢进展过程，老城的地表升高了。时间推动巴黎地表这片上涨的潮水，逐一吞没了使这座建筑显得更雄伟高大的 11 级台阶，然而对于这座大教堂。它给予的恐怕要多于它所取走的，因为文物年资愈古愈美，正是时间给这座教堂表面染上数百年沉滞的黝暗色泽。

---

① 《伊利亚特》是荷马的杰作；罗曼司罗是古西班牙民间流传的史诗。

② 原文为拉丁文。

③ 希德贝尔一世（495～558），511 年至 558 年为巴黎王。

然而，是谁拆除了那两排雕像？是谁留下空空的神龛？是谁在中央拱门的正中，新凿制一个不三不四的尖拱？又是谁这么胆大妄为，就在毕斯科奈特的阿拉伯式雕花旁边，安装了路易十五式雕刻图案的讨厌而笨重的木头门框？那是人，是建筑师、当代的艺术家。

再者，我们若是走进教堂看看，又是谁推倒了圣克里斯托弗的巨像？那可是天下雕像中的佼佼者，正如天下大厅莫过于司法官大堂，天下钟楼莫过于斯特拉斯堡的尖塔一样。在前后殿堂的各个圆柱之间，曾经布列无数的雕像：有跪下的、站立的、骑马的；有男人，有女人；有儿童、国王、主教、骑卫；有石头雕的，大理石雕的；还有金的、银的、铜的，甚至蜡做的。那么多雕像，是谁粗暴地一扫而光？不是时间。

拆掉粲然置满圣骨盒和圣物盒的古老哥特式祭坛，代之以雕有天使头像和云彩的笨重大理石棺椁，就像从圣恩谷修道院或残废军人院取来的零星样品，究竟是谁干的呢？在埃尔冈杜斯的加治林王朝石板地中，愚蠢地嵌入这块年代不同的笨重石头，又究竟是谁干的呢？难道不是继承路易十三遗愿的路易十四吗？

我们的先人曾激赏那"色彩斑斓"的彩绘玻璃，踟蹰于大拱门圆花窗和圆后殿的尖拱窗之间，是谁用冷冰冰的白玻璃取代了那些彩绘玻璃呢？我们的野蛮的大主教们，将主教堂涂抹上黄灰泥而以为美，假如16世纪的一个唱诗童子看到这种情景，他会怎么说呢？他会想起来，这正是刽子手粉刷"死牢"的颜色；他还会想起来，由于军队统帅叛国，小波旁宫也涂了这种颜色；索瓦尔说："那黄颜料毕竟质量很高，名不虚传，过了100多年，也没有褪色。"那唱诗童子会以为圣殿变成污秽的场所，赶紧逃避而去。

我们如不停步查看形形色色无数的野蛮痕迹，一直登上大教堂的顶层，就会发出疑问：那座可爱的小钟楼如今安在？当初它挺立在两翼的交叉点上，样子既娟秀又奔放，不亚于附近的圣小教堂的尖塔（也已毁掉），比两翼的钟楼更为挺拔，刺向天空，显得那么修长、尖削，也显得那么高朗、鲜明。讵料，一位鉴赏力极高的建筑师，于1787年腰斩了那座小钟楼，并且用一大块锅盖似的铅皮膏药贴上去，以为这样就能遮住伤疤了。

　　中世纪艺术的遭遇，在各国大抵如此，在法国尤甚。看它的废墟，能辨识出三种破坏，都不同程度地深深损害了这种艺术：一是时间，它在不知不觉中，随处弄出豁门裂缝，剥蚀这种艺术的表面；二是政治和宗教革命，它们从本质上说是盲目而狂暴的，凶猛地冲击中世纪艺术，撕破它那饰满雕塑和镂刻的丰艳的装束，打碎它那花棂彩绘圆窗，摧毁它那花案浮雕像的装饰项链，还因为讨厌教士帽或王冠，就把雕像扫荡出去；三是时髦，式样越出越怪诞，越愚蠢，从"文艺复兴"的杂乱无章、崇尚华丽的各种流弊开始，陈陈相因，势必导致建筑艺术的没落。时髦风尚比革命具有更大的破坏性，总是阉割要害部分，打击建筑艺术的骨架，不断地切削，砍凿，拆卸，从形式到象征，从内在逻辑到外观美，整个儿宰杀这座大厦。况且时尚多变，往往推倒重来，其跋扈程度，是时间和革命所望尘莫及的。崇尚时髦者厚颜无耻，假冒"高雅情趣"，在哥特艺术受到的伤口上，又添加流行一时的庸俗小点缀，诸如大理石花边，金属饰物、种种卵形、旋涡形、螺旋形装饰，种种帷幔、花环、流苏、石雕火焰、钢制云彩、肥胖的小爱神、滚圆的小天使，斑斑驳驳，无一不是麻风的痂疤，起初在卡特琳·德·梅第奇①的小祈祷室中剥蚀艺术，两个世纪之后，又在杜巴里夫人②的小客厅中大肆折磨和丑化，终致使这种艺术殒灭了。

　　综上所述，哥特建筑艺术遭受三方面的摧残。浮表的皱纹和赘疣，那是时间的作用；侵害、挫伤、折断，那是从路德③到米拉波④的革命粗暴的践踏；肢解、截肢、断肢再"复位"，那是教授们效仿维特鲁威⑤和维尼奥拉⑥，恢复希腊式、罗马式和蛮族式的工程。这

① 卡特琳·德·梅第奇（1519～1589），法国王后，为国王亨利二世之妻。

② 若望娜·贝居·杜巴里伯爵夫人（1743～1793），路易十五的情妇，大革命时被绞死。

③ 马丁·路德（Murtin Lather，1483～1546），德国宗教改革家。

④ 奥诺雷-加布里埃·米拉波（1749～1791），法国政治家，在法国大革命初期起过重要作用。

⑤ 马库斯·维特鲁威·波利奥，公元前1世纪罗马建筑师。

⑥ 巴罗齐奥·达·维尼奥拉（1507～1573），意大利著名建筑师。

一辉煌的艺术，汪达尔人①创建出来，却被学院派给扼杀了。时间和革命的破坏，至少光明正大，不失为公正。继之而来的学院派建筑师都是经过特许，宣誓就职的，他们蜂拥扑向这种艺术，但是趣味低下，不辨妍媸，把路易十五时期菊苣饰纹当作巴特农神的最大光轮，取代哥特式的花边饰带，不啻对垂死的雄狮猛踢一驴蹄子，又好比老橡树，枝叶本已凋零，更哪堪害虫滋生，被啃啮蛀食，咬得体无完肤。

抚今追昔，感慨万千。遥想当年，罗贝尔·色纳利曾盛赞巴黎圣母院，比之为以弗所的著名的狄安娜神庙②，并认为这座高卢大教堂。"无论从长度、宽度、高度和结构上看，都要胜过一筹"③！那座神庙，古代异教徒曾强烈要求收回，而埃罗斯特拉托斯也因它而遗臭万年。

不过，巴黎圣母院绝不是一座完备的、定型并能归类的建筑。它不再是罗曼式④教堂，但还不是哥特式教堂。这座建筑不是个典型。巴黎圣母院不同于图尔尼教堂⑤。那座古教堂幅宽敦实而厚重，拱顶浑圆而开阔，就像所有采用半圆拱腹的建筑那样，冷冰冰而毫无装饰，朴实无华而又十分庄严。圣母院也不同于布尔日大教堂：布尔日大教堂是尖拱穹隆的产物，既华丽又轻灵，既多姿又丰茂，既繁衍又花繁。同样，也不可能把圣母院归入古老教堂的家族：那些教堂黝暗、神秘、低矮，仿佛被半圆拱腹压垮了，除了拱顶之外，几乎完全是埃及风格的，象形文字式的，完全用于祭祀，无不具有象征；装饰上，菱形锯齿形多于花卉图案，花卉图案多于动物图形，而动物图形

---

① 汪达尔人，古日耳曼族的一支，于公元5～6世纪侵入南欧和北非，对哥特艺术有重大贡献。

② 狄安娜神庙，通称阿耳忒弥斯神庙，位于小亚细亚以弗所城，是世界七大奇观之一，建于公元前550年。以弗所人埃罗斯特拉托斯为了永世留名，于公前356年放火烧毁神庙。重建后，公元262年哥特人入侵时又被毁，后来重建。

③ 《高卢史》第二卷第三篇，130对开本第一页。——原注

④ "罗曼"泛指被罗马帝国征服的西欧各民族。在建筑艺术上，罗曼风格兴盛期为公元5世纪到7世纪，是罗马式和西欧各地建筑风格融合而成。后为12世纪兴起的哥特式所取代。

⑤ 图尔尼位于索恩—卢瓦尔省，是勃艮第罗曼艺术的发祥地，是国际研究罗曼艺术的中心。著名的古教堂重建于6世纪。

又多于人像；那些教堂，与其说是建筑师的设计，不如说是主教的作品；那是建筑艺术的最早变异，处处打着宗教和军国主义的烙印，显示从"后帝国"①到征服者威廉②那个时期的特点。我们的圣母院也不能纳入另一类教堂的家族：那类教堂高逸、空灵，装饰大量的彩绘玻璃和雕塑，整个建筑形体尖峭，姿态放纵，从政治角度看，象征村社和市民，作为文艺作品，则显得自由、随意而奔放；那是建筑艺术的第二次变异，始于十字军归来，到路易十一时期为止，那不再是象形文字式的，也不再是固定不变并仅仅用于祭祀，而是艺术型、进步的，为民众所喜爱的建筑了。巴黎圣母院既不属于第一类纯种罗马式教堂，也不属于第二类纯种阿拉伯式教堂。

她是过渡时期的一种建筑。当初开始建造大殿时，撒克逊建筑师刚刚竖起第一批柱子，十字军带回来的尖拱式样，就以征服者的姿态出现，登上原本只用来支撑半圆拱腹的罗曼式宽大斗拱。尖拱一跃而为主宰，构成这座大教堂的其余部位。不过，这种式样毕竟还嫩了点，初登宝座，难免有些胆怯，有时放开手脚，有时又收敛拘谨，只是后来才大有作为，在许许多多出色的大教堂上化为利箭长矛，直刺天空，而眼下在圣母院，还未得施展，大概是受到身边粗壮的罗曼式圆柱的影响吧。

尽管如此，从罗曼式到哥特式过渡的这类建筑，同纯粹的式样一样珍贵，一样值得研究。没有这类建筑，它们所表现的艺术格调就会失传。这种格调就是在半圆拱腹上嫁接尖拱式样。

巴黎圣母院正是这种变异的一个弥足珍贵的样品。这座令人景仰的丰碑，每一侧面、每块石头，都不仅是我国历史的一页，而且是科学和艺术史的一页。我们这里不妨只举出主要几点来谈：例如，小红门造型之精美，几乎达到15世纪哥特建筑艺术的顶点，而大殿的圆柱，以其粗壮和凝重，又把我们带回到圣日耳曼草地修道院的加洛林时代。小红门和大殿圆柱之间，恐怕相距有600年。就连炼金术士也

---

① "后帝国"是历史学家加米尔·勒博使用的一个词，指拜占庭帝国（公元4世纪至15世纪）。今专指西罗马帝国后期和东罗马帝国初期（284年至565年）。

② 征服者威廉（William I the Conqueror）（1027～1087）：原为法国诺曼底公爵，于1066年击败英国国王哈罗德二世（Harold Ⅱ），遂成为英国国王，故称征服者。

能从那种大拱门的象征中，满意地找到炼金术的要点，而屠宰场圣雅各教堂则是炼金术最完善的象形符号。再如，罗曼式修道院、点金术教堂、哥特建筑艺术、撒克逊建筑艺术、令人回溯格雷哥里七世①时代的粗壮圆柱、尼古拉·弗拉麦勒先行于马丁·路德的那种炼金术象征、教皇一统精神、教派分立倾向、圣日耳曼草地修道院、屠宰场圣雅各教堂，凡此种种，无不结合，杂混，融会在圣母院的建筑中了。这一中枢教堂，母体教堂，在巴黎所有古老教堂中，是集万形于一身的神奇之体：头颅、四肢、腰身，都分属不同的教堂；从所有教堂都取来一点东西。

我们重复一遍，对这种混合型的建构，艺术家、文物学家和历史学家仍有浓厚的兴趣。这种建构使人们感到，建筑艺术是多么原始的东西，它像巨人时代②的遗迹，像埃及金字塔和印度高大的佛塔那样，表明建筑艺术最伟大的作品，主要不是个人的创造，而是社会的创造，主要不是天才人物的灵感，而是民众劳动的成果；最伟大的建筑，是民族留下的财富，是世世代代的积淀，是人类社会不断升华的结晶，总而言之，这是相叠的生成层。时间的每一浪潮都覆上一片冲积，每一种族都为大厦增添自己的一层，每个人都奉献一砖一石。这是海狸所为，蜜蜂所为，也是人类所为。巴别塔，建筑艺术的伟大象征，就是一座蜂房。

伟大的建筑，如同高山一样，是多少世纪的产物。艺术发生变化，而建筑物往往还在停滞：中断的工程处于停滞状态③；建筑随着变化的艺术平静地继续。新艺术碰到建筑物，就会抓住不放，钻进去，消化吸收，再随心所欲地发展它，并且尽量把它塑造成型。整个过程遵循平稳的自然法则，既无骚动，又不费力，不待引起反应就完成了。这是一种意外的嫁接，是一种循环流通的汁液，是一株复活再生的植物。同一建筑物的不同高度相继焊接多种艺术，这种材料足够写几部巨著，足够写人类通史。在这些没有标出作者姓名的庞然大物

---

① 格雷哥里七世，1073 年至 1085 年任罗马教皇。

② 指古希腊传说中的库克罗普斯人，迈锡尼时期的古城墙据说是他们所筑。

③ 原文指拉丁文。

上，人类、艺术家、个人都消泯了，其中只凝聚着人的智慧。时间是建筑师，人民是泥瓦匠。

这里只谈欧洲基督教的建筑艺术，这位东方伟大营造艺术的小妹妹，看来它像一个巨大的生成层，明显地分成三个相互重叠的带：罗曼带①、哥特带、文艺复兴带（或称希腊—罗马带）。罗曼带最古老最幽深，由半圆拱腹所占据，又被希腊柱举到现代高层。在文艺复兴带再现。尖拱式样则介乎两者之间。仅仅属于三带中任何一带的建筑物，全部一目了然，都是统一而完整的。例如瑞米耶日修道院、兰斯大教堂、奥尔良圣十字教堂。不过，这三带的边缘往往交错杂混，就像太阳光谱的颜色那样。从而出现复合式建筑，出现有了差异的过渡性建筑。其中有一座建筑物，罗曼足，哥特身，希腊罗马头，只因建造的时间长达 600 年。这种变异可谓旷世罕见。埃唐普城堡主塔就是一个样品。不过，两带璧合的建筑更为常见。例如巴黎圣母院，虽为尖拱建筑，但是却因为早期的圆柱而深深扎于罗曼带中；同样，圣德尼拱门和圣日耳曼草地教堂的大殿，也都属于这一带。再如，博舍维尔教务会的美丽大厅，是半哥特式的，罗曼层一直抵达半个腰身。还有鲁昂大教堂，如果那中央尖塔的顶尖②没有刺入文艺复兴带，它就纯粹是哥特式的了。

固然，所有这些差别，所有这些歧异，还仅仅涉及建筑物的表面。正是艺术使其换皮，而基督教教堂的结构本身却没有受到冲击。内部始终是同样的骨架，各部分始终是同样逻辑的布局。一座大教堂，不管外表如何雕饰，下面总能看到长方形的罗马式大殿，至少也是处于萌芽和初创的状态。这种大殿遵循同一法则，永世在地面上发展，并始终分成两个殿堂，交叉而为十字形，拱顶为半圆形的部分便是唱诗堂；殿内列队游行、小礼拜堂的排列，以及走动的场所，总设在大殿的两厢，但隔着廊柱与主殿相通。在这个大前提下，小礼拜堂、门拱、钟楼和尖塔的数量，随着时代、民族、艺术的畅想而千变

---

① 根据地域、气候和种族不同，又称为伦巴第带、撒克逊带、拜占庭带。这是四种并列的姊妹艺术，各有特色，但本源相同，即半圆拱腹。不是同样的脸面，但本质相差又不太远。——原注（这两句原文为拉丁文）

② 尖塔这部分是木质结构，于 1823 年被天火烧毁。——原注

万化。崇拜仪式的功用一旦得以保障，建筑艺术就可以任意发挥。无论雕塑、彩绘玻璃、花棂圆窗、藤蔓纹饰、齿状花边、斗拱，还是浮雕，建筑艺术都会发挥奇思异想，按照自认为合适的对数加以排列组合。因此，这些建筑内里井然有序，整齐划一，外观却变化多端。树干总是一成不变，枝叶却纷披而伸展。

15世纪巴黎鸟瞰

我们顺着巴黎圣母院钟楼墙壁间垂直的螺旋楼梯，在黑暗中长时间摸索，盘旋而上，终于豁然开朗，登上两座中的一座高高的平台，只见阳光灿烂，天风流荡，四面八方的美景尽收眼底；我们的读者如有幸参观过一座完整的、清一色哥特风格的城市全貌，就能想象出这样一种"自身繁衍续延"的奇观。现存哥特风格的城市，可举出巴伐利亚的纽伦堡、西班牙的维多利亚；保存完好，但规模小些的，如布列塔尼的维特里、普鲁士的北豪森。

350年前的巴黎，15世纪的巴黎，已经是一个大都市了。对其后来的扩展，我们巴黎人往往有一种错觉；其实从路易十一以来，巴黎的范围扩大不过三分之一，而且在美方面的损失，远远超过在宏伟方面的收获。

众所周知，巴黎的发祥地，乃是这船形的老城古岛。这岛周围的河滩就是最早的城垣，塞纳河则是最早的护城沟堑。巴黎城这种河洲状态，持续了好几世纪；南北各有一座桥，两个桥头既是门户，又是堡垒：大堡在右岸，小堡在左岸。后来，到了第一王朝①几代国王统治时期，岛城就显得太狭窄，再也没有回旋余地，巴黎便跨过塞纳河，北出大堡，南越小堡，蔓延到河两岸的田野上，始筑城墙和塔楼。这道古老的城墙，直到18世纪还有一些遗迹，如今只剩下回忆

---

① 指墨洛温王朝（公元5世纪～7世纪）。

了，零星还有一两处传统称呼，例如，博岱门，又称博岱耶门，古称博戈达门。房舍的洪流，不断从市中心涌出，逐渐向四外扩散，漫溢，蚕食，冲击，最后夷平了这道城垣。为了扼制这股洪流，菲利普·奥古斯都建造了一道新堤坝，即筑起高大而坚固的城楼，将巴黎团团围住。后来一个多世纪，巴黎房舍就在这盆地里拥挤，堆积，如同水库中的水位那样上涨，越来越深邃，往上层层相叠，楼上加楼，好比受压的汁液往高处喷射，都争先恐后地伸头探脑，要超过左邻右舍，好多呼吸点空气。街道越陷越深，越挤越窄，空场全部占满，都已消失了。房舍终于跳出菲利普·奥古斯都的围墙，在平原上撒欢儿，就像逃出牢房，四处乱跑一样，纷纷在田野上建造花园，舒舒服服地安顿下来。从 1367 年起，市区就向城厢大肆扩张，尤其在右岸，查理五世只好新筑一道围墙。然而，像巴黎这样的大都市，总在不断膨胀；也只有这类城市才能发展成为国都。这类城市犹如巨型漏斗，汇聚一个国家的地理、政治、道德、智慧的所有川流，汇聚了一个民族的所有流向；这类城市也可以比作文明之井，又好似沟渠，世世代代以来，商业、工业、才智和居民、一个民族的全副精力、整个生命和灵魂，都一滴一滴过滤，在这里沉积。就是查理五世的围墙，也落到菲利普·奥古斯都城垣的同样下场。早在 15 世纪末叶，巴黎就跨出、超越了这道围墙，城厢越跑越远。到了 16 世纪，围墙好像眼看着后撤，越来越退入老城里去，因为城外新城越扩越大了。话头到此打住，简言之，早在叛教者尤里安①时代，巴黎的城垣就在大堡小堡那里萌芽，逐渐筑成三道，而到了 15 世纪，巴黎就把三道围墙全部冲破了。这座城市威力无比，先后胀破了四道围墙，就像儿童一天天长大，撑破去年的衣裳。在路易十一时代，在房舍的汪洋大海中，还多处冒出旧城垣倾颓的箭楼，赫然可见，犹如洪水泛滥中露出的小山，又像老巴黎淹没在新城中仅余的群岛。

可惜，此后巴黎又在我们眼前发生变化，但这次仅仅多跨越一道围墙：那是路易十五兴建的，用污泥和垃圾筑造而成，简直破烂不堪，确也同那位国王相匹配，值得诗人这样歌唱：

---

① 尤里安（Julian the Apostate，331～363）：罗马皇帝，主张宗教信仰自由。

围墙围住巴黎使巴黎委屈怨艾。

在 15 世纪，巴黎仍旧分为三座城，泾渭分明，相对独立，即考城、大学城和新城，各有自己的面貌、特性、风俗习惯，各有自己的特长和历史。老城最古老，身形最小，是另外两个的母亲，夹在中间，就好像一个干巴老太婆夹在两个漂亮的大姑娘之间。大学城坐落在塞纳河左岸，从小塔楼到奈勒塔楼，这两点分别相当于酒市场和铸币厂。大学城的围墙深入尤里安建造的公共浴池的田野，把圣日内维埃芙山也圈进去了。这道弧形城垣的南端是教皇门，大致相当于今天的先贤祠地址。在巴黎三大块中，新城最大，坐落在右岸。它的堤岸沿塞纳河而下，有好几处折断或中断，从毕利城楼到树林城楼，即如今从丰谷仓地点到大小土伊勒里的地点。塞纳河切断首都城垣的四个点，左岸是小塔和奈勒塔，右岸是毕利城楼和树林城楼，恰好称为"巴黎四城楼"。新城比大学城还要更深入田野，城垣（即查理五世城墙）的北端在圣德尼门和圣马丁门，这两处原址未变。

如上所述，巴黎三大区域各自为城，但每城又过分专一而不完备，因此离不开另外两座。这样，三副面貌各不相同：老城多教堂，新城多宫殿，大学城多学院。这里姑且不谈旧巴黎的次要特征，也不谈道路层出不穷的花样，只是总的看看各区域司法权的混乱：岛城归属主教，右岸归属府尹，左岸归属大学校长。京兆尹则统管巴黎，他是国王所派，而不是市府官员。老城有圣母院，新城有罗浮宫和市政厅，大学城则有索邦神学院[1]。新城有菜市场，老城有主宫医院，大学城则有神学生草坪。学生在左岸犯了法，在神学生草坪上做了案，要送到老城司法官那儿去受审，再押到右岸的鹰山上去执刑。除非大学校长认为大学势盛而国王势弱，直接出面干预，因为，在校园受刑绞死，毕竟是大学生的特权。

（顺便指出，还有一些特权更为实惠，但是大部分特权，都是通

---

[1] 索邦神学院是巴黎大学的前身。

过造反和暴动从国王手中夺来的。这是自古以来的通例。民众只有争夺，国王才肯撒手。一份古代的契据上关于效忠一款，就是这样直言不讳地写道："市民对国王的效忠，虽几经革命而中断，但还是为市民带来许多特权①。"）

在15世纪，巴黎城垣内的塞纳河中，共有五个小岛：卢维埃岛，当时上面长些杂树，现在已蔚然成林；牛岛和圣母院岛，两处均为主教采邑，当时荒无人烟，只有一间舟子破屋，到了17世纪，两岛合而为一，大兴土木，现今称为圣路易岛；最后是城岛及其尖端的牛渡沙洲，后来沙洲平毁，压在新桥堤墩下了②。老城当时有五座桥，右岸三座：圣母院和货币兑换所桥为石桥，磨坊桥为木桥；左岸两座：石头小桥和圣米歇尔木桥，桥上均有房屋。大学城有六座门，都是菲利普·奥古斯都时代建造的，从小塔算起，计有圣维克托门、波岱勒门、教皇门、圣雅各门、圣米歇尔门、圣日耳曼门。新城也有六座门，是在查理五世时代建造的，从毕利城楼算起，计有圣安托万门、圣殿门、圣马丁门、圣德尼门、蒙马特尔门、圣奥诺雷门。这些城门既坚固又美观，美观却无损其坚固。有一条城壕，又宽又深，冬汛时节水流很急，拍击着城垣墙脚，环绕全巴黎，水源便是塞纳河。夜晚城门关闭，城东城西两端再拉起铁链锁住河面，巴黎就可以安稳睡觉了。

鸟瞰巴黎三镇，只见老城、大学城和新城街巷无不错综杂乱，布局奇特，就像无法理清的毛线。不过应当承认，头一眼望去，这三大块还是构成一个整体，能立刻看出，有两条几乎笔直的平行长街，与塞纳河垂直，绵延不断，从南到北纵贯三城，将三者连接起来，融合焊在一起，而街上人流往来不断，从一城涌入另一城，显示出三联一体的特点。头一条长街从圣雅各门到圣马丁门，在大学城一段名为圣雅各街，到了老城叫做犹太街，进入新城则称为圣马丁街，而且两度跨过塞纳河，即小石桥和圣母院桥。第二条长街在左岸叫做竖琴街，进入岛城则称桶厂街，到了右岸便是圣德尼街，从大学城的圣米歇尔

---

① 原文为拉丁文。

② 现在只剩下城岛（圣母院所在地）和圣路易岛。

门一直延展到新城的圣德尼门，中途跨过两条河汊，南有圣米歇尔桥，北有货币兑换所桥。不过，尽管名称不同，但是从头到尾还是这两条街道。这是两条母体街、总干线，是巴黎的两大动脉；而三城区的所有其他脉管都与之相接，血液循环流淌。

这两条纵贯全巴黎的长街，是整个都城所共有的主要街道。除此之外，新城和大学城各有一条大街，横贯东西，与塞纳河平行，垂直切过那两条"大动脉"。这样，在新城，从圣安托万门可以直达圣奥诺雷门；在大学城，从圣维克托门则可以直达圣日耳曼门。这两条大街同纵向的两条长街相交叉，构成经纬，而巴黎错综复杂的街道如同网线，从四面八方编织过来，紧紧结在经纬线上。然而，如果仔细分辨这千头万绪的网络，还是能看出大学城和新城各有一束宽阔的大街，犹如两束鲜花，从各座桥向各个城门纷纷开放。

这一几何图形的线条，如今还依稀宛在。

那么，回到1482年，在圣母院钟楼上俯瞰全城，又是一幅怎样的图景呢？下面我们就试图描述一番。

游客气喘吁吁地登上去，居高一望，只见密密麻麻的屋顶、烟囱、街道、桥梁、广场、尖塔、钟楼，不禁眼花缭乱。万物纷至沓来，一齐映入眼帘，有石砌山墙、陡峭的房顶、墙角悬挂的角楼、11世纪的石头金字塔、15世纪的石板方碑、主堡的光秃秃的圆塔、缀有装饰图案的教堂方塔钟楼，有大的也有小的，有厚重的也有纤巧的。目光久久探询这座迷宫，从最普通的民舍到罗浮王宫，罗浮宫自不必说，排列着塔式的廊柱，就是普通的民舍，门面也有彩绘雕刻、木头骨架显露出来，大门低矮，而二层楼却悬空突出。总之，每一座建筑无不有其独特之处，无不有其立足的理由，无不巧夺天工，无不绰约多姿，无不源于艺术。建筑物虽然纷纶盘错，但是目光稍微稳定下来，就能分辨出几个主要建筑群。

首先是老城，或者沿用索瓦尔的说法，叫做"城岛"；他的著作芜驳杂乱，当时有妙句："城岛之状像只大船，漂流至塞纳河中游，深陷泥沙中而搁浅。"上文交待过，在15世纪，这条大船以五座桥梁为缆绳，系泊于两岸之间。这种船状城岛，自然引起纹章学家的兴趣，据发汶和帕斯齐埃说：巴黎古老的徽章是条船，恰恰源于城岛之状，而非表示诺曼人的围城①。对于行家来说，徽章就是一种数学，就是一种语言。中世纪后半期的全部历史，都记述在纹章中；同样，前半期的历史，则记述在罗曼教堂的象征上。这是继神权象形文字之后出现的封建体象形文字。

呈现在眼前的老城，正是船头朝东，船尾朝西。观赏者面向船首，就能看见古老房顶不可胜数，而圣小教堂后殿的铅皮圆顶高悬其上，俨如驮着一座宝塔的大象。这座尖塔钟楼看上去非同凡响，造型最为大胆，雕镂最为精美，做工最为细腻，圆锥体周遭的雕刻最为繁多，透过空隙可望见天空，真是天下独一无二。圣母院门前就近有三条街道，汇入古老房舍林立的美丽的广场。广场南侧矗立着老医院，只见那布满皱纹的门脸凄苦不堪，屋顶也仿佛长了许多脓疮和瘤子。再环视左右东西各方向，就会发现老城虽然特别狭小，却矗立着 21 座教堂的钟楼，建造年代不同，形体各异，大小不一，既有阶梯圣德尼教堂的罗曼式钟楼，低矮而蛀迹斑斑，亦称"海神监狱"②，也有公牛圣彼得教堂和圣朗德里教堂的尖针状钟楼。圣母院两侧和后边：北面有哥特式走廊的修道院，南面是罗曼式主教府邸，东面则是荒滩的尖岬。在这密密麻麻的房舍中，根据府邸天窗上僧帽状透突的高高石罩，还可以分辨出于维纳·德·于尔森公馆，那是查理六世时巴黎城提供给他的府邸。目光再往远移一点，便能望见沼地市场那些房顶涂沥青的简陋棚屋；随着目光延伸，能看见老圣日耳曼教堂新建的唱诗室，1458 年扩建到弗贝韦斯街口；还可以看见行人熙熙攘攘的十字街头，某个街角竖立的一根耻辱柱、菲利普·奥古斯都时代的一段出色的铺石马路：那条路很有气派，正中划出供行车驰马的跑道，后来 16 世纪翻修，却变成极糟的所谓"同盟路"的碎石马路；还有一个荒凉的后院，那楼梯上半透明的小角楼是 15 世纪时建的，而今在布尔多奈人一条街还能见到。最后，在圣小教堂右侧偏西方向，则是司法官坐落在河边的塔楼群。御花园位于老城西端，园中高大的树木遮住平渡小洲。至于从圣母院钟楼上俯瞰的塞纳河，老城两侧的河面

---

① 诺曼人即今法国西北部的诺曼底人，他们于 9 世纪从北欧渡海南下，侵入诺曼底，建立公国，并屡次入侵内地，围攻巴黎。

② 原文为拉丁文。

几乎看不见，已经消失在桥梁和房屋下面了。

目光扫向这些桥梁，只见房顶发绿，显然这里水汽太重，房顶很快长了青苔；目光越过桥梁，移向左岸的大学城，首先见到的是又粗又矮的一束塔楼，那便是门廊大口吞掉一端小石桥的小堡；如果从东往西，从小堡向奈斯勒塔眺望，又可以看见房舍连成的长带，一座座画栋雕梁，镶着彩绘玻璃，屋上架屋，垂悬于铺石街道之上，而临街民房排列起来，斗折蛇行，一望无边，但常为街口所切断，或者被一座大公馆给挤开一点：这种石建的府邸气派很大，有庭院和花园，有主楼和厢房，昂然来到一群拥挤狭小的民宅之间，犹如领主大老爷来到一堆平民百姓中。河滨有五六处这样规模的公馆：从洛林公馆数起，它和圣贝尔纳修道院共用一道大院墙，同小塔毗邻；西端一直到奈斯勒府邸，它的主楼坐落在巴黎城，一年中有三个月，黑色的三角形屋顶蚀去通红夕阳的一角。

不过，塞纳河左岸不如右岸商业繁华。左岸学生比工匠多，吵闹得更凶。其实，从圣米歇尔桥到奈斯勒塔楼这一段，才称得上码头堤岸。河岸其余部分，不是光秃秃的河滩，如圣贝尔纳修道院以远的地方，就是拥挤的民居，如两座桥之间房基浸在水中的那一片。河岸沿线还像今天这样，洗衣的妇女又是叫喊，又是说笑，又是唱歌，用劲捶打衣服床单，从早晨闹腾到夜晚。这也是巴黎一景，可供观赏。

看上去，大学城是个整体，从头到尾，既整齐又紧密。那无数的房顶密密麻麻，棱角分明，但又相似贴近，几乎都是由同样的几何图形构成的，居高俯瞰，则呈现一片同样质地的结晶体。街道所形成的细谷虽然任意伸展，切割这片密集的房舍，但是一块块比例并未过分失调而显得零乱。42所院校分布均匀，各地都有一所。这些美观的建筑物房顶式样多变，风趣盎然，和下面民宅房顶是同一建筑艺术的产物，归根结底是同一种几何图形，仅仅有平方或立方的倍数差异而已。因而，这些房顶既多彩多姿，又保持总体的一致，既补充完备，又不改变总体的风貌。几何就是一种和谐。左岸还有几处华丽的公馆，不时从民居如画的顶楼上突兀峭立，成为富丽堂皇的点缀，计有奈维尔公馆、罗马公馆、兰斯公馆，可惜已经不复存在，所幸还有克吕尼公馆，存续至今，可稍慰建筑艺术家的心，讵料几年前塔楼又被拆毁，真是天大的蠢事。在克吕尼公馆附近，有一座罗马式宫殿，圆顶拱廊十分悦目，那便是尤里安皇帝所建的公共浴室。还有不少寺院，其美观和宏伟，不亚于那几座公馆，而且美观中又多了几分虔诚，宏伟中又平添几分肃穆。首先引人注目的，一是有三座钟楼的圣贝尔纳修道院，一是圣日内维埃芙修道院，但今天只残存方形塔楼，毁掉部分令人不胜叹惋；一是索邦，既是学校，又是修道院，但是建筑仅仅留下令人十分赞美的教堂中殿；一是圣马太教派四边形的秀美的修道院；一是毗邻的圣伯诺瓦修道院，就在本书出版第七版和第八版之间，人们在这所修道院内草草造起一个剧场；一是结绳教派修道院，那三面高大的山墙并列相连；一是奥古斯都教派修道院，那挺秀的尖塔的透刻花边，在巴黎左岸从西面数起，是继奈斯勒塔之后位居第二。实际上，各院校是联结神修院和尘世的中间环节，隔开府邸和寺院，在这片建筑群里处于正中，显得既肃穆又文雅，雕塑不如公馆那么飘逸，建筑风格又不像修道院那么素淡。这些建筑的哥特艺术，在富丽和简约之间掌握的分寸恰到好处，只可惜如今几乎荡然无存了。在大学城中，教堂很多，一座座都很壮观，体现历史各个时期的建筑风格，从尤里安朝代的半圆拱腹数起，直到圣塞维兰时期的尖拱式样。它们高踞于其他建筑之上，仿佛在这片庞大的和谐体中，又增添了一种和谐；它们突破各种各样壁墙的侧影，展现那多刺的利箭、透空的钟楼、纤细的长针，不过，这种线条也无非是屋顶房脊锐角的绝妙夸张。

大学城坐落在丘陵地带。东南方那突起的巨大圆丘，便是日内维埃芙山。从圣母院上面向这儿眺望，美不胜收：许多弯弯曲曲的狭窄街道（现在称拉丁区）、犹如葡萄串似的房舍，从山顶向四面八方散开，混乱无序，几乎从陡坡俯冲下去，一直冲到河岸，姿态各异，有的仿佛要跌倒，有的又好像掉头往上爬，似乎彼此都在相互制约，相互扶靠。无数的黑点汇成长流，在马路上交错而过，往来不断，要搅乱眼前的整个景物，那便是居高远眺所见到的行人。

总之，无数的房顶箭塔和高低起伏的建筑物，把大学城的轮廓折叠，扭曲并切割得奇形怪状。在这些高低起伏的建筑物的空当中，还能依稀望见几段长满青苔的大院墙，望见一座敦实厚重的圆塔，以及堡垒似的带雉堞的城门，那便是菲利普·奥古斯都修道院。再过去就是绿葱葱的牧场；再过去就是向远方伸延的大道，沿途还零星有些房舍，但越远越稀少。不过，近郊乡镇有几个还相当大。首先是始自小塔的圣维克托镇，它在比埃夫尔河上有一座单孔桥，它的修道院中还能看到胖子路易①的墓志铭，它那教堂建于 11 世纪，八角顶的周遭竖立四座小钟楼（埃唐普也有同样一座教堂，至今尚未拆毁）。其次是圣马索镇，当时它已经有三座教堂和一所修道院。再数下来就是圣雅各镇，它左邻戈勃兰②家的磨坊及其四堵白墙，十字街头挺立着雕刻精美的十字架；高台阶圣雅各教堂，当初是哥特式的，尖顶十分挺秀悦目；还有圣马格洛瓦教堂，中殿很美观，建于 14 世纪，拿破仑曾用来装草料；还有田园圣母院，里面装饰许多拜占庭式的镶嵌图案。目光一直往西转移，先抛下田野里孤零零的夏特娄修道院，那是和司法官同时代的绚丽多姿的建筑物，院内有分隔成小块块的花园；再抛下时有鬼怪出没的伏维尔修道院废墟，便望见圣日耳曼草地修道院的三个罗曼式尖顶。其时，圣日耳曼已发展成为大市镇，有近 20 条街道。圣绪尔皮斯修道院的尖顶钟楼标出市镇的一角，旁边就是圣日耳曼集市的四面围墙，如今那里面仍为市场；接下去是神甫耻辱柱，那是一座美丽的小圆塔，塔上有一顶很好看的圆锥形铅皮盖。瓦厂还有一段路，炉街遇到公用面包炉，磨坊则坐落在土丘上；还有麻风病院，那是一座不易看见的孤零零小房。不过，还是圣日耳曼草地修道院本身，格外引人注目。毫无疑问，这座修道院气象宏大，既像教堂，又像领主的府邸，巴黎的主教们能在此住宿一夜都深感幸运；它的斋堂造得气派非凡，十分美观，又有花棂彩绘圆窗，简直不亚于大教堂；还有典雅的圣母小教堂、规模庞大的寝室、几座宽敞的花园，还有铁闸门、吊桥，以及伸入周围绿野的垛子围墙；只见那一座座庭院里，武士的盔甲和教士的饰金斗篷交相辉映，而这一切远远望去，围绕着哥特式东圆堂之上半圆拱腹的三座高高尖塔，构成了宏伟壮丽的景观。

① 胖子路易，即路易六世（1081～1137），法国国王，1108 年至 1137 年在位。
② 戈勃兰：著名的染坊主家族，后又开设壁毯厂等。

久久眺望大学城之后，目光再移向右岸，移向新城，那又完全是另一番景象。新城实际上比大学城大得多，但是格调却不那么统一。一望就能看出，新城分成几个大块，彼此泾渭分明。首先东边那一片，如今称为沼泽区，那是那一年卡穆洛惹纳①把恺撒诱入泥塘的地方，只见那里府邸宫舍连成一片，直抵河边，其中四座几乎连成一体，即儒伊府、桑斯府、巴尔博府和王后宫，那挺秀的角楼突起的青石板房顶，倒映在塞纳河中。四府占满了诺南迪埃街和则勒司定会修道院之间的地盘，而在修道院的尖顶衬托下，四府的山墙和围墙雉堞的线条愈加显得优美。几座濒临水边的发绿的破房，虽然位于四府前面，但是遮不住四座豪华大厦门脸那美丽的壁角、那方形石框的宽大窗户、那饰满塑像的尖拱门廊、那轮廓始终分明的高墙尖脊，以及显示哥特建筑艺术随时能重新组合的各种奇思妙想。四府后面则是神奇的圣波耳行宫的围墙，它向四面八方伸延，范围广阔，形态多变，时而像一个堡垒那样，墙垣有垛子，有断裂处，并围以树篱，时而像查尔特勒修道院那样，院墙为高树所遮蔽。这座行宫极大，法兰西国王能显得极有排场，同时接待 22 位相当于王储和勃艮第公爵品位的王公及其扈从仆役，更不用说接待大领主以及来巴黎观光的皇帝；至于狮子，在行宫里也都有专用的别馆。这里要说明，为王公准备的每套房子不下 11 间，从礼仪厅直到祈祷室，一应俱全；这还不算一条条游廊、一间间浴室、一间间蒸汽浴室，以及每套房子的"备用之所"；而且国王的每位贵宾都有专用花园。此外，还有大大小小的膳食房、酒窖、配餐室、宫中的公共食堂；还有几个家禽饲养场，附设从烤房到配酒房等 22 个作坊；还有无数种游戏场，如木槌球、手网球、投环球等等；还有飞禽大棚、养鱼池、动物园、马厩、牛羊圈；还有图书馆、兵器馆和铁工场。这就是当年的王宫，一座罗浮宫式的宫苑，圣波耳行宫，堪称城中之城。

从我们伫立的钟楼上远眺，圣波耳宫虽然半掩蔽在四府大厦的后面，但是看起来仍然十分壮观，令人赞叹不已。查理五世用镶有彩

---

① 卡穆洛惹纳：高卢人的一个首领。在公元前 52 年高卢人反对罗马统治的大起义中，他把恺撒一支军队诱入沼泽。

绘玻璃的几条小圆柱长廊，将三座公馆同五宫巧妙地合为一体，尽管如此，还是能分辨出那三座附属建筑：其一是小缪色公馆，那楼顶边缘镶有雅致的花边栏杆；其二是圣摩尔神甫公馆，那建筑的气势犹如一座堡垒，有一座高大的塔楼，备有箭孔、枪眼，墙垣中间还有铁棱堡，神父的纹章雕刻在撒克逊式宽大的城门上，正当吊桥的两个槽口之间；其三是埃唐普伯爵府，那主楼顶层已经坍毁，看上去变圆了，参差不齐好似鸡冠。此外，还能望见三五成堆的老橡树，零散分布几处，好像巨大无朋的菜花；还有那清澈的水池上天鹅的嬉戏、只望见边角的许多如画的庭院，以及那矮拱粗柱并安装铁闸门、终年传出吼声的狮子馆。穿过这一切，便能望见圣母礼赞堂那剥落成鳞状的尖顶，左侧那配有四座玲珑剔透的小塔的巴黎府尹公馆。正中最里端才是圣波耳宫：从查理五世起，这座宫舍就重叠增建门脸，陆续添加各种装饰，200多年来全凭建筑师的一时兴致，层上架屋，头上安头，弄得五方杂处，不伦不类，如小教堂增建东圆室，游廊旁边竖起了山墙，还到处安装随风转动的风信鸡，并排建了两座高塔，圆锥形塔顶盖底部雉堞起伏，酷似两顶卷沿儿的尖帽子。

这座宫苑呈梯状向远方伸延，我们的目光也拾阶而上，跨过新城屋顶中间标示圣安托万街的一条深谷，便到达昂古莱姆公爵府。我们仍然只谈主要部分。这所庞大的建筑历时几个朝代才完成，有些部分还崭新洁白，同整体难以融合，犹如蓝色外衣上缝了红补丁。这座现代风格的宫殿，殿顶又尖又高，十分奇特，边角安装一条条镂花的天沟雨槽，顶盖又覆以铅皮，而铅皮上缠绕着奇异的藤蔓花案，闪闪发光，正是镀金的黄铜镶嵌；主体建筑的几座粗塔状如大酒桶，由于年久失修，中间膨胀而颓坍，从上到下出现道道裂缝，好似袒露的大肚皮，而在这古老宫殿晦暗残败的景象中，焕发异彩的镶嵌殿顶却卓然独立，挺秀超拔。后面则是尖塔林立的小塔宫，只见尖塔、小钟楼、烟囱、风信标、螺形塔、盘旋塔、仿佛用冲头打了洞而透空的顶塔，以及亭台楼阁、当时称为纺锤塔的细长塔，一片林立，高矮不同，形神各异，真是千姿百态，显得无比神奇，无比空灵，可以说世间绝无仅有，纵然到香堡城，到西班牙的阿兰布拉城，也见不着这种景观。这一片塔林，宛若一个巨型的石头棋盘。

小塔宫左侧，耸立一簇黑乎乎的巨大炮楼，彼此嵌合，仿佛被环带沟堑勒得太紧；主堡上的枪眼数量远远超过窗口，吊桥常年吊起，大铁门永远关闭，那就是巴士底城堡①。一只只黑喙从城垛之间探出来，远远望去仿佛檐槽，其实那是一口口大炮。

在这庞然大物的脚下就是圣安托万门，夹在两座炮台之间，处于石弹的威胁之下。

过了小塔宫，直到查理五世城垣，眼前展现柔软光滑的地毯，那是色彩绚丽的一片片绿茵、一片片花木、一片片庄稼、一片片王家禁苑。那中间有林木路径迷错失踪的地带，一看便知那是路易十一世赐与库瓦蒂埃的著名迷宫花园；迷宫之上矗立着观象台，仿佛一根孤零零的大圆柱顶着一间小屋，库瓦蒂埃博士就在那间观象室里，观测可怕的星相。

如今那里是王宫广场。

如上所述，宫殿区占满了查理五世城垣与东边塞纳河的整夹角地带，我们只介绍了最突出的几处建筑，想给读者一个大概印象。新城中心是一大片居民区；而老城右岸的三座桥梁，实际上就是通向这里的：有了桥梁，总是先建民宅后起王宫的。这片民宅十分拥挤，好似蜂房的一个个小蜂窝，自有其美的一面。一国京城连成一片的屋顶，宛如汪洋大海的波浪，蔚为壮观！看那街道纵横交错，于整体中呈现出千姿百态。菜市场好似一颗明星，射出千道华光。圣德尼和圣马丁两条长街，分出许许多多枝杈，就像并排生长的两棵大树，连理枝桠交织起来。有几条弯弯曲曲的线路，蜿蜒通过居民区，那便是石膏厂街、玻璃厂街、纺织厂街，等等。也有一些美丽的建筑，从房舍墙壁所汇成的石海里冲出来。首先是大堡，屹立在货币兑换所桥的桥头，而靠下一点，塞纳河水在水磨桥的水轮下，浪花滚滚，赫然可见。大堡已经不是叛教者尤里安统治时期那种罗马风格了，而建成一座13世纪封建时代的炮楼，所用的石头异常坚硬，拿尖镐刨三小时，也啃不下拳头大的一块来。其次屠宰场圣雅各教堂华美的方形钟楼，那精雕细刻的边角都长满了青苔，15世纪尚未完工，就已经令人赞叹不

---

① 巴士底原是拱护圣波耳宫的要塞，后来改为囚禁要犯的地方，而称巴士底狱堡。

已。尤其那四只怪兽，今天仍然蹲在房顶四角，当时却还没有；那样子真像斯芬克司，仿佛看着新巴黎，要猜出旧巴黎的谜。直到1526年，雕塑家罗耳才把怪兽安放上去，一番心血只挣20法郎。再如大柱楼，正对着河滩广场，那情景上文已向读者略微介绍过。还有圣热维教堂，可惜被后来添设的"式样高雅"的大门给糟踏了；圣梅里教堂，那古老的尖拱还近乎呈半圆状；圣约翰教堂，那美轮美奂的尖顶也是有口皆碑。还有20来座建筑物不甘于埋没，冲出黝暗、狭窄而深邃的街道那一片混沌，展现奇绝的身姿。除此之外，还应算上那些挺立在十字街头、比绞刑架数量还多的石雕十字架，以及越过重重屋顶远远望见围墙的无辜婴儿墓、从科索纳里街的两个烟囱之间望得见顶端的菜市场耻辱柱、终日黑压压一片行人的十字街头上特拉瓦十字教堂的"梯子"、小麦市场那环形大棚、在民宅的掩蔽中还能分辨出菲利普·奥古斯都古城垣的残段：为青藤吞没的城楼、倾覆的城门、不辨形状的残垣断壁；当然还有河滨大街，那数以千计的店铺和鲜血淋漓的剥皮场、从草料港到主教港船舶往来如梭的塞纳河。看到了这一切，对于巴黎新城不等边四边形中心区在1482年的情景，就会有个模糊的印象。

除了宫殿区和居民区，新城面貌还有第三种类型，那就是由寺院连成的长带，从东到西几乎围住整个新城；这条长带位于护卫巴黎的城墙里侧，可以说是由修道院和小教堂构成的第二道城垣。例如，紧挨着小塔林园的圣卡特琳教堂及其宽阔的田园，它坐落在圣安托万街和圣殿老街之间，背靠着的就是巴黎城墙。在圣殿老街和新街之间有圣殿教堂，那孤零零而又阴森森的一束高耸的塔楼，围着一道有雉堞的大院墙。在圣殿新街和圣马丁街之间，则是圣马丁教堂，四周有花园，设防森严，其建筑出类拔萃，那环带似的塔楼群、三重法冠似的钟楼，只稍逊于圣日耳曼草地教堂。三圣教堂的围墙从圣马丁街延至圣德尼街。最后，在圣德尼街和蒙多戈伊街之间，还有一所修女院。那旁边正是奇迹宫廷朽烂的屋顶和破败的院墙：那是由寺院构成的虔诚链条上掺杂的唯一世俗的环节。

右岸民居密集的房顶中间，还有第四个区域自行标出，位于古城墙西角和城岛下游的河边，那便是簇拥在罗浮宫脚下新的一环宫殿和公馆。菲利普·奥古斯都的老罗浮宫，建筑庞大无比，大塔楼周围有23座配塔，外加许多小塔，远远望去，就好像镶嵌在阿朗松府和小波旁宫哥特式尖顶上。这条塔身巨龙，堪称巴黎城的守护大神，那24颗脑袋日夜翘立守望，怪异的身躯鳞光闪闪，显然那是有金属般流光溢彩的铅皮和石板。以这一造型标示新城西端的界线，实在出乎人的意料。

综上所述，15世纪巴黎新城的情景就是这样：古罗马人所谓的"岛"，即那一大片民宅，左右各有一大群宫殿，西边以罗浮宫为首，东边以小塔宫为冠，北面那一条长带，则是寺院和田园。俯瞰整个新城，只见一片混杂交融，难以计数的建筑，屋顶或铺瓦，或盖青石板，层层叠叠，相割交切，构成许多特异怪诞的序列：首先高耸突出的是右岸44座教堂的钟楼，一座座刺花纹身，密纹精雕细镂；还有无数条纵横交错的街道，一端截止到方塔楼城垣（大学城垣上则为圆塔），另一端通到塞纳河畔，而塞纳河又被桥梁切断，河面上行驶着无数货船。

城墙外围，紧靠着城门有几个城关小镇，但比较分散，数量也不如大学城那边多。巴士底城堡背后有20来间简陋的民房；环绕着有奇特雕刻装饰的福班十字架教堂，以及建有拱扶壁的田园圣安托万教堂；还有波潘库尔镇，那周围全是麦田；库尔提伊，那是开设不少家小酒店的快活的村庄；圣洛朗镇，镇上教堂的钟楼远远望去，仿佛加入圣马丁门尖塔之列；圣德尼镇，拥有大片围起来的圣德尔田园；蒙马特尔城门外有一圈白墙，里面是河运谷仓；谷仓背后则是石灰岩的蒙马特尔山，当年山上教堂和磨坊的数量大致相当，后来只剩磨坊，因为现今社会只有肉体需要食粮。最后，在罗浮宫以远，可以看见在牧场中展现的已有相当规模的圣奥诺雷镇、郁郁葱葱的小布列塔尼园林，以及猪仔市场，市场中心支着骇人的大锅，是用来处死伪币制造犯的。你已经注意到，在库尔提伊和圣洛朗之间的荒凉平原上，有一个小土丘，丘顶好像有个什么建筑物，远远望去，仿佛倾颓的一排柱廊，还立在裸露的地基上。那既不是巴特农神庙，也不是奥林匹亚山朱庇特神殿，而是鹰山。

我们历数这么多建筑物，不管多么力求简洁扼要，但是在我们构筑过程中，如果还没有从读者头脑里消除对老巴黎的通常印象，那么现在，我们就再用几句话概括一下。中心是城岛，形状酷似一只乌龟，带着覆瓦鳞片的几座桥梁，犹如从灰色屋顶龟壳里探出来的足爪。左岸大学城是个不等边四边形，结结实实地结为板块，既密集又拥塞，而且长满了皮刺。右岸那广阔的半圆形是新城，城中掺杂许多的花园和高大建筑。总共三大块：老城、大学城和新城，街道无数，纵横交错。塞纳河流经全城，按照杜勒勒耳神父的说法，就是"塞纳河乳母"。河中一块块沙洲、一道道桥梁、一只只船舶，显得十分拥挤繁忙。巴黎四周是一望无际的平原，补缀着上千种庄稼的一块块田地，镶嵌着一座座秀丽的村庄。左岸有伊西、旺夫尔、蒙特鲁日、兼有圆塔和方塔的冉提伊等等；右岸另有 20 来座村庄，从孔弗朗直到主教城。从巴黎向四周远眺，天际绣了一圈丘峦的花边，好似一个大盆的边缘。总之，如果远眺，东方是万森城堡及其七座四角塔，南方是比塞特及其小尖塔，西方是圣克卢及其主堡，北方则是圣德尼及其尖顶。这就是 1482 年栖止在圣母院钟楼顶端的乌鸦所见的巴黎。

然而，就是这样一座城市，伏尔泰却说："在路易十四世之前，只有四座美丽的建筑"，即索邦神学院的大教堂、圣恩谷教堂、现代风格的罗浮宫，我已忘记第四个是什么，也许是卢森堡宫吧。所幸的是，尽管如此，伏尔泰还是创作了《老实人》，仍然成为世世代代人类中，最善于发出魔鬼般笑声的人。这也恰好证明，一个人即使是旷世奇才，对不懂的一门艺术还是一窍不通。莫里哀说拉斐尔和米开朗琪罗是"他们时代的米尼亚尔①"，不是以为非常抬举他们吗？

言归正传，还是回到 15 世纪的巴黎。

当年的巴黎，不仅是一座美丽的城市，而且风格统一，是中世纪历史和建筑艺术的产物，是一部用石头撰写的编年史。这座城仅由两层构成：罗曼层和哥特层，须知罗曼层早已绝迹，只有在尤里安时代的公共浴室那里，它才穿透厚厚的中世纪外壳冒了出来。至于凯尔特层，即使到处挖井也难再找出样品了。

---

① 米尼亚尔（1610～1695），法国古典巴洛克画家，以宫廷肖像闻名。起初他模仿拉斐尔的作品。这里雨果讽刺莫里哀本末倒置。

　　50 年后，文艺复兴运动一起，巴黎那种十分严谨，但又多彩多姿的统一性中，就掺进光彩夺目的豪华装饰，即文艺复兴的奇思异想和种种体系，开始出现罗马式半圆拱腹、希腊式圆柱、哥特式低矮圆拱，开始出现感情细腻而富于理想的雕塑、藤蔓花纹和莨苕叶饰的特殊情趣，以及富于异教情调的路德时代的建筑艺术。这样一来，巴黎也许更美了，但是在感观上没有那么和谐了。可惜，这种辉煌的时期持续不久。文艺复兴并非不偏不倚，它绝不满足于建设，还要破坏。它的确需要发展的地盘。因此，哥特式巴黎只是在一瞬间完整齐备。屠宰场圣雅各教堂刚刚落成，就开始拆毁老罗浮宫了。

　　此后，这座大都市日益改观。罗曼式巴黎磨灭，哥特式巴黎取而代之；哥特式巴黎也同样磨灭了，可是谁又能说得准，是什么巴黎取而代之呢？

　　在土伊勒里宫①中，有卡特琳·德·梅第奇的巴黎；在市政厅，则有亨利二世的巴黎，这两座建筑至今仍然超凡入圣；在王宫广场有亨利四世的巴黎：那是三色的楼房，门脸由砖砌成，墙角为石头结构，屋顶则铺着青石瓦；在圣恩谷教堂见到的是路易十三的巴黎：一种矮墩墩的建筑式样，穹隆好似带提手的篮子，圆柱莫名其妙地鼓起肚子，圆顶又莫名其妙地驼着背；残废军人院则是路易十四的巴黎：那建筑宏伟华丽，金光闪闪，却又冷冰冰的；路易十五的巴黎在圣绪尔皮斯修道院：有涡旋、飘带系结、云霞、细纹、菊莒叶饰，全是石刻的装饰图案；路易十六的巴黎在先贤祠：那是罗马圣彼得大教堂的拙劣翻版，整个建筑很笨拙，再紧凑也难以补救线条的缺点；共和的巴黎在医学院：格调贫乏，模仿罗马古竞技场和希腊的巴特农神庙，如同共和三年宪法模仿米诺斯法典，建筑艺术上称为"获月②风格"；

---

　　① 我们又沉痛又愤慨地看到，有人打算扩建、翻修、改建，也就是说，摧毁这座卓绝的宫殿。当今的建筑师重手重脚，不宜触碰文艺复兴的这些精品。我们始终希望他们不敢任性妄为。况且现在，要拆毁土伊勒里宫，不仅是连汪达尔醉汉都要脸红的一件缺德事，而且是一种背叛的行为。土伊勒里宫不只是 16 世纪的艺术珍品，也是 19 世纪历史的一页。这座宫殿不再属于国王，而是人民的了。就让它保持现在这种模样吧。我们的革命两次在它的额头上打上烙印。它那两重门脸，有一重挨了 8 月 10 日的炮弹，另一重则挨了 7 月 29 日的炮弹。这座宫殿是神圣的。——1831 年 4 月 7 日于巴黎（雨果原注）

　　译注：两次炮击，一次是 1792 年 8 月 10 日，一次是 1830 年 7 月 29 日。

　　② 获月，或穑月，法兰西共和历法第十月，相当于公历 6 月 19～20 日至 7 月 19～20 日。

拿破仑的巴黎在旺多姆广场：显得很有气派，那根高耸的铜柱，是熔大炮铸成的；波旁王朝复辟的巴黎则在交易所广场：那一排洁白的廊柱支撑着平滑的中楣，总体上看方方正正，耗资 2000 多万。

上述典型建筑的每一座，都有不少格调和构造相似的民宅，分散在各个区里，行家一眼就能分辨出风格和时代来。只要有鉴赏的眼光，哪怕见到一个敲门槌，也能从中洞晓一个时代的精神、一位帝王的相貌。

因此，现在巴黎面貌丝毫也不统一，只是许多世纪样品的蓄积，而最美的式样已然消失了。这座京城扩大，仅仅增建房舍，可那是什么房屋啊！照这样下去，巴黎每 50 年都要更新一次，它那建筑艺术的历史标志，也就一天天泯灭。历史文物越来越稀少，仿佛眼看着渐渐沉入房屋的汪洋中。我们的祖先拥有一个石头的巴黎，到了我们的子孙，将是一个灰泥的巴黎了。

至于新巴黎的现代建筑，我们还是免谈为好，这倒不是我们不能欣赏，给予恰当的评价。例如，苏弗洛先生建造的圣日内维埃芙教堂，无疑是前所未有的一块最美的萨瓦石头点心。荣誉军团宫也是一块很高级的蛋糕。小麦市场的圆顶，恰似一架高大的梯子上扣了顶英国骑士盔。圣绪尔皮斯修道院的钟楼，分明是两大根单簧管，造型毫无特色，顶盖上顺爬着电报线，那歪歪扭扭的怪相煞是好看。圣罗希教堂大拱门的宏伟程度，只有圣托马斯·阿奎那①教堂可与之媲美；一间地下室里还有一尊圆雕的耶稣受难像、一轮镀金的木雕太阳。这些都是非常美妙的东西。植物园中迷宫的灯笼也极为巧妙。至于交易所大厦，柱廊是希腊式的，半圆拱腹的门窗又是罗马式的，低矮宽阔的拱顶又是文艺复兴式的，这样一座建筑，当然极合规矩，极为纯粹。有事实为证：大厦上边的那个雅典式小顶楼，就是在雅典也见不到，那种直线条真够美的，不时被烟囱随意切断。还应指出，一座建筑物必须符合其用途，如果这成为通例，只要看见建筑物，其用途便一目了然，那么再见到任何建筑物，就不会特别惊奇了，无论见到王

---

① 托马斯·阿奎那（Thomas Aquinas，1224/1225~1274）：意大利神学家和诗人。他所发展的哲学和神学体系，称为"托马斯主义"。

宫、议院、市政厅、学校、驯马场、科学院、仓库、法庭、博物馆、兵营、陵墓、庙宇，还是剧院，都不会赞叹不已了。而眼下见到的，就是一个交易所。这还不算，一个建筑物必须适应于气候。显而易见，这个交易所就是特意为此地寒冷多雨的天气建造的。房顶几乎像东方建筑一样板平，冬天下雪就要打扫。毫无疑问，房顶就是为了方便扫雪而设计建造的。它在法国是交易所，在希腊就是一座庙宇了。设计时要把大时钟隐蔽起来还着实花了一番心思，否则就会破坏正面美丽线条的纯净；当然也有补偿，周围造了一道柱廊，每逢宗教的盛大节日，证券经纪人和商业掮客，就可以在那里高谈阔论。

毫无疑问，这些都是出类拔萃的建筑，再加上许多美丽的街道，像里伏利街那样又有趣又丰富多彩。我相信有朝一日从气球上观赏，巴黎会呈现出线条的风采、细部的繁富、面貌的多样；呈现出难以描摹的景象；如同棋盘那样，简单中见宏伟，娇美中出意外。

然而，不管你觉得今天的巴黎多么值得赞赏，还是请你复制出15世纪的巴黎，你要在想象中把它重新造出来，要透过由尖塔、塔楼和钟楼编成的这道奇妙的篱笆观望天光，要让宽宽的塞纳河黄绿两色，比蛇皮还要变幻不定的水流，穿越这座一望无际的城市，碰上岛岬就劈裂，遇见桥拱就折弯；要让蔚蓝的天际清晰地衬出老巴黎的哥特式侧影；要让老巴黎的轮廓，飘浮在缭绕无数烟囱的冬日雾霭中；要把它浸入幽深的夜里，再观看在这座黑沉沉的建筑物的迷宫中，黑暗和光明是怎样嬉戏的；要把一束月光投上去，显出它朦胧的身影，让塔楼从雾霭中探出硕大的头颅，或者仍然利用这一片暗影，让尖顶和房脊的无数锐角搔首弄姿，让巴黎映现在落日橙黄的天幕上，显示那比鲨鱼下颏还多的利齿。——然后，你再加以比较。

如果你再难从现代巴黎得出古城的印象，那就请你在一个重大的节日，复活节或者圣灵降临节的早晨，迎着日出，登上能俯瞰全京城的制高点，去领略钟乐齐鸣的美景。你看，朝日发出的信号冲天而起，成千上万的教堂同时悸动起来。首先零星地响起叮当声，从一座教堂传到另一座教堂，仿佛乐师们彼此提醒就要开始演奏了；继而，你会突然看见，要知道在某种时刻，耳朵似乎也有视觉，你会看见同时从每座钟楼升起一根声波的圆柱、一缕和声的孤烟。起初，每一口钟的震颤，都直线升上朝霞灿烂的天空，可以说彼此孤鸣，十分纯净。继而，鸣声逐渐扩展，彼此交融，相互杂混，彼消此长，终于汇成一支气势磅礴的协奏曲。现在，钟鸣已经浑然一体，不断从无数的钟楼飘逸出来，在城市上空浮荡流转，跳跃飞旋，而那最强的地震动波圈，一直蔓延到九霄云外。然而，这是一片和谐的大海，绝非一团混沌。这海洋再怎么雄浑，再怎么深邃，却毫不失其清澈与透明。你看见齐鸣中逸出每组音符单独蜿蜒前行，你可以聆听木铃和管风琴时而低沉，时而尖厉的对话，你可以看见各种八度音，从一座钟楼跳到另一座钟楼：有的是银钟发出来的，轻灵而带呼啸，振翅冲上云霄，有的是木钟发出来的，破碎而又跛行，爬不多高便跌落下来；你还可以欣赏其中的圣欧斯塔什教堂，那七口钟的丰富音阶不断起伏升降；你能看见光亮而快速的音符疾驰穿过和声，划出三四个折弯的光迹，然后像闪电一般消失了。那边，是圣马丁寺院的歌喉，听来尖厉而嘶哑；这边，是巴士底城堡的喊叫，听来吓人而粗暴；另一端则是罗浮宫粗大钟楼的男低音。故宫的王家钟乐响亮悠扬，不断传向四面八方，而圣母院一下下沉重的钟声，有节奏地落到王家钟乐上，就像大锤击打铁砧迸出一束束火花。圣日耳曼草地飞扬的三重钟乐，那各种形状的音色，一阵阵从你的眼前掠过。还有，那响彻云霄的协奏和鸣，时而中间开启一条缝，让迸发而灿烂如星光的圣母颂穿过。在下面，在这支协奏曲的最深处，你能隐约辨识从每座教堂拱顶所有颤动的毛孔透出的肺腑之歌。自不待言，这是一出值得聆听的歌剧。通常，巴黎白天一片喧闹，那是市井的话语；夜晚，城市在轻轻呼吸，现在，城市则在唱歌。要倾耳细听钟楼乐队的全套乐曲，联想那50万人的窃窃私语、塞纳河水的永恒哀怨、清风的无限叹息，以及天边丘峦上那四片森林的巨型管风琴遥远低沉的四重奏，从而按照中等响度，消除钟乐主调中过于嘶哑、过于尖厉的音质；然后你再说一说，世间可否还有什么更加丰富，更加欢快，更加闪光，更加炫目，胜过这钟声的和鸣，胜过这音乐的熔炉，胜过这高达300尺的石笛同时吹出的万缕乐音，胜过这已然化为一支乐队的城市，胜过这首狂风暴雨般的交响乐。

滑铁卢古战场

一、从尼维勒来时所见

去年，即1861年，在5月的一个晴朗的上午，一位行客，本故事的叙述者，从尼维勒前往拉羽泊。他徒步，沿着两排树木夹护的一条铺石大道行进；一路丘岗连绵，时起时伏，犹如巨大的浪涛。他已经走过利卢瓦和我主伊萨克树林，望见西边勃兰拉勒的那座形若覆瓮的青石钟楼。他过了高岗的一片树林，到一条岔道口，看见一根虫蛀斑斑的立柱，上面写着："古关卡四号"，旁边有一家酒店，门前招牌上写着："爱煞伯四面风独家咖啡馆"。

从那家酒店往前走八分之一法里，便进入一个小山谷；谷底一条小溪，流经土石填高的道路下的涵洞。树木青翠而疏朗，覆盖道路的一侧，在另一侧散布而悦目，朝勃兰拉勒方向延展。

一家客栈坐落在这条路的右边，门前停着一辆轻便四轮车，戳着一大捆啤酒花秆儿，一把犁，靠绿篱有一堆干荆柴，一个方坑里的石灰正冒着热气，一架梯子横放在用麦秸作隔壁的破棚子的墙脚，一个大姑娘在田里锄草，田上随风飘动着一张大幅黄色广告，大概是什么集市上的野台戏。在客栈的斜角，靠近一群鸭子戏水的水塘一侧，有一条糟糕的石径没入荆丛。那行客走上石径。

他沿着一道花砖尖脊的15世纪院墙，走了百来步，便来到一扇拱形的大石门前。大门的拱墩笔直，两侧饰有圆形浮雕，表现出路易十四时代庄重的建筑风格。大门上方，赫然显现楼房十分古朴的正面；一道与楼房正面垂直的墙，几乎伸延到门口，却突然折个直角。门前的草地上放着三把钉耙，耙齿中间，5月的各种野花混杂开放。大门关着，双合门扇已经破旧，上面的旧门锤也生了锈。

阳光明媚；树枝5月间的这种微颤，仿佛由鸟巢传来，而不是风吹的。一只勇敢的小鸟，也许由于发情，在一棵大树上放声鸣唱。

行客俯身，仔细观察门右下角左边这块石头，只见上面有一个类似洞穴的大圆坑。这时，两个门扇打开，走出一个村姑。

她看见行客，看到他观察的东西。

"这是法国一颗炮弹炸的。"她对行客说道。

她又补充说：

"您再往高看一看，大门上面，在一颗钉子旁边，有一个大火铳打的洞。大火铳没有把门板打穿。"

"这地方叫什么名字？"行客问道。

"乌果蒙。"村姑答道。

行客立起身，走了几步，又观看绿篱上面，目光越过树梢，望见一个土丘；土丘上有个东西，远远望去像头狮子。

他来到滑铁卢战场。

二、乌果蒙

乌果蒙，伤心惨目的地方，是那个叫拿破仑的欧洲大樵夫在滑铁卢遇到的第一道障碍，遇到的初次抵抗；是大斧劈下时遇到的第一个树节。

这原是一座古堡，现成为普通农舍了。对于好古者来说，乌果蒙应是"雨果蒙"。这座庄园，是索墨雷的乡绅雨果建造的。正是他资助维赖修道院的第六任院长。

行客推开门，擦着停在门洞里的一辆四轮马车过去，走进庭院。

首先映入眼帘的是一道16世纪的门，仿造圆拱形，但四周已经坍塌了。宏伟的景象往往产生于废墟。在圆拱门不远的墙上另开了一个角门，门楣是亨利四世时代的拱顶石，从门里望出去是一个果园的树木。角门旁边有一个肥料坑，还放着几把锹和镐、几辆小车，还有一口石沿和铁辘轳的古井；庭院里一匹马驹在蹦跳，一只火鸡在开屏，还有一座带小钟楼的礼拜堂，贴礼拜堂墙根儿长着一棵开花的梨树。就是这座庭院，当年拿破仑梦想攻破。这一隅之地，果真让他攻占，也许全世界就属于他了。一群母鸡觅食啄起尘土。忽然一阵狗叫，那是代替英国人的凶相毕露的一条大狗。

当年把守此地的英国人值得称赞。库克的四连守军坚持七个小时，顶住大军的猛攻。

乌果蒙，包括房舍和园子，看地图上的几何图形，是一个缺了一角的不规则长方形。南门就在这缺角上，紧贴着这道护墙。乌果蒙有两道门：南门是古堡正门，北门是农舍的门。当年，拿破仑派他兄弟杰罗姆攻打乌果蒙；吉勒米诺、伏瓦和巴什吕各师受阻，雷伊投入全部兵力仍归失败，凯勒曼的炮弹在那堵英雄墙上消耗殆尽。博端旅增援攻打乌果蒙北面，也并不多余；索亚旅攻打南面，只能打个缺口而无法占领。

农舍的几间房子从南侧围住庭院。北门被法军打破一块，至今还挂在墙上，那是由两条横木钉在一起的四块木板，上面还看得出弹痕。

北门曾一度被法军攻破，后来补了一块门板，代替挂在墙的一块；这道虚掩着的门对着庭院，是在院子的北墙中间开出来的，而围墙下半截用石头，上半截用砖砌成的。每户庄稼院都有这种能通马车的便门，两扇门是粗木板做成的，门外边则是草地。当年争夺这一入口，战斗十分激烈；门上斑斑血迹手印历久不褪，博端就在这里阵亡。

这庭院尚存战斗的腥风血雨，惨状历历，横尸喋血之迹化入景物，生死存亡，恍若昨日。墙垣垂危，砖石跌落，缺口惨叫，弹洞涔涔流血，树木倾斜抖瑟，仿佛竭力逃灾避难。

这座庭院是在1815年营造的，如今已多不见。当年的工事、凸角堡、地道犬牙交错，战后也都拆毁了。

英军在这里设防，法军攻破而又难以立足。古堡的一翼，还屹立在礼拜堂旁边，这是乌果蒙古宅仅存的遗迹，但也倾圮，徒留四壁，仿佛剖膛破腹了。战时，古堡充作指挥部，礼拜堂当作掩避所。两军厮杀，伤亡惨重。法军受到各个方向火枪的袭击：从院墙后面，阁楼上边，地窖里，从每个窗口，每个通气窗，从每个石缝都射出子弹；于是，他们就搬来一捆捆柴草，点上烧围墙和里边的人：以火攻回答枪击。

古堡的这一翼被战火毁了，从窗口的铁条望进去，还能看见墙砖塌了的房间：英国守军就埋伏在这些房间里；一条旋梯，从楼下到楼上完全破损，好像打破了壳的海螺的内脏。楼梯有两层，英国受到攻击，聚在二楼的梯级上，拆毁了下面的楼梯。大块大块的青石板，在荨麻丛中堆得像座小山。还有十来个梯级挂在二楼的墙上，犹如三齿叉戳进墙里。这些悬空而无法攀登的石级牢牢嵌在墙壁里，而下面则像脱了齿的牙床。这里有两棵古树，一棵枯死，另一棵下部受伤，但到了4月份仍旧发青，1815年之后，树枝渐渐穿过楼梯。

礼拜堂里也有过拼杀，现在复归寂静，但里边景象很奇特。那次杀戮之后，这里再也没有做弥撒。不过祭坛还在，那是靠着粗石壁的粗木祭坛。四壁粉刷了白灰，门对着祭坛，有两扇拱顶小窗。门上方有一个巨大的木雕的耶稣受难像，雕像上面有一个方形通风洞，用干草堵住了。一个玻璃全打碎的旧窗框，躺在墙角的地上。礼拜堂就是这种景象了。在祭坛旁边的墙上，还钉着一个15世纪的圣安娜木雕像，怀中圣婴耶稣的头也被火铳打飞了。法军曾一度占领礼拜堂，又被赶走，走时放了一把火。这座破损的建筑烈火熊熊，成为一个火炉，门烧着了，地板烧着了，然而，基督木雕却没有烧着。火舌舔到脚，继而熄灭，留下两只焦黑的残肢。据当地人说，这是显灵。童年耶稣丢掉脑袋，就没有基督幸运了。

墙壁布满字迹。在基督像的脚旁，能看到这个名字：亨吉内兹。还有其他名字：德·里约·马约尔伯爵、德·阿马格罗（阿巴纳）侯爵及侯爵夫人。也有一些法国人的名字，加了惊叹号，表示愤怒。那道墙于1849年重新粉刷过，因为各国在上面相互辱骂。

当时，一个手握板斧的尸体，就是在这礼拜堂门口收起来的。那是勒格罗少尉的遗骸。

从礼拜堂出来，朝左便看见一口井。院内有两口井。我们不禁要问：为什么那口井没有吊桶和滑车呢？因为不再从井里汲水了。为什么不再汲水了呢？因为里面填满了枯骨。

最后一个从这口井打水的人，名叫吉约姆·冯·库尔松。他是农民，在乌果蒙当园丁。1815 年 6 月 18 日，他全家逃进树林避难。

在那几天几夜当中，那些不幸的居民全分散躲进维赖修道院附近的林中。如今还有些遗迹可辨，例如一些烧焦的古树干，便标示那些胆战心惊的可怜难民在密林中宿营的地点。

吉约姆·冯·库尔松住在乌果蒙，是"看守古堡"的，当时蜷缩在地窖里。英军发现他，并把这个吓破胆的人从躲藏的地方拖出来，用刀背打他，让他侍候。那些士兵渴了，吉约姆就给他们端水喝。他就是从这口井打的水。许多人都是这样喝了最后一口水。喝了井水的许多人死了，这口井随后也死掉。

战斗之后，大家匆忙掩埋尸体。死神自有骚扰胜利的办法，让瘟疫紧随光荣之后。伤寒是武功的副产品。这口井很深，成了万人墓，丢进去 300 具尸体。也许太匆忙了。丢下去的人果真全死了吗？传说没有全死。埋葬的当天夜晚，有人听见井里发出微弱的呼救声。

这口井孤零零在庭院中央，三面围着半石半砖的墙，好似折着的屏风，看上去仿佛小方塔。第四面敞开，是打水的地方。中间的墙上有个怪形的牛眼洞，估计是个弹洞。这个小塔原先有顶，现在只剩下木架了。右面的撑铁呈十字形。俯身望下去，只见砖壁圆洞黑黝黝的，深不见底。井四周长了荨麻，遮住了围墙脚。

比利时的水井，一般前沿都铺有大块青石板，而这口井前只架了一根横木，横木上钉了五六块类似粗大枯骨的多节而畸形的木头。井口既没有吊桶，也没有绳索和滑车；但是石头水槽还在，里面积了雨水，附近树林不时飞来一只鸟儿，喝了水又飞走。

这片废墟中，有一所房子，即那排农舍，还住着人。农舍的门对着院子，上面镶着哥特式精致的锁板，还有一个安斜了的梅花头铁门钮。当年，汉诺威的维乐达中尉抓住门钮，想躲进农舍里，却让一名法国士兵一斧子砍掉手。

住在这里的一家人，是早已故去的那个园丁冯·库尔松的孙子辈。一位头发花白的妇人会告诉您："当年我就在这儿，那时只有三岁。我姐姐岁数大，吓得直哭。家里人把我们送进树林，母亲抱着我。大人把耳朵贴在地上倾听。我呢，就学大炮声：轰，轰。"

我们讲过，靠左边，院子有个角门通园子。园子惨不忍睹。

园子分三部分，几乎可以说分三幕。第一部分是花园，第二部分是果园，第三部分是树林。三部分有一道总围墙，靠正门一侧，是古堡和农舍的建筑，左侧是一道绿篱，右侧有一道墙，正面的另一端也有一道墙。右侧是一道砖墙，底端是一道石墙。从角门先进入花园。花园地势较低，长了一些醋栗，杂草丛生，到一座石砌平台为止；那石头平台相当高大，栏杆呈双弧形。这是一座贵族花园，在勒诺特尔①之前，显示法兰西早期的园林风格，如今已经荒废，遍地杂草荆棘。栏杆柱顶端呈浑圆状，好似石球。数一数，还有 43 根栏杆立着，其余都卧在杂草丛中了。几乎每根栏柱都有弹痕。一根折断的栏柱横在平台前，看上去像一条断腿。

在那场战役中，第一轻步兵团的六名士兵，闯进这座比果园地势低的花园，就好像几头熊落入陷阱，再也冲不出去了，只好跟汉诺威的两连兵力搏斗。其中一连还装备了卡宾枪，他们凭着石栏杆，从下射击。那些轻步兵则在低处还击，六个对付三百，英勇顽强，只有醋栗作为掩体，对峙了一刻钟，终于全部阵亡。

登上几级台阶，便从花园来到真正的果园。这几图瓦兹②见方的弹丸之地，不到一小时的工夫，就有 1500 人倒下了。那堵墙似乎还要迎接战斗。英军在墙上凿出 38 个高低不等的枪眼，至今还存在。对着第 16 个枪眼，有两座英式花岗岩坟墓。只有南面这道墙设了枪眼，这是主攻的方向。墙外面还有一道绿篱作为掩护，法军攻来，以为只有一道篱障，殊不知越过去，却有一道设了埋伏的高墙挡住去路。英国守军躲在墙里，38 个枪眼一齐射击，子弹好似暴风雨；索瓦伊旅就在这里覆灭。滑铁卢战役也就这样开始。

果园还是攻占了。法军没有梯子，就用指甲抓住墙往上爬。在树下展开了肉搏战。这片草地全染上鲜血。纳索营七百士兵在这里被歼灭。凯勒曼的两个炮兵连从外面轰击，墙上布满霰弹的创痕。

这座果园同其他果园一样，对 5 月十分敏感：无莨和雏菊开了

---

① 勒诺特尔（1613～1700）：法国建筑师和园林学家，创造法兰西园林风格。

② 图瓦兹：法国旧长度单位，1 图瓦兹等于 1.949 米。

花，草长起来了，耕马在啃青；树木之间拉了毛绳，晾着衣衫，游人不得不低头通过，走在这片荒地上，脚时常陷入田鼠洞里。一棵连根拔起的树干，躺在乱草中又发绿了。布拉克曼少校就是靠着这棵树死去的。而德国将军杜普拉则死在旁边一棵大树下，他原是法国人，在废止南特敕令的时候，他全家才迁往德国。就在近前，斜长着一棵害病的老苹果树，树身缠了草，涂了粘泥。几乎所有苹果树都老化干枯，而且无不有枪伤弹痕。园中到处是枯树的遗骸。乌鸦在枝头乱飞。稍远一点还有一片树林，下面开满了蝴蝶花。

博端战死，伏瓦受伤，战火，屠杀，血流成河，英国人、德国人和法国人的鲜血汇成激流，一口井里填满了尸体，纳索团和勃兰维克团被歼。杜普拉战死，布拉克曼战死，英国遭受重创。雷伊所部40营法军损失20营，在乌果蒙这个残破的宅院里，三千将士死于非命，刀砍，斧劈，扼杀，枪击，火烧，凡此种种，只为今天一个农夫对一个行客说："先生，给我三法郎，您若是高兴，滑铁卢的事儿我就说给您听听。"

三、1815年6月18日

追溯前尘，是讲故事的人的一种权利，让我们回到1815年，甚至比本书第一部分开场的时间还要早些。

1815年6月17日至18日的夜晚假如不下雨，欧洲的未来就会改变。多几滴雨或少几滴雨，决定了拿破仑的成败。上天只需洒一点雨，就让滑铁卢成为奥斯特利茨的收场，只要一片乌云违反时令穿越天空，就足以让一个世界崩溃。

滑铁卢战役，直到11点半才打响，这就让布吕歇及时赶到。为什么？就因为地面潮湿，法军炮队要等地面硬实一点才好行动。

拿破仑当过炮兵军官，他很喜欢使用大炮。他在呈给督政府阿布吉战况的报告中写道"我们的某颗炮弹炸死六个人"，这足以说明这位天才将领的特质。他的全部作战方案都建立在炮击上。将炮火集中于确定的一点，这便是他取胜的秘诀。他把敌军将领的战略视为一个堡垒，定要打破缺口。他用霰弹猛击敌军薄弱部分，以大炮开战，也以大炮结束战斗。他的天才在于用炮。攻破方阵，歼灭营团，突破防线，粉碎并驱散集结的部队，全用这种打法，炮击，炮击，不停地炮击，把打的差使交给炮弹。运用这种令人胆战心惊的打法，再加上天才，这个城府极深的斗士，在战场上驰骋 15 年，总是所向披靡。

1815 年 6 月 18 日，他的大炮数量占优势，就更有恃无恐：威灵顿只有 159 门，而拿破仑有 240 门。

假如地面是干的，适于炮队移动，早晨 6 点钟就开火，那么这场战役就能取胜，下午两点钟结束战斗，比普鲁士军队突然来增援还早三个小时。

这场战役失势，拿破仑有几分过错呢？沉船遇难总要怪舵手吗？

那个时期，拿破仑体力明显削弱，难道精力也减退了吗？征战 20 年，难道像磨损剑鞘一样也磨损了剑锋，像消耗身体一样也消耗了心灵吗？这位将领难道遗憾地感到自己垂垂老矣？一言以蔽之，如同许多著名的历史学家所认为的那样，这位天才也才尽智穷了吗？难道他也进入疯狂状态，以掩饰自己的虚弱吗？他也开始轻举妄动了吗？他也犯了将帅的大忌，面对危险变得不清醒了吗？这类人称行动巨人的伟大的凡体，难道也有天才近视的年龄吗？高龄对典型的天才并不起作用，例如但丁和米开朗琪罗一类人，年事愈高，才气愈大；对汉尼拔和波拿巴一类人来说，难道才气要消减吗？难道拿破仑已经丧失打胜仗的直觉吗？他再也辨认不出礁石，再也测不出陷阱，再也看不清悬崖的滑坡了吗？他已经丧失对灾难的嗅觉了吗？从前，他熟谙胜利的所有道路，在雷电的战车上，指挥若定，难道现在他昏愦到如此地步，将他乱哄哄的人马带入深渊吗？他到了 46 岁，真的疯狂到了无以复加的程度？这个掌握命运的巨灵神，难道成了一个地地道道的莽汉吗？

我们绝不这样想。

他的作战计划公认是一个杰作。直捣联军防线的中心，在敌人营垒打出一个洞，将敌军切断，把半截英国赶到阿尔，半截普鲁士驱逐到通格尔，让威灵顿和布吕歇首尾无法相应，占领圣约翰山，攻克布鲁塞尔，将德国人扔进莱茵河，将英国人抛进大海。在拿破仑看来，这些都可以在这场战斗中解决。以后的事就再看了。

当然，我们无意在这里撰写滑铁卢战役史；我们所讲述的故事中，一个有伏线的场面与这场战役紧密相关；而这段历史并不是我们的主题；况且，这段历史已经撰写完了，洋洋洒洒，鸿篇巨制，一方面，由拿破仑本人的作为，另一方面，出自史界七贤①的手笔。至于我们，还是让历史学家聚讼去吧，我们不过是事后的见证人，是这片原野的过客，是在这曾经血肉横飞的土地上俯身寻觅者，也许把表面现象认作事实；我既然没有军事实践，也没有战略眼光，不能提出一套方略，因而无权以科学的名义，视而不见一系列带有幻影的史实。在我们看来，滑铁卢的双方将领，都受到一系列偶然事件的支配；而对命运这个神秘的被告，我们也像天真的审判官——民众那样进行审判。

四、A

谁要想明了滑铁卢战役，只需想象在地上写个 A 字就行了。A 字的左撇表示尼维勒公路，右捺表示格纳普公路，一横表示从奥安到勃兰拉勒的一条凹路。A 字的尖端即为圣约翰山，是威灵顿雄踞的地方。左下角是乌果蒙，是雷伊和杰罗姆·波拿巴争夺之点；右下角为佳盟，是拿破仑大营所在的地方。横线与右捺相交点稍下一点是圣篱；横线的中心点，则是战役结束时，最后抛出那句话②的地方，而象征帝国羽林军最高英勇的狮子，无意中就是安排在这一点上。

A 字上半部分的三角，正是圣约翰山高地。争夺那块高地，便是战役的全部过程。

两军的侧翼，在格纳普和尼维勒两条公路上，向左右展开；德尔戈与皮克东对阵，雷伊和希尔对阵。

在 A 字顶端的后面，即在圣约翰山高地的后面，是索瓦涅森林。

至于那片平川，可以想象为波浪起伏的旷野，一浪高过一浪，涌向圣约翰山，直到那片森林。

战场上两军对阵，恰似二人角斗，彼此搂抱，力图摔倒对方。

---

① 即瓦尔特·司各特、拉马丁、伏拉贝勒、沙拉、基内、梯也尔（雨果原注仅此六人）。

② 事见本文第十四、十五节。

抓住什么都不放松，一片荆丛就是一个支撑点，一个墙角就是一处掩体；缺少一点依靠，一团人马就立不住脚；平野上的一片洼地、一个土岗、一条斜插的捷径、一片树林、一条山沟，都可以撑住大军的脚跟，免其后退。退出战场就是失败。因此，率军的将领必须观察地形，仔细察看每一处极小的树丛、极轻微起伏的地段。

两军将领都仔细研究过圣约翰山平原，如今改称为滑铁卢平原。威灵顿早有远见，去年就察看这一带，做了大战的准备。6月18日决战那天，他占据了有利地形，拿破仑处于劣势。英国居高，法军临下。

在此素描拿破仑于1815年6月18日拂晓，手拿望远镜，骑马立在罗索姆高地上的姿态，可以说多此一举。在展示他的素描像之前，所有人都看到了。这副镇静自若的形象，头戴布里埃纳学校小帽，身穿绿色军衣，白色翻领遮住勋章，灰色礼服遮住肩章，背心下面露出红色绶带的一角，下身穿着皮短裤，足登丝袜和银马刺的马靴，骑着白马，马背披着角上绣有带皇冠的N和鹰的紫绒被，佩着马伦戈剑，这副最后一个恺撒的形象，挺立在人们的想象中，受到一些人的欢迎，也受到另一些人的敌视。

这副形象久已处于光辉之中；这是由于大部分英雄人物，在传说中都模糊朦胧，相当长时间难见真相；不过时至今日，历史和事件都真相大白了。

历史是冷酷无情的，这种明朗具有奇异和神妙的特点，虽为光明，正因为是光明，就往往在人们看到光芒的地方投下阴影，把同一个人化为两个不同的鬼魂，相互攻击，彼此惩罚：专制者的黑暗和统帅的辉光搏斗。民众在下定论时，从而掌握了比较准确的尺度。巴比伦遭蹂躏，损害亚历山大的声誉；罗马受奴役，损害恺撒的声誉；耶路撒冷遭屠戮，则损害提图斯的声誉。暴政继暴君而兴。一个人身后留下类似地形体的黑暗，这对他来说是一种不幸。

五、战役的烟云模糊处

大家都了解这场战役的最初阶段：开始的形势模糊不清，难以把握，犹豫不决，两军都面临危险，而英军更甚于法军。

雨下了一夜，地面一片泥泞；旷野低洼处像盆一样，都积了水；有些地方，积水没到车轴，马的肚带也滴着泥浆。如果小麦和黑麦不是让大量车轮压倒，填满了辙沟，给车垫平道路，那么任何军事行动，尤其在巴普洛特一带的山谷行动，都是不可能的。

进攻开始迟了；我们说过，拿破仑有个习惯，总是亲自掌握全部炮兵部队，如同握着手枪，在战役中，时而瞄向这一点，时而瞄向那一点，因此，他要等待套好马的炮车能够自由驰骋，这就要等太阳出来，晒干地面。然而，迟迟不出太阳；这次，太阳不像在奥斯特利茨那样守约了。等到射出第一发炮弹的时候，英国柯威尔将军看了看表，正是 11 点 35 分。

开始攻势很猛，法军左翼进攻乌果蒙的猛烈程度，也许超过了拿破仑的愿望。同时，拿破仑进攻中路，将吉奥旅压向圣篱，而内依则指挥法军右翼，冲击据守巴黎洛特的英军左翼。

进攻乌果蒙有几分诱敌作用，想把威灵顿吸引过去，使其偏重左面，这就是作战方案。如果四连英军和佩蓬歇尔师英勇的比利时士兵真能牢牢守住阵地，那么，这项作战方案就奏效了。然而，威灵顿并没有向乌果蒙集结兵力，仅仅派去四连近卫军和勃兰维克营驰援。

法军右翼攻占巴普洛特，击溃英国左翼，切断通往布鲁塞尔的道路，阻击可能来援的普鲁士部队，强行夺取圣约翰山，逼使威灵顿退守乌果蒙，再退至勃兰拉勒，再退至阿尔，这种战事进程再清楚不过了。如果不出点儿意外情况，这种进攻就会成功。夺取了巴普洛特，也攻占了圣篱。

要交代一个情况。英国步兵，尤其坎普特旅，招收了许多新兵。那些年轻士兵，面对我们勇猛的步兵，表现十分英勇；他们顽强作战的精神，弥补了经验的不足，尤其充当了出色的狙击手；狙击手士兵，稍微自主一点儿，就可以成为自己的将军；这批新兵有几分法军那种独立作战和奋不顾身的特点。这支新军极有活力，但威灵顿却为之不悦。

夺取圣篱之后，战事变幻不定。

那天，从中午到下午 4 点钟，是一个形势不明朗的阶段；这场战役的中间阶段几乎模糊不清，陷入一场混战，而暮色更加渲染了这种景象。只见暮霭中，千军万马往来飘忽，构成一幅令人目眩神摇的奇观；当年的战场阵容，如今几乎生疏了：红缨军盔、挂在刀旁飘动的扁皮袋、错综复杂的马革、榴弹袋囊、轻骑兵肋状盘花纽的军服、千褶红马靴、缨络纷披的沉重的筒状军帽，勃兰维克所部几乎一色黑军装的步兵，同以白色大圆环代替肩章的红军装英国兵相混杂，汉诺威轻骑兵头戴红缨铜箍长方形皮军帽，苏格兰兵赤裸双膝，身穿方格花呢军服，而我国榴弹兵则缠着白色长绑腿；这些图景色彩斑驳，不成其为战阵队列，正是萨尔瓦托·罗查①所追求，而不是格里博瓦尔②所需要。

　　一场战役，总要有一场暴风雨干预。"扑朔迷离，必有天意。"③这种混乱的场面，每个历史学家都可以取其所好，描写几笔。不管统军将领如何筹划，两军一旦交锋，曲折变幻就层出不穷。双方计划一投入实战，就要相互穿插，相互牵扯而变形。战场的这一处比另一处吞没更多的兵卒，就像地面松软程度不同，吸进泼下的水也有快有慢一样。率军将领迫不得已，要投进去更多的兵力。出乎意料的耗损。战线犹如浮丝，蜿蜒飘动；鲜血毫无道理地汇成溪流，两军前锋来回动荡，双方部队你进我退，犬牙交错，形成岬角海湾之势，所有这些对峙的礁石还不断蠕动；哪里有步兵，炮队就赶到；哪里有炮队，骑兵就追去；各种部队好似一片片云烟。那里明明有刀光剑影，仔细寻觅又不见了。疏朗之处时时转移，浓密之处进退无常；阴风阵阵，吹得人群或进或退，或聚或散，演出血肉横飞的惨剧。一场混战是怎样的情景呢？就是变幻不定。周密的作战方案是一种静态，只规划一分钟，而不能确定一整天。若描绘一场战役，非得气度恢宏、笔势雄浑的画家不可。伦勃朗就胜过冯·德·默伦④，冯·德·默伦画中午准确，画下午3点钟就虚假了。几何会给人以假象，唯独飓风才是真实的。因此，佛拉尔⑤有理由驳斥波利伯⑥。应当补充一点：战役进行

---

① 萨尔瓦托·罗查（1615～1673）：意大利画家。

② 格里博瓦尔（1715～1789）：法国将军，炮兵指挥。

③ 原文为拉丁文。

④ 冯·德·默伦（1634～1690）：佛兰德画家。

⑤ 佛拉尔（1669～1752）：法国军事作家。

⑥ 波利伯：公元前2世纪希腊历史学家。

到某一时刻，往往转为混战，一个对一个拼杀，分散为无数的搏斗场面，借用拿破仑的说法，这类搏斗"属于各团队的传记，而不是全军的战史"。在这种情况下，历史学家显然有权概述，只能抓住战事的大轮廓；任何叙述者，再怎么力求写实，也绝不可能把狰狞的战云固定成型。

不过，到了下午的某一时刻，战局明朗了。

六、下午4点钟

将近4点钟，英军形势严峻。威灵顿·德·奥朗治亲王指挥中军，希尔在右翼，皮克东在左翼。英勇无畏的亲王打得眼红，冲着荷比联军叫喊："纳索！勃兰维克！绝不准后退！"希尔受到重创，向威灵顿靠拢。皮克东战死了。就在英国夺取了法军一〇五团军旗的时候，法军一颗子弹打穿脑袋，击毙了英国将军皮克东。这场战役，威灵顿有两个据点：乌果蒙和圣篱。乌果蒙还在死守，但是着了火；圣篱已经失守。守圣篱的德军一营只活下来42人；所有军官，不是战死就是被俘，只有5名幸免。在这座粮仓里，有3000士卒丧命。英国近卫军的一个中士，在英国是第一拳击好手，被他的伙伴赞为无懈可击，却让法军一个小小鼓手给干掉了。巴林丢了阵地。阿尔坦死于刀下。好几面军旗被夺走，其中有阿尔坦师军旗，有双桥家族一个王子举着的吕内堡营的一面军旗。苏格兰灰装部队死伤殆尽。蓬松比龙骑兵被刀斧手砍绝。骁勇的龙骑兵严重受挫，敌不过勃罗的长矛队和特拉维尔的铁甲军，1200骑兵仅余600；三名中校有两名倒地：哈密顿受伤，马特战死。蓬松比落马，身上被长矛戳了七个洞。戈登死了，马尔什死了。两师兵力，第五师和第六师被歼灭。

乌果蒙被突破，圣篱失守，只剩中路一个结了。那个结一直打不开。威灵顿不断增援，从梅伯勃兰调来希尔部，从勃兰拉勒调来沙塞部。

英军大营所处地势略凹，地形十分有利，兵力又极其密集。它盘跨圣约翰山高地，背靠村庄，前有相当陡的斜坡；据守的石楼是尼维勒乡的公产，标志道路的交叉口，建于16世纪，非常厚实坚固，炮弹打上去会弹回来，根本毁坏不了。英军还在高地周围处处设障。山楂林里设了炮兵阵地，炮口从枝丫中探出，以荆丛作掩护。他们的炮兵埋伏在树丛里。战争中当然允许设陷阱，用诈术；英军的这一诈术十分巧妙；就连皇帝在早晨9点派去侦察敌军炮位的哈克索，什么也没有发现，回来向拿破仑报告说没有障碍，只有尼维勒和格纳普两条大道上设了路障。那个季节，麦子长高了，而坎普特旅的卡宾枪营，就埋伏在高地边缘的麦田里。

英荷联军大营有这些掩护和据点，处境当然有利。

这一营地的危险在于索瓦涅森林：那片森林连着战场，中间只隔着格罗南达耳和博瓦弗沼泽。军队一旦撤向那里，必然覆灭，各团队会立刻溃散，炮车也会陷入泥沼。不少行家认为，往那里撤退，就意味各自逃命；对此也有人提出异议。

威灵顿加强中心的兵力，从右翼调来沙塞旅，从左翼调来维克旅，再加上克林顿师。他还派了勃兰维克的步兵、纳索部队、琪尔芒塞格所部的汉诺威部队和翁普达的德军，支援他的英国部队：哈凯特各团、米切耳旅、麦朗德的近卫军。这时，他就掌握了26个营。正如沙拉斯①所说："右翼折回到中路的后面。"在今天所谓"滑铁卢陈列馆"的地点，当年就有一大队炮兵隐蔽在沙袋的后面。此外，威灵顿还把索姆塞的龙骑兵，1400骑，布置在一长条洼地里。那是名不虚传的英国骑兵的另一半。蓬松比部被歼，只剩下索姆塞部了。

这个炮兵阵地布置在园子一道矮墙后面，还有匆忙叠起的沙袋和一道土坡作为掩体，如果布置完成，就能发挥极大威力。然而，这个工事没有完成，周围还来不及设置一圈障碍。

威灵顿惴惴不安，却不动声色，勒马立在圣约翰山老磨坊靠前一点的榆树下，终日保持同一姿势。那座磨坊如今还在，但是那棵榆树，让一个热心摧残古迹的英国人花200法郎买去，锯断运走了。威灵顿立在那里，英勇无畏又镇静自若。炮弹如雨点一般，副官戈尔登炸死在他身旁。希尔勋爵指着一颗炸开的炮弹问他："王爷，万一您身遭不测，您给我们留下什么指示，留下什么命令呢？""像我们这

---

① 沙拉斯著有《1815年战史》。

样做。"威灵顿答道。他还简洁地对克林顿说:"守住这里,直到最后一个人。"那一天,形势明显恶化。威灵顿冲他在塔拉韦拉、萨拉曼卡和维克多利亚①的老战友喊道:"孩子们! 难道你们想后退了吗? 想一想古老的英格兰吧!"

将近四点钟,英军防线动摇后退了。高地上只剩下炮兵和狙击手,其余部队忽然不见了,各营队遭受法军霰弹和炮弹的轰击,都退缩到后面去了:圣约翰山农庄的便道,如今还穿过那里;出现了退却之势,英军的前锋回避了,威灵顿后退了。——"开始退却啦!"拿破仑喊道。

七、拿破仑心绪极佳

那天,皇帝虽然有病,又因骑马而局部肢体不舒服,但是心情从来没有那样好过。从早晨起,他那张无人看得透的脸上,却露出了笑容。他那颗掩饰在大理石后面的深沉灵魂,在 1815 年 6 月 18 日那天,却盲目地焕发光彩。在奥斯特利茨脸色阴沉的那个人,在滑铁卢却心情愉快。天生负有大任的人,都会有这种反常的表现。我们的欣喜未能脱离阴影,最终一笑属于上帝。

"恺撒笑,庞培哭。"②雷霆军团的外籍军人如是说。这次,庞培未必哭,但恺撒确实笑了。

从夜里一点钟起,拿破仑就冒着狂风暴雨,同贝特朗骑马察看罗索姆一带的山丘,望见英军营地长长一线火光,从弗里什蒙延至勃兰拉勒,照亮了天边,他颇为满意,仿佛觉得在指定的日期,由他确定滑铁卢战场的命运,是确切无疑的。他勒住马,站立片刻,眼望闪电,耳听惊雷,有人听见这个宿命论者在黑暗中抛出这样一句神秘的话:"我们想法一致。"拿破仑错了。他们想法不一致了。

那一夜他没有合眼,时时刻刻都流露一种快乐。他巡视了整个前沿阵地,不时停下同哨兵说话。约莫两点半钟,在乌果蒙树林附

---

① 塔拉韦拉—德拉雷纳、萨拉曼卡和维克多利亚,都是西班牙城市,威灵顿率军先后于1808 年、1812 年、1813 年在此三地战胜法军,并将法军驱逐出西班牙。

② 原文为拉丁文。帝国第十二军团号称雷霆军团。

近，他听见行军的脚步声，一时以为威灵顿后撤了，就对贝特朗说："那是英军后队拔营移寨了。刚刚到达奥斯坦德城的 6000 英军，我要全部俘获。"他兴致勃勃地交谈，又恢复了 3 月 1 日登陆时的那种豪情：登陆那天，他指着茹安湾那个欣喜若狂的农民，高声对大元帅说："喂，瞧啊，贝特朗，增援部队到啦！"6 月 17 日到 18 日那个夜晚，他不断嘲笑威灵顿。——"那个小小的英国佬，就得受点教训。"拿破仑说。雨越下越大，皇帝说话伴随雷声。

凌晨 3 点半，他的一个幻想破灭了：派去侦察的军官回来向他报告说，敌军毫无行动。根本没有拔寨，一处营火也没有熄灭。英军在睡觉。大地寂静无声，只有天空在喧嚣。到了 4 点钟，巡逻队带来一个为英国骑兵旅当过向导的农民，那可能是维卫安旅，要去左端奥安村扎营。到了 5 点钟，两名比利时逃兵对他说，他们刚离开部队，英军正等着开战。

"好极啦！"拿破仑高声说，"现在我不是要把他们击退，而是要击垮。"

早晨，他来到普朗努瓦路拐弯的高坡上，下了马，站在泥中，命人从罗索姆农舍搬来两张桌子和一把乡下椅子，坐下来，又命人铺了一捆干草当地毯，在桌上展开军事地图，对苏尔说："多好看的棋盘！"

由于下了一夜雨，辎重车辆阻在泥泞的路上，早晨没有赶到；士兵全身淋湿了，没有睡觉，还饿着肚子。尽管如此，拿破仑还快活地高声对内依说："我们有 90% 的把握。"8 点钟，皇上的早餐送来了。他邀请了好几位将军一起用餐。餐桌上谈到前一天夜晚，威灵顿在布鲁塞尔，参加了里什蒙公爵夫人的舞会；苏尔是一个貌如大主教的粗鲁武夫，他说："舞会，就是今天。"内依则说："威灵顿不至于那么简单，等待陛下的圣驾吧。"拿破仑也跟着取笑，这是他的一贯作风。弗勒里·德·夏布隆就说："他喜欢戏谑。"古尔戈也说："他天生一副诙谐的性情。"邦雅曼·贡斯唐则说："他动辄取笑，但是怪话多而妙语少。"这个伟人的玩笑话值得一书。正是他称他的羽林精兵为"老兵痞"；他揪他们的耳朵，扯他们的胡须。"皇上就爱捉弄我们。"他们当中有人就这么说。2 月 27 日，拿破仑神不知鬼不觉从厄尔巴岛回法国的途中，乘坐的"无常号"在海上遇到"和风号"，"和风号"上的人打听拿破仑的消息，当时他躲在船上，还藏着他在岛上用的绣蜜蜂的红白徽章的帽子，他笑着拿起传话筒，亲自回答说："皇上身体健康。"能这样谈笑的人，自然能掌握局面。拿破仑在滑铁卢早餐过程中，就有好几次这样放声大笑。吃过饭，他静坐了一刻钟，然后，坐在干草上的两名将军拿起笔，将纸垫在膝上，开始记录皇上口授的作战命令。

到了9点钟，法军排成五列纵队，展开阵势，开始行进，左右师各分两列，炮队居中，军乐队排在队首，鼓声雷动，军号齐鸣，头盔、战刀和枪刺汇成海洋，显示出强大、壮阔而欢乐的阵容，皇帝见了非常激动，连声高喊："壮观！壮观！"

从9点钟到10点钟，真令人难以置信，整个大军都排好阵列，分为六列纵队，照皇帝的说法，组成"六个V形"。阵列排好之后，在大战之前一段时间，战场如暴风雨来临之前一样寂静，皇帝望着三队重炮行进，拍了拍阿克索的肩膀，对他说："将军，瞧那24个美丽的姑娘。"那三队重炮是从埃尔龙、雷伊和洛博各部抽调出来的，准备用来轰击尼维勒和格纳普两条交叉口的圣约翰山。

他成竹在胸，看见第一军工兵连从面前经过，便以微笑鼓励他们；他们奉命一旦夺取村庄，就在圣约翰山构筑工事设防。在整个检阅的肃穆过程中，他只讲了一句高傲而悲悯的话：他转向左面，望见如今有一座大坟墓的地方，聚集骑着骏马的苏格兰灰装骑队，不禁说道："真可惜。"

继而，他跨上马，跑到罗索姆的前沿，在格纳普通布鲁塞尔的大道右侧，选了一块小草坪作为观察所。这是他的第二个驻足点。第三个驻足点非常险恶，那是如今还在的颇高的土丘，位于佳盟和圣篱之间；土丘后面平川的一个斜坡上，集结着羽林军；周围石头路面纷纷弹起弹片，有的直飞到拿破仑身边。还像在布里埃纳那样，他的头上枪子霰弹呼啸。后来，几乎就在他立马之处，有人拾得枯烂的炮弹、旧战刀和变形的枪弹，全都锈透了。"锈迹斑斑。"[1]就在几年前，还在那里挖出一颗未炸的重磅炮弹，信管贴着弹壳断了。也正是在这最

---

[1] 原文为拉丁文。引自维吉尔的《农事诗》。

后的驻足点，他的向导，一个叫拉科斯特的抱敌意的农民，被拴在一名轻骑兵的马鞍上，吓得要命，每当榴霰弹爆炸，就转过身去，想躲到那骑兵的后面，皇帝见了就申斥道："蠢货！真丢人，你要让人在背后给打死。"记述这话的人，在那土丘坡上松软的沙土里，也挖出锈了46年的一颗炮弹的弹头，还挖出一块块像接骨木那样一捏就碎的烂铁。

众所周知，拿破仑和威灵顿交战的那片原野，起伏不平的形貌，已非1815年6月18日的情景了。在这片凄惨的战场上建起纪念碑，却削平了原来的地势，历史遭到篡改，也就面目全非了。旨布颂扬，反而毁了它的原貌。战后过了两年，威灵顿重游滑铁卢，惊叹道："别人把我的战场给改变了。"如今用土堆起的顶着石狮的金字塔那地方，当初是一条山脊，向尼维勒大道一侧，地势渐低，但还不难走；可是朝格纳普大道那边，却是一个陡坡。如今，从格纳普到布鲁塞尔的大道两旁的两座大土冢，还能测出那陡坡的高度；道左侧为英军冢，道右侧为德军冢。法军没有坟墓，不过，整个那片平原，全是法军的墓地。那座高150英尺、底基周长半英里的纪念塔，用了成千上万车沙土，因此，圣约翰山高地的坡度，如今平缓多了；而在大战那天，尤其是圣篱那一面，地势非常陡峭，英国大炮都瞄不到下面山谷作为战场中心的农舍。1815年6月18日那天，大雨把陡坡冲出一道道沟，满坡泥浆，更难攀登，不仅要上坡，而且要登泥泞溜滑的陡坡。沿着山脊原有一条深沟，这是在远处观察的人所难推测的。

那条深沟是怎么回事呢？需要说明一下。勃兰拉勒和奥安都是比利时村庄，都隐藏在低洼地段。一条长约一法里半的道路连接两座村庄，它通过起伏不平的川地，往往深入丘峦之间，仿佛耕出一条犁沟，因而有几段路形成沟壑细谷。那条路位于格纳普和尼勒维两条路之间，切开圣约翰山的山脊，如今还像1815年一样，只不过当初是凹路，现在同两旁地面齐平了。路两旁高坡的沙土挖走去筑纪念墩了。那条路其他地段，大部分还像从前一样，仍然是一条沟，有时深达12尺，而且路坡陡峭，不少地方塌了方，尤其是冬季下暴雨造成的。路上发生过伤亡事故。进入勃兰拉勒处路面特别狭窄，一个过路人就被马车压死，有石头十字架证明。那个十字架立在墓地旁边，上面有死者的姓名："贝纳尔·德·勃里先生，布鲁塞尔商人"，车祸发生在 1637 年 2 月[①]。在圣约翰山高地那段路基极深，一个名叫马西厄·尼盖斯的农民，因为路坡坍塌，于 1783 年被压死在那里，这也有一个石头十字架作证。那十字架上半截没入田中，但是翻倒的石座，今天仍然见得到，在圣篱和圣约翰山之间那条路的左侧草坡上。

大战那天，沿着圣约翰山脊的那条凹路不露形迹，到达山顶的那段所形成的深沟，就像被浮土掩饰的辙沟，根本看不见，也就是说非常凶险。

八、皇帝问向导一句话

可见，滑铁卢那天早晨，拿破仑很高兴。

他有理由高兴，他酝酿的作战方案，我们已经看到，的确令人赞叹。

然而，一旦交战，形势变化就十分曲折复杂。乌果蒙顽抗，圣篱固守，搏端阵亡，伏瓦丧失战斗力；那道意想不到的围墙使索亚旅受到重创，吉勒米诺因疏忽没带炸药包而造成惨重的伤亡；炮队陷在泥淖中，没有护卫队的 15 门大炮被于克伯里奇掀翻在凹路上，轰击英军阵地效果甚微，炮弹扎进雨水浸透的泥土里，只高高溅起泥浆，结果开花弹变成了烂泥泡；皮雷部进击勃兰拉勒不见功效，十五连骑兵几乎全部覆灭；英军右翼触动不大，左翼也伤亡较轻；内依莫名其妙地误解命令，没有把第一军的四个师人马排成纵队，反而聚成一堆，横列 200 人，接连 27 列，齐头并进，去迎击榴霰弹，让炮弹在人群中开花，瓦解进攻的队列；斜插的炮队侧翼突然暴露目标，布儒瓦、东兹洛和杜吕特各队受到攻击；齐奥部被击退，而维厄中尉，那个巴黎综合工科大学毕业的大力士，冒着防守格纳普通布鲁塞尔大路

[①] 碑文如下：布鲁塞尔商人
贝纳尔·德·勃里
在此遇车祸，
不幸丧生。
1637 年 2 月（日期字迹不清）——原注

弯道的英军从工事俯射的枪弹，正用大斧砍开圣篱大门的时候中弹受伤；马科涅师受到步兵和骑兵的两面夹击，又受到埋伏在麦田里贝斯特和帕克部队的迎面射击，以及蓬松比部队战刀的砍伐，他的炮队七门大炮的炮口被堵死；萨克斯 - 魏玛亲王死守弗里什蒙和斯莫安，顶住德·埃尔龙伯爵部队的冲击，夺了一〇五联队军旗，又夺了四十五联队军旗；那个黑军装的普鲁士轻骑兵，让在瓦夫尔和普朗努瓦之间侦察的三百飞骑队俘获，他说出了令人不安的情况；格鲁奇的援军迟迟不到，而不到一小时，在乌果蒙果园里就损失 1500 名士卒，在圣篱周围倒下 1800 人，用的时间还要短；所有这些风云变幻，如战火硝烟，在拿破仑的眼前掠过，他的眼神几乎没露惊色，坚信不疑的龙颜也丝毫没有黯淡。他习惯直面战争，从不一笔一笔计算令人痛心的局部损失；在他看来，数字并不重要，只要最后总数是胜利就行了；他自信能控制和掌握结局，开头失误丝毫也不惊慌；他善于等待，置身事外进行思考，以平等的身份对待命运，仿佛对命运说：想必你也不敢。

拿破仑自身半明半暗，也就感到在善中受到护佑，在恶中得到宽容，他同种种事变有一种，或者自认为有一种默契，几乎可以说一种合谋的关系，类似古代所说的金刚不坏之身。

然而，经过了贝雷西纳、莱比锡和枫丹白露①的人，对滑铁卢恐怕也得稍存戒心。天空深邃之处，一种讳莫如深的皱眉的神色，已经隐约可见了。

威灵顿后撤的时候，拿破仑不禁暗暗吃惊。他突然发现圣约翰高地兵力空虚，前沿阵地的英军不见了。英军在重新集结，但又逃避。皇帝在坐骑上半立起身子，眼里掠过胜利的闪电。

威灵顿一旦退至索瓦涅森林，全军覆灭，那么，英国就要永远被法国压垮，克雷西、普瓦图、马普拉凯和拉米利②之耻全部可雪。马伦戈的英雄就抹掉阿金库尔③之役。

---

① 贝雷西纳是俄国的河名，1812 年拿破仑出征，在此受挫。1813 年，拿破仑与同盟军会战莱比锡失利。1814 年，拿破仑在巴黎郊区枫丹白露宫被迫逊位。

② 法军在这些战役都曾败北。

③ 1800 年在马伦戈，拿破仑大败奥军。阿金库尔是加来海峡省的一个乡，在英法百年战争中，1415 年，英方亨利五世战胜法军。

于是，皇帝考虑这种可怕的突变，同时举起望远镜，最后一次扫视战场的每一点。他身后的卫士武器冲下，以一种虔诚的神态仰视他。他正在思考，正在观察山坡，衡量斜坡，测度树丛、方块黑麦田、小道，仿佛计数每一簇灌木。他凝视一阵两条大道上的英国防御工事：那两处宽宽的鹿砦，一处设在圣篱上面一点的格纳普大道上，装备两门大炮，是英军瞄向纵深战场的唯一炮队；另一处设在尼维勒大道上，荷兰军沙塞旅的枪刺在那里闪闪发亮。他还注意到，荷军防御工事附近那座古老的、粉刷成白色的圣尼古拉小教堂，坐落在通向勃兰拉勒的岔道口上。他俯身对向导拉科斯特说了一句话。向导摇了摇头，可能存心欺骗。

皇帝挺起身，又默想了片刻。

威灵顿退却了。法军只要压上去，就会使他溃不成军。

拿破仑猛地回过身，派了一名骑差，火速赶往巴黎报捷。

拿破仑是个雷厉风行的天才。

他已经找准迅雷打击的要害。

他命令米楼的铁甲骑兵夺取圣约翰山高地。

九、意料之外

铁甲骑兵共 3500 名，排成四分之一法里宽的阵列，个个彪形大汉，骑着高头大马。他们分 26 队，后援部队则有勒费夫尔—德努埃特师、160 名精锐骑警、羽林军的 1197 名轻骑兵和 880 名长矛手。他们头戴无缨铁盔，身穿铁甲，挎着带枪囊的短枪和长刀。早晨，他们已受到全军的赞赏：9 点钟军号吹响，各部队军乐队一齐奏起《保卫帝国》曲，他们列队走过来，浩浩荡荡，一个炮队在侧翼，一个炮队在中路，在格纳普部弗里什蒙之间的大路上分两列展开，在第二条强大的战线上列好阵式。这第二条战线是由拿破仑布成的，十分巧妙，左翼有凯勒曼的铁甲骑军，右翼有米楼的铁甲骑军，可以说安上了两只铁翅膀。

副官贝纳尔传达御旨。内依拔出剑，一马当先。大队人马开始进发。

那场面十分壮观，声势足能夺人心魄。

整个骑军高举马刀，旌旗迎风飘扬，军号激荡，由一师纵队殿后，步伐整齐犹如一人，动作准确又像攻城的一个铜羊头撞锤，从佳盟丘岗上冲下来，深入横尸遍野的险谷，消失在硝烟之中，继而又走出那幽暗之地，出现在山谷的另一边，队形始终密集紧凑，冒着枪林弹雨，冲上那令人畏惧的圣约翰山高地泥坡。他们往上冲，军容严整，凶猛而又沉稳；在枪炮声间歇的刹那间，可以听见大军行进踏地的声响。这支骑军分两个师，因而排成两列纵队，华蒂耶师居右，德洛尔师居左，远远望去，就像两条钢铁巨蟒爬向高地的山脊。这种长蛇阵穿越战场，真是一种奇观。

自从用大队骑兵夺取莫斯科河大炮台之后，再也没有见到类似的战争场面。这次缪拉不在，但是有内依。这一大队人马仿佛变成一个巨怪，而且只有一颗心灵。每支骑队起伏伸缩，宛如爬行动物的一个环节。通过浓密硝烟的缝隙可以望见他们：头盔攒动，喊声阵阵，马刀挥舞，而在大炮和军号声中，骏骑腾跃，势如暴风骤雨，一片奔腾，又整齐又威猛，那马上的铁甲仿佛巨蟒的鳞片。

叙述的这些场景好像发生在另一个时代。类似的情景，当然出现在古代志异的诗篇里，那种半人半马，人面马身的巨怪，奔驰而上奥林匹斯山，凶猛可怕，英勇无敌，显示一种神威：既是神也是兽。

数字也天缘巧合：26营步兵迎击26队骑兵。在高地的背面，英国步兵在隐蔽的炮队的掩护下，每两营组成一个方阵，共有13个方阵，又分成两列，前列7个方阵，后列6个方阵，他们枪托抵着肩膀，对准要冲过来的敌人：一动不动，沉默平静地等待着。他们看不见铁甲骑兵，铁甲骑兵也看不见他们。他们倾听这股人潮上涨，听见三千骑兵的声音越来越大：飞奔的铁蹄有节奏的声响、铁甲的摩擦声、战刀的撞击声，以及粗声大气的喘息。有一阵惊心动魄的寂静。接着，山脊上突然出现一长列高举战刀的手臂，出现头盔、号角和旌旗，三千蓄着灰胡子的脑袋齐声高呼："皇帝万岁！"铁骑全军冲上高地，就好像开始一场大地震。

突然，又出现惨不忍睹的场面，英军的左翼，即我军的右翼，铁骑纵队的排头战马竖起前蹄，并伴随惊叫的喧哗。他们一气冲上山顶，锐不可当，正要冲下去歼灭方阵和炮队，却猛然发现他们和英军之间有一条沟，一条深沟。那正是奥安的凹路。

那一刻真是鬼神皆惊。一条细谷，出乎意外地在那里显现，张着大口，直悬在马蹄之下，两壁之间深达两图瓦兹；第二排推动第一排，第三排又簇拥第二排，战马竖起，仰天倒下去，四蹄朝天往下滑，冲撞并打乱骑军阵列，根本无法后撤，整个纵队成为一颗炮弹，用以摧毁英军的冲力，却反弹回来摧毁法军；这无法规避的细谷，只有填满才肯罢休，骑兵和战马，乱纷纷滚下去，相互挤压，在这深渊里成为一堆血肉，等深沟被活人填满，后边人马才从他们身上踏过去。杜布瓦旅将近三分之一人马葬入这个深渊。

这场战役从此开始失利。

当地有一种传说，无疑言过其实，说是奥安凹路里葬送了 2000 匹战马和 1500 人。若是把大战次日抛进去的尸体全计算在内，这个数字还差不多。

顺便交代一句，伤亡惨重的杜布瓦旅，一小时前还单独作战，夺取了吕内堡营的军旗。

拿破仑在命令米楼铁甲军冲锋之前，也曾仔细观察过地形，但是凹路在高地上连一点皱褶也没有显露，他无法看到。不过，他注意到那座白色小教堂和尼维勒大路所形成的角度，便警觉起来，估计可能有障碍，于是问了向导拉科斯特。向导回答没有。几乎可以这么说，正是一个农民摇了摇头，造成了拿破仑的惨败。

其他的败象也有显露。

拿破仑可能赢得这场大战吗？我们回答不可能。为什么呢？是威灵顿的缘故吗？是布吕歇的缘故吗？都不是。天意使然。

拿破仑在滑铁卢获胜，这不再符合 19 世纪的发展规律。一系列变故正在酝酿中，没有拿破仑的位置了。形势不祥的征兆，早已显露出来了。

时候已到，这个巨人该倒下了。

这个人的分量太重，打破了人类命运的平衡。他独自一人所占的比重，竟然超过全人类。人类过剩的精力集中在一颗头脑中，全世界都升华到一人的脑子里，这种情况如果持续过久，就会给人类文明带

来致命的打击。至高无上而又永不腐蚀的公正，到了晓谕公众的时候
了。决定精神和物质均衡的各种原则和因素，大概愤愤不平了。冒着
热气的鲜血、人满为患的公墓、母亲的眼泪，这些全是感泣鬼神的控
诉。大地苦难到了不胜负荷的时候，冥冥中就会发出神秘的怨艾，上
达天庭。

拿破仑在无限中受到控告，他注定要垮台。

他妨碍了上帝。

滑铁卢绝非一场战役，而是世界面貌的焕然一新。

十、圣约翰山高地

凹路显现，炮队也同时卸了伪装。

60 门大炮和 13 个方阵，迎面同时向铁骑军开火。无畏将军德洛
尔向英国炮队致以军礼。

英军轻炮队全数飞驰回到方阵中。铁甲骑军一刻不停。凹路的惨
祸伤了他们的元气，却未能稍挫他们的勇气。他们人员减少，勇气却
倍增。

只有华西厄纵队惨遭横祸，德洛尔纵队则全员到达，因为内依仿
佛预感到陷阱，让他们从左面斜插过去。

铁甲骑军猛冲英军方阵。

他们伏在鞍上，放开缰绳，牙齿咬住战马，手握着短枪，这就是
当时冲杀的姿势。

在战斗中，人心有时变硬了，乃至把士兵变成石雕，整个肉体变
成花岗岩。英军营阵受到疯狂的冲击，却岿然不动。

那场面叫人胆战心寒。

英军方阵每一面都同时受到冲击。狂暴的旋风将他们团团裹住。
但是，英军步兵毫不动摇，沉着应战。第一排一条腿跪在地上，用刺
刀迎击铁甲骑兵，第二排一齐射击，炮兵在第二排后面则装炮弹；接
着方阵正面敞开，让排炮射击，随即又闭合。铁骑军则以铁蹄践踏回
击，他们的高头大马竖起前蹄，跨越排列，从刺刀上面飞跃过去，重
重地砸在四堵人墙的中间。炮弹在铁骑队中炸出空洞，铁骑军则把方

阵冲出缺口。一排排人被铁蹄踏得血肉模糊，刺刀也深深戳进这些神骑的肚腹。因此，这里的创伤奇形怪状，恐怕在别处战场见不到。方阵被这疯狂的骑队啃噬，逐渐缩减，但仍不后退半步。排炮霰弹也射不完，在进攻的骑队中开花。这场战斗的场面十分狰狞可怕。方阵已不再是营队，而成为火山口；铁骑军也不再是骑队，而成为暴风雨。每个方阵都是受到乌云袭击的火山，熔岩同雷霆大战。

右翼角上的方阵最为暴露，毫无凭依，经过第一阵冲击，就几乎被歼灭了。这个方阵由苏格兰高地兵七十五团组成。方阵正中有个吹风笛的士兵，坐在一面军鼓上，胳臂下夹着风笛，就在四周厮杀的时候，他仍吹奏山歌，出神的眼睛低垂着，忧郁的目光里映现出森林和湖泊。那些苏格兰士兵临死还想念他们的山乡，正如希腊人临死还惦记阿尔戈斯城。一名铁甲骑兵一刀将风笛连同那条胳臂砍掉，杀死歌手，山歌也就戛然而止。

铁骑军的数量相对少些，在凹路上又惨遭伤亡，现在几乎是同全部英军作战，但是他们以一当十，人数倍增了。在那阵工夫，几营汉诺威兵开始后退了。威灵顿见此情景，便想到他的骑兵。当时，拿破仑若是想到他的步兵，就可能赢得这场战役。这一疏忽铸成他无法弥补的大错。

横冲直撞的铁骑军，忽然感到遭受袭击：英军骑兵从背后攻来。对面是方阵，后面是索姆塞；索姆塞部有1400名龙骑兵，右侧有道恩堡的德国轻骑兵，左侧有特里普的比利时火枪队。这样，铁骑军正面侧面，前后左右受到步兵和骑兵的攻击，不得不四面应敌。这对他们又有什么关系呢？他们是旋风，那种勇猛已经无法形容。

此外，大炮还始终从背后轰击他们。不如此不足以伤他们的后背。铁骑军有一副左肩胛穿了弹孔的铁甲，就陈列在所谓滑铁卢纪念馆里。

必须有这样的英国人，才能对付这样的法国人。

这不再是一场混战，而化为一片阴影、一种疯狂，化为令人目眩的心灵的奋勇、寒光闪闪的刀剑的风暴。刹那之间，英军1400名龙骑兵，仅剩下800名了，富勒中校也落马而死。内依率领勒费夫尔—德努埃特的长矛队和轻骑兵赶来。圣约翰山高地攻占了，丢掉，重又攻占。铁骑军丢下龙骑兵，回身对付步兵，更确切地说，千军万马扭作一团，杀得难分难解。方阵始终固守，顶住12次冲击。内依胯下连死四匹战马。铁骑军半数死在高地上。这场恶战持续两小时。

英军根基动摇。毫无疑问，铁骑军开始冲锋时，如果不是在凹路突遭横祸，那就会突破英军中路防线，决定战役的胜利。在塔拉维拉和巴达若兹见过大场面的克林顿，望着这种异乎寻常的铁骑军，也惊得呆若木鸡。威灵顿十有七八要败绩，仍不失英雄气概，低声赞道："出色！"[1]

铁骑军歼灭了13个当中的7个方阵，夺取或堵塞60门大炮，夺得英军团队的六面军旗，由羽林军的三名铁骑兵和三名轻骑兵送至佳盟庄，献给皇帝。

威灵顿处境恶化。这场奇特的战役，仿佛两个负伤者的激烈决斗，彼此流尽了鲜血，仍在死死地拼搏。两者看谁先倒下。

高地争夺战仍然继续。

这些铁骑军冲到什么地方呢？谁也说不准，但有一点是确切无疑的：就在大战的次日，在尼维勒、格纳普、拉羽泊和布鲁塞尔四条大路的交叉口，有人发现一名铁骑兵，连人带马死在圣约翰山车辆过磅的磅秤架上。那名铁骑兵穿越了英军的防线。抬过那尸体的人中间，有一个还在世，住在圣约翰山。他名叫德阿兹，当年18岁。

威灵顿感到要倾覆了。危机的时刻临近了。

英军中部防线没有突破，在这个意义上，铁骑军根本没有成功。两军都拥有高地，因此谁也没有占领，总之，大部分还在英军手里。威灵顿掌握村庄和最高的山坪，内依仅仅夺取山脊和山坡。双方都好像在这伤心惨目的土地上扎了根。

不过，英军似乎无法补充损失的兵员了。这支军队伤亡惨重。左翼坎普特部求援。"没有援军，"威灵顿回答，"让他死拼吧！"事情也是奇巧，两支军队战斗力几乎同时衰竭。内依也请求拿破仑派步兵增援，拿破仑则喊道："步兵！他要我到哪儿去找？是要我现变出来吗？"

---

[1] 原话如此。——作者原注

　　然而，英军却病入膏肓。那些铁甲钢盔的大队人马疯狂地冲击，已经把步兵踏成肉酱。寥寥数人围着一杆旗帜，就标志一个团队方阵的位置，营队的军官，只剩下一名上尉或中尉指挥了；阿尔坦师在圣篱已受重创；高地这一役就几乎全军覆没了；冯·克吕兹旅的顽强的比利时兵，全部倒在尼维勒大路旁的黑麦田里；1811 年混在我军中去攻打威灵顿的荷兰榴弹兵，1815 年又同英军联合攻打拿破仑；这次几乎无人幸免。阵亡军官的数字也很惊人。于克伯里奇勋爵膝骨折断，次日要埋葬自己的断肢。铁骑军一战，法军方面，德洛尔、勒里蒂埃、克贝尔、德诺普、特拉维尔和勃朗卡尔，固然都或伤或亡，退出战阵，但英军方面，阿尔坦受伤了，巴恩受伤了，德兰塞阵亡，冯·默伦阵亡，奥姆特达阵亡，威灵顿的参谋部死伤大半，在这场两败俱伤的恶战中，英军伤亡更为惨重。近卫军步兵第二团失去五名中校、四名上尉和三面军旗；步兵三十团第一营，损失 24 名军官和 112 名士兵；第七十九山地团，则有 24 名军官受伤，18 名军官和 450 名士兵丧命。坎贝兰德部的汉诺威轻骑兵有一整团人马，在哈克上校率领下，看到混战的场面，竟然掉转马头，全部逃进索瓦涅森林，致使布鲁塞尔都人心惶惶；后来，哈克上校受到审判，免去了军职。当时，他们望见法军步步推进，要逼近森林，就赶着炮兵运输车、辎重车、行李车、满载伤员的篷车，慌忙躲进森林。荷兰兵遭到法国骑兵的砍杀，纷纷高呼：不好啦！据还在世的目击者说，从绿布谷列格罗南达尔，在通往布鲁塞尔方向近两法里的路段上，挤满了逃难的人。就连流亡在马利纳的孔德亲王、流亡在根特的路易十八，也都惊慌失措。威灵顿的骑军，只剩下少量后备骑兵，分布于设在圣约翰山农场的战地医院后面，以及左翼的维卫安和汪德勒旅。许多毁坏的大炮躺在地下。西博恩承认了这些确实；普林格尔则过于渲染，甚至说英荷联军锐减到 3.4 万千人。那位铁公爵还保持镇静，但是他的嘴唇都白了。派到英军作战参谋部的奥地利特派员万森、西班牙特派员阿拉瓦，都认为公爵大势已去。到了 5 点钟，威灵顿掏出怀表，低声说了这样一句凄惨的话："布吕歇不来，就是黑夜！"

　　大约就在这种时候，弗里什蒙那边高岗上，远远出现一排明晃晃的刺刀。

从此，这场恶战发生剧变。

十一、拿破仑的坏向导，布吕歇的好向导

大家知道拿破仑痛心疾首的错误估计：盼格鲁奇，却来了布吕歇，救星不来死神到。

命运就是有这种转折突变；本来期望登上统治世界的宝座，却望见圣赫勒拿岛①。

布吕歇的副将布洛当做向导的那个牧童，假如建议他从弗里什蒙上边，而不是普朗努瓦下方走出森林，那么，19 世纪也许就是另一种样子。拿破仑就会取得滑铁卢战役的胜利。普鲁士军不走普朗努瓦下方，而走任何别的路，炮队就会陷在谷中，布洛也就无法到达了。

普鲁士军将军穆福林也明确地说，布吕歇军迟到一小时，就见不到还站着的威灵顿了："这一仗丢掉了。"

可见，刻不容缓，布洛适时赶到。况且，他已经大大迟到了。他在狄翁山宿营，天一亮就拔营起寨，但是道路难走，部队在泥淖中跋涉，辙沟很深，抵达炮车的轴。此外，要过狄耳河，还必须走狭窄的瓦伏尔桥，而通向窄桥的街道被法军放了火，两边房舍火势正旺。炮队弹药车和辎重车只能等大火熄了才通过。直到中午，布洛的前锋还没有到达圣朗贝尔礼拜堂。

如果进攻提前两小时，到 4 点钟战斗就会结束，等布吕歇军赶到，拿破仑已经打胜了。总之，这类偶然性无穷无尽，非人力所能预测。

皇帝用望远镜观察，从中午就头一个注意到地平线上有动静。他说："我看见那边有一块乌云，好像是军队。"接着，他又问达尔马梯公爵："苏尔，圣朗贝尔扎拜堂那边，您看见有什么？"那位元帅举起望远镜望了望，答道："有四五千人马吧，陛下。显然是格鲁奇部了。"然而，那片人影，却在雾霭中停滞不动。参谋部所有人都举起望远镜，研究皇上指出的"云影"。有人说："那是中途休息的部

① 圣赫勒拿岛：拿破仑战败后囚禁之地。

队。"大部分人却说："那是树木。"只有一点是确实的，那片乌云并不移动。皇上派道蒙的轻骑兵师去侦察那点黑影。

布洛的确驻足未动。他率领的先头部队力量太弱，上阵于事无补，必须等待大部队；而且，他也接到命令，先集结兵力再投入战斗。可是，到了5点钟，布吕歇见威灵顿形势危急，就命令布洛出击，并且说了这样一句出色的话："应当给英军送点空气了。"

时过不久，洛辛、希勒、哈克和里塞尔各师人马，全在洛博部队的前面展开阵势；普鲁士吉约姆亲王的骑兵也从巴黎树林冲出来。普朗努瓦大火熊熊，普鲁士军的炮弹像雨点一样射来，一直落到留守在拿破仑身后的羽林军队列中。

十二、羽林军

后来的情况大家知道了：第三支军队又突然投入，战场四分五裂，80门大炮齐鸣，布洛率领的皮尔茨第一团、布吕歇亲自率领的泽坦骑兵突袭过来，法军被压下去，马科涅师被逐出奥安高地，杜吕特被赶出帕普洛特，东兹洛和齐奥部也且战且退，洛博侧翼遭到袭击，暮色中，一场新的战斗向我们伤亡惨重的部队逼来，英军全线反攻，猛冲猛打，法国首尾难顾，英普两军的炮火竞相逞凶，大量杀伤，法军前部惨败，侧翼惨败，正是在这种全线崩溃的情况下，羽林军投入战斗了。

羽林军士感到必死无疑，于是高呼："皇帝万岁！"历史上，再也没有比这种欢呼着誓死赴难更动人的场面了。

那天，天空一直阴沉沉的，恰好在那时候。到了傍晚8点钟，天边忽然亮晴，云隙中露出夕阳，血红血红的，透过尼维勒大路边榆树的枝叶。在奥斯特利茨战场上，他们看到的是初升的朝日。

羽林军义无反顾，每营都由一名将军指挥。弗里昂、米歇尔、罗盖、阿尔莱、马莱、波雷·德·莫尔旺都在战场上。羽林军士戴着雄鹰徽的高高军帽，队列整肃镇定，军容威武轩昂，在战火硝烟中出现，连敌军也对法兰西肃然起敬，以为看到20位胜利女神展翼飞临战场，他们这些胜利者反倒以为战败，纷纷后退了。可是，威灵顿却高喊："近卫军，起立！瞄准！"趴在绿篱后面的英国红装近卫团站起来，一排子弹射出去，打穿了在我们雄鹰周围飘动的三色旗，大家一齐冲击，开始最后的血战。羽林军在黑暗中感到周围军心动摇，要全线溃退，他们听见逃命的喊声代替了皇帝万岁的呼声，尽管大部队在身后溃逃，他们却继续前进，每走一步就遭到更大的打击，也更加接近死亡。绝无一人犹豫，也无一人胆怯。在这支军队里，士兵同将军一样，个个是英雄，没有一人不为国捐躯。

内依拼命了，他决心一死，勇气能与死神比肩，在混战中奋不顾身；胯下坐骑死了五匹，他大汗淋漓，两眼冒火，嘴冒白沫，军服纽扣解开，一个肩章被敌骑砍掉一半，大鹰徽章也被子弹打了个坑，他浑身血污，满身泥浆，高举一把断剑，显得英勇绝伦，大吼道："过来看看吧，一个法兰西元帅是怎样死在战场上！"然而事与愿违，他求死不得，于是又惊奇又愤怒。他向德鲁埃·德·埃尔龙抛出这样的问题："喂！难道你不想死吗？"大炮从四面轰击这一小堆人，他在中间大吼："怎么不往我身上打！哼！我真希望英军炮弹全打进我的肚子里！"不幸的人哟，你活下来是留给法国人的子弹[①]！

十三、大难

羽林军后面，大溃败惨不忍睹。

大军各个方位：乌果蒙、圣篱、帕普洛特、普朗努瓦，都突然同时退却。"叛国！"的吼声刚落，又响起"赶快逃命！"的喊声。一支军队瓦解，犹如江河解冻。无不弯曲，折裂，崩断，无不飘荡，席卷，跌落，相互撞击，相互推拥，张皇失措。真是空前的大溃散。内依借了一匹马，跨上去，他没了军帽，没了领带，没了指挥剑，却横在通向布鲁塞尔的大道上，同时拦阻英国兵和法国兵。他还想力挽狂澜，召唤军卒，斥骂他们，力图阻止大军溃退。然而，他独力难支。军卒见了他纷纷逃避，同时高呼："内依元帅万岁！"杜吕特的两团人马惊慌失措，往来奔突，左右失据，忽而投向骑队的马刀，忽而撞

---

① 内依被元老院判处死刑，1815 年 10 月 7 日执行枪决。

上坎普特、贝斯特、帕克和里兰德各旅的排枪。大混战最糟的就是溃退，为争夺逃路，友军相互屠杀；骑队步营相互践踏，全部冲散，在战场上涌起惊涛骇浪。洛博和雷伊各守两翼的一端，也被狂澜卷走。拿破仑用仅余的羽林卫队组成人墙堵截，甚至用上亲随马队，做最后的努力，然而徒劳。齐奥部在维卫安面前退却，凯尔曼部在旺德勒面前退却，洛博部在布洛面前退却，莫朗部在皮尔茨面前退却，道蒙和苏伯维克部在普鲁士亲王吉约姆面前退却，吉奥率领皇帝马队去冲锋，却落到英国龙骑兵的铁蹄下。拿破仑策马在逃兵面前来回奔驰，又是训话，又是催促，又是威胁，又是恳求。所有这些人的嘴，早晨还高呼皇帝万岁，现在却哑然无声了；他们几乎不认识皇上了。普鲁士骑兵是刚到的生力军，他们挥舞马刀，飞奔冲杀，大肆砍伐屠戮。马匹拖着炮车奔逃，乱冲乱闯；辎重兵丢掉弹药车，骑上马逃跑；撞翻的车辆四轮朝天，阻碍道路，造成屠杀的机会。人员马匹挤压践踏，从死人和活人身上踏过去。胳膊乱挥乱打，呼叫，悲号，军包和枪支丢到黑麦田里，用刀剑开路，不管什么战友，不管什么军官，也不管什么将军，仓皇逃命的情景难以形容。泽坦部队大杀大砍法兰西。狮子变成了麋鹿。这便是这次大溃败。

在格纳普，法军还试图调转枪口，准备阻击。洛博收拢了300人，在村口建了防御工事；然而，普鲁士军一阵枪炮，守军又全逃散，结果洛博被俘。那一排射击在一座破砖房山墙上留的弹痕，如今还能见到：那座砖房在大道右侧，离格纳普村有十分钟的路。普鲁士军冲进村里，他们一上阵就获胜，自然还没有杀过瘾。追杀的场面十分残忍。布吕歇命令赶尽杀绝。罗盖已经开了恶劣的先例：凡是给他带来被俘普鲁士兵的法国羽林军士，就必须处死。比起罗盖，布吕歇有过之而无不及。青年羽林军将军杜埃斯姆退到格纳普客栈门口，交出剑束手就俘，却被死神的骑兵用他的剑刺死了。屠杀战败者，胜利才算圆满。既然我们代表历史，那就惩罚吧：布吕歇老儿名誉扫地。这种戏酷的杀戮，更使溃败混乱到极点。溃军争相逃命，穿过格纳普村，穿过四臂村，穿过戈斯利村，穿过弗拉斯恩村，穿过查理王村，穿过特浑，直到边境才停止。唉！是什么人这样逃窜？是大军啊。

历史为之惊叹的那种勇武精神，忽然这样张皇失措，惊恐万状，完全崩溃，这其中难道没有缘故吗？当然有。一只巨大的右手在滑铁卢投下阴影，那是决定命运的一天，一种超人的力量指定了那个日子。因此，万众都惊慌逃窜；因此，那些勇武绝伦的人缴剑就擒。那些人一度征服欧洲，这回却一败涂地，再也没有什么可说，再也无能为力，只觉得冥冥中有一种可怕的东西。"天数使然。"[①]那天，人类的前景起了变化。滑铁卢，就是19世纪的户枢。那个伟人必须退出历史舞台，历史才能进入伟大世纪。最高主宰做出了安排。英雄们惊慌失措，则事出有因了。在滑铁卢战场上空，不仅仅有乌云，还有一种奇象：是上帝经过那里。

天要黑下来的时候，在格纳普村附近的田野里，贝纳尔和贝特朗扯住衣襟，拦住一个人。那人眼睛怔忡，神色凄然，一副沉思的样子，被溃军的潮流裹卷到那里，他刚刚下马，挽着缰绳，精神迷离恍惚，独自一人转向滑铁卢。他就是拿破仑，梦游的巨人，还要走向已然崩溃的梦境。

十四、最后一个方阵

羽林军的几个方阵，好似江流中的岩石，在溃军的洪水中屹立不动，一直坚持到夜晚。夜色同死亡一同降临，他们毫不动摇，等待这双重的黑影，任其将自己团团裹住。每个团队都孤立作战，同四处溃散的大军也失去联系，只待以身殉难。他们排开阵势，准备最后一搏，有的在罗索姆高地，有的在圣约翰山的平川。那些孤立无援的方阵，明知战败，也英勇不屈，准备壮烈牺牲。乌勒姆、瓦格拉姆、耶拿、弗里兰各战役的胜利，也附在他们身上死去。

大约晚上9点钟，在圣约翰山高地脚下，夜色中还剩下一个方阵。这个方阵，在山坡脚下阴惨的谷中，还继续战斗；谷上的这面山坡，铁骑军曾经跃马冲锋，现在英军却如潮涌来，敌军胜利的炮火也集中疯狂地轰击。这个方阵由一个不知名的军官康伯伦指挥，每遭受一次轰击，就缩小一圈儿，但是仍然还击，以排枪对抗炮火，四面人

---

① 原文为拉丁文。

墙逐渐消减。逃远的溃兵有时停下喘口气，在黑暗中倾听这沉雷声渐渐小了。

等到这队人马只剩下一小堆，等到他们的战旗只剩下一小片儿，等到子弹打完，他们的步枪只能当棍子使用，等到死尸堆超过活人堆的时候，胜利者对这些英勇卓绝奄奄待毙的人，也油然产生一种敬畏，就连英军炮火也停止射击，一时静默下来。这只是一段间歇。这些战士觉得周围鬼影幢幢，纷纷涌动：骑马的人影、炮身的黑影、从车轮和炮架之间窥见的白色天空。从一开始，这些英雄就隐约望见远处硝烟中的死神，只见死神的巨大头颅渐渐逼近，并且死死盯着他们。暮色中，他们还能听见敌人上炮弹的声响，点燃的导火线好似黑夜中猛虎的眼睛，在他们头的上方围了一圈；英军炮队的点火棒一齐凑近炮身，就在这千钧一发的时候，有个英国将军，有人说是柯维耳，有人说是麦兰德，他似乎心有所感，抓住最后一秒钟，对他们喊道：

"勇敢的法国人，投降吧！"康伯伦则回答："狗屎！"

十五、康伯伦

这也许是法国讲的最美妙的话，但是法国读者喜欢受到尊重，不愿听人重复。不准将振聋发聩的妙语写进历史。

我们甘冒大不韪，破此禁忌。

须知在所有这些英豪中，有个巨人，名叫康伯伦。

说出这句话，然后就义。还有比这更伟大的吗！他务求一死。此人在枪林弹雨中幸存，不是他的过错。

赢得滑铁卢战役的人，不是溃不成军的拿破仑，也不是四点钟退却、五点钟绝望的威灵顿，更不是不打就胜的布吕歇，赢得滑铁卢战役的人是康伯伦。

这样一句话如一声霹雳，回击要劈死际的雷霆，这就是胜利。

这样回答大灾大难，这样回答命运，给未来的狮子①提供这样的

――――――――――

① 指滑铁卢纪念墩上的铁狮子。

基座，以此驳斥那一夜的大雨，驳斥乌果蒙险恶的围墙，驳斥奥安的凹路，驳斥格鲁奇的姗姗来迟，驳斥布吕歇的赶来援敌，进入坟墓还要嘲讽，纵然倒下也不失为挺立的铮铮铁汉，将欧洲联盟淹没在这两个字里，把恺撒们领教过的这类秽物贡献给各国君主，给这最粗鄙的话掺上法兰西的闪光，合成一个最辉煌的字眼，用嬉笑怒骂来给滑铁卢收场，用拉伯雷补充勒欧尼达斯①，以这句最难启齿的话来总结这场胜利，丢掉阵地而保全历史，在这场大屠杀之后，让敌方成为嘲笑的对象，这就是气壮山河，这就是咒骂雷霆，这就与埃斯库罗斯同样伟大。

康伯伦的话产生撕裂的音响效果。一个胸膛因鄙夷而撕裂，因愤懑涨满而爆破。谁战胜啦？是威灵顿吗？不是。没有布吕歇，他就完蛋了。难道是布吕歇吗？也不是。如果没有威灵顿打头阵，布吕歇怎能收拾残局。这个康伯伦，不过是最后一刻的过客，一个无名小卒，在大战中微不足道，然而他却感到荒唐，这次惨败太荒唐，因而倍加痛心，他满腔怒火要发泄的时候，恰好有人送来这样可笑的东西：逃生！他怎能不暴跳如雷呢？

他们全到场了，欧洲各国的君主、得意扬扬的将军们、大显神威的朱庇特们，他们有十万胜利大军，后面还有数十万、上百万大军，还有点燃导火线的大炮，张着大口；他们恣意践踏羽林军和法兰西大军，压垮了拿破仑，只剩下康伯伦了，只剩下这条小虫来抗争。他决心抗争。于是他寻找一句话，如同寻找一把剑。这句话发自嘴角的唾沫，唾沫就是这句话。面对这种奇异而又平庸的胜利，面对这种没有胜利者的胜利，他这悲痛欲绝的人挺身而出；他承认这场胜利的重大，却又看到它的空虚；他不止唾它，既然在数量、力量和物质方面相差悬殊，他就在心灵里找出一种表达方式，也就是粪便。我们在此实录下来。他这样说，这样做，想出这个字眼，就成为胜利者。

就在这种决定命运的时刻，伟大日子的精神进入这个默默无闻的人的心灵。康伯伦找到滑铁卢的说法，正如鲁杰·德·李勒想出《马赛曲》，同是受到上天的启迪。一股神风离开天宇，下来穿过这两个

---

① 勒欧尼达斯：公元前 5 世纪斯巴达王，与波斯作战时阵亡。

人的身心，于是，他们有所感悟，一个唱出至高无上的战歌，另一个发出惊世骇俗的怒吼。这句极端蔑视的话，康伯伦不仅以帝国的名义抛向欧洲，这样分量太轻，而且还以革命的名义抛向过去。我们听见康伯伦的怒吼，听出他的声音有先烈精魂的遗韵，仿佛是丹东的演说，又像克莱伯①的狮吼。

康伯伦的话一抛出来，英国人就回敬一句：开火！大炮顿时火光连天，一个个青铜大口喷出最后一批霰弹，声震山岳，硝烟遍野，滚滚升腾，被初升的月亮微微映成白色；等到硝烟飘散，阵地上什么也没有了。这一点顶天立地的残部全歼了；羽林军死掉了。那座活人堡垒的四堵墙坍倒，地上的尸体堆里只是偶尔有的还在抽动。比罗马大军还雄壮的法兰西大军，就这样死在圣约翰山上，倒在那片雨水血水浸透的土地上，倒在阴惨的麦田里；而如今，那是约瑟夫每天凌晨4点钟必经之地；他轻快地吹着口哨，挥鞭催马，赶着尼维勒的邮车驶过。

十六、将军的分量②

滑铁卢战役是个谜，无论对赢家还是输家，都同样模糊不清。在拿破仑看来，这是一场恐慌；布吕歇只见炮火；威灵顿则莫名其妙。看看那些报告吧。战报杂乱无章，评论自相矛盾。这些人结结巴巴，那些人吞吞吐吐。约迷尼将滑铁卢战役分成四个阶段；穆弗林则划为三次转折；唯有沙拉独具慧眼，看出一点儿门道，认为这是人类智慧同天意较量的一场灾难，尽管在某些方面我们和他见解不同。其他所有历史学家，都程度不同地眼花缭乱，在眩惑中摸索。那一天真是电闪雷鸣，军事专制政体崩溃，波及所有王国，强权政治衰落，黩武主义溃败，令各国君主惊诧不已。

这一事件具有天意难违的色彩，人力是微不足道的。

从威灵顿和布吕歇手中丢掉滑铁卢，难道就剥夺英国和德国什

---

① 克莱伯（1753～1800）：法国将军，曾屡建战功。

② 原文为拉丁文。

么东西了吗？不然。无论显赫的英国还是神圣的德国，都与滑铁卢的问题毫无关系。感谢上天，人民之所以伟大，并不牵涉穷兵黩武。无论德国、英国，还是法国，都不是区区一个剑鞘所能容下的。在这个时期，滑铁卢不过是刀剑的一阵撞击声，在布吕歇之上，德国有歌德，在威灵顿之上，英国有拜伦。思想普遍兴旺昌盛是本世纪的特点，而在这曙光中，英国和德国也都各自放射出灿烂的光芒，因其思想而显得崇高，以其内在的东西提高人类文明的水平；这种贡献绝非偶然之举，而是来自它们的本身。在19世纪，两国壮大的根源不是滑铁卢。唯有野蛮民族，才仅凭一役之功而突然强盛起来，那是旋生即灭的虚荣，如同一阵风暴掀起的浪涛。文明的民族，尤其处于我们这个时代，不会因为一个将领的胜负，地位就提高或者降低。他们在人类中的特殊分量，来自比一场战事更深的东西。谢天谢地，他们的荣誉、他们的尊严、他们的智慧、他们的才能，都不是什么筹码，不可能让那些赌徒式的英雄和征服者投入战场去赌输赢。战败了，往往取得进步。少些光荣，却多些自由。战鼓声止，理性就发言了。这是输赢颠倒的游戏。双方还是心平气和地谈论滑铁卢吧。是偶然就归于偶然。是上帝就归于上帝。那么。滑铁卢是怎么回事呢？是一场胜利吗？不是，那是掷骰子掷出个双五。

掷出双五，欧洲赢了，法国输了。

在那里立起一个狮子并不过分。

况且，滑铁卢是历史上最奇特的一次遇合。拿破仑和威灵顿。他们并不是仇敌，而是截然相反的人。上帝最喜欢对比反衬，但是还从来没有制造出如此惊人的对比，如此出色的反衬。一方面是精确缜密，深谋远虑，行止合度，谨慎从事，撤退有方，留有余力，镇定而又坚忍不拔，既有坚定不移的作风，又有因地制宜的方略，部署兵力不失均衡，杀戮务合准绳，作战分秒不差，毫无侥幸的心理，总之，老谋深算，绝对合乎规矩，一副传统型将帅的风范；而另一方面，则全凭直觉，全凭灵感，是军事上的奇才，具有特异的本能，目光如炬，像鹰一样注视，像霹雳一样打击，恃才傲世，常以迅雷不及掩耳之势出奇制胜，心曲高深莫测，能与命运联手，号令乃至胁迫江河、平野、森林和丘峦服从，甚至战场也玩于股掌之中的专制者，既相信星相又相信战略学，既夸大又扰乱这种信念。威灵顿是战争的巴雷姆，拿破仑是战争的米开朗琪罗；然而这次，天才败于心计的手下。

双方都等待一个人，这样，计算精确的人就得手了。拿破仑等待格鲁奇而不来，威灵顿等待布吕歇却等来了。

威灵顿为战，是后发制人的传统型。拿破仑初露头角的时期，在意大利同他相遇，把他打得落花流水。老枭在雏鹰面前望风而逃。传统的战术不仅一败涂地，而且声誉扫地。这个 26 岁的科西嘉人是干什么的？这个意气风发的无知青年究竟是怎么回事？他身孤力单，以寡敌众，既没有粮草，没有弹药，又没有大炮，连鞋都没有，几乎没有军队，只带领一小撮人，对抗万众，冲向勾结起来的欧洲，在根本不可能的情况下，竟然连连取胜，简直荒唐到了极点！这个摧枯拉朽的狂人是从哪儿来的呢？他手中只掌握那点儿兵力，几乎没有喘息，一口气接连粉碎德皇的五个军，把傅利叶摔到阿文泽身上，把乌姆塞摔到傅利叶身上，把梅拉斯摔到乌姆塞身上，又把马克摔到梅拉斯身上！这个傲岸一切的战场新手，究竟是什么人呢？学院派军事家纵然败退，也把他判为异端。正因为如此，老恺撒主义对新恺撒主义，规定刀法对闪光花剑，方正棋盘对非凡天才，就怀有一种刻骨的仇恨。1815 年 6 月 18 日，这种仇恨有了结论。在洛迪、蒙贝洛、蒙诺特、芒图、马伦戈、阿科尔的下面，又添上了滑铁卢。庸人得胜，多数人宽慰。命运同意了这种嘲讽。拿破仑到了衰退的晚年，又撞见了年轻的乌姆塞。

的确如此，要睹乌姆塞的风貌，只需染白威灵顿的头发就行了。

滑铁卢，是二流将领赢得的头等大战役。

在滑铁卢战役中，值得赞赏的是英格兰，是英国式的坚定、英国式的决心、英国的血统；值得赞赏的是英格兰的精华，请别见怪，也正是英国本身。值得赞赏的不是它的统帅，而是它的军队。

威灵顿也怪得很，竟然忘恩负义，在给巴图斯特勋爵的信中，说他在 1815 年 6 月 18 日作战的军队，是一支"糟糕的军队"。埋在滑铁卢垄沟下的幽幽白骨，又作何感想呢？

英格兰在威灵顿面前，也太谦抑过分了。把威灵顿捧得多么伟大，就是把英格兰贬得非常渺小。威灵顿不过是一个普通的英雄。那些灰军装的苏格兰士卒，那些近卫骑兵、梅兰德和米切耳的团队、帕克和坎普特的步兵、蓬松比和索姆塞的骑队、在枪林弹雨中吹风笛的苏格兰高地兵、里兰德的营队，所有那些新兵，敢于同埃斯兰和里沃利的老营对抗，这才是伟大的。威灵顿表现出顽强的精神，这是他的长处，我们并不想贬低；然而，他的军队最普通的步卒和骑兵，也都跟他一样坚忍不拔。铁军配得上铁公爵。而我们的全部敬意，要献给英国士兵、英国军队、英国人民。如果有战功的话，那也应当归属于英格兰。滑铁卢的纪念柱，如果不是把一个人的形象，而是把一国人民的雕像高举入云，那就更加公允了。

然而，听到我们在这里讲的话，伟大的英格兰要恼怒发火。英格兰经过它的 1688 年和我国的 1789 年之后，仍然对封建制抱有幻想，还信奉世袭制度和等级制度。那国人民，要论强盛和光荣，谁也比不过，他们却自认为是民族而不是人民。他们作为人民甘居人下，奉一个勋爵为首领。做工的人①，任人蔑视；当兵的人，也任人鞭笞。大家还记得，在印克门那场战役中，据说有一名中士救了大军脱险，但是，雷格兰勋爵却未能论功行赏，因为英国军队的等级制度不准许在战报中，表彰不够军官阶衔的任何英雄。

在滑铁卢这种类型的会战中，我们最欣赏的还是偶然的奇巧。一夜大雨，乌果蒙坚固的围墙，奥安的凹路，格鲁奇充耳不闻炮声，拿破仑受向导的欺骗，布洛得到向导的指引，这一系列天灾人祸都安排得极其巧妙。

总括来说，在滑铁卢，屠杀超过战斗。

在所有阵列战中，滑铁卢是战线最短而兵力最多的一次。战线的长度，拿破仑拉开四分之三法里，威灵顿布了二分之一法里，而双方各投入 7.2 万名官兵。这种密集导致了屠杀。

有人做过统计，列出这样的比例数字。阵亡人数：奥斯特利茨战役，法军 14%，俄军 13%，奥军 44%；瓦格拉姆战役，法军 13%，奥军 14%；莫斯科河战役，法军 37%，俄军 44%；包岑战役，法军 13%，俄普联军 14%；而滑铁卢战役，法军 57%，联军 31%。滑铁卢

---

① 原文为英文。

战役阵亡人数，总计41%。14.4万官兵，阵亡6万人！

滑铁卢战场，如今平静了，仍属于大地——这一人类始终如一的寄托，又同所有平野一样了。

然而，到了夜晚，一种梦幻的薄雾从大地升起，一位行客若是经过那里，若是观察，若是倾听，若是像维吉尔经过凄惨的腓力斯平野那样幻想，就会悚然产生幻觉，看见那一幕刀兵之灾。可怕的6月18日的场面重又显现，虚假的纪念墩隐没了，那只俗不可耐的狮子也消失了，战场又恢复原状：一队队步兵像波浪一样在平野上推进，骑兵在天边狂奔飞驰！沉思者魂惊魄动，看见刀光剑影，炮弹火光纷飞，雷电交加；他听见鬼魂交战的呐喊，仿佛从坟墓传出的呻吟；那些黑影，正是羽林军士；那片荧光，正是铁骑军；那副枯骨，则是拿破仑；而另一副枯骨，便是威灵顿；那一切已不复存在，但是还在较量，还在搏斗；丘谷染成殷红色，树木为之抖瑟，杀气直达云霄，而所有那些凶险的丘峦：圣约翰山、乌果蒙、弗里什蒙、帕普洛特、普朗努瓦，在黑暗中显现，都隐隐笼罩着幽魂厮杀的一团团阴气。

十七、滑铁卢是好事吗

有一个非常可敬的自由派，根本不憎恶滑铁卢。我们却不能苟同。在我们看来，滑铁卢不过是自由的一个凶日。那样一只卵孵出那样一只鹰，当然出人意料。

如果高瞻远瞩地看待这个问题，那么滑铁卢则是处心积虑的反革命的胜利。那是欧洲反对法兰西。是彼得堡、柏林和维也纳联手反对巴黎，是守旧反对倡新，是通过1815年3月20日打击1789年7月14日，是惶惶不可终日的各个王国反对不可遏制的法兰西骚动。总之是一种梦想：扑灭这个博大的人民26年来突起的气焰。那也是勃伦维克、纳索、罗曼诺夫、霍亨佐伦、哈布斯堡等王室和波旁王室的联盟。滑铁卢背负着神权。的确，由于事物的自然反应，既然帝国是专制的，那么王国就必然是自由的了；同样，事与愿违，从滑铁卢产生出了立宪体制，令那些胜利者无比遗憾。这是因为：革命不可能真正被战胜，它顺应天理，必然大行其道，总能复现出来，在滑铁卢之前，体现在推翻旧王朝的波拿巴身上，在滑铁卢之后，则体现在接受宪章的路易十八身上。波拿巴还把一个驿站车夫①安插在那不勒斯王位上，把一名中士②安插在瑞典王位上，以不平等来体现平等。路易十八在圣都安签署了人权宣言。您要想了解革命是什么，那就称它为"进步"吧；您要想了解进步是什么，那就称它为"明天"吧。明天势不可当，必行其道，而且从今天就开始；说来也怪得很，它总能达到目的。他利用威灵顿，将区区一个士兵的伏瓦造就成演说家。伏瓦在乌果蒙倒下，又在讲坛上站起来③。进步就是这样进行。这个工人用什么工具都得心应手。它从容不迫，调动跨越阿尔卑斯山的那个人和爱丽舍神父④的那个虚弱而善良的老病夫，一同为它神圣的工作效力。它既利用那个足痛风患者，也利用那个征服者；外用征服者，内用足痛风患者。滑铁卢制止武力毁灭欧洲各王朝，只产生一种效果，就是从另一方面推动革命进程。征伐者退位，轮到思想家上场了。滑铁卢要阻止时代前进，时代却从上面跨过去，继续它的行程。这次险恶的胜利，又被自由战胜了。

总之，毋庸置疑，在滑铁卢得胜者，站在威灵顿身后微笑者，把全欧洲，据说也把法兰西大元帅令杖送去者，欢快地推车运送满是白骨的沙土建筑狮子纪念墩者，在纪念墩基座得意地刻上 1815 年 6 月 18 日这个日期者，鼓励布吕歇屠戮溃兵者，站在圣约翰山上就像盯着猎物一样俯视法兰西者，正是反革命。正是反革命窃窃说出这样无耻的话：分割肢解。然而到达巴黎，它就靠近观察了火山口，感到这片火山灰烫脚，只好改变初衷，又回过头来结结巴巴地谈论宪章。

在滑铁卢中只应看其内涵。有意拥护自由吗？绝不是。反革命无意中成为自由派，而且无独有偶，拿破仑也同样无意中成为革命者。1815 年 6 月 18 日，罗伯斯庇尔从马上摔下来了。

---

① 指缪拉。但他是乡村客栈老板的儿子，并没有当过驿站车夫。1808 年封他当那不勒斯王时，他已经是元帅了。

② 指贝纳道特。他在 1789 年是上士，1810 年被瑞典国遴选为王权继承人，1818 年才成为瑞典和挪威国王。

③ 伏瓦（1775～1825）：法国将军，在滑铁卢战役中是第十五次负伤。1819 年进入议会，成为自由派的主要发言人。

④ 指路易十八。"爱丽舍神父"是他的外科医生的绰号。

十八、神权东山再起

独裁制寿终正寝。欧洲一整套体制瓦解了。

帝国沉沦了，如同垂死的罗马帝国，隐没在黑影中。就像回到野蛮时代，人们又经历一场大劫难。1815 年的蛮族，如果称其乳名，就叫做反革命；不过，这一蛮族气数太短，很快就气息奄奄而夭折了。应当承认，人们悼念帝国，而且洒下英雄的眼泪。如果说武功的荣耀造成了霸权，那么帝国本身就是荣耀；它将专制所能放射的光，全部散射到大地上。但这是暗淡的光，说得更甚一点，是昏暗的光，比起名副其实的白昼来，简直就是黑夜。然而，这一黑夜消尽，却产生日食的效果。

路易十八返回巴黎。7 月 8 日①的圆舞冲淡了 3 月 2 日的狂热。那个科西嘉人和那个阿内人②形成鲜明的对照。土伊勒里宫圆顶上的旗帜换成白色，亡命之君重登宝座。路易十八百合雕花的座椅前，又放上哈维勒杉木桌。大家谈论布维讷和封特努瓦，仿佛是昨天发生的事，奥斯特利茨已经是老皇历了。神坛和王座亲如手足，弹冠相庆。在 19 世纪法国和欧洲大陆，确立了社会安全的最无可争议的一种形式。欧洲佩戴白色徽章，特大容③名声大噪。在盖道塞兵营正门太阳形的拱石上，又出现"高于万众"的箴言④。凡是驻过羽林军的地方，就有一所红房子。卡鲁塞耀武门满是病恹恹的胜利女神，来了这些新客，它倒产生沦落异乡之感，也许还对马伦戈和阿科尔的胜利颇感羞愧，只好立了个昂古莱姆公爵的雕像来撑撑门面。马德兰墓地，是九三年惨不忍睹的万人冢，因为那片土里有路易十六和玛丽 - 安东妮特的枯骨，这回地面上就铺了大理石和燧石板。在万森墓地上，土中露出一截儿墓碑，令人想起昂菲安公爵就死于拿破仑加冕的那个月。教皇庇护七世在公爵被处决后不久，主持了那次加冕大典；他就

---

① 1815 年 7 月 8 日，路易十八第二次返回巴黎。

② 指路易十八。

③ 在尼姆城制造白色恐怖的雅克·杜蓬的绰号。

④ 原文为拉丁文。作者把路易十八的箴言稍作改动，实际是："非同一般"。

像当初祝福拿破仑登基那样，现在又坦然地祝贺他的倾覆了。是啊，这些事情全实现了，这些国王又重登宝座，欧洲的霸主被关进囚笼，旧朝又变成了新朝，大地的黑暗和光明完全颠倒了位置，只因在夏天的一个下午，一个牧童在树林里对一个普鲁士人说："请走这边，不要走那边！"

1815 年就像阴沉的 4 月天。各色各样有害有毒的旧东西，表面上都焕然一新。谎言也紧紧抓住 1789 年，神权戴上一副宪章的假面具，虚假的东西也都变成立宪的货色，那些成见、迷信和私欲，嘴边挂上宪章第十四条，纷纷称起自由主义了。那不过是蛇蜕皮而已。

人通过拿破仑，既变得伟大，又变得渺小了。在这金玉其外、浮饰成风的时代，理想也得了一个怪名：空论。嘲笑未来，是一个伟大的严重疏失。然而，作为炮灰的人民，无比爱戴炮手，还举目四望寻找他。他在哪里？他在做什么？"拿破仑已经死了。"一个行人对一个参加过马伦戈和滑铁卢战役的伤兵说。"他，还会死！"那士兵嚷道，"你也太了解他啦！"在想象中，那个垮台的人已经神化了。滑铁卢之后，欧洲天昏地暗。拿破仑一消失，很长时间留下巨大的空虚。

各国君主来填充这种空虚，旧欧洲趁机改头换面，他们拼凑了一个神圣同盟。决定命运的滑铁卢战场，早就称为佳盟了。

面对乔装打扮过的旧欧洲，一个新法兰西粗具规模了。受皇帝嘲笑过的未来，也已破门而入。它的额头有颗自由之星。年轻一代的热切目光一齐转向未来。事情奇就奇在，他们同时热爱自由这个未来和拿破仑这个过去。败仗反而使败者更加伟大。倒下的波拿巴比站立的拿破仑还要显得高大些。得胜者却惶惶不可终日。英国派了哈德逊·洛维去看守他，法国派了蒙什奴去监视他。他叉起的手臂，也成为那些王位的忧患。亚历山大称他为：我的失眠症。这种恐惧来自他身上所负载的革命的分量。这样，波拿巴信徒的自由主义就好解释，也值得谅解了。这个幽灵让旧世界战栗，当政的国王都坐卧不安，总望见天边的圣赫勒拿岩岛。

拿破仑在龙坞奄奄待毙的时候，倒在滑铁卢战场上的 6 万人的尸骨也静静地腐朽了，他们的静谧扩散到人间。维也纳会议签订了 1815 年协定，而欧洲称这为复辟。

　　这就是所谓的滑铁卢。

　　然而，对于无限来说，这又算什么呢？整个这场暴风雨、整个这阵乌云、这场战争继而这种和平、整个这片阴影，丝毫也没能扰乱无限慧眼的光芒；在这慧眼里，从一根草茎跳到另一根草茎的蚜虫，同圣母院上从一个钟楼飞到另一个钟楼的鹰，并没有什么差别。

附：雨果年表

1802 年	2 月 26 日，维克多·雨果生于法国东部贝尚松。其父勃鲁都斯·雨果为拿破仑麾下的一位将军。
1804 年	法兰西第一帝国成立。拿破仑正式称帝。
1808 年	随母亲到意大利那不勒斯父亲身边。
1811 年	随母亲到西班牙父亲身边。
1812 年	拿破仑远征俄国失败，第一帝国衰落。 随母亲回到法国。
1814 年	拿破仑退位。波旁王朝第一次复辟。
1815 年	拿破仑败阵滑铁卢，波旁王朝第二次复辟。 与长兄欧仁被父亲送进科尔迪埃寄宿学校读书，开始练习写诗。
1818 年	中学毕业。
1819 年	雨果兄弟创办《文学保守者》杂志。
1820 年	与阿黛尔开始秘密通信，遭到母亲反对。 结识夏多布里昂等知名人士。
1821 年	5 月，《文学保守者》杂志停刊。 6 月 27 日，母亲去世。 6 月 30 日，与阿黛尔秘密订婚。
1822 年	6 月，《颂歌集》出版。雨果获国王路易十八赏金。 10 月 12 日，与阿黛尔在巴黎结婚。 剧本《伊奈丝·德·卡斯特罗》因涉嫌影射国王而遭禁演。
1823 年	2 月，小说《冰岛的汉》出版。 7 月 16 日，阿黛尔生一子，但不幸夭折。

7月，以雨果为首的浪漫主义保守派创办《法兰西缪斯》杂志。

获得国王第二笔赏金。

1824年　3月，《新颂歌集》出版。

7月，《法兰西缪斯》杂志停刊。

8月28日，长女莱奥波迪娜出世。

1825年　4月，接受国王查理十世授勋。

5月，应邀出席查理十世加冕礼。

1826年　1月，小说《布格-雅加尔》出版。

11月2日，长子夏尔·雨果出世。

11月，《歌吟集》出版。

1827年　1月，圣伯夫结交雨果夫妇。

2月，诗作《旺多姆广场铜柱颂》发表。

12月，韵文剧本《克伦威尔》出版，《〈克伦威尔〉序》成为浪漫主义宣言。

1828年　1月29日，父亲去世。

10月21日，次子弗朗索瓦-维克多出世。

1829年　1月，诗集《东方集》出版。

2月，小说《死囚末日记》出版。

7月14日，剧本《玛丽蓉·德·洛尔墨》因批判专制王权，被禁演。

1830年　2月25日，浪漫诗剧《欧那尼》在巴黎法兰西剧院首场演出。浪漫主义者在与伪古典主义者进行长达45天的斗争之后，终于获胜。

7月28日，次女小阿黛尔出世。

1831年　圣伯夫与雨果夫人阿黛尔开始交往甚密。

3月，小说《巴黎圣母院》出版。

8月，戏剧《玛丽蓉·德·洛尔墨》首演。

11月，诗集《秋叶集》出版。

1832年　10月，迁居巴黎皇家广场6号（现为孚日广场雨果故居）。

11月22日，戏剧《国王取乐》首演后遭到禁演。

1833年　开始与女演员朱丽叶特·德鲁埃相识。作为忠实的伴侣，她与雨果共同度过 50 年的岁月。

2 月 2 日，戏剧《玛丽·都铎》首演。

1834 年　　杂文《文学与哲学杂论集》出版。

7 月，小说《克洛德·格》出版。

出游布列塔尼等地。

1835 年　　4 月 28 日，散文剧《安日洛》首演。

10 月，诗集《暮歌集》出版。

与朱丽叶特北上诺曼底等地旅游。

与圣伯夫决裂。

1836 年　　继续与朱丽叶特在诺曼底等地旅游。

两次竞选法兰西学院院士，均失败。

1837 年　　2 月 20 日，长兄欧仁去世。

6 月，诗集《心声集》出版。

与奥尔良家族关系开始密切。

与朱丽叶特赴比利时旅行。

1838 年　　11 月 8 日，浪漫剧《吕意·布拉斯》在文艺复兴剧院落成之际上演。

1839 年　　7 月，以短诗形式上书国王，请求赦免五月起义领导人巴尔贝斯的死刑，获准。

8 月，与朱丽叶特赴阿尔萨斯、莱茵河畔、瑞士、普罗旺斯等地旅行。

1840 年　　5 月，诗集《光影集》出版。

1841 年　　1 月 7 日，当选法兰西学院院士。

1842 年　　1 月，游记《莱茵河之游》出版。

7 月，结识国王路易·菲利普。

1843 年　　2 月 15 日，长女莱奥波迪娜与夏尔·瓦克里结婚。

3 月 7 日，剧本《城堡里的伯爵》首演失败。

9 月，携朱丽叶特在旅行途中惊闻长女与其夫 9 月 4 日在塞纳河不幸双双溺水身亡的噩耗。

1844 年　　3 月，在雨果支持下，圣伯夫当选法兰西学院院士。与国王多次进行私人会晤。

1845 年　　4 月 13 日，被国王授予"法兰西世卿"的称号，获得法国贵族爵位。

11 月，开始构思小说《苦难的人们》（即《悲惨世界》的初稿）。

1846 年	在贵族院多次发表演说。
1847 年	继续创作小说《悲惨世界》。
1848 年	2 月，二月革命爆发，七月王朝被推翻。
	6 月，法国无产阶级举行的六月起义在资产阶级血腥镇压下遭到失败。
	6 月 4 日，当选制宪议会议员。
	12 月，在总统大选中投票支持路易·波拿巴，不久成为总统的反对派。
1849 年	5 月 13 日，当选立法议会议员。
	8 月，担任国际和平之友大会主席。
1850 年	坚定站在议会左派一边，成为社会民主派的领袖，主张废除终身流放的惩罚制度，主张新闻出版自由。
	8 月，在巴尔扎克葬礼上致悼词。
1851 年	12 月 1 日，路易·波拿巴发动政变，宣布实行帝制，自称拿破仑三世，建立法兰西第二帝国。以雨果为首的左翼共和派反对路易·波拿巴独裁，发表宣言号召巴黎人民起义，遭到失败。
	12 月 11 日，化名离开巴黎，流亡比利时。朱丽叶特立即前往比利时与雨果会合。
1852 年	1 月 9 日，法兰西第二帝国发表政令，宣布将雨果驱逐出境。
	8 月，在布鲁塞尔发表政论小册子《小拿破仑》，并写出小册子《一桩罪行的始末》的书稿。
	8 月 12 日，被比利时驱逐，流亡英属泽西岛。
1853 年	11 月，政治讽刺诗集《惩罚集》在布鲁塞尔出版。
1854 年	6 月，为帮助在泽西岛的流亡者摆脱困境，带头发起募捐运动。
1855 年	10 月 31 日，被英方驱逐，流亡英属盖纳西岛。
1856 年	4 月，诗集《静观集》出版。

在盖纳西购置高城公馆，全家在此安居。

1857 年	安顿朱丽叶特住进高城公馆附近的寓所。
1858 年	6 月～9 月，背部生疮，治疗休养。
1859 年	8 月，拒绝接受路易·波拿巴大赦，决心流亡到底。
	9 月，诗集《历代传说》第一系列出版。
	12 月 2 日，为呼吁赦免美国废奴主义领袖约翰·布朗死刑，发表《告美利坚合众国书》。
1860 年	创作小说《悲惨世界》。
1861 年	5 月，参观滑铁卢战场。
	11 月 25 日，在致英军上尉的一封信中，抗议英法侵略军劫掠焚毁中国圆明园的罪行，谴责英法在华的殖民主义政策。
1862 年	4 月～6 月，小说《悲惨世界》十卷相继出版。
1863 年	向波兰和意大利被压迫民族和人民表示道义和物质上的援助。
1864 年	4 月，文学评论《莎士比亚论》出版。
	6 月，开始创作小说《海上劳工》。
1865 年	10 月，诗集《街头与森林之歌》出版。
1866 年	3 月，小说《海上劳工》出版。
1867 年	发表颂扬意大利民族英雄加里波第的诗歌《盖纳西的声音》。
1868 年	8 月 27 日，雨果夫人在布鲁塞尔病逝。
1869 年	4 月～5 月，小说《笑面人》出版。
	9 月，赴瑞士洛桑主持和平大会，朱丽叶特·德鲁埃同行。
1870 年	7 月，普法战争爆发。
	9 月，拿破仑三世垮台，法兰西第三共和国成立。
	9 月 5 日，流亡生涯结束，返回巴黎，受到巴黎市民热烈欢迎。
	雨果发表演说，鼓舞人民斗志。报名参加国民自卫军，并捐款铸造大炮。
1871 年	2 月 8 日，当选国民议会议员。
	3 月，巴黎无产阶级起义，巴黎公社成立。雨果因向在比

利时的公社流亡者提供避难场所，被比利时政府驱逐。

3月18日，长子夏尔·雨果去世。

10月，返回巴黎，疾呼赦免全体被判罪的公社社员。

1872年　4月，诗体日记《凶年集》出版。

1873年　12月26日，次子弗朗索瓦-维克多去世。

1874年　2月，小说《九三年》出版。

1875年　5月~11月，《言与行》出版。

1876年　1月30日，当选塞纳区参议员。

3月21日，提出大赦公社社员的法案。

5月22日，在参议院就特赦问题进行辩论。

1877年　2月，诗集《历代传说》第二系列出版。

5月，诗集《做祖父的艺术》出版。

1878年　3月，26年前写成的揭露路易·波拿巴政变的小册子《一桩罪行的始末》出版发行。

4月，反对天主教的政论《教皇》出版。

7月~11月，身患重病，在盖纳西休养。

1879年　2月，在参议院第三次就大赦法案发言。

政论《至高的怜悯》、诗集《驴颂》出版。

1881年　2月27日，巴黎民众在雨果寓所前集会，为他庆贺八十寿辰。

5月，诗集《自由自在的精神》出版。

1882年　再次当选参议员。

剧本《笃尔克玛达》出版。

1883年　5月11日，朱丽叶特病逝。

6月，诗集《历代传说》第三系列出版。

1884年　11月29日，在巴黎参观自由女神雕塑像。

1885年　5月22日，因患肺炎，与世长辞，享年83岁。

6月1日，法国为雨果举行国葬。按照他生前修改过的遗嘱，雨果的灵柩由穷人送葬的马车运抵先贤祠。

（邵小鸥　编写）